HEYNE
BÜCHER

Das Buch

Die Triererin Marcella Bonifaz ist nicht nur schön und klug, sondern auch in einer echten Männerdomäne erfolgreich: Sie handelt mit Farben, Schönheitsmitteln und Parfüm. Was an und für sich nichts Außergewöhnliches wäre für eine Superfrau der neunziger Jahre, aber wir schreiben das Jahr 1327, und das aufstrebende Kaufmannsgewerbe ist fest in Männerhand. Ihre große Chance sieht sie kommen, als man ihr toskanischen Safran zu einem sensationellen Preis anbietet. Dann wird der Handelszug mit der kostbaren Ware überfallen. Doch so leicht gibt sich die junge Händlerin nicht geschlagen, gemeinsam mit ihrer Freundin Elsa und dem vermeintlichen Raubmörder begibt sie sich auf die nicht ungefährliche Suche nach dem gestohlenen Gewürzgold. Die Mönche des Klosters Himmerod scheinen von dem Überfall zu wissen, hüllen sich aber in Schweigen. Ihre Nachforschungen führen Marcella auf die Burg der Gräfin Sponheim, die mit dem Erzbischof von Trier in Fehde liegt. Die Entführung des Würdenträgers verkompliziert die Lage, zumal die kostbare Geisel bald das Opfer merkwürdiger Anschläge wird. Eine geheimnisvoll geöffnete Falltür, eine unheimliche Begegnung auf einem einsamen Bergpfad, hartnäckige Fragen des jungen Damian, der sich so brennend für Marcellas Kindheit interessiert: Alles deutet darauf hin, daß die Vorkommnisse mit der jungen Safranhändlerin zu tun haben. Doch Marcella weiß, daß es gefährlich wäre, sich an ihre Kindheit zu erinnern …

Die Autorin

Helga Glaesener, 1955 geboren, hat Mathematik studiert, ist Mutter von fünf Kindern und lebt in Aurich, Ostfriesland. Neben der *Safranhändlerin* hat sie zwei Fantasy-Romane, Jugendbücher und mehrere Hörspiele geschrieben.

HELGA GLAESENER

DIE SAFRANHÄNDLERIN

Roman

WILHELM HEYNE VERLAG
MÜNCHEN

HEYNE ALLGEMEINE REIHE
Nr. 01/10920

Umwelthinweis:
Dieses Buch wurde auf
chlor- und säurefreiem Papier gedruckt.

Wilhelm Heyne Verlag GmbH & Co. KG, München
Printed in Germany 1999
Umschlaggestaltung: Hauptmann & Kampa
Werbeagentur, CH - Zug
Gesamtherstellung: Elsnerdruck, Berlin

ISBN: 3-453-14591-7

http://www.heyne.de

Prolog

Genua, im Oktober 1327

Mißtrauen trieb Benedetto Marzini in die Lagerhalle im Erdgeschoß seines Genueser Palazzo. Mißtrauen gegen seinen Sohn. Lorenzo war ein Schwachkopf.

Der alte Mann tappte mit einer trüben Öllampe in der Hand zwischen Kisten, Säcken und Stoffballen und bemühte sich, in der dunklen, von Säulen getragenen Halle einen Weg zu erkennen. Lorenzo hatte kein System. Die Waren für die Alpenpässe lagen in buntem Durcheinander mit den Seegütern. Trennen mußte man so was. Ordnung halten. Er hatte Lorenzo hundertmal erklärt, wie man eine Halle bepackte. Aber mittlerweile schrieb man das Jahr 1327, Lorenzo hatte graue Haare bekommen, und sein Vater war für ihn ein nörgelnder Greis geworden, der die Welt nicht mehr verstand.

Benedetto stieß mit dem Pantoffel an einen Sack. Er beugte sich vor und hielt die Öllampe über die Warenaufschrift: Alaun aus Phokäa. Sein zerknittertes Gesicht verzog sich zu einem Grinsen. Der Junge führte den Alaunhandel also weiter. Zumindest das hatte er gelernt. Alaun würden die Leute kaufen, solange sie buntgefärbte Stoffe trugen. Wer eine Hand im Alaungeschäft hatte, konnte mit der anderen etwas riskieren.

Aber wo steckte der Safran?

Der alte Mann hielt die Lampe hoch und sah sich um. Die Lagerhalle hatte zwei Ausgänge. Ein großes, gewölbtes Tor zum Hafen, wo die beiden familieneigenen Galeeren beladen wurden, und eine kleinere mit Fresken geschmückte Tür, die zum Arkadengang an der Straße führte. Die Waren für Koblenz sollten auf dem Landweg transportiert werden, über Mailand den Sankt Gotthard hinauf und dann weiter nach Basel. Wenn Lorenzo also ein Fünkchen Verstand besaß, hatte er den Safran in der Nähe des Arkadentores verstaut.

Benedetto durchquerte die Halle. Er schämte sich, daß er durch sein eigenes Haus schleichen mußte wie ein Dieb. Aber er wußte, daß sein Sohn sich über den Vertrag mit der hübschen Gewürzhändlerin geärgert hatte, und er traute ihm zu, den Safran einfach »vergessen« zu haben. Das würde er aber nicht dulden.

Direkt neben dem Arkadentor hatte man, etwas getrennt von den anderen Sachen, Kisten gestapelt. Benedetto las die Aufschriften. Mit Gold versponnene Seide für einen Kölner Tuchhändler. Scharlachfarbe für denselben Mann. Alaun, gelbes Sandelholz, Indigo aus Bagdad, das ging nach Straßburg. Seide aus ... aus Lucca? – Nein, davon hielt Benedetto nichts. Die Luccesen spannen ihre Seide auf merkwürdigen mechanischen Konstruktionen. Das hatte keine Qualität. Aber hier ...

Auf der Spitze des Warenberges fand er eine kleine, besonders stabil gezimmerte Holzkiste. *Toskanischer Safran, Marcella Bonifaz, Trier.* Sein grimmiges Gesicht begann zu strahlen. Also hielt Lorenzo das Wort seines Vaters doch noch in Ehren!

Er stellte seine Lampe beiseite und stemmte die Kiste zu Boden. Das Öffnen gestaltete sich mühsam, denn er mußte stramm sitzende Eisenriegel verschieben, und seine Finger waren steif von der Gicht. Schließlich schlug er den Deckel zurück und fand zwei in Stroh gebettete Holzkrüge, jeder so groß wie ein Schweinskopf.

Er drehte die Holzpfropfen heraus, fuhr mit der Hand in die mürben, roten Safranfäden, zerrieb sie und hielt sie gegen das Licht der Öllampe. Schnüffelnd drückte er ein paar Krümel an seine Nase, dann leckte er daran. Er grunzte zufrieden. Der Safran war rein, keine Beimischungen von Färbersaflor. Die hübsche Frau Bonifaz würde erstklassige Ware bekommen. Und das sollte auch so sein.

Sein zahnloser Mund verschob sich vor Vergnügen, als er an die Trierer Händlerin dachte, die in Koblenz an seinen Stand gekommen war. Marcella Bonifaz. Er hatte sie beobachtet, als sie über die Wendeltreppe in das Obergeschoß des Kaufhauses gestiegen war. Sie hatte einen saphirblauen, sternenbestickten Surcot getragen, darüber einen pelzgefütterten Mantel mit weit fallenden Ärmeln und – ach, was Weiber eben so anziehen. Nur daß bei ihr alles zuammengepaßt hatte, Kleid, Unterkleid, Gürtel, Spitzen, als hätte der Herrgott selbst mit seiner Lust an Formen und Farben sie gekleidet. Aber eingefangen hatte sie ihn mit ihren Haaren. Dunkelbraun, von der Farbe nasser Walderde, gekringelt in winzige und winzigste Löckchen, die um ihr schmales Gesichtchen spritzten wie Wassertropfen. Übermütig und selbstbewußt. Ihr Mund war für seinen Geschmack zu groß geraten. Auch ihre Nase ragte ihm zu kampfeslustig in die Welt. Aber, Allmächtiger, dafür hatte sie ein Lachen! Einmal tief und halb verschluckt, wie das Glucksen einer Quelle, dann wieder strahlend und von umwerfender Heiterkeit. Oh, Marcella Bonifaz liebte den Handel! Sie liebte es zu feilschen und zu rechnen und Preise zu überschlagen und um Prozente zu schachern.

Sie hatte Safran kaufen wollen, und wegen ihrer Haare und ihres Lachens hatte er ihr seinen Safran angeboten. Toskanischen Safran, den besten des Marktes. Zum Einkaufspreis. Mochte Lorenzo darüber schäumen.

Sie hatte gezögert, als er ihr die Menge genannt hatte, die zu liefern er bereit war. Fünfhundert Lot. Das Zögern verriet ihm, was sie lieber für sich behalten hätte: Daß sie mit diesem Einkauf an die Grenzen ihrer Mittel stieß. Er hatte ihr angeboten, die Hälfte des Zolls zu übernehmen. Und da hatte sie zugeschlagen. Mit *sechshundert* Lot! Was für ein Weib! Was für ein Wagemut! Und gewiß würde sie ihn nicht bereuen, denn Benedetto Marzinis Saumtierkarawanen waren die bestbewachten Warenzüge, die über die Alpen gingen. Wenn das Wetter sich hielt, würde sie ihren Safran in drei, spätestens vier Wochen in Koblenz in Empfang nehmen können. Und wenn – was der heilige Michael verhüten mochte – der Winter früher als erwartet hereinbrach, wenn der Zug also in Airolo oder Schwyz überwintern mußte, dann würde sie auch im Frühjahr noch ein glänzendes Geschäft machen.

Benedetto war dabei, den Holzkrug wieder zu verschließen, als ihm etwas einfiel. Mit einem stillen Lächeln enthakte er die kleine, silberne Rose, die seinen Hausmantel zusammenhielt, küßte sie und warf sie zwischen den Safran.

I

»Du bist erledigt, meine Liebe.«

Jacob Wolff sagte es freundlich, und Marcella fand keinen Grund, ihm deswegen zu grollen. Außerdem war es möglich, daß er recht hatte.

Sie saß in ihrem Kontor, einem winzigen Raum hinter der Krämerei mit niedriger, verrußter Balkendecke, in dem sich Regale und Tongefäße an den Wänden drängten und mit einem zierlichen Scrittoio um die Luft zum Atmen stritten. Jacob lehnte ihr gegenüber an der Tür, die Arme über der mächtigen Brust gekreuzt, als wäre er ein Cherub, dazu abgestellt, das Tor zum Paradies zu bewachen. Er trug einen kostbaren Seidensurcot in blaurotem Schachbrettmuster, der ihn mit Unmengen von Stoff umwallte, dazu einen ebenfalls blauen, mit Perlen bestickten Hut und natürlich die unvermeidlichen Schellenschuhe, die jede seiner Bewegungen mit fröhlichem Gebimmel untermalten.

Marcella seufzte. Ihr Zimmer lag im Trüben. Richtig hell wurde es hier sowieso nie, aber draußen regnete es, und was an Licht zu dem kleinen Fensterchen hineinfiel, reichte gerade, um den Bottich mit den Wurstgaffelspitzen zu erhellen.

Voller Abneigung musterte sie die Gaffelspitzen. Abscheuliche Bastarde eines Pfannenschmiedes waren das, hastig aus schlechtem Eisen zusammengehämmert, ungeliebt und mit keiner anderen Daseinsberechtigung, als daß sie nützlich waren. »Wurstgaffeln werden von Leuten gekauft, die in der Küche schwitzen«, hatte Elsa gesagt. »Und denen ist es egal, wie die Dinger aussehen, wenn sie sie nur bezahlen können.« Damit hatte sie recht, und Marcella hatte zweihundert Gaffelspitzen gekauft, den halben Pfennig das Stück. Und jetzt lagen die häßlichen Dinger im einzigen Lichtfleck des Kontors und beleidigten ihr Auge und kränkten ihren Sinn für Ästhetik.

»Zweiundfünfzig Pfund Heller!« Jacob kratzte sich stöhnend den fetten Nacken. »Mädchen, ich hab' keine Ahnung, was du an dem Kram hier verdienst. Schön, es muß einiges sein, sonst könntest du den Zins für den Laden nicht zahlen. Aber jetzt, durch diesen verfluchten Überfall, sind dir zweiundfünfzig Pfund verloren, und niemand, nicht einmal der Judenhund Muskin, würde dir noch Kredit geben. Brauchst mich nicht so anzusehen, ich sag nur, wie es ist.«

Er zwängte die Hand unter den Gürtel und massierte seinen Wanst. Marcella betrachtete ihn voll Mitgefühl. Jacob hatte es mit dem Magen. Jeder Ärger, den er litt, schuf an seinen Schleimhäuten ein Geschwür oder nährte ein vorhandenes, und da er sich immer über irgend etwas aufregte, war ihm das Magenweh ein ständiger Begleiter.

»Verdammter Pfau!« ächzte Jacob. »Kann gar nicht verstehen, was die Leute dran finden. Ist zäh und liegt einem für Stunden ... Kannst du nicht mal das Messer in Ruhe lassen? Du schneidest dir noch die Finger wund.«

Gehorsam hängte Marcella das Federmesserchen in seinen silbernen Ständer zurück. Der Ständer war auch eins von diesen Nutzdingern. Er barg das Tintenhörnchen mit der Rußtinte und die Schreibfedern und das Messerchen zum Spitzen der Federn und wurde täglich gebraucht. Aber im Gegensatz zu den Gaffelspitzen war der Ständer ein Wunder an Schönheit. Gerundete Silberstäbe bogen sich in symmetrischer Form gegeneinander, eine ovale, gelochte Platte deckte sie ab, und alles war mit feinster Ätzung durch ein Rankenmuster zum Funkeln gebracht worden. Ribaldo di Sauro hatte ihr den Ständer geschenkt. In einem Augenblick der Sentimentalität, die ihn übermannt haben mußte, als er in seinem Bett den wundgeschlagenen Rücken auskuriert hatte. Marcella liebkoste das kalte Silber. Der Genuese war ein durchs Ohr gebrannter Spitzbube, von dessen Geschäften man besser nichts wußte, und wahrscheinlich hätte sie von ihm gar nichts annehmen dürfen, aber wenigstens verstieg er sich nicht zu Häßlichkeit.

Jacob ließ sich auf dem Stuhl auf der anderen Seite des Scrittoio nieder. »Hilft überhaupt nichts, wenn du die Augen davor verschließt«, brummelte er und stopfte die Daumen hinter den Gürtel. »Du bist erledigt, und du weißt es auch.«

»Ich bin erledigt, mein lieber Jacob«, erwiderte Marcella freundlich, »wenn vorn im Laden keine Pfennige mehr über den Tisch geschoben werden.«

Jacob befreite die Daumen wieder, langte nach einem ledernen Büchlein, das neben dem Silberständer lag, und hielt es hoch, als wäre es Beweisstück einer Anklage. »Du hast für zweiundfünfzig Pfund Heller Auripigment gekauft, Marcella. Der Teufel mag wissen, wie du das Geld zusammengekratzt hast. Vielleicht war's sogar eine gescheite Idee. Aber nun ist der alte Scholer überfallen worden, und mit ihm und seinen Wagen ist dein Auripigment zum Teufel. Und damit bist du erledigt!«

Das war deutlich gesprochen, wie es sich für einen Kaufmann und Freund gehörte.

Marcella nahm Jacob das Handelsbuch ab, blätterte darin und tat, als ob sie läse. Nötig war das nicht, denn sie hatte die Zahlen im Kopf, und außerdem … Tja, aber das war auch etwas, was sie Jacob lieber nicht auf die Nase binden wollte. Ihr Handelsbuch war nämlich genaugenommen gar kein Handelsbuch, sondern ein Sortiment hübscher, kleiner Lügen, das in Form von Rußtintenzahlen Geschichtchen für Onkel Bonifaz erzählte.

Sie bezweifelte, daß Jacob – auch wenn er ein gescheiter Mann war und nicht halb so borniert wie der Rest des Schöffenrates – jemals die Notwendigkeit dieser Lügengeschichten würde begreifen können. Natürlich wußte er von Onkel Bonifaz' Ängstlichkeit – schließlich führte er mit ihm zusammen den Weinhandel am St. Katharinenkloster. Was er aber nicht wußte und auch nicht wissen sollte war, daß der Onkel Nacht für Nacht in seinem zerschlissenen Hemd durch das Kontor im Erdgeschoß des Wohnturmes geisterte und im Licht einer billigen Kerze Rechnungen überprüfte, die schon Wochen zuvor abgelegt worden waren, und Weinfässer zählte, deren Anzahl er im Traum hätte hersagen können, und hundertmal an denselben Fenstergittern rüttelte und allerlei anderen Unfug trieb, der aus Ängsten geboren wurde, von denen ein Mann wie Jacob nichts verstand und für die er allein Abscheu empfinden würde.

Aber Marcella kannte sich aus mit Furcht, und deshalb hatte sie das Lügengeschichtenbuch geschrieben. Denn mußte es den Onkel nicht aufregen, wenn er erfuhr, daß seine Nichte sich bei den lombardischen Wechslern Geld borgte? Und Geschäfte mit Männern tätigte, die er nicht einmal dem Namen nach kannte? Und dabei so viel Geld verdiente, daß allein der Gedanke, sie könnte es durch weibliche Kurzsicht wieder verlieren, ihm Herzrasen bescheren würde? Also führte sie ein Handelsbuch, das in reinlicher Schrift Kunde vom Kauf und Verkauf einiger Ellen Spitze gab und alles verschwieg, was dem Onkel den Frieden rauben konnte.

Marcella strich sachte mit dem Finger über die letzte Zahl.

Den Kauf des Auripigments für zweiundfünfzig Pfund Heller hatte sie auch erst nach dem Überfall eingetragen, als Scholers Warenliste dem Schöffenrat vorgelegt worden war und sowieso jeder wußte, daß auf seinen Frachtwagen Güter für Marcella Bonifaz transportiert worden waren. Was das Buch aber noch immer verschwieg und was sie auch weiterhin für sich behalten wollte war, daß sich außer dem Auripigment auch noch Safran auf dem Wagen befunden hatte. Echter, ungemischter Safran, zehnmal so teuer wie Pfeffer, aus den Blütennarben der besten toskanischen Krokusse. Und nicht etwa fünfzig oder hundert Lot. Nein, wenn Marcella Bonifaz sich ruinieren wollte, dann tat sie es gründlich! Sie hatte ihr gesamtes Geld – etwa achtmal so viel, wie Jacob vermutete – zusammengekratzt, um dem alten Marzini seinen Safran abzukaufen. Das Lot achtundsechzig Heller billiger als auf dem Baseler Markt. Sie hatte insgesamt sechshundert Lot gekauft. Und somit waren nicht zweiundfünfzig, sondern, wenn man ihren Anteil des Zolles dazurechnete, dreihundertachtzig Pfund Heller zum Teufel.

»Mädchen«, Jacob hüstelte in seine Faust, mit einer Geste, so zart und verlegen, daß Marcella überrascht die Augenbrauen hob. »Mir scheint, ich muß jetzt mal was sagen, was mir schon lange auf der Zunge liegt. Du bist inzwischen dreiundzwanzig ... nein? ... vierundzwanzig Jahre also alt. Und die Hälfte der Zeit kennen wir uns schon. Und solange ich zurückdenken kann, hast du eigentlich immer nur eines im Kopf gehabt – nämlich Krämerin zu werden. Das hast du auch geschafft, und ich will gar nicht tun, als ob mir das mißfiele. Im Gegenteil. Ich hab' Respekt davor. Du hast ein Köpfchen für Zahlen und Qualität und kannst Leute einschätzen und weißt, was du willst und ...« Seine Gesichtshaut bekam plötzlich bis in die Speckfalten hinein eine zartrosa Färbung, was ihm eine gewisse Ähnlichkeit mit einem Ferkelchen verlieh. »Ich wäre jedenfalls nicht der Mann«, schnaufte Jacob, »der ein Weib wie dich – ich meine, wenn er eines hätte – aus seinem Kontor jagen würde ...«

»Das ist anständig von dir, Jacob, und wundert mich auch nicht, denn es beweist, daß du einen guten Geschäftssinn hast, wovon ich immer überzeugt gewesen bin. Kann es sein, daß Elsa da eben gerufen hat?«

Elsa hatte ein lautes Organ. Man hörte ihre Stimme bis ins Kontor, wenn sie sich mit den Kunden unterhielt. Im Augenblick schien es keine Kunden zu geben.

»Was ich mit all dem sagen will, liebe Marcella ...«

»... gereicht dir zweifellos zur Ehre. Ob Elsa zur Gasse hinaus ...«

»Verflucht, ich will ...«

»Jacob – nein.« Marcella stand auf, stellte sich auf die Zehenspitzen und küßte den bulligen Mann sacht auf die Stirn. Armer Jacob. Da stand er vor ihr, einer der reichsten Trierer Weinhändler, Mitglied des Schöffenrates, anständig, großzügig, rücksichtsvoll. Und geriet mit seinem Heiratsantrag ausgerechnet an jemanden wie sie, die darüber nichts als einen üblen Druck im Magen verspürte. Sie legte ihm die Handflächen auf die Brust. »Du bist ein Ehrenmann, Jacob, glaub mir, ich weiß deine Fürsorge zu schätzen. Aber es wäre nicht das Richtige. Außerdem will ich diese Krämerei behalten. Darin steckt ... mein Leben. Ich will sie behalten – und das schaff ich auch.«

Der Entschluß war mutig. Jacob mißbilligte ihn, aber Elsa, Marcellas Freundin und Beistand gegen säumige Lieferanten, keifende Kunden und die Willkür des Marktbeschauers – Elsa stemmte die Hände in die Hüften und forderte das Schicksal auf, sich ihnen zu stellen.

Das Schicksal nahm die Herausforderung auch an. Nur agierte es mit enttäuschender Hinterlist. Zuerst ließ Ernst Frosche, der Marcella die heimischen Pflanzen für ihre Salben, Parfums und Farben lieferte, sie wissen, daß er Schwierigkeiten mit seinen Sammelweibern bekommen hatte. Er bedauerte zutiefst. Aber sicher gab es für das werte Fräulein andere Möglichkeiten ...

»Bla, bla, bla ... Zur Hölle mit dem Hundsfott«, fluchte Elsa.

Der nächste, der sie aufsitzen ließ, war der Apotheker, der offen sagte, er fürchte um die Qualität der von ihnen gelieferten Salben und Tinkturen. Wo kein Geld ist, wird gepanscht, und die Kunden begannen bereits zu reden.

Bis zu den Klöstern hatte sich ihr Mißgeschick noch

nicht herumgesprochen, aber man fragte nach dem Auripigment und dem Safran, und aus Himmerod, wo die Cistercienser ein Evangeliar für Johann von Böhmen illustrierten, kam ein ungeduldiger Brief.

»Es gibt Auripigment. Auf dem Koblenzer Markt. Ein Händler aus Speyer bietet ihn feil«, sagte Marcella, nachdem sie abends die Tür hinter dem letzten Kunden geschlossen hatte und mit Elsa allein war. »Aber leider nicht gegen Kredit.«

Sie ging zum Tisch und öffnete mit dem Schlüsselchen, das sie um den Hals trug, das zierliche Schloß der Geldkassette.

»Wir haben noch ...« Ihre Finger fuhren über die Münzen. »... fünf Florins, sechzehn Turnosen, zweiundzwanzig Heller aus Kupfer, drei aus Silber und ...« Mit gerunzelter Stirn zählte sie das letzte Häuflein Münzen auf dem Scrittoio. »... siebenundachtzig Pfennige, wobei ich von diesen hier fürchte, daß sie bereits verrufen sind.«

Fast drei Wochen waren seit ihrem heroischen Entschluß vergangen, ihr Guthaben war inzwischen zusammengeschrumpft, das Lager hatte sich geleert.

»Warum leihen dir die Mistkerle in den Wechselstuben kein Geld mehr? Du hast doch bewiesen, daß du's vermehren kannst.« Elsa sah mit aufgestützten Ellbogen zu, wie Marcella die Münzen mit der Hand zusammenschob und sie in das Metallkästchen zurückfüllte. Jemand wie Elsa war nicht leicht zu schrecken. Sie hatte die Kindheit im Dienst eines zudringlichen Lakenkrämers verbracht, einen unangenehmen und einen sanften, aber leidenden Mann überlebt, den Verlust ihrer Korbflechterei verwunden und die Dummheiten ihres Sohnes, der sie um ihre Ersparnisse gebracht hatte. Wenn Elsa den Kopf hängen ließ, war die Lage ernst.

»Männer denken mit dem Hintern, wenn sie es mit Frauen zu tun kriegen«, grollte sie. »Furzkerle!« Sie beugte sich über den Tisch und versenkte ihren Mund im

Schaum eines Kruges mit Honigbier. Nachdem sie die Tropfen am Ärmel abgewischt hatte, faltete sie die Hände. Und mit einem Mal sah sie feierlich und gewichtig drein.

»Du kennst mich, Marcellakind. Und du weißt, aufgeben ist nicht mein Fall. Hab' ich mein Lebtag nicht getan, nicht mal damals, als mein Junge aus der Lehre ist, und ich die Schulden ... ach was. Zähne zusammen und durch, das steht auf meiner Fahne. Aber nun ...«

»Ja?« fragte Marcella.

Und dann hörte sie zu, wie Elsa mit all ihrem Zartgefühl auf Jacob zu sprechen kam. Jacob, der so ganz anders war als andere Männer. Seinen beiden ersten Weibern hatte er die Sahne ins Maul gestopft, das wußte jeder in Trier. Kaum, daß er sie mal verprügelt hatte. Im Gegenteil – er fand's gut, wenn Frauen ihren eigenen Kopf hatten, und ließ ihnen ihre Freiheit. Durfte man das verachten? Gewiß, es gab schönere Männer. Jacob hatte Fett angesetzt, und niemand konnte bestreiten, daß seinen Augen ein gewisses Froschglotzen anhaftete. Nur, wie der Volksmund so schön sagt: Kornblumen sind hübsch, aber Ähren sind besser. Und die Jungen haben Flausen im Kopf, sind herrisch und eifersüchtig, da weiß man nie, woran man ist ...

Marcella hörte aufmerksam zu, das Kinn auf die Hände gestützt, ohne ein einziges Mal zu unterbrechen. Als der Lampendocht niedergebrannt war und Elsa den Qualitäten des Jacob Wolff und der Unerbittlichkeit des Schicksals rein gar nichts mehr hinzuzufügen wußte, sagte sie:

»Morgen früh gehe ich zu Ribaldo di Sauro.«

II

Marcella verließ ihr Haus mit dem Glockengeläut, das die Öffnung der Stadttore ankündete. Sie ging nicht durch die Obstgärten, sondern nahm den Weg an der Moselmauer entlang, und als sie die Römerbrücke erreichte, trat sie nach kurzem Zögern vor das Tor hinaus, um die Lastkähne zu beobachten, die über die Dreharme des hölzernen Ladekranes mit Salzfässern bepackt wurden.

Sie hatte Zeit. Elsa mußte noch Lorbeeröl in die Metzgergasse tragen. Die Metzger brauchten das Öl zwar erst im Sommer, wenn die Fliegen ihnen wieder zu schaffen machten, aber wegen des günstigen Preises waren sie bereit, auch jetzt schon zu kaufen. Das Ganze war ein schlechtes Geschäft. Alles war ein schlechtes Geschäft, wenn man unter dem Druck stand, verkaufen zu müssen.

Vielleicht, dachte Marcella, hätte ich den Safran mit dem Schiff hierher transportieren lassen sollen. Aber der Weg über Land hatte als sicher gegolten. Und Scholer war ihn mit seinen Frachtwagen schon so oft gefahren. Als er ihr angeboten hatte, die Kisten aus Koblenz mit nach Trier zu bringen … Wie hätte sie ahnen können …

Ach, Blödsinn! Sie war leichtsinnig gewesen. Und nun mußte sie zu Ribaldo gehen und versuchen, ihm einen Kredit abzuschmeicheln.

Ein völlig verdreckter, bis auf die Hose nackter Junge trieb eine Schar Ziegen auf die Brücke zu. Marcella flüchtete zum Torturm und kehrte in die Stadt zurück.

Elsa wartete vor dem Laden. Sie hatte ihre blonden Zöpfe streng nach hinten geflochten und bis auf das letzte Härchen unter der Haube verschwinden lassen. Die Kette mit dem Vogel aus Bergkristall, die Marcella ihr zum Osterfest geschenkt hatte, war durch ein eisernes Kreuz ersetzt worden, das schwer über ihrem Wolltuch baumelte.

»Es schickt sich nicht, und du hast es nicht nötig«, sagte sie zur Begrüßung.

Marcella gab ihr einen Kuß, hakte sich bei ihr unter und zog sie mit sich.

Der Weg zur Rahnengasse, wo Ribaldo di Sauro wohnte, war kurz, kaum mehr als ein Spaziergang, aber die Gasse bildete den Zugang zu einem der ärmeren Viertel, und als Marcella sie betrat, kam sie sich vor wie in eine andere Welt versetzt. Es roch nach faulendem Fleisch, nach saurer Suppe, nach Vieh und Exkrementen. Als stünde man inmitten einer Abfallgrube. Der Grund war offensichtlich: In den engen Spalten zwischen den Häusern türmte sich, was die Bewohner an Unrat aus den Fenstern kippten, und offenbar gab es niemanden, der sich zuständig fühlte, ihn abzutransportieren. Die Häuser selbst waren verfallen. Mit Lehm verbackener Mist stopfte notdürftig die Löcher in den Dächern und Wänden.

Ein Mädchen mit einer wäßrigen Wunde am Bein kauerte im Gossendreck und lutschte versunken an einem Knochenstück, während sie auf eine Schar kleiner Jungen achtete. Mit angewiderter Miene fragte Elsa sie nach der Wohnung des Genuesen.

Di Sauros Haus befand sich am Ende der Gasse, in einem Winkel, wo es ein wenig sauberer war. Seine Zimmer lagen über einer Taverne, und die Holzläden vor den Fenstern waren noch geschlossen.

Marcella blickte an sich herab und betrachtete den Saum ihres Kleides. Es war ein Fehler gewesen, so früh zu kommen, aber vor allen Dingen war es ein Fehler gewesen, auf die Sänfte zu verzichten. Der Regen der vergangenen Tage hatte eine Menge Schmutz in die Mitte der Straße gespült, der nun am Blumenstoff ihres Kleides klebte. Nur, wenn sie die Sänftenträger bestellt hätte, dann hätte – der Himmel verhüte – womöglich Onkel Bonifaz von ihrem

Ausflug erfahren, und der Onkel durfte auf keinen Fall beunruhigt werden. Gerade jetzt nicht. In den letzten Tagen schlich er durchs Haus wie ein Gespenst.

»Laß es bleiben«, sagte Elsa und wiederholte, was sie Marcella bereits am Abend zuvor gepredigt hatte. »Jeder weiß, daß der Italiener ein Spitzbube ist. Ein Gauner, dem sie vergessen haben, das Ohr zu schlitzen! Außerdem ist es unwürdig!«

Und zum hundertsten Mal hielt Marcella ihr eigenes Argument dagegen: »Di Sauro ist mit mir bekannt, und er hat das Geld, das uns helfen könnte.«

Es war ein schwaches Argument. Ribaldo di Sauro gehörte zu den Menschen, die nicht einmal das Schwarze unter dem Fingernagel verschenkten. Und ihre Bekanntschaft beruhte auf einem häßlichen Erlebnis, das er womöglich längst aus seiner Erinnerung verbannt hatte. Angesichts der von Rissen durchzogenen Hausfront und der schiefen Tür mit der abgeblätterten, grünen Farbe schien es sogar fraglich, ob er überhaupt genügend Geld besaß, um ihnen etwas borgen zu können.

Aber *wissen* werde ich das erst, wenn ich drinnen gewesen bin, sagte sich Marcella und pochte energisch mit dem Klöppel gegen den schwarz angelaufenen Metallring.

»Am besten, du wartest hier«, beschied sie Elsa, als nach einer Ewigkeit der Riegel über das Türholz schrammte.

Di Sauro hockte in einem mit Armstützen versehenen, lederbezogenen Stuhl, der seinem Sinn für Schönheit entsprach, sein häßliches Äußeres aber nur noch schärfer kontrastierte. Das eckige Gesicht war von Fältchen durchzogen, scharfen Einschnitten im mageren Fleisch, die ihm besonders zwischen den Augen das Aussehen eines mißtrauischen und habgierigen Äffchens verliehen.

»Ihr wollt Geld, und ich werde Euch keins geben«, sagte er zur Begrüßung.

Marcella ließ sich auf dem Schemel nieder, den di Sauros Bursche ihr gewiesen hatte, und wartete, bis die Tür hinter ihr ins Schloß gefallen war. Sie lächelte. »Wie schön, Euch wiederzusehen, Ribaldo, und wie schön, daß Ihr Euch nicht verändert habt. Es gibt so wenig Beständiges auf der Welt.«

»Amen!« Di Sauro lehnte sich zurück und krallte die Finger um die Armlehnen. »Selbst wenn ich genug Bares hätte, Euch einen Kredit anzubieten, würde ich es nicht tun. Ihr neigt zu Unvernünftigkeiten. Geschäfte werden mit dem Kopf gemacht. Und in Eurem Kopf geht alles durcheinander. Ich wünschte, ich hätte Euch nie getroffen.«

»Das glaube ich gern, denn dann wäret Ihr nicht nur meiner Gegenwart enthoben, sondern hättet vermutlich auch sonst keine Sorgen mehr. Wenigstens nicht in dieser Welt.«

Der Genuese verzog das Gesicht, als hätte er auf Saures gebissen. »Wir hatten ein gemeinsames unangenehmes Erlebnis, Gnädigste. Das ist alles. Versucht bitte nicht, darauf herumzureiten.«

»Ich brauche zehn Pfund Heller, um Auripigment und Safran zu kaufen. Ihr würdet es zu zwölf Prozent Zins zurückbekommen.«

»Ich habe keine zehn Pfund Heller, und wenn ich sie hätte, dann würde ich sie Euch nicht geben, und wenn ich sie Euch gäbe, dann würdet Ihr davon keinen Safran kaufen können, weil der Markt Safran im Moment nicht liefert.«

»Aber er liefert Auripigment.«

»Ich …«

»Und in Koblenz wird noch vor dem Johannistag ein Schiff aus Basel eintreffen, das Safran mit sich fuhrt. Zwölf Prozent, Ribaldo.«

Der Genuese starrte sie an. »Himmelkreuz … Als der Schöpfer den Starrsinn erschuf, da stattete er ihn mit quellendem Busen und breitem Hintern aus!«

Marcella mußte lachen. »Ich komme, um zu bitten, nicht um zu zanken, Ribaldo. Euer Geld und auch der Zins wären bei dem Geschäft sicher. Ich habe Kunden für das Auripigment, die bei Anlieferung zahlen. Könntet Ihr risikoloser verdienen?«

»Es heißt, verehrte Schwätzerin, Ihr habt bei dem Überfall auf Scholer fünfzig Pfund Heller verloren. Aber Eure Krämerei ist wesentlich mehr wert. Oder war es wenigstens bis vor einigen Monaten. Wie kommt es, daß Euch der Verlust in solche Schwierigkeiten bringt, daß Ihr bei mir anklopfen müßt? Habt Ihr schlecht gewirtschaftet?«

Er war so höflich, es als Frage zu kleiden. In Wahrheit traf er eine Feststellung.

»Wer versieht Euch mit so genauen Zahlen, lieber Herr?«

»Die Vöglein singen in jedem Garten. Man muß ihnen nur zuhören.« Der Genuese lächelte breit und kompromißlos.

»Ich habe nicht fünfzig, sondern ... fast vierhundert Pfund verloren.«

»Vier ...« Di Sauro pfiff durch die Zähne, zum ersten Mal mischte sich etwas wie Mitgefühl in seine Äffchenmimik. Er mußte wirklich gut unterrichtet sein, denn er glaubte ihr aufs Wort.

»Aber das wird mich nicht ruinieren«, sagte Marcella, »denn ich habe feste Kunden. Schön, mir sind nicht alle geblieben, aber die wichtigsten warten noch ab. Und wenn ich bis Johanni liefern kann, ist alles gut. Ich brauche nicht mehr als zehn Pfund Heller.«

»Hat Tristand Euch nicht entschädigt?«

Marcella haßte es, wenn man sie unwissend fand. Und gerade jetzt hatte sie das Gefühl, daß der Genuese ihr diesen Tritt absichtlich gegen das Schienbein gelenkt hatte.

»Wieso Tristand?«

Di Sauro lächelte schadenfroh. »Mir scheint, Ihr solltet Euch ebenfalls gelegentlich in den Garten setzen, Herrin.

Dann hätten Euch die Vögel vielleicht geflüstert, was ganz Trier schon weiß und was Ihr eigentlich mit den ersten hättet erfahren sollen.«

»Was hat Tristand mit meinem Geld zu tun?«

»Er hat es gestohlen.«

Marcella begann zu lachen. »Arnold Tristand? Kann es sein, daß Eure Vögel miauen oder bellen?«

»Im Gegenteil. Sie zwitschern, daß einem der Kopf summt. Tristand hat einen von Scholers gestohlenen Frachtwagen in seinem Heuschober zu verstecken versucht, das ist belegt.«

»Unsinn. Der Mann ist reich durch seinen Wein. Er ist … Mitglied im Schöffenrat. Und außerdem viel zu alt für solche Dummheiten. Und …«

Und er ist ein Ehrenmann, hatte sie sagen wollen. Ein gütiger alter Herr, der sein Gesinde sauber kleidet und Kindstaufen ausrichtet und sie zu Feiertagen mit einem Heller extra belohnt. Aber Männern, und besonders Kaufleuten wie di Sauro, bedeuteten diese Dinge nichts. Ein Ehrenmann ist ein Lump, den sie noch nicht erwischt haben, war Jacobs Redensart.

»Euer Onkel selbst hat ihn ertappt«, fuhr der Genuese fort. »Es wundert mich, daß er Euch nichts davon erzählt hat. Er und Jacob Wolff und noch ein paar andere vom Schöffenrat. Sie sind hinausgeritten auf Tristands Landgut, um mit ihm über die Sache mit dem Sestergeld zu beraten. Und da haben sie ihn erwischt, wie er den Frachtwagen unter Heuballen zu verstecken versucht hat.«

Marcellas Augen weiteten sich ungläubig. »Arnold Tristand soll den alten Scholer umgebracht haben?«

»Den Wagen versteckt, sagte ich. Für den Mord scheint man seinen Sproß im Verdacht zu haben.«

»Martin?« Das klang noch dümmer. Martin war … ein Ausbund an langweiliger, phantasieloser Rechtschaffenheit. Gescheit, aber so umständlich, daß es einem auf der Haut kribbelte, wenn man mit ihm sprach. Er schneuzte nicht einmal die Nase, ohne das Für und Wider auf der Schiefertafel zu erwägen.

»Wenn Ihr den Vögeln im Garten schon nicht lauschen mögt«, sage der Genuese vorwurfsvoll«, dann solltet Ihr wenigstens auf die Spatzen in der Gasse hören. Dort heißt es nämlich, daß Martin noch einen jüngeren Bruder hat. Einen Taugenichts, der sich mit Judenwucherern rumtrieb und vor zehn Jahren nach Italien verschwand. Damian Tristand. Dem geben sie die Schuld.«

»Ich wußte gar nicht, daß Arnold zwei Söhne …«

»Ein guter Kaufmann ist mit den Vögeln auf du und du.«

»Schlimm für den alten Mann.«

»Aber Glück für Euch. Martin Tristand, heißt es, ersetzt jeden Schaden, den sein Bruder angerichtet hat.« Di Sauros schlauer Vogelblick geriet plötzlich ins Nachdenkliche. »Beschenkt Euch das nun eigentlich … mit fünfzig oder mit knapp vierhundert Pfund Heller, meine Liebe?«

Marcella beugte sich weit über den Schreibtisch. Sie begann zu lächeln. »Ich bin sicher, das werden Euch die Spatzen pfeifen.«

»Gewiß, gewiß.« Di Sauro griff nach ihren Händen. »Habt Ihr Euch eigentlich schon einmal mit Alaun befaßt?«

»Ich handle nicht mit Tuchfärbern, sondern mit Skriptorien.«

»Ihr bräuchtet auch nicht zu handeln, sondern nur einen Teil Eures Geldes …«

»Ich handle gern, und im Moment mit Safran und Auripigment.«

»Wie unendlich schade.« Di Sauro stand auf und geleitete sie zur Tür. Sein mageres Gesicht blickte jetzt, da es ihm nicht mehr an den Geldbeutel gehen sollte, durchaus wohlwollend. »Möchtet Ihr nicht doch ein paar Pfund …? Nein? Auch gut. Aber falls Ihr Eure Meinung ändern und mich doch noch mit Eurer Aufmerksamkeit zu beglücken wünschen solltet ...« Er küßte ihr galant die Hand. »... würdet Ihr dann vielleicht so aufmerksam sein zu bedenken, daß die Vögel auch über dieses Haus hier schwatzen? Für liebe *Freunde* ...« Es war nicht ganz klar, ob er mit dem letzten Wort spottete oder seine Gefühle den rasanten Gesinnungswandel seines Hirns bereits nachvollzogen hatten. »... bin ich alle Fest- und Feiertage auf meinem kleinen Landgut zu sprechen. Zur Musilpforte hinaus und dann immer östlich der Straße nach, zwei Meilen weit. Ein roter Wohnturm aus Sandstein mit einigen Stallungen. Etwas älter schon. Ihr könnt es gar nicht verfehlen ...« Mit einer Verbeugung hielt er ihr die Tür auf. »Und solltet Ihr eventuell doch ...«

»Im Leben nicht«, sagte Marcella und warf ihm einen strahlenden Blick zu.

III

Die Arme unterm Nacken verschränkt lag Marcella auf ihrem Bett und starrte den durchhängenden Betthimmel an. Motten hatten sich über den roten Stoff hergemacht und Löcher hineingefressen. Als Marcella das Zimmer bezogen hatte, hatte sie die Motten mit Lavendelbüscheln verscheucht und die Löcher mit Blumen aus gelbem und dunkelblauem Seidenstoff zugenäht. Damals mußte sie ... ja, knapp acht Jahre alt gewesen sein. Sie wußte nichts mehr aus dieser Zeit, außer daß in ihrem neuen Zuhause alles sehr staubig gewesen war, und am staubigsten Onkel Bonifaz, der sie am Ende der Treppe zur Halle begrüßt hatte. Sie mußte Nadeln in ihrem Gepäck gehabt haben, denn noch in der ersten Nacht hatte sie die Löcher im Betthimmel zugenäht. Mit Blumen, die sie aus ihrem Seidenmantel geschnitten hatte. Himmel, Onkel Bonifaz hatte fast der Schlag getroffen, als man ihm von dem zerschnittenen Mantel berichtete. Es hatte ihr auch leid getan. Nicht wegen des Mantels, den hatte sie gehaßt. Aber wegen der Blumen, die sie seitdem immer an den Mantel erinnerten.

Marcella schloß die Augen und lauschte den Geräuschen unten im Hof. Onkel Bonifaz ließ die alten Weinfässer reinigen. Holz rollte über das Pflaster, gelegentlich knallte ein Deckel zu Boden, Wasser platschte, und die Männer riefen sich ihre ordinären Späße zu. Lange würde der Lärm nicht mehr anhalten, denn es ging auf den Abend zu ...

Die Krämerei war verloren.

Und was das Schlimmste daran war: Es hätte gar nicht sein müssen.

Martin Tristand hatte ihre Forderung anerkannt, das

Auripigment im Wert von zweiundfünfzig Pfund Heller hatte auf der Frachtliste gestanden. Aber dann hatte der Schöffenrat sich eingemischt. Es gab eine Menge Leute, die Ansprüche zu stellen hatten. Allen voran Scholers Witwe, die ihren Mann verloren hatte und deren Schaden noch gar nicht abzuschätzen war. Dann die Witwen der ermordeten Frachtbegleiter. Außerdem mußte man die Waren, die auf Tristands Hof gefunden worden waren, ihren Besitzern zuführen und sie von der Schadenssumme wieder abziehen. All das erforderte Zeit. Das Tristandsche Vermögen war groß, aber ob es ausreichen würde, alle Geschädigten zu befriedigen, stand in den Sternen, und da wollte man eben nichts überstürzen.

Marcella sah das ein. Helfen tat es ihr nicht.

Drei der fünf Skriptorien – die aus den städtischen Klöstern – hatten ihr bereits die Kundschaft aufgekündigt. Zinnober, Waid, Folium und Bleiweiß waren leicht von anderen Händlern zu bekommen. Und wenn man ihnen kein Auripigment lieferte, dann benutzten sie eben Grünspan mit Schwertelsaft oder Kohl.

Marcella dachte an Jacob. Er hatte ihr die Hand geboten und – jedenfalls hatte sie es so aufgefaßt – die Mitarbeit in seinem Weinhandel. Wahrscheinlich hätte er auch nichts dagegen, wenn sie ihre Krämerei weiterführen wollte. Jacob war ein großzügiger Mann.

Einen Moment lang versuchte sie sich vorzustellen, wie es wäre, unter dem Baldachin von Jacobs düsterem, mit steifen Kissen ausgelegtem Bett zu liegen. Ihre Phantasie reichte hin, sich seine Beine mit den mächtigen Schenkeln vorzustellen, die Wülste um seine Hüften, den vorgewölbten Bauch, der sich über sie beugen würde, und natürlich auch die behaarten Arme, die sich wie Krakententakel um sie schlingen und sie auf die muffige Matratze drücken würden.

Bei dieser letzten Vorstellung begann es in ihrem Magen zu schwimmen. Ein ungemütliches Gefühl war das – als würde sie aus großer Höhe hinunterfallen. Nicht, daß ihr so etwas je passiert wäre. Sie war einmal vom Trittbrett eines Reisewagens gestolpert, aber das war so schnell gegangen, daß mit einem kleinen Schreck alles vorüber gewesen war. Wenn sie an Jacobs Schenkel dachte, dann fiel sie von der Spitze eines Berges, und der Inhalt ihres Magens löste sich und flatterte hinauf zur Kehle.

Das kommt, weil Jacob so häßlich ist, dachte Marcella und versuchte, die fette Gestalt durch ein wohlgeformtes männliches Neutrum zu ersetzen, ähnlich den gemeißelten Apollostatuen bei den Kaiserthermen. Aber das flattrige Gefühl blieb. Und je störrischer sie sich zwang, die imaginäre Mannsgestalt in ihrer Nacktheit zu betrachten und angenehm zu finden, um so schlimmer wurde es.

Sie drehte sich auf den Bauch und preßte die Handballen gegen die Augäpfel. Rote Kringel begannen die Apollogestalt zu umschwimmen. Marcella drückte stärker, um die Kringel zu vertreiben. Aber sie leuchteten nur noch intensiver, und schließlich verwandelten sie sich in Blitze, bis der ganze Apolloleib von blutigen Flammen umzuckt wurde. Apollo brannte. Und sein Rauch stank nach Bergamotte und wurde vom Rübenacker zum Haus hinüber getrieben …

Marcella begann zu würgen. Sie preßte die Hände vor den Mund und lief zu dem Waschzuber, der neben der Fensternische stand. Sie brauchte sich nicht zu übergeben. Das Wasser, das sie aus der Schale direkt in ihr Gesicht spritzte, vertrieb die Übelkeit und schaffte ihr wieder Luft. Schwer atmend hielt sie sich an dem Schüsselgestell fest und krallte die Hände darum. Das Wasser rann in ihren Ausschnitt.

Es … verdammt … es war also so … *verkehrt.* Sie fuhr sich mit der Hand über den Mund. Irgendwo, fiel ihr ein, mußte noch eine Schüssel mit Zimtschnecken stehen. Sie tastete sich um das Bett herum, fand das Gebäck auf der Kleidertruhe und begann, es sich in den Mund zu stopfen. Essen beruhigte den Magen. Süßes am meisten. Schon der Geschmack des Honigs im Mund ließ sie ruhiger werden. Sie schluckte, so schnell sie das Zeug hinunterbekam, und warf sich dann mit Tränen in den Augen auf ihr Bett.

Sie mußte geschlafen haben, denn als sie das nächste Mal horchte, hatte der Lärm im Freien eine andere Färbung bekommen. Das Poltern der Fässer war leiser geworden, und die Stimmen lauter. Wahrscheinlich war sie davon erwacht. Ein Fremder mußte in den Hof gekommen sein, denn sie hörte die Hunde in dem Zwinger neben dem Tor bellen und die barsche Stimme des Wachknechtes, der sie zur Ordnung rief.

Marcella wischte sich die Krümel vom Mund und trat zum Fenster. Die Sonne stand tief, rotes Licht bedeckte die stockbewehrten Weinberge im Hinterland der Stadt. Der Innenhof des Bonifazschen Besitzes, umgeben von einer zwei Klafter hohen Mauer, war bereits zur Hälfte von Abendschatten verdunkelt. Vor dem Ziehbrunnen, genau abgegrenzt wie mit dem Lineal gezogen, begann der hellere Teil, in dem die umgestülpten Weinfässer zum Trocknen abgestellt worden waren.

Gerade auf der Linie zwischen Licht und Schatten tänzelte ein graugefleckter Schimmel – das Pferd des Stadtzenders. Hoch aufgerichtet, steif von der Würde, die sein mächtiges Amt ihm verlieh, thronte der Mann im Sattel. Der Schatten, den die Mauer warf, verdunkelte sein Gesicht, aber sein Rücken mit dem blutroten Mantel glänzte in der Abendsonne, und das, und vielleicht auch der Ruf der Grausamkeit, der ihm vorauseilte, betonte das Unheimliche seiner Erscheinung. Der Zender hatte Gefangene abzuliefern. Zwei Männer, die an Stricken gebunden hinter seinem Pferd standen. Offenbar fand der rote Mann, daß die Bonifazschen Knechte den beiden zu dicht aufs Fell gerückt waren, denn er brüllte einen Befehl, und seine Gehilfen, die die gefesselten Männer eskortierten, hoben ihre Knüppel. Murrend wichen die Knechte zurück.

Marcella konnte nun die Köpfe der Gefangenen erkennen, einer war lockig und gelb, wie Weizen in der Augustsonne, der andere schwarz mit silbergrauen Strähnen, kürzer als es Mode war und von rauher Behandlung zerzaust. Der Schwarzhaarige sagte etwas. Was, konnte Marcella nicht verstehen, denn er sprach leise, und ihr Fenster lag hoch. Aber sie hörte das unwillige Antwortgemurmel der Knechte. Der Schwarze hob noch einmal die Stimme, diesmal deutlicher und spürbar erbost.

Wie dumm von ihm, sagte Marcella halblaut. Und richtig, die Knechte ballten die Fäuste. Der Zender war der Zender und sollte sein Amt tun, aber niemand hatte das Recht, freie Bürger zu beleidigen, schon gar nicht, wenn er in Fesseln stand und zur Armsünderbank geführt werden sollte.

Marcella fand ein Kuchenrestchen in der Beuge ihres Ellbogens und schnipste es gedankenverloren vom Stoff. Zieh den Kopf ein und übe dich in Demut, dachte sie. Sonst beziehst du Prügel, bevor der Schöffenrat einen Blick auf dich werfen kann. Und mit zerschlagenem Gesicht werden sie dich nicht milder beurteilen.

Den Fremden schien das nicht zu kümmern. Er suchte weder Schutz beim Pferd des Zenders noch wich er zurück. Er hob nicht einmal die Hände, um sich vor den Püffen zu schützen. Trotzig schaute er in die Gesichter der Knechte. Marcella wandte sich ab. Sie verabscheute Gewalt. Und Dummheit machte sie ungeduldig. Mochte man sich prügeln.

Wahrscheinlich wäre es auch so gekommen, wenn der Zender nicht mit einem scharfen, alles übertönenden Satz zwischen die Knechte gefahren wäre. Einem Satz, der ihr wütendes Gebrumm auf der Stelle verstummen und ihren Zorn innehalten ließ. Wieder waren nur Silbenbruchstücke an Marcellas Fenster gedrungen, aber das eine, das entscheidende Wort hatte auch sie verstanden:

Tristand.

Der Schöffenrat tagte *non coram publico.* Niemand hatte bei ihrer Sitzung etwas zu suchen, schon gar nicht eine Frau. Daß Marcella sich trotzdem zu den Männern schleichen konnte, lag daran, daß es in Trier noch kein Rathaus gab und die Sitzungen notgedrungen im Haus des Schöffenmeisters stattfinden mußten. Und was lag da näher, als daß die Nichte des Schöffenmeisters – in Ermangelung einer Hausfrau – sich um den Durst der Gäste kümmerte. Sie hatte das schon früher getan. Einige Schöffen hatten sich darüber mokiert, den meisten war es egal gewesen. Mochte sie ihnen zuhören. Der Handel mit Buchfarben und Spezereien hatte unter den Trierer Fernhändlern keine Konkurrenz. Aber dieses Mal hätte Marcella den Weinkrug auch in der Küche stehenlassen können. Niemand achtete auf sie, als sie durch die kleine Tür vom Gesindetrakt in den Beratungssaal schlüpfte.

Der Raum, den der Schöffenmeister für die Ratssitzungen bestimmt hatte, war groß, kalt und düster. Auf Dornen gespießte Wachslichter standen auf dem Tisch, und unter der Eichenbalkendecke baumelte ein eiserner Radleuchter mit tropfenden, gelben Kerzen. Aber Onkel Bonifaz war ein sparsamer Mann, und die wenigen Lichter, die er für die Sitzung zu opfern bereit war, brachten nicht mehr als ein Zwielicht hervor, das die Augen anstrengte und die Nerven reizte. Nur durch die Bogenfenster an der Breitseite des Raumes fiel noch Helligkeit in den Raum, eine Parade von Lichtrhomboiden auf dem Dielenboden, die aber zusehends zusammenschmolzen, um der Nacht das Feld zu überlassen.

Behutsam schloß Marcella mit dem Ellbogen die Tür.

Die Schöffen, vierzehn Mann, verteilt um einen langen Tisch mit grauleinenem Tischtuch, verhielten sich schweigsam. Flammenschatten tanzten auf ihren Gesichtern. Ihre Blicke hingen an den Zinnkrügen und wanderten gelegentlich zur Eichenbohlentür, hinter der eine Treppe in den Hof hinabführte. Der Zender schien sie über seine Gefangenen bereits informiert zu haben. Einige blickten verstohlen zu Martin Tristand.

Marcella bedachte Martin mit einem mitfühlenden Blick. Der Arme war seit anderthalb Jahren Schöffe und einer der jüngsten hier im Kreis. Es hatte Stimmen gegeben, die seinen Ausschluß vom Schöffenrat gefordert hatten, als die Sache mit den gestohlenen Frachtwagen bekannt geworden war. Aber die Bedachtsamen, die meinten, man solle den gerechten Bruder nicht für die Untaten des mißratenen büßen lassen, hatten sich durchgesetzt. Besonders weil Friedrich Scholer, der Neffe des ermordeten Kaufmanns, sich ebenfalls für Martins Verbleib im Schöffenrat ausgesprochen hatte. Arnold Tristand mochte sich dem Rat gegenüber der Treulosigkeit schuldig gemacht haben, sein Sohn nicht.

Tatsächlich hatte Martin noch am Tag der Verhaftung seines Vaters Boten losgeschickt, um nach dem Bruder zu forschen, und ihm verdankte man die Nachricht, daß Damian Tristand wirklich in Koblenz im Haus der Tuchhändler gesichtet worden war. Wenig später erfuhren die Schöffen, daß er dort mit dem alten Scholer in Kontakt getreten war. Der Mann, von dem Martin das hatte, glaubte sich sogar zu erinnern, daß Damian sich Scholers Wagenzug angeschlossen hatte. In jedem Fall aber hatte er Koblenz zeitgleich mit Scholer verlassen und war seitdem nicht mehr dort aufgetaucht. Martin hatte all das getreulich an den Schöffenrat weitergegeben und mit geradezu selbstquälerischer Genauigkeit nach weiteren belastenden Details geforscht.

Aber was gab es noch herauszufinden? Die Frachtwagen, die dem ermordeten Scholer gehört hatten, waren gestohlen worden, und einer von ihnen war auf dem

Landgut der Tristands wieder aufgetaucht. Erstaunen konnte nur die Dreistigkeit des Diebes und die Torheit seines Vaters. Aber – wie Jacob Marcella an einem stillen Abend im Hinterstübchen der Krämerei auseinandergesetzt hatte – Arnold, der Schwachkopf, besaß eben keinen Mumm. Sein Lebtag hatte er hinter seinem Jüngsten hergewinselt, sogar dann noch, als der Strolch in das Wuchergeschäft dieses vermaledeiten Brügger Juden eingestiegen war. Wo die Peitsche vonnöten gewesen wäre, hatte Arnold gebettelt und gefleht. Und so bekam er in gewisser Weise, was er verdiente. Oder nicht?

Vielleicht, dachte Marcella, setzte ihren Krug auf einer Truhe ab und zog einen Schemel heran, auf dem sie sich niederließ.

Sie mochte Martin nicht. Sie wußte, daß er ihr Krämertum mißbilligte, ihre Anwesenheit im Schöffenrat, ihr Ledigsein, ihre Reisen übers Land und wahrscheinlich ihre ganze Existenz. Trotzdem konnte sie sich jetzt an seinem Elend nicht freuen. Er trug noch immer die dunklen Kleider mit dem Pelzbesatz, die seine Seriosität betonten, und die schlichten Schnabelschuhe und hatte die Haare streng aus dem Gesicht gebürstet. Aber sein Kinn war dunkel von Bartstoppeln und seine Augen starrten brütend ins Leere. In seine Stirn hing ein Haarwirbel, widerspenstig und steif, den anderen Locken entschlüpft, als wollte er verkünden, was sowieso nicht verheimlicht werden konnte: Daß nämlich sein Träger aus den Bahnen der Ehrbarkeit hinausgeschleudert worden war in eine ungewisse Zukunft.

»Wenigstens haben wir das Schwein jetzt«, sagte Jacob. Er saß oben an der Tafel, direkt neben Onkel Bonifaz, wie es seinem Reichtum und seinem Rang gebührte. Sein Blick ging in die Runde. »Martin hat allen Schaden, der durch seinen Bruder entstanden ist, ersetzt, was ich nebenbei bemerkt, für sehr anständig halte, denn wir wissen alle, daß er sich dem liederlichen Treiben seines Bruders immer entgegengestellt hat. Wenn jetzt Blut durch Blut gesühnt wird – und der Teufel soll mich holen, wenn er billiger davonkommen soll, der verfluchte Halsabschneider –, ich meine, dann könnte man wohl darüber nachdenken, ob Arnold Tristand …«

»Arnold hat versucht, den Mörder zu schützen«, sagte Hans Britte schroff. Die meisten Männer nickten dazu, einige blickten betreten. Das Haus Tristand hatte viele gutzahlende Kunden und fast die Hälfte der Schöffen handelte mit Moselweinen. Wenn hier von Gerechtigkeit gesprochen wurde, klang das Echo immer bedenklich nach Habgier.

Marcella sah, wie Martin aufstand und zum Fenster ging. Die Lichtrhomboiden waren zu winzigen Flecken zusammengeschmolzen. Sie konnte im Schatten der Fenster sein Gesicht nicht mehr erkennen, nur der Haarwirbel stach wie ein Dorn gegen das Zwielicht ab.

Dann polterte eine Faust gegen die Tür, und sie vergaß die düstere Gestalt.

Der Zender war der erste, der den Raum betrat. In der Hand hielt er ein Papier, wohl das Dokument, das ihn befugt hatte, die beiden Gefangenen festzunehmen. Er verbeugte sich und begann wichtigtuerisch sein Begehren zu erklären, nämlich die Gefangenen vorzuführen, die er den werten Herren ja bereits angekündigt hatte, wobei sein Befehl, wie er noch einmal umständlich erläuterte, zwar nur dem älteren der beiden Gefangenen gegolten hatte, er sich aber gestattet habe, den anderen Menschen gleich mitzubringen, weil zwischen ihm und dem Gesuchten eine Kumpanei geherrscht hatte, die zu untersuchen dem Schöffenrat womöglich angelegen sein könnte.

»Ja, ja!« knurrte Jacob. »Und nun herein mit den Kerlen.«

Die Kerle blickten grimmig. Wenigstens einer von ihnen. Der Schwarze, der sich unten schon so erbost gezeigt hatte. Tristand. Oder waren es vielleicht nur die zerzausten Haare, die ihm ein so wüstes Aussehen gaben? Nein, entschied Marcella. Seine Haltung, der Blick, mit dem er die höchste Autorität auszumachen suchte, die Ungeduld, mit der er sich bewegte ... es war das Bild eines Mannes, der von Zorn geschüttelt wurde.

»Mit welchem Recht geschieht das hier?« fauchte er. Seine Stimme war scharf und kalt. Und durch einen leichten italienischen Akzent aufgerauht – eine Tatsache, die die Schöffen vielleicht übler als alles andere vermerkten.

Der Zender forschte in den Mienen seiner Herren. Er fand darin nichts als Unwillen und entschied – ihren Befehlen vorauseilend –, daß die Frechheit des Gefangenen zu ahnden sei. Ein Kopfnicken in Richtung seines Gehilfen – im nächsten Moment sauste dem Gefangenen ein daumendicker Knüppel zwischen Ohr und Schulter. So ging man hier um mit aufsässigen Strolchen – fertig! Und wenn dieser Tristand auch nur eine Spur Verstand besäße, dachte Marcella, dann hätte er sich das denken können.

Der Zender wartete einen Moment, bis der Geschlagene wieder auf die Füße kam, und blickte dann zum Schöffenmeister, um zu erfahren, ob noch weitere Maßnahmen gewünscht wurden.

Bonifaz war vom Sitz aufgesprungen. Sichtlich betroffen starrte er auf den Delinquenten. Es hätte nicht viel gefehlt, und er hätte selbst den Schrei ausgestoßen, den Tristand sich störrisch verbiß.

Marcella seufzte, halb aus Sympathie mit dem Onkel, halb aus Kummer über sein Benehmen. Sie wußte, daß die Schöffen auf ihren Führer nicht eben stolz waren. Das Recht, den Schöffenmeister zu ernennen, lag beim Erzbischof, und natürlich hatte Balduin den Mann ausgesucht, von dem er sich die wenigsten Schwierigkeiten erhoffte. Bonifaz machte niemals Schwierigkeiten. Er tat, was man ihm sagte, und wer ihn am meisten bedrängte, errang gewöhnlich den Sieg. Für den Schöffenrat hatte das auch

Vorteile. Bonifaz spielte sich nicht auf und fügte sich ihren Beschlüssen, ohne zu versuchen, mit Hilfe seiner Stellung zu intrigieren. Aber nun stand ein dreister, hochfahrender Mordbube vor ihnen, und da hätten sie wohl doch gewünscht, ihr Meister würde die Macht und Strenge ihrer Institution deutlicher demonstrieren.

Jacob hüstelte, und Bonifaz besann sich seiner Pflichten. »Ihr seid ... der Sohn von Arnold Tristand? Ich ... man wirft Euch vor ...« Er verhaspelte sich. Seine Finger krochen nervös zu den silbernen Haaren, die seinen Kopf bedeckten.

Hans Britte, schon in guten Stunden von hitzigem Temperament, verlor die Geduld. »Verflucht, Bartholomäus! Dieser Kerl – der ist nichts als eine schmierige, widerwärtige Drecksau. Seh' keinen Grund, Höflichkeiten zu verschwenden. Sag ihm, was er wissen muß, daß er nämlich aufgeknüpft wird. Oder besser noch – ausgepeitscht und dann gepfählt oder aufs Rad geflochten. Sollen sich die Raben an ihm vergnü ...«

»Warum?« fragte der Gefangene. Diesmal sprach er leise, mit kühler, schwach vibrierender Stimme. Aber aus irgendeinem Grund klang sein Geflüster ebenso provozierend, wie vorher das Gefluche. Er senkte auch nicht den Blick, um seine Fügsamkeit zu zeigen. Seine Lippen waren schmal, seine Augen blickten vorsichtig – aber er war zum Platzen stolz.

Und das werden sie ihm nicht nachsehen, dachte Marcella. Sie werden ihn demütigen, bis er winselt. Dummheit ist das. Unheilige Einfalt. Sie merkte, wie ihr Magen sich wieder zu regen begann.

»Warum?« echote Jacob. Er stand auf. Eine blitzschnelle Bewegung, und er hatte Tristands Handgelenk zwischen seine Pranken geklemmt. »Wär' das hier nicht ein hübscher Grund, Freundchen?« Er winkte eine Kerze heran und drehte Tristands gefesseltes Gelenk, bis das Licht auf die Finger des Angeklagten fiel. Ein zufriedenes Lächeln verschob seine Wülste. »Hab' ich's doch recht gesehen. Trägt der Kerl den Ring des alten Scholer. Nicht besonders schlau von dir, wo Scholer hundertmal damit bei uns zu Tisch gesessen hat.«

Der Mann neben Jacob, Friedrich Scholer, stand auf, streckte mit ernster Miene die verkrampften Finger des Gefangenen, kniff die Augen zusammen und nickte dann denen zu, die es nicht hatten sehen können.

Tristand riß sich los. »Natürlich ist das Scholers Ring. Ich habe ihn mitgenommen, um ihn seiner Familie zu übergeben. Er … Scholer ist tot.«

Eben, das war es ja gerade. Und sein Wagen hatte auf dem Landgut der Tristands gestanden. Und Arnold hatte ihn zu verbergen versucht.

»Nimm den Ring an dich und übergib ihn Agnese«, empfahl Hans Britte dem jungen Scholer. »Auch wenn deine Tante wahrscheinlich drauf spucken wird, wenn sie erfährt, wer ihn zuletzt getragen hat.«

Diesmal brauchte Friedrich die Finger nicht zu biegen. Mit steifer Ruhe wartete Damian Tristand, daß er ihn vom Finger zog.

Seinem Kumpan, einem jungen Mann von hübschem Aussehen und hellen blonden Haaren, dem bisher niemand Beachtung geschenkt hatte, schien zu dämmern, daß sich hier Schlimmes zusammenbraute. Er drängte sich vor.

»Liebe Herren«, begann er mit einer Stimme, die so sanft und heiter war, als wäre sie als Gegensatz zum Organ seines Freundes geschaffen worden. »Kann es sein, daß hier ein Mißverständnis vorliegt? Ich war nämlich selbst beim Überfall auf die Frachtwagen anwesend, und ich habe mit eigenen Augen gesehen …« Er ächzte auf.

Der Zender war ein harter Mann. Keiner von den Schöffen hatte den Jungen gefragt, also sollte er auch nicht das Maul aufreißen. Auf sein Nicken ging der Knüppel erneut hernieder, und diesmal schien der Schlag noch böser ausgefallen zu sein, denn der Blonde ging gurgelnd in die Knie.

Entsetzt starrte Tristand auf den verkrümmten Jungen. Er schien etwas sagen zu wollen, brachte aber nichts mehr heraus. Er schluckte an den ungesagten Worten wie an trockenem Brot – und schließlich beugte er den Nakken.

Die Schöffen vermerkten es in stillem Triumph.

»Ich ...«, begann der Gefangene nach einer Weile mühsam, »war bei Scholer, als er überfallen wurde, das stimmt. Er hatte mir Platz auf seinem Frachtwagen angeboten, und wir wollten gemeinsam nach Trier fahren. Aber ich hätte doch niemals im Leben ...«

Erneut verschlug es ihm die Sprache.

Jacob hatte mit einer Gebärde der Verachtung vor seine Füße gespuckt.

Schweigen erfüllte den Raum.

Marcella beugte sich vor und begann, im Ärmel ihres Surcots nach Lakritzplättchen zu suchen. Sie fand das fürchterlich – diese Art zu schweigen. So etwas war ... schlimmer als prügeln.

»Wo ist mein Vater? Und mein Bruder?« fragte Tristand.

Martin hatte bisher zusammengesunken in seinem Winkel gestanden und den Gewalttätigkeiten zugesehen. Als sein Name fiel, ging er mit steifen Schritten auf den Gefangenen zu, bis er auf Armeslänge vor ihm stand. »Vater ist da, wo du jetzt sein müßtest«, sagte er rauh.

Sein Bruder starrte ihn an. »Martin! Was ...?«

»Sie haben Scholers Wagen gefunden, den du zu uns in die Scheune geschafft hast. Vater hatte versucht, ihn zu verbergen. Er hat versucht ... Er wollte ...«

Martin führte die Hand zum Mund. Sein Haarwirbel glich einem Gnom beim Tanz ums Feuer. Gequält drehte er sich zu den Männern am Tisch. »Mein Vater hat ein weiches Herz. Das ist doch ... sein ganzes Vergehen. Er hat ihn immer zu schützen versucht. All seine … Dummheiten … sein …« Ihm brach die Stimme. Wasser stieg in seine Augen.

Die Schöffen schwiegen betreten.

Marcella wandte die Augen ab und fingerte erneut nach den Lakritzen. Martin war ein Esel, aber das hier hatte er nicht verdient. Warum machte man dem kein Ende?

Damian Tristand wollte vortreten, aber der Henkersknecht packte ihn am Arm und riß ihn, vielleicht aus Argwohn, von dem Bruder fort. »Martin!« brüllte Damian. »Du kannst doch nicht im Ernst glauben, daß ich …«

Sein Bruder fuhr herum. Er hob die Hand und schlug zu, und zwar so heftig, daß dem Gefesselten Blut aus Mund und Nase schoß.

»Martin …« Das Blut lief über das Kinn. »Du … bist verrückt …«

Marcella dachte, daß Martin wieder zuschlagen würde. Aber er schüttelte nur den Kopf, fuhr sich mit den Fingern durch die Haare und tappte rückwärts. Dann kehrte er sich plötzlich ab und lief in Richtung Treppe.

Wieder war es still in dem düsteren Raum.

Es war Jacob, der das Schweigen mit einem Räuspern brach. »Ihr seid ein Schwein, Damian Tristand«, stellte er fest. »Und ein blödes dazu. Laßt uns die Sache zum Abschluß bringen, bevor mir das Kotzen kommt.«

»Man sollte den Mann zur Palastaula schaffen«, schlug Bonifaz vor. »Der Erzbischof könnte dann …«

»Uns zum Beispiel den Hintern lecken!« schnauzte Hans Britte. »Seit wann brauchen wir Balduin, um über unsereins Gericht zu halten.«

»Aber dieser … er ist doch kein Schöffe. Er untersteht dem Schultheißen des Erzbischofs und …«

»Sein Bruder ist Schöffe, das reicht.«

»Aber …« Bonifaz wand sich. Hilfesuchend blickte er in die Runde. »Was ist dann mit dem anderen, dem Jungen hier?«

Jacob faßte den Schöffenmeister am Ärmel und begann sanft auf ihn einzureden, wofür Marcella dankbar war. Der Onkel war so rot im Gesicht, als wolle ihn jeden Moment der Schlag treffen.

»Hör zu! Erzbischof Balduin ist noch immer erzürnt über die Sache mit dem Sestergeld. Glaubst du wirklich, er würde sich freuen, wenn wir ihm jetzt einen Bengel anschleppten, von dem niemand weiß, wie er heißt und was er ist? Er müßte Erkundigungen anstellen und sich, so wie der Junge gekleidet ist, womöglich mit einer Adelsfamilie rumschlagen, die ihren räuberischen Sprößling freibekommen will. Balduin hätte nichts als Ärger. Der Kerl hat zugegeben, daß er bei dem Überfall dabeigewesen ist, das reicht. Sperr ihn mit seinem Kumpan in deinen Weinkeller und bewahr sie auf, bis wir beschlossen haben, was mit ihnen geschehen soll. Dafür brauchen wir weder den Erzbischof noch seinen Schultheißen zu beunruhigen.«

Bonifaz nickte nicht, aber er widersprach auch nicht. Und irgendwie schien das als Antwort zu genügen.

IV

Es wäre – ich meine, aus unserer Sicht gesehen – sogar ein Vorteil, wenn er ein Strolch wäre«, sagte Marcella. »Denn das könnte bedeuten, daß er den armen Scholer wirklich umgebracht hat, und dann weiß er auch, wo meine Kiste mit dem Safran ist.«

Elsa schaute sie grimmig über die schmutzigen Töpfe hinweg an. »Er ist ein Lump, egal, ob er an Scholers Unglück teilhatte oder nicht. Wer sich vom Elend armer Christenmenschen nährt, hat das Herz eines Schweines. Wucherei! Und dazu mit einem Juden. Was er dir auch verspräche, er tät's nicht halten!«

Sie war aufgebracht. Wirklich böse. Ihr Busen wogte unter der Seidenspitze, als würde er mit einem Blasebalg bewegt. Der Topf, an dem sie gerade scheuerte, knallte mehrfach gegen die Tischkante.

»Ich will doch nur mit ihm sprechen«, meinte Marcella.

»Sprechen, ja! So hat König David auch gesagt. Und dann hat ihm Urias Weib die Seligkeit gestohlen!« Der Putzlappen fiel zu Boden, der Topf flog aus ihren Händen. Elsa kam um den Tisch herum, sank vor Marcellas Stuhl auf die Knie, umfaßte ihre Finger und preßte sie zusammen. »Marcella! Kindchen! Du bist mein Herzblatt, das weißt du. Du hast mich aus dem Elend geholt, und ich hab's bei dir so gut wie nirgends sonst, aber damit hat das nichts zu tun. Ich hab' dich lieb, wie keiner dich liebhaben kann. Gerad deshalb weiß ich aber auch von dieser … dieser gräßlichen Unrast, die dich verzehrt. Diesem Starrsinn! Und es reißt mir das Herz entzwei, dir zuzuschaun, wie du dich in etwas verbohrst. Mädchen, es hilft doch nichts. Und wenn du nun gar anfängst, dich mit Wucherern und Straßenpack einzulassen …« Sie hatte

Tränen in den Augen, schniefte und rieb unwillig mit dem Handrücken über die Nase. »Ins Unglück stürzt du dich!«

Marcella streichelte besänftigend die schlaffen Wangen.

»Elsa, Liebes«, sagte sie. »Was soll denn schon passieren? Der Onkel hat sie bis zu den Zähnen gebunden. Und ich will ihnen nur ein paar Fragen stellen.«

Genaugenommen wurde ihr die Entscheidung dann aufgedrängt. Jacob sagte nämlich später am Nachmittag – nicht zu ihr, aber zu Onkel Bonifaz: »Zeit, uns den Mist vom Hals zu schaffen, Bartholomäus.«

Die Schöffen hatten über ihre Entscheidung geschlafen. Nun waren einige von ihnen unruhig geworden. Tristands Verhaftung war illegal gewesen, das konnte man drehen, wie man wollte. Der Mann gehörte nicht zum Schöffenrat, und somit hätte er vor den Schultheißen des Bischofs gebracht werden müssen.

»Sicher würde kein Hahn nach ihm krähen, wenn man ihn still und sauber zu Tode brächte«, sagte Jacob. »Aber das müßte schnell geschehen, bevor eine große Sache daraus wird. Und dir kann's ja auch nicht angenehm sein, wenn die beiden dir den Keller vollstinken.«

»Aber was soll dann mit dem Jungen geschehen, der bei ihm ist?« fragte Onkel Bonifaz.

Jacob verkniff sich ungeduldig ein Stöhnen.

Kurz nach diesem Gespräch setzte das Vespergeläut ein. Marcella holte ihren Mantel und machte sich auf den Weg zum Dom. Dort war es friedlich, und die Gleichförmigkeit der lateinischen Worte und Gesänge verhalf ihr zu einer Art von Konzentration, die vielleicht nicht beabsichtigt war, aber oft genug zur Lösung ihrer Probleme beitrug.

Sie kam spät. Als sie in den Kirchenraum schlüpfte,

hatte der Gottesdienst bereits begonnen, und sie fand nur noch Platz in der Nähe des Portals. Eng war es außerdem, denn der Erzbischof selbst zelebrierte die Messe, und da hatte es so manchen in den Dom gezogen, der seinen Kirchgang normalerweise in der Jesuitenkirche oder bei den Mönchen von St. Matthias versah.

Marcella lauschte dem Pax vobiscum und dem Läuten der Glöckchen und gab sich ihren Gedanken hin.

Daß sie mit Damian Tristand sprechen mußte – zumindest sprechen! – davon war sie inzwischen überzeugt. Und jetzt sah es aus, als müßte dieses Gespräch noch am selben Tag, oder besser, in derselben Nacht stattfinden. Das wäre auch eine günstige Zeit. Der Onkel fühlte sich nämlich nicht wohl und hatte die nächtlichen Wanderungen durchs Haus eingeschränkt. Dadurch wurde alles einfacher. Sie würde sich den Schlüssel zum Weinkeller besorgen, hinabschleichen und Tristand nach dem Safran fragen.

Die Zelebranten stimmten einen Gesang an, und Marcella horchte auf. Die Musik war ihr das liebste am Gottesdienst. Früher, als die Mehrstimmigkeit in den Messegesängen noch nicht verboten war, hatte es geklungen, als würden sich Bänder aus Tönen umeinanderwinden und in die Gewölbe der Kirchenschiffe steigen. Jetzt war der Gesang schlichter geworden. Aber die Trierer Domsänger hatten schöne Stimmen, und ihre klaren, von Gottesfurcht getragenen Melodien gingen ihr ans Herz. Eingehüllt in die Gesänge spann Marcella ihre Gedanken weiter.

Ob es beispielsweise klug wäre, Elsa einzuweihen. Ihre Freundin hatte einen gescheiten Kopf, und mit ihr an der Seite würde alles einfacher sein. Aber Elsa zu überzeugen würde Kraft kosten. Und Zeit. Und vielleicht würde sie nicht einmal einwilligen. Marcella kämpfte mit ihren Zweifeln. Als die Chorsänger das Te Deum anstimmten und damit das Ende der Messe ankündigten, war sie noch immer nicht mit sich im reinen.

Sie reckte sich und bewegte die Zehen in den bestickten Lederschuhen. Der Gottesdienst hatte sich in die Länge gezogen, Erzbischof Balduin nahm es mit der Würde der Messe genau. Die Beine taten ihr weh. Der Mann neben ihr, ein nach Schweiß riechender Kerl im Kettenhemd, hatte die Bewegung bemerkt, er grinste unverschämt und drückte sich an ihre Hüfte. Es gab keinen Platz zum Ausweichen. Marcella preßte die Arme um die Brust und hielt den Atem an. Sie sehnte sich nach frischer Luft und war heilfroh, als der Bischof mit seinen Ministranten endlich dem Mittelgang zustrebte.

Ich werde Elsa bitten mitzukommen, sagte sie sich. Und bestimmt wird sie einsehen, daß an unserem Tun nichts Gefährliches oder Unrechtes ist.

Der Bursche mit dem Kettenhemd versuchte, ihr den Arm um die Taille zu legen, wütend versetzte sie ihm einen Knuff.

Und wenn Elsa nicht will, dachte sie, dann gehe ich allein. Ohne den Safran bin ich jedenfalls in einem Monat mit Jacob verheiratet.

Die Leute begannen zu schieben. Der aufdringliche Kerl wurde von ihr abgedrängt. Spöttisch warf er ihr über die Menge eine Kußhand zu. Marcella verzog das Gesicht und ließ sich zum Ausgangsportal schieben. Die Sonne warf ihr Licht durch den massigen Türrahmen. Und Luft und Licht waren genau das, was sie jetzt brauchte.

Die Nacht war ungewöhnlich warm, deshalb standen die Fensterläden noch offen. Von der lauen Luft getragen wehten die Gesänge der Mönche von St. Paulin herüber. Gelegentlich mischte sich das Gelächter der Angetrunkenen darunter, die sich in der Taverne an der Römerbrücke vergnügten.

Marcella tunkte ihren Brotkanten in die Gemüsesoße und rührte darin herum. Elsa wartete bereits oben in der Schlafkammer, und sie wäre lieber auch dort gewesen, aber der Onkel legte Wert auf diese gemeinsame Nachtmahlzeit, und sie wollte ihn nicht mißtrauisch machen. Außerdem mochte Onkel Bonifaz Elsa nicht.

Geistesabwesend führte sie das Stück Brot zum Mund.

Der Raum, in dem sie aßen, war kleiner als der Saal der Schöffen, aber genauso düster. Das neue Küchenmädchen hatte eine dicke, honiggelbe Wachskerze in die Mitte des Tisches gestellt, deren Licht über die Platte mit dem Fleisch flackerte. Normalerweise hätte Onkel Bonifaz das sicher als Verschwendung gerügt, denn Tranlampen waren billiger und spendeten genauso Licht, aber heute war er in Grübelei versunken.

Vorsichtig schaute Marcella zu ihm hinüber. Der Onkel hielt die Hände gefaltet und starrte auf sein Weinglas. Vor ihm auf dem Teller gelierte der Rindersaft. Die Soße dampfte kaum noch. Und auf der Hühnerbouillon bildete sich eine Haut. Marcella hatte noch nie erlebt, daß Onkel Bonifaz sein Essen mißachtete, und es bereitete ihr Unbehagen. Bonifaz hatte bei dem Aufstand der Zünfte das Pech gehabt, als Geisel in die Hände der Handwerker zu geraten. Er war damals noch jung gewesen, und so hatte er die rauhe Behandlung überstanden. Aber als sie ihn gehen ließen, war er halb verhungert gewesen. Und seitdem nahm er es mit dem Essen genau. Keine Brotkrume wurde bei Bonifazens fortgeworfen, und mehr als ein Küchenmeister hatte das Haus verlassen müssen, weil sich im Abfallhaufen hinter dem Holzschuppen Essensreste gefunden hatten.

Marcella tunkte das Brot erneut ins Gemüse, stellte fest, daß ihr eigener Appetit kaum größer war, als der des Onkels, und griff nach dem Mundtuch, um sich die Hände abzuwischen.

»Das mit dem Jungen ist nicht recht«, sagte Onkel Bonifaz.

Marcella starrte ihn über den Rand des Stoffes an. »Wen meint Ihr? Den Blonden, der bei Tristand ist?« Sie fuhr mit dem Tuch über den Mund und faltete es dann sorgfältig wieder zusammen. »Er hat zugegeben, daß er bei dem Überfall dabeigewesen ist.«

Bonifaz antwortete darauf nicht. Mit leicht gespitztem Mund, den Blick noch immer auf das Weinglas gerichtet, hockte er auf seinem Stuhl.

»Ihr seid der Schöffenmeister«, sagte Marcella. »Wenn es Euch bedrückt, dann solltet Ihr vielleicht doch zum Bischof gehen.«

Mit einem heftigen Ruck richtete der Onkel sich auf. »Und dann?« fragte er.

Es klang hoffnungslos und so ernst und bitter, daß es Marcella ans Herz ging. Schlimm, dachte sie, wenn man einen Mann wie Bonifaz mit Verantwortung quält. Schmerzlicher Zweifel sprang ihm aus den Augen. Der blonde Junge hatte aber auch wirklich nicht wie ein Straßenräuber ausgesehen. Seine Stimme war weich und freundlich gewesen. Zumindest hätte man ihm das Recht zugestehen müssen, sich zu verteidigen. Jacob und die anderen waren so schnell mit ihrem Urteil zur Hand …

»Du hättest heiraten sollen«, sagte der Onkel.

»Bitte, was?« fragte Marcella. Und nickte dann pflichtschuldigst.

Das Haus war still, und plötzlich knarrten alle Stufen, als wollten sie ihre Last bis zum Erzengel Gabriel hinaufstöhnen.

»Ich tu's nur deinetwegen«, sagte Elsa. Grimmig langte sie nach dem Treppengeländer. Sie bildete sich ein zu flüstern, aber jemand wie Elsa konnte gar nicht leise sprechen. Marcella legte beschwörend den Finger auf die Lippen.

Sie mußten über den Hof. Der Weinkeller befand sich zwar direkt unter dem Wohnturm, aber nach dem Zünfteaufstand war Onkel Bonifaz der Verbindungsgang zwischen Keller und Haus als zu gefährlich erschienen, und er hatte ihn mit Schutt auffüllen und seine Enden zumauern lassen. So konnte man nur noch vom Hof aus in das Gewölbe hinabsteigen.

Am Nachthimmel glänzte der Vollmond. Sie schlichen durch fahles Zwielicht an der weißgekalkten Hauswand entlang. Es war unwahrscheinlich, daß ihnen zu dieser Stunde jemand ins Gehege kam, aber immerhin mochte es Knechte geben, die es zum Küchenbau zog, wo die Hausmägde neben dem Herd ihre Strohsäcke ausgebreitet hatten.

»Warte!« Elsa huschte mit eingezogenem Kopf zum Unterstand mit dem Brennholz. Sie zog ein Scheit heraus, wog es in der Hand und nickte Marcella düster zu.

Die Tür zum Weinkeller war mit einem Vorhängeschloß versehen. Marcella hob das Lederband mit den Schlüsseln von ihrem Hals, suchte nach den Steckschlüsseln und hatte schon mit dem zweiten Glück. Leise löste sie den Verschlußbolzen und öffnete die Tür.

Im Treppengewölbe war es völlig dunkel, sie atmete auf, als sie in einem Halter an der Wand einen Kienspan fand, der ihnen zusätzlich Licht geben konnte.

Elsa drängte sich neben sie und zog mit einem Ruck die Tür in den Rahmen zurück. »Das fehlt gerade noch, daß wir ertappt werden«, zischte sie. »Obwohl – vielleicht wär's ja ein Segen. Wer kann schon wissen, ob uns das Gesindel da unten nicht – schwupps – eins über den Schädel zieht.«

Aber da sorgte sie sich umsonst. Das Gesindel war zu solcher Schandtat überhaupt nicht fähig. Als sie die Steinstufen hinabstiegen, die Innentür des Weinkellers öffneten und in das Gewölbe hineinleuchteten, da bot sich ihnen ein Jammerbild, daß sogar Elsa beschämt den Knüppel sinken ließ.

Die Knechte des Zenders hatten die Delinquenten mit den Armen nach hinten an die beiden Granitsäulen gebunden, die die Gewölbedecke stützten. Die Säulen waren fast zwei Fuß dick und die Muskeln der Gefangenen entsprechend überdehnt.

»Es ist eben so, daß sich das Übeltun nicht lohnt«, sagte Elsa streng.

Der blonde Junge blinzelte zu ihr hinüber. Wahrscheinlich tat das Licht seinen Augen weh, denn er kniff sie zu schmalen Schlitzen zusammen. Seine Zunge klang schwer, als er sprach. »Siehst du, Damian«, murmelte er, »erst prügeln sie uns, dann hängen sie uns an den Stein – und als wär' das nicht genug, schinden sie uns auch noch mit tugendreicher Belehrung. Bald hab' ich keine Sünden mehr, für die ich büßen könnte.«

Marcella hängte den Kienspan in eine Halterung und trat mit der Lampe zu dem Jungen. Sein Haar hing ihm wirr über die Augen, es kostete ihn Mühe, den Kopf hochzuhalten. Trotzdem brachte er es fertig zu grinsen. »Immerhin haben sie uns keine häßlichen Vetteln geschickt. Habt Ihr einen Namen, Herrin? Ich diene nämlich der Minne, und wenn ich Euch so anschau – auf Eure Locken würd' sich's lohnen, einen Reim zu machen.«

»Hör man sich das an. Galant in jedem Moment.« Marcella hauchte ihm lächelnd einen Kuß zu. »Aber Ihr solltet überlegen, ob die Mühe sich lohnt. Vielleicht wäre es lohnender, eine Schmeichelei für Meister Hans zu ersinnen. Der wird Euch nämlich als nächstes liebkosen.«

Der Blonde verzog den Mund zu einer Grimasse. »Vergebung, Herrin, aber es hört sich ganz abscheulich an, wie Ihr das sagt. Wann …« Er zögerte. »Wann soll es denn soweit sein, falls die Frage Euch nicht langweilt?«

»Morgen, denke ich. Spätestens übermorgen.«

»Teufel aber auch!« Diesmal schien der Junge ehrlich betroffen. »Viel Zeit laßt Ihr hier nicht vergehen.«

»Marcella«, mahnte Elsa.

Und natürlich hatte sie recht. Sie waren nicht gekommen, sich vom flinken Mundwerk eines Jungen unterhalten zu lassen, sondern um nach dem Safran zu forschen.

Damian Tristand hielt die Augen geschlossen. Er hatte den Kopf nach hinten gelehnt, so daß er mit dem oberen

Teil des Schädels gegen die Säule stieß. Sein Kinn war dunkel von Bartstoppeln – und merkwürdig rund und weich. Jedenfalls völlig anders als bei Martin, dachte Marcella. Martins Kinnspitze wirkte immer, als wolle er damit die Luft anbohren.

»Der Safran«, drängte Elsa.

Ja. Es war nur ein wenig schwierig, mit einem Kinn zu sprechen.

»Mein Name ist Marcella Bonifaz«, stellte sie sich vor. »Ich bin Krämerin, und ... brächtet Ihr es fertig, mir einen winzigen Teil Eurer Aufmerksamkeit zu schenken?«

Tristand rührte sich nicht. Über sein Schlüsselbein, dort wo der Knüppel des Zenderknechts zugeschlagen hatte, lief ein dicker, schwarzblauer Striemen, der sich zum Ohr hin fortsetzte, bis er unter dem Haaransatz verschwand. Die Wunde war nicht aufgeplatzt, aber unter der Haut hatten sich mehrere dunkel verfärbte Blutflecken gebildet. Wie dumm auch, sich vor den Schöffen so herrisch aufzuführen.

»Ich hatte Ware auf dem Wagen von Scholer«, erklärte Marcella. »Auripigment und eine Kiste mit Safran. Aus Genua.«

Tristand schwieg.

»Der Safran hatte einen Wert von über dreihundert Pfund Heller.«

Nichts.

»Sie werden Euch«, sagte Marcella freundlich, »morgen, wenn die Sonne aufgeht, hinaus vor die Stadt führen und Euch vom Schinderknecht die Rippen zertrümmern lassen. Und dann werden sie Euch aufs Rad binden, wo Ihr hängen bleibt, bis Ihr sterbt. Und weder Euer Reichtum noch die Stellung Eures Vaters werden daran etwas ändern.«

Jetzt endlich öffneten die Augen sich doch. Sie waren dunkelbraun, soweit man es in dem dürftigen Licht ausmachen konnte. Und blickten erstaunlich klar. »Was, bitte, habe ich mit Eurem Safran zu schaffen?«

»Ich dachte, Ihr könntet vielleicht dafür sorgen, daß ich ihn wiederbekomme.«

Tristand schwieg eine Weile, als müsse er ihre Worte überdenken. Dann sagte er leise und akzentuiert: »Schert Euch bitte zur Hölle.«

Marcella starrte ihn an. Ihr Gehirn brauchte einen Moment, um die Frechheit zu verdauen. Elsa war schneller.

»Komm, wir gehen!« fauchte die dicke Frau, sprang von der Stufe auf und faßte nach dem Türgriff.

»O Herrin, liebste!« Der blonde Junge – und er war wirklich noch ein Junge, sicher nicht älter als achtzehn – blickte mit einem Mal bestürzt. »Bitte nehmt meinem Freund die Grobheit nicht übel. Ihr müßt wissen, ihn plagt ein Familienweh und ich fürchte, da kennt er sich selbst nicht mehr. Im Vertrauen ...« Er senkte die Stimme und schaute Marcella niedergeschlagen an. »Seit gestern abend redet Damian nichts als blanken Unsinn. Und führt sich grober auf als ein Abdecker. Wahrscheinlich freut er sich geradezu aufs Rädern. Seid gütig, Herrin, macht Eurem Geschlecht Ehre und vergebt ihm sein Benehmen.«

»Aber Ihr freut Euch nicht?«

»Worauf?«

»Aufs Rädern.«

Der Junge verzog den Mund und lächelte schief. »Ich fürchte, in meiner Familie fände man es blamabel.«

»Dann seid Ihr tatsächlich aus edlem Haus?«

»Ich heiße Richwin von Mielen. Und wenn das auch nicht Habsburg ist – unsere Empfindlichkeiten haben wir doch.«

»Habt ihr Scholers Wagen gestohlen?«

»Herr im Himmel, nein!« Richwins Empörung schien aufrichtig. »Weder den Wagen gestohlen, noch den armen, alten Mann umgebracht. Ich kann das sagen, denn ich bin dabeigewesen, und das hab' ich ja auch versucht, oben zu erklären. Damian hatte Scholer begleitet, und als ich dazukam, lag der Alte in seinem Blut, und sie waren gerade dabei, ihm ebenfalls den Hals zu schlitzen. Seht ihn Euch doch an, die Wunde ist noch immer nicht verheilt.«

Tatsächlich?

Es war kein Beweis. Wenn Tristand an dem Überfall auf die Wagen beteiligt gewesen war, dann hätte er auch von einem der Überfallenen einen Hieb empfangen haben können. Andererseits – er war ein Mann, der es mit Wucherern hielt. Und für dieses Geschäft mußte man hinterhältig, raffgierig, sitten- und ehrlos sein. Und Marcella glaubte nicht, daß ein solches Mannsstück sich persönlicher Gefahr aussetzen würde.

Sie winkte Elsa heran, gab ihr den Kienspan, stellte sich vor Tristand auf die Zehenspitzen und schob dem Gefesselten erst den Surcot und dann den Kragensaum seines Unterkleides beiseite. Es behagte ihm nicht – aber, Himmel, wann bekam man schon, was man sich wünschte.

Das Licht war zu trübe, um die Haut unter Tristands Hals genau erkennen zu können. Marcella benutzte ihre Finger zum Tasten. Und richtig, als sie ans Schlüsselbein kam, fühlte sie eine gewölbte Kurve.

Sie zerrte an dem Stoff.

»Schau hier, Elsa. Wie lange ist das her?«

Elsa hob das Licht an und betrachtete die Wunde, als sei sie ein giftiges Insekt. »Mag wohl drei Wochen her sein, daß man's ihm geschlagen hat«, brummte sie. »Aber was sagt das schon!«

Marcella nickte.

Tristand war wütend. Seine Halsmuskeln zogen sich steif wie Eisenstränge zum Kinn hinauf, und die Lippen glichen einer sauber gezogenen Linie. Aber nun waren sie einmal dabei, und da konnte die Untersuchung auch gründlich ausfallen.

Mit spitzen Fingern legte Marcella dem Gefangenen Schulter und Arm frei. Die Wunde verlief vom Ende des rechten Schlüsselbeins schräg hinunter bis knapp über das Herz. Und dort bei der Brust war sie am tiefsten und am wenigsten verheilt. Marcella verstand nicht viel von Waffenkunst und Verletzungen, aber es kam ihr unmöglich vor, daß ein stehender Mann einem anderen stehenden Mann eine solche Wunde geschlagen haben könnte. Er hätte das Handgelenk verdrehen müssen. Wenn man aber davon ausging, daß der Wegelagerer zu Pferde gewesen war und sich hinter Tristand befunden hatte, und wenn man davon ausging, daß da ein Messer oder Schwert an der Kehle angesetzt worden und dann abgerutscht war …

»Wäre es Euch möglich, zum Ende zu kommen?« murmelte Tristand durch die Zähne.

»Gewiß doch. Nicht auszudenken, wenn Ihr Euch auch noch verkühltet.« Sorgfältig schob sie die Stoffe wieder zusammen und knüpfte das Band, das den Ausschnitt des Surcots raffte, zu einer ordentlichen Schleife.

Und nun kam der schlimmste Teil, weil er nämlich einen Betrug enthielt. Und wenn der Betrug auch aus lauterster Absicht geschah, so war es doch ein Betrug. Aber sollte man ihr tatsächlich auf die Schliche kommen, dann wollte Marcella auf die Heilige Schrift schwören können, daß sie, und nur sie allein, den Gefangenen geholfen hatte.

Also ließ sie Elsa vorausgehen, und während ihre Freundin auf der Treppe stand und schimpfte, daß sie sich beeilen solle, stopfte Marcella dem hübschen Richwin ein Messerchen in die Hände und flüsterte ihm eine Frage ins Ohr, auf die sie eine eilige Antwort bekam. Und dann blieb die untere Tür unverriegelt, und dann blieb die obere Tür unververriegelt …

Jacobs Wanst war ein Graus. Man konnte nicht jedem Skrupel nachgeben.

V

Es bringt mich um«, sagte Elsa. »Wahrscheinlich kümmert es keinen, aber mit jedem verfluchten Loch, über das wir holpern, stößt mir der Steiß gegen die Zähne.«

Ruben, der drahtige, kleine Ritter, der neben ihrem Reisewagen ritt, begann zu grinsen. »Kann man kaum glauben, Herrin. Wo Ihr dazwischen doch so gut gepolstert seid!« Er lachte lauthals und machte sich daran, seinem Kameraden, den die Natur mit weniger Pfiffigkeit ausgestattet hatte, den Witz seiner Worte zu erklären.

Ich sollte sie zur Ordnung rufen, dachte Marcella. Aber irgendwie war der Augenblick nicht danach. Sie ritten über weichen, mit mürben Blättern bedeckten Waldboden, die Frühlingssonne heizte die Luft, ihre Strahlen flirrten durch das Blätterdach. Es roch nach Veilchen und Frühling, und in den Baumkronen näselte ein Wendehals sein kjä-kjä. Sie hatte keine Lust auf Zank. Außerdem war Elsa flink mit dem Mundwerk und würde sich zur Wehr setzen, wenn Ruben es zu arg trieb.

Aber Elsa hatte kein Ohr für den Spott des Bewaffneten. »Ich bin noch nie aus Trier weggegangen«, verkündete sie düster. »Nur das eine Mal, als meine Schwester sich nach Konz verheiratet hat.«

»Ja, und wie eigensüchtig von mir, dich hier hinaufzuschleppen.« Marcella lächelte ihr zu. In dem Karren zu reisen mußte schrecklich sein. Ein angenageltes Brett bot Elsa die Möglichkeit zu sitzen, und die mit Sand ausgepolsterten Kisten mit den Duftölen und Kräuterdosen gaben dem Gefährt Bodenhaftung, trotzdem wurde die Arme von jeder Unebenheit durcheinandergeschüttelt. Sie hätte es mit Reiten versuchen sollen, wie Marcella ihr angeboten hatte. Aber Elsa mißtraute jedem Vieh, das ihr über den Bauchnabel reichte.

Immerhin, der Hörige, der ihnen Weg und Richtung gewiesen hatte, hatte gemeint, daß sie zur Mittagszeit ihr Ziel erreichen würden. Und obwohl der Pfad, den sie benutzten, noch immer himmelwärts kroch, kam es Marcella vor, als würde der Wald sich lichten. Vielleicht begann ja hinter der Hügelkuppe bereits das Plateau, auf dem die Sponheimer ihre Starkenburg errichtet hatten.

»Wenn sie einem wie diesem Tristand in der Burg Obdach angeboten haben«, sagte Elsa, »dann müssen es jedenfalls merkwürdige Leute sein – Gräfin hin, Gräfin her.«

Möglich. Aber vielleicht hatte man dort auch Grund, Damian Tristand zu vertrauen. Der hübsche Richwin hatte beteuert, daß Tristand zu den Überfallenen gehört hatte und selber fast getötet worden wäre. Und da die sponheimsche Gräfin, der er ja diente, den Kaufmann bei sich aufgenommen hatte – und genau das war es, was Richwin ihr im Weinkeller noch zugeflüstert hatte –, wenn Loretta also soviel Zutrauen in Tristand setzte, daß sie ihm ihr Heim als Zuflucht bot …

»Sie werden deine Ölfläschchen und Würzdöschen nehmen und sagen: Wie hübsch, Krämerin, genau, was unser Herz begehrt, und dann werden sie dich über die Klippe hinab in die Mosel stürzen«, murmelte Elsa bitter.

Damit war sie zu weit gegangen. Ruben gehörte zwar nur einem unbedeutenden Reiler Geschlecht an, aber er war von Adel und nicht gewillt, die Ehre seines Standes besudeln zu lassen.

»Ihr plappert, wie Ihr's versteht, Frau Elsa«, verkündete er von oben herab. »Gräfin Loretta ist eine geborene von Salm, und das ist eine äußerst ruhmreiche Sippe, die Verbindungen bis zu den Luxemburgern haben. Und die Sponheimer, zu denen sie hingeheiratet hat …«

»Pack allesamt!« murmelte Elsa, allerdings mit gedämpfter Stimme, wahrscheinlich weil sie fürchtete, Ruben könne ihnen, im Stolz gekränkt, kurzerhand den Rücken kehren. Ihre Angst vor dem Wald und seinem Gesindel grenzte an Hysterie.

»... die Sponheimer«, wiederholte Ruben streng, »sind genaugenommen mit mir verwandt, denn der Mann meiner Tante Brunhilde hatte eine Cousine des Grafen Eberhard geheiratet – wobei Eberhard natürlich nach Kastellaun gehörte, und das ist Vordersponheim, nicht Hintersponheim. Aber die Linie kreuzt sich schon im vierten Glied rückwärts ...«

Seine Ausführungen nahmen ein abruptes Ende. Nicht wegen Elsa, die mit zum Himmel gekehrten Augen der Rubenschen Genealogie lauschte, sondern durch ein plötzliches, unerhört alarmierendes Geräusch seitwärts des Weges. Alarmierend deshalb, weil es von Menschen kam und sich blitzartig und ungestüm auf den Pfad zubewegte, und zwar genau auf die Stelle, wo ihre kleine Reisegruppe sich den Weg hinauf bemühte. Jemand brach dort mit Pferden durchs Unterholz, wenigstens zwei oder drei Personen.

Ruben zog das Schwert. Seine Augen begannen zu blitzen, die derben Wangen färbten sich rot. Ein eigentümliches Lächeln öffnete seine Lippen. Mariä, steh uns bei, dachte Marcella beunruhigt, die Welt ist voller Narren.

Aber erst einmal war es nur ein Hirsch, der ihnen aus dem Dickicht entgegenstürzte. Entsetzt prallte er vor dem neuen Feind zur Seite – und preschte den Weg hinunter.

Seine Verfolger ließen nicht auf sich warten. Ein Reiter, nein, ein Reiterlein, ein Junge von vielleicht zehn Jahren, folgte durch die Büsche. Verwirrt zog er an den Zügeln. Der Weg zwischen ihm und seinem Wild wurde durch die Reisegruppe versperrt. Begehrlich und gleichzeitig bedauernd blickte er dem Flüchtigen nach.

Der zweite Reiter, diesmal ein Erwachsener, hätte fast den Reisewagen gerammt. Der Jäger schwang einen Bogen in der Rechten, in der Linken lag der dazugehörige Pfeil. Sein Pferd lenkte er mit den Schenkeln. Trotzdem brachte er es fertig, den Karren – wenn auch haarscharf – zu umrunden. Er handelte still, schnell und elegant. Ruben stieß einen bewundernden Pfiff aus.

Nach ihm kam, mit einigem Abstand, noch ein dritter Jäger, wieder ein Knabe, aber etwas älter als der erste. Mäßig begeistert trabte er auf den Weg, blinzelte kurzsichtig in die Runde und sagte:

»Dann ist er also fort?«

»Hölle, ja!« seufzte sein Begleiter.

Der Erwachsene war ein Ritter. Ein sehniger, flinker Mann von ungewöhnlich dunkler Hautfarbe, der aussah, als käme er aus dem Süden. Aber das konnte nicht sein, denn sein samtener Rock und auch die Satteldecke seines Pferdes waren mit dem rotweißen Schachbrettmuster des sponheimschen Wappens übersät. Er mußte über beträchtliche Kräfte verfügen, denn er hielt seinen Bogen, als sei er aus Federn gefügt, und dachte nicht einen Moment daran, ihn am Widerrist des Pferdes abzustützen. Seine Augen, mit denen er Marcella musterte, waren lebhaft und forschend und ebenso schwarz wie das Haar und der Ziegenbart an seinem Kinn. Er sieht aus, dachte Marcella, wie ein menschliches Wiesel. Wenn es überhaupt etwas gab, was den Eindruck von Kraft und Geschicklichkeit geschmälert hätte, dann war es der kreisrunde kahle Platz auf seinem Kopf. Der Jäger hatte sein Haar tonsuriert. Er gehörte zur Geistlichkeit.

»Das ist nun aber Pech«, stellte Marcella fest. Mit einem Blick auf den leeren Weg fügte sie hinzu: »Zumindest, wenn man es nicht aus der Sicht des Hirsches betrachtet.«

Das Gesicht des Ritters öffnete sich zu einem Lächeln, das alle Schärfe daraus vertrieb. »Jedes Unglück hat sein Glück, Herrin. Und diesmal, will mir scheinen, könnte es dem Unglück fast den Rang ablaufen«, konterte er charmant.

Die Art, wie er sie dabei ansah, ließ Marcella zu dem Schluß kommen, daß der Ritter seinen klerikalen Platz keinesfalls aus Neigung eingenommen haben dürfte. Ein unverschämtes kleines Zwinkern saß in seinen Augenwinkeln, das sich ungeniert auf die Vorzüge ihrer Erscheinung bezog. Na und? dachte sie. Nicht vor der Hitze in den Lenden der Priester hatte man sich zu hüten, sondern vor der Glut des himmlischen Zorns in ihren Herzen. Die Scheiterhaufen wurden von den Frommen errichtet. Dieser Geistliche hatte ein klares, erdgewandtes Gemüt. Und Elsa mit ihrem vorwurfsvollen Hüsteln schien gar nicht zu begreifen, was für ein Segen das war.

»Wenn Ihr erlaubt – mein Name ist Pantaleon«, erklärte der geistliche Ritter. »Ich bin der Bruder von … ach Teufel, was soll ich ein hübsches Weibsbild wie Euch mit meiner Familie langweilen. Jedenfalls sind die Kerlchen hier die Söhne der Gräfin Loretta. Und da mich das Schicksal verdammt hat, ihr Onkel zu sein, streune ich mit ihnen durch die Wälder. Na los, Johann, Heinrich, wo bleibt euer Benimm? Habt ihr eure Erziehung im Schweinekoben genossen?«

Marcella lächelte den Jungen in die glutroten Gesichter und wandte sich wieder dem Onkel zu. Sie war sich ihrer Erscheinung bewußt. Ihr Unterkleid bestand aus kostbarer, nachtblau gefärbter Seide und war mit brabantinischen Spitzen besetzt, darüber trug sie einen elegant gerafften Surcot. Um ihre Taille spannte sich ein mit Goldfaden durchwebter Gürtel, und ihr Haar war in ein Netz aus Seidenfaden eingebunden, das mit milchigweißen Perlen bestickt war. Wer sie nicht kannte, mochte leicht auf den Gedanken kommen, ein reisendes Edelfräulein vor sich zu haben. Aber daran war ihr nicht gelegen. Und je früher sie das klarstellte, um so besser.

»Ihr seid sehr höflich zu jemandem, der Euch die Abendmahlzeit verscheucht hat, Herr Pantaleon. Darf ich …« Verflixt, es war schwierig, ernst zu bleiben, wenn man so unbekümmert angestrahlt wurde. »Darf ich mich auch selber vorstellen? Ich heiße Marcella Bonifaz. Mein Gewerbe ist der Handel mit Würzwaren, und ich bin in der Hoffnung unterwegs, Eure Gräfin mit orientalischen Duftstoffen erfreuen zu können.« So, damit war es heraus. Und wenn der Herr jetzt die Miene verzog …

Aber Pantaleon behielt sein Lächeln bei. Er schaute höchstens ein wenig überrascht. Und das erklärte er sogleich. »Ich kenne einen Mann in Trier, der Euren Namen trägt. Bartholomäus Bonifaz. Er liefert mir meinen Wein. Einen ausgezeichneten übrigens. Sollte er vielleicht …?«

Ja, gewiß, das war ihr Onkel Bonifaz. Sein Wein war neben dem Tristandschen der beste zwischen Konstanz und Trier. Wenn Pantaleon ihn sich leisten konnte, dann mußte er so reich sein, wie sein kostbares Kleid vermuten ließ. Der Ritter äußerte sich anerkennend über Onkels Weine. Und natürlich war es ihm eine Ehre, die Nichte des Herrn Bonifaz auf die Burg zu geleiten. Seine Schwägerin würde zweifellos begeistert sein. Welcher Krämer kam denn schon zur Burg hinauf. Mutig von der jungen Dame, sich hierher zu wagen. Besonders wo ihre Ware – hatte sie nicht von Würzkrämereien gesprochen? – doch sicher als begehrte Beute galt bei dem Gesindel, das sich in den Wäldern herumtrieb …

Hinter den letzten Bemerkungen schien eine Frage zu stecken. War es tatsächlich so auffällig, daß eine Händlerin sich in die Starkenburgschen Wälder traute? Unsinn. Loretta war eine reiche Frau. Das Risiko lohnte sich allemal. Sicher kamen ständig Kaufleute zur Burg. Sie wollte der Gräfin Würzwaren verkaufen – und damit sollte der neugierige Ritter sich begnügen.

Marcella wies auf die Jungen, die bereits die Hügelkuppe erreicht hatten, und trieb ihr Pferd an. Sie hoffte, daß Tristand sich noch immer auf Starkenburg aufhielt. Und daß er etwas über den Überfall herausgefunden hatte. Aber vor allen Dingen wollte sie ihm die Neuigkeit berichten, die di Sauro ihr gesteckt hatte. Bei den Cisterciensern im Kloster Himmerod waren nämlich größere Mengen Safran aufgetaucht. Und Indigo und Folium und Bolus armeniacos und Lazur. Das letztere hätten die Mönche aus Koblenz bezogen haben können. Aber nicht den Safran. Ribaldo hatte sich für sie erkundigt. In Hunsrück und Eifel hatte es seit Mariä Verkündigung keinen Krümel Safran mehr gegeben. Möglicherweise, wenn die Mönche nämlich ein gutes Gewissen hatten, würden sie ihr den Lieferanten nennen. Aber wenn sie ihren Safran zu verdächtigen Preisen aus dubioser Quelle bezogen hatten, dann würden sie Ausflüchte machen oder alles abstreiten oder womöglich gar zu drohen beginnen. Und das war der Grund, der Marcella zur Starkenburg trieb. Normalerweise hatte sie keine Angst vor Auseinandersetzungen. Sie waren ihr täglich Brot. Aber die Mönche von Himmerod ...

Es sind die widerlichen schwarzen Bänder, die über ihren Bäuchen hängen, dachte sie beklommen. Sie wunderte sich selbst und ärgerte sich, daß die Vorstellung der schwarzgefärbten Skapuliere auf den weißen Mönchskutten ihr feuchte Hände bescherte. Unsinn, Unsinn, Unsinn ...

Marcella verdrängte den Gedanken an die Cistercienser.

Tristand war der Mann, der neben ihr am meisten Interesse haben mußte, die Raubmörder zu entlarven. Und ob Wucherer oder nicht – wenn es darum ging, mit den Cisterciensern um ihr Recht zu streiten, dann würde es gut sein, jemanden wie ihn an ihrer Seite zu haben. Jemanden, der intelligent war und berechnend und kalt bis ins Herz.

Die Starkenburg klebte am äußersten Zipfel eines Hochplateaus. Ihre Gründung war ein schroffer, dreieckiger Fels aus schwarzgrauem Schieferstein, der in schwindelerregender Steilheit zum Himmel strebte. Da die Blöcke für die Burgmauern aus dem Schiefer des Berges gebrochen worden waren, hatte es den Anschein, als sei die Starkenburg ein monströser Auswuchs des Felsens. Eine aus dem Stein gewachsene Faust, drohend erhoben gegen jeden, der es wagen sollte, den Sponheimern Fehde anzukünden. Schwarze, lichtschluckende Schindeln deckten die Wehrgänge über den Mauern. Auch der Bergfried war schwarz bis hinauf zu den steinernen Zinnen. Freundlichkeit strahlte nur die Fahne aus, die rot-weiß und unbekümmert auf seiner Spitze flatterte.

»Wahrscheinlich ist sie nicht leicht einzunehmen«, sagte Marcella.

»Was? Die Burg?« Pantaleon war den letzten Teil des Weges schweigsam gewesen. Jetzt blickte er zu den Mauern und Türmen hinüber. »Starkenburg ist überhaupt nicht einzunehmen. Es sei denn durch Hunger.«

»Aber wir haben viele Vorräte«, ergänzte der ältere der beiden Jungen, Johann. »Letztes Jahr hatten wir den Wildgrafen hier gefangen. Er wollte unser Land stehlen, und da haben Richwin und Claus und Colin ihn sich geschnappt, und wir haben ihn in den Turm geworfen. In Ketten und mit Hunger und Durst mußte er aushalten, bis er uns Frieden geschworen hat. Und jetzt ist er mein Lehnsmann.« Sein Gesicht glänzte vor Stolz und Zufriedenheit. Johanns Welt war in Ordnung.

»Dann müssen Richwin und … wie hießen die anderen gleich?«

»Claus war das. Und Colin von der Neuerburg. Und Heiderinc war auch dabei, aber der hat bloß aufgepaßt, daß niemand den Weg hinabkam.«

»Jedenfalls müssen sie ganz schön tapfer sein. Und deine Mutter auch, wenn sie sich traut, einen Mann wie den Wildgrafen einzusperren.«

»Wir haben vor nichts Angst«, bestätigte Johann stolz.

Sein Bruder nickte. »Richwin kann mit zwei Schwertern gleichzeitig kämpfen.« Er nahm sein Messer und das Holzschwert aus dem Gürtel und fuchtelte damit über die Mähne seines Pferdes, um die Kunst seines Helden zu demonstrieren.

»Richwin würd' aber nie so blöd sein und mit verdrehtem Handgelenk schlagen. Da hat man ja gar keine Kraft. Richwin …«

»… wird euch die Ohren langziehen, wenn ihr der Dame weiter mit Eurem Gestreite lästig fallt.« Pantaleon wies mit gerunzelter Stirn die Straße hinauf, wo in der Ferne die Mauern der Vorburg auftauchten. »Wer als erster an der Schmiede ist. Los! Braucht ihr Feuer unterm Hintern?«

Die Jungen stoben davon.

»Starkenburg ist uneinnehmbar, das ist wahr«, sagte er düster, als die Grafensöhne fort waren. »Aber seine Herrin ist eine Frau. Und, Teufel noch mal, wer respektiert ein Weib? Der Wildgraf hat seine schmutzigen Finger nach Sponheim ausgestreckt, und nun, nachdem er eins draufbekommen hat, versucht es der Erzbischof. Das Aas zieht Geier an. Und wir können nicht jeden Flecken Erde verteidigen. Es wäre gut gewesen, der Altgraf hätte einen Mann als Vormund … Aber was falle ich Euch lästig. Verzeiht, meine Dame.«

»Balduin von Trier stiehlt der Gräfin Land?«

Das konnte so nicht stimmen. Balduin war Erzbischof und Kurfürst und damit einer der mächtigsten Männer des Reiches, aber keiner, der sich zu Unrecht hinreißen ließ. Er führte seine Züge gegen das Raubrittertum mit unnachsichtiger Härte, sogar den eigenen Halbbruder hatte er hinrichten lassen.

»Wenn man etwas wirklich haben will, dann findet man auch einen Dreh, es zu kriegen«, knurrte Pantaleon. »Unrecht zu Recht zu machen braucht weniger Zeit als …«

Der Vergleich schien für eine Dame nicht passend, denn er verschluckte ihn. Danach war er still und brach sein Schweigen auch nicht mehr, bis sie die Vorburg erreichten.

Die Leute von Starkenburg wohnten in sauberen Häusern. Das war Marcellas erster Eindruck, als sie den Torbogen durchritten hatte, der den Weg zur Burg freigab. Häuschen, Ställe und Werkstätten der Hörigen hatte man aus demselben schmutziggrauen Schiefer errichtet, wie die Burg, aber die tristen Fassaden waren bis an die Dächer von Ranken bewachsen, die Haustüren gestrichen und mit Schnitzereien verziert, es gab sauber geharkte Gärtchen und eingezäunte Plätze für Federvieh.

Den Starkenburger Knechten ging es also gut, sie hatten eine Herrin, die ihnen Kraft und Zeit für Dinge ließ, die über das Notwendige hinausgingen, und Marcella freute sich darüber. Daß die Grafenwitwe den habgierigen Wildgrafen hatte gefangennehmen lassen, gefiel ihr, und daß sie zudem auch noch ein gutes Herz zu haben schien, machte sie ihr doppelt angenehm.

Sie ritt an einer Schmiede vorbei, in der ein gedrungener Mann mit einem Eulengesicht Feuer in der Esse schürte, dann an einer Käserei, einigen Wohnhäusern und an einem Bienengarten, und schließlich endete der Weg vor einem Wehrgraben mit einer Fallbrücke und zwei mächtigen Türmen.

»Hinter der Brücke wird es eng«, erklärte der kleine Johann, der sich wieder zu ihnen gesellt hatte. »Da kann immer nur einer zur Zeit rauf. Und das ist auch gut so, wenn wir nämlich angegriffen werden.«

Der Wächter grüßte ehrerbietig und machte ihnen den Weg frei. Hinter dem Tor wurde es so eng und steil, daß Marcella begriff, wie sinnlos es war, sich über diesen Weg Einlaß in die Burg erkämpfen zu wollen. Sie hörte Elsas Protest und wartete, bis die Freundin den Wagen verlassen hatte, ehe es weiterging. Ein zweiter Graben, diesmal mit einem gewaltigen Torhaus und einem Fallgatter, schützte die Hauptburg. Sie ritten durch ein weißgekalktes Gewölbe, bogen um eine Ecke, und schließlich standen sie im Burghof.

Marcella ließ sich von Ruben aus dem Sattel helfen. Der galante Pantaleon hatte es mit einem Male eilig. Er verschwand in einem steingemauerten Haus neben den Stallungen, das wohl die Edelknechte beherbergen mochte.

Elsa reckte ihr wehes Kreuz. »Na, sauber haben sie es. Aber ...«, schränkte sie ein, »bei König David war es auch fein und ordentlich, und trotzdem hat er ...«

»... sich mit Urias Weib im Bett gewälzt. Sei friedlich, Elsa. Hier wohnt eine Gräfin mit zwei reizenden Kindern. Schau mal, dort drüben ist ein Kräutergarten.«

Auch der Garten mit den sauber geharkten Beeten konnte Elsa nicht aufheitern. Wehmütig blickte sie zum Tor, wo ein Junge die Kette des Fallgitters schmierte.

Ruben und sein Kumpan hatten sich an einen der Stallknechte herangemacht und ließen sich von ihm helfen, die Pferde abzuspannen und zur Tränke zu führen. Hinter dem Trog auf einer Steinbank saß ein krummes, hühnerrupfendes Weiblein, das ihnen gutmütige Scherzworte zurief. Ein Kind krabbelte zwischen den Federn zu ihren Füßen ...

»Was treibt Ihr hier?«

Die Stimme, die plötzlich und unangenehm dicht und laut hinter Marcellas Rücken ertönte, paßte so wenig zum Frieden des Burghofes, wie ein Schauer in einen Sonnentag. Marcella drehte sich um. Das Weib, das auf der untersten Stufe der Palastreppe stand, war – grau. Grau das Wollkleid, das ordentlich bis in die letzte Falte von ihren dürren Schultern hing. Grau das Unterkleid. Grau das Haar, dessen Ansätze straff unter ihr Gebinde liefen. Ihre Augen waren nicht grau, aber dafür die Gesichtshaut. Mit einem silbernen Schimmer wie ein Fisch ...

Marcella lächelte. »Ich wünsche Euch einen gesegneten Tag, Herrin. Ihr seid ... die Gräfin Loretta?«

Nein, das war sie nicht. Obwohl sie kein Wort dagegen sagte. Die Kleider der Frau waren aus teurer flämischer Wolle, sie gehörte also einem hohen Stand an. Aber als der Name Loretta ertönte, verengten sich ihre Augen. Vor Abneigung, entschied Marcella. Sie war nicht die Gräfin Loretta, und sie mochte die Gräfin auch nicht leiden. Aber trotzdem mußte sie hier Einfluß haben. Denn sonst würde sie es nicht wagen, Fremde anzuherrschen, die ihrer Herrin womöglich willkommen sein könnten.

»Ihr führt ein heiteres Haus – wunderschön, der Garten. Ich hätte nicht gedacht, daß man auf so kargem Boden Thymian zum Blühen bekommt.«

Entweder war die Dame an der Pracht des Kräutergartens nicht beteiligt oder aber für Freundlichkeit unzugänglich. »Wir brauchen keinen Trödelkram. Packt Eure Sachen und verschwindet.«

Elsa, die einige vorwitzige Gaffer vom Wagen verscheucht hatte, kam über die Deichselstöcke geklettert. »Daß Ihr keinen Trödelkram braucht, werte Dame, trifft sich gut, denn so etwas führen wir nicht. Weil wir das nämlich nicht nötig haben. Ansonsten …«

Marcella drückte ihren Arm. »Es wäre uns lieb, wenn Ihr der Gräfin von unserer Ankunft berichtet.«

»Wir wollen hier keine …«

»… und Ihr sagt, daß wir Duftöle und Seidenborten mit uns führen. Und getrocknete Heilkräuter. Ich sehe, Eure Herrin gibt sich viel Mühe mit dem Garten. Sie scheint sich dafür zu interessieren.« Und wenn das Weib jetzt noch widerspricht, dachte sie, dann werde ich auch unangenehm.

Aber die gräßliche Frau bekam keine Möglichkeit, sie weiter aufzuhalten. Ein Mann stieg die Palastreppe hinab und eilte auf den Wagen zu. Er war schon älter, sicher über Vierzig, auf seiner Stirn standen Sorgenfalten, und das Haar war dünn und an den Ecken gelichtet. Augenscheinlich genoß er Autorität, denn die Mägde mit den schweren Wassereimern wichen ihm aus und knicksten leicht.

»Mechthilde.« Seine Stimme klang leise und überraschend müde. »Graf Pantaleon hat die Händlerin bereits angekündigt, und Loretta ist in den Rittersaal gegangen und wünscht, ihre Waren zu sehen.«

Marcella hatte Widerspruch erwartet, doch die trockenen Lippen des Weibes kräuselten sich nur leicht. Ohne Antwort zu geben, drehte sie sich fort. Sie ging ein paar Schritte, aber dann schien sie es sich plötzlich anders überlegt zu haben. Ihr kantiges Vogelgesicht blickte über die Schulter.

»Nehmt Euren … Kram, Weib, und kommt mit! Ich bringe Euch zur Gräfin hinauf.«

VI

Damian Tristand lehnte an einem der blankpolierten Tische, die die Fensternischen in der Außenmauer des Rittersaales füllten. Das rote Holz der Deckenvertäfelung gab seinem Gesicht einen warmen Schein. Er hatte die Arme über der Brust gekreuzt, den Kopf ein wenig zur Seite geneigt und schaute ihnen zu. Niemand hätte behaupten können, daß er störe.

Marcella zog mit spitzen Fingern das Fläschchen Zitronellöl aus der Kiste, die Ruben ihr hochgetragen hatte, und blies den Sand davon ab. Sie wünschte, Elsa wäre bei ihr. Aber Elsa hatte die Spitzenborten vergessen und war in den Burghof zurückgekehrt. Und letztlich – was tat Tristand schon, außer zu schauen? Er hatte sie noch mit keinem Wort unterbrochen. Nicht einmal begrüßt hatte er sie.

»Meist benutze ich Rosenduft«, erklärte die Gräfin. »Neben unserem Bergfried ist eine sonnige Stelle, dort wachsen wunderschöne, dunkelrote Kletterrosen. Ich trockne die Blätter, zerstoße sie und lege die Krümel in Öl ein. Aber es duftet bei weitem nicht so intensiv wie dies hier.«

Marcella lächelte. Natürlich nicht. Das Rosenöl aus ihren Fläschchen brauchte drei Monate zur Herstellung – die gesamte Zeit der Rosenernte. Und Unmengen von Blüten. Und einen komplizierten Prozeß des Mischens und Auswaschens.

»Ihr solltet hiervon versuchen, Gräfin.« Vorsichtig entstöpselte sie ihr Fläschchen. »Zitronellöl. Das – vielleicht zusammen mit Rosenholz und Jasmin und eventuell auch etwas Vanille. Es ist schwierig vorauszusehen, wie es riechen wird. Die Haut verändert den Duft. Aber ich denke, Zitrusartiges würde Euch stehen.«

Es war schon seltsam. Bei vielen Frauen hatte Marcella

Stunden herumexperimentiert und doch nicht herausfinden können, welcher Duft zu ihnen paßte. Die meisten hatten auch gar nicht begriffen, warum sie sich so abmühte. Am Ende liefen zänkische Hennen mit Rosengerüchen herum, die ihnen anhafteten wie eine Maskerade, oder verbitterte, alte Weiber dufteten nach Veilchen, was sie unweigerlich der Lächerlichkeit preisgab.

Aber für Loretta existierte ein Duft. Und er mußte hell sein und blumig. Strahlend wie das goldgelbe Haar, das sich aus ihrer Haube stahl, erfrischend wie ihr Lachen, und so intensiv wie die Freude, mit der sie sich über die kleinen Fläschchen beugte. Vielleicht doch kein Jasmin, sondern Sandelholz, dachte Marcella.

»Öle sind teuer!« Die Stimme des grauen Weibes schnappte durch die Stille des Raumes und schnitt durch seine Wohlgerüche, als wolle sie sie mit dem Messer zerfetzen. »Es ist hoffärtiger, sündhafter Prunk. Und das Land darbt!«

Ich hasse sie, dachte Marcella. Und zwar nicht, weil sie unrecht hätte, sondern weil sie es allein nur deshalb sagt, um Jeanne die Freude zu verderben. Nein – nicht Jeanne. Loretta.

»Man könnte Berge von Wolle dafür verspinnen lassen«, sagte das graue Weib.

Loretta, noch immer über das Fläschchen mit dem Zitronellöl gebeugt, blinzelte Marcella verstohlen zu. »Liebste Mechthilde«, murmelte sie so gleichmütig, wie die Sonne, die auf jedes Unrecht strahlt, »wenn der Herrgott nicht wollte, daß wir uns an diesen Düften erfreuen, warum hätte er dann die Blumen erschaffen?«

»Zur Linderung von Krankheiten. Und zum Würzen der Speisen. – Herrin!« stieß das Weib mit Verspätung hervor.

»Ihr meint, man sollte dies hier mit Rosenduft vermengen?« Nachdenklich senkte Loretta das kleine Fläschchen. Ein Tropfen Öl perlte über ihren weißen Finger. Sie hatte wunderschöne Hände. Lang und schmal mit blaßrosa Nägeln. Jeanne hatte mit solchen Händen immer das Psalterium gezupft.

»Könnte ich es mit meinen eigenen Rosenölen vermischen?«

»Das würde die Reinheit mindern und den Duft beeinträchtigen«, sagte Marcella. Es war nicht gut, an Jeanne zu denken. Sie brauchte ihre Konzentration. Und außerdem war das alles lange vorbei.

»Was wissen wir, ob das Öl der Krämerin nicht auch gepanscht ist?« grollte das gräßliche Weib.

»Das kann man einfach nachprüfen.« Marcella nahm Lorettas Finger, auf dem sich noch immer der Öltropfen blähte, und rieb mit ihrem eigenen Finger dagegen. »Wenn ätherische Essenzen mit Olivenöl verlängert worden sind, dann fühlt es sich schmierig an. Und wenn Ihr ganz sichergehen wollt, könnt Ihr den Tropfen in eine Schale Wasser fallen lassen. Reine ätherische Öle schwimmen auf der Oberfläche, statt sich aufzulösen.«

»Tatsächlich?« Loretta lachte auf. »Mechthilde, geh und hole mein Fläschchen mit dem Rosenöl. Das blaue. Links unten in der Truhe neben dem rosa Samtstoff. Ich will es ausprobieren. Habt Ihr das mit dem Wasser gewußt, Herr Tristand? Wirklich? Ich dachte, Ihr handelt nur mit Stoffen. Oh ...« Sie hielt inne. »Ich glaube, ich habe Euch noch gar nicht vorgestellt. Verzeiht, liebe Dame. Aber mitunter ist Herr Tristand so still, das man ihn reinweg vergißt. Er stammt übrigens auch aus Trier. Eigentlich müßtet Ihr seinen Vater kennen. Herrn Arnold. Man hat ihn leider kürzlich ...«

»Ja, ich weiß. Ich ... habe ihn besucht.«

Es war eine törichte, eine hirn- und herzlose Bemerkung. Und es tat Marcella von Herzen leid zu sehen, wie sie das Lächeln aus Tristands Gesicht wischte. Das hatte sie nicht beabsichtigt. Verfluchtes Mundwerk! Immer schneller als der Verstand.

Die Gräfin war ernst geworden. »Und wie geht es dem armen, alten Herrn?«

Arnold Tristand ging es schlecht. Sein Kerker war trocken, er bekam genug zu essen, hatte einen Strohsack und eine warme Decke in der Zelle, und die Wachen waren angewiesen, ihn ordentlich zu behandeln. Aber er war ein alter Mann, dem das Lebenswerk unter den Händen zerbrochen war. Als Marcella ihn besucht hatte, hatte er mit eingerolltem Körper wie ein kleines Kind unter seiner Decke gelegen, die Faust vor den Mund gepreßt. Sie hatte ihm erzählt, daß sein Sohn den Schergen entkommen war, und das hatte etwas Leben in die ausgemergelte Gestalt gebracht. Aber nur für wenige Augenblicke.

»Man kümmert sich gut um ihn«, sagte sie.

Tristands Augen blickten keineswegs klar, wie Marcella unten in dem Keller ihres Onkels angenommen hatte. Sie waren verhangen, als läge ein Schleier über ihnen, hinter dem er seine Gedanken verbarg.

»*Wer* kümmert sich? Martin?« fragte er.

Beim heiligen Matthias – wer denn sonst!

Und wenn's auch keine Freude war, vom eigenen Bruder gezüchtigt und der Mordbüberei geziehen zu werden, so sollte er doch froh sein, daß es überhaupt jemanden gab, der für seinen Vater sorgte. Außerdem war es genaugenommen Martin, der sich zu beklagen hatte. Martin rang mit den Schöffen um die Freilassung seines Vaters. Er gab alles Geld und alle Kraft, um seinem Vater beizustehen und setzte die eigene Sicherheit aufs Spiel, indem er ständig vor dem Rat auf die Lauterkeit des alten Mannes pochte. Und alles, was er dafür zurückbekam, waren die Klagen seines Vaters um das Unglück des Bruders.

»Gut«, sagte Tristand.

Draußen vom Treppenturm ertönte die Stimme Elsas, die wohl auf Mechthilde gestoßen war. Es klang wie Gekeife. Etwas polterte über die Holzstufen.

»Martin hat einen klugen Kopf ...«

Hoffentlich befand sich kein Glas in dem Kistchen, das Elsa hatte fallen lassen.

»... und weiß am besten, was man tun kann.«

Ja, gewiß. Beispielsweise hatte er vierzig Pfund Turnosen dafür ausgesetzt, daß man seinen Bruder ergreifen und dem Henker übergeben solle. Aber helfen würde das alles nichts, weil Arnold Tristand sich nämlich auf seiner Strohmatte zum Sterben hingelegt hatte.

»Ich wünschte, daß ich nicht gerade jetzt mit Bischof Balduin zerstritten wäre«, sagte Loretta bedrückt. »Wenn er sich für Euch einsetzte, dann wäre Eurem Vater bald geholfen.«

Tristand war gegangen, und Loretta hatte mit gespieltem Interesse die Spitzen betrachtet, die Elsa gebracht hatte. Doch die Stimmung war verdorben. Mechthilde stand hinter ihnen und prüfte jedes Wort auf der Waage der Mißbilligung. Elsa schmollte. Keine gute Zeit, die Schönheit der Welt zu verkaufen.

Aber Loretta schien an Marcella Gefallen gefunden zu haben. Wenigstens für ein paar Tage sollte die Krämerin bei ihr bleiben. Es gab Gästeräume in der Burg, zum Beispiel das blaue Zimmer mit den Blumenmalereien an der Decke. Wäre das nicht ein schönes Plätzchen für jemanden, der Düfte in Fläschchen einfing?

Ja, es war ein großartiger Raum. Marcella rekelte sich auf dem Bett und spähte am Baldachin vorbei zu der hellblauen Zimmerdecke mit den goldfarbenen Adonisranken. Das Zimmer war warm. Es grenzte an die Gräfinnenkemenate und teilte wohl mit ihr denselben Kamin. Hell war es außerdem, denn es gab zwei Bogenfenster durch die das Nachmittagslicht flutete. Elsa saß auf einer der halbrunden Bänke, die die Fensternischen füllten, und nutzte die Helligkeit, um einen Riß an ihrem Kleidersaum zu stopfen. Ihr Gebinde war in den Nacken gerutscht und der dicke, blonde Zopf schmiegte sich um ihr Kinn. Sie hatte die Schuhe ausgezogen und die Füße mit den groben Schafswollbeinlingen auf die gegenüberliegende Sitzfläche gelegt.

»Na schön, es hätte schlimmer kommen können«, gab sie widerwillig zu.

Marcella rollte sich vom Bett. Es ging zum Abend hin. Sie stieg über Elsas Füße und kauerte sich mit angezogenen Beinen in die Bankecke. Ihr Fenster lag an der Westseite des Palas. Sie konnte einen Teil des Hofes überblicken und, weil sie in so luftiger Höhe wohnte, auch die Mauer und die dahinterliegende Flußniederung. Die Mosel zog sich als grausilbernes, durch die Abendsonne glitzerndes Band durch die Auen, wand sich im weiten Bogen um die Burg herum und verschwand zwischen den Hügeln. Kurz vor der Biegung schob sich eine Landzunge in den Fluß hinein. In der Bucht, die sie schuf, spielten daumennagelgroße Kinder, die sich mit Wasser bespritzten. Hinter ihnen am Ufer duckte sich ein Lehmhäuschen in den Schutz eines Weinberges. Die Kinder schienen zu dem Weinbauern zu gehören, denn sie horchten auf, als eine Gestalt in der Tür erschien und winkte und ihnen etwas zurief.

»Wenn es mir gehörte«, sagte Marcella, »würde ich es mit aller Macht verteidigen.«

»Wenn es dir gehörte, und man wollte es dir stehlen, und du würdest dich dagegen wehren«, gab Elsa schroff zurück, »dann würden als erstes das Haus und die Kinder dort unten brennen. Wagemut ist eine feine Sache – solange man hinter sieben Fuß dicken Mauern wohnt.«

Marcella dachte darüber nach. »Aber wenn man sich nicht wehrt, Elsa, dann brennen die Häuser vielleicht trotzdem. Oder die Kinder verderben am Hunger. Wenn es mir gehörte, würde ich es beschützen. Ich würde einen zwanzig Klafter hohen Wall bauen, der mein ganzes Reich umzäunt, und würde auf jeden Fußbreit zehn Bogenschützen stellen ...«

»Wie das? Sollen sie einander auf den Schultern sitzen?«

»Und ein Meer von siedendem Pech würde meinen Wall umfließen ...«

»Nur ein Meer, Schätzchen? Du wirst gut zu tun haben, das Holz fürs Siedefeuer nachzulegen.«

»Und ich würde eine Maschine erfinden, die tausend Pfeile auf einmal ... Elsa – es ist schrecklich, wenn man sich nicht wehren kann.«

Elsa ließ die Hand mit dem Stopfgarn sinken.

»Ich will mich immer wehren und kämpfen«, sagte Marcella. »Solange man kämpft, schleicht einem nicht die Furcht ins Herz.«

»Was redest du für dummes Zeug.«

»Das Sterben ist nichts, Elsa. Aber sich zu verkriechen und zu warten ...«

»Ich weiß, daß du kein Feigling bist.«

»Nein, du verstehst gar nichts. Das Gräßliche geschieht nicht da, wo man kämpft, sondern wo man sich nicht wehren kann ...«

Elsa starrte sie beunruhigt an. Sie mochte solche Gespräche nicht, und es tat Marcella schon leid, sie damit bedrängt zu haben.

»Diese Frau – Mechthilde –, weißt du, warum sie sich so schrecklich benimmt? Wer ist sie überhaupt?«

Ihre Freundin nahm den Rocksaum wieder auf. »Sie ist mit Volker verheiratet, dem Burgvogt, du weißt schon – der Mann, der uns den Einlaß zur Gräfin verschafft hat. Und sie soll so liebreizend wie eine Scheuerbürste sein. Brauchst nicht zu schauen, das Wort kommt von dem Kerl, der Ruben bei den Pferden geholfen hat. Besonders die mit den hübschen Gesichtern kann sie nicht leiden. Und hat wohl auch ihren Grund dafür, denn es heißt ... Ach was. Jedenfalls – ich fänd's gräßlich, mit so was zusammenleben zu müssen. *Besser in der Wüste hausen, als Ärger mit einer zänkischen Frau.* Nach wem reckst du dir den Hals?«

»Da unten ist unser schöner Richwin. Kommt er nun gerade heim? Nein. Er will hinaus. Und der Herr Tristand mit ihm, wie es scheint. Das ist schade.«

Elsas Augenbrauen sprangen in die Höhe.

»Weil …«, sagte Marcella vorsichtig. »Ich muß ihn doch noch fragen, ob er mit mir nach Himmerod reitet.«

Das Stopfzeug sank in Elsas Schoß. »Nach Himmerod? Kind! Der Kerl …«

»Ja, ich weiß, er hat einen fürchterlichen Ruf. Aber immerhin ist er Kaufmann, und scheinbar ein erfolgreicher. Also müßte er doch auch …«

»Er ist ein Taugenichts!«

»Gewiß. Und gerade deshalb …«

»Ein Schlächter und Mörder!«

»Das wissen wir nicht …«

»Und rüpelhaft mit einem Mundwerk, das zur Gosse gehört!«

»Elsa!« Marcella setzte die Füße auf den Boden. »Irgend jemand hat den Cisterciensern einen Teil des Safrans verkauft, dem man uns gestohlen hat. Wir müssen herausfinden, wer das war, bevor er den Rest auch noch verkauft.«

»Wenn wir allein zur Starkenburg fahren konnten, dann können wir auch allein nach Himmerod. Wir haben Ruben und Wendelin dabei.«

Ja. Und die beiden würden ihnen auf den Straßen beistehen. Aber wenn sie dann zum Kloster kämen, zu den Mönchen mit den schwarzen Skapulieren, zu den Cisterciensern …

»Weißt du, was wir tun werden?« sagte Marcella. Sie beugte sich vor und flüsterte Elsa etwas ins Ohr.

Es war so einfach. Kein Grund für Elsa, die Hand vor den Mund zu pressen, als könne jeder Atemzug gleich eine Katastrophe auslösen.

»Er ist doch unten bei den Rittern!« Marcella verdrehte die Augen. Der Gang war leer. Sie schirmte das Kerzenlicht trotzdem weiter mit der Hand ab. Unvorsichtig wollte sie nicht werden. Aber die Musik scholl bis zu ihnen hinauf, und Tristand hatte bei Richwin gesessen und mit ihm und einigen anderen Männern über den Italienfeldzug gesprochen. Vermutlich würden sie sich bis tief in die Nacht die Köpfe darüber heißreden, ob die Krönung Ludwig nun zum Kaiser oder zum Ketzer gemacht hatte. Männer waren so.

Marcella schob die Tür zu der Kammer auf, die ihnen von dem Mädchen mit dem Waschkrug genannt worden war. Hatte die Kleine sich über ihr Interesse an Tristands Schlafkammer gewundert? Nun, es würde nichts gestohlen werden, und sie würde es bald vergessen haben.

»Komm schon!« drängte Marcella.

Elsa schlich so furchtsam hinter ihr her, als kröchen sie auf Teufelspfaden. Marcella drückte der Freundin die Kerze in die Hand und zog die Tür ins Schloß zurück. Das Zimmer war aufgeräumt. Einige Kleider hingen über der Stuhllehne. Die Samtmütze lag auf der Sitzfläche. Herr Tristand liebte es akkurat. Am Wandhaken baumelte sein Mantel. Marcella war nicht sicher, was sie suchte, aber sie vermutete, daß sich alles Interessante in der Truhe neben dem Bett befand.

»Erschlagen wird uns der Kerl, wenn er uns erwischt«, flüsterte Elsa. »Und man könnt's ihm nicht mal vorwerfen. Wie die Diebe einzudringen! Wahrscheinlich werden sie uns an der Fahnenstange aufhängen …«

»Und wenn schon. Einem Erschlagenen tut's nicht weh.« Die Truhe war verschlossen. Marcella trat zu den Kleidern am Stuhl und befingerte den Stoff. Wenn Tristand den Schlüssel bei sich trug, dann sah es schlecht für sie aus.

»Ich weiß noch immer nicht, was wir suchen«, krächzte Elsa. An der Lehne des Stuhles baumelte eine Gürteltasche. Marcella nahm sie und trug sie zu Elsas Licht. Ihre Freundin zuckte gequält zusammen.

»Ich suche doch nur nach dem Schlüssel, Dummchen.« Aber die Tasche enthielt nichts als einen Klapplöffel im Lederetui, einen Probierstein für Münzen, ein viereckiges, gesäumtes Stück Tuch und eine gekritzelte Abschrift des jüngsten Koblenzer Zolltarifs. Sie hängte sie zurück. »Vielleicht im Mantel?«

Mit einer Gebärde der Resignation ließ Elsa sich auf das Bett fallen. Es war ein einfach gebautes Spannbett ohne Betthimmel, aber bequem mit einer gelben Federdecke und Kissen und Rollen ausgestattet. Elsa stellte die Lampe auf der Truhe ab, nahm eines der Kissen und umklammerte es mit ihren zitternden Händen.

»Was ist das?« fragte Marcella.

Die Kerze warf einen armlangen Lichtkreis, der bis zum Boden reichte. Und neben Elsas Kleidersaum blinkte etwas. Marcella bückte sich. Da war Metall. Verschnörkelte Griffe. Unter der Matratze des Bettes befand sich eine Schublade.

»Zur Seite, Elsa, nun mach schon. Und halte das Licht.«

»Gerechtigkeit behütet den Schuldlosen auf seinem Weg, aber den Frevler bringt die Sünde zu Fall«, klagte ihre Freundin. Der Schein der Kerze erhellte eine nach oben offene Holzlade, in der, eingehüllt in ein Tuch, etwas lag. Marcella schlug den Stoff auseinander. Bücher. Ein gutes Dutzend. Sie nahm das oberste, ein in Schweinsleder gebundenes Heftchen, heraus.

Practica della mercatura. Ihr Italienisch war dürftig, ihr Latein etwas besser. Handelspraktiken. Von einem Italiener geschrieben. Francesco di Balduccio Pegolotti.

Schlecht für Euch, Tristand!

Das Buch wanderte zurück und wurde gegen ein anderes getauscht.

»Tarifa zoé notica dy pexy … bla bla bla.« Das Innere des Buches führte Tarife, Maße und Gewichte auf, von denen sie einige kannte. Aber vieles war so exotisch, daß sie es nicht einmal aussprechen konnte. Unter der Überschrift

Brussa waren Zahlen und völlig unverständliche Namen aufgeführt, und andere unter Kandia und Sinope und Trapezunt.

»Ob er es nun lesen kann oder nicht – es ist in seinem Besitz«, sagte Marcella.

»Na und?«

»Er war mit seiner Habe auf dem Weg nach Trier, wenn er die Wahrheit gesagt hat. Und dann ist er überfallen worden, und alles, was in den Frachtwagen lag, ist gestohlen worden. Wie kann er dann *Tarife zoé bla bla bla* unter seinem Bett liegen haben? Himmel, und Aristoteles. Der Herr hat feingeistige Ambitionen. Die *Göttliche Komödie.* Bebildert. Mit Blattgold. Und hier. *Liber abacci.* Meine Güte, das Buch ist alt. Das besitzt er aus Liebhaberei. Die Formeln hat man im Kopf oder auf der Tafel. Und ...«

Das letzte Buch war länger und breiter als die anderen. Es hatte einen schwarzen Ledereinband, die Blätter waren aus Pergament und mit beweglichen Klammern zusammengehalten.

Marcella drehte sich, so daß sie zu sitzen kam. »Halt das Licht still!«

Sie begann zu blättern. »*Compto nostro* und *compto vestro.* Was soll *das* heißen? Er schreibt mehrere Konten gleichzeitig. Bei allen Heiligen, und mit was für Beträgen! 20000 Dukaten. Durch einen einzigen Wechsel. Und sieh mal die Namen darunter. Perruzi! Spinola! Mit wem verkehrt der Mensch alles!«

»Es ist Schnüffelei!« zischte Elsa.

»15000 Dukaten, 27000 Florenen ... Das soll alles ihm ...? Nein, ausgeschlossen, dann wäre er reicher als der Papst, und der plündert die gesamte Christenheit. Außerdem – ich glaube, das hier sind Schiffsnamen. Da steht etwas von einer genuesischen Karake. Himmel, was sind *partes?* Schickt er seine Schiffe in Teilchen übers Meer? Und was ist eine *securitas?* Und eine *collegan ...?*«

»Du solltest dich ...« Elsa horchte auf. »Du solltest ...«

Wieder horchte sie. Im nächsten Moment schoß ihre Hand vor und Marcella direkt auf den Mund. Draußen gab es plötzlich Stimmen und Schritte. Jemand lachte, ein anderer versuchte zu singen. Tief und falsch. Ein Ritter vermutlich. Die Helden der Gräfin Loretta kehrten vom Gelage zurück. Sturzbetrunken, wie es schien.

Marcella schob Elsas Hand beiseite und blies behutsam das Licht aus.

Wenn sich Tristand unter den Säufern befand – dann wäre es wahrscheinlich klug, sein Bett freizuräumen. Mit fliegenden Fingern packte Marcella die Bücher in die Schublade zurück, schlug den Stoff darüber und schob die Lade über den Fußboden.

Draußen grölten sie weiter.

Marcella griff nach Elsas Hand und zog sie hinter sich her in den Schatten der Tür. Genaugenommen hatten sie es gar nicht nötig, sich zu verbergen. Was hatten sie denn schon getan, außer nach einem Beweis für Herrn Tristands Unschuld zu suchen?

»Sie gehen vorbei«, wisperte Elsa.

Hoffentlich, hoffentlich. Manche Menschen mochten es nicht, wenn man sich um sie bemühte.

Eine Tür fiel ins Schloß, und das Gegröle wurde leise. Marcella schlug hastig ein Kreuz, nahm Elsas Arm und schlüpfte mit ihr in den Gang hinaus und die Treppe hinunter.

»Und was haben wir nun erreicht?« polterte Elsa, als sie schweratmend die Tür des Blumenzimmers hinter sich geschlossen hatten.

»Wir wissen, daß er unschuldig ist.«

»Wir …? Habe ich etwas an den Ohren, meine Dame? *Sieh nur, Elsa, diese Bücher. Wenn er wirklich überfallen worden wäre, hätte man sie ihm …*«

»Psst, Elsa. Ich nehme an, daß er die Bücher nach dem Überfall gekauft hat.«

»O ja, einmal so und einmal so!«

»Wegen des Kontenbuches. Alle Eintragungen sind unter demselben Datum niedergeschrieben worden. Und mit derselben Tinte und derselben Feder. Er muß das nachgetragen haben. Aus dem Gedächtnis.«

»Ach ja! Weil Zahlen in einem Buch mit derselben Tinte geschrieben werden, wird aus einem Wucherer ein Unschuldslamm? Vielleicht hat ihm das alte nicht mehr gefallen und er hat es fortgeworfen.«

»Sein Kontenbuch?« Marcella lächelte. »Eher hätte er sich die Hand abgeschlagen.«

VII

Er ist also in Koblenz«, sagte Marcella.

»Hmm.« Richwin hatte den Kopf über die Laute gebeugt und versuchte, die Saiten zu stimmen. Der Wind spielte in seinen Locken, die Sonne bewarf sie mit goldenen Strahlen. Er trug einen Kranz aus Mohnblumen im Haar, dessen Farbe sich in seinem rotsamtenen Rock wiederfand. Eine Lichtgestalt vor der Düsternis der Burgmauern. Als der Schöpfer Richwin erschuf, mußte er die Menschen geliebt haben.

»Jedenfalls glaub' ich das«, sagte er. »Damian ist nicht gerade gesprächig, wenn es um seine Geschäfte geht. Ist das zu hoch?« Er zupfte, horchte, drehte am Wirbel und zupfte noch einmal.

Der kleine Johann, den er in einen Ahorn geschickt hatte, um festzustellen, ob die Jagdgesellschaft der Gräfin schon die Vorburg hinabgeritten kam, brüllte seine Botschaft herab, daß sich nämlich noch nichts rührte und daß sie wahrscheinlich überhaupt nicht mehr loskämen, oder wenn, dann wenigstens viel zu spät.

»Herr Tristand ist in gar nichts gesprächig«, sagte Marcella. »Haltet Ihr es für möglich, daß er in seinem früheren Leben ein Fisch gewesen ist?«

»Ich halte es für möglich, daß er überhaupt nicht weiß, wie heiß Ihr ihn entbehrt, Herrin.« Richwin grinste, als er merkte, wie zwei steile Falten sich in ihre Stirn gruben. Seine Finger liefen über die Saiten, augenzwinkernd sang er:

»Ein Halm war es, der macht sie froh:
Er sprach, ihr solle Glück geschehn.
Sie maß sich dieses kleine Stroh,
wie sie's …«

»Da kommen die ersten über die Brücke!« schrie Johann.

»... wie sie's bei Kindern hat gesehn.
Nun hört und merket, wie sie ihm gesinnt:
Sie liebt ihn, liebt ihn nicht, liebt ihn –«

»Hast du gehört, Richwin? Richwin! Sie kommen!«

Marcella legte die Hand über den Steg der Laute und sang mit ihrer weichen Altstimme weiter:

»Sooft sie probte – war das Ende fröhlich?
Was für ein Narrenlied, mein Herz!
Dich macht dein Glaube selig.«

»Ich hab' gerufen, daß sie kommen, Richwin. Und jetzt sind sie schon fast hier«, sagte Johann, der zu ihnen herabgeklettert war, vorwurfsvoll.

»Na, dann ab in den Sattel. Wie steht's, Herrin? Soll ich Euch verraten, wann er zurückkehrt?« fragte Richwin mit mildem Lächeln.

»Ihr könntet's ja gar nicht für Euch behalten – jetzt, wo Ihr wißt, wie mich die Sehnsucht zerreißt.«

»Eine Woche«, sagte Richwin. »Wenn er nicht aufgehalten wird.«

»Eine Woche«, wiederholte Marcella später am Abend zu Elsa. Sie war den ganzen Tag über mit Lorettas Rittern und Damen durch die Wälder gestreift und spürte ihre Knochen, als hätte man jeden einzeln blaugeschlagen. Eiskalt war es außerdem in der blumenbemalten Kammer, denn das Wetter war umgeschlagen und durch die Fenster pfiff feuchtkalter Wind. Sie zog den Surcot über den Kopf, faltete ihn zitternd zusammen und legte ihn zum Mantel auf die Fensterbank.

»Was ist, Kind? Willst du dich totfrieren?« Elsa schüttelte die Bettkissen auf. »Nein, laß das Hemd und die

Beinlinge an. Selbst wenn sie nebenan heizen, wird dieser Steinkasten nicht warm. Daß sie hier nicht alle das Gliederreißen haben …«

Marcella schlüpfte unter die Decke und machte ihrer Freundin Platz, damit sie neben sie kriechen konnte. Das Bettzeug war kalt und muffig. Sie zog die Füße an.

»Er ist noch vor der Morgenmesse davongeritten. Für Geschäfte«, murmelte sie bibbernd. »Wie kann man so etwas tun, wenn man die ganze Nacht hindurch gesoffen hat?«

»*Einem fleißigen Eichhörnchen schadet der Winter nicht*«, erwiderte Elsa tugendhaft.

»Aber diese – Unruhe ist gräßlich. Was nutzt einem das ganze Geld, wenn es so … kribblig macht.«

»Jedenfalls hat es keinen Sinn, länger hierzubleiben.« Elsa stützte sich auf den Ellbogen und beugte sich über Marcella. »Zum einen kann es nämlich sein, daß deinem Herrn Wucherer das Trierer Land einfach zu unsicher geworden ist und daß seine angeblichen Geschäfte nur ein Vorwand waren, um zu verschwinden. Zum anderen kann es sein, daß er bis in die Ewigkeit aufgehalten wird. Und zum dritten …«

»Und zum dritten werden wir trotzdem auf ihn warten!« Marcella konnte sich selbst nicht leiden, wenn sie so scharf sprach. Es kränkte Elsa. Und war ungerecht. »Komm, Elschen«, sagte sie schmeichelnd. »Acht Tage werden wir ihm geben. Schon wegen Loretta. Die Gräfin war freundlich zu uns und möchte uns noch ein Weilchen hier haben. Sie will ihren Kräutergarten vergrößern. Unten am Fluß soll Knoblauchgamander wachsen …«

»Dieses Weib, Mechthilde, versteht genug von Heilkräutern.«

»Dann sähe der Garten anders aus. Man könnte Hauswurz pflanzen. Und beim Dorf habe ich Benediktinerkraut gesehen. Und Knabenkraut. Und Mädesüß. Das könnte man trocknen …«

»Ja, ja, ja, ja … Und am Ende tut die Dame sowieso, was sie will!« Elsa zerwühlte ihr halb grob, halb zärtlich die Locken. »Also gut, Marcella, wenn es für die Gräfin ist, dann will ich es dulden, denn sie ist eine noble Frau mit einem guten Herzen. Aber vom Tristand laß die Hände. Er hat keinen ehrlichen Blick. Er sieht dich an und redet, aber du weißt nie, was er in Wahrheit denkt. Er lächelt, wenn's ihm bitter ist, und macht sich mit ernster Miene lustig. Das schickt sich nicht. Bei einem braven Menschen sieht man, wie's ihm ums Herz ist.«

Für den nächsten Tag war ein Gang zum Fluß geplant, um nach dem Knoblauchgamander zu sehen, aber zunächst einmal wurde nichts daraus. In der Nacht hatte ein hartnäckiger, kalter Nieselregen eingesetzt, und der hielt sich und verdichtete sich noch und fesselte die Starkenburger ans Haus. Im Rittersaal wurde der große Kamin angezündet. Jeder, der es sich leisten konnte, flüchtete aus den kalten Kammern an die Feuerstelle. Bertram, der starkenburgsche Schreiber, verzog sich mit den beiden älteren Grafensöhnen in eine Fensternische neben der Kaminmauer und ließ sie Zahlen auf Wachstafeln kratzen, die Edelknechte begannen ihre Rüstungen zu polieren, Loretta weihte ein sommersprossiges, zu Tränen neigendes Mädchen in die Geheimnisse des Webens ein.

Und Marcella spielte Schach. Sie spielte gut, besser als die Knappen, besser als die meisten Damen und Ritter. Und möglicherweise sogar besser als Volker, der Burgvogt. Volker war ein scharfsinniger Gegner. Er plante seine Züge weit im voraus und besaß genügend Phantasie, ihre eigenen vorherzuahnen. Mit unendlicher Ruhe fuhr er sich über das Kinn und setzte seine Figuren. Marcella machte der Kampf Spaß. Sie verlor einen Ritter, rettete ihre Dame, erbeutete Volkers Turm im Gegenzug, mußte dafür einen eigenen opfern, und nach und nach begriff sie, welche Tugenden Volker zum Vogt der Starkenburg gemacht hatten. Munter plaudernd – das konnte er nicht haben, es lenkte ihn ab – zog sie ihren kleinen Bettler mit dem geschnitzten Lumpengewand an seinem zweiten Turm vorbei.

Und dann war das Spiel plötzlich zu Ende.

Die Tür hatte geklappt. Mechthilde war mit einem Korb gewaschener Wolle im Arm in den Rittersaal gekommen. Sie zog sich Spinnrad und Schemel heran und ließ sich so nieder, daß sie die beiden Spieler im Visier hatte. Unter ihrem Blick versickerte Volkers Konzentration. Verschämt, als sei es ihm peinlich, und gleichzeitig voller Sorge schielte er immer wieder zu seinem Weib. Seine Züge wurden ungeschickt, eine Tatsache, die keiner der Zuschauer kommentieren mochte, so offensichtlich war die Ursache. Nach wenigen Minuten reichte er Marcella den eingekesselten König.

»Könnt Ihr Trictrac spielen, Herrin?« fragte Richwin.

Jawohl, das konnte Marcella. Und auch Hazard und das neue chinesische Kartenspiel. Aber nicht, wenn ein mißgelauntes Weib sie dabei anstierte, als sei sie im Begriff, die gesamte starkenburgsche Männerwelt dem Spielteufel in den Rachen zu jagen.

Sie stand auf und ging zum Fenster. Es regnete immer noch, aber hinten am Horizont zeigte sich ein schüchterner blaßblauer Streifen.

»Ich denke, morgen können wir hinaus«, sagte sie.

Das Kräutersammeln wurde als Ausflug geplant und mit allgemeiner Begeisterung aufgenommen. In der Burg herrschte Unruhe, die wohl nicht nur mit dem schlechten Wetter des vergangenen Tages zusammenhing, sondern auch damit, daß man auf die Rückkehr Propst Heinrichs wartete, eines Oheims des verstorbenen Grafen, der im Auftrag Lorettas mit dem Erzbischof über das strittige Birkenfelder Land verhandeln sollte. Niemand sprach darüber, denn Bemerkungen über Birkenfeld erfüllten die

Gräfin mit Unmut, aber alle warteten und wurden zunehmend gereizter. Und so kam es, daß sich an dem freundlichen Maimorgen die halbe Burg der Kräutersuche anschloß.

Loretta bestimmte, daß sie einen steilen Schlängelweg hinabkletterten, eine Abkürzung, die westlich der Burg zur Mosel führte. Weit vor Mittag erreichten sie das Flußufer. Die Knechte schlugen ein Zelt für die Mahlzeit auf und richteten auf einer Decke die mitgebrachten Speisen, während sich Loretta mit ihren Damen auf Kräutersuche begab. Richwin hatte die beiden Grafensöhne ein Stück flußaufwärts aus ihren Kleidern gescheucht und ließ sie im eiskalten Flußwasser Schwimmversuche machen, eine Quälerei, für die sie ihn, den Rufen nach zu urteilen, aufs heftigste verehrten. Die Ritter vergnügten sich mit einem Ballspiel.

»Nein«, sagte Marcella zu Mechthilde, die mit einer Schaufel einen der kriechenden Knoblauchstengel abstechen wollte. »Es lohnt nicht, die ganze Pflanze mitzunehmen. Sie hält sich nur an feuchten, sumpfigen Stellen. Aber man kann die Blätter trocknen. Das hilft gegen Fieber.«

»Ihr kennt Euch gut aus«, brummte Mechthilde säuerlich. Sie war nicht mehr jung. Das Kreuz machte ihr zu schaffen. Ungeduldig streckte sie den Rücken. Ihre Blicke wanderten flußabwärts, wo die Gräfin zwischen den zottigen Gewächsen stand. Loretta hatte die Schuhe ausgezogen und die Röcke gerafft und war ein paar Schritt ins Wasser gegangen. Der Burgvogt stand hinter ihr. Besorgt streckte er seiner Herrin den Arm entgegen. Loretta sagte etwas, lachte, nahm seine Hand und beugte sich so gestützt zu den Knoblauchpflanzen.

Verstohlen schaute Marcella zu Mechthilde. »Soll ich Euch noch einen Korb holen?«

Das Weib gab keine Antwort, schien überhaupt nicht zu hören. Erst als Marcella ihr den gefüllten Korb aus den

Händen nahm, begann sie sich wieder zu regen. Mit steinerner Miene kehrte sie dem Fluß den Rücken und stieg den Uferhang hinauf.

Lorettas Küchenmeister hatte Pasteten aus Hirsch-, Zicklein- und Taubenfleisch vorbereitet, dazu in Milch gekochte Bohnen und mit Mandeln und Zimt gewürzten Reis, und als die Sonne im Zenit stand, machten die Ausflügler es sich unter den Zeltdächern bequem. Die Lust an der Kräutersuche begann abzuflauen, nach dem Essen waren nur noch Marcella, Mechthilde und zwei der jüngeren Edeldamen bereit, in den Wald hinaufzusteigen, um sich nach weiteren Pflanzen umzusehen. Volker und Pantaleon boten den Frauen ihren Schutz an.

Fast bis zum Sonnenuntergang pflückten sie Pestwurz, Fieberklee, Frauenmantel und Blätter, Wurzeln und Blüten der wilden Malve. Und dann ...

»Nein, das nicht!« sagte Mechthilde heftig.

Marcella schaute verwundert auf. Sie hatte sich nach dem Bilsenkraut gebückt, einer drüsig behaarten Pflanze, die unter einem Stein hervorkroch und in deren Mitte verwaschengelbe Sterne mit violetter Äderung staken. Bilsenkraut stillte Schmerzen und löste Krämpfe. Magister Jacob, der Trierer Arzt, hatte es der Witwe de Ponte verabreicht, als Marcella ihrer Schwiegertochter gerade Bergamottenöl vorbeibrachte, und da er ein umgänglicher Mann war, ohne den Dünkel seiner Standesgenossen, hatte er ihr die Wirkungsweise und Dosierung erklärt.

»Es ist Hexenkraut!«

»Aber nein«, widersprach Marcella verwirrt. »Wenn man es in geringer Dosierung benutzt ...«

»Hexen nehmen so was. Zum Salbenkochen. Für ihren Zauberflug ...«

So eine ... Dummheit.

»Sie kochen das Fleisch ermordeter Kinder«, flüsterte Mechthilde. Sie flüsterte. Natürlich flüsterte sie. Solche

Dinge wurden immer geflüstert. »... und fügen Mohn, Schierling und Nachtschatten dazu. Und *Bilsenkraut.*«

»Alles ist Hexenzeug, wenn man damit Schaden anrichten will.«

»Ihr scheint Euch da ja gut auszukennen.«

Der Streit war ... töricht. Und nach dem letzten Satz vielleicht sogar gefährlich. Die Männer schauten betreten. Marcella ließ das Kraut zurück ins Gras fallen.

»Wenn Loretta Verstand hätte«, brummte Pantaleon, als sie weitergingen und Mechthilde ein Stück voraus und außer Hörweite war, »dann würde sie reinen Tisch machen und die Furie zum Teufel jagen.«

Der Turm war der richtige Ort. Marcella öffnete die Tür vom Rittersaal und trat auf die hölzerne Hängebrücke, die Palas und Bergfried miteinander verband. Sie stand in luftiger Höhe. Die Eingangspforte des mächtigen Wehrturmes befand sich wenigstens dreißig Fuß über dem Burghof und war nur über diese Brücke zu erreichen. Zur rechten Hand konnte Marcella in den Abgrund spähen, der hinter dem Turm viele hundert Fuß in die Tiefe stürzte. Die Starkenburger hatten als Schutz vor Unglücksfallen einen Bruchsteinwall davor errichtet. Mehr war an Mauer nicht nötig. Ersteigen konnte man die Felswand sowieso nicht, und keine Leiter wäre lang genug, um bis aufs Plateau zu reichen.

»Wenn die Burg in Not gerät«, erklärte Johann, der ihr die Kräuterkörbe trug, »dann gehen wir von hier aus in den Turm und hauen die Brücke einfach ab. Dann kommt keiner an uns heran.«

»Was aber niemals geschehen wird, da Starkenburg ja nicht eingenommen werden kann.«

Oben auf der Spitze des Turmes würde sie das Klebkraut trocknen, und in einem der fensterlosen unteren Räume die Pflanzen, die es schattig brauchten. Johann schleppte den Korb über die Brücke und dann quer durch den Wehrturm, wo eine Tür zu der Treppe führte, die sich in den Außenmauern des Turmes verbarg. Der Turm hatte nach oben hin vier Stockwerke, und da die Türen zu den meisten Zimmern offen standen, erkannte Marcella, daß die Gräfin zumindest zwei Räume zum Wohnen in Notzeiten hergerichtet hatte. Das oberste Stockwerk war verschlossen, dort wohnte der Turmwächter.

»Er darf nicht heiraten und auch keine Frauen bei sich haben, weil er wachsam sein soll«, erläuterte Johann, damit die Dame, die Richwin ihm aufgehalst hatte, auch alles richtig verstand.

Die letzte Tür brachte sie auf die Turmspitze. Der starkenburgsche Bergfried wurde nicht durch ein Ziegeldach, sondern durch eine ebene Plattform abgeschlossen. Zinnenmauern dienten zur Verteidigung. Marcella lehnte sich gegen die Steinquader. Die Mosel unter ihr war zu einem handbreiten Band zusammengeschmolzen. Dahinter wärmten sich lichtgrüne Felder in der Sonne, immer im Wechsel mit braunem Brachland und dunkleren Waldtupfern. Wo es Hänge gab, standen die Stöcke der Weinäcker.

»Es gehört alles uns, so weit wie man sehen kann«, sagte Johann.

Ja, wenn seine Mutter es fertigbrachte, ihm das Land zu bewahren. Marcella umwand das Klebkraut mit Bändern und hängte es an den Querbalken der Fahnenstange.

Johann hatte sich schon wieder auf den Weg nach unten gemacht und erwartete sie in dem Zimmer, das zur Brücke führte. »Wenn man tiefer will, kann man aber nicht mehr über eine Treppe. Weil dort die Mauern besonders stark sein müssen. Wegen dem Feind«, erläuterte er.

Er klappte eine Falltür auf, die sich in der Mitte des Raumes befand, dann mußten sie über eine Leiter abwärts steigen. Das Untergeschoß war staubig und mit alten Waffen und Gerümpel vollgestellt und diente offensichtlich als Abstellkammer. Jedenfalls war es dunkel genug für die Heilpflanzen. Marcella nahm sich ein Bund verrosteter Lanzen, lehnte sie in einer Reihe an die Mauer und band die Kräuter in Büscheln an die Verzierungen der Lanzenklingen.

»Unter uns ist nur noch das Verlies«, sagte Johann. Er stellte die Leiter ein wenig steiler, schob mit dem Fuß einen Sauspeer beiseite und hievte eine weitere Falltür in die Höhe. »Dort hat der Wildgraf hausen müssen. Drei Wochen lang. Könnt Ihr es erkennen, Herrin?«

Die Falltür lag direkt unter der Deckenöffnung und wurde von dort mit Licht beschienen. Marcella blickte auf einen trübe schimmernden, steinernen Kerkerboden. Eisen zum Anketten gab es nicht, nur einen Holzeimer und dünnes, verklebtes Stroh. Die Wände waren im unteren Drittel mit Moos bewachsen.

»Ratten sind da auch«, flüsterte Johann mit dem wohligen Schauder des Zuschauers. Und fügte hinzu: »Als der Wildgraf hier wieder rauskam, war er seltsam geworden.«

Marcella nahm ihm die Tür aus der Hand und ließ sie auf den Boden zurückfallen.

»Er hat geweint«, sagte Johann.

Ja, so ging es den Bösen, die die Witwen berauben wollten. »Wollen wir wieder an die Luft?«

Der Boden des Rittersaales war mit Gras und Waldblumen bestreut, sicher hundertmal so viele, wie Loretta mit ihren Edeldamen während des gesamten Tages gepflückt hatte.

Marcella betrachtete die Füße der Tanzenden, die die Blütenköpfe zertraten, aber der zarte Frühlingsduft war schon lange nicht mehr wahrzunehmen. Es roch nach gepfeffertem Wein, nach Gebratenem, nach Fett und Rauch und Mist und vor allen Dingen nach Schweiß.

Loretta tanzte mit ihren Rittern und Damen einen Reigen. Sie trug einen rubingeschmückten Silberreif in den Haaren, ihr Hals war gebogen, wie der eines Schwanes, ihr Körper wiegte sich anmutig im Rhythmus der Musik. Sie war die schönste Frau im Raum, und die Blicke der Starkenburger hingen mit Zärtlichkeit an ihr. Marcella seufzte. Draußen war es dunkel geworden. Der Rittersaal lag im Schein von Fackeln und Kerzen, die die Finsternis ausschlossen und den Rest der Welt vergessen machten.

»Es wird wieder regnen«, sagte Mechthilde.

Sie versuchte, freundlich zu sein. Vielleicht tat ihr der Streit vom Nachmittag leid. Vielleicht hatte Volker ihr auch ins Gewissen geredet.

»Habt Ihr schon immer hier gelebt?« fragte Marcella.

»Seit meiner Hochzeit.«

Froh klang das nicht. Marcella versuchte sich vorzustellen, wie es sein mußte, wenn der eigene Gatte die Herrin liebte, der man diente. Sie hatte immer gedacht, das Schlimmste, was einem Weib passieren konnte, wäre ein prügelnder Ehemann. Und vielleicht stimmte das auch – solange man nicht mit dem Herzen an seinem Gatten hing. Mechthilde sah aus, als wären ihr sogar Prügel lieber, als das gedrückte Pflichtbewußtsein, mit dem Volker sie behandelte. Das Thema war traurig. Marcella wechselte es.

»Ich muß das Klebkraut vom Turm holen, wenn es zu regnen beginnt«, sagte sie

»Ich benutze auch Klebkraut. Zum Verbinden von Geschwüren. Bertram – unser Schreiber – hat mir aus Köln ein Buch über Kräuter mitgebracht. Von der heiligen Hildegard aus Bingen. – Ihr könnt es einmal anschauen, falls Ihr Lust habt.«

War das ein Friedensangebot? Wenn, dann kam es höchst widerwillig. Marcella bedankte sich trotzdem.

Von der Bank neben dem Kamin scholl Gelächter herüber. Gottfried, der dritte und jüngste Sohn der Gräfin, war Richwin auf den Schoß geklettert und versuchte, ihm Datteln in den Mund zu stopfen. Richwin kam ins Würgen, aber das nutzte ihm nichts, denn zwei seiner Kumpane hatten sich an seine Arme gehängt, um dem eifrigen Gottfried Unterstützung angedeihen zu lassen.

»Das wird dem Kleinen aber einen Ruf verschaffen! Den prächtigen Richwin bezwungen.« Marcella lachte leise, fand aber bei ihrer Nachbarin keinen Widerhall. Mechthilde beobachtete Pantaleon, der sich auf der Fensterbank mit zwei Mägden vergnügte. Die eine saß ihm auf dem Schoß, die andere hielt er im Arm. Die Mädchen kreischten, während sie versuchten, sich ihm zu entwinden. Er zog der jüngeren den Ärmel herab und schmatzte ihr einen Kuß auf die nackte Schulter, während seine Hand nach ihren Brüsten tastete.

»Wenn der Herr noch lebte«, zischte Mechthilde, »würde er ihn zum Tor hinausprügeln.«

Das mochte sein. Andererseits hätte der Herr das Unglück vielleicht verhüten können, wenn er seinen Sohn nicht in den geistlichen Dienst gezwungen hätte. Marcella stand auf.

»Der Himmel wird ihn strafen!« flüsterte Mechthilde.

Vielleicht. Jedenfalls mußte das Klebkraut versorgt werden. Der Regen hatte bereits eingesetzt. Man hörte es rauschen.

Marcella drückte sich zwischen den Feiernden hindurch und ging zu der Eichentür, die auf die Brücke hinausführte. Augenblicke später stand sie im Freien. Erschauernd fuhr sie zurück. Das war kein Regen, sondern ein richtiges Unwetter. Der Wind blies in Böen um die Mauerecke und trieb ihr Wassertropfen ins Gesicht. Sie mußte sich beeilen. Wahrscheinlich war das Klebkraut schon verloren. Der Burghof unter ihr lag im Finstern, ein einziger Kienspan unter dem Vordach des Pferdestalles spendete Licht. Ihr war schwindlig zumute. Nicht vom Wein, denn den vertrug sie nicht und hatte ihn deshalb stehenlassen, aber Müdigkeit und die schlechte Luft hatten ihre Sinne benebelt.

Marcella tastete sich an der Holzbrüstung entlang.

Die Tür zum Bergfried stand offen. Das Zimmer dahinter war ohne Feuer, aber von draußen kam genügend Licht, um den Weg zur Treppe erahnen zu können. Im Treppenschacht selbst war es stockfinster. Die kleinen Schießluken zeigten sich nur schwach als graue Risse im Gemäuer. Marcella umklammerte das Hanfseil, das als Geländerersatz diente. Sie kam an der ersten Kammer vorbei, dann an der zweiten und dritten. Oben aus der Stube des Turmwächters tönte leises Gelächter. Vermutlich war er doch nicht so unbeweibt, wie der brave Johann vermutete. Marcella seufzte erleichtert, als sie die Turmplattform erreichte. Der Boden war vom Regen glitschig. Das Klebkraut troff vor Nässe. Sie hätte Mechthilde lassen und sich um ihre Pflichten kümmern sollen.

Mit steifen Fingern nestelte sie an den Bändern und trat, die tropfnassen Sträuße weit von sich haltend, wieder den Rückweg an.

Elsa lag wahrscheinlich schon im tiefsten Schlaf. Und morgen würde sie mit ihr besprechen, ob es nicht doch besser wäre, allein nach Himmerod aufzubrechen. Womöglich war Tristand längst wieder auf dem Weg nach Italien.

Sie würde Richwin vermissen. Und Johann. Und die arme Loretta. Marcella umklammerte das Tau ein wenig fester. Sie hatte den Aufstieg zu schnell genommen. Ihr Herz pochte, und in ihren Ohren rauschte das Blut. Die arme Loretta und die arme Mechthilde. Vielleicht war Mechthilde sogar die ärmere. Niemand hatte sie gern. Nicht einmal Richwin, dem Mägde, Kinder und Katzen nachliefen, weil sie alle wußten, daß sie einen Platz in seinem Herzen hatten.

Etwas raschelte unten im Turm.

O verflucht, die Ratten!

Marcella zog eine Grimasse. An einem Zimmer mußte sie noch vorbei, dann war sie wieder im Brückengeschoß.

Sie tastete sich die Stufen hinab, die Hände rechts und links am Mauerwerk abgestützt. Gegen die absolute Dunkelheit des Treppenhauses wirkte das Brückenzimmer regelrecht hell. Erleichtert stieß sie die Luft aus und schritt auf das graue Rechteck der Tür zu. In einem Eckchen ihres Hirns wunderte sich etwas über eine Unregelmäßigkeit des Bodens. Sie schaute zerstreut …

Und trat im nächsten Moment ins Leere.

Zu Tode erschrocken riß Marcella die Hände hoch, und wahrscheinlich war es diese Bewegung, die ihr das Leben rettete. Ihre Arme ratschten über Holz und fanden Halt am Rand des Loches, durch das sie stürzte. Sie hing an einer mit Splittern durchsetzten, rohen Holzbohle.

Ihre erste Erleichterung wich rasch. Marcella begriff, daß ihre Kräfte nicht reichen würden, sie wieder hinaufzuziehen. Und daß ihr jemand zu Hilfe kommen würde, war im höchsten Grade unwahrscheinlich. Der Eingang zum Rittersaal wurde durch die dicke Eichenbohlentür versperrt. Der Turmwächter vergnügte sich drei Stockwerke über ihr mit seinem Mädchen. Und draußen prasselte der Regen. Keine Menschenseele würde sie hören, wenn sie schrie.

Marcella senkte den Kopf. Mit pochendem Herzen sah sie zwischen ihren Armen hindurch zu Boden. Dort war nichts als Schwärze. Unter ihr mußte sich der Raum mit den alten Waffen befinden. Sie versuchte sich zu besinnen. Das Zimmer konnte nicht hoch gewesen sein, denn die Spitzen der Lanzen, an denen ihre Kräuter trockneten, hatten höchstens vier Fuß unterhalb der Decke geendet. Wenn sie sich also fallen ließ … Aber unter dem Loch, an dem sie hing, gab es ein weiteres Loch, den Zugang zum Verlies. Was, wenn dessen Tür jetzt auch hochgeklappt war?

Nur mit der Ruhe, dachte Marcella. Ich habe das Verlies selbst wieder abgedeckt, das weiß ich genau.

Ihr blieb nicht mehr viel Zeit. Beim heiligen Benedikt,

wie konnte man so an seiner eigenen Masse leiden. Ihre Finger begannen zu rutschen …

Das Gefühl des Fallens war so schrecklich, wie sie es aus ihren Träumen in Erinnerung hatte. Sie mußte an Jacob denken, eine Tatsache, die in einem Winkel ihres Gehirns hysterische Heiterkeit auslöste. Dann prallte sie auf den Boden – und hatte andere Sorgen.

Sie war zuerst mit den Füßen aufgekommen und danach auf die Seite gestürzt. Aber irgendwann dazwischen mußte sie mit dem Arm aufgeschlagen sein, denn ihr linkes Handgelenk schmerzte, daß es bis in den Ellbogen hinaufstrahlte.

»Dummkopf!« sagte Marcella mit Elsas strenger Stimme, um den aufkommenden Tränen Einhalt zu gebieten.

Sie betastete ihr Handgelenk. Vorsichtig bog sie es in alle Richtungen und kam zu dem Schluß, daß es wohl geprellt, aber nicht ernsthaft verletzt sein konnte. Die Seite tat ihr weh, aber auch dort schien nichts gebrochen zu sein. Ihr Schutzengel hatte sich Mühe gegeben.

Vorsichtig stand sie auf, ging ein paar Schritte und stieß mit dem Schienbein an die Leiter, die schräg im Raum lag. Es war schwierig, das schwere Gerät aufzurichten. Marcella zog mit der gesunden Hand und nutzte den Ellbogen des anderen Armes zum Stützen. Dann kletterte sie mit wackligen Knien zum Licht hinauf.

Ich muß es selbst gewesen sein, dachte sie. Ich oder Johann. Einer von uns hat das Loch offenstehen lassen, als wir am Nachmittag die Pflanzen hinabgebracht hatten.

Wie leichtsinnig. Wie gefährlich. Und wie überflüssig, jetzt doch noch in Tränen auszubrechen.

Sie klappte die Luke über der Falltür zu und trat aus dem Zimmer hinaus ins Freie. Es goß noch immer in Strömen. Der Kienspan beim Pferdestall war erloschen, aber durch die Ritzen der Palastür schimmerte Licht. Gedämpftes Gelächter plätscherte in Wellen aus dem Festsaal.

Marcella schloß die Tür zum Turm und lehnte sich mit dem Rücken dagegen. Sie wickelte den Zipfel ihres Ärmels um das Handgelenk, hielt es mit den Fingern, preßte die Faust gegen den Mund und wartete, daß der erbärmliche Drang zu heulen ein Ende nahm.

VIII

Marcella schaute auf die weinende Mutter Gottes und fragte sich, warum es immer an den Frauen war, zu klagen. Ginevra hatte um Lanzelot geklagt, Elisabeth von Thüringen um Ludwig, Heloise um Abélard – Männer kämpften, Frauen klagten. Wenn es Krieg gäbe zwischen der Gräfin und dem Erzbischof, dann würden Richwin und Volker in die Schlacht ziehen, und Loretta würde zu Hause warten müssen. Und wenn sie Richwin an den Tod verlöre, oder, schlimmer noch, Volker, dann würde sie vor der armen Mariä knien, das Herz kalt wie der Stein der Statue, und ebenfalls klagen. Es war ein Unrecht. Entweder mußte das Lieben aufhören oder die Verdammung zur Untätigkeit.

»Jesus Domine nostrum«, intonierte der Pater, und Marcella neigte schuldbewußt den Kopf.

Es war kalt in Lorettas Kapelle. Die bunten Glasfenster, an sonnigen Tagen Farb- und Lichtspender, harrten stumpf und grau und ohne eigene Kraft in ihren Bleirahmen. Das Holz der Bänke war kalt. Durch das Leder der Schuhe spürte man die Bodenfliesen wie Eisschollen. Da der Wein nachts zuvor reichlich geflossen war, hatte sich nur die erste Bank in dem kleinen Gottesraum gefüllt. Und das Eckchen der vierten, wohin Marcella sich verkrochen hatte.

Der Pater war erkältet. Seine Stimme krächzte, Hustenanfälle unterbrachen die Liturgie. Armes Mönchlein. Draußen goß es in Strömen. Wahrscheinlich war er bis auf die Knochen naß geworden auf seinem morgendlichen Weg von Trarbach zur Burg hinauf.

Die Tür zum Wendelgang knarrte. Hatte Elsa sich trotz ihrer schmerzenden Waden doch noch zum Besuch der Messe entschlossen?

Aber der sich neben ihr in die Bank fallen ließ, trug einen Mantel, war vom Haar bis zu den Schuhspitzen durchnäßt und außerdem ein Mann.

Marcella lächelte sacht. »Tristand, wie schön. Ich hätte Euch in Genua vermutet«, murmelte sie in den Gesang des Priesters.

»Venedig, wenn schon Italien.« Tristand beugte sich vor, faltete die Hände und stützte die Unterarme auf die Knie. Er war nicht nur tropfnaß, sein Gesicht spannte sich vor Anstrengung, und unter seinen Augen lagen Schatten wie graue Mondsicheln. Viel Schlaf konnte er nicht bekommen haben.

Der Mönch am Altar geriet ins Stottern. Unter seiner roten Nase hing ein Tropfen, vielleicht hatte er Fieber. Jedenfalls war er nicht in der Verfassung, sich auf die lateinischen Worte zu konzentrieren, die ihm schon bei gutem Befinden nur stolpernd von den Lippen kamen.

Marcella neigte sich zu Tristand. »Die Mönche von Himmerod haben meinen Safran.«

Vielleicht war der nasse Mann zu fromm, um in der Messe zu flüstern. Jedenfalls dauerte es eine ganze Weile, bis er den Kopf hob. Und dann bewegten sich nur seine Augenbrauen.

»Ja«, wisperte Marcella. »Den von Scholers Wagen.«

Ein Wassertropfen hing an Tristands Wimpern. Er versuchte ihn wegzublinzeln, bekam es nicht hin und rieb sich mit dem Handballen das Auge.

Wieder knarrte die Kapellentür. Einer von Richwins Freunden schlich zu ihrer Bank und ließ sich mit Bewegungen, die so umsichtig waren, daß sie auf einen ordentlichen Kater schließen ließen, neben ihnen nieder.

Tristands Lippen bewegten sich. »Gekauft?« flüsterte er.

Marcella meinte, gerade das eben erklärt zu haben. Sie faltete die Hände und folgte murmelnd den Worten des Paternosters. Tristand hatte sich wieder über seine Knie gebeugt.

Der Priester war ein gewissenhafter Mann. Wenn ihm die Worte durcheinandergerieten, wiederholte er sie, bis er sicher sein konnte, daß jeder Satz wenigstens einmal gesprochen worden war. »Amen«, sagte Marcella inbrünstig, als er schließlich doch zum Ende fand. Sie stieß Tristand an.

Vielleicht hatte er geschlafen. Er lächelte verschwommen und murmelte: »Wart Ihr dort gewesen, um den Namen des Verkäufers zu erfahren?«

»Dann hätte ich nicht auf Euch gewartet.«

Das Gehirn ihres Nachbarn arbeitete langsam, sein Blick hing an Marcella, als bräuchte er sie als Quelle der Inspiration. Endlich sprach er wieder. »Der Name ist wichtig. Ich schlaf' einen Moment, und dann werde ich ...«

»Treffen wir uns vor den Ställen?«

Wieder starrte er. »Ihr ... wollt mitkommen?«

»Ich dachte, es ginge mich auch etwas an.«

»O Hölle«, sagte Tristand, stand auf und schlurfte hinter dem verkaterten Ritter zur Tür hinaus.

Marcella kehrte zu Elsa zurück. Die Arme litt an Muskelschmerzen und zeigte sich unwillig, auch nur das Bett zu verlassen. Sie besorgte ihr einen Teller Grütze und machte sich auf den Weg zu Loretta.

Die Gräfin hatte es vorgezogen, ihr Morgenmahl in der Kemenate einzunehmen.

»Ihr wollt tatsächlich gehen?« fragte sie bestürzt, als Marcella ihre Pläne vorgetragen hatte. Sie schien so schlecht geschlafen zu haben wie Tristand und der verkaterte Ritter. Ihr Gesicht war blaß. Die blonden Haare quollen in ungeordneten Kaskaden über ihren Rücken, was sie um Jahre jünger aussehen ließ. »Ich hatte so gehofft, daß Ihr bleiben könntet, Marcella. Wenigstens ...« Sie biß sich auf die Lippen. »Mein Oheim müßte bald zurückkehren mit Nachricht über den Erzbischof. Und ich glaube nicht, daß Balduin nachgegeben hat. Er ist –

so stur. Wißt Ihr, warum er mir Birkenfeld nehmen will?«

»Balduin sammelt Burgen wie andere Bischöfe Reliquien, das weiß jeder.«

»Nein, nein. Er achtet schon darauf, daß alles nach dem Gesetz geschieht. Und auch, wenn er die Grafen bedrängt, ihm ihre Allode zu Lehen aufzutragen, zahlt er sie doch gut aus. Er kann es nicht leiden, wenn ein Weib eine Grafschaft regiert, das ist der Grund.«

»Aber Ihr tut's doch nur, bis Johann volljährig ist.«

»Ja, und ich verwalte meinem Sohn das Land sicher nicht schlechter, als Pantaleon es getan hätte. Aber dem Bischof schmeckt es trotzdem nicht.« Loretta war aufgestanden. Unruhig wanderte sie zwischen Tür und Fenster hin und her. »Ich habe darüber nachgedacht, die Herrschaft über Hintersponheim an Pantaleon zu übergeben bis Johann selbst regieren kann. Aber mein Schwager ist …« Sie errötete, es war ihr peinlich, schlecht über ihn zu sprechen. »Er ist ein edler Mann mit einem tapferen und treuen Herzen und hat mir mehr als einmal beigestanden. Aber er kann nicht mit Geld umgehen.« Auch über Geld zu sprechen war peinlich. Loretta schüttelte trotzig den Kopf. »Was nutzt meinem Sohn die Herrschaft über Sponheim, wenn das Land in Schulden steckt, die er nicht mehr bezahlen kann? Man muß rechnen. Männer denken darüber nicht nach. Schlachten! Feste! Turniere! Die Frauen sind es, die das Geld zusammenhalten. Und wo es an solchen Frauen fehlt, da ist auch bald der Glanz der Geschlechter dahin.«

»Amen«, sagte Marcella.

»Ich möchte mir das Birkenfelder Land aber auch nicht fortnehmen lassen! Es gehört Johann, und niemand sonst hat ein Recht darauf.«

»Nochmals Amen. Ihr habt doch so viele Ritter bei Euch. Wozu raten sie?«

»Ach.« Loretta ließ sich wieder auf der Bank nieder.

»Das ist vielleicht das Schlimmste. Fast alle sponheimschen Ritter sind Bischof Balduin zum Lehnsdienst verpflichtet. So ist seine Politik. Er hat sie mit ihrer Ehre an sich gebunden, und wenn sie mir gegen ihn beistünden, so würde ihr Herz dabei zerrissen sein. Auch daran muß ich denken.«

»Das ist unsere Schwäche.«

»Bitte?«

»Wir Frauen denken zu viel.«

Loretta legte die Finger über die Lippen. Dann begann sie zu lachen. Wenn sie lachte, war es unmöglich, ihr zu widerstehen. Sie lachte auf Jeannes Art. Mit einer sonderbar herzlichen Heiterkeit, die das Herz wärmte. Nur daß Jeannes Lachen den Tod in sich getragen hatte ...

»Eine Stärke«, sagte Loretta. »Es ist eine Stärke.« Sie umfaßte Marcellas Hände. »Ihr müßt wiederkommen. Versprecht mir das! Erledigt, was Ihr in Himmerod zu tun habt, und dann kehrt hierher zurück. Ich vermisse Euch schon, bevor Ihr gegangen seid. Es gibt hier nicht viele, mit denen ich reden kann.«

IX

Was ist an Venedig besser als an Genua?« fragte Marcella.

Es regnete. Schon seit Stunden. Eigentlich, seit sie die Starkenburg verlassen hatten. Der Regen war warm und strömte ihnen mit leidenschaftsloser Einförmigkeit über die Gesichter. Ihre Kleider waren an die Körper geklatscht, das Haar klebte in Stirn und Nacken. Es war müßig, sich gegen das Wasser schützen zu wollen. Selbst wenn sie durch Waldstücke ritten, tropfte der Regen weiter von den Blättern der Bäume auf sie herab.

Tristand warf ihr einen vergrämten Blick zu. Er litt unter dem Wetter. Sie merkte es daran, daß er alle Augenblicke den Mantel enger zu ziehen versuchte. Wer müde war, fror schneller. Andererseits: Da man sich hier nun schon gemeinsam entlangquälte, konnte man auch miteinander plaudern. Das diente der Stimmung und vertrieb die Langeweile. »Ihr habt heute morgen gesagt, daß Ihr lieber in Venedig wäret, als in Genua«, erinnerte Marcella. »Warum?«

»Die Stadt ist freundlicher«, knurrte Tristand.

Marcella dachte darüber nach. Sie kannte Trier, und sie war einige Male in Koblenz gewesen. Auch in Wittlich. Und in Konz. Aber sie hatte nicht den Eindruck gehabt, als würden die Städte sich voneinander unterscheiden.

»Wie kann eine Stadt freundlich sein?«

Ruben, der dritte Reiter im Regen, trieb sein Pferd neben sie und bot ungefragt seine Meinung. »Genau. Die Wahrheit ist nämlich, daß Städte dreckig sind und Brutstätten von Krankheit und Hoffart und Unzufriedenheit. Alles war gut, bevor die Städte sich anmaßten, ihren eignen Stand gründen zu wollen.« Er hatte diese Worte von

Pantaleon, und sie waren ihm ins Herz gegangen, wie das Messer in die Butter. Seine Leute litten ebenso wie die Sponheimer und der übrige Adel unter der Landflucht. Ihr Groll war verständlich. Gerade die tüchtigsten Hörigen zog es in die Städte, wo sie nach einem Jahr frei und Stadtbürger wurden, sofern ihr Herr sie nicht vorher aufspürte. Und natürlich fehlten sie dann in den Werkstätten der Burgherren.

Nur – das klärte noch immer nicht die Frage, was eine Stadt in Tristands Augen freundlich machte.

»Eine Stadt ist so freundlich wie die Gemüsefrau, die zum Kohl die Zwiebel schenkt, und so unfreundlich wie der Marktbeschauer, der die Waage rügt«, sagte Marcella.

Tristand schüttelte dumpf den Kopf. Er war müde. Er fror. Man durfte ihm die schlechte Laune nicht übelnehmen. »Wenn wir das nächste Waldstück hinter uns haben«, sagte Marcella, »erreichen wir Wittlich. Dort könnt Ihr heißen Wein trinken und Euch aufwärmen.«

Der Weg – falls man den wurzeldurchzogenen Trampelpfad mit seinen knöcheltiefen Pfützen so bezeichnen wollte – neigte sich abwärts. Sie drängte ihr Pferd zur Seite, wo Grasbüschel den Hufen Halt gaben, und pries sich für die Vernunft, einen Männersattel aufgelegt zu haben. Im Damensitz hätte sie ihr Tier niemals die rutschigen Hänge hinunterbekommen. Auch so war es noch schwierig genug. Und – tatsächlich, da stolperte es schon wieder. Marcella schnappte nach der Mähne. Zu allem Überfluß peitschte ihr in diesem Augenblick auch noch ein nasser Tannenzweig ins Gesicht. Sie stieß einen heftigen Fluch aus. Der Schlag mit dem Nadelzweig war halb so schlimm, aber irgend etwas stimmte mit ihrem Handgelenk nicht. Der Griff zur Mähne hatte erneut den Schmerz geweckt, der sie seit ihrem Sturz dort quälte. Sorgenvoll betastete sie das Fleisch. Es war geschwollen und extrem berührungsempfindlich. Seit dem Unfall war fast ein Tag vergangen, es hätte besser statt schlimmer werden sollen.

Tristand trieb sein Pferd an. Vor ihnen tat sich eine Lichtung auf, nein, mehr als eine Lichtung. Ein gerodeter Streifen Land, der wohl einmal bestellt und dann wieder aufgegeben worden war. Sie ließen das Feld zu ihrer Linken und ritten hügelaufwärts. Unter den Hufen ihrer Pferde wuchs jetzt hartes Kraut, der Boden wurde steinig. Es gab keinen erkennbaren Weg mehr. Nur eine lichte Stelle im Waldstück auf der Kuppe der Anhöhe deutete an, wo die Straße sich fortsetzte. Tristand hatte es plötzlich eilig. Er jagte sein Pferd bis zum höchsten Punkt des Buckels, hielt dort inne und starrte mit zusammengekniffenen Brauen auf die Baumwipfel des Waldes, den sie gerade durchquert hatten.

Marcella wandte sich ebenfalls um. Ein Schwarm Drosseln war aufgeflattert und stieg in den grauen Himmel. Sonst konnte sie nichts erkennen. Die schwarzgrüne Walddecke versteckte das Land.

»Es reiten Leute hinter uns«, sagte Tristand.

Ruben lenkte sein Pferd neben ihn und musterte mit der einfältigen Miene, die ihm immer dann zu eigen war, wenn er besonders scharf nachdachte, den Wald zu ihren Füßen. »Die Drosseln könnten auch durch einen Bären oder Fuchs aufgescheucht worden sein.«

»Es sind Reiter. Man kann ihren Weg verfolgen.« Tristand deutete auf zwei einsame Vögel, die gerade jetzt aus den Baumkronen stießen und aufgeregte Kreise flogen. »Das ist dort, wo die Straße eine Biegung gemacht hat. Und die anderen Vögel waren ein Stück weiter westlich. Davor habe ich auch schon welche gesehen. Bären folgen keiner Straße.«

Marcella wußte nichts über die Gewohnheiten der Bären. Sie hatte auch keine Ahnung, wo in dem Dickicht zu ihren Füßen die Straße verlief. Für sie gab es nichts als ein Meer aus Blättern, über dem sich die Wolken austropften.

»Dort drüben hin.« Tristand griff ungeduldig in ihre Zügel. Sekunden später hatten sie den höchsten Punkt des Hügels hinter sich gelassen, und er drängte sie und Ruben vom Weg ab und in das Dickicht hinein. »Herunter von den Pferden!«

»Ich denk', es war ein Bär«, murrte Ruben, ließ sich aber trotzdem aus dem Sattel gleiten. Tristand hatte, wenn er ungeduldig wurde, etwas ausgesprochen Unangenehmes an sich.

Der Platz, an dem sie sich versteckten, lag ein gutes Stück niedriger als der Weg. Er war zur einen Seite durch Felsen geschützt und nach vorn und zur anderen Seite durch Berberitzen und dichtwachsenden Günsel. Marcella nahm an, daß sie sich hier sicher befanden, wenn es tatsächlich Gesindel geben sollte, das ihnen folgte. Die Spuren der Pferdehufe hatten sich bereits am Hang des Hügels auf dem harten Untergrund verloren.

Sie führte ihr Pferd neben den Felsen und tätschelte ihm beruhigend den Hals.

»Dort«, sagte Tristand.

Er hatte also recht gehabt. Der Wald spie Reiter aus. Vier Kerle in so dunkler Kleidung, daß sie sich kaum vom Hintergrund der Bäume abhoben. Der Vorderste hielt an und spähte um sich. Das mochte berechtigte Vorsicht sein, aber Marcella wollte es trotzdem nicht gefallen. In Trier hatten sie davon gesprochen, daß die Mißernten der vergangenen Jahre viel Volk in die Wälder getrieben hatte, das sich jetzt mit Raub am Leben hielt. Außerdem trug der Reiter eine Brünne unter seinem Hemd und auf dem Kopf eine aus Kettenwerk geflochtene Haube, deren Vinteile die untere Partie seines Gesichtes umspannte. Bequem konnte das nicht sein – rechnete der Mann mit einem Kampf? Ihre Hand tastete nach den Lakritzstangen, die sich in einem Beutelchen in ihrer Ärmeltasche befanden.

Der Gepanzerte schien der Führer der kleinen Gruppe zu sein, denn er winkte, und sie setzten sich in Bewegung. Zielstrebig ritten die Fremden den Hügel hinauf.

Es waren finster blickende Kerle. An ihren Gürteln hingen Schwerter, einer von ihnen trug eine Streitaxt in den Händen und ein anderer einen Morgenstern in einer Schlinge auf dem Rücken.

Marcella schob das Lakritzstückchen in den Mund und griff in den Mantelsack, der ihrem Pferd aufgeschnallt war. Sie hatte dort ein Messerchen verborgen. Nichts Gewaltiges. Eine schmale, mit einem springenden Widder verzierte Stahlklinge, die in einem von Goldfaden umwickelten Holzgriff endete. Elsa hatte ihr die Waffe geschenkt. Unentschlossen wog sie sie in der Hand. Dann nahm sie sie in die Linke und hielt mit der Rechten ihrem Pferd die Nüstern zu.

Die Reiter kamen heran. Stumm trotteten sie in einer Reihe hintereinander den Weg entlang. Ihre Gesichter waren hager und von Hunger geprägt. Verarmte Ritter, entschied Marcella. Leute, die ihr Land auf Turnieren verspielt oder in einer Fehde verloren hatten. Und damit gefährliche Männer. *Non militia, sed malitia* – wie der heilige Bernhard es ausgedrückt hatte.

Glatte, strähnige Haare hingen schulterlang von ihren Köpfen, und diese Haare hatten eine so ungewöhnlich sandfarbene Tönung, daß sie zweifellos zur selben Familie gehören mußten. Der letzte Reiter trug auch sandfarbenes Haar, war aber noch bartlos und sah auch nicht ganz so verhungert aus. Er mußte im Alter zwischen Johann und Richwin stehen. Vermutlich der jüngere Bruder oder der Sohn eines der anderen Männer. Das Schwert an seinem Schenkel wirkte unförmig und viel zu groß für ihn.

Wenn er mein Kind wäre, dachte Marcella, während sie ihn durch die gelben Berberitzenblüten beobachtete, dann hätte ich ihn nicht gern auf diesem Weg und in dieser Gesellschaft. Sie sah ihn nur einen Augenblick, aber es kam ihr vor, als sei sein Gesicht von einem Elend überschattet, das nichts mit Hunger oder Entbehrung zu tun hatte. Dann war auch er vorüber.

Tristand wartete eine Weile, ehe er seinem Pferd den Kopf freigab. »Egal, ob sie nun zufällig oder mit bösen Absichten hinter uns waren – es sind unangenehme Kerle. Wir werden die Straße verlassen.«

»Wittlich muß schräg dort drüben liegen. Vielleicht können wir ein Stück quer durch den Wald abkürzen«, schlug Marcella vor.

»Wir wollen aber nicht nach Wittlich. Himmerod ist nur zwei Meilen weiter. Wenn wir heute noch zum Kloster durchreiten, spart uns das einen ganzen Tag.«

»Bis Himmerod zu reiten hieße, bei den Mönchen übernachten zu müssen.«

»Ganz recht. Und auch das ist ein Grund ...«

»Ich schlafe nicht in dem Kloster.«

»Aber ...«

»Unter keinen Umständen. Niemals.«

Tristand kniff die Augen zusammen, sie war nicht sicher, ob vor Müdigkeit oder vor Ärger. Er musterte sie. Von Kopf bis Fuß. Ihr Gesicht, das Messer in ihrer Hand, den Beutel mit den Lakritzen, den sie fest umklammerte ...

»Könnt Ihr«, fragte er, »Euch nicht ein einziges Mal in Eurem Leben einfach fügen?«

Sie übernachteten schließlich weder in Wittlich noch in Himmerod. Ihr Ritt durch den Wald, mit dem sie die Straße vermeiden wollten, führte sie an die Hütte eines Harzsieders, der vor seiner kümmerlichen Behausung unter einem Bretterdach stand und in einem Eisenkessel rührte, und dort fanden sie Unterkunft.

Die Kate des Harzsieders war halb in ein Sandloch hineingebaut und winzig klein, aber gut geheizt und, soweit es in den Kräften des Mannes stand, sogar reinlich. Sie aßen von seinem mit Nüssen gewürzten Getreidebrei und schliefen in einer Mulde, die ihrem Gastgeber sonst wohl als Schlafplatz diente, und die er mit den Händen verbreiterte, um ihnen Platz zu schaffen. Der Sand war weich und trocken, die Holzbohlendecke hielt den Regen fern. Sie lagen eng, aber das wärmte. Und da der Harzsieder wegen der vielen Gäste das Türchen nach draußen hatte offenstehen lassen, war auch die Luft angenehm frisch. Wenn Herr Tristand diese Unterkunft als Vergeltung ausgesucht haben sollte, dachte Marcella beim Einschlafen, dann hat er jedenfalls schlecht gewählt.

Sie brachen früh auf und brauchten dann doch noch einen halben Tag, um das Tal von Himmerod zu erreichen. Das Wetter war umgeschlagen. Strahlender Sonnenschein ließ den Himmel flirren und spiegelte sich feucht in den Grüntönen der Felder und Wiesen. Der Fluß hinter dem Kloster blitzte vor Helligkeit.

Marcella ließ die Zügel fahren und blickte auf das Cisterciensergut hinab. Die Kirche mit dem kleinen, hölzernen Dachreiter war frisch verputzt worden, ihr Weiß reflektierte die Sonnenstrahlen, daß es den Augen weh tat. Neben der Kirche breitete sich in demselben strahlenden Weiß das Konventsgebäude aus, ein stattliches Karree mit weiträumigem Innenhof, aus dem die Spitzen einiger Bäume lugten. Beide regierten mit ihrer Pracht über die verstreuten Nebengebäude: Armenkapelle, Siechenhaus, Küchen, Stallungen, Werkstätten und Gästehäuser. Eine beeindruckend hohe Mauer aus gelbem Sandstein umgab und schützte das Kloster. Himmerod war eine Institution mit Macht.

Behutsam klemmte Marcella ihre verletzte Hand zwischen Brust und Achsel. Sie fror trotz des Sonnenscheins. Jedenfalls zwischen Hals und Füßen. Ihr Kopf glühte vor Hitze. Und man brauchte nicht in Bologna studiert zu haben, um zu wissen, daß dies ein schlechtes Zeichen war. Das feuchte Leinen ihres Unterkleides klebte auf ihrer Haut. Sie hätte sich gern mit dem Gedanken getröstet, daß die nasse Wäsche ihr eine Erkältung eingetragen hatte, aber ihre Hand war dunkelblau angelaufen und schmerzte und war am Ballen zu einer dicken Beule geschwollen. Sie würde einen Arzt brauchen. Nur, wenn die Männer an ihrer Seite das erfuhren, würden sie wahrscheinlich darauf bestehen, daß die Mönche nach ihrer Verletzung sahen, und das wäre unerträglich.

»Geht es Euch immer so nah, wenn Ihr betrogen werdet?« fragte Tristand.

Er war ein schlechter Beobachter. Der Besuch bei den Cisterciensern ging ihr nicht nahe, er brachte sie halb um. *Und warum, Fräulein Bonifaz? Warum fürchtet man sich vor den Cisterciensern? Sind sie etwa grausam?* Nein, sie bauten Siechenhäuser und führten Armenküchen und standen im Ruf selbstloser Barmherzigkeit. *Sind sie unehrlich?* Auch das nicht, die Abrechnungen aus Himmerod hatten immer gestimmt. Und den Kauf des gestohlenen Safrans mußte man unter die läßlichen Sünden rechnen. Welches Skriptorium hätte solch einem Angebot widerstehen können? Die Wahrheit war ganz simpel. Das Fräulein fürchtete sich, weil die Cistercienser schwarze Bänder über den Bäuchen trugen. Und weil sie Finger haben, dachte Marcella verschwommen, an denen rotäugige Ringe stecken, die man küssen muß. Und weil ihre Köpfe aussehen wie mit Haut bespannte Schädel und ihre Augen wie milchige Glasperlen. Und wahrscheinlich ist es das Fieber, das mich so wirr im Kopf macht, und gleich werde ich Mäuse tanzen und Hunde fliegen sehen …

»Wenn Ihr wollt, kann ich auch allein mit den Mönchen reden«, bot Tristand an.

Was für eine Versuchung! Marcella atmete die Luft bis in den Bauch. Dann schüttelte sie den Kopf.

Ihr Eintritt durch das Tor verlief erstaunlich unspektakulär. Der Mönch an der Pforte betrachtete die Ankömmlinge durch eine Holzluke, schob den Riegel beiseite und winkte sie mit nachlässiger Geste in den Hof. Es war um die Mittagszeit. Aus einem kleinen Gebäude an der Mauer strömte der Duft von Speckbohnen. Damit war über Rubens Verbleib entschieden. Er vertraute die Pferde einem herbeieilenden Knecht an, versicherte sich seiner Entbehrlichkeit und folgte dem verführerischen Geruch.

Marcella schaute sich um. Viele Mönche gab es hier im Klosterhof glücklicherweise nicht. Einer wanderte mit einer abgedeckten Schüssel in Richtung des Torhauses, ein anderer unterhielt sich mit einem Pilger vor der Fremdenkapelle. Direkt an der Mauer, ein Stück unterhalb des Friedhofs, war ein Gemüsegarten angelegt, in dem sich ein weiterer Mönch mit Hacke und Eimer gegen das Unkraut mühte. Er stand in halbgebückter Stellung und starrte zu ihnen hinüber. Nein, nicht zu ihnen. Zu Marcella. Tristand war beim Pförtner zurückgeblieben, um sich nach dem Abt zu erkundigen. Der Mönch hielt die Fäuste um den Hackengriff geklammert, aber das Gerät stak unnütz in der Erde. Verlegen schaute Marcella fort.

Sie fuhr zusammen, als sich ihr plötzlich eine Hand auf die Schulter legte. Tristand! – Dieser Mann ... fürchterlich! *Mußte* er so schleichen? Konnte er nicht Geräusche machen wie jeder andere auch? Aufgebracht drehte sie sich um.

Der Kaufmann hatte etwas sagen wollen. Als er ihr Gesicht sah, unterbrach er sich. Seine Augen glitten über das Klostergelände und kehrten ratlos zu ihr zurück. »Was ist los? Nein, im Ernst. Ihr solltet Euch einmal anschauen. Ihr glüht wie ...«

Marcella sorgte dafür, daß ihre Hand im Ärmel verschwand. »Hat der Pförtner gesagt, wo der Abt zu finden ist?«

Der Kaufmann sah sie zweifelnd an, drehte sie behutsam und wies über den Hof. »Seht Ihr das Lehmhäuschen? Mit den beiden runden Fensterchen? Das ist das Klosterspital. Wahrscheinlich habt Ihr Euch erkältet. Laßt Euch von den Mönchen Medizin geben. Das hält uns nicht auf, und ...«

»Der Abt …« Marcella machte sich frei. »… wohnt sicher in dem großen …«

»Laßt Ihr Euch nur von mir nicht raten, oder seid Ihr gegen jeden so störrisch?«

»… im Konventsgebäude.« Sie ging auf den Torbogen zu, der die Konventsmauer durchbrach. Ihre Nackenhaare klebten an der verschwitzten Haut und juckten. Nur alles hinter sich bringen. Nur kein Gerede mehr …

»Marcella?«

»Ja?«

»Der Abt ist verreist.«

Sie blieb stehen.

»Jedenfalls sagt das der Mönch, der das Tor hütet.« Tristand kam, nahm ihren Arm und führte sie weiter. »Der Leiter des Skriptoriums ist ebenfalls fort, leider. Und wenn der Bruder Pförtner nicht gerade, als ich mit ihm sprach, die Mitteilung bekommen hätte, daß das Knie des Cellerars einen neuen Breiumschlag braucht, dann wäre der Bruder Cellerar vermutlich auch unterwegs. Aber …«

»Ja?«

»… ich weiß nicht, ob es uns Nutzen bringt, wenn Ihr den Patres ins Gesicht springt und ihnen die Augen auskratzt.«

»Ach, zur Hölle«, sagte sie schroff.

Der Cellerar saß mit einem Buch in der Hand im Kreuzgang vor dem Konventsgebäude auf einer Bank. Er hatte sein Bein auf einen Schemel gelegt, sein Zeigefinger diente als Lesezeichen zwischen zwei Seiten. Aufmerksam beobachtete er ein Knäuel junger Kätzchen, das sich zwischen den Kräutern in der Mitte des Innenhofes wälzte, ein Anblick, der ihm Vergnügen zu bereiten schien. Als er die Besucher kommen sah, verdüsterte sich seine Miene.

»*Integer vitae scelerisque purus.* Wäre er das Lügen gewohnt, dann hätte er weniger Mühe, sein schlechtes Gewissen zu verbergen«, flüsterte Tristand. Er zwickte Marcella in den Arm. »Seid brav und lächelt, Herrin.«

Sie war bereit zu lächeln, aber nicht, dem Mönch nahe zu kommen. Der Kreuzgang war vom Karree des Innenhofes durch eine niedrige Mauer abgetrennt. Marcella ließ sich mehrere Schritt von den Männern entfernt auf den Steinen nieder. Das Weib schweige in der Kirche. Wenn der Cellerar ihr Benehmen merkwürdig fand, dann mochte er es auf ihre Sittsamkeit zurückführen. Sie lehnte den Kopf gegen die Säule in ihrem Rücken. Die Sonne brannte heiß. Ihr ganzer Körper schien davon zu glühen. Eigenartig, wo sie gerade noch so gefroren hatte.

Der Pater mit dem kranken Knie belog sie. Von Anfang an. Er log, als er sagte, wie sehr ihn ihr Erscheinen freue, er log, als er sich sorgte, ob das Wetter nicht beschwerlich und der Weg anstrengend gewesen sei – er log mit jedem freundlichen Wort, das er sprach. Das war zu erwarten gewesen.

Marcella beugte sich vor, um mit dem Kopf aus der Sonne zu kommen. Der Mönch saß tief. Er mußte zu Tristand hochschauen, da er ihm keinen Stuhl hatte anbieten können. Sein verfettetes Kinn wackelte, wenn er sprach, und sein Adamsapfel hüpfte aufgeregt gegen die Kehle. Er sah aus wie ein Hahn, der krähen wollte, aber vor lauter Verwirrtheit keinen richtigen Ton herausbrachte.

Und wo war nun das Grauen?

Marcella zwang sich, den Mönch mitsamt seiner Kutte und dem schwarzgefärbten Skapulier eingehend zu betrachten. Beim heiligen Benedikt, diesen Augenblick hatte sie seit Wochen erwartet und gefürchtet wie das Fegefeuer. Der Cistercienser im Nabel seiner Macht. Wo blieb denn nun die Angst?

Die arme Jeanne geisterte durch die versteckten Winkel ihrer Erinnerung – schön, ätherisch, unbeugsam, leidend. Jeanne ... und der Cistercienser mit dem Ring an der Hand, dem roten Ring, der funkelte, als wäre er aus versteinertem Feuer. Aber plötzlich schien es keine Verbindung mehr zu geben zwischen dem Cellerar und ihren Erinnerungen.

Marcella barg das Gesicht in den Händen.

Sie fühlte sich schuldig und dumm.

Der Mönch, der *andere,* hatte seine Worte wie Pfähle ins Fleisch gerammt. In seinen Augen hatte das Feuer der Gerechtigkeit gebrannt, und er hatte damit ihre Seele ausgeleuchtet und ihr Glück zu Asche verbrannt. Aber dieser Mann war fort. Und vielleicht hatte es ihn nie gegeben …

Auf einmal war sie müde bis ins Herz.

Sie hörte zu, wie Tristand mit dem fetten Mönch sprach. Ja, in der Tat, es war ein furchtbares Unglück gewesen. Und ein Jammer, daß nicht schärfer gegen das Räubertum vorgegangen wurde. Wie? Nein, man wußte noch nicht, wer für den Überfall verantwortlich war.

»Wir leben in einer schlimmen Zeit«, stellte der Cellerar fest. Er schwitzte. Das Wasser rann ihm in Bächen zwischen den Wangenfalten hinab.

»Für Euch muß das auch sehr lästig sein – ich meine, Ihr habt ja nun keinen Safran mehr für Eure Farben«, sagte Tristand. Er bückte sich und nahm das Buch auf, in dem der Cellerar gelesen hatte. *»Al cor gentil rempaira sempre amore?«* Seine Augenfältchen verzogen sich zu einem Lächeln. »Jetzt seht Ihr mich verblüfft, Pater. Ich hätte nie gedacht, daß Guinizelli zur Klosterlektüre gehört …«

Dem Mönch fehlte der Sinn für Humor. Nein, er las das Buch nur auf Bitten des Bibliothekars, um den Nutzen einer Abschrift zu erwägen, und wenn es in der Welt auch großen Beifall gefunden hatte, so erschien ihm der Inhalt doch gewichtslos, und er würde sich wohl dagegen aussprechen. Und was den Safran betraf – glücklicherweise verfügte man über einen kleinen Vorrat. Es mußte ja auch nicht immer Safran sein. Mit Ocker und Auripigment ließen sich ebenfalls hübsche Impressionen erzielen, nicht wahr?

Tristand nickte. Die Fähigkeiten der Himmeroder Illustratoren wurden bis nach Italien gerühmt. Außerdem – es gab neben Frau Bonifaz sicher auch andere Händler, die bereit waren, das Kloster mit den kostbaren Blütennarben zu beliefern?

Er lächelte, als er das fragte, und schaute dem Cellerar zum ersten Mal gerade ins Gesicht. Und Elsa hatte unrecht. Tristands Lächeln war ebenso eindeutig wie Jacobs Grobheiten. Der Mönch lief glutrot an.

»Natürlich muß das Kloster seine Interessen wahren.« Seine Stimme klang plötzlich schneidend scharf. Er merkte es selbst, tat aber nichts, den Ton zu mildern. Konnte er sonst noch etwas für die Herrschaften tun? Wollte die Dame vielleicht noch einen Becher Wein? Oder der Herr? Ansonsten – man würde verstehen … er war ein Mann mit Pflichten …

Marcella erhob sich. Das Kloster mußte seine Interessen wahren. Deutlicher konnte es nicht gesagt werden. Es gab keinen Grund, weiter zu bleiben.

»Schade«, sagte Tristand, als sie den Kreuzgang hinter sich gelassen hatten und wieder im Hof vor dem Torbogen standen. »Er hatte ein leicht zu strapazierendes Gewissen. Wie bedauerlich, daß er es seinem Orden verpfändet hat. Nein, wartet. Ob die Bogenfenster dort drüben zum Skriptorium gehören?«

Vermutlich. Wo sonst hätte man so viel Licht brauchen sollen?

»Wir haben etwas Glück verdient, Herrin. Wer weiß – vielleicht finden wir einen Schreiber oder Illustrator, der etwas großzügiger mit seinem Wissen umgeht. Holt Ruben und die Pferde und wartet vor dem Klostertor auf mich. Oder – lieber doch nicht. Reitet ein Stück den Weg hinauf, bis dahin, wo es zur Gänseweide geht …«

Marcella zog ihren Arm aus Tristands Ellenbeuge. Ihr Blick wanderte zu dem Gärtchen, in dem noch immer der Mönch stand. Er hatte sie erspäht, und wieder ruhte seine

Arbeit. Der Blick, mit dem er sich in ihre Gestalt verbohrte, war ihr vertraut. Manche Mönche schauten so. Besonders, wenn sie jung waren.

Vorsichtig hob sie den Kleidersaum und schritt über die festgetretenen Pfade zwischen den Beeten entlang zum Gärtner. Ihr Gruß bekam ein zutiefst verlegenes Stottern zur Antwort.

»Mein Name ist Marcella Bonifaz«, sagte sie. »Ich handle mit dem Kloster. Vielleicht habt Ihr von mir gehört?«

Der Mönch nickte weder, noch schüttelte er den Kopf. Es schien, daß er seine Arbeit nicht liebte. Die Erde war trotzig gefurcht, das Unkraut nur an der Oberfläche abgerissen. Und da seine Hände zart und von Blasen übersät waren, nahm sie an, daß die Gartenarbeit ihn als Strafe getroffen hatte.

»Ich verkaufe dem Skriptorium die Farbstoffe für die Illuminationen«, sagte Marcella.

Der Blick des Gärtners irrte über ihre Schulter und hielt sich an irgend etwas fest, vielleicht am Dachreiter auf der Kirche.

»Euer Kloster hat gestohlenen Safran gekauft, Frater. An diesem Safran klebt Blut, und das Kloster hat sich damit die Hände beschmutzt. Aber niemand will es zugeben.«

»Ich weiß nichts von Safran.«

Marcella legte behutsam die Hand auf seinen mageren Arm. »Das glaube ich. Aber vielleicht kennt Ihr jemanden, der mir Auskunft geben könnte.«

Sie fühlte, wie die Muskeln unter der Kutte sich spannten, bis sie hart waren wie das Holz der Hacke.

»Und wenn nicht das«, sagte Tristand, der neben sie getreten war, »dann wißt Ihr möglicherweise von einem Mann, dem in letzter Zeit die Lippe gespalten worden ist.«

Die Lippe? Marcella forschte in Tristands Gesicht, fand dort aber nichts als verbindliche Freundlichkeit.

Der Mönch stand neben ihr wie ein Stock. Sein Arm war steif. Sie wußte, daß sie ihm dichter war, als seine eigene Haut. Er fuhr nervös mit der Zunge über den Mund. »Von ... so jemandem weiß ich wohl, Herr. Er ... war hier. Vor gar nicht langer Zeit.«

»Und Ihr kennt seinen Namen?«

»Ich ... weiß nicht ...« Der Mönch schluckte, daß sein Adamsapfel rollte. »Die Patres ...«

»Der Mann mit der Lippe ist ein übler Kerl. Er hat in der Nähe von Trarbach einen Kaufherrn ermordet. Und viele brave Männer, die bei ihm waren«, sagte Tristand. Behutsam zog er Marcellas Hand vom Arm des Mönches.

»Ja. Aber ... unser Abt weiß von diesen Dingen nichts. Das müßt Ihr mir glauben. Der Cellerar hat mit dem Mann gesprochen.«

»Kennt Ihr seinen Namen?«

»Nein. Aber er ... war nicht mehr jung. Schon auf die Vierzig zu. Und hatte diesen Hieb. Die Lippe bis zur Nase aufgerissen. Wohl ein Ritter, denn er trug einen Harnisch. Und es ... war von einem Mädchen die Rede. Meline. Das in einer Mühle lebt. Der Mann hat zu seinem Knecht von ihr gesprochen. In ... lästerlicher Weise.« Dem Mönch traten rote Flecken ins Gesicht. »Am selben Tag ist dann ein Wagen mit Wintergerste abgegangen. Zur Dillburg. Auf der anderen Seite der Mosel. Obwohl wir dorthin gewöhnlich keine Geschäfte haben.«

Marcella nickte. Der Mönch hatte eine helle Haut mit Sommersprossen und einen feinen, sensiblen Mund. Sie hatte ihn in Verlegenheit gebracht. Vielleicht würden ihn in Zukunft während seiner Gebete Gedanken an Wollust und Fleischesgier quälen. Er tat ihr leid. Sie schämte sich.

»Mehr weiß ich auch nicht«, murmelte der Mönch.

»Dann *Domine vobiscum*«, wünschte Tristand liebenswürdig.

X

Es ist ungünstig, daß ihr gerade jetzt krank seid«, sagte Tristand.

Man hätte dem entgegenhalten können, daß es auch übermorgen und im nächsten Jahr ungünstig sein würde, krank zu sein, weil es nämlich mit Hitzewallungen, Schwindel, Magenkrämpfen und Übelkeit verbunden war. Aber Marcella bezweifelte, daß Tristand an einer Erörterung dieses Punktes gelegen war. Er hatte es eilig. Jede seiner Bewegungen war von Hast geprägt.

Sie ließ sich von Ruben aus dem Sattel helfen.

Das Gasthaus, das der Kaufmann ausgesucht hatte, war auf reiche Gäste eingerichtet. Es hatte einen überdachten Hinterhof, der über einen Weg neben dem Haus zu erreichen war und in dem Pferde, Sänften und Reisewagen abgestellt werden konnten, und dahinter einen Gemüsegarten, an dessen Ende sich eine Brauhütte und ein Stall zum Schlachten befanden. Das Haus selbst war aus solidem Stein gebaut, mit Tonziegeln gedeckt, verputzt und reich mit rot und ockerfarben bemalten Ornamenten verziert. Tristand hatte mit sicherem Griff die vornehmste Herberge Wittlichs gewählt.

Ein Knecht kam in den Hof, um die Pferde zu versorgen und nach dem Gepäck zu sehen. Ein zweiter geleitete die Gäste unter Bücklingen in die Gaststube und führte sie zu einem Tisch neben dem Kamin, in dem überflüssigerweise ein gewaltiges Feuer prasselte.

Marcella sank auf die Bank und löste die Tasseln ihres Mantels. Die Kaminsteine strahlten eine ungeheuerliche Hitze aus. Sie kam sich vor wie ein Dörrfisch. Über ihrem Kopf befanden sich drei winzige Fenster, aber die Wirtsleute hatten sie mit Pergament abgedichtet, so daß kein Luftzug den Weg in die Gaststube fand. Zwar stand die Tür nach draußen halb offen, aber sie schien Meilen entfernt und war zudem durch eine Gruppe Kaufleute verstellt, die sich über das Wittlicher Einlager unterhielten. Wenn ich nicht am Fieber verbrenne, dachte Marcella, dann werde ich ersticken. Es ist zu laut, zu heiß, zu voll …

Ruben hüstelte. »Ich geh' und sorg' dafür, daß mit unserem Gepäck nichts passiert«, gab er Auskunft. Städter setzten Gewinn anstelle von Ehre. Und auch, wenn es hier ordentlich aussah – man konnte nie wissen.

Ein pummeliges Mädchen ließ sich neben Marcella auf der Bank nieder und mühte sich, einen Säugling zum Schweigen zu bringen, der in ihrer Ellbeuge lag. Aus der Küche schwappte der Geruch von gebratenen Zwiebeln in den Raum. Ich sterbe, dachte Marcella. Aber vorher werde ich mich sicher noch übergeben müssen.

Tristand stand ein Stück beiseite und verhandelte mit dem Wirt. Sie konnte nicht hören, was die Männer sprachen, denn das Windelkind plärrte mit aller Kraft, aber sie sah ihn lächeln, und der Wirt lächelte ebenfalls. Die beiden sahen aus, als würden sie sich bald einig werden.

Vorsichtig bewegte Marcella ihre Hand. Die Bewegung schmerzte, aber nicht so stark, als wenn dort Knochen gebrochen wären. Was, bei allen Heiligen, war nur mit ihr los?

Eine Frau kam aus der Küchentür und gesellte sich zu Tristand und dem Wirt. Sie sah sauber aus, tüchtig und hübsch und war offenbar das Weib des Wirtes, denn er legte seinen Arm um ihre Hüfte. Tristand murmelte etwas und deutete auf ihren stark gewölbten Bauch. Die Frau begann zu lachen. Ihr Gatte tätschelte errötend ihre Taille. Wenn Jacob an Tristands Stelle gewesen wäre, dachte Marcella, dann hätte er streng und peinlich genau Art und Preis ihrer Unterkunft ausgehandelt. Jacob ließ sich von niemandem betrügen. Aber Tristand würde auch nicht betrogen werden. Die Frau hörte sich mit einem Lächeln in den Augen an, welche Wünsche ihr Gast hatte, und Marcella wußte, daß sie ihm jeden einzelnen erfüllen würde.

Er nutzt seine Liebenswürdigkeit als Ware, die er gegen bevorzugte Behandlung eintauscht, dachte sie, und grollte ihm darüber. Der Frau grollte sie auch. Und Ruben, der sich um das Gepäck sorgte, statt nach dem Wohlergehen seiner Herrin zu sehen.

Tristand löste sich von der Gruppe, er kam, noch immer lächelnd, zu ihr herüber. »Tut mir leid, Marcella, aber ich fürchte, ich muß Euch hier allein lassen. In ein paar Tagen legt in Koblenz ein Schiff aus Basel an, und ich habe den Verdacht ... na, egal. Jedenfalls will ich dort sein, bevor sie es entladen.«

Daran war nichts auszusetzen. Es tat auch nicht not, daß der Kaufmann sich so wortreich erklärte. Sie waren einander nichts schuldig. Und krank war sie sowieso lieber allein.

»Ich habe ein Zimmer gemietet, und ich möchte, daß Ihr so lange hierbleibt, bis Ihr auskuriert seid.«

Schön.

Der Säugling hatte einen Schluckauf bekommen. Sein Gebrüll bekam etwas Fiepsiges. Das pummlige Mädchen klopfte ihm unglücklich den Rücken. Die Küchentür öffnete sich und die Wirtin trug eine irdene Schüssel heraus, aus der es dampfte.

»Bevor ich gehe, werde ich noch zusehen, daß ich einen Arzt auftreibe, und wenn es den nicht gibt ...« Tristand blickte gequält auf das schreiende Bündel. »Kann man es nicht irgendwie still bekommen?«

Offenbar nicht. Sonst hätte das Mädchen es sicher längst getan.

Die Wirtin trug die Schüssel an den Tisch und setzte sie vor Marcella ab. Hühnchenfetzen schwammen in einer dicklichen, gelben Brühe. Auf den Fettaugen dümpelten getrocknete Kräuter. Marcella merkte, wie ihr Magen sich zusammenzog.

Sie schüttelte den Kopf. »Nein, ich ...«

»Unsinn.« Tristand schob die Schüssel resolut vor sie hin. »Ihr werdet aufessen, und danach wird es Euch besser gehen.«

»Aber ...«

»Wenn man erkältet ist, braucht man etwas Warmes.«

Nein. Was sie brauchte, war ein Bett. Und außerdem – war es eklig. Dieses Fleisch ... Fleisch war Sünde. Fleisch zu essen ... Alles Fleisch ...

Tristand ließ sich auf einen Stuhl fallen. »Marcella. Es tut mir leid, daß Ihr krank geworden seid. Es tut mir auch leid, sogar verflucht leid, daß ich Euch in dieses Waldloch geschleppt habe. Aber ich hatte wirklich nicht gedacht ...«

Sie legte die Hände auf die Ohren. Tristand sprach lauter. Ungeduldig zog er an ihren Armen. »Diavolo! Nun macht keinen Aufstand, sondern schluckt den Kram!«

Aber Fleisch war *Sünde*. Außerdem würde sie sich übergeben müssen. Ihr Magen verkrampfte sich schon beim Anblick des Tellers.

»Was ...?« Tristand starrte verblüfft auf ihr Handgelenk. »Was zur Hölle ...« Er nahm ihre Hand.

Mit einem Mal war es still geworden. Der Säugling hatte aufgehört zu schreien. Seine Amme hatte ihm den Daumen in den Mund gestopft, und er saugte daran, als hinge sein Leben davon ab.

»Mir ist schlecht«, sagte Marcella.

»Das ist ja ... na prächtig.« Tristand begutachtete die blaugeschwollene Beule. »Erkältung, hm?« murmelte er.

Die Wirtin, die ebenfalls zusah, sprang auf und rief etwas zur Küche. Gerade noch rechtzeitig riß sie den Eimer heran, den ein kleines Mädchen ihr zureichte.

Marcella mußte geschlafen haben, denn als sie aufwachte, war der helle Schlitz zwischen den Fensterläden verschwunden.

Sie setzte sich hoch. Es hatte geklopft. Die Wirtin trat ins Zimmer, gefolgt von Tristand, und dann kam ein fremder Mann in einem sauberen, kurzen Rock.

»Der Bader«, erklärte der Kaufmann knapp. »Er wird Eure Hand anschauen.«

Marcella zog den Ärmel des Hemdes zurück, das die Wirtin ihr geliehen hatte. Es ging ihr bei weitem nicht mehr so schlecht wie am Nachmittag. Sie war naßgeschwitzt, aber ihr Kopf war klar, und auch die Übelkeit war verschwunden.

»Warum seid Ihr überhaupt noch hier, Tristand?«

Es tat weh, als der Bader die Knochen bog. Seine Finger fuhren über die Schwellung und tasteten dann die Knöchelchen an ihrem Handgelenk ab. Er ging schnell und zielbewußt dabei vor, wie jemand, der etwas von der Heilkunst versteht.

»Was ist geschehen, Herrin?« fragte er, ohne aufzusehen.

»Ein Sturz. Ich bin durch eine Falltür gefallen.«

Den Bader schien das nicht zu verwundern. »Versucht, den Daumen soweit es geht über die anderen Finger zu legen.«

Er beobachtete ihre Anstrengungen und kam zu demselben Schluß wie Marcella, daß nämlich ein gebrochener Knochen, wenn man ihn so hart malträtierte, ihr sicher das Wasser in die Augen getrieben hätte.

»Wie lange ist es her, daß Ihr gestürzt seid?«

»Drei, nein, zwei Tage.«

»Dann seid Ihr in Ordnung, soweit es Eure Hand betrifft.« Von anderen Dingen verstand der Mann nichts, und er gab auch nicht vor, daß es anders wäre.

Es ist also nicht die Hand, und es ist auch keine Erkältung, dachte Marcella, sonst müßte ich ja Halsweh haben oder wenigstens eine laufende Nase. Ihr Onkel bekam Kopfweh, wenn sich die Weinlieferungen verzögerten. Und Jacob bei Ärger Magenschmerzen. Vielleicht hatte die Aufregung über den Besuch in Himmerod bei ihr das Fieber ausgelöst. Aber dieser Alptraum war jetzt zu Ende, und er hatte kein Unglück zurückgelassen, sondern im Gegenteil ein Zauberwort – Burg Dill. Und das bedeutete neue Hoffnung für ihren Safran. Endlich gab es einen Hinweis.

Der Bader verbeugte sich und folgte der Wirtin hinaus.

»Ich dachte, Ihr müßt so eilig nach Koblenz, Tristand«, sagte Marcella.

Der Kaufmann nahm die Lampe, die die Wirtin an einem Haken zurückgelassen hatte, und trug sie zu ihr hinüber. Er ging neben dem Bett in die Hocke. »Für mich sieht das merkwürdig aus, diese Beule. Aber ich verstehe davon auch nichts. Was war denn das für eine Tür, durch die Ihr gefallen seid?«

»Die Falltür im Bergfried. Die runter ins Verlies führt. Hat Johann Euch das auch gezeigt? Wenn man aus dem Palas in den Turm geht …« Ach was. Es war nicht lustig, über die eigene Ungeschicklichkeit zu reden. »Ihr werdet Euren Termin in Koblenz verpassen.«

Tristand erhob sich. »Ich habe jemanden gefunden, der die Sache mit dem Schiff für mich erledigt. Schade, daß es hier keinen studierten Arzt gibt. Seid Ihr sicher, daß Ihr alles bewegen könnt?«

Marcella starrte ihn an. »Ihr wollt mir erzählen, daß Ihr … irgendeinem wildfremden Menschen, den Ihr hier zufällig trefft, Eure Geschäfte anvertraut? Das glaub' ich nicht.«

Brauchte sie auch nicht. Es ging sie nichts an, und wenn man's genau nahm, war die Frage unverschämt.

Der Kaufmann lehnte sich gegen die Strebe ihres Betthimmels. »Unten in der Stadt gibt es einen Juden, einen

Geldverleiher. Ich war bei ihm, um Wechsel einzulösen. Wir sind ins Gespräch gekommen – und fanden einander angenehm.« Er lächelte. Auf die Art, die Elsa nicht ausstehen konnte.

»Kennt Ihr die Geschichte von dem reichen Mann aus Carcassonne?« fragte Marcella. »Der sich im Dom vermählte und dabei ein so trauriges Ende fand? Er war ein Wucherer. Und gerade, als er die Kirche verlassen wollte, fiel ihm ein steinerner Geldbeutel auf den Kopf. Von der Statue eines Wucherers, die über dem Westportal stand.«

»Ich weiß, Herrin. Nur daß sich dieser überaus lehrreiche Vorfall in Dijon zugetragen haben soll. Übrigens treibe ich keinen Wucher.«

»Dann muß ich mich verhört haben.«

»Ich habe es früher einmal getan, aber es hat sich herausgestellt, daß es lukrativere Arten gibt, Geld zu verdienen. Und weniger gefährliche.«

»Indem man *partes* übers Meer schickt?«

Einen Moment war er verblüfft. Dann faßte er sie ins Auge. »Ihr … interessiert Euch für solche Dinge?«

»Für alles, was mit Geld zu tun hat.«

»Und wo habt Ihr … Ich meine …« Er schüttelte den Kopf. »Nein – das ist lächerlich. Wie kommt Ihr an Euer Wissen über *partes?*«

»Ich habe gar keines. Wie schickt man ein Schiff in Teilchen übers Meer?«

»Überhaupt nicht. Aber man kann *partes* oder *sortes* oder wie immer Ihr sie nennen wollt – man kann sie kaufen. Es sind Anteile an einem Schiff. Die Schiffe werden auf dem Papier aufgeteilt, und jeder, der Waren übers Meer transportieren will, kann sie erwerben.«

»Um das Risiko zu mindern, ein ganzes Schiff zu verlieren?« fragte Marcella fasziniert.

»Nicht nur das. Man kann die *partes* auch weiterverkaufen oder sie vermieten oder mit einer Hypothek belasten ... Kann es sein, daß Ihr schon wieder munterer seid?«

»Und an dem Schiff, das übermorgen in Koblenz einläuft, gehören Euch auch *partes?*«

Es klopfte. Der Wirt steckte den Kopf durch die Tür. Seine Schürze war blutig, offenbar nutzte er die Nacht zum Schlachten. »Dieser Junge, den Ihr geschickt habt – er ist wieder zurück, Herr. Wollt Ihr ihn noch heute abend sehen?«

Tristand nickte, und der Wirt verschwand wieder.

»Dann seid Ihr in Sorge, daß sie Euch mit dem Schiff betrügen wollen?« fragte Marcella. »Der Gewinn, den Ihr von Euren *partes* habt, hängt doch sicher mit der Art der Ladung zusammen, für die Ihr den Schiffsraum vermietet habt.«

»Ich habe nichts vermietet. Das Schiff gehört einem Baseler Gewürzhändler. Mein Interesse daran ... Warum erzähle ich das eigentlich? Wißt Ihr, was Ihr tun solltet? Unter der Decke verschwinden und zusehen, daß Ihr wieder gesund werdet.«

Hatte er *Gewürzhändler* gesagt?

»Marcella?«

Er hatte gesagt, das Schiff, das in Koblenz erwartet wurde, gehöre einem Gewürzhändler. Einem Gewürzhändler aus Basel.

»Schön. Wenn Ihr es wirklich wissen wollt – ich handle mit *securitates.* Ich verkaufe Sicherheit. An Fernhändler. Wenn ihre Schiffe gekapert werden oder sinken oder die Ladung sonstwie beschädigt wird, dann ersetze ich ihnen den Verlust. Und wenn alles gutgeht ...«

Er hatte gesagt, ein Gewürzhändler aus Basel. Aber Ribaldo hatte geschworen, daß vor Johannis keine Schiffe mit Gewürzen mehr in Koblenz anlegen würden. Ribaldo war sich völlig sicher gewesen. Erst nach Johannis sollte das Schiff aus Basel kommen.

»Ihr fühlt Euch doch noch elend, nicht wahr? Ich habe doch gesagt, Ihr sollt unter der Decke verschwinden.«

»Dieses Schiff aus Basel«, fragte Marcella, »hat es Safran geladen?«

Tristand, der die Lampe aufgenommen hatte und bereits auf dem Weg zur Tür war, hielt inne. »Keine Ahnung. Ist aber möglich. Es soll einen staubtrockenen Laderaum haben. Und da der Besitzer selbst mit Gewürzen handelt ....«

»Dann ist alles vorbei.«

»Was ist vorbei?«

Marcella setzte sich auf, legte den Kopf auf ihre Knie und schlang die Arme darum. In ihren Ohren pochte das Blut. Ihr Magen fühlte sich an, als habe man einen Bleiklumpen hineingepackt.

»Macht Euch der Safran aus Basel Konkurrenz?«

Konkurrenz! Er würde sie ruinieren. Die Skriptorien warteten auf Safran wie die Hunde auf den Knochen. Und wenn der Baseler Safran nicht extrem teurer war als ihr eigener, dann hätte sie ihre Kunden für dieses Jahr verloren. Und vielleicht für immer.

Es klopfte erneut. Der Wirt schob einen mageren, mausgesichtigen Knaben durch den Türspalt und verzog sich mit einem entschuldigenden Grinsen. Der Kleine blickte verlegen auf seine nackten Füße.

Tristand ging zu ihm hinüber. »Hast du etwas über die Männer erfahren können?«

Nuschelnd und in abgehackten Sätzen begann der Junge zu erzählen. Ja, er hatte Männer mit sandfarbenen Haaren gefunden. Im Gasthaus zum Mohren. Drei. Und dazu noch einen Jungen. Und einer von ihnen hatte Waffen und Kleider wie ein Edelmann getragen.

Wenn die Klöster den Safran aus Basel kaufen sollten, dachte Marcella, dann hilft es mir nicht einmal, wenn ich meinen eigenen wiederbekomme. Die Mönche werden sich versorgt haben, und wenn sie neuen Safran brauchen, werden sie sich erinnern, wer ihnen ausgeholfen hat, als Marcella Bonifaz nicht liefern konnte. Falls sie nicht sowieso langfristige Verträge schließen.

»Hast du herausgebracht, wann die Männer Wittlich wieder verlassen wollen?« fragte Tristand den Jungen.

Der Kleine schüttelte den Kopf. Tristand griff in seine Geldtasche, drückte ihm eine Münze in die Hand und brachte ihn zur Tür. Er sah besorgt aus. »Wenn es Euch nicht allzu schlecht geht, Marcella, dann sollten wir morgen früh mit dem Öffnen des Tores verschwinden. Vielleicht ist es Zufall, daß diese Kerle jetzt in der Stadt sind. Aber es könnte auch sein, daß es jemandem – vielleicht jemandem, der in Dill wohnt – Angst macht, daß wir nach dem Safran forschen. Was ist los mit Euch?«

»Ihr verkauft Sicherheit, Tristand? Habe ich das recht verstanden?«

Der Kaufmann sah sie verdutzt an. Dann kam er zur ihr ans Bett und setzte sich auf die Bettkante.

»Ich verkaufe Sicherheit, *bevor* das Unglück geschieht, Herrin. Alles andere wäre ein schlechtes Geschäft.«

Marcella nickte. Tristands Haut roch warm nach Sandelholz. Wahrscheinlich hatte der Bader ihn vor dem Krankenbesuch rasiert. Sein Kinn und seine Wangen waren glatt. Aber er gehörte zu den Menschen, bei denen der Bart schon unter der Klinge des Scherers nachzuwuchern begann. Damian Tristand würde immer aussehen, als bräuchte er eine Rasur. Irgendwie ... ungezähmt. Sie rückte ein wenig von ihm ab.

»Ihr wollt zu Eurer Familie zurück, nach Trier. Ist das richtig, Herr?«

Er zögerte. »Ja.«

»Und dort wohnen bleiben?«

»Vielleicht.«

»Sie werden Euch in der Stadt nicht aufnehmen.«

»Ich denke doch, wenn ich beweisen kann, daß ich mit dem Überfall auf Scholer nichts zu tun habe.«

»Nein, das ist nur die Hälfte Eures Problems. Die andere ist Euer Ruf. Für die Menschen in Trier seid Ihr Tristand, der Wucherer. Der Lump, der es mit den Juden gegen die Christen hält. Vielleicht würden die Männer Euch aufnehmen, wenn Ihr so reich seid, wie es ausschaut. Für ein gutes Geschäft tun sie eine Menge. Aber wenn Ihr Euch in Trier niederlassen wollt – einen Hausstand gründen, Freunde haben, Feste besuchen, heiraten, was auch immer –, dann würden Euch die Trierer Frauen das verwehren. Frauen sind die Moralisten mit dem besseren Gedächtnis.«

Er sah sie nachdenklich an. »Was wollt Ihr von mir?«

»Ich möchte, daß Ihr den Safran aufkauft, den das Schiff aus Basel mit sich führt.«

»Und was sollte mir das nutzen?«

»Kauft den Safran und außerdem alle ätherischen Öle, die das Schiff geladen hat. Ich werde aus den Ölen Duftstoffe mixen und sie für Euch in Trier verkaufen. Denn so wie *Ihr* Tristand, der Wucherer seid, so bin ich Marcella, die reizende Nichte des Schöffenmeisters, die jeder gern hat, weil sie so entzückend ihre hübschen Düfte verkauft.« Sie lächelte schwach. »Ich gehe in die Häuser und verkaufe Eure Öle, Tristand. Und nach und nach werde ich einfließen lassen, wer der eigentliche Besitzer der Düfte ist, und wie uneigennützig er der armen Marcella Bonifaz geholfen hat, als sie in Not geraten war, und wie anständig und ehrlich er dabei war. Frauen hören so etwas gern. Ich biete Euch für den Safran den guten Ruf an, den Ihr braucht, wenn Ihr tatsächlich in Trier leben wollt.«

»Das – ist unmoralisch.«

»Wahrscheinlich.«

»Und … Ihr würdet mich hassen. Ihr müßtet Anweisungen von mir entgegennehmen. Ich weiß, daß Ihr das nicht ausstehen könnt.«

»Ich würde jeden Abend in Tränen vor meinem Bette knien und Euch einen leichten, aber raschen Tod wünschen. Laßt uns eine Zusatzklausel machen. Wenn ich genügend Geld zusammenhabe, um Euch den Safran abzukaufen, bin ich Euch wieder los.«

»Wir einander.«

»Auf immer und ewig. Und der Trierer Gewinn gehört in jedem Fall Euch.«

Tristand schüttelte mit einem Lächeln den Kopf. »Erzählt mir, was man mit Duftstoffen in dieser Gegend verdienen kann.«

XI

Marcella hatte geglaubt, die Gesichter zu kennen, in denen sich Grausamkeit äußerte. Sie hatte sie im Ekel der Frauen gefunden, die ihre Kleider rafften, um sich nicht an den Kindern zu beschmutzen, denen sie die Laken für das Waisenbett zumaßen. Im Gähnen des Schultheißen, der den Stadtverweis siegelte. In der Schaulust der Neugierigen, die das Abschneiden der Ohren auf dem Marktplatz bejohlten …

Nun fand sie sie in einem Lächeln.

Es war ein Maientag von samtener Wärme. Man hatte die Fensterläden im Rittersaal zurückgestoßen und an die Eisenhaken gebunden, und Licht und weiche, nach Sommer duftende Luft strömten in den Starkenburgschen Palas. Auf dem Steinfußboden tanzten Sonnenflecken. Auch die Tür zur Brücke war geöffnet worden. Unter dem Mauerbogen stand Mechthilde, von Licht umhüllt, wie von einem Heiligenschein. Ihr graues Gebinde hatte Silberglanz bekommen. Das hagere Gesicht war von Helligkeit umflort.

Sie lächelte mit der Zufriedenheit eines Kindes, das die Maus in der Falle zerquetscht sieht.

Loretta saß mit dem Rücken zu ihr auf einem Lehnstuhl. Ihr Haar war unter einem Schleier verschwunden. Die Hände lagen gefaltet im Schoß. Sie kämpfte um Fassung. Der Erzbischof wollte Birkenfeld nicht zurückgeben. Das war die Nachricht, die Propst Heinrich den Edlen der Starkenburg soeben verkündet hatte. Es gab da einen Vertrag von vor über dreißig Jahren. Niemand kannte ihn, niemand hatte sich je darum geschert. Birkenfeld gehörte den Sponheimern, solange man denken konnte. Aber nun hatte der Erzbischof den Vertrag ausgegraben, und er meinte daraus beweisen zu können, daß die Birkenfeldsche Pflege Sponheim nur zu Lehen gegeben worden war, in Wirklichkeit aber zum Besitz des Trierer Erzbistums gehörte. Der Vertrag klang mehrdeutig. Man *konnte* ihn so interpretieren. Aber niemand hatte das jemals getan. Lorettas Schwiegervater war Erzbischof Balduin auf dem Feldzug nach Italien gefolgt, er hatte Balduin beigestanden und als dessen Vertrauter gegolten. Und nun, wo er tot war, sollte Birkenfeld plötzlich erzbischöfliches Allod sein?

Mechthilde lächelte immer noch ihr Kinderlächeln, ungeachtet der allgemeinen Bestürzung. Vielleicht war ihr nicht bewußt, daß sie auf dem Flecken vor der Tür wie auf einer Tribüne stand, im Blickfeld aller, die zu Loretta hinsahen. Vielleicht war es ihr auch egal …

Tristand, der hinter Marcellas Faltstuhl am Rauchfang lehnte, beugte sich zu ihr herab. »Pfui, Herrin«, flüsterte er. »Ihr urteilt parteiisch. Der einen ist ein Stück Land gestohlen worden, das sie gar nicht braucht und auf das sie vielleicht nicht einmal Anspruch hat, der anderen der Gatte. Welche hat mehr Recht zu grollen?«

»Vielleicht besäße sie ihren Gatten noch, wenn sie ein wenig liebenswürdiger wäre«, zischte Marcella zurück. Es war ihr unangenehm, daß Tristand so dicht hinter ihr stand. Er hätte längst auf dem Weg nach Koblenz sein sollen. Als sie aus Wittlich gekommen waren, hatte unten in Trarbach ein Schiff gelegen, das ihn leicht hätte mitnehmen können. Warum dieser Unfug, daß er sie erst noch zur Burg hinaufbegleiten müsse? Es hatte nicht den geringsten Anhaltspunkt gegeben, daß ihnen tatsächlich jemand gefolgt war – mochte er nun sandfarbene oder rote oder blaue Haare haben. Außerdem war ja Ruben bei ihr gewesen.

Volker begann mit leiser, exakter Stimme die Lage der Starkenburger zu beschreiben. Er faßte zusammen und erklärte noch einmal für all die Ritter, denen die Sache mit dem Vertrag zu kompliziert war, unter welchem Vorwand der Bischof sie bestohlen hatte. Dann mischte Bertram sich ein, der gräfliche Schreiber. Vor ihm auf einem Schragentisch lag ein Stapel Dokumente, aus denen Bänder mit roten Siegeln hingen. Er zog eines hervor und begann mit seiner trockenen Stimme daraus zu lesen. Der Text war in deutsch verfaßt, jedoch in trockenem, juristischem Vokabular. Niemand außer ihm und vielleicht Volker verstand ihn. Die Ritter begannen unruhig zu werden und miteinander zu flüstern. Pantaleon trommelte auf der Lehne seines Stuhles. Er war es auch, der schließlich die Geduld verlor.

»Das Land gehört uns. Ist es so oder nicht?« fuhr er den Schreiber an.

Bertram blickte über seine magere Nase zu ihm hoch. Er glättete die Ecken des Pergaments und die Siegelbänder und wollte zu offenbar umfangreichen Erklärungen ansetzen. Pantaleon stand auf und fegte die Papiere schroff beiseite. »Birkenfeld gehört uns. Ja oder nein?«

»Das kommt darauf an …«

»Es gehört also uns«, unterbrach der Graf ihn selbstbewußt. »Und wenn es uns gehört, dann müssen wir es auch verteidigen.« Das Echo auf seine Worte war schwach. Richwin blickte interessiert. Auch einige von den Knappen. Aber die älteren Ritter hielten sich bedeckt. Der Erzbischof war stark und ihr Recht zumindest juristisch umstritten. Und wenn es stimmte, was Loretta sagte, hatten die meisten der Anwesenden Balduin den Lehenseid geschworen.

Volker erhob sich von seinem Platz neben der Gräfin. »Es …«, er sprach sehr vorsichtig, als bewege er sich auf dünnem Eis, »es ist noch nicht lange her, da hat Simon von Kastellaun versucht, Balduin zu trotzen – und zwar mit sehr viel mehr Leuten, als uns zur Verfügung stehen. Er ist besiegt worden. Die Schmidtburger ebenso. Und die Wildgrafen. Sogar Boppard mit seinen Verbindungen zu anderen Städten …«

»Volker – Mann! Hättest du zu meinem Vater auch so gesprochen?« Pantaleon stellte sich hinter Loretta und legte ihr die Hände auf die Schultern, eine Geste, die gekünstelt hätte wirken können, wenn sie nicht von so offensichtlicher Erregung getragen worden wäre. »Was seid Ihr eigentlich?« preßte er heraus. »Schafe, die losrennen, wenn sie den Wolf hören? Oder Hunde, die den Schwanz einkneifen, wenn der Knüppel droht? Hier sitzt Eure Herrin. Die Gräfin von Sponheim. Die Mutter Eures künftigen Grafen. Die Frau, der Ihr den Lehenseid geschworen habt. Sie hat unsere Grafschaft regiert, seit mein Bruder verstorben ist, und das hat sie gut gemacht, so gut wie jeder Mann, wir alle können das bezeugen. Nun aber steht sie einer Gewalt gegenüber, der eine Frau nicht gewachsen ist. Und da, in der Stunde der Not, wollt Ihr sie im Stich lassen? Euch verkriechen wie ...« Er hielt inne. Seine scharfen, dunklen Augen fixierten die Starkenburgschen Ritter. Einige schauten fort, aber viele erwiderten den Blick wach und mit einer Art wildem, neu aufbrechendem Trotz.

»Seht Ihr ...«, murmelte Tristand in Marcellas Ohr. »Das ist der Wein, den unsre adeligen Freunde lieben. Noch einige Schluck davon, und sie werden sich besaufen, bis sie sturzbetrunken und glücklich wie die Lemminge in ihr Verderben rennen. Dieser Jungfrauenrettungstrieb hat etwas entschieden Verheerendes an sich ...«

Marcella ärgerte sich. Nicht über das, was er sagte, sondern wie er es sagte, über den Spott. Sie wäre am liebsten aufgestanden und von ihm fortgegangen. Aber neben ihr stand breit der Webstuhl, und in der Lücke zwischen dem Stuhl und dem Kamin bemühte sich der dicke Heiderinc, dem sommersprossigen Edelfräulein die Tränen fortzutrösten. Vielleicht hatte Tristand es auch gar nicht so boshaft gemeint. Fröhlich wirkte er eigentlich nicht.

»Wir könnten die Kastellauner und die Kreuznacher und wahrscheinlich auch die Herren von Salm auf unsere

Seite bringen«, meinte Volker. »Vielleicht auch Boppard, obwohl die Stadt noch an den Folgen ihrer Fehde trägt.« Er wand sich, und man sah ihm an, daß er gegen seine Überzeugung sprach. »Starkenburg selbst ist glücklicherweise nicht zu stürmen. Das heißt, daß unsere Herrin und ihre Söhne, im Falle, daß wir Fehde ansagen würden, geschützt wären.«

»Ja, vor den Kriegsknechten des Bischofs!« Mechthilde trat aus dem Licht in den Schatten des Raumes, dramatisch und düster wie ein Racheengel. »Wie aber«, rief sie, während ihr Finger wie eine Lanzenspitze vorschoß, »wie steht es mit der Rache des Herrn? Ihr sprecht davon, daß Ihr einen Geweihten angreifen wollt, einen Diener des Herrn. Ihr wollt die Heilige Kirche mit Krieg überziehen. Denkt Ihr denn, der Himmel wird das ungestraft lassen?«

Pantaleons Lachen schwankte zwischen Grimm und Verächtlichkeit. Er wollte etwas erwidern, doch Loretta hob die Hand.

»Genug, Freunde, aufhören, bevor wir uns erzürnen.« Sie machte eine kurze Pause, in der sie überlegte. »Wir danken Propst Heinrich für die Mühe, die er unseretwegen auf sich genommen hat. Er hat sich einmal mehr als Freund erwiesen, und wir schulden ihm unsre Liebe und Achtung.« Sie lächelte den geistlichen Herrn an, was er mit einem Kopfnicken quittierte. »Wir haben auch Volker gehört und Graf Pantaleon, dem unser besonderer Dank gebührt, weil er bereit ist zu verteidigen, was er selbst seines geistlichen Standes wegen aufgegeben hat. Außerdem haben wir Mechthilde vernommen, die uns an unsere christliche Gehorsamspflicht erinnerte. Und jetzt möchte ich allein gelassen werden. Ich brauche Ruhe, um über alles nachzudenken.«

Gut gemacht, dachte Marcella. Damit hat sie Zeit gewonnen, ihren eigenen Weg zu planen. Und wenn sie will, kann sie ihre Ritter vor fertige Beschlüsse stellen.

Heiderinc hatte seinem Fräulein den Arm um die

Schulter gelegt und bahnte ihr einen Weg zur Tür, und Marcella wollte sich ihnen anschließen. Aber Tristand hielt sie zurück.

»Bitte, Herrin. Ich weiß, Ihr seid müde, aber ... heh, das ist ja schlimmer als auf dem Markt. Kommt ... nein, nicht da, kommt hierher. Es dauert auch nicht lang.« Er zog sie gegen den Strom der Männer und Frauen bis zu dem Lichtbogen, unter dem Mechthilde ihre dramatische Szene gespielt hatte. »Es gibt nämlich etwas, das mich beschäftigt.« Sein Lächeln enthielt ein Quentchen Verlegenheit, was ungewöhnlich war und Marcellas Interesse weckte. »Wißt Ihr«, sagte er, »ich frage mich ..., ich meine, diese Sache mit Eurem Sturz ... Ich habe mir die Falltür im Turm angesehen. Das ist ein Riesending. Wie war es möglich, daß Ihr dort hineingefallen sein? Mit zwei gesunden Augen. Und wo Ihr Euch, wenn ich es recht gesehen habe, aus Wein nichts macht.«

Der Raum im Bergfried war leer. Niemand schien sich ohne Zwang dort aufzuhalten. Kein Wunder. Die Mauern waren so dick und die Fensterschlitze so eng, daß die Räume selbst im Sommer nicht durchwärmt wurden. Marcella legte fröstelnd die Arme um den Leib.

»In Ordnung«, sagte Tristand. »Es war Nacht, Ihr hattet kein Licht. Ihr wart mit Euren Gedanken beschäftigt.« Er hatte die Falltür zurückgeschlagen. Das offene Loch gähnte zu seinen Füßen. Scheinbar hatte der Schlaf in den beiden letzten Nächten ihm gutgetan, denn er wirkte lebhaft und interessiert. »Dankt den Heiligen, daß Ihr Euch nichts gebrochen habt. Das sind wenigstens zehn Fuß abwärts.«

Marcella nickte. Sie hatte keine Lust, über den Rand zu schauen. Der Raum, oder vielleicht nicht der Raum, sondern der modrige Geruch, der ihm entströmte, hatte die Erinnerungen zurückgeholt. Wahrscheinlich würde sie nie wieder zwischen feuchtem Mauerwerk stehen können, ohne sich an den Moment zu erinnern, als sie an den Rändern der Falltür hing.

»Aber was ich nicht begreife – sagt bitte, vielleicht hab' ich's auch falsch verstanden – Ihr wart doch auf dem Rückweg, als Ihr gestürzt seid?«

Diesmal nickte Marcella nicht. Ihr war klar, worauf Tristand hinauswollte. Jedem wäre es klargewesen. Die Falltür befand sich genau in der Mitte des Brückenzimmers. Sie war fast zweieinhalb Ellen lang und mehr als eine Elle breit. Wenn jemand von der Brücke zur Turmtreppe gehen wollte, dann mußte er entweder auf die Falltür treten, oder aber einen weiten, einen wirklich weiten und bewußten Bogen darum machen.

Sie hatte aber keinen Bogen gemacht, sondern war auf geradem Weg durch das Zimmer geschritten. Und daraus folgte, daß die Falltür in dem kurzen Zeitraum geöffnet worden sein mußte, als sie im Treppenschacht und oben auf dem Turm gewesen war.

»Ihr friert. Wollen wir wieder in die Wärme?« Tristand stemmte die Holztür hoch und ließ sie in den Rahmen zurückkrachen.

Die Brücke wurde von der Nachmittagssonne beschienen. Unten im Hof malte der kleine Gottfried mit anderen Kindern Kreidefiguren an die Wand des Pferdestalls. Eine Magd saß auf der Steinbank und schrappte Möhren. Sonst war niemand zu sehen. Marcella trat an das Geländer und stützte sich auf die warme Holzbrüstung. Ihr Handgelenk tat kaum noch weh, die Nacht in der Wittlicher Herberge hatte sie gesund gemacht. Aber es gab jemanden auf Starkenburg, der ihr den Tod gewünscht hatte – und das in den Kopf zu bekommen fiel schwer.

»Wer ist es denn, dem Ihr die Murmeln ausgeschüttet habt?« fragte Tristand.

»Bitte – was?«

»Nun, ich hoffe, Ihr habt Euch nicht *sämtliche* Starkenburger zu Feinden gemacht.«

Nein. Sie hatte überhaupt keine Feinde hier. Außer … Aber war das denn möglich? Beschimpfungen, Sticheleien – so etwas gab es. Aber hinzugehen und eine Falltür zu öffnen, mit der Absicht, jemand anderen in den Tod stürzen zu lassen …

Ich bin noch nie gehaßt worden, dachte Marcella. Ich brauche Zeit, mich daran zu gewöhnen.

»Was es so häßlich macht, ist, wenn es von hinten geschieht. Und unter Freunden«, sagte Tristand. »Aber wißt Ihr, was mich am meisten wundert?« Er stülpte die Lippen vor, was ihm das Aussehen einer nachdenklichen Dogge gab. »Am meisten wundert mich, daß Ihr nicht stutzig geworden seid. Jemand öffnet eine Falltür mit der Absicht, Euch etwas anzutun, und … Ich will nicht ungerecht sein. Man stürzt, der Schreck sitzt einem in den Gliedern. Aber irgendwann später … Hätte es Euch nicht auffallen sollen, daß die Tür für Euch geöffnet worden war?«

Wahrscheinlich.

Die Flaumfeder eines Vogels wurde vom Aufwind zur Brücke hinaufgetragen. Tristand fing sie und umschloß sie mit den Händen. Er hatte lange, feingliedrige, stark gebräunte Hände, deren einziger Schmuck ein Siegelring aus blaugrünem Aquamarin war. Als Siegelzeichen hatte er einen achteckigen Stern einritzen lassen. Wahrscheinlich würde Martin sich schwarz ärgern, wenn er wüßte, daß sein Bruder das Familiensiegel weiterverwendet hatte.

»Ihr seid gern hier auf der Burg, nicht wahr?« Die braunen Hände streckten sich, und Tristand blies die Feder von der Handfläche, so daß sie sacht in den Hof hinabsegelte, wo sie neben der möhrenschrappenden Magd zur Ruhe kam. »Verrückt, aber mir geht's genauso. *Sie hat mich innig eingebettet in türkenbund und rosmarei. ich hab die seele mir verwettet für aurikel und für …* Nein, lacht nicht. Im Ernst. Ich liebe es, wenn die Ritter und ihre Damen sich abends am Kamin versammeln und den Geist der Minne beschwören, daß Honig von den Balken tropft. Ein Pflästerchen auf die Wunden der *ignobilis mercatura.* Aber Marcella, wenn unsre edlen Freunde sich entscheiden müßten – und mit entscheiden meine ich: zwischen uns und einem ihrer eigenen Leute, zwischen Adel und Bürgertum …«

»Unsinn! Das ist vorbei. Die Zeiten sind anders geworden. Edelleute treiben Handel und Händler erhalten den Ritterschlag. Die Unterschiede haben sich verwischt und auch die Loyalitäten. In Trier vermählen Ritter- und Bürgertum einander ihre Kinder.«

»Wobei der Kaufmann mit dem Beutel klimpert und der Edelherr mit dem Zähnen knirscht.« Er schüttelte den Kopf. »Ich möchte Euch nichts verderben, Marcella. Ich möchte nur, daß Ihr achtgebt. Man ist so verflucht verletzlich …«

Im Siegelstein seines Ringes fing sich die Sonne. Es sah aus, als wäre in seinem Inneren ein blaurotes Feuer ausgebrochen. Marcella wandte ihr Gesicht davon.

Warum nur mußte immer alles kaputtgeredet werden.

Loretta kam am späten Nachmittag und lud Marcella zu einem gemeinsamen Bad. Die Starkenburg hatte ein eigenes Badestübchen in einem Kämmerchen hinter der Küche mit Bänken und Laken und einem riesigen, auf Eisenfüßen ruhenden Holzbottich. Das Feuer unter dem Rauchfang, das das Wasser siedete, hatte auch die Luft aufgeheizt. Es war dämmrig und gemütlich, und bald saßen die Frauen von Rosenduft umnebelt und mit Dampf auf den Gesichtern im Zuber.

Die Magd, die ihnen beim Auskleiden geholfen hatte, setzte eine Karaffe auf das Brett, das zwischen ihnen befestigt war, und Loretta trank Johannisbeerwein aus einem grünen Glas. Aber Marcella brauchte nichts als den Dampf und die Rosendüfte, um sich berauscht zu fühlen.

»Mein Vater hat mich geschlagen, weil ich auf Appulio geritten bin wie ein Mann. Aber man kommt schneller über die Hügel, wenn man wie ein Mann reitet«, murmelte Loretta. Sie war schon ein bißchen betrunken. Ihr nasses Haar schmiegte sich an die Schultern und die nackte Brust wie Blattgold. Über ihr Kinn rann ein roter Tropfen, der in das Grübchen zwischen ihren Schulterblättern sickerte. »Ich bin trotzdem wieder so geritten«, murmelte sie. »Wie soll man sonst die Sau erwischen?«

Marcella nickte zustimmend. Die Magd tropfte ihr flüssige Seife ins Haar und begann, ihren Kopf zu waschen. Jeanne hatte nichts vom Baden gehalten. Jedenfalls nichts vom gemeinsamen Bad. Wollust hatte sie das genannt, einen Winkelzug des Satans. Aber Jeanne war weit …

»Ich verliere nicht gern«, murmelte Loretta und trank wieder von dem süßen Wein. »Nur fürchte ich, der Bischof ist wirklich zu stark.«

»Er ist nicht nur stark, er ist auch klug – das ist schlimmer«, sagte Marcella.

»Aber er denkt, daß Frauen dumm sind. Und wenn er das denkt, kann er *so* klug auch wieder nicht sein.« Loretta griff wieder nach ihrem Glas, und Marcella ließ sich unter Wasser gleiten. Sie mußte lächeln. Eine Schlacht war verloren worden, aber irgendwie kam es ihr nicht vor, als säße sie einer Besiegten gegenüber.

Sie stieg neben der Gräfin zum Palas hinunter. Gelächter klang zu ihnen hinauf. Essensduft füllte den Treppenturm. Marcella nahm die letzten Stufen und blieb im Türbogen stehen. Man hatte die Tische mit weißleinenen Tischtüchern bedeckt, und die Mägde hatten Wildblumen darauf verteilt. Silbern blitzende Schüsseln, Platten und Salzgefäße thronten über dem Blütenmeer. Vor den Wänden standen Gestelle mit bunten Wandteppichen. Man hatte den Saal mit einem Überfluß an Fackeln und Kerzen erhellt, deren Licht sich im Geschirr widerspiegelte. Der

Glanz war fürstlich, und Marcella wußte, daß sie ihm würdig gegenübertrat. Ihr Haar war duftig und leicht wie Löwenzahnsamen und mit lindgrünen Bändern durchflochten, die die Farbe ihres Kleides hatten. An ihren Armgelenken klingelten zarte Filigranreifen.

Loretta hakte sich bei ihr unter. »Ihr solltet Euren – wie heißt er? Jacob? – nicht heiraten, solange es Männer wie diese hier gibt«, flüsterte sie übermütig. »Seht Euch Claus von Smideburg an. Nein, das ist der dort drüben, in dem blauen Rock mit den weiten Ärmeln. Der mit dem Bart. Ist das kein Mannsbild?«

»Schon. Aber ich habe einmal zugehört, als er den Mund aufmachte.«

Loretta runzelte die Stirn, dann kicherte sie. »Ihr habt zuviel Verstand im Kopf, Liebste.« Sie war beschwipst. »Wollt Ihr Richwin? Aber der ist zu jung für Euch und so umworben, daß es Tote gibt, sollte er sich einmal entscheiden. Und Emmerich, *ach, mein arm blutend Herz,* ist leider schon vergeben. Arnold Vostkuwil? Nein, der ist so toll, daß er sich den Hals beim Jagen brechen wird, und dann wäret Ihr Witwe, und das ist gar nicht lustig. Colin ist zu alt. Was ist mit Eurem Damian? Ich habe ihn gern, obwohl ich denke, daß er sich manchmal über mich lustig macht. Aber dafür ist er gescheit. Er hilft Bertram, meine Verwaltung in Ordnung zu bringen. Damian, kommt hier herüber und setzt Euch zu uns. Macht Ihr einen Platz frei, Mechthilde? Es soll heute ein fröhlicher Abend werden. Ich will es so.«

Es wurde auch ein fröhlicher Abend. Tristand beugte sich vor und führte an Marcella vorbei ein tiefschürfendes Gespräch mit Mechthilde über die Qualität der italienischen Wolle (die geradezu jämmerlich und jedenfalls nicht mit der englischen zu vergleichen war – ob das nun am Futter oder am Klima lag, darüber vermochte er keine Auskunft zu geben). Aber er tröstete sie mit der Versicherung, daß die Preise für englische Wolle wieder fallen würden, sobald die flandrischen Städte ihren Streit mit den Franzosen begraben hätten. Nachdem das zur Zufriedenheit geklärt war, kümmerte er sich um die Dame zu seiner Linken, eine hübsche Witwe, die die Hungersnot von 1317 in Florenz erlebt hatte und allerlei Geistreiches über in Gelee eingelegte Fischaugen zu sagen wußte und sich anschließend schwärmerisch über die »wirklich, also wirklich geradezu himmlischen« Franziskusfresken von Santa Croce ausließ. Tristand lachte mit ihr. Er hätte sie auch gern in den Tanzreigen geführt. Aber die Witwe war leider bis in die Knochen unmusikalisch, und so zogen sie sich in die Vertraulichkeit einer Fensternische zurück, und sie weihte ihn in die Kunst des Kartenlegens ein.

»Krieg ist Satanswerk, wenn er nicht zu Ehren Gottes geführt wird«, sagte Mechthilde scharf. Pantaleon hatte die Dummheit begangen, Loretta erneut auf die Möglichkeit einer Fehde anzusprechen. Die beiden maßen einander mit giftigen Blicken.

»Aber der Bischof hat mit dem Streit angefangen«, meinte ein angetrunkener Mann, der auf der anderen Seite des Tisches neben dem Propst saß und an einem Pfauenschenkel nagte.

»Und hinter dem Bischof steht der Papst und hinter dem Papst der Allmächtige!« rief Mechthilde.

Der kleine Gottfried, der müde hinter der Gräfin stand und die Ärmchen nach ihr reckte, begann zu weinen. Marcella zog ihn zu sich heran und nahm ihn auf dem Schoß. Loretta hatte die Ellbogen auf den Tisch gestützt und blickte ins Leere. Es war nicht auszumachen, ob sie betrunken war oder zuhörte und nachdachte.

»Jedenfalls«, wiederholte Claus Smideburg, »befiehlt Balduin über viel zu viele Männer!« Das hatte er begriffen, das hatte jeder begriffen. Worüber also redete man dann noch?

Marcella fuhr zusammen, als etwas ihren Arm streifte. Tristand. Schon wieder! Man sollte ihm Schellenschuhe schenken. Er nahm seinen Platz ein und zog den Wein heran. Fragend hielt er ihn ihr entgegen, aber sie schüttelte den Kopf.

»Morgen in aller Früh«, flüsterte er über den Rand des Kelches, »legt in Trarbach ein Schiff ab, das nach Koblenz fährt. Habt Ihr Lust, mich zu begleiten und selbst nach dem Baseler Safran zu sehen?«

»Was könnte ich dort tun, das Ihr nicht ebensogut oder besser tätet?« Sie schloß die Arme um Gottfried.

Loretta war noch immer in sich versunken. Auch Pantaleon schwieg. Sein Kinn stand grimmig vor. Er verlor an Boden. Nicht wegen Mechthilde, aber wenn sogar Leute wie Claus Smideburg aufgeben wollten …

»Die Hunolsteiner«, erklärte Colin von der Neuerburg mit der Ungeduld eines alten Mannes, dem die Dummheit der jungen auf die Nerven geht, »warten nur auf so was. Wenn wir dem Erzbischof einen Fehdebrief schickten, hätten wir sie zwei Tage später in unseren Dörfern zum Rauben und Brandschatzen. Balduin bräuchte nicht einmal zu bitten. Und der Wildgraf hätte auch einen Vorwand, uns wieder anzugreifen …«

»Es sei denn …« Marcella war sich nicht bewußt, laut gesprochen zu haben. Hatte sie auch nicht. Wahrscheinlich blickten die Männer sie an, weil Loretta es tat. Sie streichelte Gottfrieds Köpfchen. »Es sei denn«, wiederholte sie bedächtig, »der Bischof säße auf der Starkenburg gefangen.«

Das Gespräch am gräflichen Tisch brach ab. Und einer Welle gleich setzte sich das Schweigen fort, bis man auch an den hintersten Bänken aufmerksam wurde und die Köpfe drehte. Die ganze Burg schien mit einem Mal den Atem anzuhalten. Marcella schwieg erstaunt. War das so spektakulär, was sie gesagt hatte? Sie saß auf einer Burg. Der Adel hatte Grafen, Herzöge, ja Könige entführt. Sogar den Papst – das war noch nicht einmal dreißig Jahre her. Sie fühlte sich unbehaglich.

Aber auf seine Art hatte der Moment auch etwas Göttliches. *Nuda veritas.* Nackte Wahrheit. In diesem Augenblick des Schweigens dachte niemand mehr daran, sich zu verstellen. Pantaleons Habichtaugen brannten, als entzündeten sie sich an der Vision eines triumphalen Sieges, und viele Ritter glichen ihm. Volker schwankte und wog ab. Colin mißbilligte.

Und Tristand wird die Augen zur Decke geschlagen haben, und Mechthilde wird versuchen, mich mit ihrer Wut aufzuspießen, dachte Marcella. Sie wandte den Kopf und schaute zur Gräfin.

Loretta hatte sich auf ihrem Stuhl mit den Löwenkopfarmlehnen zurückgelehnt. Ihre Hände umfaßten den Stiel eines Weinkelches. Ihr Blick war sanft wie immer, die Wangen über dem Jochbogen gerötet, die Lippen zu einem kaum merklichen Lächeln verzogen. Sie schaute Marcella voller Zuneigung an, und vielleicht ...

Vielleicht, dachte Marcella, sind wir die einzigen Menschen hier im Raum, die einander völlig verstehen.

XII

Trier platzte aus den Nähten. Es war Markttag, der Markt vor Christi Himmelfahrt, und nicht nur die Bauern und Pfahlbürger aus dem Umland der Stadt boten ihre Waren an, sondern auch fremde Händler. Am schlimmsten war das Gedränge vor dem Stapelhaus, einem scheunenartigen, nach allen Seiten hin offenen Gebäude, in dem die Moselfahrer vor dem Passieren der Stadt ihre Waren feilzubieten hatten. Schlachtvieh kreischte in hölzernen Absperrungen. Kisten mit Heringen stapelten sich neben Getreidesäcken, Honigtöpfe, Salzfässer, Eisenwaren und Felle bedeckten die Holztische am Rande des Marktes, und überall drängten die Leute und wollten kaufen und mußten sich Beschimpfungen anhören, wegen der vom Rat angeordneten niedrigen Preise.

»Wenigstens sind wir wieder zu Hause«, rief Elsa. Sie klammerte sich an die Seitenwände des Wagens und überließ es Ruben und Wendelin, das Gefährt sicher durch die Menge zu steuern.

Die kleine Gruppe war am Vortag von Starkenburg aufgebrochen, hatte in Drohn übernachtet und war mit dem ersten Dämmern weitergereist. Sie hatten sich beeilt. Trotzdem neigte sich der Tag bereits dem Ende zu. Einige Händler packten ihre Waren zusammen, und der Fluß der Bauern in Richtung Martinstor verstärkte sich.

»Wir können durch die Neugasse abkürzen«, schrie Elsa, aber Marcella schüttelte den Kopf. Zum einen, weil nicht sicher war, ob sie mit dem schweren Wagen die von Regen und Abfall durchweichten Nebengassen überhaupt passieren konnten, zum anderen, weil sie noch einen Blick auf den Hauptmarkt werfen wollte. Sie war zwar nur zwei Wochen fortgewesen, aber in einer Stadt wie Trier war der Handel ständig in Bewegung.

Kurz vor dem Hauptmarkt verlor sie Elsa und den Wagen aus den Augen, weil eine Schar braungewandeter Bettelmönche die Straße überquerte. Die Mönche erinnerten Marcella an den geistlichen Herrn der Stadt, den Erzbischof, und als sie den Markt erreichte, galt ihr erster Blick nicht dem Haus der Kaufleute oder den Buden und den heruntergeklappten Warenfenstern der Handwerker, sondern dem Dom mit der Liebfrauenkirche. Die Liebfrauenkirche war erst im letzten Jahrhundert fertiggestellt worden, aber der Dom hatte seine ältesten Mauern aus der Römerzeit, und als sie jetzt an dem altersgrauen, von Fenstern, Lisenen und Arkadenbögen gegliederten und mit Türmen und Türmchen und Kreuzen gekrönten Gotteshaus emporblickte, beschlich sie ein Gefühl der Vermessenheit. »*Wer gegen den Erzbischof kämpft, kämpft gegen den Papst, und wer gegen den Papst kämpft, kämpft gegen Gott*«, hatte Mechthilde gesagt.

Andererseits – hatte nicht Balduin selbst den Erzbischof von Köln einen Mörder geschimpft? Und grollte der Papst nicht ihm und seinem Mainzer Amtsbruder, weil sie es mit dem Kaiser hielten? Und hatte der Kaiser nicht den Papst zum Ketzer erklärt? Und der Papst die Templer, die Jahrhunderte als Säulen des Christentums gegolten hatten?

Es ist nicht halb so heilig, wie es scheint, dachte Marcella. Und der Herr liebt die Witwen und Waisen. Und wenn wir es geschickt anfangen – wer weiß, vielleicht wird Bischof Balduin uns dann zu Birkenfeld auch noch die göttliche Vergebung schenken.

Onkel Bonifaz war zu Hause. Wie es schien, hatte er auf seine Nichte gewartet.

»Unser Herr ist sehr ungeduldig«, erklärte der alte Frenzlar, der Bonifaz aufwartete und als sein Vertrauter galt, und er schien darüber genauso erstaunt wie Marcella. Im Laufe der Jahre hatte sie mit ihrem Onkel ein unausgesprochenes Abkommen getroffen. Der Onkel mischte sich nicht in ihre Geschäfte, und Marcella wickelte ihre Angelegenheiten so diskret und schicklich ab, daß er in seiner Ruhe nicht gestört wurde. So waren sie gut miteinander ausgekommen, und es erschien ihr als schlechtes Omen, daß er gerade jetzt unruhig wurde, als sie sich zu einigen – ungewöhnlicheren Aktionen entschlossen hatte.

Stimmt ja, Tristand, dachte sie mit vagem Vorwurf. Ich habe viele Bälle gleichzeitig in die Luft geworfen, und vielleicht wird es schwierig, sie alle oben zu halten. Aber wenn man Ruhe und ein sicheres Augenmaß bewahrt – und ich bin ruhig, und mein Augenmaß ist ausgezeichnet, außer in einigen Dingen, die nur mich etwas angehen –, dann wird es auch ein gutes Ende nehmen. Und außerdem … was hatte er in ihren Gedanken zu suchen! Als gäbe es nicht genügend andere Sorgen.

Marcella ging in ihr Zimmer hinauf und zog ihr dunkelblaues Wollkleid an, das von ernsthafter Seriosität war und das sie gewöhnlich trug, wenn sie der alten Frau Oeren ihre Ringelblumensalbe brachte. Nach kurzem Überlegen steckte sie auch noch ihr Haar zusammen und verbarg es unter einem Schleier.

Onkel Bonifaz wartete in seinem Kontor auf sie, einem Raum, der so schäbig eingerichtet war, wie jedes seiner Zimmer, was ihn aber nicht kümmerte, da er geschäftlichen Besuch ausschließlich im Laden am Katharinenkloster empfing. Er stand hinter seinem wurmstichigen Stehpult, krumm und mager, und blätterte in einem Ordner. In seinem Mundwinkel klebte ein eingetrockneter roter Fleck. Marcellas Blick wanderte zu dem Regal in Onkels Rücken. Zwischen den Pergamentrollen und Kladden stand eine Flasche, über deren staubigen Bauch sich wie eine Träne ein schwarzrotes Rinnsal zog. Der Onkel hatte getrunken.

Sie trat zu dem Fenster und stieß die Klappläden zurück. Aber draußen dämmerte es bereits. Es wurde nur wenig heller im Raum.

»Ich muß mit dir reden«, sagte Onkel Bonifaz.

Einen Moment war Marcella unsicher. Der Onkel sprach deutlich und hielt sich auch nicht am Pult fest, vielleicht hatte sie die Flasche und den Fleck an seinem Kinn mißdeutet?

»Ich will, daß du heiratest.« Er schaute ihr bei diesen Worten in die Augen. Das hatte er lange nicht getan – eigentlich niemals, soweit sie sich erinnern konnte. Seine Augen waren braun und von erstaunlich warmer Färbung. Rehaugen. »Du sollst Jacob Wolff heiraten«, sagte der Onkel.

Marcella ging zu dem Tischchen neben dem Regal und entzündete die Lampe, die darauf stand. Sie trug sie zum Pult und setzte sie auf die Querleiste über dem Buch. »Das kann ich nicht.«

»Es steht einem Mädchen nicht zu, darüber zu entscheiden, wen es heiraten soll.«

»Habt … Ihr Schwierigkeiten in Eurem Geschäft, Onkel?« fragte Marcella.

Bonifaz schwieg. Er war es nicht gewohnt zu reden, außer in den Wendungen, die im Handel oder bei Tisch gebräuchlich waren. Seine weißen Haare hingen in sein Gesicht wie Schnakenbeine, er sah so alt und abgenutzt aus wie das Pult, an dem er stand, und plötzlich tat er ihr so leid, daß es ihr die Kehle eng machte.

»Ich kann Jacob Wolff nicht heiraten«, versuchte sie zu erklären, »weil ich niemals heiraten werde.«

Onkels Hände umklammerten das Buch, in dem er geblättert hatte, und drückten Falten in die Seiten. Er wußte nicht, was er antworten sollte. Er war ihr nicht gewachsen, aber er schien auch nicht nachgeben zu wollen.

Marcella sehnte sich fort. Draußen in den Weingärten sangen die Vögel die Nacht herbei. Bald würde das Torgatter herabgelassen werden, und der Onkel würde seine Wanderungen durchs Haus aufnehmen, um zum millionsten Male die Gitter an den Fenstern zu überprüfen und die Weinfässer zu zählen und die alten Rechnungen nachzurechnen. Wie hatten sie es nur all die Jahre ausgehalten, ohne aneinander den Verstand zu verlieren?

»Wer ist eigentlich Jeanne?« fragte sie.

Es gab doch noch Leben in Onkel Bonifaz. Sein Kopf ruckte in die Höhe, und die schönen, braunen Augen begannen zu glotzen. Fassungslos stierte er seine Nichte an. Sein Erschrecken war so nachdrücklich, daß es wie ein Funke auf Marcella übersprang.

»Jeanne! Was ... warum ...« Er unterbrach sein Gestottere. Ein Speichelfaden löste sich aus seinem Mund und tropfte das Kinn herab. Wie ... konnte man sich nur so ängstigen? Über – einen Namen? Marcella wollte etwas sagen, brachte aber kein Wort heraus.

»Es gibt keine Jeanne«, rief der Onkel mit Nachdruck.

Nein.

»Und ich will auch nichts darüber hören!«

Nein. Niemand wollte das.

»Es ist nicht wichtig«, sagte Marcella. Sie wandte sich um und ging zur Tür.

»Du sollst Jacob Wolff heiraten«, schrie Bonifaz ihr nach.

Ja, Onkel, und dann gehe ich auf den Dachboden und hänge mich auf. Sie huschte durch den Türspalt und zog lautlos die Tür ins Schloß.

Die Sonne schien durch das Fenster und zauberte bunte Kringel auf das Seifenwasser in der Waschschüssel, das Marcella am Abend nicht mehr hatte fortbringen mögen. Der Morgen war warm, wie man es sonst nur im heißesten Sommer hatte, und die Hühner im Stall neben dem Küchenhaus gackerten vor Lebenslust.

Marcella streifte die Bettdecke ab, setzte sich auf und

dachte nach. Sie hatte wenig Zeit. Einen, höchstens zwei Tage. Denn zu Christi Himmelfahrt wollte sie wieder auf Starkenburg sein, um mit Tristand, der dann hoffentlich aus Koblenz zurück war, nach Dill zu reiten.

Aber vorher gab es noch zwei wichtige Dinge, die sie zu erledigen hatte.

Sie sprang aus dem Bett und kniete sich vor ihre Kleidertruhe. Ihr Wäschevorrat war zusammengeschmolzen; bis sie abreiste, würde sie noch einmal waschen lassen müssen, auch daran war zu denken.

Sie entschloß sich, das blaue Kleid vom Vortag zu tragen, flocht ihr Haar zu einem dicken Zopf, zog Schuhe und die hölzernen Überschuhe an und machte sich, ohne zu frühstücken oder nach dem Onkel zu sehen, auf den Weg.

Es mußte doch schon später sein, als sie gedacht hatte, denn in den Straßen waren die Mägde mit ihren Eimern zu den Brunnen unterwegs, und die Handwerker hatten die Läden an ihren Werkstätten heruntergeklappt. Bauern mühten sich mit Ochsen und Karren durch den Gossendreck.

Die Rannengasse war seit dem letzten Besuch nicht sauberer geworden, aber wenigstens schien Ribaldo diesmal schon wach zu sein. Die Fenster seiner Wohnung standen offen, und sie hörte jemanden fröhlich und ausgesprochen musikalisch pfeifen.

»Liebste Frau Bonifaz. Welche Überraschung, welches Vergnügen«, begrüßte der Genuese sie überschwenglich. Er war so aufgekratzt, wie sie ihn noch nie erlebt hatte, und ohne daß sie danach gefragt hätte, erzählte er ihr von seinem Großcousin aus Pisa – er hatte auch einen in Genua, aber der, den er meinte, wohnte in Pisa –, mit dem er das eine, das ganz große Geschäft aufziehen würde, und zwar …

»… mit Alaun, meine Dame. Alaun! Hatte ich Euch nicht geraten, Euer Geld in Alaun zu stecken? Habe ich das nicht getan?«

Sein Großcousin – der aus Pisa – hatte eine Witwe aus Genua geheiratet, die wiederum eine Bekannte dieses anderen Cousins …

»Ja, ich verstehe«, sagte Marcella hastig.

Die Familie der Witwe war mit den Spinolas befreundet, und die hatten ihre Hände bis zu den Ellbogen im Alaunhandel. »Sie sind Teil der maona – das ist die Gesellschaft, die von Chios aus den Alaunhandel lenkt. Und Chios, meine Liebe, ist der Garten Eden in allem, was Alaun betrifft.« Ribaldo küßte ihr überwältigt die Hand.

»Und doch wäre es schön gewesen, wenn Ihr über Eurem Glück nicht vergessen hättet, mir zu sagen, daß das Baseler Gewürzschiff schon diese Woche nach Koblenz kommt«, meinte Marcella vorwurfsvoll.

»Bellezza mia, was soll der Safran. Vertraut mir an, was Ihr an Geldern habt, und ich werde Euch mit meinem Alaun reich machen.« Ribaldo streckte ihr strahlend die Hände entgegen und war betrübt festzustellen, daß das Fräulein noch immer kein Interesse hatte.

»Mein Gebiet sind die Gewürze und Buchfarben. Wovon ich nichts verstehe, damit handle ich nicht gern«, sagte Marcella. »Wenn Ihr mir allerdings einen Gefallen erweisen wollt …«

»Aber jeden«, meinte der Genuese, schon vorsichtiger.

»Also, es wäre mir nützlich zu wissen, wann das nächste Mal ein Schiff, ein bewaffnetes Schiff, am besten ein bischöfliches, die Mosel hinabfahrt … oder … nein … reist nicht der Bischof selbst jetzt irgendwann nach Koblenz?«

Ribaldo atmete auf. »Wenn Ihr Briefe habt oder Ware, Herzchen, es fahren so viele Schiffe die Mosel hinab, daß man sie trockenen Fußes überqueren könnte – wie Mose weiland das Schilfmeer.«

Marcella lächelte. Nein, es wäre ihr doch lieber – also wenn der Bischof reiste, der Erzbischof selbst, dann konnte man sich doch verlassen, daß das Schiff auch ankam, richtig? Hatte er nicht sogar Begleitboote zu seinem Schutz dabei? Eines oder zwei? Und Bewaffnete?«

Ribaldo verstand ihr Bedürfnis nach Sicherheit. An einem Tag wie diesem, den chiosischen Garten Eden vor Augen, hätte er alles verstanden. Nur schade, daß die junge Dame so wenig Instinkt für das große Geld besaß. Wenn sie einfach in den nächsten Tagen – wie bitte, heute nachmittag schon? Wenn sie also am Nachmittag wiederkäme, dann würde er ihr die Information sicher geben können. Und natürlich, ganz diskret. Wer würde denn schon die Vöglein wecken wollen?

Das Gefängnis am Neutor war ein riesiger, häßlicher Kasten aus Buckelquadern, die durch gleichgültig dahingeklatschten und aus den Fugen quellenden Mörtel zusammengehalten wurden. Fenster gab es nicht, nur handbreite Spalten in den Mauern, die Luft und ein wenig Licht geben sollten, und obwohl die Spalten so eng waren, daß nicht einmal eine Katze hätte entweichen können, hatte man sie mit eisernen Querstreben vergittert.

Marcella stand unschlüssig auf der anderen Straßenseite und beobachtete den Eingang des Gefängnisses, eine aus Holzbohlen gezimmerte Tür mit einem quadratischen, durch eine Klappe verdeckten Guckloch. Sie legte die Arme um das Brot, das sie gekauft hatte, und überlegte, ob der Wächter es wagen würde, sie zu kontrollieren. Damian Tristand wurde noch immer gesucht – grimmiger denn je, wenn es stimmte, was sie gehört hatte. Seine unerklärbare Flucht aus dem Bonifazschen Weinkeller hatte ihm den Ruf ausgekochter Gerissenheit beschert, und der Rat, besorgt um sein Ansehen, hatte ebenfalls ein Kopfgeld auf ihn ausgesetzt. Sicher standen die Besucher seines Vaters unter strenger Beobachtung. Andererseits war Marcella die Nichte des Schöffenmeisters. Nur, würde der Kerkermeister das wissen? Bei ihrem ersten Besuch hatte er sie erkannt, aber heute mochte jemand anderes Dienst tun.

Sie beschloß, sich auf ihre kostbare Kleidung und ihre Beredsamkeit zu verlassen. Der Brief, den Damian Tristand ihr für seinen Vater mitgegeben hatte, mußte überbracht werden, und alles in allem war ihre Ärmeltasche ein sicherer Ort.

Sie wollte gerade die Sprungsteine betreten, die aus dem Straßenschmutz ragten, als in dem Gäßchen neben dem Gefängnis ängstliches Geschrei laut wurde. Fluchtartig zog sie sich wieder in den Schatten des Hauses zurück. Das Geheul hörte sich an, als käme es von einer Frau, und sie haßte es, wenn Frauen Gewalt angetan wurde. Auch wenn es durch die Männer des Zenders und im Namen der Gerechtigkeit geschah. Am liebsten wäre sie fortgelaufen, aber die Gruppe, die die Frau mit sich führte, bog schon um die Ecke.

Die Gefangene war alt, ein runzliges Weiblein, dessen Arme und Hals in Eisenketten hingen, die durch eine Stange verbunden waren. Als würde das nicht genügen, hatte der Zendersknecht sie zusätzlich an den Haaren gepackt und drückte sie nieder, so daß sie sich beim Laufen bücken mußte. Marcellas Fingernägel bohrten sich in das Brot. Vielleicht waren die Ketten notwendig, aber der Griff in die Haare – das war … Grausamkeit. Und egal, was das Weiblein verbrochen hatte – es müßte verboten sein, daß Männer wie diese, daß Männer überhaupt Frauen anfaßten.

»Ist heute die erste.« Die Bewohnerin des Zinshäuschens, vor dem sie stand, war aus der Tür getreten und entleerte geruhsam einen Nachttopf in die Gosse. »Gestern hättet Ihr hier sein sollen, Herrin. An Markttagen bringen sie fast alle Stunde wen. Beutelschneider, Suffköpfe, Brotdiebe, Krämer mit falscher Waage und so was. Aber die meisten machen nicht solchen Lärm.«

Tatsächlich greinte die Gefangene in einem fort. Sie war schmutzig, barfüßig, in dünne, billige Wolle gekleidet und heulte sich die Seele aus dem Leib, während sie abwechselnd nach den Zendersknechten schlug und die Heiligen um Beistand anflehte. Die Gruppe wurde von einem blaßhäutigen Burschen begleitet, der ein verendetes Ferkel auf dem Rücken schleppte. Jedem, der ihm nahekam, erklärte er, was das Weib ihm angetan hatte, nämlich dem Ferkel einen Blähbauch angehext, an dem es just in der Stunde um Mitternacht eingegangen war.

Die Tür des Gefängnisses öffnete sich, und der Kerkermeister – es war doch derselbe, wie beim letzten Besuch, welches Glück! – trat auf die Straße. Seine Erscheinung verdoppelte das Wehgeheul des Weibleins.

»Sie kann sich ihr Jammern sparen«, meinte die Frau mit dem Nachttopf kundig. »Man sperrt sie ein, aber morgen ist sie wieder frei. Der Bischof hält nichts vom Hexenglauben.«

»In Frankreich lassen sie Leute brennen wegen der Zauberei«, hielt ihr ein Wasserträger entgegen, der im Gefolge des Trüppchens gekommen war. »Der Papst soll sogar seinen früheren Bischof auf den Scheiterhaufen gebracht haben. In Cahors. Und er soll ein Edikt geschrieben haben, daß seine Bischöfe jetzt auch hier bei uns auf Ketzer und Zauberer achten müssen. Und in Italien. Überall, wo das Kreuz steht.«

Die Frau zuckte gleichmütig die Achsen. »Heut wird sie eingesperrt, morgen ist sie wieder frei. Avignon ist weit, und der Erzbischof hat einen harten Schädel. Da können die Schöffen festnehmen, wie sie wollen.« Sie klopfte den Nachttopf an der Mauer ab und kehrte zurück ins Haus.

Marcella wartete, bis die Gefangene im Gefängnis verschwunden war und die Menge sich zerstreut hatte. Dann faßte sie sich ein Herz.

Der Kerkermeister erinnerte sich an sie. Wenn er sich wunderte, daß die Nichte des Schöffenmeisters schon wieder nach dem alten Tristand fragte, so behielt er das für sich. Er nahm seinen Doppelpfennig entgegen und geleitete sie durch den Wachraum zu den Zellen. Das Gefängnis war neu, kaum zwei Jahre alt, trotzdem hing ein Mief nach Kot, Feuchtigkeit und Fäulnis in der Luft, als befänden sie sich klaftertief in einem uralten Verlies. Das Straßengeschoß war den ärmeren Gefangenen vorbehalten. Sie hockten in einer einzigen Zelle auf dem dünn mit Stroh belegten Boden und wärmten sich, indem sie die Arme um die Körper schlangen oder sich aneinander drängten. Aufstehen konnten sie nicht, da um ihre Hälse Ketten hingen, die so niedrig über dem Boden befestigt waren, daß die Häftlinge nur sitzen oder knien konnten. Die angebliche Hexe war nicht zu sehen. Man hörte nur ein Schluchzen aus einer der dunklen Ecken.

»Hier bitte, Herrin ...« Der Kerkermeister deutete zur Treppe. Tristand und alle, die es sich sonst leisten konnten, waren in den Zellen im oberen Stockwerk untergebracht.

Marcella kletterte die Holztreppe hoch, ließ sich vom Wächter die hinterste Tür aufschließen und trat in einen länglichen, düsteren Raum. Arnold Tristand lag bis zum Hals eingehüllt in wollene Decken auf einem Holzbett, und sie stellte mit Zufriedenheit fest, daß man ihm anstelle des Strohs eine solide Matratze und auch Kissen gegeben hatte. Auf dem Tischchen neben der Pritsche stand eine Schüssel mit Winteräpfeln. Sogar Licht hatte man ihm gestattet. Auf dem Steinsims unter der Fensterluke flackerte eine Tranlampe.

Marcella legte ihr Brot neben die Äpfel und beugte sich über die stille Gestalt. Arnold schlief, wenigstens hatte er die Augen geschlossen. Seine Wangen waren eingefallen, faltig und von einer fleckigen, silbrigen Farbe, die ihr krank vorkam. Sie wartete, bis die Tür ins Schloß gefallen war, und lauschte auf die leiser werdenden Schritte des Kerkermeisters. Dann setzte sie sich auf die Bettkante. Sacht streichelte sie das stachlige Kinn. Ja, Arnold sah wirklich schlecht aus, weit erbärmlicher als beim letzten Mal. Sterbenskrank.

»Ich habe Nachricht für Euch. Von Eurem Sohn. Von Damian«, flüsterte sie.

Der Gefangene schlief doch nicht. Er drehte sich auf den Rücken. Seine Augen ruhten auf der Besucherin, er kniff sie zusammen, als hätte er Schwierigkeiten sich zu erinnern, woher er die Frau an seiner Pritsche kannte.

»Mein Damian ist ein guter Junge«, sagte er mit lauernder Feindseligkeit.

»Das weiß ich. Und er macht sich Sorgen um Euch.«

Arnolds Lippen waren ausgetrocknet. Marcella sah unter dem Tischchen einen Krug stehen, nahm ihn auf und setzte ihn an seinen Mund. Gierig trank der Alte.

Im Krug war gepfefferter Wein. Das hatte Martin sicher gut gemeint, aber nach Marcellas Dafürhalten hätte sein Vater eher Kräuteraufguß gebraucht. Oder Milch. Jedenfalls etwas Mildes, um seine Gesundheit zu stärken. Sie nahm sich vor, dem Kerkermeister noch einige Pfennige extra zu geben und ihn zu bitten, für warme Getränke zu sorgen.

»Du kennst meinen Jungen?« fragte Arnold.

Sie nickte.

»Dann ... mußt du ihm etwas sagen. Daß er fort soll. Zurück nach Venedig. Sagst du ihm das?« Arnold umklammerte ihre Hände.

Sie schüttelte den Kopf. »Habt Ihr vergessen, was für ein Dickschädel er ist? Er wird nicht gehen, bevor Ihr wieder zu Hause seid.« Marcella hob Arnolds Nacken an und schob das Kissen darunter zurecht. »Ihr brecht ihm das Herz, wenn Ihr sterbt, wißt Ihr das? Ihr solltet besser auf Euch achtgeben.«

Der Alte verzog die rissigen Lippen. »Damian ist wie seine Mutter. Alles geht ihm gleich ans Herz. Schon früher. Er kann sich einfach nicht abfinden. Aber er ist ein braver Junge. Ein Vater weiß das. Damian ist nicht einer, der einem alten Mann das Leben nimmt. Glaubst du mir das, Mädchen?«

Marcella reichte ihm erneut den Krug und stützte seinen Kopf, damit er besser trinken konnte. Erschöpft sank Arnold in die Kissen zurück. »Als seine Mutter gestorben war«, ächzte er, »da hat er tagelang nicht essen wollen. Keinen Bissen. Er wäre verhungert, wenn Martin ihm nicht den Brei in den Mund gelöffelt hätte. Mit Engelszungen hat er ihm das Essen hinein- und den Kummer hinausreden müssen. Jemand, der so tief fühlt, bringt doch keinen Menschen um.«

Das Reden hatte den Alten angestrengt. Sie nahm einen Deckenzipfel und wischte den Schweiß von seiner Stirn. Seine Haut war naß und unangenehm kalt. Wenn Damian ihn noch einmal sehen will, bevor er stirbt, dachte Marcella, dann wird er sich beeilen müssen.

»Euer Sohn hat mir einen Brief für Euch gegeben.«

Die alten Augen bekamen Glanz. Und Marcella war froh, daß sie Damian doch noch hatte überzeugen können, den Brief aufzusetzen. Was lag auch schon für Risiko in ihrem Botengang! Seine Skrupel und Einwände und all die vernünftelnden Wenns und Abers … Herr im Himmel, es gab Augenblicke, da war er noch umständlicher als Martin.

Sie stand auf und holte die Lampe vom Sims.

Der arme Arnold hatte Schwierigkeiten, den Kopf so weit zu heben, daß er in den Lichtkreis sehen konnte, der den Brief erhellte. Trotzdem bestand er darauf, selbst zu lesen. Mit krummem Hals stierte er auf das Papier.

Er kam über die ersten Worte nicht hinaus.

Marcella verfluchte sich selbst für ihren Mangel an Achtsamkeit. Der Kerkermeister war ein plumper Mann und hatte einen Gang wie ein Ochse. Sie hätte hören müssen, als er die Treppe hinaufgetrampelt kam. Aber sie hatte nichts gehört, keinen Ton, und jetzt drehte sich plötzlich der Schlüssel in der Zellentür. Sie versuchte, Arnold zu warnen, aber der Alte rätselte an den Worten des Briefes, und sie konnte nur noch die Lampe absetzen und sich so vor ihn schieben, daß sie ihn verdeckte.

»Frau Bonifaz. Es stimmt also!«

Die Stimme gehörte nicht dem Wärter. Sie gehörte dem Mann, den Marcella als allerletzten hier zu sehen gewünscht hätte. Rasch nahm sie die Decke, zog sie über Arnolds Hände und den Brief und steckte sie fürsorglich unter seinen Schultern fest. Dann drehte sie sich um.

Martin war, genau wie sein Vater, magerer geworden, aber er hatte den unsteten Gesichtsausdruck verloren. Kühl, beherrscht und nicht im geringsten erfreut trat er auf sie zu. Er wollte etwas sagen. Vermutlich, daß sein Vater keine Armenfürsorge nötig hätte oder solchen Unsinn. Aber die Worte blieben ungesprochen. Arnold zappelte unter seiner Decke und raschelte mit dem Papier, und Martin, erst irritiert, dann mißtrauisch, beäugte seinen Vater. Sein Blick wanderte zur Lampe – und in zugegeben bewundernswert kurzer Zeit zog er seine Schlüsse.

»Laß uns einen Moment allein!«

Er schien den Wächter gut zu bezahlen, denn der Mann ließ sich ohne Widerspruch hinausweisen und mokierte sich nicht einmal über den Ton des Befehls.

Martin beugte sich zu seinem Vater. Arnold hielt den Brief wieder in den Händen und ärgerte sich, daß das Licht nicht zum Lesen reichte. Seinen Sohn beachtete er nicht. Er drehte das Papier, weil er nicht mehr entziffern konnte, wo oben und unten war.

Mit bleichen Lippen zog Martin ihm den Brief aus den Fingern. Er brauchte nur wenige Wimpernschläge, um den Inhalt zu erfassen. Und dann …

Eis, dachte Marcella. Die Mimik, die Gestik … alles an ihm fängt an zu gefrieren. Sie wunderte sich nicht, als er das Papier in die Flamme der Lampe hielt.

Arnold stöhnte auf und begann vor Enttäuschung zu weinen, und dieses Geräusch brachte das Leben in Martins gefrorene Züge zurück. Er kniete neben dem Lager und versuchte ungeschickt, die Haare seines Vaters zu streicheln. Aber Arnold kehrte ihm böse den Rücken. Martin verharrte unschlüssig – dann stand er wieder auf.

Und jetzt, dachte Marcella, würde ich gern ganz weit fort sein.

Er nahm ihr Handgelenk und zog sie aus der Nähe des Alten. »Wo ist er?«

»Wer?«

Die Frage war lächerlich und bekam keine Antwort. Der Druck auf ihre Gelenke verstärkte sich.

»Ich weiß nicht, wo er ist«, sagte Marcella.

Martin Tristand war ein Rohling. Er merkte, daß er ihr weh tat – und nutzte das aus. Er preßte ihre Gelenke zusammen, bis ihr die Tränen in die Augen traten.

»Wo?«

Sie schwiegen einander an.

Unten begann der Kerkermeister zu brüllen. Vielleicht war er das Geheul der Hexe leid. Vielleicht ärgerte er sich im nachhinein, daß er sich in seinem eigenen Gefängnis hatte herumkommandieren lassen.

Martin begann Marcellas Handgelenke zu verdrehen, aber dann ließ er sie plötzlich und mit einer Geste des Abscheus los. »Mein Bruder«, flüsterte er, »ist das dreckigste Geschöpf auf Gottes Erden. Er hat gestohlen. Er hat seinen Lehrherrn in den Tod getrieben. Er hat gewuchert und mit Juden und Venezianern herumgehurt. Und nun, wo er nach Hause zurückgekehrt ist, hat er auch noch seinen Vater auf dem Gewissen.«

Und wer will das wissen? dachte Marcella unglücklich.

Der alte Arnold schluchzte und hustete, weil seine Kehle schon wieder viel zu trocken war. Sie drehte sich um und hob den Weinkrug auf.

»Ist Euch bekannt, wo er sich aufhält?«

»Nein.« Das war die Wahrheit. Damian konnte überall zwischen Koblenz und Starkenburg sein. Arnold krümmte sich unter einem Hustenanfall. Aber er wollte sich nicht helfen lassen. Er wollte überhaupt nichts mehr.

»Mein Bruder kann sehr … einnehmend sein«, sagte Martin steif.

»Habt Ihr einen Arzt nach Eurem Vater sehen lassen?«

»Wenn er es darauf anlegt …«

»Euer Vater ist krank, Tristand. Er braucht Medizin.«

»Das hat der Rat verboten.« Martin trat widerstrebend neben sie, unglücklich und unfähig zu einer liebevollen Geste, die sein Vater sicher auch nicht angenommen hätte.

»Ich werde Euch ein Gemisch aus Majoran, Immenblatt und den Blüten der Passionsblume schicken«, sagte Marcella. »Und eine Rezeptur, wie es zubereitet werden muß. Das ist keine Medizin, sondern Tee, und wenn es mein Vater wäre, würde ich mich sowieso den Teufel scheren, was der Rat befiehlt.«

Es war Nachmittag, als Marcella das Gefängnis verließ, und sie beschloß, erst zu Elsa zu gehen, bevor sie sich bei Ribaldo nach den Reiseplänen des Bischofs erkundigte. Ihre Freundin hatte den Vormittag genutzt, um den Laden zu scheuern und die Töpfe und Tiegel auf Hochglanz zu putzen.

»Ich weiß immer noch nicht, ob es richtig ist, mit dem Wucherer Geschäfte zu machen«, sagte sie seufzend, während sie Marcella beim Essen zusah. Aber zu diesem Thema war auf dem Ritt nach Hause bereits alles gesagt worden.

»Und es ist ja auch nur, bis ich ihm seinen Safran abkaufen kann«, beschwichtigte Marcella sie mit vollem Mund. Ihre Hände klebten von den gebackenen Apfelringen, die sie unterwegs erstanden hatte. »Wenn er sich an das hält, was wir abgemacht haben – und warum sollte er nicht, er schwimmt im Geld und hat unseres gar nicht nötig –, dann werden wir bald genügend zusammenhaben, um uns von ihm freizukaufen. Und übrigens …

»Du wirst noch fett, wenn du weiter so viel von diesem Zeug in dich hineinstopfst«, sagte Elsa mißbilligend.

»… übrigens muß ich noch einmal zurück. Zur Starkenburg, meine ich.«

Elsa war klug. Die Gedanken schlugen in ihrem Kopf zwei Purzelbäume – und sie wußte Bescheid. Zornig stand sie auf und stellte sich vor die Tür, breitbeinig, als müsse sie die Freundin vor sofortigem Aufbruch bewahren. »Du läßt die Hände aus dieser Entführungsgeschichte, Marcella. Ich verbiete es. Ich laß' das nicht zu!«

Marcella schluckte an dem letzten Apfelstück. »Sie werden sowieso erfahren, wann der Bischof reist. Das ist kein Geheimnis.«

»Dann sollen sie sich selbst drum kümmern. Schließlich ist es *ihr* Land, um das es geht. Und *deine* Heimat, mein Herzchen, ist Trier. Was denkst du, was sie mit dir anstellen werden, wenn sie merken …«

»Und trotzdem muß ich noch einmal hin. Tristand will nach Dill reiten. Vielleicht findet er heraus, wer Scholers Wagenzug überfallen hat. Vielleicht – wer kann das wissen – schafft er es sogar, an unseren Safran zu kommen. Und Elsa …« Sie lächelte vorwurfsvoll. »Wir werden doch keinem Wucherer trauen.«

»Ah ja?« Die Freundin lachte grimmig, verließ ihren Posten und plumpste zurück auf ihren Stuhl. »Marcella Bonifaz – du bist nicht ehrlich mit mir! Und das weißt du auch. Und du weißt, daß ich es weiß, und deshalb mache ich dir keinen Vorwurf. Aber …«, fügte sie hinzu, »… du bist auch zu dir selbst nicht ehrlich – und das ist schlimm!«

Elsa. Wenn man sie ansah, mit nichts als den Augen, dann hielt man sie für ein scharfzüngiges, dickes und nicht besonders kluges Marktweib. Aber Elsa war mehr als das, und als sie sich jetzt vorbeugte und vertraulich ihre Hände zu streicheln begann, hatte Marcella das unangenehme Gefühl, ihr würde gleich die Seele bloßgelegt.

»Dein Wucherer, dieser Damian«, flüsterte Elsa, »er hat

Augen wie Seide, nicht wahr? Wie brauner, byzantinischer Samt.«

Ja, das hatte er. »Aber es bedeutet mir nichts«, sagte Marcella. »Ich will nur meinen Safran zurück. Und wenn nicht das, dann eine Möglichkeit, unser Geschäft zu retten.«

»Aber ich habe gesehen, wie er dich ansieht. Wenn er denkt, daß niemand es merkt.« Elsa senkte ihre Stimme zum Flüstern. »Er sieht dich an, als wäre er Parzival und du Repanse, die ihm den Heiligen Gral bringt ...«

»Repanse!« Marcella lachte nicht, weil sie es nicht komisch fand. »Weißt du eigentlich, Elsa, wie lange ich hab' betteln müssen, ehe er bereit war, mir die Gewürze aus dem Baseler Schiff zu kaufen? Die halbe Nacht. Nicht einmal die Lombarden haben mich so gründlich über Gewinne und Verluste ausgefragt. Er wollte Zahlen, was ich woran verdient habe, und er hat mitgerechnet und nach dem Verbleib von ... von halben Pfennigen geforscht. Nichts hat er übersehen. Parzival! Wenn er meinen Mantel wollte, dann nur, weil ihm die Wolle gefällt!«

Elsa schwieg.

»Er hofft, daß ich ihm helfen kann, hier wieder Fuß zu fassen, darin liegt das Geheimnis seiner zärtlichen Blicke. Und ich will Geld für unseren Laden. Wir sind ein vollkommenes Paar. Auch ohne Samtaugen. So ist das.«

Elsa blieb ernst. »Hast du ihn geküßt?«

»Also hör mal!«

»Oder er dich?«

Marcella stieß die Luft aus. Sie begann, die Krümel auf dem Tisch zusammenzusuchen. Sorgfältig kehrte sie sie zu einem Häuflein zusammen und hob jeden einzeln auf einen Teller in der Mitte des Tisches.

»Ich werde niemals einen Mann küssen«, sagte sie. »Weder Tristand noch irgendeinen anderen. Ich dachte, das weißt du, Elsa.« Ihre Fingerkuppen klebten. Sie widerstand der Versuchung, sie abzulecken. »Ich brauche keinen Mann, ich bin mit mir selbst glücklich. Und mit dir natürlich. Ich hatte immer das Gefühl, daß ich – daß Frauen wie ich lieber ohne Mann sein sollten.«

War nun alles gut?

Elsa betrachtete die Krümel auf dem Teller. Sie dachte nach. Angestrengt. Das konnte man an der Art sehen, wie sie durch den Mund atmete. Aber besonders glücklich schien sie nicht zu sein.

Es war der Abend desselben Tages, und Marcella lag wieder auf ihrem Bett. Sie dachte an Jeanne. Und sie wußte, daß sie nicht zur Starkenburg reiten konnte, ohne vorher in Onkel Bonifaz' Zimmer zu gehen. Der Onkel hatte gewußt, wer Jeanne war. Jemand aus Marcellas Vergangenheit, eine Frau, die auch er kannte und die so wichtig gewesen war, daß er Angst vor ihr hatte. Sollte es also Erinnerungen an Jeanne geben, Dinge, die man sehen und anfassen konnte, dann würden sie sicher in seinem Zimmer aufbewahrt sein, denn dies war der einzige Ort, den keiner jemals betreten durfte. Nicht einmal Frenzlar.

Ich habe auch Angst vor Jeanne, dachte Marcella und betrachtete die Flicken am Betthimmel, die sie aus dem bunten Mantel geschnitten hatte. Der Mantel war Jeanne feindlich gesonnen gewesen. Irgendwie hatte sie Jeanne mit diesem Mantel verraten. Das war eins dieser merkwürdigen Dinge, die sie wußte, ohne zu begreifen woher. Sie drehte sich auf den Bauch, so daß sie die bunten Flecken nicht mehr anschauen mußte.

»Am meisten wundert es mich«, hatte Tristand an der Falltür gesagt, *»daß es Euch nicht aufgefallen ist.«* Und er hatte recht. Ich wollte nicht wissen, daß man mir nach dem Leben trachtet, und deshalb hab' ich's von mir weggeschoben, dachte Marcella. Genau wie mit Jeanne. Aber wenn sie nicht wußte, wer Jeanne war und womit sie sie bedrohte …

Jedenfalls muß ich in Onkels Zimmer gehen, dachte sie unglücklich.

Sie lauschte dem fernen Gesang vom Kloster und wartete. Onkel Bonifaz nahm gerade seine Nachtmahlzeit ein, das wußte sie von Frenzlar. Wenn er damit fertig wäre, würde er in sein Kontor gehen und die Rechnungen prüfen. Das Kontor lag unter Marcellas Zimmer. Sie würde hören, wenn seine schlurfenden Schritte den Holzfußboden zum Knarren brachten. Und das wäre dann die Zeit, in der sie ungestört in seinem Zimmer …

Ja, ja, die schönsten Dinge gewöhnte man sich an.

Es dauerte lange, ehe sie Onkels Schritte auf dem Holz hörte. Und dann ließ sie noch einmal Zeit verstreichen, bevor sie sich aufraffte, den Flur hinunter und über die Wandtreppe zu seiner Schlafkammer zu gehen. Halb hoffte sie, die Tür verschlossen zu finden, aber der Onkel schien seinen Argwohn auf das Kontor und die Keller beschränkt zu haben, oder vielleicht war er auch zu betrunken gewesen, um die Tür abzuschließen. Er war in letzter Zeit ständig betrunken.

Sie huschte lautlos in den Raum. Außer einer Kerze auf einem Messingdorn hatte sie kein Licht. Vorsichtig ließ sie den Flammenschein durchs Zimmer wandern. Ein Bett, alt, mit verschlissenen, weinroten Vorhängen, an denen Samttroddeln baumelten, dahinter eine Truhe, dann ein Lederstuhl, aus dessen Lehne das Futter quoll, und ein kleiner Flügelaltar. Und alles roch nach Staub. Noch viel intensiver als im Rest des Hauses.

Die karge Einrichtung machte die Suche leicht. Marcella löste die Bänder des Bettvorhanges, um – für alle Fälle – die Sicht von der Tür zur Truhe zu versperren. So verborgen kniete sie vor dem Möbel nieder. Sie versuchte, nicht an Jeanne zu denken, außer als an einen Namen, dessen Bedeutung sie möglichst schnell und geräuschlos herauszufinden hatte. Die Truhe war versperrt, aber das Schloß war alt und so locker, daß sie es mitsamt den Nägeln mühelos aus dem mürben Holz ziehen konnte.

Und wenn es nun gar nichts von Jeanne zu finden gab?

Ihre Knie schmerzten. Sie drehte sich und setzte sich zwischen Bett und Truhe auf den Boden, den Rücken an der Wand. An ihren Fingern und überall an ihrem Kleid hingen Staubflusen. Scheinbar hatte hier seit Jahren niemand mehr saubergemacht. Sie lauschte. Aber Onkels Schritte waren von hier aus nicht zu hören. Noch kann ich gehen, dachte sie. Niemand weiß, daß ich hier bin. Und niemand interessiert sich für die Gespenster in meinem Kopf, außer mir selbst.

Aber war Jeanne dafür nicht schon zu lebendig geworden?

Sie hockte sich wieder vor die Kiste und hob den gewölbten Deckel. Kleider. Natürlich. Auch wenn man wie der Onkel immer denselben abgenutzten Rock trug, brauchte man Wäsche und Unterkleider zum Wechseln. Sie legte den Stapel mit den wollenen Beinlingen und den Bruochs und den Hemden neben sich auf den Boden. Damit war die Kiste fast leer. Sie fand noch einen Topf mit Salbe, die bereits sehr ungesund roch, ein paar geflickte Gürtel und einen von Motten angeknabberten Pelzmantel.

Aber keine Spur von Jeanne.

Mit spürbarer Erleichterung – für die sich ein Teil ihres Herzens schämte – räumte sie Onkels Habseligkeiten wieder ein. Es gab hier keine Jeanne. Und wenn sie sich zusammennahm und vor düsteren Gedanken hütete …

Die Schleifspur am Saum des Bettvorhangs fiel Marcella nur auf, weil sie sich etwas zurückbeugte, nachdem sie den Truhendeckel geschlossen hatte. Erst dachte sie, sie hätte mit ihren Kleidern den Staub auf den Holzbohlen verwischt. Aber als sie das Kerzenlicht direkt über die Stelle hielt, stand fest, daß jemand etwas unter das Bett geschoben hatte. Etwas Schweres, das imstande war, eine ellenbreite Spur zu hinterlassen. Und die Spur war frisch, sicher nicht älter als ein, zwei Tage, denn es hatte sich kaum neuer Staub über den Rillen gebildet.

Ach Onkel, dachte Marcella unglücklich.

Sie faßte unter das Bett und ertastete zwischen Schmutz und Staub etwas Metallenes. Was für ein törichtes, kindisches Versteck. Wenn er schon befürchtet hatte, daß sie sein Zimmer durchsuchen würde, dann hätte er den Kasten zumindest einfallsreicher verbergen können. Nicht einmal abgeschlossen hatte er ihn.

Marcella blies und wischte mit dem Ärmel den Schmutz von dem Kasten. Er war aus trübem, schwarz angelaufenem Silber und sicher kostbar, denn man hatte viel Mühe für seine Verzierungen aufgewandt. Im Verschluß saß ein buntfunkelnder Stein aus Pfauenerz. Marcella ließ sich wieder zwischen Bett und Truhe nieder und stellte die Kerze auf den gewölbten Truhendeckel.

Das Kästchen war schwer. Sie öffnete es mit einer Vorsicht, als könne ihr Jeanne direkt ins Gesicht springen.

Es enthielt Schmuck. Einfachen, dummen Schmuck. Marcella ließ Armbänder, Ringe, Fibeln, Tasseln und Ketten durch ihre Finger gleiten. Die Teile waren klobig und von ungewöhnlich schlechtem Geschmack. Sie legte sie neben sich auf den Saum ihres Kleides. Unter dem Schmuck lag ein Buch.

Biblia. Die Heilige Schrift. Vor Staub bewahrt, weil der Deckel des Metallkästchens gut geschlossen hatte. Marcella hielt den Atem an. Behutsam schlug sie den Lederdeckel zurück. Die Bibel mußte ihrer Familie gehören, denn auf der ersten Seite war eine Stammtafel eingezeichnet, die den Namen Bonifaz trug. Die Tafel war bebildert. Fasane, Pfauen, Eisvögel, Bienenfresser – fliegende und pickende Tiere in leuchtenden Farben auf einem purpurroten Untergrund. Die Namen selbst waren mit Goldtinte geschrieben. Der Mann, der das Buch einmal in Auftrag gegeben hatte, mußte viel Geld besessen haben.

Marcella fuhr mit dem Finger über das aufgelegte Gold.

Der erste Bonifaz war im Jahre 1228 nach Trier gekommen und mit einer Elisabetha verheiratet gewesen. Die Namen der Kinder standen unter dem Ehezeichen. Dann tauchte der älteste Sohn ein zweites Mal auf, diesmal als Familienoberhaupt mit eigener Gattin. Wie seltsam, dachte Marcella. Ich habe mich nie als Teil einer Familie gefühlt. Zögernd rutschte ihr Finger abwärts. Ihr Vater hieß Friedrich wie der Urahn. Ihre Mutter Marguerite. Eine geborene Caplet. Sicher eine Französin. Vielleicht hatte der Vater in Frankreich eine Filiale des Bonifazschen Weinhandels betreut. Marcella meinte sich plötzlich an ein efeubewachsenes Haus am Hang eines Berges zu erinnern. Jedenfalls habe ich eine Mutter, dachte sie. Und sie stammt aus Carcassonne. Und warum, verflucht, habe ich nie darüber nachgedacht, wer sie ist? Jeder Mensch hat eine Mutter. Und meine heißt Marguerite, und ich habe getan, als gäbe es sie nicht. Ich habe mich selbst um sie betrogen. Ihr stiegen Tränen in die Augen, die mit Selbstmitleid zu tun hatten und die sie wütend fortwischte.

Jeannes Name stand neben ihrem eigenen.

Geboren 1292. Im August. In Montaillou in Frankreich.

Also eine Schwester.

Es war, als habe Jeanne mit ihrem Eintrag in der Familienbibel das Nebelhafte verloren. Sie war geboren worden wie jeder Mensch, und irgendwann war sie gestorben, auch wenn ihr Tod hier im Buch nicht verzeichnet stand.

Zwölf Jahre älter als ich, rechnete Marcella aus. Also war sie zwanzig, als ich hierher gekommen bin. Also ist sie mit zwanzig gestorben. Aus irgendeinem Grund wußte sie, daß ihr Umzug nach Trier mit Jeannes Tod zusammengehangen hatte.

Mehr Auskunft gab die Bibel nicht. Sie wollte sie zurücklegen. Da fand sie am Boden des Metallkastens noch ein einzelnes Blatt. Marcella zögerte wie in Erwartung eines Schlages. Der Onkel hatte wenig aufgehoben, das

Blatt mußte also wichtig sein. Es bestand aus dickem, gelbstichigem Pergament und war an den Knickstellen eingerissen. Es sah amtlich aus, wie ein Dokument, am unteren Rand klebten die Überreste eines Siegels. Sie nahm es mit spitzen Fingern heraus.

Der Text war lateinisch. Kompliziert. Mit vielen altmodischen Floskeln und Worten, die sie nicht verstand. Eigentlich verstand sie gar nichts. Nur Jeannes Namen konnte sie lesen. Und zweimal den ihres Vaters und einmal den ihrer Mutter. Ihr Blick wanderte abwärts bis zu dem steilen, kräftigen Namenszug, der am Ende des Textes auftauchte.

Jacques Fournier. Pamiers.

Da war es also. Das war der Schlag. Sie starrte auf die Buchstaben und wunderte sich, daß ihr Herz so gleichmäßig weiterschlug.

Jacques Fournier.

Bischof von Pamiers.

Damals, als sie vor ihm gekniet und den Ring auf den knochigen Fingern geküßt hatte, hatte sie Abbé Jacques zu ihm sagen müssen, aber sie kannte den Namen trotzdem. Jeder hatte ihn damals benutzt. Hundertmal am Tag. Jacques Fournier. Das Unheil im Rock der Cistercienser. Vorsichtig, als hätte sie Angst, sich an der Tinte zu verbrennen, begann Marcella, das Pergament wieder zusammenzufalten. Schön ordentlich in den alten Knicken. Dann steckte sie es in ihren Ärmel.

Abbé Jacques.

Ein mit Haut bespannter Schädel und ein paar milchig trübe Glasperlenaugen hatten einen Namen bekommen.

XIII

Marcella hatte gehofft, Trarbach noch am Abend vor Christi Himmelfahrt zu erreichen, aber der Kahn, auf dem sie für sich und Ruben Plätze gemietet hatte, war bei Piesport auf eine Sandbank aufgelaufen, und es hatte einen halben Tag gedauert, bis er entladen, zu einer günstigen Ablegestelle getreidelt, dort von neuem mit der ebenfalls flußaufwärts geschleppten Ladung bepackt und wieder auf den Weg gebracht werden konnte. In der darauffolgenden Nacht schien der Mond, und so hatten sie durchfahren können, und das war ein Glück, denn der Schiffer war ein frommer Mann und Trarbach der äußerste Ort, den anzusteuern er an diesem heiligen Tage bereit gewesen war.

Marcella stieg mit feuchten Kleidern und müden Knochen über den Schotterstreifen die Uferwiese hinauf. Es war früher Vormittag. Die Trarbacher schienen in der Kirche zu sein, denn der Treidelweg, der am Anlegeufer entlangführte, war leer. Auch die Fähre nach Traben dümpelte still und vedassen im Wasser. Nachdenklich schaute Marcella über den Fluß. War es überhaupt möglich, ein Schiff – oder vielleicht sogar zwei oder drei – an dieser Stelle abzufangen? Im Moment gab es hier keinen Verkehr, aber an normalen Tagen kam alle Augenblicke ein Boot vorbei. Wenn der Handstreich gelingen sollte, dann mußte jedenfalls alles schnell vonstatten gehen, sonst würde der Erzbischof Unterstützung von anderen Moselfahrern bekommen.

»Wie lange braucht man von Trier bis hierher, wenn man nicht aufgehalten wird?« fragte sie den Schiffer.

»Mit Glück und einem guten Boot schafft man's wohl an einem Tag. Jedenfalls im Sommer, wenn die Nächte kurz sind.« Der Mann kratzte sich am Kopf. »Wenn es Euch nichts ausmacht, Herrin – wir würden gern ins Dorf gehen, sehen, ob noch eine Messe gelesen wird …«

Marcella löste die Geldbörse von ihrem Gürtel und entlohnte den Mann.

Einen Tag also. Balduin würde sicher frühmorgens aufbrechen, denn Trarbach lag knapp in der Mitte seines Reiseweges, und er würde gewiß nicht drei Tage verschwenden, wenn er sein Ziel auch an zweien erreichen konnte. Also würde er Traben-Trarbach am Abend passieren. Günstig.

»Was sagt Ihr, Herrin?« fragte Ruben.

»Daß es günstig wäre, wenn wir uns beeilten.« Sie schaute zur Starkenburg hinauf, die schwarzgrau und geduckt wie eine Katze aus Stein über dem Dorf thronte. Auf der Spitze des Bergfrieds flatterte das rot-weiße Schachbrett der Sponheimschen Fahne. Genauso fröhlich allerdings flatterten unten auf der Leine neben dem Bootsschuppen die Kittel, Strümpfchen, Bruochs und Röckchen der Fährmannskinder, und aus dem Fährhaus hörte man das Lachen und Zanken klarer Kinderstimmen …

Wenn es schiefgeht, dachte Marcella, dann werde ich meines Lebens nicht mehr froh.

Loretta saß auf ihrem Stuhl mit den Löwenkopflehnen und thronte über der Versammlung. Der Morgengottesdienst war vorüber, die Beichten abgenommen, das Festmahl verzehrt, und nun hatten die Edlen der Starkenburg sich im Rittersaal zusammengefunden, um über die Entführung des Erzbischofs zu beraten.

Das Thema war heikel. Marcella stellte bald fest, daß durchaus nicht alle Burgbewohner mit den Plänen ihrer Gräfin einverstanden waren. Der Angriff auf die Kirche würde sozusagen per se die Gräfin und ihre Helfer exkommunizieren. Das bedeutete, daß auf Starkenburg keine Messen mehr gelesen würden, kein Abendmahl gereicht, daß die Sterbenden ohne kirchlichen Trost dahingehen müßten. Es würden überhaupt keine Sakramente mehr gespendet werden dürfen, außer der Taufe für die Neugeborenen.

»Wir werden jedenfalls eine schwierige Zeit vor uns haben«, stimmte Loretta zu.

Die Ritter begannen über ihre Möglichkeiten zu sprechen, die Mosel mit einer Kette abzusperren. Auf solche Art hatten die Rheinfürsten eine Zeitlang Zölle eingetrieben, bevor Kaiser Friedrich den Fluß und seine Treidelpfade zu königlichem Besitz erklärt hatte. Aber so eine Kette durfte natürlich nicht irgendwo gespannt werden, da sie ja möglichst lange unsichtbar bleiben mußte. Man brauchte also einen Platz, der hinter einer Biegung lag.

»Wenn der Erzbischof am Morgen des Maximinstages in Trier aufbricht«, sagte Marcella, »dann wird sein Schiff Trarbach erst spät abends passieren, und dann liegt der Fluß im Zwielicht.«

Ihre Gedanken begannen abzuschweifen. Die Müdigkeit der durchwachten Nacht steckte ihr in den Knochen, und sie merkte, wie ihre Lider schwer wurden. Mußte die Sache mit der Kette wirklich hundertmal durchgekaut werden? Claus Smideburg brauchte eine Zeichnung, um zu begreifen, was seine Freunde vorhatten. Sie hielt die Hand vor den Mund, um ein Gähnen zu verbergen. Zufällig kreuzte ihr Blick den Mechthildes, und sie sah, wie der Mund der Edeldame sich kräuselte und vorwurfsvoll zusammenschrumpfte. Wenn sich dies alles hier zu einem Unglück auswächst, dachte Marcella, dann werde ich jedenfalls nicht die einzige sein, die mir das vorwirft.

Etwas rührte sich im Treppenturm. Gedämpfte Stimmen. Jemand kam die Stufen herauf. Sie blickte zur Tür, sah, wie sie sich öffnete, und ihr Herz machte einen Sprung.

Tristand. Na endlich.

Der Kaufmann schien vom Pferd direkt heraufgekommen zu sein. Seine Schuhe waren schmutz- und grasverkrustet und der Saum des Rockes voller Lehmspritzer. Er übergab seinen Mantel einem Knecht, lächelte kurz in die Runde und ließ sich neben Heiderinc auf der Bank am Ende des Tisches nieder. Der dicke Knappe quetschte sich gern, denn neben ihm saß Sophie, das Fräulein mit den Sommersprossen, um die er nun den Arm legen konnte. Und die schien es auch zu freuen.

Claus Smideburg wollte wissen, was das für ein Ding war, das Pantaleon da ans Ende der Kette gezeichnet hatte. Eine Winde also. Und wofür, zum Henker, brauchte man eine Winde?

Wenn sie es noch einmal erklären, dachte Marcella, dann fange ich an zu brüllen.

Es war gräßlich, daß man aus Tristands Miene nie ablesen konnte, wie seine Geschäfte gelaufen waren.

»Doch, ich habe den Safran bekommen«, sagte der Kaufmann. Er reichte ihr die Hand und half ihr den Abhang hinab, der zu dem Wiesenstückchen über der Mosel führte. Sie hatten sich davongestohlen. Die offizielle Beratung im Palas war vorüber, aber in der Burg summte es wie in einem Wespennest. Wie sollte man da Ruhe finden?

Marcella breitete ihr Kleid aus und ließ sich in dem grüngelben Meer aus Gras und Hopfenklee nieder, das den Felshang bedeckte. Vorsichtshalber ein Stück vom Abgrund entfernt, denn sie war nicht schwindelfrei, und ihr Erlebnis im Turm steckte ihr doch noch in den Knochen. Tristand streckte sich gähnend neben ihr im Gras aus.

»Fünfzig Lot«, sagte er. »Das Schiff hatte wesentlich weniger Safran bei sich, als Ihr befürchtet habt.«

»War er gemahlen oder noch in Fäden?«

»Keine Ahnung.«

»Ihr … bitte, was?« Marcella mühte sich um Fassung.

»Ihr kauft fünfzig Lot Safran, mein Herr – und macht Euch nicht einmal die Mühe, nachzusehen …«

»Ich war gar nicht auf dem Schiff.«

»Ach.«

Es hatte keinen Sinn, sich aufzuregen. Der Klee duftete, Hummeln summten, am Moselufer platzten die Kirschblüten – und sicher war Tristand nicht dumm genug, sich von einem Baseler Gewürzhändler übers Ohr hauen zu lassen.

»Koblenz und Trier liegen nur zwei Tagereisen voneinander entfernt«, sagte er. »Deshalb.«

Marcella starrte ihn erst fragend, dann ungläubig an. »Wollt Ihr etwa sagen, sie suchen auch außerhalb von Trier nach Euch?«

»*Furor Teutonicus.*« Er grinste und zwinkerte ihr zu, als gäb's etwas Komisches daran. »Jacob Daniels, das ist mein Partner aus Wittlich, hat herausgefunden, daß eine Beschreibung von mir in den Koblenzer Kaufhäusern und Wechselstuben ausliegt. Komplett mit allen schmeichelhaften und nicht so schmeichelhaften Details. Findet Ihr auch, daß meiner Gestalt etwas Finsteres innewohnt? Etwas Unruhiges? Sie tun jedenfalls, was sie können.«

Marcella schüttelte den Kopf. »Ihr laßt also Eure Geschäfte durch diesen …« Nein, Jude würde sie nicht sagen. An der Stelle war er empfindlich. »… durch diesen Daniels führen? Ich versuche Euch zu verstehen, Tristand, wirklich. Ihr lernt einen Mann kennen und übergebt ihm wenige Tage später Unsummen Geldes, als sei er ein Freund. Und … er weiß doch über Euch Bescheid, richtig?«

»Ja.«

»Und wenn er Euch nun anzeigt? Oder hintergeht?«

»Das tut er nicht.«

»Weil er ein so ehrliches Gesicht hat?«

»Weil es nicht in seinem Interesse liegt.«

»Das Ihr natürlich genau kennt.«

»Weil es nicht in seinem Interesse liegt und weil er ein ehrliches Gesicht hat. Vielleicht habe ich mir das Unruhige durch Eure Bekanntschaft zugezogen?«

Marcella seufzte. »Versteht er wenigstens etwas von Safran?«

»Daniels versteht, daß die Gewürze ursprünglich für einen Overstolz aus Köln bestimmt waren, der den Ruf genießt, sich ungern betrügen zu lassen.«

»Hat er nachgefragt, wo der Safran angebaut wurde?«

»In Katalonien.«

»Wenigstens das. Gut.« Und vielleicht auch vielen Dank. Aber der wollte ihr nicht über die Lippen. Der Safran mußte um die dreißig Pfund gekostet haben. Das reichte, um in Trier in der besten Gegend einen Weinberg zu kaufen. Mit solchen Summen ging man gefälligst – umsichtig vor.

Tristand schloß die Augen. Seine Züge entspannten sich, seine Stimme wurde leiser. »Fünfzig Lot Indigo, Herrin, aus Bagdad. Je zweihundert Lot rotes, gelbes und weißes Sandelholz. Zehn Lot Karmin. Hundertzwanzig Rosmarin. Dann Lakritze ... Ist das in Ordnung? Dachte ich mir. Jede Menge Lakritze. Und Rosenholz, hundert Lot ...«

Marcella brauchte kein Papier. Ihr Gedächtnis funktionierte wie ein Abakus. Im Kopf sortierte sie die Stoffe in die dafür vorgesehenen Schalen, und ihr ging kein Krümel verloren. »Ich kann das alles weiterverkaufen ... ja, das meiste binnen eines Jahres. Bis auf das Auripigment. Aber das hält sich. Und mit dem Safran gibt es auch keine Probleme, selbst wenn wir meinen gestohlenen zurückbekommen sollten. Was ich nicht an die Skriptorien loswerde, das kann ich auf den umliegenden Märkten verkaufen. Für die reichen Küchen. Jacob hat Beziehungen ...«

»Ist das der liebenswürdige Herr, der mich so gern aufs Rad flechten wollte?«

»Nein, das war Hans Britte. Jacob ist der liebenswürdige Herr, der Euch hängen lassen wollte. Morgens in aller Früh. Um Ärger zu vermeiden.«

»Ich glaube, mit Jacob könnte ich mich verstehen. Ich habe auch eine Abneigung gegen Ärger.« Der Kaufmann lächelte. Sein Gesicht lag in einem Flecken warmgelben Lichtes, und er hielt noch immer die Augen geschlossen, um nicht geblendet zu werden. Verstohlen musterte Marcella ihn. Die schwarzsilberne Locke, die sich in seine Ohrmuschel drehte, die winzigen Fältchen in den Augenwinkeln, das bartlose Kinn mit der empfindsamen Rundung, die Lippen, die kleine, blasse Zackennarbe am Mundwinkel ... Er hatte eine ungewöhnliche Art zu lächeln. Entspannt und weich und von einer ... einer vertraulichen Nachlässigkeit – so, als gäbe es keine Mauern zwischen ihnen, als hätte er nichts zu verbergen. Was natürlich nicht stimmte.

Abrupt wandte Marcella sich zum Fluß.

Das Panorama dort unten war mindestens ebenso beachtenswert. Sie konnte den größten Teil der Moselschleife einsehen, auch die Stelle, an der die Kette gespannt werden sollte, mit der die Starkenburger das Bischofsschiff anhalten wollten. Über eine Winde. Natürlich über eine Winde. Claus Smideburg war ein Esel. Man hielt ein Schiff schließlich nicht mit den Händen auf ...

»Hattet Ihr Gelegenheit, den Brief zu überbringen?« fragte Tristand. Er hatte den Kopf gedreht und die Augen aufgeschlagen und blickte sie jetzt gerade an.

Der Brief. Marcella hatte gehofft, das unglückselige Geschehen im Kerker verschweigen zu können. Verkrampft suchte sie nach Worten. »Euer Vater ... hat sich über die Nachricht gefreut. Sehr sogar.«

Der Kaufmann forschte in ihren Zügen.

»Leider hat er sich erkältet«, fuhr sie hastig fort. »Er hustet ziemlich viel. Aber Martin hat ihm Decken bringen lassen. Er hat es warm, und gutes, nahrhaftes Essen bekommt er auch. Und Medizin. Immenblatt und Majoran.

Ich hoffe, das wird ihm helfen. Es tut gut, wenn der Husten festsitzt.«

Und damit war alles gesagt, was sie bereit war zu sagen. Es wurde auch langsam kalt. Die Sonne hatte ihren Bogen beendet und senkte sich auf die Spitze der Wälder am westlichen Horizont. Ihr blasses Licht begann zu glühen, der Himmel färbte sich violett und rosarot.

»Ich habe versucht, den Rat zu bestechen«, sagte Tristand.

Marcellas Herzschlag setzte einen Moment aus. »Die Trierer Schöffen?«

»Ja, ich dachte, wenn ich ihnen genügend Geld biete, würden sie meinem Vater erlauben, nach Hause zu gehen.« Er stand auf. Mit seiner Ruhe war es vorbei, mit der Stille des Augenblicks ebenfalls. »So ein Gefängnis ... Ihr wißt nicht, was einem das antut. Allein die ... Geräusche«, murmelte er, während er hastig ein paar Schritte ging. »Das kann man ein paar Stunden anhören. Aber wenn man damit geweckt wird und damit schlafen geht ... mit diesem Elend und Gejammer ...« Er unterbrach sich. War ihm eigentlich klar, was er da angedeutet hatte? Wenn, dann war es ihm egal. »Dabei hatte ich nicht einmal gebeten, daß sie ihn freisprechen«, sagte er. »Aber wem hätte es geschadet, ihn heimzuschicken? Er ist ein alter Mann. Gutmütig und so harmlos wie ein Kind. Das wissen sie doch auch. Sie haben Woche für Woche mit ihm im Rat gesessen. Was also hätte für Schaden entstehen sollen?«

»Habt Ihr Daniels für Euch bitten lassen?«

»Bin ich sein Feind?« Tristand lächelte ironisch. »Einer hier von den Burgleuten, Graf Pantaleon, hat Verbindungen zu den Trierer Patriziern und war bereit, mein Angebot zu überbringen.« Er zuckte die Achseln. »Vielleicht war er auch der falsche Mann. Er kann verflucht hochmütig sein, wenn man ihm nicht zu Willen ist. Auf so etwas reagieren die Schöffen.«

»Wieviel hattet Ihr ihnen geboten?«

Die Summe, die Tristand nannte, war so gewaltig, daß es Marcella die Sprache verschlug.

»Jedenfalls wüßte ich gern«, sagte er leise, »wer von den Schöffen dabei war, als man den Wagen in der Scheune meines Vaters entdeckt hat.«

Warum? Sie überlegte – und schalt sich selbst ein Erbsenhirn. Natürlich. Wenn es stimmte, daß Tristand mit dem Überfall auf Scholer nichts zu tun hatte, dann mußte auch der Wagen von jemand anderem …

»Erklärt es mir langsam, ich habe noch nicht darüber nachgedacht wie Ihr«, sagte sie. »Ihr meint, daß der Besuch der Schöffen auf dem Hof Eures Vaters überhaupt kein Zufall gewesen ist? Daß einer der Schöffen gewußt hat, was er in der Scheune finden würde? Aber das würde bedeuten, daß der ganze Überfall … Nein. Nein, das ist Unsinn. Daran glaub' ich nicht.«

»Das Geschäft meines Vaters ist ruiniert oder wird es bald sein«, meinte er nüchtern. »Also frage ich mich, wer davon profitiert.«

»Mehr als die Hälfte der Schöffen. Fast alle haben mit Wein zu tun. Aber … Nein, Ihr verrennt Euch. Wenn jemand über Euch den Weinhandel Eurer Familie treffen wollte, dann hätte er zumindest davon Kenntnis haben müssen, daß Ihr nach Hause kommt. Und ich glaube nicht, daß Euer Vater jemandem von Euer Ankunft …« Sie verstummte und schwieg verlegen. Im übrigen: Möglich wäre es schon. Arnold hatte sich über die Rückkehr seines Sohnes halb irr gefreut. Vielleicht hatte er doch davon gesprochen. Und wer es wußte, hätte den Wagenzug überfallen und den gestohlenen Frachtwagen auf Tristands Landgut verstecken können.

»Es würde zumindest erklären, warum jemand im Rat dagegen war, daß Euer Vater freigelassen wird«, murmelte sie.

Und dann schlich ihr ein neuer, ein bitterböser, warziger Gedanke ins Herz. *Martin* hatte gewußt, daß Damian aus Italien zurückkehrte. *Martin* wäre es auch ein leichtes gewesen, den gestohlenen Frachtwagen auf den väterlichen Hof zu schaffen. Und *Martin* haßte seinen Bruder. Was, wenn er ihn auf diese Art hatte loswerden wollen? Wenn er einfach nicht damit gerechnet hatte, daß sein Vater versuchen würde, den Wagen zu verbergen?

Die Sonne war zu einem blutroten Ball geworden, der sich an den Spitzen der Bäume stach. Wenn wir uns jetzt nicht auf die Füße machen, dachte Marcella, dann werden wir die Nacht vor dem Burgtor zubringen müssen. Sie erhob sich.

»Vielleicht wird es uns weiterhelfen, wenn wir uns in Dill umhören«, schlug sie vor.

»Dill.« Tristand lachte trocken, nahm ihre Hand und half ihr den Hang hinauf. »Wißt Ihr eigentlich, Marcella, wer der Besitzer von Burg Dill ist?«

»Nein?«

»Dann hört zu und wundert Euch. Unsere Gräfin Loretta.«

XIV

Den Namen des Dorfes, in dem sie zu Mittag gegessen hatten, kannte Tristand nicht, aber er wußte, daß Burg Dill etwa eine halbe Meile hinter dem Dorf südlich der Straße lag. Die zur Burg gehörige Mühle lag in derselben Richtung, nur etwas näher.

»Es ist ein Katzensprung«, sagte er zu Marcella. »Und wenn wir uns beeilen und der Müller daheim ist und willig, uns zu helfen, und wenn der Mönch nicht gelogen hat … Liebt Ihr das auch so – diese Unternehmungen, die mit einem Bündel Wenns beginnen? Jedenfalls – vielleicht werden wir heute nachmittag wissen, wer Euren Safran gestohlen hat. Auch wenn das unsere Probleme noch nicht löst.«

Sie standen beide am Zaun des kleinen, dörflichen Wirtshauses und blickten über die zartgrünen Äcker zu dem Wäldchen hinüber, das ihnen den Blick auf die Burg versperrte. Die Straße zog sich wie eine gelbe Schnur über die Hügel zu den Bäumen, wo sie verschwand. Jedenfalls existiert die Mühle, dachte Marcella. Und auch ein Mädchen namens Meline. Das hatte die Frau, die das Gasthaus führte, auf ihre Frage bestätigt. Es gab also Hoffnung, daß der Cisterciensermönch ihnen auch sonst die Wahrheit gesagt hatte. Meline war eine der Töchter des Müllers, die jüngste, hatte die Wirtin gesagt, ja, und ein hübsches Ding. An dieser Stelle schien ihr das Gespräch unangenehm zu werden, denn sie wechselte das Thema. Marcella versuchte nachzuhaken, aber Tristand hatte sie warnend angeblickt, und da hatte sie es aufgegeben. Der Kaufmann benahm sich manchmal, als schritte er auf rohen Eiern, fand sie. Übervorsichtig. Vielleicht wurde man so, wenn man sein Geld mit Sicherheiten verdiente.

Tristand war zu dem Schragentisch im Garten zurückgekehrt und sprach mit den Dreien, die sie auf ihrem Ritt begleiteten: Mit Ruben, Heiderinc und der sommersprossigen Sophie – die übrigens kaum noch weinte, seit der dicke Knappe sich ihrer angenommen hatte.

»Aber ja, mein Herr, sicher kann ich auf Sophie achtgeben«, posaunte Heiderinc erfreut. »Reitet nur. Wir werden es uns hier schon schön machen, wir beide.« Er strahlte Tristand an, als fände in seinem Gesicht ein kleiner, persönlicher Sonnenaufgang statt. Sophie saß derweil niedlich auf ihrem Kissen und tat, als höre sie nichts, während sie die Blumen, die er ihr gepflückt hatte, an sich drückte und ihre Ohren vor Vergnügen glühten.

Die Wirtin kam und räumte geräuschvoll die schmutzigen Tiegel zusammen. Ihr mütterlicher Blick ruhte auf dem Mädchen, und ihr Lächeln verriet, wie herzlich sie das Glück freute, das dem reizenden Edelfräulein widerfuhr. Nicht, daß Heiderincs Schmerbauch etwa zu Jubelausbrüchen Anlaß gegeben hätte, aber die Kleine schien sich daran nicht zu stören, und der Blick des jungen Mannes hing an ihr mit Verzückung, und alles in allem – es hatte schon unglücklichere Verbindungen gegeben.

Nur, daß in Wirklichkeit gar keine Verbindung stattgefunden hatte. Jedenfalls bis jetzt. Und nach Marcellas Wissen war auch keine geplant. Loretta hatte ihr das Mädchen anvertraut, und deshalb ging es eigentlich nicht an, Dinge zu fordern, die sich aus Schmetterlingsgefühlen in den Bäuchen eines verliebten Esels und eines Kindes zusammenbrauten. Überhaupt, es war eine blödsinnige Idee gewesen, die beiden mit auf den Ritt nach Dill zu nehmen.

»Nein, Sophie«, sagte sie, »ich bin sicher, es würde Euch bitter leid tun, wenn Ihr diesen Ritt durch den Nachmittagswald verpaßtet. Man kann dabei Einsichten gewinnen, die fast so schön sind, wie die Aussicht. Heiderinc«, sie blickte streng, damit es half, »wollt Ihr nicht zusammen mit Ruben die Pferde holen? Vielleicht bräuchten wir auch noch frisches Wasser. Kommt, Sophie, seid brav und helft mir, die Flaschen aufzufüllen.«

Gekränkt folgte die kleine Edeldame ihr zum Brunnen. Was tat's. Ihren süßen vierzehn Jahren mangelte es an Erfahrung, und der Himmel, oder vielmehr der Teufel mochte wissen, wie lange Heiderincs Anbetung sich auf die Seele seiner Schönen beschränken würde.

»Ihr habt so recht«, sagte Tristand zerknirscht, als sie ihm später auf dem Weiterritt Vorhaltungen machte. »*Omnis amans amens.* Und seht, da reiten sie schon wieder voraus und schwatzen wer weiß wie gefährliches Zeug. Dabei hatte ich gehofft – scheltet mich einen Narren, ich bin erpicht auf Einsichten –, die beiden würden unserem Ritt das Lästerliche nehmen. Oh, aber nein, Herrin ...« Vorwurfsvoll hielt er sie ab, ihn zu unterbrechen. »Ich weiß, Ihr seid die Tugend und ich ein braves Lamm. Aber sollten wir nicht die bösen Zungen am Munkeln hindern?«

»Die munkeln wollten, haben es schon getan, als wir nach Himmerod geritten sind.«

»Wie wahr. Und wie bedauerlich. Denn – verzeiht, wenn ich von Banalem spreche – Ihr werdet Schwierigkeiten haben, meinen ruinierten Ruf zu retten, wenn Ihr auf Euren eigenen nicht achtgebt.«

Es verschlug Marcella die Sprache. Buchstäblich.

»Ganz zu schweigen von der Tatsache«, fuhr Tristand heiter fort, »daß wir dabei sind, die vertraulichen Angelegenheiten unserer Gastgeberin zu durchleuchten. Burg Dill gehört Loretta. Und ich fürchte, sie würde es nicht mögen, wenn wir auf ihren Gütern nach Raubrittern schnüffeln. Da erschien mir ein kleiner, harmloser Ausflug ...«

»Ich hatte noch niemals Schwierigkeiten mit meinem Ruf!«

Tristand warf ihr einen seiner seltsamen Blicke zu, die

sie ärgerten, weil sie den Verdacht hegte, daß er sich über sie lustig machte.

Aber er antwortete nicht. Vor ihnen lichtete sich der Wald, und rechts, auf einer Wiese, erschien ein merkwürdiges altes Gemäuer, eine Art Turm mit den Resten einer hölzernen Galerie im Obergeschoß, der einsam und ohne sichtbare Funktion aus dem Gras ragte. Tristand beugte sich im Sattel vor und begann zu rufen. »Ruben! Heiderinc!« Heftig deutete er erst auf den Turm und dann auf den Pfad, der auf der anderen Seite der Straße hinter dem Wald abbog.

»Habt Ihr Interesse an den Römern, Herrin? Wenn die Wirtin den Weg richtig beschrieben hat, dann ist das dort einer von ihren Wachtürmen, mit denen sie früher den *limes* verteidigt haben. Nein, wir werden den beiden Täubchen nicht erlauben, dort auf uns zu warten. Noch ein paar hundert Fuß links den Weg hinab müßte die Mühle sein. Mitgegangen, mitgefangen. Wenn sie brav sind, dürfen sie sich an den Mühlbach setzen und einander Unsinn ins Ohr flüstern.«

Heiderinc hatte sich im Sattel umgedreht, und Tristand deutete noch einmal streng in den Wald hinein.

Die Mühle lag an einem schnellen Flüßchen – ein gut instand gehaltener Bau aus festen, hellen Hölzern mit einem großen Tor an der Vorderfront für die Getreidewagen. Das Tor stand offen. Marcella konnte die Tenne mit der Getreideschütte sehen, aus der es weißbräunlich staubte, und im Hintergrund die Mehlsäcke und darüber die mächtige Achse des Wasserrades, die durch eine Reihe hölzerner Verzahnungen mit der Achse des Mühlsteins im Obergeschoß verbunden war. Der Müller stand mit einem Bauern vor der Waage und überprüfte das Gewicht der Maltersäcke. Er konnte die Reiter sehen, aber er schien sie für reiche Nichtstuer zu halten. Jedenfalls rührte er sich von der Waage nicht fort.

»Wollt Ihr Sophie helfen, am Bach zu trinken?« fragte Marcella und gewann damit etwas von Heiderincs Wohlwollen zurück. Ruben gähnte nachdrücklich, auch er wurde entlassen, nachdem er den Auftrag bekommen hatte, die Pferde zu tränken.

»Ich bin mir nicht mehr sicher, ob ich Lust habe, mit dem Müller zu sprechen«, sagte Tristand. »Seht Euch die Visage an. Er trägt die Freundlichkeit, als hätte er sie aufs Gesicht gemalt. Außerdem stören wir beim Geschäft. Laßt uns dort hinauf spazierengehen und die Gegend anschauen. Dann machen wir einen Bogen, und auf dem Rückweg sollten wir eigentlich auf die Straße und mit etwas Glück auf den Bauern treffen, der dort auf seine Säcke wartet. Falls wirklich etwas zwischen der Müllerstochter und dem Herrn von Dill gewesen ist, dann wird er davon wissen. Auf jeden Fall können wir ihn ohne Aufsehen fragen, wer die Burg verwaltet.«

Marcella versprach sich nicht viel davon. Sie hatte während der Nacht und auch den ganzen Ritt über Zeit gehabt nachzudenken. Damian Tristand war überfallen worden, und anschließend hatte man Scholers gestohlenen Wagen zum Haus seines Vaters gebracht. Das war zu eigenartig, um an einen Zufall zu glauben. Ein Raubritter hätte keinen Grund gehabt, so etwas zu tun. Aber Martin ... Martin hatte grausig ausgesehen, als er den Brief seines Bruders verbrannt hatte. Als hätte ihn der Teufel selbst am Nacken. Andererseits – und das war der Punkt, wo Marcella wieder Zweifel kamen –, hätte Martin einen Unschuldigen wie den alten Scholer umgebracht?

Sie folgte Tristand über einige in die Erde gegrabene Baumstämme hinauf zu einer Blumenwiese, auf der ein halbes Dutzend schwarzgescheckter Ziegen grasten. Dort blieb sie stehen, denn sie hatten von der Wiese aus freie Sicht zum Bach. Heiderinc saß neben Sophie und hielt etwas in den Fingern, wahrscheinlich Blüten, die sie zum

Kranz verflochten hatte. Ruben lag ein Stück weiter fort im Gras. Die Pferde waren an einen Strauch gebunden.

»Dort quer durch die Bäume geht es zur Straße. Meint Ihr, Herrin«, flüsterte Tristand, »wir können sie einen Augenblick allein lassen? Soweit ich sehe, hat er die Hände an den Blumen, und es liegt eine sittsame Handbreit Luft zwischen den beiden. Oder bin ich wieder zu vertrauensselig?«

Marcella hätte ihm gern die passende Antwort gegeben. Aber ein plötzliches Geräusch hielt sie zurück. Es kam aus Richtung der Ziegen und klang ... unangenehm. Erstickt. Wie ein Würgen. Und richtig, dort hockte jemand im Gras. Ein Mädchen, das sich den Magen hielt und sich in kurzen, heftigen Stößen übergab.

Marcella hob den Rock und drängte die Ziegen auseinander. Die Hirtin war älter, als sie gedacht hatte, sicher schon zwölf oder dreizehn, mit dem schmalen Gesicht eines Kindes, das zu rasch in die Höhe geschossen ist. Sie wischte mit dem Ärmel über den beschmutzten Mund und blickte Marcella aus großen, saphirblauen Augen an.

Es schien ihr wieder besserzugehen, und Marcella ließ sich neben ihr, dort wo das Gras sauber war, auf die Knie nieder. »Alles in Ordnung?«

Die Kleine antwortete nicht. Und Marcella fiel auf, daß ihre Augen nicht nur groß, sondern auch seltsam leer waren.

»Tut dir etwas weh? Hast du Schmerzen?«

Wieder nichts. Oder doch. Die leeren Augen blickten an Marcella vorbei – und füllten sich plötzlich mit Furcht. Marcella hatte dergleichen noch nie gesehen. Es kam jäh. Blasse, sprachlose Angst, die den dünnen Körper versteinerte, bis die Finger wie Katzenkrallen in der Luft staken.

Sie fuhr herum.

Aber dort stand nur Tristand, der hilflos und ein bißchen erschrocken blickte, sonst niemand.

Das Mädchen begann mit kleinen verschluckten Glucksern zu weinen, kläglich wie ein Säugling, und Marcella nahm sie in die Arme. Ihr ekelte vor dem Geruch nach Erbrochenem, aber irgend etwas mußte man tun, um diese gräßliche Furcht zu mildern. Sie flüsterte leise, streichelte den mageren Rücken, und stellte dabei fest, daß das Mieder des Mädchens aus erstaunlich weichem Stoffbestand. Das Kleid, das sie trug, war aus feinem mit Sonnenblumen bestickten Zindel. Kein Hörigenrock. Eine Robe für ein Edelfräulein. An dem schmutzigen Geschöpf wirkte sie wie eine Verkleidung. Aber sie schien genau passend für den schmalen Körper zugeschnitten zu sein, vielleicht sogar ein wenig eng, denn ihre zarten Brüste wölbten sich gegen den Stoff.

Marcella blickte von dem Stoff fort auf die Lache mit dem Erbrochenen. Und dann dämmerte es ihr. Plötzlich hatte sie selber das Gefühl, stückchenweise abzusterben.

Tristand beugte sich zu ihnen herab. Er sagte etwas, aber allein seine Bewegung ließ die Kleine sich krümmen wie einen Wurm. Marcella hob den Kopf und fauchte ihn an: »Verschwindet!«

Das Mädchen versteckte ihr Gesicht in Marcellas Schoß, das silberblonde Haar zerwühlt, und schluchzte dort weiter, völlig außer sich aus Angst vor dem Mann, und Marcella hätte mitheulen mögen vor Mitleid. »Nun geht schon!« zischte sie aufgebracht.

Aber das war nicht mehr möglich, selbst wenn er gewollt hätte. Wie aus dem Boden gewachsen und ohne daß ein Geräusch sie gewarnt hätte, stand plötzlich der Müller da.

Von der falschen Freundlichkeit, die Tristand an ihm bemängelt hatte, war nichts mehr zu sehen. Er trug quer zwischen beiden Händen einen daumendicken Stab, der aussah wie ein abgebrochenes Mühleisen. Und schien vorzuhaben, ihn zu benutzen.

Marcella hatte wissentlich nie die Waffe bemerkt, die Tristand am Gürtel trug. Sie war erstaunt, plötzlich ein

Schwert in seiner Hand zu sehen. Sie war auch erstaunt, mit welcher Leichtigkeit er es hielt, ohne Angabe oder Drohgebärden, als wäre es eine Fortsetzung seines Armes. Vielleicht wirkte er auch gerade deshalb so gefährlich. Der Müller schien jedenfalls so zu denken, denn er senkte die Stange zu Boden.

»Die Kleine gehört mir«, erklärte er schroff.

»Die Kleine«, sagte Marcella, »ist schwanger.«

Und? Interessierte das jemanden? Der Müller blickte verstockt, als hätte man ihn zu Unrecht gekränkt. Tristand beobachtete die Eisenstange.

Das Mädchen war wieder still geworden.

»Sie hat keinen Grund zu klagen«, sagte der Müller mürrisch. »Is angezogen wie 'ne feine Dame und kriegt Essen und manchmal sogar Geld dafür. Wenn sie zu blöd is, was draus zu machen, is das nich meine Schuld.«

Ah ja!

»Und außerdem«, sagte er böse, »hat unsereins sowieso keine Wahl.«

»Vor wem?« fragte Marcella.

Der Müller schwieg. Seine Mühle gehörte zu Burg Dill. Ohne Erlaubnis von dort durfte er kein Körnchen mahlen. Wenn es seinem Herrn gefiel, konnte er ihn davonjagen oder durchprügeln oder in andere Arbeit stecken oder auch alles miteinander tun. Wahrscheinlich kam ihm die Frage dumm vor.

Marcella fühlte, wie das Mädchen in ihren Armen sich regte. Es machte sich frei und stand auf, überlegte einen Moment und ging dann zum Bach hinab. Auf dem Weg begann sie zu singen. Ein unmelodiöses Lied in viel zu hohen Tönen, dem jede Schönheit fehlte.

Der Himmel hatte sich inzwischen verdunkelt, Regenwolken trieben über die Felder auf die Straße zu. Sie würden naß werden, wenn sie zu Fuß gingen. »Ist mir egal«, sagte Marcella, und das stimmte auch.

»Wie Ihr wollt«, meinte Tristand und winkte Heiderinc

und den anderen, an ihnen vorbeizureiten. Ruben zögerte. Er führte ihre beiden Pferde am Zügel, und wahrscheinlich fand er das Benehmen seiner Herrin ebenso seltsam wie leichtfertig. Ist mir auch egal, dachte Marcella.

Am liebsten wäre sie ganz allein gewesen. Aber sie war eine Frau, und nach den verfluchten Regeln der Welt, in der sie lebte, wanderten Frauen nicht ohne Begleitung übers Land. Und da Tristand sich unter dem verfluchten Zwang zu fühlen schien, diese verfluchten Regeln einzuhalten, dann mußte er eben, verflucht noch mal, auch naß werden.

Heiderinc kehrte mit seinem Pferd noch einmal zurück. »Also ich weiß nicht, ich denk', es wird hier bald ganz schön runterkommen.«

Marcella, die die ganze Zeit verbissen ausgeschritten war, blieb stehen. »Irgendwo in der Nähe gibt es doch eine Burg. Dill. Wer wohnt da?«

»Sie gehört uns«, erwiderte Heiderinc. »Ich mein', der Gräfin. Loretta.«

»Schon. Aber wer lebt dort? Wer verwaltet die Burg?«

»Wenn ich nicht irre – also, das ist ein bißchen kompliziert. Sie ist verpachtet.« Heiderinc äußerte keine Verwunderung über die unschickliche Neugierde. »Nicht die ganze Burg, sondern die halbe«, erklärte er höflich weiter. »Die Niederburg. An Graf Walram von Sponheim. Aber«, er grinste etwas verlegen, »ich hoff' nicht, daß Ihr vorhabt, dort raufzugehen.«

Nein?

»Weil der Graf nämlich …«

»… er ist ein Rauf- und Saufsack«, unterbrach Ruben den dicken Knappen grob. »Und wenn Ihr zu ihm wollt, Herrin, dann denk' ich nicht, daß ich das dulden würde.«

»Wenn er besoffen ist, vergißt er alle Manieren. Sogar Damen gegenüber«, erläuterte Heiderinc beschämt. Man sprach so nicht gern von den eigenen Leuten.

»Und was hält Loretta davon?«

»Ich denk', ich verrat' kein Geheimnis, wenn ich sage, daß unsre Gräfin ihn nicht ausstehen kann. Aber rauswerfen kann sie ihn auch nicht. Sein Vater ist Simon von Sponheim-Kastellaun, und der hat uns beigestanden, als wir die Sühne für den Wildgrafen aushandeln mußten, und war uns auch sonst immer ein Freund. Pantaleon schaut Walram ein wenig auf die Finger, damit er sich nicht an unseren Bauern vergreift. Das ist alles, was wir tun können. Ist schon ein verfluchter Kerl!«

»Danke«, sagte Marcella. Sie gab Heiderincs Pferd einen Klaps auf die Hinterbacke. Ich bin aufdringlich, geradeheraus, ungeschickt, wütend – ich bin alles, was Tristand nicht ausstehen kann, dachte sie. Aber auch das war ihr egal.

Die drei jungen Leute stoben in einer Staubwolke davon, und bald war sie mit Tristand allein auf dem räderdurchfurchten Weg. Sie steckte die Hände in die Ärmel ihres Kleides und stapfte weiter. Der Regen würde bald kommen, und das war gut so. Sie fühlte sich wie besudelt und hoffte, daß das Wasser etwas von dem Schmutz fortwaschen würde, der mit der armen Meline über sie gekommen war. Jedenfalls tat es gut, sich den Zorn abzulaufen.

Tristand schloß mit langen Beinen zu ihr auf. Er sagte nichts, aber seine Unterlippe war nach innen gezogen, und man sah ihm an, daß er wütend war.

»Ich will, daß der Kerl bezahlt«, sagte Marcella. »Für Meline, für Scholer, für …« *Arnold* hatte sie sagen wollen, aber das verschluckte sie. »Für alles.«

»Wie sehr wollt Ihr's denn?«

»Bitte?« Sie verstand nicht.

»Ihr habt doch gehört: Sein Vater ist Simon von Kastellaun. Und Walram hat seine Verbrechen auf Lorettas Land begangen. Die Gräfin wäre seine Gerichtsherrin und müßte ihn aburteilen. Aber wenn Loretta den Erzbischof entführen will, dann wird sie sich nicht für Euch und schon gar nicht für irgendeine Müllerstochter oder einen toten Kaufmann mit ihrem einflußreichsten Verbündeten überwerfen.«

Das stimmte. »Vielleicht wird sie es tun, wenn die Sache mit dem Erzbischof vorüber ist.«

Nein, das war auch dummes Zeug. Loretta würde immer auf den Beistand mächtiger Freunde angewiesen sein. Vielleicht würde sie Walram von ihrer Burg verweisen, aber sie würde ihn niemals bestrafen.

Marcellas Haut kräuselte sich. Von Westen her kam Wind auf, ein Vorbote des Regens, und schnitt durch den Stoff ihres Kleides. Sie hatte keinen Mantel bei sich, der Tag war heiß gewesen. Die Haare wehten aus ihrem Gesicht, und über die Schultern kroch ihr die Kälte in den Nacken.

»Durch ein offizielles Gericht wird man ihn niemals belangen können«, grübelte Tristand. Die Art, wie er das sagte, bescherte Marcella die unangenehme Vision einer Gestalt, die in eine Burg schleicht und durch Bettdecken auf einen schlafenden Körper einsticht.

»Etwas, das nicht offiziell ist, wird Eurem Vater nicht helfen. Und auch sonst keinem.« Außer vielleicht der armen Meline.

Der Wind blies kräftiger, dann kam der Regen. Kleine, harte Tropfen, die von Westen her übers Land getrieben wurden. Marcella schlang die Arme um den Leib. »Er müßte vor den Schöffenrat. Friedrich Scholer war Bürger von Trier. Wenn wir Walram den Überfall nachweisen könnten ... wenn wir nachweisen könnten, daß er Scholer umgebracht hat, und ihn außerdem nach Trier locken könnten ...« Aber wie sollte man so ein Wunder vollbringen?

Tristand ging schneller, sie mußte laufen, um mit ihm Schritt halten zu können. Der Regen machte ihr nun doch etwas aus.

»Er hat meinen Safran«, sagte sie zitternd. »Wenn wir ihm *das* nachweisen könnten, wenn wir den Safran bei ihm fänden, und vielleicht andere Dinge, die er gestohlen hat, vielleicht Eure Bücher – dann hätten wir auch den Beweis, daß er Scholer umgebracht hat.«

Tristand blieb stehen, und Marcella tat es ihm gleich. Sie preßte die klappernden Zähne aufeinander. Der Regen lief ihr ins Gesicht, und sie mußte blinzeln, um etwas zu sehen. Das Ende des Waldes lag vor ihnen, aber sie würden noch ein Weilchen übers freie Land laufen müssen, ehe sie zur Herberge gelangten. Sie bekam Gewissenbisse, als sie an Sophie dachte, die nun doch allein mit Heiderinc in der Herberge saß. Natürlich war Ruben bei den beiden. Aber Ruben, oder vielmehr alle Männer, und auch einige Frauen, wie das Beispiel der Wirtin bewies …

»Wußtet Ihr«, sagte Tristand, »daß sich mit Euren Stimmungen die Farbe Eurer Augen ändert?«

XV

Marcella fror so sehr, daß sie Kieferschmerzen vom Zähneklappern hatte, als sie beim Wirtshaus ankamen. Wenn das, was Tristand über ihre Augenfarbe gesagt hatte, stimmte, dann würden sie jetzt wahrscheinlich schwarz sein. So wie die Müdigkeit oder das trübe Gefühl von Schuld, das sie gegenüber Meline empfand. Vielleicht hätte man das Mädchen einfach mitnehmen müssen oder Geld hingeben oder irgend etwas anderes tun …

Die Wirtsstube war dämmrig und leer bis auf zwei ältere Männer, bei denen es sich, der festen und zweckmäßigen Kleidung nach zu urteilen, um Kaufleute handelte. Zweifellos gab es noch andere Gäste, denn in dem überdachten Teil des Hofes neben der Eingangstür hatten mehrere Fuhrwerke gestanden. Wahrscheinlich hatten die Händler den Regenguß genutzt, um früh schlafen zu gehen. Die Zeit war bei diesem Wetter schwer zu schätzen, aber Marcella nahm an, daß es auf den Abend zuging. Sie überlegte, ob die Wirtin wohl ein separates Zimmer für sie und Sophie hätte. Vielleicht würde sie ihnen ihre eigene Schlafkammer überlassen. Tristand allerdings würde Pech haben. Das Haus war so klein, daß ihm seine beredte Liebenswürdigkeit wahrscheinlich nicht einmal ein eigenes Bett verschaffen würde.

»Wißt Ihr, wo die Wirtin ist?« fragte er einen der Händler.

Der Mann wußte es nicht, aber das war egal, denn in dem Augenblick öffnete sich die Tür, und die Gewünschte trat herein. Mit einem Ausdruck im Gesicht, der in Marcellas Hirn einen kurzen, heftigen Schmerz auslöste. Ruben bückte sich hinter ihr durch den Türrahmen, triefend naß und so geknickt, als habe er gerade höchstpersönlich das Abendland an die Sarazenen verloren. Marcella spähte und hoffte sehnsüchtig, hinter seinem Rükken einen Zipfel von Sophie oder Heiderinc zu erwischen. Aber die Tür, die auf den Hof führte, gab nichts frei als den Blick auf einen in Regen gehüllten zweirädrigen Ochsenkarren.

»Wo sind die beiden?«

»Ich hatte gedacht, im Garten«, erwiderte Ruben kläglich.

Die Wirtin schaute, als trüge sie Schuld an dem, was sich möglicherweise als Unglück entpuppen würde, und als ihr das bewußt wurde, versuchte sie sich in einer Miene der Entrüstung, die ebenso mißglückte.

»Sie sind in keinem der Schlafräume?« fragte Tristand.

Wie sich herausstellte, gab es nur einen einzigen, und dort schnarchten die männlichen Gäste, und Sophie hätte sowieso ein anderes Bett bekommen, in ihrer eigenen Kammer, versicherte die Wirtin.

»Und gibt es eine Scheune?« wollte Marcella wissen.

Ja, das wohl. Aber, erklärte Ruben, dort hatte er sich selbst zum Schlafen hingelegt, und außerdem hatte er gerade vorhin trotzdem noch einmal nachgeschaut und auf dem Rückweg auch im Garten und dabei festgestellt, daß zwei Pferde fehlten. Unglücklicherweise die von Sophie und Heiderinc. »Es hatte ja noch nicht so tüchtig geregnet, als wir zurückkamen. Vielleicht sind sie einfach noch eine Runde geritten und haben sich dann untergestellt«, meinte er hoffnungsfroh.

»Was wir ja wohl herausfinden werden müssen.« Tristand trat unter den Türsturz und schaute grimmig auf die Straße hinaus. Es goß in Strömen. Es goß, als stünde jemand auf dem Dach und kippte aus einem riesigen Eimer Wasser auf die Erde.

Marcella drückte sich neben ihn. Der Lehm mit den eingefahrenen Rillen der Fuhrwerke hatte sich in einen modrigglitschigen Morast verwandelt, der selbst mit Pferden unangenehm zu durchreiten sein würde.

»Wenn sie bei einem Bauern untergekrochen sind, dann ist es gut«, murmelte sie. »Aber wenn sie in einer Scheune gelandet sind, oder an irgendeinem einsamen Platz, und miteinander …« Wie drückte man das aus? Alles würde ernst klingen, und sie meinte es auch ernst. Die arme, dicke … wie hieß sie gleich … die mit dem Muttermal am Nasenflügel – sie war in die Milchstube gegangen, nachdem ihre Schande offenbar geworden war, und hatte sich an einem der Dachbalken erhängt. Jeanne hatte das erzählt. Und Marcella hatte das Gefühl gehabt, daß sie diesen Entschluß billigte. Obwohl sie darüber geweint hatte.

Tristands Stimme grollte. »Wenn ich die zwei erwische, wie sie sich miteinander im Stroh wälzen …«

»… dann seid barmherzig zu ihnen. Wenigstens zu Heiderinc.« Marcella tätschelte seinen Arm. »Denkt dran, wenn er nicht mehr da wäre, die Ehre der armen Sophie zu retten und ich kann's ja leider auch nicht –, dann wäre es wahrscheinlich an Euch … ich meine, zumindest würden einige es so auffassen …«

Er stürmte hinaus. Direkt in den Regen. Ohne den einzigen komischen Aspekt zu würdigen, den die ganze Angelegenheit hatte.

Marcella ließ sich nicht abhalten, selbst bei der Suche nach den Verschollenen zu helfen. Sie ging, die Pferde zu holen, weil Tristand noch einmal umgekehrt war, um die Wirtin auszuhorchen. Als sie in den Garten trat und im Unterstand an dem Leder nestelte, mit dem die Tiere an die Eisenringe gebunden waren, meinte sie etwas zu hören. Sie trat zurück, halb hoffend, daß die beiden Übeltäter durch die Büsche geschlichen kämen, aber es rührte sich nichts, nur der Regen plätscherte weiter auf das runde Dach des Backhauses. Wäre ja auch zu einfach gewesen, dachte sie trübe. Tristand rief, und sie führte die Pferde über die Steinplatten zur Straße hinaus.

»Die beiden wußten, daß es regnen würde. Wenn wir also annehmen, daß sich in ihren idiotischen Köpfen noch Platz für einen Gedanken fand ... Wohin würden sie reiten, Marcella?«

»Zum Zauberberg? Ans Ende des Regenbogens? Keine Ahnung. Ich wäre ins Bett gegangen.«

Sie beschlossen, sich zu teilen, wobei Marcella, da sie ja nicht allein hinausdurfte, als Anhängsel bei Ruben blieb. Tristand ritt die Straße westwärts, Marcella und Ruben in die entgegengesetzte Richtung, denselben Weg entlang, den sie schon am Nachmittag zur Mühle genommen hatten. Wenn Heiderinc mit Sophie einfach über die Felder galoppiert war, würde er hoffentlich irgendwann zur Straße eingeschwenkt sein und einem von ihnen begegnen. Falls die beiden nicht doch in einer Scheune untergekrochen waren.

Oder in dem Römerturm.

Dieser Gedanke kam Marcella, als sie schon den halben Weg zur Mühle zurückgelegt hatten, und sie teilte ihn Ruben aufgeregt mit. Warum nicht der Turm? Den Turm hatten sie alle am Nachmittag gesehen. Er lag einsam, er bot, soweit man das auf die Entfernung beurteilen konnte, Schutz, wahrscheinlich fände ein verliebtes Paar ihn sogar romantisch.

Sie wickelte den Wollumhang, den die Wirtin ihr geliehen hatte, fester um den Leib und begann, den schwarzen Wald zu ihrer Rechten durch den strömenden Regen nach einer Öffnung und dem hohen, finsteren Turm abzusuchen.

Es wurde leichter, als sie erwartet hatte. Plötzlich schien Licht zwischen den Bäumen auf. Licht konnte es bei diesem Wetter aber nur in überdachten Räumen geben. Und da die Bauern alle im Schutz ihrer eingezäunten Dörfer lebten, mußte der Schein wohl von dem Turm kommen.

»Ich reit' voraus, und wenn sie da sind, dann hol' ich

sie«, sagte Ruben. Er war nicht der Mann, ein Wort über das Wetter zu verlieren, aber natürlich fror er ebenfalls wie ein Hund. Und wahrscheinlich war es gut, wenn er vorausritt, ohne auf Marcella, die ihr Pferd vom Damensattel aus nur mühsam durch den Matsch dirigierte, Rücksicht nehmen zu müssen. Sie winkte ihm und ritt allein weiter, schwankend zwischen Zorn und Erleichterung.

Mit Ruben an der Seite war es kalt und ungemütlich gewesen, jetzt, als er fort war, erschien es ihr mit einem Mal noch viel finsterer als zuvor. Marcella ging auf, daß sie noch nie in ihrem Leben allein durch einen Wald geritten war. Schon gar nicht nachts. Sie suchte nach Sternen, konnte aber nur die schwarzgrauen Regenwolken erkennen und gelegentlich den eingedrückten Mond. Frierend zog sie die Hände unter den Umhang und überließ es dem Pferd, seinen Weg durch den Matsch zu finden, was sie noch langsamer machte, aber schließlich würde Ruben ihr mit den Ausreißern sowieso entgegenkommen.

Plötzlich gab es Geräusche um sie herum, die sie vorher nicht gehört hatte, und sie machte sich klein auf dem Pferd. Blätter raschelten, Zweige knackten, und sie mußte an Elben denken und an Feen und Druden. Auch an menschliches Gesindel. An Hexen.

»Angsthase«, murmelte sie. Aber sogar ihre eigene Stimme hatte in der Dunkelheit etwas Furchteinflößendes. Sie verkroch sich unter ihrer Wolle und spähte angestrengt nach Ruben aus. Die Bäume traten zurück, zu ihrer rechten Hand breitete sich das Feld aus. Sie sah jetzt wieder das Licht, und es war erfreulich nahe gekommen. Vielleicht warteten die Männer und Sophie drinnen im Turm auf sie, um ihr Gelegenheit zu geben, sich aufzuwärmen.

Gerade, als sie das dachte – und möglicherweise hatte die Erleichterung sie unaufmerksam gemacht –, glitt ihr Pferd aus. Ein Fuchsloch, eine Bodenspalte, ein ungeschicktes Auftreten ... Marcella rutschte mehr, als daß sie fiel, aber es gelang ihr nicht, mit den Füßen aufzukommen, sie stürzte auf die Knie und konnte sich gerade noch mit den Händen abstützen, sonst wäre sie bäuchlings im Schlamm gelandet.

Der Boden war weich, sie hatte sich nicht weh getan. Es gab also keinen Grund für den Schrei, der ihr entschlüpfte und für den sie sich schämte und den sie auch für gefährlich hielt – schließlich wollte sie nicht auf sich aufmerksam machen. Es gab auch keinen Grund mit den Zähnen aufeinanderzuklappern. Keinen Grund! dachte sie wütend – und schrie im nächsten Moment schon wieder. Ein schwarzer Schatten glitt aus der Dunkelheit auf sie zu. Halb erstickt, die Faust am Mund und fast irr vor Schreck, taumelte sie zurück.

Sie mußte mehrere Male hinhören, bis sie begriff, daß der Schatten zu ihr sprach und was er sagte. Und sie tat es auch erst, als er sie an den Schultern schüttelte.

Tristand! Also wirklich.

»*Müßt* Ihr so schleichen!« zischte sie. »Ihr ... erschreckt einen ja ... zu Tode. Ihr ...« Allmächtiger, es tat gut, sich an ihm festzuhalten. Es tat gut, seine Hände zu spüren und die Nähe seines warmen Körpers, der ihren eigenen um Kopfeshöhe überragte und sie tröstlich vor dem Wald abschirmte. »Ihr bringt mich noch um mit Eurer Schleicherei! Ihr verdammter ...«

Sie ließ ihn los. Er lachte. Wahrscheinlich war es auch komisch. In hundert Jahren würde sie ebenfalls lachen.

»Sie sind im Turm«, sagte Marcella. »Ruben ist sie holen gegangen.« Sie stieg nicht mehr in den Sattel. Ihre Knie wackelten, aber der Turm lag dicht vor ihnen, und sie würden über die aufgeweichte Wiese gehen müssen, und das tat sie sowieso lieber auf den eigenen Beinen. »Was hat Euch hierhergetrieben? Ich dachte, Ihr sucht in der anderen Richtung?«

»Habe ich auch. Bis hinunter zur Brücke. Und dann ist

mir der Turm eingefallen. Wißt Ihr, wo ich mein erstes Stelldichein hatte?«

»Im Kontor eines Geldwechslers?«

»Was macht Euch so boshaft? Auch in einem Turm. Vor den Mauern von Brüssel gibt es eine Wäldchen, in dem eine verfallene Motte steht – so eine Art Bergfried ohne Burg.«

»War's nett gewesen?«

Er schwieg kurz. »Nicht ganz. Der Vater meiner Angebeteten hat uns erwischt. Und er war dummerweise mein Lehrherr.«

Marcella sah die Turmmauer vor sich aufragen und fühlte die Zweige eines Busches an ihrer Hand, an den sie die Zügel ihres Pferdes knotete. Sie erinnerte sich an das, was Martin über die Lehrzeit seines Bruders gesagt hatte. Über den Lehrherrn, der ja offenbar zu Tode gekommen war, und Tristand hatte damit zu tun gehabt. Sie schob den Gedanken beiseite. Es ging sie nichts an, sie wollte damit nichts zu tun haben. Ihre Hände ertasteten bröckliges Gemäuer. Das Licht, das sie gesehen hatten, mußte auf der anderen Seite des Turmes leuchten, denn hier war es stockdunkel.

Sie fühlte Tristands Ärmel gegen ihren eigenen streifen. »Der Eingang liegt über uns«, flüsterte er. »In Kopfhöhe. Wartet. Ich glaube ... ja, das ist eine Leiter. Verfl ... Nein, nichts. Nur ein Splitter. Sprecht Ihr mit den beiden? Wenn ich es müßte, würde ich sie erschlagen. Bitte, geht zuerst. Ich werde hinter Euch bleiben und aufpassen.«

Marcella kletterte die Sprossen hoch und krabbelte über die Schwelle der Eingangstür. Sie wußte, daß sie sich in einem Zimmer befand, aber nur, weil sie nicht mehr naß wurde. Es war hier genauso kalt und dunkel wie draußen. Nein, doch nicht, in der Ecke gab es Licht. Einen klitzekleinen Schimmer, der von oben aus den Ritzen einer Bodenluke kam. Sie sah undeutlich Strohballen, die sich an den Wänden stapelten. Wahrscheinlich hatten die

Bauern von Dill das feste Gebäude zur Lagerung des Viehfutters benutzt. Unter der Bodenluke ragte eine weitere Leiter. Seufzend tastete sie sich hin und machte sich daran, ins Obergeschoß des Turmes zu klettern.

Irgendwo auf den Leitersprossen verlor sie plötzlich die Zuversicht, die sie draußen vor dem Turm noch empfunden hatte. Es fiel ihr auf, wie still es war. Warum, warum nur redete dort oben niemand? Sie rief leise, und ihre Unruhe wuchs, als keine Antwort kam.

Vorsichtig hob sie die Luke an, die sich als Brett entpuppte, das man bequem beiseite schieben konnte. Sie steckte ihren Kopf durch die Öffnung. Der Raum war leer. An einem Eisenring hing eine Pechfackel, die warm flackerte – das Licht, das sie von außen gesehen hatte. Marcella kletterte hinein. Hier oben lagerten ebenfalls Ballen, wenn auch nicht so viele wie in dem Untergeschoß. Jemand hatte einen davon auseinandergerissen und sich ein gemütliches Eckchen neben der ehemaligen Tür zur Außengalerie geschaffen. Marcella sah einen Weidenkorb mit bunten Stoffresten. Sie ging und beugte sich darüber. Ein umnähtes Strohknäuel, das mit Nadeln gespickt war, Garn, eine spitze, angerostete Bogenschere, darunter eine Stickerei ... Wahrscheinlich hatten sich ein paar Mädchen hier ihr Nest gebaut. Vielleicht die Töchter eines reichen Bauern, des Bauern, der hier sein Stroh einlagerte.

Aber wo waren Heiderinc und Sophie? Und wenn nicht sie – wo steckte Ruben?

Marcella blieb vor dem Nähkörbchen knien. Mit einem Mal wußte sie, daß sie einen Fehler gemacht hatte. In diesem Turm brannte Licht, aber niemand sprach. Niemand war da. Scheinbar. Wenigstens Ruben hätte hier warten sollen. Und was, wenn er schon wieder fort war? Mit den beiden jungen Leuten? Wenn sie gegangen waren und einfach vergessen hatten, die Fackel zu löschen?

Marcella wußte, daß es nicht so war. Jemand befand

sich im Turm, außer ihr und Tristand. Das spürte sie ganz deutlich. Und plötzlich überfiel sie eine so gräßliche Angst, daß sie nicht einmal fähig war aufzustehen. Ihre Hand glitt in den Weidenkorb und schloß sich um die Bogenschere. Die andere Hand legte sich darüber, und sie begann, das eiserne Werkzeug in ihren Ärmel zu schieben, sachte, als könne jede hastige Bewegung ein Erdbeben auslösen.

Im Geschoß unter ihr gab es plötzlich Geräusche. Ein heftiges Rumpeln und einen gewaltsam erstickten Laut.

Marcella blieb wie festgefroren hocken. Sie rührte sich nicht, als sie Schritte hinter sich hörte, und sie wehrte sich auch nicht, als sich Arme um sie legten und zwei Hände grob an ihren Busen faßten.

Der Mann war größer als sie. Er stank nach Schweiß und Schnaps, und seine Fingernägel bohrten sich in ihr Fleisch, als er sie hochzog und quer durch den Raum schleifte und gegen die Strohballen an der Wand warf. Sie blickte auf ein eckiges, mit Bartstoppeln übersätes Kinn, sah kalte, blöd blickende Augen und strähniges Haar, das die Farbe grauen Sandes hatte. Die Haare machten ihr noch mehr Angst als die Augen. Der Mann gehörte zu denen, die ihnen nach Himmerod gefolgt waren. Tristand hatte also recht gehabt. Er hatte recht gehabt, und nun war er vielleicht schon tot. Panik stieg Marcella in die Kehle wie ein Schwarm aufgescheuchter Wespen.

Im unteren Raum begann es zu rumoren, die Leiter kratzte über den Boden, und wenig später wurde jemand durch die Luke gedrängt. Tristand. Er war also doch nicht tot. Aber seine Lippe und sein Zahnfleisch bluteten, und er taumelte benommen, als hätte er einen Schlag auf den Kopf bekommen. Der Mann mit dem eckigen Kinn packte ihn und warf ihn gegen den Ballen auf der andere Seite des Raumes neben dem Weidenkörbchen. Tristand blutete nicht nur aus dem Mund, sondern auch aus einer Wunde am Bein. Im Licht der Fackel, das über seinem Kopf tanzte, sah man einen häßlichen, naßdunklen Fleck, der sich über den Stoff seines Surcots ausbreitete.

Ein zweiter sandfarbener Kopf schob sich durch die Luke. Der Mann, der kam, war älter, und die Lippen seines Mundes dünn und häßlich blau. Ihm folgte eine dritte Gestalt – der Junge.

Er blickte hellwach und entsetzt.

Der Mann mit den blauen Lippen schien der Vater der beiden anderen zu sein. Jedenfalls gab er die Befehle. »Los, verteil das Stroh«, fuhr er den Jungen an. »Nein, hier! Ich will es überall auf dem Boden. Da auch. Und vor der Tür. Ja doch! Und du, Bart, du gehst und holst den anderen.«

Bart begann zu grinsen. Er tat nichts. Weder gehorchte noch widersprach er. Er stand vor Marcella, und mit einem widerwärtigen Grinsen, bei dem sich sein Kinn bewegte, als ob er kaute, schob er die Spitze seines Schuhs unter ihren Rocksaum. Marcella hörte auf zu atmen. Sie spürte, wie Angst ihre Züge versteinerte, und sie sah, daß der Mann es bemerkte und sich daran freute. Sein Grinsen erweiterte sich, bis eine Reihe angefaulter Zähne die Lippen auseinanderdrängte.

»Bart, ich sag', du sollst den Kerl holen!« fluchte der Alte.

Barts Schuh streichelte über Marcellas Knöchel und wanderte die Wade und ihren Schenkel hinauf.

Sein Körper verdeckte die anderen Männer, und so sah Marcella nicht, was hinter seinem Rücken geschah. Sie hörte nur Poltern und dann einen lauten Schrei, und im nächsten Moment wurde Bart zurückgerissen und bekam von seinem Vater eine schallende Ohrfeige.

»Hol den Kerl rauf, sag' ich!« knirschte der Alte.

Tristand krümmte sich neben dem Weidenkorb. Seine Hände waren über den Fleck an seinem Bein gepreßt, und er rang um Luft. Durch seine Finger quoll helles, rotes Blut.

Stumm warteten sie auf Bart, der im Untergeschoß rumorte und gotteslästerliche Flüche ausstieß.

»Was hat die Frau damit zu tun?« mühte sich Tristand zu sagen. Man konnte ihn kaum verstehen. Seine Lippen waren angeschwollen. Er hielt noch immer die Wunde. »Wenn ihr Geld wollt ...«

Der Alte beachtete ihn nicht. Er trat zur Luke und half seinem Sohn, einen schlenkernden, schweren Körper durch die Öffnung zu wuchten.

Ruben.

Es war keine Zeit für Tränen. Der Hals des kleinen Ritters klaffte, sein Kopf baumelte im Nacken. Sie hatten ihm die Kehle durchschnitten. Bart zog den Toten an den Beinen quer durch den Raum und versetzte ihm einen Tritt. Der Junge häufelte ängstlich Stroh über den Leichnam.

»Laßt sie gehen«, flüsterte Tristand. »Sie ist nicht gefährlich. Sie ...« Er duckte sich und rollte zur Seite, um sich vor Bart zu schützen, aber zu spät. Bart trat zu, und eine Zeitlang war das scharfe Atmen des Geschundenen das einzige Geräusch.

Der Alte begann, Strohballen neben die Einstiegsluke zu zerren und andere vor die Türöffnung, die nach draußen auf die Balustrade führte. Dann suchte er mit den Augen die Decke ab.

Der Bauer, der den Turm für sein Futter nutzte, hatte rohe Baumstämme anstelle des alten Daches eingezogen. Einzelne Wassertropfen plätscherten durch die Spalten. Aber der Fußboden war größtenteils trocken. Und außerdem lag ja überall Stroh.

»Wir lassen sie brennen?« fragte Bart, wobei sein Blick genüßlich an Marcella hing.

Der Alte schüttelte den Kopf. Er begann erneut, über die Leiter abwärts zu steigen. Als er zurückkehrte, trug er ein brusthohes, zweischneidiges Schwert in der Hand. »Peter hat gesagt, sie müssen sicher tot sein. Erst dann machen wir Feuer.«

Marcella rutschte mit dem Rücken gegen die Wand. Ihr tat die Brust weh, so hart hämmerte das Herz gegen die Rippen. Die Bogenschere drückte auf ihr Fleisch, und sie legte die Hand darüber. Der Alte kam mit dem Schwert auf sie zu …

Aber dann stand plötzlich der Junge da. Sein Vater mußte ihn gerufen haben, denn sie sah, wie er ihm den Griff der viel zu wuchtigen Waffe in die Hände drückte. Der Junge wollte nicht. Gequält blickte er auf die Frau herab. Seine Kinderaugen tränten, das Schwert schlenkerte über dem Boden. Die scharfe Stimme des Alten stauchte den Jungen zusammen. Er nahm ihm die Waffe aus der Hand und drückte ihm mit einem abfälligen Murmeln ein kleines, auf beiden Seiten geschliffenes Jagdmesser zwischen die Finger. Er murrte weiter, aber das war nur noch ein Geräusch in der Ferne.

Der Junge hockte sich vor Marcella. Er schluckte an seiner Angst. Sein Gesicht war dreckig von den Tränenspuren, und er vermied es, sie anzusehen – aber er war jetzt entschlossen.

Marcella zog die Knie an, um ihren Arm zu verbergen. Der Bogengriff der Schere lag schwer in ihrer Hand. Eine böse Waffe gegen Kinderhaut. Ihr Herz wurde so leer wie ihr Kopf. Sie sah, daß Bart seinen Fuß auf Tristands Hals gesetzt hatte.

Wirr irrlichterte der Gedanke durch ihr Hirn, daß es tödliche Wunden gab und Stellen, an denen die Menschen litten, statt zu sterben. Sie zog die Schere aus dem Ärmel und versenkte sich in die gehetzten Kinderaugen. Als sie sie flackern sah, hob sie den Arm und stieß das Eisen mit aller Kraft in das braune Tuch, das den dünnen Leib bedeckte.

Der Junge brach über ihr zusammen. Er war tatsächlich nicht sofort tot, denn er kreischte. Marcella sah, wie die beiden sandhaarigen Männer auf sie zustürzten. Sie wollte nach dem Jagdmesser tasten, aber sie wußte bereits, daß sie nicht die Kraft haben würde, ein zweites Mal zuzustechen. Das Kind rollte qualvoll über ihren Bauch.

Undeutlich merkte sie, wie Tristand auf die Füße kam und sich gegen die Wand aus Strohballen stützte. Er hatte etwas in der Hand, eine Art Latte, die er schwang und vorwärts stolpernd dem Alten gegen den Schädel donnerte. Der Mann ging zu Boden, aber auch Tristand wurde von der Wucht mitgerissen und stürzte. Im Fallen riß er an Barts Beinen. Marcella wußte nicht, wie es zuging, aber als Bart wieder auf den Beinen war und sich auf den Angreifer werfen wollte, steckte plötzlich das Schwert zwischen Tristands Fäusten.

Bart hielt inne. Eben war er noch vor Wut wie benebelt gewesen, jetzt wurde sein Blick lauernd und still. Tristand hatte das Schwert, aber er lag am Boden, und es sah nicht aus, als wäre er fähig, auf die Beine zu kommen. Jedenfalls nicht schnell genug, um gefährlich werden zu können. Der Sandhaarige schielte nach dem Messer in der Hand des Jungen, entschied sich dagegen und bückte sich nach der Latte.

Es wurde ein kurzer Kampf. Bart sprang los, die Latte sauste auf Tristands Kopf zu – und im selben Moment beschrieb das Schwert einen aufblitzenden Bogen. Wie durch Zaubermacht fegte es die Latte beiseite, und drang dann, noch mit demselben Schwung, leicht abgebremst, dem Mann mit dem Sandhaar seitlich in den Hals.

Marcella schloß die Augen.

Ihre Nerven flogen. Der Junge auf ihrem Bauch war erschlafft. Sie wußte, daß sie ihn beiseite schieben mußte. Sie mußte auch nachsehen, ob Bart außer Gefecht war. Sie mußte Tristand helfen. Fliehen. Und das wollte sie auch alles, aber …

Undeutlich nahm sie wahr, wie die Last auf ihrem Leib sich verschob.

»Bitte«, hörte sie Tristand flüstern, »Ihr müßt aufstehen …«

Sie fühlte seine Hände in ihrem Haar und schlug die Augen auf.

»Wir müssen fort«, wisperte er. »Und zwar schnell.«

Ungeschickt richtete sie sich auf. Der Junge lag mit angezogenen Beinen neben ihr. Seine Augen stierten zu den Deckenbalken. Der Mund stand offen, als hätte er Luftnot.

»Marcella ...« Tristand faßte sie, und als er sie von dem Jungen fortdrehte, kam ihre Hand an seinen nassen Rock. Er blutete, fiel ihr ein. Und zwar heftig. Wieviel Blut konnte ein Mensch entbehren, bevor er starb?

»Legt Euch hin«, sagte sie. »Nein ... Ihr könnt so nicht laufen ... Legt Euch ...«

»Wenn uns jemand sieht, zusammen mit den Toten, von denen wir nicht beweisen können, daß sie uns angegriffen haben ...«

»Still!«

Marcella zog ihren blutigen Surcot über den Kopf. Sie riß aus dem Rücken einen Stoffetzen heraus, schob Tristands Kleider hoch und den Beinling herab. Die Wunde saß am Oberschenkel. Ein Halbmond, schräg ins Fleisch geschnitten. Man konnte nicht erkennen, ob der Schnitt tief ging, aber jedenfalls blutete er stark. Eilig faltete sie den Stoff und preßte ihn gegen das klaffende Fleisch.

Tristand stöhnte durch die Zähne und preßte die Faust gegen den Mund.

»Ihr müßt es selbst halten. Stramm, damit ich es verbinden kann.« Marcellas Finger zitterten so sehr, daß sie mehrmals zufassen mußte, um weitere Streifen aus dem Surcot reißen zu können. Sie knotete sie aneinander und wickelte sie in mehreren Lagen als Verband um das Bein.

»Der Graf von Dill ist hier Gerichtsherr«, flüsterte Tristand. »Wenn er uns erwischt ... wenn er klug genug war, die ganze Sauerei überwachen zu lassen ...«

»Wir tun das, was seine Männer tun wollten. Wir zünden alles an. Und dann gehen wir fort.« Sie wollte aufstehen, aber Tristand hielt sie zurück und zog sie zu sich.

»Es … tut mir so leid, Marcella.« Die Schmerzen machten seine Stimme heiser. »Ich wollte nicht … Ich wußte nicht, was ich machen sollte …«

Seine Augen glänzten wie von Tränen, was aber nicht sein konnte, da Männer wie er nicht weinten. Aber es berührte sie eigentümlich, daß jemand ihretwegen aussah, als würde er Tränen vergießen. Sacht strich sie mit dem Finger über seinen wunden Mundwinkel.

»Ich hätte Euch niemals …« flüsterte er. Er war ganz durcheinander von dem Schmerz. Er redete weiter, während sie ihn unter der Achsel faßte und ihm aufhalf. Er knickte bei jedem Schritt ein, und es war ein schweres Stück Arbeit, ihn die Leiter hinab – und durch die Tür und dann die zweite Leiter herunterzubekommen. Und am Ende war es Marcella, die noch einmal zu den Toten hinaufstieg und ihren Leibern mit der Fackel ein Ende machte.

Sie fanden Sophie und Heiderinc auf der Bank vor der Herberge. Die beiden saßen im immer noch strömenden Regen, mit sichtlich schlechtem Gewissen, und warteten auf ihre Freunde. Es stellte sich heraus, daß sie mit ihren Pferden nur ein Stück weit die Straße hinaufgeritten waren und dann unter Bäumen Schutz gesucht – aber nicht gefunden – hatten. Leider, sagte Heiderinc. Aber dann waren sie sowieso schon naß gewesen und hatten sich deshalb mit dem Heimkommen nicht mehr beeilt. Es tat ihnen leid, falls sie damit Ungelegenheiten bereitet haben sollten. Sophie trug einen Ring aus Gänseblümchen an der Hand und bemühte sich, nicht allzu glücklich auszusehen. Ihr Gesichtchen leuchtete im Licht der Laterne, die im Fenster brannte. Wenn sie so ausschaut, dachte Marcella und tastete nach ihrer Brust, in der sie immer noch die Fingernägel spürte, dann wird ihr ja wohl nichts Schändliches widerfahren sein.

Sie ritten noch in derselben Nacht die vier Meilen zur Starkenburg zurück. Es war ein eigentümlicher, stummer Ritt unter einem schwarzen Himmel, und es regnete die ganze Zeit. Sophie und ihr Liebster schienen die Strapaze als Sühne zu begreifen und ertrugen sie ohne Protest. Für Tristands gebeugte Gestalt waren sie blind, an Ruben dachten sie nicht. Mit wirrer Müdigkeit überlegte Marcella, was die Gräfin zu ihrer Art, Sophie zu hüten, wohl sagen würde. Sie schämte sich. Nicht nur wegen Sophie. Auch wegen des Fußes, der unter ihren Rock gekrochen war. Auch wegen des Jungen. Und sie schämte sich wegen ihrer Niedergeschlagenheit, die sie wie ein Kokon einhüllte und es Tristand überließ, Gründe für Rubens Fehlen zu erfinden und später, am Tor, dem Wächter den nächtlichen Einlaß abzuschmeicheln.

Kurz bevor der Morgen graute, lag Marcella wieder in ihrem Bett unter den Adonisranken. Sie hatte sich unter allen Decken vergraben, die sie finden konnte, und träumte wilde Träume, in denen Jeanne ihr ihren bunten Mantel fortnehmen wollte.

XVI

Es sind noch sechzehn Tage, bis der Erzbischof kommt«, sagte Marcella. »Wenn Ihr Euch heraushalten wollt – die Wunde heilt gut, Ihr könnt die Burg vorher verlassen.«

Daß die Wunde gut heilte, wußte sie von Mechthilde, die ohne Vergnügen, aber mit grimmigem Pflichtbewußtsein die Aufgaben der Pflegerin übernommen hatte. Mechthilde stellte keine Fragen. Männer handelten sich Wunden ein wie Mückenstiche. Bald würde sie womöglich ein ganzes Spital zu betreuen haben. Sie hatte Wichtigeres im Kopf, als ein lädiertes Bein.

Tristand war ein ungeduldiger Kranker. Auf seiner Decke lagen Bücher, die Lade seines Bettes stand vor und war von einer Schicht leerer Pergamentbögen und einem aufgeschlagenen Wachstafelbuch bedeckt, hinter ihm, auf dem Kopfteil des Bettes balancierte ein Ständer mit einem Tintenhörnchen.

»Ich bleibe«, sagte er. »Weil ...« Er suchte etwas, wo er die Feder, mit der er gerade geschrieben hatte, unterbringen konnte und reichte sie erleichtert an Marcella weiter, die sie in das Tintenhörnchen steckte. »Wißt Ihr, wie ich hierher gekommen bin?«

»Richwin hatte mir gesagt, daß Ihr bei den Starkenburgern wohnt, mehr nicht.« Sie sah sein verdutztes Gesicht und er läuterte: »Damals, im Weinkeller von Onkel Bonifaz. Das war es, was er mir zuflüsterte, bevor ich gehen mußte.«

»Ah ja.« *Ah ja* bedeutete keine Begeisterung. Wie ungerecht. Wo Richwin doch alles so gut gemacht hatte.

»Jedenfalls«, meinte Tristand gedehnt, »verdanke ich ihm und Johann, wie man so schön sagt, das Leben. Sie kreuzten zufällig auf, als die Frachtwagen überfallen wurden, und haben mir beigestanden.«

»Die beiden allein?«

Er zuckte die Achseln. »Merkwürdig war das schon. Die meisten Frachtbegleiter lagen tot am Boden. Außerdem waren die Strauchdiebe mit einer ganzen Bande da. Es muß daran gelegen haben, daß der Kerl, der die Spitzbuben führte, mit Johann verwandt ist. Wahrscheinlich hatte er Skrupel ...«

»Habt *Ihr* ihm die Lippe gespalten?«

»Wem? Walram?« Tristand grinste trocken. »Der Kerl hatte seinen Spaß dran zuzusehen, wie seine Leute um die Wagendeichsel tanzten und versuchten, an mich heranzukommen. So was gibt's. Alles ein Spiel. Am Ende hat er sie zurückgepfiffen, um ihnen zu zeigen, wie man's richtig macht – und das hat er auch getan. Ich war mein Schwert schneller los, als ich zusehen konnte. Der Mann war ... unglaublich.«

»Ich bin parteiisch. Sagt mir, daß er seine Lippe doch durch Euch einbüßte. Es würde mich kränken, wenn nur eine Wirtshausrauferei dahintersteckte.«

»Er büßte, Herrin. Er hatte mich zu sich ans Pferd gezogen und mir die Schwertklinge unters Kinn gesetzt, und da hab' ich ihm das Messer – es war sein eigenes, gefällt Euch das ... die Symbolik? –, ich bin jedenfalls an seinen Gürtel rangekommen und habe ihm das Messer über die Schulter an den Mund gejagt. Ins Herz wäre ruhmreicher und sicher wirkungsvoller gewesen, aber da trug er leider fingerdick Eisen.«

»Es ist die Absicht, die zählt«, erklärte Marcella großmütig. »Wie kommt es, daß Richwin und Johann ihn nicht erkannt haben?«

»Weil er eine Kettenhaube trug. Sein Mund war auch nur deshalb frei, weil er gerade die Vinteile geöffnet hatte, um mir seine Meinung über meine Fechtkünste nahezubringen. Und als die Jungen kamen, hat er sie wieder übergeschnallt.« Tristand verstummte und geriet ins Grübeln. »Aber es gibt keinen Sinn«, murmelte er. Und wiederholte noch einmal verdrossen: »Es ergibt einfach keinen Sinn! Ich könnte mir vorstellen, daß der Kerl ... Ich meine, er war ziemlich wütend über die Sache mit der Lippe. Wenn er aus meinen Büchern gesehen hat, wer ich bin, vielleicht hat er da den gestohlenen Wagen zum Hof meines Vaters gebracht. Um irgendwie Unheil zu stiften. Aber zur Katastrophe wurde doch alles erst, als die Ratsmitglieder kamen. Was denkt Ihr, Marcella? Wenn der Rat erst am nächsten Tag oder auch nur ein paar Stunden später zum Hof geritten wäre ...« Er schaute sie hilfesuchend an.

Ja, was wäre dann passiert? Arnold hätte den Wagen versteckt und später heimlich entladen, und niemand wäre ihm draufgekommen. Wenn er Zeit zum Nachdenken gehabt hätte, hätte er vielleicht sogar den Zender geholt, statt sich in das dumme Spiel einzulassen. Aber die Schöffen kamen, als hätte Luzifer selbst ihnen die Uhr gestellt. Oder eben vielleicht auch Martin.

Marcella setzte sich mangels eines Schemels auf die Bettkante. »Laßt uns etwas ausdenken, Tristand. Wir müssen einen Weg finden, wie wir Walram den Diebstahl des Safrans nachweisen können. Irgendwo muß er ihn schließlich verkaufen. Und vielleicht gibt es Leute, die ehrlicher sind, als die Himmeroder.«

Der Kaufmann nickte und schüttelte gleichzeitig den Kopf. »Der Schlüssel liegt in Trier, Marcella. Nennt es Instinkt oder sonstwas. Dort laufen die Fäden zusammen. Beim Schöffenrat. Ich glaube ...« Er sah sie an, und es gefiel ihr nicht, wie das geschah, weil sein Blick wieder so unendlich vertraut war, als wären sie Verbündete gegen des Rest der Welt. Er war in Gedanken vertieft. Wahrscheinlich war ihm gar nicht bewußt, wie nah er ihr rückte. Er hatte sogar ihre Hand umfaßt, und sie hätte schwören können, daß er es selbst nicht bemerkte.

»Ich muß mit Martin sprechen.«

»Mit ... *was* wollt Ihr?« Marcella zog die Hand fort.

»Seid Ihr noch bei Verstand?« Heftig biß sie auf die Lippe. »O Tristand, verflucht! Wenn das die beste Idee ist, die Euch einfällt, dann solltet Ihr uns allen Müh ersparen und Euch selbst den Strick um den Hals legen!«

»Nein. So ist Martin nicht. Er ist mein Bruder. Ich weiß, daß er mich gern hat. Damals im Ratssaal ... er war einfach aufgeregt. Wenn ich mit ihm hätte sprechen können, in aller Ruhe, ohne daß uns jemand gestört hätte ...«

»Er hat Eurem Vater den Brief fortgenommen, den Ihr geschickt hattet. Und ihn verbrannt.«

»Tatsächlich.« Er war nun doch ein bißchen betroffen. »Das liegt an seinem Temperament. Und er sagt immer, mit mir geht es zu schnell durch. Aber wenn Martin wütend wird ... Himmel, hat er mich verdroschen – damals, als ich aus meiner Lehrstelle fort und zu dem Juden gegangen bin.«

»Er wird Euch umbringen«, sagte Marcella. »Mit seinen eigenen Händen. Und es wird ihm Freude machen.«

Tristand schwieg und sah sie an. »Marcella, zwischen Martin und mir, das ist etwas Besonderes. Ihr würdet das verstehen, wenn Ihr selbst einen Bruder oder eine Schwester hättet. Er hat mich noch nie im Stich gelassen. Nicht einmal damals in Brügge, und da hätte er wirklich Grund gehabt. Er hat mir Geld geboten, als ich aus Brügge fort mußte. Er war sogar bereit, mich wieder nach Hause zu holen. Und damals gingen die bösen Zungen in Trier so schnell, als wären sie der Chor des Jüngsten Gerichts. Als ich im letzten Herbst Nachricht schickte, daß ich nach Hause kommen wollte, ich meine, von Venedig aus ...«

Es hatte keinen Zweck. Tristand glaubte jedes Wort, das er sprach. Marcella hielt sich die Ohren zu, stand auf und wußte nicht, ob sie heulen oder toben sollte. Aufgewühlt lief sie zum Fenster und preßte ihre Handballen gegen den Sims. »Wenn Ihr zu Martin geht«, sagte sie deutlich und laut, »dann seid Ihr ein toter Mann.«

Pantaleon war der Herr der Stunde. Volker grübelte über die juristischen Möglichkeiten, die sie hätten, Bischof Balduin nach seiner Freilassung zum Einhalten seiner Zugeständnisse zu zwingen, und das war sicher nötig. Aber der Held war Pantaleon: Er machte aus der Starkenburg eine Festung.

Zwei Wochen lang ließ er Vorräte aus den umliegenden Gehöften und Dörfern zusammenkaufen. Gleichzeitig verstärkte er das Eingangstor der Vorburg, indem er es mit einander überlappenden Stahlplatten beschlagen ließ. Hinter dem Tor mußten die Knechte eine Fallgrube ausheben, in deren Boden Eisendorne eingegraben wurden. Er ließ die Gegengewichte an der Zugbrücke ersetzen und den Graben um die Hauptburg ausmisten. Der Brunnen im Burghof bekam eine Abdeckung, für den Fall, daß sie mit Kadavern beschossen würden, und die Zisterne und die Pferdetränke wurden gereinigt und mit Wasser aufgefüllt. Natürlich wurden auch die Waffen überprüft und neue dazu geschmiedet. Und von morgens bis zum Dunkelwerden fanden auf dem Burghof Scheinkämpfe zwischen den Rittern und Reisigen statt.

»Sicher ist das nötig«, sagte Richwin, der neben Marcella auf der Palastreppe saß und kritisch seine Mitstreiter beäugte. »Wenn aus keinem anderen Grund, dann weil es Spaß macht.«

»Wie sie sich die Köpfe blutig schlagen?«

»Nur ein ganz klein wenig blutig. Hast du hingesehen, Johann? Heiderinc ist zu fett. Vielleicht sollten wir ihn nach der Entführung aussperren, damit er ein paar Wochen in Trier bei Wasser und Brot zubringt. Erklärt mir, Herrin, warum jetzt bei Sophie die Tränen plätschern. Es ist ihm doch gar nichts passiert.«

»Aber es sah so aus, als hätte es können«, sagte Marcella nachsichtig. »Und außerdem muß sie morgen zu ihren Eltern zurück.«

Tristand kam die Hoftreppe herab. Er humpelte noch

etwas, aber er hatte das Unglück vom Römerturm ohne Wundfieber und Komplikationen hinter sich gebracht. Und das war ein großes Glück, mehr als man hatte erwarten können. Richwin rückte, um ihm Platz zu machen.

»Pantaleon ist der Beste«, sagte er. »Heiderinc will ich nicht zählen, aber Colin und Claus Smideburg hat er sauber ausgerundet. Und hier ... Emmerich ... Schau dir genau an, Johann, wie Emmerich die Klinge hält. Den Abstand von seinem Daumen zur Abwehrstange ...«

Johann zog gehorsam die Augenbrauen kraus.

»Aber er ist kurzatmig geworden! Pfui! Und wenn er's dreimal leugnet – das kommt vom Wein. Alter Saufkopp!« Richwin streckte die langen Beine aus und genoß. Kein Wunder, er war an diesem Morgen noch nicht einmal besiegt worden.

Den Säufer Emmerich ereilte das Schicksal. Man kämpfte mit scharfen Schwertern, und nur der Umsicht Pantaleons war es zu verdanken, daß er ohne Schramme davonkam. Der Graf grinste in bester Laune über seinem schwarzen Spitzbart.

»Was ist los, Damian, Ihr auch?« brüllte er.

Tristand schüttelte den Kopf.

»Du würdest es auch nicht schaffen«, stimmte Richwin gemütlich zu. Und erklärte seinem Schüler: »Unser Freund Damian ficht nämlich wie die Italiener, von denen er herkommt. Schnell und gar nicht so dumm. Aber wenn der Schlag von oben kommt, dann hat er beim Parieren so eine ganz unglückliche, kleine Drehung, und wenn man das weiß ...«

»Warum nicht?« Pantaleon hatte das Schwert unter den Arm geklemmt und kam zu ihnen herüber, die anderen Ritter im Schlepptau. »Richwin hat gesagt, Ihr seid gut. Oder habt Ihr noch mit Eurer Humpelei ...«

»Die Italiener können nicht kämpfen«, unterbrach ihn Emmerich. »Fechten lernt man von Franzosen. Oder meinetwegen auch von Engländern, obwohl die sich mehr auf Ringen verstehen, abgesehen von einem, den ich mal in Straßburg … Na, egal. Die Italiener jedenfalls, die können nichts als Latein brabbeln …«

»Und Handel treiben«, sagte Pantaleon. Es war eine Provokation. Er unterstützte sie mit einem Augenzwinkern. Seine Schwertspitze wippte verführerisch.

Tristand grinste. Er wollte nicht. Marcella wußte das. Jeder wußte das.

»Laßt ihn«, sagte Richwin. »Er ist huflahm. Und außerdem hat er ein gesegnetes Köpfchen, das man nicht demolieren sollte.«

»Aber ich habe gesehen, wie er sich damals gegen die Männer gewehrt hat, die seine Wagen überfallen hatten. Und da war er so schnell … fast so schnell wie Richwin. Jedenfalls so gut wie jeder hier«, platzte Johann heraus. Er redete nicht gern vor den Erwachsenen. Seine Wangen röteten sich und verfärbten sich noch dunkler, als Pantaleon ihn neckend mit der Schwertspitze anstupste.

»Hölle, jetzt sieht's böse aus«, sagte Richwin. »Sponheims Hoffnung blickt zu dir auf, Damian. Aber überleg dir's gut. Wenn du nachgibst, wirst du nämlich Prügel beziehen. So sicher wie …«

»Halt schon das Maul. Es ist nicht recht, einen Kaufmann zum Tjost zu drängen. Das ist nicht sein Handwerk«, fuhr der alte Colin ihm schroff ins Wort.

Tristand blickte von einem zum anderen, er sah sie feixen und Johann auf die Steine blicken und streckte schließlich resigniert die Hand aus. »Aber mit deinem Schwert, Richwin.«

Der blonde Ritter nahm es, küßte es theatralisch und reichte es an ihn weiter.

»Der Graf wird ihn in Häppchen schneiden, Marcella«, sagte er gut gelaunt. »Aber ich wüßte bei allem Nachdenken nicht, wie man ehrenvoller … O bitte, was macht Ihr für ein Gesicht? Nun los, meine Herren, trollt Euch. Die Damen zu trösten ist mein Dienst. Ihr dürft auf das Geplapper nicht hören. Damian hat zwar bei den Italienern gelernt, aber er hat Augen wie eine Fliege. Sieht in jede Richtung gleichzeitig. Und *so* schlecht sind die Italiener auch nicht. Wenn er nur auf die Hiebe von oben achtgibt ...«

Die Stallknechte hatten die Unruhe mitbekommen. Sie ließen das Heu fallen, sammelten sich neben dem Stalltor und sperrten die Augen auf. Die Edlen untereinander, das kannten sie. Da gewann mal dieser und mal jener. Aber jetzt wollte sich scheinbar der Kaufmann versuchen, dieser Mann aus dem fremden Venedig. Und dazu noch mit ihrem besten Fechter ...

Der Kampf hatte eine andere Qualität, von Anfang an. Das sah selbst Marcella. Die Klingen pfiffen durch die Luft, und es gab einige heftige Hiebe, gleich in den ersten Sekunden. »Es macht ihm nicht wirklich Spaß«, sagte Richwin bedauernd. »Ein Jammer. Aber ... Nein, schaut hin, Marcella. Er ist wirklich nicht übel. Damian kämpft mit dem Kopf. Er hängt an Pantaleons Augen. Nur ist der leider ein gewaltiger Blender.«

Die Knechte fingen an zu pfeifen. Niemand arbeitete mehr. Sogar Heiderinc hatte sich aus Sophies Umklammerung gelöst und begann zu grölen.

Es ist widerlich, dachte Marcella mit plötzlicher, heftiger Abneigung. Nicht nur der Kampf, sondern ... Es schien mit einem Male etwas in der Luft zu liegen. Eine unterschwellige Feindseligkeit, die sicher nicht Damian persönlich galt – sie wußte, daß er wegen seiner Freundlichkeit bei den Rittern wie auch beim Gesinde beliebt war. Trotzdem meinte sie, daß sich die Stimmung gegen ihn gewandt hatte. Weil er ein Außenseiter war? Einer aus der Stadt? Einer, der sich mit Geld statt Ehre abgab?

Die Geschwindigkeit des Kampfes ließ nach, und schließlich schien er gar zum Stillstand zu kommen. Tristand und Pantaleon belauerten und umschlichen einander. Beide lächelten, beide waren konzentriert.

»Ich mag es nicht«, sagte Marcella. Sie stand auf. Und eigentlich wollte sie fortgehen. Aber Richwin saß da und starrte, und – sie konnte einfach nicht.

Tristands Klinge fuhr zuerst vor. Es war blitzschnell, ein Blinken in der Sonne, so knapp, daß man es kaum mit dem Bewußtsein aufnahm. Der Graf kreuzte dagegen. Noch einmal kamen schnelle Hiebe, deren Echo über den Hof klirrte. Dann zischte Pantaleons Schwert auf Tristand herab. Aus einem unmöglichen Winkel. Irgendwie von oben. Und er zielte auch nicht auf die andere Waffe – oder doch? Jedenfalls war Tristand ihm plötzlich unter der Klinge, und ... alles geschah im selben Augenblick. Tristand stürzte und wälzte sich zur Seite ... ein allgemeiner Aufschrei ging über den Hof ... und Pantaleon warf betroffen das Schwert von sich. Im nächsten Moment waren sie von den herbeieilenden Männern eingekreist.

»Hab' ich's gesagt?« fluchte Richwin. »Verdammte italienische Art. Konnte niemand vorhersehen!« Er drängte sich durch die Umstehenden und winkte Marcella Augenblicke später erleichtert zu.

»Schön«, sagte Marcella. »Mir reicht's!«

Johann stand neben ihr. Der Junge sah bleich wie Käse aus.

»Komm«, sagte sie zu ihm. »Wir gehen ... egal, wohin! So ein ... blödsinniger Unfug!«

»Es ist ihm doch nichts passiert?« fragte Johann ängstlich, während er ihr durch die Beete und unter die Brücke des Bergfrieds folgte. »Damian ... er bringt mir nämlich bei, wie man rechnet. So wie die Kaufleute.«

Marcella hatte die Ecke des Bergfrieds erreicht und wandte sich nach rechts, wo nichts als Geröll und karges Kraut den Boden bedeckten. Der Platz direkt hinter dem Turm war nur durch einen niedrigen Steinwall zum Abgrund abgegrenzt, aber nach einigen Metern begann wieder die Burgmauer. Sie war hier noch nie gewesen. Ein kleines, stilles Eckchen, eigentlich schade, daß sie es erst jetzt entdeckte.

»Ich hätte nicht gewollt, daß ihm etwas passiert«, schnaufte Johann, »weil er mir nämlich beibringt, wie ich die Schulden meiner Pächter und Leibeigenen aufrechnen kann, so daß ich immer weiß, was ich bekommen muß.« Er nahm mehrere Schritte auf einmal, weil sie ihm zu schnell ging. »Ich werd' nie gut kämpfen können. Weil ich schlechte Augen hab'. Aber Damian sagt, wenn man klug rechnen kann, dann macht das nichts.«

»Stimmt.« Marcella ließ sich auf einen abgeplatteten Stein sinken. »Willst du nicht nachschauen, ob er heilgeblieben ist?«

»Das geht nicht, weil Richwin gesagt hat ...« Johann schwieg verlegen, er schien sich, ohne es zu wollen, auf heiklen Boden begeben zu haben.

»Was hat Richwin gesagt?«

»Er ... eigentlich war's gar nicht Richwin.« Johann grinste schief. »Damian hat gesagt, er will nicht, daß Ihr hier so viel allein herumlauft, weil ...«

»Weil?« fragte Marcella interessiert.

»Weil es Euch nicht guttut. Weil Ihr ... soviel grübelt oder so«, platzte Johann heraus. »Jedenfalls soll Richwin Euch Gesellschaft leisten. Und Richwin hat gesagt, wenn er nicht kann, dann soll ich ...« Er wurde glühendrot. »Ihr sagt's doch nicht weiter?«

»Na so was!«

»Dann geht's mir nämlich schlecht«, meinte Johann kläglich. Er setzte sich neben sie auf die Erde.

Wegen der Sache mit der Falltür – deshalb will er mich in Gesellschaft, dachte Marcella und wurde aufgebrachter, je länger sie darüber nachsann. Wie kam er dazu, wer gab ihm das Recht, ihr Aufpasser zu bestellen?

»Soll ich Euch zeigen, was da drüben hinter dem Bretterverschlag ist?« versuchte Johann abzulenken.

Er krabbelte an ihr vorbei. Quer zwischen Zwingmauer

und der Rückwand des Gesindehauses befand sich eine kaum fußbreite zugenagelte Bretterfläche, die aussah, als solle sie den Weg beenden und vor dem Abgrund schützen. Johann kniete sich davor und drückte von unten dagegen. Wie durch Zauberhand wichen die Bretter oben zurück und gaben den Blick auf einen blühenden Ginsterbusch frei.

»Von hier kommt man aus der Burg heraus, wenn alles am Ende ist«, sagte Johann. »Aber das ist ein Geheimnis. Ihr dürft es niemandem verraten. Und es ist auch schrecklich gefährlich, weil es so steil hinunter geht. Aber wenn man nur noch fliehen kann, hat Volker gesagt, dann ist das hier wenigstens eine Möglichkeit.«

Marcella lugte durch den Spalt. Hinter dem Ginster war nichts als blaue Luft.

»Wer nicht wirklich gut klettern kann«, meinte Johann mit Schauder in der Stimme, »der stürzt ganz sicher ab. Ich hoff' jedenfalls, daß die Leute vom Bischof uns nicht belagern werden. Wenigstens nicht so lange, daß wir hier runter müssen. Obwohl Pantaleon sagt, sie werden das gar nicht erst versuchen. Und eigentlich ist mein Onkel ziemlich schlau ...« Der Junge seufzte tief.

»Ein Brief von Elsa?« fragte Tristand. »Ich wußte gar nicht, daß Elsa schreiben kann.« Er humpelte wieder stärker – eine Folge seines Sturzes. Zum Glück war das die einzige Verletzung, die der blödsinnige Kampf ihm eingetragen hatte. Vorsichtig schlurfte er über den Burghof zur Steinbank, wo Marcella in der Sonne saß.

Marcella rückte, um ihm Platz zu machen. »Kann sie auch nicht. Wahrscheinlich hat Bruder Randulf von St. Maximin den Brief aufgesetzt. Elsa sagt ... o Himmel!« Auf dem Burghof ging es zu wie auf dem Marktplatz. Am Abend sollte das Schiff des Bischofs Trarbach passieren. Und Loretta hatte in einem plötzlichen Entschluß alle Kranken und Alten, deren Ableben in den nächsten

Wochen zu befürchten stand, auf Fuhrwerke betten lassen, um sie hinunter ins Dorf zu transportieren. Niemand sollte in die schreckliche Lage kommen, ohne geistlichen Beistand und die Vergebung der Kirche sterben zu müssen.

Die alte Frederika, die immer das Geflügel rupfte, wehrte sich mit lautem Geheul. Ihr Geist war zu stumpf, um die Notwendigkeit des Umzuges einzusehen, sie argwöhnte, daß man sie wegen ihrer Schwäche verstieß, und entsprechend war ihr Wehgeschrei. Die Knechte drückten und schoben sie fluchend auf den Wagen.

»Elsa schreibt ...«

»Wäre es nicht besser, in eines der Zimmer zu gehen?« fragte Tristand. Wahrscheinlich meinte er damit seinen oder ihren Gastraum. Aber das wollte Marcella auf keinen Fall. Sie wollte auch nicht, daß man sie bewachte, wie eine unmündige Ehefrau. Sie wollte überhaupt nicht, daß sich jemand in ihre Dinge mischte. Der Kaufmann war ihr zu nahe gekommen. Das war ihr in den letzten Nächten, als sie grübelnd wachgelegen hatte, schmerzhaft klargeworden. Sie war gereizt. Von Frederikas Gebrüll. Von der Unmöglichkeit, sich auf der Burg zurückzuziehen. Der Gedanke, bei einer Belagerung Wochen hier zubringen zu müssen, machte sie kribbelig bis unter die Haut. Und es war unerträglich, daß Tristand seinen Arm auf die Lehne der Bank in ihrem Rücken legte. Wenn er nicht wollte, daß man über sie klatschte ...

»Kann ich es selbst lesen?« fragte er.

»Nicht nötig.« Die Knechte schlossen die Klappe hinter Frederika und setzten sich mit dem Karren in Bewegung. »Elsa schreibt, daß sie ein Gutteil des gelben Sandelholzes losgeworden ist. Eigentlich sogar mehr, als sie wollte, denn Sandelholz ist im Moment knapp, und sie hätte gern verschiedene Kunden beliefert. Aber die Bottoms planen die Heirat ihres Ältesten, und dafür wollen sie ... Ich langweile Euch!«

»Überhaupt nicht.« Tristand hatte seinen Arm zurückgenommen. »Zu welchem Preis?«

»Marktpreis. Die Bottoms sind eine reiche und vor allem verschwenderische Familie. Es lohnt, sie als Kunden zu halten. Vor allem die alte Frau Bottom. Wenn sie sich entschlösse, Euch die Tür zu ihrem Haus zu öffnen, seid Ihr eine Menge Schwierigkeiten los. Sie hat allerdings ein starkes Moralempfinden. Aber dafür eine Enkeltochter mit einem Hang zum Schwärmerischen ...«

Das war gemein. Marcella schloß die Augen. Sie hätte sich gern vor sich selbst entschuldigt, indem sie vorgab, daß jedermanns Nerven im Moment blank lagen. Aber es war ja nicht der Erzbischof, der ihr die Ruhe raubte. Es war ... es hing mit Tristand zusammen. Er sollte ihr nicht so nahe kommen.

»Was machen die Klöster?« fragte er.

Elsa hatte über St. Maximin geschrieben. Dort hatten sie Myrrhe gebraucht, und durch einen glücklichen Zufall war es ihr gelungen, einen Teil des Rosmarins auf dem Stapelmarkt gegen das Räucherwerk einzutauschen. Sonst war sie den Klöstern ferngeblieben. Die meisten Verkäufe gingen an Hausfrauen. Ich muß zurück, dachte Marcella. Elsa ist nicht klar, was uns die Klöster bedeuten. Ohne die Skriptorien bekommen wir unsere alte Stellung nicht wieder.

»Für Euch«, sagte sie zu Tristand, »sind die Klöster nicht wichtig. Ihr braucht Verbindungen zu Leuten wie den Bottoms.«

»Sicherlich. Und wie umsichtig von Euch, darauf zu achten.«

Frederikas Protestgeschrei verhallte zwischen den Häusern der Vorburg. Zwei Knechte kamen durchs Tor und schleppten eine hölzerne Bettstatt die Palastreppe hinauf. Loretta ließ das oberste Zimmer des Bergfrieds für den unfreiwilligen Gast herrichten. Sie hatte schon kehren lassen und Teppiche auf Wänden und Böden drapiert. Sogar gekocht wurde. Aber wahrscheinlich würde Balduin heute abend sowieso keinen Bissen hinunterbekommen.

»Schreibt sie sonst noch etwas?«

»Elsa?« O ja. Elsa schrieb, daß Onkel Bonifaz in die kleine Krämerei gekommen war und nach Marcellas Aufenthaltsort gefragt hatte. Elsa hatte getan, als wüßte sie nichts Genaues, aber natürlich hatte der Onkel ihr nicht geglaubt, und am Ende hatte er sie mit einer Nachricht betraut. »Ich soll dir sagen«, schrieb Elsa, »daß dein Herr Onkel wünscht, daß die Sache mit Jacob Wolff vonstatten geht.« Vielleicht bin ich jetzt eine richtige Waise, dachte Marcella. Zur Heirat zwingen würde der Onkel sie kaum können, aber ihr graute davor, zu ihm zurückzukehren und womöglich mit ihm streiten zu müssen. Und war man nicht Waise, wenn man kein Heim mehr und den letzten Rest der Familie verloren hatte?

»Nichts Wichtiges«, sagte sie knapp. Mit einem Mal hatte sie entsetzliches Heimweh nach Elsa und dem dunklen, kleinen Laden mit dem scrittoio und den Krügen und den herben und süßen Düften der Gewürze.

Sie verbrachte den Nachmittag damit, Loretta beim Herrichten des komfortablen Kerkers zu helfen. »Aber keine Blumen«, sagte Loretta. »Balduin ist ein strenger Mann, der keinen Sinn für hübsche Dummheiten hat, und außerdem soll er merken, daß wir ihn nicht fürchten.« Loretta war von stiller Heiterkeit, die mit ihrer vornehmen Herkunft zusammenhängen mußte, denn jeder andere Mensch wäre vor Aufregung wahrscheinlich verrückt geworden.

Der Türmer hielt den Fluß im Auge, für den Fall, daß das Bischofsschiff früher als geplant käme. Die Ritter waren bereits an der vorgesehenen Stelle am Ufer, begafft von den Dorfbewohnern, die sich auf das ungewohnte Treiben keinen Reim machen konnten und entsprechend spekulierten.

Mechthilde hatte in der Küche Tücher zum Verbinden und Kräuter und Wein und Salben bereitgelegt. Marcella hatte ihre Hilfe angeboten, aber sie hatte brüsk abgelehnt. Natürlich.

»Seinen Tragaltar wird er selbst mitbringen«, sagte Loretta. »Und ich habe angeordnet, daß ein Knecht und einer seiner geistlichen Begleiter mit ihm hinaufgebracht werden sollen, falls das möglich ist. Ich hoffe, daß er einlenken wird. Ich glaube es. Er ist ein kluger Mann.«

Sie lud Marcella ein, mit ihr ein Bad zu teilen.

»Nicht jetzt. Auf keinen Fall jetzt«, sagte Marcella und floh.

Die Sonne hatte den Zenit schon lange überschritten und war zur Mosel hinübergewandert. Es ging auf den Abend zu. Und da die Nächte inzwischen kurz geworden waren, nahm Marcella an, daß das Bischofsschiff bald kommen müßte. Sie ging in ihr Zimmer hinauf, versuchte, Elsas Angaben mit ihren Aufzeichnungen über Tristands Einkäufe zu vergleichen, verrechnete sich ständig und beschloß schließlich, die Burg zu verlassen. Es gab da doch diesen kleinen Hang, wo sie mit Tristand über die Gewürze gesprochen hatte. Von dort aus konnte man die Mosel einsehen. Und alles war besser als zu warten.

Ihr kleiner Aussichtsplatz war leer. Die Sonne schien wie beim letzten Mal, es war sogar noch wärmer. Marcella setzte sich ins Gras und beobachtete aus ihrer Vogelperspektive, was sich unten am Fluß tat. Die Ritter der Starkenburg standen am Moselufer und unterhielten sich oder warfen Kiesel übers Wasser. Gelegentlich, aber nicht sehr oft, glitt ein Schiff vorüber. Sie hatten keinen Grund zur Unruhe. Der Türmer würde sein Horn blasen, wenn er auf den Wellen das rote Trierer Kreuz erblickte. Die Kette war auch gezogen und die Winde geölt.

Tristand, auffällig, weil er keine Rüstung zum Schutz trug, saß neben Pantaleon unter einer Weide. Er schien etwas auf den Knien zu haben, das blitzte, und wahrscheinlich handelte es sich um sein Schwert. Aber sie wußte, daß er es nicht benutzen wollte. Was für ein Unsinn, daß er überhaupt am Fluß war. Vielleicht versuchte er Pantaleon ein letztes Mal nahezubringen, daß es keine Toten unter den Männern des Bischofs geben durfte. Und wahrscheinlich würde der Graf ihn wieder nicht verstehen. Sie dachten in verschiedenen Bahnen. Aber Erzbischof Balduin entstammte ebenfalls einem Adelsgeschlecht, sogar einem berühmten, dem luxemburgischen. Es hieß, er habe auf seinem Italienfeldzug einem Orsini persönlich den Schädel samt Helm gespalten. Mit einem einzigen Schlag. Vielleicht würde der Bischof sich mit dem Grafen viel besser verstehen. Vielleicht würde er die eigenen Toten sogar ohne Zucken verwinden, wenn alles im Rahmen der Ehre stattfand.

»Es wundert mich nicht, daß Ihr Euch hierhin verkrochen habt«, sagte eine Stimme.

Marcella schrak zusammen. So heftig, daß ihr die Blütenköpfchen, die sie gepflückt hatte, aus der Hand fielen.

»Gefällt es Euch?« fragte Mechthilde.

Marcella drehte sich um. Diesmal stand Volkers Weib nicht im Licht, und das Grau ihrer Kleider war noch strenger, und ihre Züge noch kantiger geworden. Sie hatte die Haare so resolut aus der Stirn gekämmt, daß jedes einzelne starr wie Draht zur Haube lief.

»Nein«, sagte Marcella, »es gefällt mir überhaupt nicht.« Ihr Herz klopfte. Die graue Mechthilde stand kaum drei Fuß hinter ihr. Zum ersten Mal wurde ihr bewußt, wie groß die knochige Frau war. Und wie kräftig in den Schultern, trotz ihrer Magerkeit.

Mechthilde blickte über sie hinweg und beobachtete das Wasser. »Dort kommt das Schiff.«

Widerstrebend schaute Marcella zum Fluß und auf das Spielzeugboot hinab, das langsam um die Flußbiegung dümpelte. Sie saß direkt am Abhang, weil sie sonst die

Mosel nicht weit genug flußaufwärts hätte einsehen können. Zwischen ihr und dem Abgrund waren vielleicht zwei Fuß Wiese. Es ging zwar nicht sofort steil hinab, aber wenn man gestoßen wurde …

»Der Türmer«, sagte Mechthilde.

Ja. Das Signalhorn sandte sein verabredetes Zeichen, ein dreimaliges Blasen. Marcella sah, wie die glitzernden Gestalten am Moselufer in Bewegung kamen. Die Männer konnten das Schiff selbst nicht sehen, da sie hinter der Biegung standen. Aber das brauchten sie ja auch nicht. Pantaleon sandte den kräftigen Emmerich – oder war es Colin? – an die Winde. Auf der anderen Seite der Mosel stand ebenfalls eine Gestalt.

»Wie ich sehe, ist Euer Buhle auch dabei«, sagte Mechthilde sanft.

Die Worte krochen eklig wie Insekten in Marcellas Bewußtsein. Ungläubig starrte sie die Frau an.

Aber Mechthildes Aufmerksamkeit war schon wieder beim Fluß. Still und auf unheimliche Art ruhig erwartete sie den Überfall. Als würde dort das Jüngste Gericht stattfinden – schrecklich, aber zugleich unabwendbar und deshalb keiner Emotionen bedürftig.

»Ihr habt kein Recht, so etwas zu sagen!« flüsterte Marcella.

»Nein?« Ein kleines, boshaftes Blinzeln verriet das Weib. Das Spektakel am Fluß war interessant, aber nicht so sehr, wie das Spiel, das sie mit der Krämerin auf der Klippe trieb. »Vergebung, Herrin«, murmelte sie mit seidenweicher Schmeichelstimme. »Wahrscheinlich habt Ihr recht. Denn Frauen wie Ihr …«

Sie unterbrach sich, denn plötzlich bog ein zweites Schiff um die Moselkrümmung. Eines, das mit Bewaffneten besetzt zu sein schien, denn sie sahen Metall blinken. Der Bischof kam also mit zwei Schiffen. Und wenn die Kette gehoben wurde, würden die Starkenburger es mit zwei Besatzungen zu tun haben …

»Frauen wie Ihr«, sagte Mechthilde und trat eine Winzigkeit näher an Marcella heran, »bekennen sich nämlich zu keinerlei Pflichten. Nicht einmal zu denen einer – Hure. Auch wenn sie deren Amt ausüben.« Ihre Augen glitzerten.

»Das ist nicht wahr.«

»Herzchen ... Ihr reist ihm nach wie die Marketenderin dem Söldner, umgarnt ihn und bringt ihm das Blut zum Kochen, bis er vor Geilheit fast von Sinnen ist. Und dann, wenn er kommt, um sich Erleichterung zu verschaffen ...«

Marcella schüttelte den Kopf.

»... weist Ihr ihm die Tür. Eine feine Art, sich lustig zu machen. Und er ist auch noch dumm genug, Euch dafür zu Füßen zu kriechen.« Mechthilde trat so dicht an Marcella heran, daß ihr Kleid ihren Rücken berührte. Ihr Arm wies zum Fluß. »Dort unten wird Blut fließen«, sagte sie ohne Übergang. *»Das Volk hat seinen Herrn verlassen, den Heiligen Israels hat es geschmäht.* Aber dieses Blut wird auf Euer Haupt kommen, Herrin. Denn Ihr habt den Plan ausgeheckt. *Und Gott haßt die Bösen und den Frevlern vergilt er mit Strafe.*«

»Ihr seid ... niederträchtig.« Mit brennenden Augen starrte Marcella zu den Booten hinab.

Das Bischofsschiff hatte ein Segel gesetzt, um die Fahrt zu beschleunigen. Aber es schien eine Bö aufgekommen zu sein, denn es wurde aus dem Kurs gedrückt und begann, sich im Heck zu drehen. Der Steuerer auf dem Wachboot rief Befehle, die bis zur Klippe hinaufdrangen, um sein Schiff aus der Gefahrenzone des kreiselnden Bootes zu bringen. Die Männer des Bischofs versuchten mit Staken, Abstand vom Ufer zu halten. Sie stemmten sich gegen die Fahrt und ließen das Begleitboot passieren, um es nicht zu rammen.

»Es wird also doch kein Blut fließen!« sagte Marcella erleichtert. Mochte es nun Zufall oder Gottes Fügung sein

– jedenfalls würde das Boot mit den Bewaffneten die Kette zuerst passieren. Langsam trieb es darauf zu, während das Schiff, auf dem die Bischofsflagge wehte, sich immer noch mühte, wieder in den Fahrstrom zu gelangen.

Ein Windstoß blies den Stoff von Mechthildes Kleid auf und trieb ihn gegen Marcellas Wange.

Wieder erstarrte sie. Wenn sie mich jetzt stößt, dachte Marcella ... Es ist nicht schwieriger, als eine Falltür zu öffnen. Wahrscheinlich würde ein kräftiger Tritt reichen. Und niemand würde es merken. Man würde einen Unfall vermuten. Vielleicht auch wirklich die Strafe Gottes für diejenige, die den Gedanken an die Entführung aufgebracht hatte. Ihre Hände umklammerten Grasbüschel. Jede Bewegung, alles was sie tat, um sich zu wehren, würde zu spät kommen. Oder vielleicht sogar beschleunigen, was beabsichtigt war.

Ihr Bewußtsein hatte sich in zwei Hälften geteilt. Die eine verkroch sich vor dem wehenden Kleid, die andere nahm zur Kenntnis, daß das Wachboot die Sperre hinter sich gelassen hatte. Das Schiff des Bischofs hatte wieder seine Richtung gefunden. Marcella konnte die Rüstungen der Starkenburger hinter den Büschen blinken sehen. Einer davon war Pantaleon. Er wartete ab. Mit den kühlen Nerven eines Ritters. Das Bischofsschiff nahm in weitem Bogen die Moselschleife. Marcella konnte nicht beobachten, wie sich die Kette hob, denn das Wasser glitzerte zu stark. Aber sie sah den heftigen Ruck, als das Schiff das Hindernis rammte, und dann die winzigen Boote der Starkenburger, die wie ein Fischschwarm aus dem Uferkraut schossen und Richtung auf die schaukelnde Beute nahmen.

Die Männer des Bischofs riefen Alarm, aber ein von der Strömung und zusätzlichen Segeln getriebenes Schiff läßt sich nicht so leicht aufhalten. Das Wachschiff kämpfte verzweifelt gegen Wasser und Wind.

Die kleinen Boote versuchten nicht, das Schiff des Erzbischofs zu entern. Sie befestigen nur ein Tau an seinem Bug und zogen es an der Kette entlang bis zum Ufer. Richwin, unbekümmert um Hiebe und Gefahren, stand breitbeinig in einem der Boote und sorgte dafür, daß niemand in die Nähe des Taus gelangte, um es zu kappen.

Pantaleon hatte minuziös geplant. Als das Bischofsschiff angelangt war, gab es ein kurzes Kampfgetümmel, aber ehe die Leute vom Wachschiff ihrem Bischof zur Hilfe kommen konnten, war der Handstreich schon vorbei.

Die Starkenburger Ritter zerrten eine sich heftig wehrende Gestalt den steilen Bergweg hinauf. Drohungen, die sie brüllten, hielt die klerikalen Krieger ab, ihnen zu folgen. Die Entführung war gelungen.

»Einige sind verletzt«, sagte Mechthilde. Sie trat zurück und ging mit raschen Schritten zum Hang und die Böschung hinauf. Ihr Kleid wehte hinter ihr wie eine Flagge.

Marcella drehte sich zitternd vom Abgrund fort und hockte sich auf die Knie.

Einer von denen, die beim Rückzug gestützt werden mußten, war Richwin gewesen. Er mußte in dem Handgemenge, als sie den Bischof vom Schiff geholt hatten, verletzt worden sein. Und in Marcellas Kopf, der schwer vor Scham war, begann sich der Gedanke zu kristallisieren, daß sie hier vielleicht eine besondere Art von Bestrafung traf. Warum sonst hätte gerade Richwin verletzt werden sollen?

Von all den Männern ausgerechnet Richwin.

XVII

Marcella wartete mit den anderen Frauen im Palas, als der Erzbischof gebracht wurde. Der Marsch der Männer zur Burg hatte einige Zeit beansprucht, und es war darüber Nacht geworden. Im Rittersaal war es trotzdem hell, denn Loretta hatte sämtliche Kerzen in den schmiedeeisernen Deckenleuchtern und Tischständern und auch alle Wandfackeln entzünden lassen. Ihr Palas war ein Ort der Wärme. Das Kaminfeuer flackerte bis in den Rauchfang und erleuchtete einen Halbkreis, in dem die beiden Zwerghunde der Gräfin auf einem Strohhaufen dösten. Vor den Wänden, dort, wo sie nicht bemalt waren, standen Gestelle mit Teppichen. Der hintere Teil des Raumes wurde von Spindeln, Wollkörben und einem hölzernen Webstuhl ausgefüllt. Über dem Kamin, wo in ausgeblichener Farbe das Sponheimsche Wappen auf dem Putz prangte, hatte Loretta Fahnen aufhängen lassen, deren Bedeutung wohl in der Familiengeschichte lag, denn sie waren allesamt zerfranst und leckig, als wären sie durch Schlachten geführt worden.

Die Gräfin selbst saß auf ihrem Stuhl mit den Löwenkopflehnen, und obwohl sie nur ein schlichtes, wollweißes Kleid ohne jeden Schmuck trug, und dazu einen Spitzenschleier, der ihr schönes Haar vollständig bedeckte, sah sie aus wie eine Königin. Wie die edelmütigste und strahlendste Königin aller Reiche.

Es war nicht auszumachen, ob der Erzbischof vom Saal oder seiner Herrin beeindruckt war. Er kochte vor Zorn, als man ihn durch die Tür die Stufen hinab in den Raum drängte. Sein rotes Käppchen, Zeichen der Bischofswürde, hing ihm über den blonden Locken wie die Kappe eines Vagabunden, der Bischofsmantel war zerrissen und mit Erde befleckt, und das diamantenbesetzte Kreuz, das eigentlich die Brust hätte schmücken sollen, baumelte verdreht an seiner Schulter, wo es sich am Handgelenk des Ritters verfangen hatte, der ihn hielt. Trotzdem wirkte er nicht lächerlich. Nicht im geringsten. Er war der Mann, der dem Erzbistum Trier Dutzende von Burgen erbaut und erobert hatte. Er hatte die Schulden des Kirchenreiches getilgt. Er hatte mit eiserner Hand Korruption und Schluderei bekämpft, hatte Gesetze gegen den Aberglauben erlassen, hatte die Raubritter in ihre Burgen zurückgejagt. Er war der Mann, der Kaiser und Papst zugleich trotzte. Und jeder Zoll seiner gereizten Gestalt drückte das Selbstbewußtsein aus, mit dem er all das zustande gebracht hatte. Marcella konnte nicht umhin, ein klein wenig stolz auf ihren Bischof sein. Bangen Herzens blickte sie zu Loretta.

Die Gräfin erhob sich. Ihr zartes Gesicht schimmerte milde und friedlich, als umgäbe sie eine Aura, die die Spannung des Raumes von ihr fernhielt. Sie hätte warten können, bis man den Bischof vor ihre Füße schleppte, aber sie tat es nicht, und Marcella empfand das als Zeichen von Stärke. Gemessen, ohne Scheu, das Kleid umsichtig gerafft, ging sie ihrem Gefangenen quer durch den Saal entgegen.

»Ihr seid verärgert, Erzbischof Balduin«, stellte sie fest.

Der Bischof bekam schmale Wangen. Er hatte ein feines, lebendiges Gesicht. Und jeder Muskel darin drückte Wut aus. Er schien etwas sagen zu wollen, wurde aber von einem Laut zurückgehalten, der schrill und widernatürlich hoch plötzlich aus dem Burghof durch die Fenster des Palas drang.

Loretta hob den Kopf. Sie wurde steif, und zwar auf eine sehr nachdrückliche Weise, die die Aufmerksamkeit stärker auf sie zog, als jedes Wort. Sie horchte, als könne sie aus dem Echo des Schreis seine Bedeutung erfahren.

»Einer von den Bischofssöldnern«, stieß Pantaleon hervor. »Er hat Richwin auf dem Gewissen.«

Es war nicht auszumachen, ob die Gräfin an Farbe verlor. Nur ihr Hals streckte sich ein wenig. »Wenn er Richwin umgebracht hat«, sagte sie leise, »dann soll er sterben.« Diese Worte waren in den Raum gesprochen, die nächsten gingen direkt an ihren Schwager. »Aber wenn der Mann gekämpft hat, um seinen Herrn zu verteidigen – dann hätte ich gern erklärt, warum ihm keine Ehre widerfährt.«

Die Fackeln an den Wänden qualmten. Durch die Schwaden ihres Rauches plätscherten das Gelächter und die rohen Zurufe der Knechte im Hof, und wieder gab es einen gepeinigten Schrei.

Pantaleon wartete, in seinem scharfgeschnittenen Gesicht kämpfte Erbitterung mit Fassung. Schließlich ging er zum Fenster, drängte sich am Tisch entlang, lehnte sich über den Sims und brüllte einen Befehl hinab.

Das Gelächter verstummte, es wurde noch gemurmelt, aber das interessierte im Palas niemanden mehr. Lorettas Schwager blieb, wo er war, und verschränkte die Arme über der Brust.

»Also, Weib. Was soll diese ... Posse? Was wollt Ihr? Birkenfeld?« schnitt Balduins ungeduldige Stimme durch die Stille.

»Ich will das Wohl meiner Kinder schützen.«

»Oh!« Der bischöfliche Ton wurde sarkastisch. »Und Ihr hofft, dieses Ziel durch gotteslästerliches Treiben zu erreichen?«

»Ich hoffe auf Eure Einsicht.«

»Birkenfeld bleibt bei Trier!« erklärte der Bischof knapp.

Pantaleon wollte auffahren, aber Loretta hob die Hand. Ihr zartes Gesicht blieb unverändert ruhig. »Wie ich schon sagte, Erzbischof, Ihr seid verärgert. Aber Ihr steht in dem Ruf, ein gerechter und großzügiger Mann zu sein. Meine Base Elisabeth, der Ihr den Gatten und das Heim wiedergegeben habt, singt das Lied Eurer Güte.« Sie lächelte und brachte es fertig, aus diesem Lächeln sowohl Spott als auch Demut herauszuhalten. »Ich habe Euch ein Zimmer bereitstellen lassen, in dem Ihr Euch, wie ich hoffe, wohl fühlen werdet, solange Ihr auf Starkenburg zu Gast seid. Ihr werdet Zeit haben, die ganze Angelegenheit in Ruhe zu bedenken.«

»Birkenfeld bleibt beim Erzbistum!« wiederholte Balduin stur.

»Am besten erstellt Ihr eine Liste der Dinge, die Ihr aus Trier benötigt. Denn wenn Ihr längere Zeit hier wohnen solltet …«

»Ihr wißt, daß Euch diese Schandtat exkommuniziert?«

Loretta schwieg. Sie dachte sorgfältig nach, während die hellen Flecken des Kerzenscheins über ihr Gesicht huschten und einen Wechsel von Licht und Schatten verursachten. »Ich weiß es, Vater«, sagte sie schließlich. »Und es bekümmert mich. Um meiner und um der Menschen willen, die mir anvertraut sind. Mir wäre jeder andere Weg lieber gewesen.«

Sie schaute Balduin offen und freimütig in die Augen. Und weiß der Himmel, dachte Marcella, irgendwie hat sie es geschafft, ihn doch noch ins Unrecht zu setzen.

»Richwin ist bewußtlos, aber für mich sah es nicht aus, als hätte er schlimme Verletzungen. Vielleicht ist er schon wieder bei sich«, sagte Tristand, als der Bischof fort und Loretta und die meisten Edlen zu den Verwundeten in die Küche hinabgegangen waren. »Nein, Herrin, wartet. An seinem Bett werdet Ihr jetzt sowieso keinen Platz finden, und Mechthilde ist eine begabte Krankenwärterin.« Er faßte sie an den Schultern und drehte sie sanft, so daß ihr Gesicht vom Feuer des Kamins erleuchtet wurde. »Wollt Ihr mir sagen, womit ich Euch verärgert habe?«

»Ihr … Aber nein!« Marcella leugnete so heftig, wie man es nur mit schlechten Gewissen kann. Mechthildes Worte saßen wie mit Widerhaken in ihrem Herzen. Tristand hatte – um ihretwillen, auch um ihretwillen! – eine Wunde geschlagen bekommen. Und sie, Marcella, hatte ihn damit alleingelassen. Mechthilde hatte Kräuter über sein blutendes Fleisch gelegt, Sophie hatte Tränen des Mitgefühls vergossen, Loretta hatte ihm Wein und Fleisch zur Stärkung geschickt. Und ich habe mich nicht einmal nach seinem Befinden erkundigt, dachte sie. Kein einziges freundliches Wort. Für jeden Hund hätte ich eines gehabt …

»Ist es wegen der Sache mit Johann?« Tristand forschte in ihrer Miene. Er verzog den Mund. »O je, natürlich. Schwatzhaft wie eine Elster, der kleine Mann. Ich geb's auch zu, es war eine unglückliche Idee. Aber … *fluch sanft, mein lieb, der ungerechten Pein, und laß die narren narren sein* … Ich leide unter Träumen, Herrin. In letzter Zeit besonders unter solchen mit Falltüren. Die Nächte sind manchmal hart …«

»Schlechte Träume kommen von zu fettem Essen«, sagte Marcella. »Und außerdem grolle ich Euch nicht. Es ehrt mich, daß Ihr Euch um mich sorgt. Genaugenommen bin ich es, die sich schämen sollte.« Sie mochte es nicht, wenn er sie so ansah, so aufmerksam; sie kehrte ihm den Rükken und starrte in die Flammen. »Aber Ihr sorgt Euch umsonst, Tristand. Im Ernst. Die Person, von der ich dachte, daß sie die Falltür geöffnet hätte – sie kann es nicht gewesen sein. Das hat sich erwiesen.« Denn hätte Mechthilde sie sonst nicht von der Klippe gestoßen? Die Gelegenheit war günstig gewesen, vollkommen für eine Möchtegernmörderin. »Es muß sich … um einen Zufall gehandelt haben bei der Falltür. So wie heute abend, als das Wachschiff vor das Schiff des Bischofs geraten ist. Eine Windböe. Ein Wirbel im Wasser. Und schon war's passiert. An dem Abend, als ich gefallen bin, ist viel Wein geflossen. Betrunkene tun die merkwürdigsten Dinge. Und der Turmwächter hat ein Liebchen. Vielleicht wollte er ihr etwas zeigen …«

»Ah ja.«

»Und – eigentlich hab' ich immer gut selbst auf mich achten können.«

Er schwieg.

»Ich mag es auch nicht, wenn jemand über mich entscheiden will.«

Er schwieg. Die Flammen tanzten und prasselten über dem mürbem Holz. Die ersten Scheite fielen zusammen. Funken stoben und verglühten im Rauchfang wie Miniaturkometen.

»Gibt es eigentlich einen Menschen, dem Ihr vertraut?« fragte er.

»Ich … vertraue Elsa.«

»Und wie hat sie dieses Wunder erreicht? Nein, laßt mich raten. Elsa ist kein Mann, ist es darum?«

Schweigen. Wieder dieses drückende Schweigen. Rußteilchen wurden über das Feuer gewirbelt und taumelten gegen die Wände des Kamins oder wurden in den Schornstein hinaufgetragen. Wie dumm von Elsa, vor den Augen des Wucherers zu warnen. Sein Kopf war gefährlich. Sein Verstand, der so rege beobachtete und Dinge bemerkte, über die andere hinwegsahen.

»Was hat man Euch angetan, Marcella?« fragte er behutsam. »Ihr seid wie ein Igel, der verlernt hat, aus seinen Stacheln zu kriechen. Wer hat Euch etwas getan?«

Niemand. Und Onkel Bonifaz hatte recht gehabt, Jeannes Kiste zu verbergen. Er hätte auch den Brief verbrennen sollen. Er hätte den Schmuck einschmelzen und ihr davon einen neuen Mantel und einen neuen Himmel für ihr Bett kaufen sollen und dafür sorgen sollen, daß nichts mehr blieb, was an Jeanne erinnerte.

Ein Funke sprang über die Ummauerung des Kamins, Marcella trat ihn mit dem Pantöffelchen aus.

»Und was ist aus Eurem Lehrherrn in Brügge geworden, Tristand?« fragte sie. »Aus dem Vater Eurer Liebsten?«

Es war eine Gabe. Sie stand mit dem Rücken zu ihm, konnte nichts von ihm sehen und wußte doch, daß sie ihn zutiefst verletzt hatte. Marcella drehte sich um.

»Tristand«, sagte sie leise. »Wir tun einander nicht gut. Ich tue Euch nicht gut, und Ihr mir nicht. Laßt uns vorsichtig miteinander umgehen.«

Richwin war tatsächlich ohne äußere Verletzung, wenn man von einer Schramme an der Schläfe und einer Beule unter seinem Auge absah. Aber er lag ohne Bewußtsein auf dem Faltbett in der Küche und war nicht wach zu bekommen. Als Marcella zu ihm trat, machte Mechthilde gerade einen Breiumschlag aus roher Schafgarbe, der die Schwellung am Auge zurücktreiben sollte. Sicherheitshalber ließ sie ihn auch noch zur Ader, mehr wußte niemand zu tun.

Es wurde eine lange Nacht. Acht Männer hatten sich beim Sturm auf das Schiff verletzt. Keiner so schlimm wie Richwin, aber es gab etliche Wunden zu nähen und zu verbinden und eine, die sich durch merkwürdige Färbung und gezackte Wundränder hervortat, wurde mit Terpentin ausgegossen, um sie durch Eiterung zu heilen. Im Kessel auf dem Herd dämpfte es von kochenden Kräutern. Mechthilde tupfte Blut und säuberte Wunden, und Loretta und Marcella und die Edelfrauen halfen ihr, Verbände anzulegen. Marcella hätte gern einen Bilsenkrautsaft gemischt, denn auch wenn die Verwundeten sich mit losen Bemerkungen überboten, litten einige starke Schmerzen. Aber sie hatte das Kraut ja nicht bei sich, und selbst wenn – Mechthilde würde den Gebrauch niemals gestatten.

Als alle versorgt waren, zogen die Frauen und die Verwundeten sich in ihre Schlafkammern zurück, aber Marcella fand keine Ruhe. Sie blieb noch ein Weilchen am Küchenkamin sitzen, bis das Feuer niedergebrannt war, dann verabschiedete sie sich von der Magd, die Richwin bewachte, und stieg den Turm hinauf. Der Bischof drüben im Bergfried mochte auch noch wach sein. Er lag nicht in Ketten, war aber von Reisigen umgeben, die in und vor seinem Schlafraum mit Schwertern standen. Kaum anzunehmen, daß dieser Anblick ihm zur Ruhe verhalf.

Marcella stieg mit der Kerze in der Hand die Wendeltreppe hinauf, die in die oberen Räume führte. In einem plötzlichen Entschluß ließ sie die Tür zu ihrem Stockwerk ungeöffnet und nahm noch einige weitere Stufen. Über ihrem Zimmer lag die Kapelle. Vorsichtig schlich sie hinein.

Der Gottesraum roch nach Kälte und Feuchtigkeit, und die bunten Scheiben waren schwarz und von den Mauern nicht zu unterscheiden. Marcella tastete sich an den Bänken entlang, bis sie vor der steinernen Madonna stand. Die Flamme ihrer Kerze beleuchtete das Gesicht der Gottesmutter und die durchstoßene Seite ihres Sohnes, den sie in den Armen hielt. Das Blut, das aus seinen Wundmalen floß, hatte die Form von Trauben und sollte wohl ans Abendmahl erinnern, aber der heilige Zweck, für den er gestorben war, schien die Trauer der Mutter nicht zu mildern.

Marcella hielt ihr Feuer an die Wachskerzen, die unterhalb der Madonna auf dem Altar standen. Das Licht reichte jetzt, die gesamte Statue zu erhellen. Das war ihr aber auch nicht recht. Mit gerunzelter Stirn verrückte sie die Flammen, bis nur noch das runde Gesicht der Madonna beschienen wurde. Dann kniete sie nieder. »Es ist nicht, weil es ein Geheimnis gibt«, flüsterte sie entschuldigend. »Aber Männer sind streng.«

Die Mutter Gottes schaute sie über den Leib ihres Sohnes hinweg nachdenklich an.

»Es ist wegen Mechthilde«, setze Marcella ihr auseinander. »An dem, was sie mir vorgeworfen hat, ist kein Funke Wahrheit, denn ich habe nie etwas gesagt oder getan, was sündig wäre. Mit Tristand«, fügte sie hinzu, obwohl sie annahm, daß Mariä Bescheid wußte. »Ich war freundlich zu ihm und er zu mir, aber es ist nie etwas Ungehöriges geschehen.« Ernsthaft prüfte sie ihr Gedächtnis. »Nein«, wiederholte sie, »es gab nichts zwischen uns, nicht einmal einen Gedanken, der nicht auch in Lettern an der Wand des Bischofsdomes hätte stehen können.«

Die Erwähnung des Bischofs war unklug. Mariä blickte strenger, soweit eine weinende Frau streng blicken konnte.

Marcella hob die Hand und hielt mit dem Finger eine Wachsträne auf, die die Kerze hinunterrann. Sie kniete noch immer und ihre Beine schmerzten, aber sie hatte nicht das Gefühl, daß alles ausgesprochen war.

»Ich habe mit der Hand seinen Mund berührt, als er im Römerturm lag und ihn das Bein schmerzte«, gab sie zu. War das sündig gewesen? Ihre Finger an seinem Mund? »Er hatte Angst«, versuchte sie zu erklären. »Und aus seiner Lippe floß das Blut, mit dem er *mich* hatte retten wollen.« Sie hatte mit ihrer Berührung seine Angst zu lindern versucht. Er hatte auch wirklich zu lächeln begonnen, und beim Lächeln waren diese feinen Kerben entstanden, die sich immer um seine Mundwinkel gruben. Sie liebte es, wenn er lächelte, besonders wenn es auf solche Art geschah. Unvermittelt, fast gegen seine Absicht. »Es gab niemanden außer mir, ihn zu trösten, und ich habe nichts getan, als seinen Mund zu berühren«, verteidigte sie sich zornig.

Die Mutter Gottes mochte es nicht, wenn man sie belog. Ihr gerader Mund schloß sich im Grimm.

Und Marcella mußte an die Hände denken, die sie berührt hatten. Die schlanken, regen Finger auf ihren Schultern. Seine Berührungen waren ... fest gewesen. Aber auch behutsam. Die Erinnerung daran trieb ihr die Hitze in die Wangen. Seine Haut hatte nach Sauberkeit und syrischen Ölen geduftet. Und ... als er sie gehalten hatte, damals im Wald, als er sie geschützt hatte mit seinem Körper und ihr so nah gewesen war, daß es fast nichts mehr zwischen ihnen gab …

Ja, das, all das. Und der Herr haßte die Heuchler!

»Ich will's ja gar nicht«, flüsterte Marcella.

Sie wagte einen Blick zur Madonna. Mariäs Trauerblick war unerbittlich. So unerbittlich wie der von Jeanne, denn genau wie Jeanne verdammte sie die Fleischeslust. Jeanne war rein geblieben. Über alle Kräfte. Sie war so rein geblieben, daß … daß sie …

Ein Funke blitzte in Marcellas Erinnerung auf. Eine schemenhafte Erinnerung an einen Tisch, auf dem ein Krug stand. Der Krug war braun gewesen und hatte rote und blaue Kreise als Verzierung gehabt. Und eine Kerbe am Ausguß, einen kleinen, gesplitterten Riß …

Marcella haßte den Krug. Sie wollte nicht daran denken. Auf keinen Fall. Heftig schlug sie die Stirn gegen die Kante des Altars. Und noch mal und noch mal … Nicht dieser Krug. Sie schlug, bis ihr Sterne vor den Augen tanzten.

»Und woher kamen die Brüder Jesu?« schrie sie die Gottesmutter an. »Und von wem hatte Eva das Gebot, die Erde zu füllen?«

Mariä blieb stumm. Sie hatte sich in ihre Haut aus Stein verkrochen und weigerte sich zu sprechen, und die Kerzen beschienen nichts mehr als ein abgeplatztes Stück an einem steinernen Kinn.

Marcella fühlte Blut durch ihre Augenbraue rinnen. Heftig fuhr sie mit der Hand darüber und stand auf. »Ich bin feige«, sagte sie zur Mutter Gottes. »Das weiß ich. Und vielleicht ist das die Sünde, für die ich gestraft werde. Aber wenn es bei dir wäre, wie bei mir, wenn du in deinem Herzen eine … *Ratte* hättest …«

Ja, das hatte sie. Und niemand konnte erwarten, daß sie die Ratte hinausließ. Ihr Vater hatte sie auf die Kleidertruhe gestellt und sie in einen Mantel mit bunten Seidenblumen gehüllt, um die Ratte einzusperren. Und wenn sie ihn dafür auch gehaßt hatte, so hatte er doch recht getan.

Marcella hob die Hand und berührte mit der Fingerkuppe die steinernen Tränen des Statuengesichts. »Dein Kummer hat dich hart gemacht«, sagte sie zur Mutter Gottes.

Mit dem ersten Licht des nächsten Tages kamen die Männer des Bischofs über die Hügel zum Burgtor. Ihr Führer war der Dompropst Joffried von Rodemachern, der den Erzbischof auf seiner Schiffsreise begleitet hatte und nun mit seiner brüchigen Greisenstimme erzürnt Auskunft über seinen Herrn verlangte. Loretta ließ Balduin zum Tor schaffen und gab ihm Erlaubnis, vom Torturm aus mit seinen Leuten zu reden. Es gab einen Austausch von ätzenden Worten, in denen Balduin klarstellte, daß niemand das Recht habe, Eigentum der Diözese an ein sittenloses Weibsstück auszuhändigen. Selbst dann nicht, wenn es sich unterfing, heiliges Leben anzutasten.

»Courage hat er«, meinte Tristand anerkennend, und Volker nickte dazu.

»Wenn es mein Gefangener wäre«, sagte Pantaleon bitter, »dann gäb's jetzt kein Geplauder am Tor, sondern eine Überredung nach italienischer Art. Verfluchte Duselei! Diese Luxemburger kriegt man nicht in die Furche, indem man sie am Kinn krault. Wenn er im Turm wäre und erst einmal im Streckeisen hinge …«

»Pantaleon, Ihr seid ein Grobian«, stellte Tristand fest.

Balduin war kein Mann vieler Worte. In kürzester Zeit hatte er seine Aufträge erklärt, dann forderte er noch seinen Reisealtar und einige fromme Literatur und war mit seinen Leuten fertig.

Die Stimmung nach diesem Auftritt war trübe. Nur Loretta blieb heiter und lud ihre Damen in die Kemenate zu einer Partie Mühle ein. Der Bischof, so erzählten die

Knechte, die ihn bewachten, abends, hatte seinen Tag auf Knien im Gebet verbracht.

Erstaunlicherweise wurden sie nicht belagert. Am vierten Tag nach der Gefangennahme kam ein Bote aus Wittlich, der zu Tristand wollte, und er gelangte unbehelligt zum Tor und hatte auch keine Bewaffneten in der Nähe der Burg erblickt. Von dieser Nachricht ermutigt erbat sich der Oberstallmeister die Erlaubnis, nach Trarbach hinabzugehen, um sich nach seiner verwitweten Schwester zu erkundigen, die von ihrem ersten Kind entbunden werden sollte.

»Eitle Narrheit«, murrte Mechthilde, die dabeistand, als er Loretta seine Bitte vortrug. »Der Herr gibt, der Herr nimmt. Und sündig ist beides – das Weib, das sich der Lust hingegeben, und der Wurm, der daraus entstand.«

»Geh und schau nach deiner Schwester und sei gesegnet für dein Mitgefühl«, antwortete Loretta dem Stallmeister mit scharfem Unterton. Sie wartete, aber Mechthilde blieb still. Und Marcella konnte sich des Eindrucks nicht erwehren, daß die Gräfin sich darüber ärgerte. Loretta trug immer noch ihre gleichmütige Miene zur Schau, doch darunter brodelte es. Der Bischof verbrachte Tag und Nacht in seinem Turmzimmer. Sie hatte ihn zum Essen geladen, aber er hatte schroff und mit kränkenden Worten abgelehnt.

»Kein Wunder«, kommentierte Volker den Affront. »Balduins Wille hat zwei Kaiser geschaffen – und zwar gegen den Wunsch des Papstes und den des französischen Königs. So jemand gibt nicht nach. Er hat einen Schädel aus Eisen, und er wird hier ausharren, bis uns die Geduld verläßt.«

»Oder bis wir andere Mittel anwenden«, warf Pantaleon ein.

Loretta schüttelte eigensinnig den Kopf.

Und der Bischof hielt sich weiter ans Gebet.

Das einzig Erfreuliche in dieser düsteren Zeit war, daß

Richwin aus seinem Ohnmachtsschlaf erwachte. Aber selbst hier hielt das Schicksal einen Wermutstropfen bereit: Der junge Ritter konnte zwar Arme und Beine bewegen, sprach vernünftig und hatte an alles eine Erinnerung, aber aus irgendwelchen Gründen, die mit dem Schlag zusammenhängen mußten, konnte er nicht richtig sehen. Seine Augen gaben ihm dasselbe Bild zweimal wieder, etwa einen Fingerbreit gegeneinander verschoben, wie er ihnen erklärte. Das wird schon wieder, tröstete Heiderinc, doch die älteren Ritter, die Erfahrung mit Verletzungen hatten, schüttelten bedenklich die Köpfe.

Eine Woche nach der Entführung, inzwischen war es Juni geworden und ein ungewöhnlich warmer Sommer angebrochen, stand wiederum Besuch am Tor. Der Jude Jacob Daniels war mit einer Handvoll Bewaffneter aus Wittlich gekommen, diesmal persönlich, und wünschte den Kaufmann Tristand zu sprechen.

Marcella hörte davon und machte sich zu Tristands Zimmer auf, in der Hoffnung, etwas über den gestohlenen Safran zu erfahren. Irgendwann mußte Walram ihn doch verkaufen! Wollte er ihn verschimmeln lassen?

Aber der Geldverleiher schüttelte den Kopf. Er mochte sich nicht festlegen, denn seit die Straßen trocken und der Handel wieder in Schwung gekommen war, ging es in den Kaufhäusern zu wie in einem Bienenstock. Aber seine Gewährsleute, über die er Kontakt zu den Händlern hielt, hatten gemeint, daß augenblicklich kein Safran angeboten wurde, nicht einmal drüben in den Rheinstädten. Erst um den Laurentiustag sollte eine Ladung über Utrecht nach Koblenz kommen, Tuschgan-Safran aus den Abruzzen, aber es gab bereits einen Tuchfärber als Abnehmer, und er würde erst gar nicht zum Markt gelangen. Sonst wurde nirgends über Safran gesprochen.

Daniels hatte den gelben Judenhut, den zu tragen das Gesetz ihn nötigte, neben sich auf einen Faltstuhl gelegt und strich nun müde durch das schüttere Haar. Er war ein Mann in mittleren Jahren mit nachdenklichen, tief eingesunkenen Augen, in denen nur selten ein Funke Ironie aufglühte. Mangels eines Tisches breitete er seine Papiere auf Tristands Bett aus und begann mit ruhiger Stimme die Transaktionen zu erklären, die er durchgeführt oder vorbereitet hatte. Der Gewürzhändler aus Basel hatte nicht betrogen, sein Schiff war auf einen unter Wasser liegenden Eisenanker aufgelaufen. Übertrieben hatte er allenfalls in der Summe seines Verlustes, aber darüber hatte Daniels sich mit ihm einigen können. Tristand nickte und siegelte einen Schuldschein.

»Ich war in Koblenz im Haus der Tuchhändler und habe den Goldbrokat aus Lucca weiterverkauft, den Ihr in Basel bestellt hattet. Es gab einen Gewinn – nicht so hoch wie wünschenswert, aber die Ausgaben wurden mehr als gedeckt. Nur ...«

»Ja?« fragte Tristand.

»Der Mann, der den Stoff gekauft hat, hat den Wechsel auf seine Filiale in Trier ausgeschrieben – und dort will man nicht zahlen.«

»Und warum nicht?«

Daniels zögerte. »Die Gründe sind an den Haaren herbeigezogen und hielten vor keiner Schiedsstelle stand. Der Händler sagte, er sei aber gern bereit, sich mit dem Besitzer der Stoffe – nicht mit mir, sondern mit dem, in dessen Auftrag ich handle – vor einem Gericht zu einigen. Und zwar vor dem Gericht der Schöffen in Trier.«

»Er bestand auf Trier?«

»Ja. Und ich mache mir Vorwürfe, daß ich nicht bereits mißtrauisch war, als er den Wechsel nach dorthin ausschrieb.« Der Jude zögerte. »Es muß sich jemand mit sehr viel Umsicht über die Stoffkäufe in unserer Region umgehorcht haben«, fuhr er fort. »Über alle Käufe, bei denen nennenswerte Summen geflossen sind. Ich habe mir erlaubt, mich umzuhorchen. Jemand scheint die Kaufhäuser der Tuchhändler aufgesucht und ihnen angeraten zu haben ...«

»Wer?«

»Martin«, sagte Marcella. Es war Unfug, drum herum zu reden. Wenn man den Zahn langsam zog, tat's auch nicht weniger weh.

Der Jude nickte betreten.

Tristand nahm die Kaufbelege auf, die Daniels über dem Bett verstreut hatte, und blätterte darin. »Nicht weiter schlimm. Wie Ihr sagtet – der Gewinn war gering, und der Verlust ist es auch, alles in allem. Ich hätte das Zeug gar nicht kaufen sollen, ist nicht mehr mein Geschäft. Ich hab's auch nur getan, weil sie so ungewöhnliche Farben hatten ...«

Daniels nickte. »Nach diesem ... Unglück zögerte ich, die anderen Wechsel einzutauschen, die noch offenstehen.«

»Das war richtig.«

Der Jude wartete. Er schien etwas auf dem Herzen zu haben, vielleicht eine Idee, aber Tristand schenkte ihm keine Aufmerksamkeit. Er starrte auf die Blätter, die er in der Hand hielt, und war mit seinen Gedanken ... Na, wo schon, bei Martin! dachte Marcella und ärgerte sich über den Mangel an Zorn in seiner Miene. Und vor allem ärgerte sie sich über sich selbst, weil es ihr ins Herz schnitt, ihn so bedrückt zu sehen.

Daniels räusperte sich. »Verzeiht, wenn ich frage. Seid Ihr im Moment auf Bargeld angewiesen, Herr Tristand?«

»Bitte? Nein .... nein.«

»Dann würde ich empfehlen ... Angesichts der verfahrenen Situation hielte ich es für das beste zu versuchen, die Wechsel im Bündel abzugeben. Unter Umständen gegen eine Rente. Ich kenne jemanden, einen der Trierer Hausgenossen, der mächtig genug wäre, die Auszahlung der Wechsel durchzusetzen, wobei er natürlich auf einer Minderung ...«

Herr Daniels hatte prächtige Ideen. Wie schade, daß

Tristand sie nicht würdigte. Seine samtenen Augen hingen am Mechanismus des Klappstuhles, der den gelben Hut trug, während die Worte des Juden ungehört an seinem Ohr vorbeiplätscherten. Erst als Stille eintrat, begannen seine Lider zu flackern.

»Nein. Laßt die Wechsel ruhen, Daniels. Ich werde sie selbst eintauschen. Sobald diese leidige Überfallsgeschichte aus der Welt ist. Und …«

»Ja?« fragte der Jude zweifelnd.

»Vermeidet es, nach Trier zu gehen. Wer weiß, ob sie Euch dort nicht auch Vorwürfe machen. Vermeidet es überhaupt, mit mir in Verbindung gebracht zu werden.«

»Sicher, sicher«, murmelte Daniels unglücklich.

»Habt Ihr auch das andere erledigt? Ihr erinnert Euch – ich wollte Auskunft über Walram von Sponheim.«

Marcella horchte auf. Daniels war Geschäftsmann, und der Bericht, den er gab, gehörte zu seinem Auftrag, aber ihr entging nicht, daß in seinen trockenen Erklärungen ein Unterton schwang.

»Der junge Graf Sponheim kommt … aus einer unruhigen Familie. Sein Onkel wurde vor acht Jahren von Balduin befehdet, weil er den Landfrieden gebrochen und Kaufleute geplündert hat. Sein Vater Simon lag ebenfalls mit dem Bischof im Krieg, aber das wißt Ihr vielleicht, der Wirbel schlug bis in die umliegenden Länder Kreise. Und Walram selbst ist ein junger Mann mit kostspieligen Neigungen. Waffen, Turniere, Frauen, arabische Pferde, Beize, Dienerschaft … Er steckt in finanziellen Schwierigkeiten. Wobei er sich aus einigen davon im vergangenen Jahr befreien konnte.«

Tristand legte die Papiere, die er noch immer in den Fingern hielt, beiseite. »Wie?«

»Er hatte sich Geld geliehen. Bei einer jüdischen Bankiersgemeinschaft in Oberwesel. Am Tag vor Karfreitag brach dann im Judenviertel Feuer aus, und dabei kamen seine Gläubiger um.«

»Hat er's gelegt?«

»Nicht offiziell. Aber sein Knappe Spede soll sich mit der Tat gebrüstet haben. Auch mit Einzelheiten, die nicht vielen bekannt waren.«

»Und er wurde trotzdem nicht belangt?« wunderte sich Marcella. »Warum hat man ihn nicht verklagt?«

Daniels Lächeln bekam einen Stich ins Bittere. »Für unsereins, Herrin, empfiehlt es sich nicht, um Recht zu bitten. Besonders während der Karwoche. Und darauf muß der Herr wohl spekuliert haben.« Er sprach wieder zu Tristand. »Walram steht auch bei anderen Juden in Schuld. Hauptgläubiger ist mein Vetter Muskin in Trier. Dort kann er sich keine Brandschatzung leisten, denn Trier achtet auf Gesetz und Recht, und außerdem verwaltet Muskin die Geldgeschäfte der Diözese, und der Erzbischof liebt es nicht, wenn man seine Unternehmungen stört. Aber weder Muskin noch sonst ein Jude hat den Mut, bei Walram Ausstände einzufordern. Irgendwann sind immer Reisen über Land nötig. Und dann ist man ungeschützt.«

»Wie hoch sind die Schulden, die Walram bei Eurem Vetter hat?«

»An die zweitausend Pfund.«

Marcella machte große Augen und pfiff durch die Lippen.

»Er ist der Sohn eines großen Herrn, und große Herren haben große Bedürfnisse«, bemerkte Daniels spröde.

»Versucht er, sich bei Eurem Vetter noch weiteres Geld zu leihen?« fragte Tristand.

»Muskin kann und will nicht mehr. Er hat den Erzbischof angesprochen, und Balduin war so gütig, dem Vater des jungen Grafen eine Nachricht, gewissermaßen eine Warnung zu senden.«

»Dann steckt Walram jetzt in Geldnot?«

»Solange, bis er einen anderen findet, den er pressen kann.«

»Wie angenehm.« Tristand stellte sich ans Fenster und blickte sinnend in den Hof hinab. »Könntet Ihr ihm stekken lassen, ganz unauffällig, über Leute, denen er vertraut, daß ein ... ein Tuchfärber aus Cochem meinetwegen, größere Mengen Färbesafran benötigt?«

Daniels Augen blitzten auf. »Sagen wir, ein Tuchfärber aus Boppard. Dort hatten sie vergangenes Jahr Krieg, und die Vorstadt ist in Flammen aufgegangen. Die Bopparder sind dabei, ihre Lager wieder zu füllen. Niemand würde sich wundern, wenn sie Safran anforderten. Falls Walram überhaupt Verstand genug besitzt, diese Zusammenhänge zu begreifen.«

»Also Boppard. Und Ihr, Marcella, würdet Ihr die Güte haben, nach Genua zu schreiben? Ich hätte gern erklärt und möglichst durch einen genuesischen Notar beurkundet, wie der Behälter aussah, in dem Euer Safran befördert wurde. Betet zu den Heiligen, daß Euer Lieferant sich erinnert. Und schreibt auf italienisch, es wäre dumm, wenn man Euch mißversteht. Bitte? Ja, natürlich kann ich's vorschreiben.«

Der Brief wurde aufgesetzt, Marcella holte ihr Siegel und drückte es in das Wachs, und Daniels steckte die Botschaft ein mit dem Versprechen, sich unverzüglich um die Beförderung zu kümmern. Er wurde unruhig, denn die Gräfin hatte ihn um einen Besuch gebeten, und er wollte noch am selben Tag zurück nach Wittlich. Marcella öffnete die Tür, um ihn hinauszulassen. Aber als Tristand hinterhereilen wollte, hielt sie ihn am Ärmel fest.

»Ihr ... Ihr werdet Euch doch von Martin fernhalten?«

Er blieb stehen, und plötzlich schien er alle Zeit der Welt zu haben, denn er lehnte sich an den steinernen Türrahmen und verschränkte die Arme.

»Höre ich Sorge aus Euren Worten, Herrin?«

»Nein ...«

»Aber Ihr macht Euch Gedanken, was aus mir wird?«

»Behüte! Mein Name ist Weib und mein Fluch die

Neugierde. Ihr habt recht, Euch zu wundern, Herr, denn Euer Schicksal ist mir so gleichgültig, wie …«

Er legte die Hand auf ihren Mund.

»Liegt Euch an mir, Marcella?«

»Nicht im geringsten, nur an Eurem Geld.« Sie wollte fort, aber er hob das Bein und stemmte es an den gegenüberliegenden Türstock.

»Dann solltet Ihr bedenken … Es gibt über unsere Abmachungen keine schriftlichen Verträge. Wenn ich nicht mehr wäre, gehörte alles, was Elsa verkauft oder im Laden als Vorrat gestapelt hat, Euch.«

»Wie dumm von mir, das übersehen zu haben! Nun liegt mir Euer Schicksal doch am Herzen. Braucht Ihr Hilfe? Ich kenne die Trierer Torwächter. Wenn Ihr wollt, könnt Ihr Martin schon morgen in die Arme schließen.«

Er lachte. »Ihr seid besser im Austeilen, als im Einstecken, Herrin. Wäret Ihr ein Mann, so würde man das unfein nennen.« Bei den letzten Worten machte er sich schon auf, dem wartenden Daniels zu folgen.

»Ich bin aber kein Mann«, rief Marcella ihm hinterher.

»Ist mir aufgefallen.« Er drehte sich um, grinste und winkte ihr fröhlich zu.

XVIII

Da Daniels Vetter Muskin in der Kanzlei des Erzbischofs arbeitete, konnte der Jude den Starkenburgern einiges über die Pläne des Trierer Domkapitels berichten. Man hatte sich entschlossen, abzuwarten und Verhandlungen zu führen, denen naturgemäß eine Grenze gesetzt sein würde durch die Weigerung des Erzbischofs, Birkenfeld herauszugeben. Der Dompropst hatte einen Boten an den Neffen des Erzbischofs, König Johann von Böhmen geschickt, in der Hoffnung, ihn als Vermittler herbeibitten zu können. So standen die Dinge.

»Nichts geht, wie es sollte«, meinte Loretta später am Tag bedrückt. Sie hatte sich mit Marcella in ihre Kemenate zurückgezogen und baute aus Schachfiguren ein Karree um einen Weinflecken, der die Leinendecke verunzierte. »Habt Ihr's mitbekommen? Das arme Weib, die Schwester des Stallmeisters, liegt im Kindbettfieber. Und ihr Kleines soll schwächlich sein und Kindspech erbrochen haben. Unglück überall. Und Balduin sitzt von früh bis spät in seinem Turm und schreibt Briefe und weigert sich, mit mir zu sprechen.«

»Ihr erlaubt ihm zu korrespondieren?«

»Damian hat das auch bemängelt«, sagte Loretta unsicher. »Aber er ist doch der Hirte der Diözese. Wie könnte ich ihm verwehren ...«

»Verwehrt! Das wird ihn wahnsinnig machen. Er ist ein Bischof, aber mit der Seele eines Kaufmanns. Solange Ihr ihn seine Geschäfte führen laßt, wird er gemütlich ausharren. Nehmt ihm die Möglichkeit zu schreiben, und Ihr werdet schon sehen, wie's ihn juckt.«

Loretta lachte. »Aber er hat vom Turm herab verkündet, daß Birkenfeld bei Trier bleiben soll. Wird es ihn nicht nur verstockter machen, wenn er keine Botschaften mehr versenden darf?«

Das Karree, das Loretta gebaut hatte, war schief. Marcella nahm die Türme und richtete sie zu einem exakten Viereck aus, das sie nach innen hin symmetrisch mit den anderen Figuren anfüllte. Die Gräfin hatte recht. Männer neigten dazu, in ihrem Eigensinn zu verharren, wenn sie sich einmal festgelegt hatten. Das Problem war, daß Balduin sich von allem abschloß. Er blieb mit seinen Gedanken den ganzen Tag über allein und zimmerte aus ihnen eisenharte Bastionen, die umzustürzen mit jedem Tag schwieriger werden würde. Er hatte reagiert, als die Gräfin seinem Söldner geholfen hatte, ihr Edelmut hatte ihm gefallen. Er war auch empfänglich für Lorettas Liebenswürdigkeit, davon war Marcella überzeugt. Und vielleicht war sogar das der Grund, warum er sich in seinem Kerker verkroch und jedes Zusammensein vermied? Der Gedanke gefiel ihr. Einen Moment gab sie sich der Vorstellung hin, wie es sein würde, den Koloß fallen zu sehen – sie hielt es für ein erhebendes Schauspiel. Und das brachte sie auf eine Idee.

»Was ist eigentlich mit dem Kind aus dem Dorf? Ist es schon getauft?«

Loretta war nicht sicher. Wohl eher nicht, denn der Mönch, der Trarbach geistlich versorgte, hatte sich aus Angst vor Schwierigkeiten in sein Mutterkloster zurückgezogen, und der Säugling war ja auch erst am Morgen geboren worden.

»Dann solltet Ihr den Bischof bitten, dem Kind das Taufsakrament zu spenden. Hier in der Kapelle. Und die Familie sollte dazugebeten werden und die Ritter – alle.«

»Hm«, machte Loretta. Sie nahm den König vom Tisch, wog ihn in der Hand, stellte ihn beiseite und rückte nachdenklich die Dame in die Mitte des Karrees.

Balduin beugte sich dem, was er für seine Pflicht hielt, und Marcella hatte es auch nicht anders erwartet. Das Herz des Bischofs mochte hart sein, aber es schlug im Gleichtakt der Gerechtigkeit. Einem Kindlein aus Trotz die Segnungen des Himmels zu verwehren, das war nicht seine Art.

Die Mutter des Säuglings hatte daraufbestanden, sich auf einem Fuhrwerk zur Burg hochkarren zu lassen. Nun saß sie, in Decken gehüllt, vor Schüttelfrost zitternd, auf der Kapellenbank und sah mit Tränen in den Augen zu, wie ihre Tochter in den Armen des Erzbischofs lag und vom mächtigsten Mann des Landes dem Schutz des Himmels und der Kirche anbefohlen wurde.

Balduin zelebrierte den Taufakt so umsichtig, als führe er ein Königskind ins Gottesreich ein, und seine Würde und Aufrichtigkeit ließen selbst altgedienten Recken das Wasser in die Augen steigen.

Der Oberstallmeister nahm das getaufte Kind aus den Armen des Bischofs entgegen und dankte erst ihm und dann Loretta, die mit ihren Söhnen in geziemendem Abstand vom Geschehen beim Kapellenausgang wartete. Die Gräfin hob das Mädchen hoch. Sanft drückte sie ihm einen Kuß auf die Stirn. Nachdem sie es in die Arme seines Onkels zurückgegeben hatte, öffnete sie den Verschluß ihres Kettchens, streifte das Bernsteinkreuz ab, das sie trug, und legte es dem Säugling zwischen die kleinen Fäuste.

»Patin darf ich nicht sein«, sagte sie. »Aber bei der heiligen Elisabeth – solange du lebst und solange ich lebe, sollst du an keinem Tag Mangel leiden.«

Die Mutter weinte laut auf und schluchzte in die Arme ihrer Schwägerin, verschiedene Edelfräulein brachen ebenfalls in Tränen aus, die Männer schneuzten sich, und der Erzbischof schaute milde auf das Bild der Rührung.

Marcella mied den Blick Tristands, in dem sie Spott argwöhnte. Es war alles zum Guten, besonders für das Kind, und wenn es auch der Gräfin nutzte, so sollte das kein Grund zur Krittelei sein. Hätte das Kindchen denn ungetauft sterben sollen? War die fiebernde Mutter etwa nicht getröstet? Sich lustig zu machen ist einfach, dachte sie.

Bedrückt folgte sie den Starkenburgern die Treppe hinab. Der Weg von der Kapelle zum Bergfried führte durch den Palas, wo Loretta in der Zwischenzeit Tischplatten mit festlicher Speise hatte auflegen lassen. Und wie sie es erhofft hatten, blieb der Erzbischof stehen, und am Ende schien es sich von selbst zu ergeben, daß er am Tisch der Herrschaften Platz nahm, um dem Taufmahl vorzusitzen. Er tat es mit einer Miene verhaltener Ironie, die Marcella argwöhnen ließ, daß er den Grund des frommen Unternehmens ahnte. Aber das war gleichgültig. Ob er nun hier saß, weil Lorettas Fürsorge sein Herz erweicht hatte, oder ob er keine Lust mehr auf das langweilige Turmzimmer hatte – er befand sich unter dem Einfluß der Gräfin und war ihrer liebenswerten Schönheit ausgesetzt.

Und mich braucht man hier nicht mehr, dachte Marcella. Sie hatte darauf geachtet, dem Erzbischof nicht nahe zu kommen. Bei allen Anlässen, zu denen sie mit ihm in einem Raum gewesen war, hatte sie sich sorgfältig in dunkle Ecken verzogen. Nicht auszudenken, was Balduin seinem Schultheißen befehlen würde, wenn er entdeckte, daß eine seiner Trierer Töchter an der Entführung beteiligt war. Schon um den Diebstahl eines Brotes wurde einem in der Stadt die Hand abgehackt und um eine Lüge die Zunge durchbohrt.

Aber der Erzbischof war beschäftigt. Er plauderte mit der Mutter des Täuflings, oder vielmehr, er sprach sie gnädig an, denn sie war zu ehrfürchtig und krank, um einen Ton herauszubringen. Marcella warf noch rasch einen Blick in die gräfliche Wiege, wo das kranke Mädchen lag, hoffte, daß es leben würde, obwohl das Dreieck zwischen Mund und Näschen weißblau angelaufen war und es nur schwächlich schrie, und huschte dann in Richtung

Tür. Einen Augenblick verharrte sie dort, weil sie Tristand, hellbeleuchtet durch das Kaminfeuer, im Gespräch mit Pantaleon sah und sich wunderte, warum er nicht ebenfalls unauffällig zu bleiben versuchte. Und in diesem Augenblick, vielleicht, weil ein kalter Zug durch die offene Tür wehte oder weil sie ganz alleine stand, bemerkte Balduin sie. Er bemerkte sie nicht nur, er rief sie an. Bei ihrem Namen.

Heilige Mariä, steh mir bei, dachte Marcella. Um einfach fortzugehen, hatte sie zu lange gezögert. Außerdem stand sie mittlerweile im Zentrum der Aufmerksamkeit. Mit weichen Knien ging sie die wenigen Schritte zum Stuhl des Bischofs, kniete nieder und küßte den Ring, den er ihr darbot.

Das Küssen von Ringen war ihr verhaßt. Das Knien ebenfalls. Sie stand auf und trat einen Schritt zurück, gerade so weit, daß man es ihr nicht als Anmaßung auslegen konnte.

»Ihr seid es also wirklich. Frau Bonifaz. Die Nichte des Herrn Schöffenmeisters. Na so was.«

Merkwürdigerweise schien ihre Anwesenheit den Erzbischof zu freuen. Vielleicht war sie das Problem, an dem sein gelangweilter Geist sich zu reiben hoffte. Vielleicht aber auch das Gefäß, das er brauchte, seinen Grimm aufzufangen. Doch der Bischof lächelte.

»Ich hatte angenommen, Ihr wäret damit beschäftigt, Eure Brautausstattung zu sticken«, meinte er leutselig.

Zu verblüfft um zu antworten, starrte Marcella ihn an.

»Doch nicht? Ich bin fast sicher – ja gewiß, man hat mir gesagt, ich glaube, es war sogar Euer Onkel selbst, daß der brave Jacob Wolff sich zu einer vierten Ehe entschlossen hat.« Natürlich fiel ihm ihre Verwunderung auf. Neugierig betrachtete er sie.

»Ich ... wußte nicht, daß Ihr dem Treiben Eurer Untertanen soviel Aufmerksamkeit schenkt.«

»Der gute Hirt kennt seine Schafe. Und er wundert

sich ...« Jetzt kam's, jetzt wurde seine Stimme scharf. »... wenn er eines davon unter Wölfen wiederfindet.«

Marcellas Blicke wanderten. Sie sah Loretta, die angestrengt nach ablenkenden Worten suchte, den bestürzten Volker, Mechthilde mit ihrem boshaften Lächeln – wenn das Weib nur aufhören würde zu lächeln, sie konnte einen um den Verstand bringen mit ihrem Lächeln!

»Muß ich Eure Anwesenheit auf Starkenburg so deuten«, fragte der Erzbischof, »daß der Trierer Rat seine Ziele mit neuen Mitteln zu erreichen trachtet?«

Oh ... nein, nur das nicht! »Niemand weiß, daß ich hier bin«, erklärte Marcella hastig. »Ich ... reise über Land und treibe Handel. Ich habe der Gräfin Öle verkauft ...«

»Und dabei nicht bedacht, daß die Exkommunikation die Infamie einschließt, die Ächtung? Daß der Verkehr mit den Starkenburgern verboten ist? Ich wundere mich schon wieder über Euch.«

Ach ja? Und war Kaiser Ludwig etwa nicht geächtet? Und stand Balduin ihm nicht trotzdem bei? Sogar gegen den Papst? Marcella wußte, daß ihr Protest sich in der Steifheit ihrer Züge niederschlug, auch wenn sie kein Wort sprach und sich bemühte, schuldbewußt auszusehen. Balduin kräuselte die Stirn. Er wollte etwas sagen, wahrscheinlich sie mit knappen, ätzenden Worten zu einem jämmerlichen Nichts zusammenstutzen, aber er kam nicht dazu, weil Mechthilde sich plötzlich mit viel Geräusch von ihrem Stuhl erhob.

»Verzeiht, Vater, ich weiß, daß es einem Weib nicht gebührt zu reden, wenn Männer sich bedenken«, bekundete sie scheinheilig, »aber *lügnerische Lippen sind dem Herrn ein Greuel, und wer Wahrheit spricht, sagt aus, was recht ist.* Erlaubt mir, zu erklären, daß es die Krämerin war, die den Vorschlag aufbrachte, Euer heiliges Leben anzutasten. Niemand sonst hier hätte sich zu solcher Ungeheuerlichkeit verstiegen. Die Krämerin stachelte unsere Gräfin auf, und ihrem Einfluß ist es zu verdanken ...«

Was für eine – Niedertracht! Loretta bekam rote Flekken auf den Wangenbögen, und Volker stierte sein Weib an, als hätte er die Decke zurückgeschlagen und in seinem Bett eine Ratte entdeckt.

Balduin stützte das Kinn auf den Arm. Er schien den Zwist als einziger zu genießen. »Und womit, meine Tochter«, fragte er interessiert, »habe ich Euren Grimm verdient? Ich kann mich nicht entsinnen, mit Euch Streit gehabt zu haben. Nicht einmal mit Eurem Onkel, der ein braveres Schaf ist, als die meisten meiner Herde, und sich sicher wunderte, wenn er wüßte, was Ihr treibt.«

Vorsicht, dachte Marcella fiebrig, mit jedem Wort. Bloß, daß ihr keines einfiel, kein dummes und schon gar kein kluges …

»Der Frevler sinnt auf Ränke gegen den Gerechten«, zischelte Mechthilde. *»Er zückt das Schwert und will die Armen fällen und alle hinschlachten, die den rechten Weg gehen …«*

»Tatsächlich?« Der Erzbischof hob die linke Braue, was ihn ungeheuer hochmütig erscheinen ließ. Er betrachtete das Weib und nickte dann Marcella zu. »Da habt Ihr Euch viel vorgenommen, meine Tochter, denn die Welt fließt über von Armen, und allen Befürchtungen unseres Heiligen Vaters zum Trotz will mir scheinen, daß auch der rechte Weg noch nicht gänzlich entvölkert ist.«

Marcella kämpfte mit einem überreizten Lachen. »Meine Wünsche sind bescheidener, Vater. *Verschafft den Waisen Recht, tretet ein für die Witwen, denn das gefällt mir wohl, spricht der Herr.*«

Mit einem Mal wurde es still.

Auf eine sehr ungemütliche Weise.

Bis jetzt hatte der Erzbischof gelächelt. Man hatte ihm anmerken können, daß er Mechthilde nicht mochte. Er hatte mit seinen Gefühlen auf Marcellas Seite gestanden. Aber nun hatte sie ihn angegriffen. Und Marcella las in seinen kühlen Augen, daß er ihr das übelnahm. Und zum ersten Mal begriff sie das Ausmaß der Katastrophe, daß der Erzbischof sich nämlich, was Birkenfeld anging, tatsächlich im Recht fühlte. Mariä hilf betete sie lautlos. Und schlag mich mit Stummheit, bevor ich mich um den Hals rede.

Der Bischof befahl ihr näherzutreten. Er griff ihr unters Kinn und hob ihr Gesicht an. In seiner Art zu schauen glich er der Madonna der Burgkapelle. Prüfend, mißbilligend versenkte er sich in ihre Züge. Ich hasse dich, dachte Marcella. Und wenn auch nur ein Funke von Jeanne in mir wäre, würde ich dir das sagen.

Der Bischof schien sich aufs Gedankenlesen nicht zu verstehen. Er begann zu lächeln. »Es gefällt mir, daß Ihr heiraten wollt«, entschied er. »Und da Ihr die Schrift so liebt, meine Tochter, möchte ich Paulus zitieren, der gesagt hat: *Still sei das Weib und lasse sich in aller Unterordnung belehren. Ich erlaube nicht, daß sie über ihren Mann herrscht; sie soll sich still verhalten.* Ganz sicher wird es Eurem Benehmen förderlich sein, wenn Ihr einen Gatten habt, der für Eure Erziehung sorgt.«

Zur Hölle, dachte Marcella. Fahr zur Hölle.

Der Bischof ließ sie los. Plötzlich wieder bester Laune wandte er sich an den Burgvogt. »Ihr solltet achtgeben, mit wem Eure Herrin Umgang pflegt, Volker. Schöne Weiber haben den Teufel im Leib.« Er lachte. »Evas Töchter sind sie alle, aber manche liebkosen die Schlange, als gäbe es keine Äpfel mehr, und ihre Männer sind arme Wichte, denn sie schlagen sich die Hände wund und ernten doch nur Eigensinn und Flausen ...«

Ich hasse dich, dachte Marcella.

Der Erzbischof beachtete sie nicht mehr. Er unterhielt sich mit Volker über Birkenfeld. Frauen waren wie Mükken, die man mit dem Leder zerklatschte und vergaß. Ich hasse dich, dachte Marcella, und ich werde dir diese Stunde nicht vergeben. Trotz deiner Großmut.

XIX

Richwin war Marcellas Trost. Die Burg verlassen konnte der junge Ritter nicht, denn das hatte Loretta den Teilnehmern an der Entführung verboten. Also war er hilflos dem Mitleid der Edelfräulein und seiner Mitstreiter ausgesetzt. Er trug es mit einem Lächeln, aber Marcella ahnte, wie hart ihn dieses Lächeln ankam. Und so nahm sie ihn zu ihrem geheimen Platz mit, dem Ginsterbusch hinter der Ausfallpforte, und dort brachten die beiden dicht aneinandergedrängt – es gab nur eine Elle Platz zwischen dem Brettertor und dem Busch – die Nachmittage zu.

Sie redeten viel – über den Erzbischof, der sich noch immer weigerte, Birkenfeld herzugeben, über den Brief, in dem Rubens Familie um eine Beihilfe für die Totenmessen bat, über die Steinchen im Mehl, über Sophie, die nach dem Willen ihrer Eltern dem betagten Amtmann von Daun angetraut werden sollte, über die Hörigen, die in die Städte flohen – um sich von ihren Grundherren freizumachen …

Sie sprachen nicht über Richwins Augen, und sie sprachen auch nicht über Damian.

Tristand hatte sich aufgeregt … nein, er war völlig außer Fassung geraten, als er Marcella nach dem Gespräch mit dem Bischof aus dem Palas gefolgt war. Er hatte sie angebrüllt, ihr Vorwürfe gemacht, sie beschworen, sich zum Teufel noch mal, nicht mit der Kirche anzulegen! Er hatte von den Feuern gesprochen, die in Italien brannten, von der Folter, die der Heilige Vater anzuwenden für richtig hielt, um die Rechtgläubigen von den Häretikern zu trennen, von seinen Versuchen, auch auf deutschem Boden die Inquisition zu etablieren …

Sie hatte sich die Ohren zugehalten und zurückgeschrien, daß niemand ihre Rechtgläubigkeit in Frage gestellt habe, und wenn, daß es ihn, Tristand, jedenfalls einen Kehricht anging, und daß sie sich selbst einen Mann suchen würde, wenn sie den Wunsch hätte, sich anbrüllen zu lassen. Sie hatte geschrien, um nicht in Tränen auszubrechen, denn sie hatte die Reisighaufen selber brennen sehen. Nicht in Italien, aber … wo auch immer. Und sie hatte eine gräßliche, eine kaum zu ertragende Angst davor.

Dann war er fortgegangen. Und am nächsten Morgen hatte er mit seinem Pferd und einem Kleidersack die Starkenburg verlassen.

Von Mechthilde war in diesen Tagen nichts zu sehen. Man munkelte, daß Volker sein Weib in der Nacht nach dem Taufmahl mit einem Eisengürtel ausgeprügelt haben sollte. »Hätt' er's früher getan«, bemerkte der alte Colin unfreundlich, »dann wär's jetzt so hart nicht nötig gewesen. Weiber brauchen Schläge wie das Brot. Und ein kluger Mann handelt danach und erhält sich den Hausfrieden.«

Die anderen Männer nickten dazu. Sogar einige von den Weibern. Marcella verursachte es Übelkeit. Sie spürte, wie die Stimmung in der Burg sich änderte. Niemand hatte damit gerechnet, daß der Erzbischof sich ihren Forderungen widersetzen könnte. Nun waren die Edlen auf ungewisse Zeit in der Burg zusammengesperrt wie – wie Hühner im Käfig, und wie die Hühner begannen sie aufeinander einzuhacken. Ein Teil ihres Unmuts wandte sich auch gegen Marcella. Sicher hatte ihnen mißfallen, daß Mechthilde den Gast verraten hatte, aber ihre Worte, daß nämlich der Vorschlag zur Entführung von der Händlerin gekommen war, klebte in ihren Hirnen. Und jetzt, wo alles schiefzugehen drohte …

Ich wünschte, ich wäre zu Hause in meinem Laden, dachte Marcella sehnsüchtig.

»Eigentlich hatte ich heiraten wollen, nicht sofort, aber

in zwei oder drei Jahren«, erzählte Richwin, als sie wieder einmal hinter ihrem Ginster saßen und sich die Nachmittagssonne auf den Pelz brennen ließen. Er hatte seine Laute mitgebracht, was sie noch mehr einengte, aber das tat ja nichts. Marcella drückte sich mit dem Rücken an die Burgmauer, damit er Platz für den Lautensteg hatte und wandte das Gesicht in die Sonne.

»Nicht irgend jemanden.« Richwin zupfte einige unsauber gegriffene Akkorde. »Ein Mädchen aus Bernkastel. Sie ist von bürgerlicher Geburt, aber ihr Vater steht im Dienst des Bischofs und ist aus so angesehener Familie, daß meine Familie die Heirat wohl gestattet hätte.«

Es war Marcella neu, daß Richwin irgendwo noch eine Familie besaß. Aber natürlich, die adligen Kinder wurden in befreundete Familien geschickt, wenn sie der Mutter entwachsen waren.

»Sie heißt Lucia, und sie hat sich – so ein Spiel ausgedacht. Für ihre Brüder. Davon hat sie nämlich einen ganzen Sack voll. Sie geht mit ihnen Tannenzapfen und Blätter und Rinde und Zweige sammeln, und daraus bauen sie eine Burg. So ein Riesending. Nimmt eine ganze Pferdebox ein. Lucia kann ziemlich gut mit dem Messer umgehen. Die Wände baut sie aus geschälten Ästen, und die kleine Dinge wie die Söller und Brunnen und Tränken, die schnitzt sie. Und immer hat sie ihre Brüder dabei. Die hängen an ihr wie Kletten. Aber man hört sie nie darüber jammern. Sie ist sowieso immer fröhlich. Ganz anders als andere Mädchen. Und wenn sie lacht – sie hat da so etwas, neben dem Mund, ein Grübchen … keine Ahnung …« Die Saiten klirrten metallisch. Seine Stimme klang bedenklich nach Erkältung, und Marcella mußte hart an sich halten, nicht den Arm um ihn zu legen.

Wenn ich Lucia wäre, dachte sie, ich würde ihn packen und mit ihm in den Wald ziehen und für den Rest meines Lebens mit ihm und meiner Kinderschar Söller und Brunnen schnitzen.

»*Puis fu il si chevaliers de grant pris ...*« sang Richwin mit seiner weichen, unglücklichen Stimme. Sie bildeten wahrhaftig ein trauriges Paar.

Am folgenden Morgen kam Mechthilde aus ihrer Wohnung im Torhaus hinüber zum Palas, um ein großes Reinemachen zu beaufsichtigen. Loretta liebte keine Binsen auf dem Boden – jedenfalls nicht dort, wo sie sich aufhielt, weil sie Ungeziefer anzogen und, wenn sie nicht frisch ausgelegt waren, abscheulich rochen. So war der Boden des Rittersaales kahl oder nur von Blumen- und Grasresten bedeckt. Die Edlen, die den Palas nachts zum Schlafen nutzten, fanden das zwar verwunderlich, ließen sich aber nicht abhalten, trotzdem ihre Notdurft in die Ecken zu verrichten. Loretta haßte das und hatte deshalb im Treppenturm einen zusätzlichen Aborterker einbauen lassen, aber Männergewohnheiten waren schwer zu ändern, und so blieb ihr nichts übrig, als alle paar Tage gründlich fegen und aufwischen zu lassen.

»Natürlich muß Mechthilde das erledigen«, flüsterte sie Marcella unwillig zu. »Es ist ihre Aufgabe, sie hat es immer getan, und ich sehe nicht, warum ein anderer es ihr abnehmen sollte.«

Die beiden Frauen waren auf dem Weg in Lorettas Kemenate und hatten durch die Palastür geschaut, um zu sehen, wie weit die Mägde bei ihrer Arbeit gekommen waren.

Mechthildes Stimme hallte streng durch den Raum. Sie trug einen aus Bändern gelegten Kopfschmuck, der ihre Wangen überdeckte, aber nicht so weit, als daß er die Enden eines gelblila verfärbten Striemens verborgen hätte.

»Es ist nicht klug, sie zu kränken«, murmelte Marcella.

»Es war nicht klug, ihr ihre Grillen durchgehen zu lassen«, zischte Loretta zurück. »Habt keine Angst, sie ist kuriert. Sie wird nicht mehr den Mut haben, Euch Böses zu tun.«

Wenig überzeugt nickte Marcella. Sie zog rasch den Kopf zurück, als Mechthilde in ihre Richtung schaute, und dachte wieder an Elsa und den Laden.

Tristand kehrte vier Tage später von seiner Reise zurück. Es war abends, und die Starkenburger ließen sich gerade von einem reisenden Zwergwüchsigen unterhalten, der Feuer verschlang und Steine zerkaute. Der Gaukler hatte ein Murmeltier bei sich, das er tanzen und mit einer Holzpuppe im Pfaffengewand zotige Gespräche führen ließ. Die Ritter grölten, als er ihnen den Dümmling machte, und warfen mit Holzscheiten nach ihm, als er dem kleinen Gottfried Pfennige aus dem Ohr ziehen wollte.

Tristand hatte still zur Tür hineingeschaut und dann den Truchseß gebeten, ihm ein Bad herrichten zu lassen. Das war so eine Angewohnheit von ihm, vielleicht aus Venedig. Er hatte einen Hang zum Wasser, der so manchen Starkenburger besorgt den Kopf schütteln ließ. Aber es schien ihm nicht zu schaden, und so beschränkten sie sich auf gutmütigen Spott. Nach dem Bad kehrte er in den Palas zurück, legte sich auf eine Matratze in der Ecke – sein Zimmer war an den Mann gegeben worden, dem sie die Wunde mit Terpentin gereinigt hatten, und der unter gräßlichsten Schmerzen litt und deshalb einen ruhigen Ort brauchte –, verschränkte die Arme unter dem Kopf und schlief auf der Stelle ein.

Am nächsten Morgen, als Marcella in den Palas hinabstieg, war er bereits fort, und die Magd, die den Boden von Erbrochenem reinigte, erklärte, daß Herr Tristand sich mit Volker und der Gräfin zu einer Besprechung zurückgezogen hatte.

Marcella nahm sich ein geplättetes Leinentuch, Leisten und Klammern aus einem Korb neben dem Webstuhl und versuchte sich an einem Stickbild. Aber es war wie verhext, die Fäden zogen sich zu Knötchen und rissen, die Nadeln brachen, und selbst für Marcellas Ansprüche –

und die waren gering, denn sie hatte keine Freude am Sticken – wiesen die Stiche einen bedauerlichen Mangel an Zierlichkeit auf. Das Mädchen, das mit dem Aufwischen fertig war und über ihre Schulter sah, kicherte hinter vorgehaltener Hand.

Loretta ließ sich erst gegen Mittag im Palas blicken. Sie trat durch die Tür – und mit einem Male war es, als sei ein Wind aufgekommen, der die schlechte Laune fortblies. Die Männer, die sich mit Würfeln die Zeit vertrieben hatten, schauten auf und hielten in ihrer Betätigung inne. Loretta strahlte über ihr ganzes Gesicht. Obwohl sie nichts sagte, war klar, daß etwas geschehen sein mußte.

Leichtfüßig lief sie zu Marcella. »Zeigt mir, was Ihr gestickt habt, Liebste«, bat sie und begann mit eiligen Fingern und nervöser, glücklicher Hast das Durcheinander der Fäden zu entwirren, während die Sonne Lichtflecken auf ihr Haar und den Silberreif ihres Gebindes zauberte. Aber sie weigerte sich hartnäckig, etwas zu verraten, und verwies auf Volker. Es dauerte noch einmal eine Stunde, ehe der Burgvogt gemeinsam mit Tristand zu den Wartenden im Palas stieß. Die beiden Männer kamen durch die Brückentür, sie waren also wohl beim Erzbischof gewesen.

»Hat er nachgegeben?« Loretta wurde so blaß wie sie vorher rosig gewesen war.

»Noch nicht, aber ich bin sicher, er wird«, meinte Volker. »Wir müssen nur sehen, daß es ihm nicht gelingt, ein Papier aus seinem Zimmer zu schmuggeln oder mit jemandem zu sprechen.«

Die Ritter kamen aus allen Ecken heran, und Emmerich, Harnisch und einen Putzlappen in der Hand, bat um Aufklärung, was zum Henker denn nun eigentlich los sei.

»Wenn die Sache gelungen ist«, sagte Volker, »dann, und keinen Augenblick früher wird Loretta sie öffentlich machen, denn es betrifft nicht nur uns, sondern viele gute Christenleute. Und deshalb tragen wir Verantwortung.

Nur soviel – bis der Erzbischof uns den Vertrag unterzeichnet hat, wird keiner seiner Leute ohne meine Aufsicht mit ihm zusammensein dürfen.«

»Wollt Ihr's wissen?« flüsterte Tristand in Marcellas Haar. Er war hinter ihr stehengeblieben, als Loretta mit Volker gegangen war, um sich den Gang der Verhandlung berichten zu lassen. Marcella atmete den Duft seiner Haut, die noch immer nach dem Bad roch, und ihr Herz geriet ins Stolpern. Ein Glück, daß Mechthilde nicht da war. Ein Glück, daß die meisten Ritter den Raum verlassen hatten oder miteinander debattierten. Sicher schlug sich die Hitze, die sie fühlte, als rote Farbe auf ihrer Haut nieder.

»Was denn, bitte?« fragte sie.

Sie fühlte ihn lächeln. »Ich weiß, daß Ihr es wissen wollt. Sagt: Ich will es wissen – und Ihr bekommt alles zu hören. Aber Ihr müßt es sagen.«

»In Ordnung. Ich will es wissen. Und außerdem, was Ihr vergangene Woche getrieben habt. Jeden Schritt. Jedes Wort. Laßt mir ja nichts aus.«

Sein Lachen wehte in ihr Haar und schuf in ihrem Nacken Hitzewellen, prickelnd wie eine Gänsehaut, die über die Wirbelsäule den Rücken hinabglitt. Wo gerate ich hinein? dachte Marcella, verwirrt von Unruhe und einem Glück, von dem sie fest vermutete, daß seine Ursache sündhafter Natur war.

»Aber nicht hier«, murmelte Tristand. »Gibt es einen Platz, wo man allein sein kann? Doch, oben auf dem Turm. Kommt, Herrin, Ihr seid, verzeiht, sowieso eine miserable Stickerin. Warum vergeudet Ihr Eure Zeit? Hat Euch schon jemand die Algebra des Alchwarismi erklärt? Bruchrechnung? Das Verhältnisrechnen? Die Zauberei mit der Null? Ich schwöre Euch, das ist lustiger, als sich mit Nadeln die Haut zu zerstechen.«

Sie begleitete ihn und stemmte sich vergeblich gegen

die Flutwelle des Glücks, die durch ihre Ohren rauschte und sie so schwindlig machte, daß sie sich beim Treppensteigen am Hanfseil festhalten mußte. Er nahm ihren Ellbogen und half ihr, und weil die Treppe eng war, streifte sein Haar ihre Wange. Sie hätte mit dem Finger sein dunkel schimmerndes Kinn berühren können. Und sie hätte es auch gern getan. Sie war wie verrückt vor Freude, daß er wieder da war … Sündig, sündig, sündig, dachte sie vage und versuchte, Jeannes vorwurfsvollen Blick aus ihrem Kopf zu verbannen.

»Es geht um Matthias von Bucheck, den Erzbischof von Mainz«, erklärte Tristand, als sie die letzten Stufen genommen hatten und außer Atem an den steinernen Zinnen lehnten. »Der Mann liegt im Sterben.«

Er lag also im Sterben. Marcella hob das Gesicht in den Wind und preßte die Handflächen gegen die Kante des kalten Zinnensteins. »Ich staune bereitwillig, Herr Tristand, nur weiß ich nicht, worüber.«

»Weil Ihr Euch nicht mit Politik befaßt.« Er zwinkerte gutgelaunt. »Der Mainzer Erzstuhl besitzt eine der sieben Kurstimmen, die den deutschen König wählen. Balduin hat eine zweite und Heinrich von Virneburg, der Kölner Erzbischof, eine weitere. Wenn Matthias gestorben ist, wird der Mainzer Erzstuhl verwaist sein, und entweder Balduin oder Heinrich wird ihn besetzen. Papst Johannes, so heißt es, bevorzugt Heinrich, denn Balduin liebäugelt mit dem Kaiser, und den haßt Johannes mehr als alles andere. Aber das Mainzer Metropolitankapitel will den Bischof von Trier. Und sie haben recht«, bemerkte er kritisch, »denn Heinrich ist ein Lump, und Balduin sorgt für seine Diözesen.«

»Woher wißt Ihr das alles?«

»Aus Mainz.« Er schwieg. Und erklärte nach kurzem Nachsinnen: »Offiziell aus Mainz, denn dort möchte ich vergangene Woche für jedermann gewesen sein. In Wahrheit kommt die Nachricht von Daniels Vetter Muskin aus

Trier, aber das braucht niemand zu wissen. Politische Verhältnisse ändern sich rasch, und Juden stehen dem Scheiterhaufen noch näher als vorwitzige Krämerinnen.«

»Wie freundlich von Euch, mich daran zu erinnern. Wenn die Trierer von all dem wissen, warum sagen sie nicht einfach an Balduins Stelle zu?«

»Oh!« Er lachte. »Die Mainzer riskieren massenhaft Ärger. Sie murren gegen den Heiligen Stuhl, gegen Johannes persönlich. Das trauen sie sich nicht auf das Wort der Trierer Kirchenleute hin. Balduin muß ihnen schon selbst sein Ja geben. Und ihnen eine Menge Mut machen. Bisher geht es lediglich um Neigungen und Wünsche. Deshalb ist er jetzt auch so wütend.«

»Er wird nachgeben!« sagte Marcella.

Gehässigkeit war nicht ihre Art. Sie fand sich selber abstoßend, als sie den Klang ihrer Stimme hörte. Wie die von Mechthilde. Aber es freute sie, daß Balduin nachgeben mußte, und sie würde sich genauso freuen, wenn er es ablehnte, das zu tun – weil beides ihn zutiefst ärgern würde.

Tristand lehnte sich mit dem Rücken an die Zinnenmauer, so daß ihre Gesichter einander zugewandt waren. Was jetzt? Sollten neue Vorwürfe kommen, den Erzbischof nicht zu reizen?

»Ich ... war im vergangenen Sommer in Toulouse«, sagte er. Tatsächlich?

»Stammt Ihr aus Frankreich, Marcella?«

Sie machte eine Bewegung, die ein Kopfschütteln oder auch etwas anderes sein konnte.

»Ihr habt einen Akzent«, sagte Tristand. »Ich habe ein Ohr dafür. Und ich würde wetten, daß Ihr das Sprechen in Südfrankreich gelernt habt. Im Languedoc oder irgendwo um Toulouse.«

»Wenn, dann weiß ich nichts mehr davon. Solang ich denken kann, leb' ich bei Onkel Bonifaz.«

»Und Eure Eltern?«

»Sind tot.«

Tristand nickte. Er redete nicht nur so dahin. Er wollte auf etwas hinaus.

»Eine schöne Gegend – das Languedoc«, sagte er. »Wenn sie auch viel Kummer dort hatten. Ein Jammer. Ich meine, die Sache mit den Ketzern, den Katharern. Ich kannte einen, der hatte in Perpignan eine Garküche. Ein netter Kerl. Sehr genau kann er's mit seinem Glauben aber nicht genommen haben, denn von den Kindern, die an seinem Stand spielten, hatte wenigstens die Hälfte sein rotes Haar …«

Laß das! dachte Marcella.

»Obwohl er mir das einmal sehr ernsthaft auseinandergesetzt hat. Die Sache mit der Fleischeslust. Habt Ihr davon gehört? Die Katharer glauben, daß die Körper der Menschen und Tiere Gefängnisse sind, die von Satan benutzt werden, um die Seelen einzukerkern, die beim Krieg im Himmel gefallen sind. Deshalb leben sie, wenn sie brav sind, enthaltsam.« Er beobachtete sie. »Aber das hätte den armen Leuten nicht das Genick gebrochen. Ihr Fehler war, daß sie außerdem predigten, daß die Heilige Kirche vom wahren Glauben abgefallen ist und daß die Menschen ein Leben in Armut führen sollen. Und da hat der Papst sie nicht mehr in sein väterliches Herz schließen mögen.«

»Tristand …«

»Am Ende hat er einen Cistercienser – den Bischof von Pamiers, Fournier hieß er, glaube ich – in ihre Dörfer geschickt, und der hat als Inquisitor …«

»Ich möchte das nicht hören, Tristand.«

Er schwieg still. Er wartete. Darauf, daß sie ihm eine fürchterliche Vergangenheit offenbarte?

»Es macht mich wütend, wenn jemand davon redet, daß ich heiraten soll und daß Frauen geschlagen werden müßten. Das ist alles. Der Erzbischof ist mir egal«, sagte Marcella.

Es war am selben Tag, nur sehr viel später. Loretta hatte für ihre Ritter und Damen ein Fest vorbereiten lassen, und durch die wolkenverhangene Nacht klangen die Melodien der Fiedler und Flötisten.

Marcella stand vor ihrer Kleiderkiste. Im Zimmer war es dunkel, sie trug nur eine einzige kleine Tranlampe bei sich, die ein schwaches Licht verströmte. Unschlüssig stellte sie die Lampe ab und schlang die Arme um die Brust. Es war eine schwere Entscheidung. Die Kiste sah in der Dunkelheit aus wie ein schlafendes Untier, das man besser nicht weckte.

Ich mach' ein Ende, dachte Marcella. Aber leicht fiel es ihr nicht. Jemandem zu vertrauen, einem Mann zu vertrauen, zudem einem, der begehrenswert war wie Tristand – das war, als zöge man sich nackt aus, ohne zu wissen, ob man nicht Schläge empfing.

Sie mußte an Mechthilde denken. Aber Tristand war nicht wie Volker. Weder so nachgiebig, noch so hart.

Marcella hockte sich vor die Kiste und legte die Hände auf den Holzdeckel. Tristand die Urkunde zu zeigen, würde nicht nur bedeuten, ihre Vergangenheit in seine Hand zu geben und auch das war gefährlich, denn wer wußte schon, was die Zukunft brachte. Ihm die Urkunde zu zeigen hieße, ihm Einlaß in ihr Leben zu gewähren, ihn zu ihrem Vertrauten zu machen, ihm das Recht auf Fürsorge einzuräumen.

Er würde den Brief zweifellos übersetzen können. Er würde ihr sagen, welchen Vergehens Jeanne sich schuldig gemacht hatte. Und vielleicht würde sie sich dann erinnern, warum sie keine Eltern und keine Schwester mehr hatte und in einem bunten Seidenmantel zu Onkel Bonifaz gekommen war, und warum ein angeschlagener Krug mit roten und blauen Kringeln …

Marcella rieb sich wütend den Schweiß von ihrer Oberlippe. Mit Händen, die vor Nervosität zitterten, öffnete sie die beiden Verschlußklappen, stemmte den Deckel hoch –

und hielt inne. Sie sah auf den ersten Blick, daß jemand an ihren Sachen gewesen war. Es herrschte keine Unordnung, aber die Art, wie Kleider und Tücher und ihre Wäsche gefaltet waren – das war nicht ihre eigene. Marcella verwahrte alles sorgsam, aber niemals penibel. Nun waren die Kanten der Stoffe aneinander ausgerichtet, als wären sie mit dem Lineal gestapelt, alles war glattgestrichen und die Gürtel viel zu eng zusammengerollt.

Sie tastete mit der Hand am Seitenrand der Kiste entlang. Ganz unten in der Kiste befanden sich ihre weichen Kalbslederschuhe. Daneben in einem Tuch der Schmuck, den sie bei Onkel Bonifaz gefunden und eingesteckt hatte. Das Bündel war prall und vermutlich hatte man nichts gestohlen.

Aber die Urkunde, die darunter gelegen hatte, war fort.

Marcella nahm die Kleider, faltete sie Stück für Stück auseinander und wieder zusammen und sah in jedem Wäscheteil nach, bis sie die ganze Kiste entleert hatte.

Das Pergament, das Jeannes Tod beurkundete, war nicht mehr da.

So umsichtig, wie sie die Kleidung ausgepackt hatte, legte Marcella sie auch wieder zurück. Ihre Gedanken bewegten sich mühselig, als wateten sie durch Schlamm. Die Urkunde war fort – fort – fort – fort …

Mechthilde.

Marcella ließ sich auf dem Boden nieder. Sie versuchte nachzudenken. Niemand würde eine Urkunde stehlen, außer er war fähig, sie zu lesen. Mechthilde *konnte* lesen. Und sie war die einzige Person in der Burg, die Interesse daran haben konnte, in ihren Kleidern zu wühlen. Vielleicht hatte sie etwas zerstören wollen. Oder stehlen. Nein, das nicht. Diebstahl paßte nicht zu ihr. Außer es ging um … Beweise …

Tristand hatte ihr aus Wittlich, oder wo auch immer er sich mit Daniels getroffen haben mochte, Lakritzplättchen mitgebracht. Marcella wühlte in den Decken ihres Bettes, wo sie sie achtlos hatte hinfallen lassen. Er hatte die Lakritzen in ein Metallkästchen getan, auf das ein Vogelmuster gestanzt war, eine Reihe stelzender Kraniche. Sie fand die Dose, öffnete sie, stopfte sich eine ganze Handvoll von den Süßigkeiten in den Mund und ließ sich auf das Bett fallen.

Was konnte Mechthilde mit der Urkunde anfangen? Der Name Bonifaz war darin erwähnt. Würde man ihr, Marcella, vorwerfen können, daß sie mit der Verurteilten verwandt gewesen war? Oder daß sie das Pergament bei sich trug? Würde man so etwas als Indiz für … Ketzerei nehmen? Unsinn, dachte sie fiebernd. Wir sind hier nicht in Frankreich.

Tristand hatte sich allerlei zusammengereimt. Er war klug. Und wahrscheinlich würde er besser abschätzen können, wie weit es nötig war, sich Sorgen zu machen.

Ich werde ihn um Rat fragen, beschloß Marcella, während sie auf der Lakritze herumbiß, als würde sie Stein knacken, wie der Gaukler drüben im Palas. Aber erst morgen. Wenn ich über alles geschlafen habe.

XX

Sie schlief erst gegen Morgen ein, und dann war sie so müde, daß die Mittagssonne die Fensternischen mit Licht überflutete, ehe sie aufwachte.

Sie setzte sich auf die Bettkante, glättete mit den Zehen die Fransen des Flickenteppichs und fragte sich, ob ihr Gesicht so aufgedunsen und verschwollen aussah, wie es sich anfühlte. Sie hatte keine Lust sich anzuziehen. Am liebsten wäre sie unter ihre Decke zurückgekrochen. Die Vögel draußen machten Krach, ihr taten die Glieder weh.

Es wäre einfacher gewesen, Tristand die Urkunde zu zeigen und ihm zu sagen: »Ich habe etwas gefunden, bitte übersetzt mir das.« Aber die Urkunde war fort, und nun müßte man über Seidenmäntel und Onkel Bonifaz sprechen. Vielleicht auch über Scheiterhaufen. Und über Cistercienser, die rote Ringe trugen …

Marcella tastete nach dem Bettzeug, überwand sich und schlüpfte in ihre Kleider.

Sie war nicht die einzige, die den Morgen verschlafen hatte. Müde Gesichter begegneten ihr überall. Im Palas räumte man noch an den Resten des Festes. »Habt Ihr Tristand gesehen?« fragte sie Claus Smideburg, bekam aber nur ein Achselzucken zur Antwort und war froh, als sie im Burghof auf Richwin traf.

Der junge Ritter schaute einem Mann in braunen Hosen zu, der die Spitzen am Fallgatter feilte, und zupfte dabei melancholisch auf seiner Laute. Ihr Kommen schien ihn auch nicht aufzumuntern. Im Gegenteil. Marcella meinte deutliche Anzeichen von Unbehagen zu entdecken.

»Damian ist fort«, sagte er, und fügte, bevor sie etwas fragen konnte, hinzu: »Er hatte Euch Bescheid geben wollen, aber scheinbar wart Ihr nicht zu finden.«

»Mein Zimmer ist riesig. Er wird seine Suche bei der Tür angefangen und beim Teppich aufgegeben haben. Und ich lag dummerweise im Bett.«

»Blöder Hammel«, knurrte Richwin und ließ die Saite mit dem Fingernagel springen, was ein sehr häßliches Geräusch machte.

Etwas wie ein Eismantel, kalt wie Reif, legte sich um Marcellas Herz. »Wo ist er hin?«

»Er hat eine Nachricht bekommen. Einen Brief. Schon irgendwann die Tage. Aber Pantaleon, der das Ding aufbewahrte, hatte vergessen, es ihm zu geben. Wäre auch besser gewesen, er hätt' sich gar nicht mehr erinnert …«

»Von wem?«

Richwin zuckte die Achseln. »Von seinem Bruder. Diesem Martin.«

Marcella bekam weiche Knie, und Richwin machte hastig Platz und zog sie neben sich auf die Bank. »Ich hab' ihm gesagt, es ist ein Blödsinn, dem Kerl zu trauen. Hat man doch gesehen, wie der sich anstellt. Aber mit seinem Bruder … Oh, Marcella, hört auf, so ein entsetztes Gesicht zu machen. Er ist doch nicht dumm. Und wer weiß, was in dem Brief gestanden hat …«

»Wo?«

»Was?«

»Wo wollen sie sich treffen?«

Richwin starrte sie mit dem unbeholfenen Augenkneifen an, das ihm seit dem Schlag zu eigen war. »Nein, das kommt nicht in Frage. Ich will gar nicht von den Kerlen reden, die dort draußen in den Wäldern lungern und die Straßen unsicher machen – und die sind schon schlimm genug …«

»Wo?« Sie stampfte mit dem Fuß auf.

Richwin schwieg.

Aber da war ja immer noch der Mann mit der Feile, der die Torspitzen bearbeitete.

»Wann ist Tristand fort?« rief Marcella zu ihm hinüber.

»Ähh – eine Weile schon, aber noch nich lange. Noch nich so lange, wie ich hier am Gatter steh'«, beschied er ihr.

»Und wo ist er hin?«

»Ich glaub', zum Dorf.«

Neugierig sah er zu, wie sie zum Stall hinüberlief.

Keine Dame ritt ein Pferd ohne Sattel, außer in einem Notfall. Hier war der Notfall gegeben. Marcella griff sich das nächste Tier, führte es zum Sprungstein und kletterte auf seinen Rücken. Es war ein Segen, daß das Fallgatter für die Reparatur hinaufgezogen worden war. Sie überhörte die Bemerkung des Torwächters und trabte über den Hof.

»Wartet! Marcella ...« Richwin zerrte ein zweites Tier aus dem Stall. Der Oberstallmeister, durch den Lärm aufgestört, kam aus dem Futterhaus und wollte wissen, was los sei und ob der junge Herr und die Dame bei der Gräfin die Erlaubnis eingeholt hatten ...

Richwin saß bereits auf dem Rücken des Pferdes. »Ohne mich werdet Ihr ihn nicht finden!« Er galoppierte hinter Marcella durch den Torbogen und den Zwingweg hinab. Vor dem zweiten Tor mußten sie erneut warten, bis der Wächter die Kette gelöst und mit Hilfe des Rades die Brücke herabgelassen hatte.

»Loretta wird mich im Turm verfaulen lassen, wenn Euch etwas geschieht«, sagte Richwin unglücklich.

Sie antwortete nicht.

»Die beiden haben sich beim Steinbruch verabredet, da wo die Trarbacher sich die Bausteine für ihre Häuser holen. Der schnellste Weg geht durch den Wald. Aber da müßten wir an der Köhlerhütte vorbei, und jeder weiß, daß sich dort das Lumpenpack des ganzen Hunsrück trifft, seit wir nicht mehr aus der Burg können.«

»Beschreibt mir den Weg und bleibt hier.«

Richwin stieß einen Seufzer aus und trieb sein Pferd über das Holz der Brücke.

Vielleicht hatte er sich geirrt, vielleicht hatte er Marcella auch absichtlich falsch geführt: Die Abkürzung, die sie genommen hatten, endete jedenfalls oberhalb des Steinbruchs an einer mit Buschwerk bewachsenen Stelle. Und weit und breit führte kein Weg abwärts.

»Sie sind schon da«, murmelte Richwin.

Er rutschte vom Pferderücken, und Marcella tat es ihm nach.

Sie hatten eine Sicht wie der Allmächtige. Nichts blieb ihnen verborgen. Da war der Steinbruch, der aussah, als hätte ein Raubtier sein Gebiß in den Fels geschlagen, die Sträucher und Blumen, die sich an die kargen Steilwände klammerten, der gelbe Sand im Tal, der Bohlenweg, auf dem die Steine befördert wurden ... Sie sahen alles und waren doch hilflos wie die Würmer.

Damian schien allein gekommen zu sein, ohne Begleitung aus Starkenburg. Martin war vorsichtiger gewesen. In seinem Rücken warteten bullige, durch Kettenhemden geschützte Gestalten, die mißtrauisch wie Keiler in jede Richtung witterten. Sie hielten Bögen in den Händen, in deren Sehnen Pfeile eingelegt waren, einer trug ein Beidhänderschwert. Damian stand bei seinem Bruder und versuchte offensichtlich, etwas zu erklären. Er hatte die Hände vorgestreckt, mit den Handflächen nach oben, als wolle er seine lauteren Absichten demonstrieren.

»Er wird ihm nicht glauben«, murmelte Marcella.

Wie zur Bestätigung fuhr Martin plötzlich vor und packte seinen Bruder am Rock. Er brüllte etwas, sein Kopf bewegte sich ruckartig, als er zornige Worte hervorstieß.

»Er wird ihm nicht glauben«, wiederholte Marcella, »und er wird ihn auch nicht ziehen lassen.«

»Ich kann nichts erkennen. Wie viele Leute hat der Kerl bei sich?«

»Fünf.«

»In den Farben des Zenders?«

»Nein.« Das wenigstens nicht. Martin ließ seinen Bruder los. Er gestikulierte, und verwehte Laute wurden zum Rand des Talkessels getragen. Es war nicht zu erkennen, ob Damian irgend etwas gesagt oder getan hatte, was seinen Bruder gereizt hatte, aber unversehens schlug Martin ihm die Faust vor die Brust, so daß er strauchelte.

»Was blitzt da?« fragte Richwin.

Martin schlug noch einmal zu, diesmal versuchte Damian, die Fäuste abzufangen. Er brüllte jetzt auch, aber er war noch immer am Zurückweichen.

Richwin stieß Marcella den Ellbogen in die Seite. »Dort drüben, rechts vom Talausgang, in halber Höhe – da blinkt etwas. Nun schaut doch schon.«

Er hatte recht. Zwischen den weißen Doldenrispen blitzte es wie Metall. Marcella richtete sich auf. »Männer«, flüsterte sie. Aber Martin führte seine Leute doch offen bei sich. Und wenn die Bewaffneten nicht zu ihm gehörten …

»Von da oben kann man die da unten abschießen wie Stechpuppen.« Richwin kaute an der Lippe. »Seht Ihr, zu wem die Kerle gehören? Vielleicht hat der Zender Martin verfolgen lassen.«

»Sie stehen auf«, sagte Marcella. »Ich glaube, sie haben Armbrüste.«

Es war wie in einem bösen Traum. Martins Männer standen mit den Rücken zu den Armbrustschützen. Nur Damian hätte sie sehen können. Aber Damian war mit seinem Bruder beschäftigt. Oder war ihm doch etwas aufgefallen? Er riß Martin zur Seite, und im nächsten Moment pfiff ein daumendicker Bolzen neben ihm in den Sand. Die beiden Männer stürzten übereinander.

»Wie viele?« Richwin kniff Marcella in den Arm.

Es waren nur zwei Armbrustschützen. Aber sie standen direkt unter der Nachmittagssonne. Das Licht mußte die Männer im Tal blenden.

Martin blieb am Boden, während Damian blitzschnell wieder auf die Beine kam. Er bückte sich, und ein weiterer Bolzen surrte knapp an seinem Ohr vorbei und bohrte sich neben Martins Fuß in den spritzenden Sand. Martins Männer begannen hektisch gegen die Sonne zu schießen.

»Sie treffen nicht einmal in die Nähe«, flüsterte Marcella.

Plötzlich war auch Martin wieder oben. Er hob den Rock und riß etwas darunter hervor. Eine klobige, in der Sonne glänzende Waffe aus Metall – einen Streitkolben. Marcella preßte die Faust vor den Mund und hörte auf zu atmen.

Martin hob die Waffe mit beiden Händen. Er schwang sie ungeschickt wie ein Mönch. Gegen keinen Kämpfer hätte er damit ankommen können. Aber sein Bruder kniete am Boden und suchte mit den Händen an den Augen das Buschwerk ab und war zu sehr auf die Felswand konzentriert, um auf das zu achten, was in seinem Rücken geschah. Und so traf er ihn ohne Gegenwehr – ein Schlag, seitlich zwischen die Rippen, unter die Achsel des erhobenen Armes. Der Hieb mußte schrecklich gewesen sein, denn Damian sackte ohne einen Laut nach vorn aufs Gesicht.

»Wehren sie sich?« Richwin schüttelte Marcellas Handgelenk.

Ja, die Männer wehrten sich und verschossen einen Wirbel von Pfeilen. Aber umsonst. Die beiden Armbrustschützen hatten begonnen, sich zurückzuziehen. Die Pfeile, die Martins Wächter gegen das blendende Sonnenlicht schossen, verfingen sich nutzlos im Blattwerk oder prallten auf den Fels.

Richwin stand auf. Er kehrte sein Gesicht direkt vor das Marcellas, um sie anschauen zu können. Betroffen hob er die Hand zu ihrer Wange. »Was ist los?«

Sie schob ihn fort.

Einer der Wächter war schon zu Beginn des Überfalls zu den Pferden gelaufen, die sie am Talausgang zurückgelassen hatten. Jetzt kehrte er zurück. Die Männer besprachen sich. Ihre Blicke hingen an den Wänden des

Steinbruchs. Martin sagte etwas und wies brüsk auf die Gestalt, die mit dem Gesicht nach unten im Sand lag. Zwei seiner Männer legten die Bögen beiseite, packten den Reglosen und zerrten ihn zu den Pferden, wo sie ihn ungeschickt über einen der Sättel warfen.

Er mußte tot sein. Oder ohnmächtig. Nein, nur ohnmächtig. Warum sonst hätten sie ihn mitnehmen sollen? Heilige Madonna, bitte laß ihn am Leben sein, betete Marcella still. Ein Streitkolben war fähig, Rüstungen zu durchschlagen. Aber Martin hatte auf den Leib seines Bruders gezielt, nicht auf den Kopf ...

»Nehmen sie ihn mit sich?« fragte Richwin.

»Ja.«

»Ist er verletzt?«

Sie legte die Hand auf seinen Mund und konnte nicht verhindern, daß ihr Tränen in die Augen stiegen.

Die Männer bestiegen die Pferde und ritten, den Gefangenen in der Mitte, zum Talausgang. Damians Arme schlenkerten. Er trug unter seinem meerblauen Surcot ein weißes Unterkleid, und Marcella sah, daß der eine Ärmel rot von Blut war.

Richwin räusperte sich. »Ein Wunder, daß sie nicht alle umgebracht worden sind«, murmelte er. »Find' ich sonderbar. Sie hätten sie alle abschießen können.«

Ich muß Richwin das Pferd geben, damit er es zurückbringen kann, überlegte Marcella. Aber das schadete nichts. Bis Trarbach konnte es nicht weit sein. Vielleicht begleitete er sie auch noch hinab. Und unten am Hafen würden Schiffe ablegen. Sie hatte einige Tournosen in ihren Gürtel eingenäht ...

»Marcella?«

»Ja.«

Richwin nahm ihr Gesicht zwischen die Hände, als wäre er viele Jahre älter als sie. »Wenn er tot ist, Marcella, dann werden sie ihn beim Neutor aufs Rad flechten und zur Schau stellen, und das wird Euch keine Freude machen. Und wenn er lebt ...« Er befeuchtete die trockene Zunge mit den Lippen. »Ihr müßt bedenken, daß er für die Leute von Trier ein Raubmörder ist. Wenn er lebt, wird es ihm nicht gut ergehen.«

»Ja.«

»Und ... ich glaube, er würde nicht wünschen, daß Ihr dort wäret ...« Er schwieg verlegen. »Ihr könntet aber von der Burg aus versuchen, an Euren Onkel zu schreiben. Er ist doch Schöffenmeister. Vielleicht erweicht es sein Herz.«

»Richwin«, sagte Marcella. »Das einzige Herz in Trier, das sich für Damian Tristand erweichen läßt, gehört seinem Vater, und der liegt selbst gefangen und ist womöglich schon tot. Zeigt Ihr mir den Weg zum Hafen, Richwin?«

XXI

Sie ließ es zu, daß Richwin sie begleitete, und zwar wegen seiner kranken Augen. Marcella hätte ihn lieber auf Starkenburg zurückgelassen, denn ihr war klar, wie gefährdet der junge Ritter in Trier sein würde. Wenn man ihn erkannte, würde man ihn festnehmen und aus ihm herauspressen wollen, was er und Tristand zu dem Überfall beigetragen hatten. Und nach dem Geständnis – das zweifellos erfolgen würde – würde man ihm einen gräßlichen Tod auf dem Richtplatz bereiten. Und falls der Schultheiß des Erzbischofs erfahren sollte, woher der Mann kam, den die Schöffen gefangengenommen hatten …

Wenn er gesund wäre, dachte Marcella, dann hätte ich ihm schon klargemacht, daß er in Trier nichts zu suchen hat. Aber Richwin litt an seiner Nutzlosigkeit wie an einer Wunde. Wie hätte sie Salz darauf streuen können, indem sie ihm bedeutete, daß er eine Last war?

Aber wenn sie ihn gefangennehmen – dann wird er's bereuen, dachte sie. Und ich werde es auch bereuen. *Er wird's bereuen und ich werd's bereuen,* hämmerte es in ihrem Kopf.

Sie hatten in Trarbach Sättel für ihre Pferde geliehen und eine Botschaft zur Burg geschickt, dann waren sie nach Bernkastel geritten und hatten bei Freunden von Richwin übernachtet. Aber Marcella hatte keinen Schlaf gefunden, und nun, am zweiten Tag ihrer Reise, bewegte sie sich in einem Dämmerzustand aus Müdigkeit und Ängsten, der ihren Verstand umnebelte, so daß sie kaum einen Gedanken zu Ende brachte. Sie hatte keine Ahnung, was sie in Trier unternehmen wollte. Sie sorgte sich, weil niemand in den Moseldörfern etwas von den

Tristandbrüdern gesehen zu haben schien. Vielleicht war Damian schon tot. Vielleicht hatte man ihn irgendwo im Wald verscharrt. Ihr Pferd trottete über den Treidelweg neben der Mosel, nervös, weil ihm keine Führung zuteil wurde, und die Männer, die die Schiffe flußaufwärts zogen, schimpften über ihre Ungeschicklichkeit.

Sie erreichten Trier am Nachmittag.

Richwin faßte in Marcellas Zügel und drängte sie an den Wegrand, um eine von Pferden getragene Sänfte durchzulassen, die dem Martinstor zustrebte. »Es wäre gut, wenn wir uns überlegten, wie wir vorgehen wollen.«

Vor ihnen erhoben sich die Mauern der Stadt. Sie waren aus grauem, trotzig starrendem Stein, vom schwarzen Wasser des Stadtgrabens umspült, von Zinnen gekrönt, die wie Stacheln staken und von Wachtürmen durchbrochen, deren Ziegeldächer kräftigrot in der Sonne blitzten. Auf den Wehrgängen patrouillierten Männer in Waffenhemden. Das Trierer Kreuz wehte auf den Fahnenstangen und prangte in lebhaftem Rot über dem Tor. Die Stadt hatte ihren Bischof verloren, aber nicht die Schöffen, die sie regierten. Und die Schöffen waren mächtig, und ihre Macht drückte sich in der Wehrhaftigkeit der Stadtmauer aus.

»Es hat keinen Zweck, Richwin«, sagte Marcella müde. »Niemand bekommt ihn frei. Ich bin in dem Gefängnis gewesen. Die Mauern sind so dick wie die Stadtmauern hier.«

»Nun redet keinen Blödsinn«, erwiderte Richwin freundlich.

Hoch erhobenen Hauptes ritt er vor ihr über die Brükke in das Torgewölbe ein, und niemand hielt ihn auf. Er war ein gut gekleideter, anständig aussehender junger Mann, der von einer gut gekleideten, anständig aussehenden Dame begleitet wurde – damit waren sie so bemerkenswert wie das Wasser, das im Graben stand, denn Trier war eine reiche Stadt, in der es von wohlhabenden

Menschen wimmelte. Der Wächter schenkte ihnen kaum ein Gähnen.

Marcella wählte, ohne darüber nachzudenken, die verwinkelten Seitenwege, in denen knöcheltief der Schmutz stand und das Vieh aus den Fenstern der Zinshäuschen brüllte, die es gemeinsam mit seinen Herren bewohnte. Ihre Pferde liefen durch stinkenden Abfall, aber sie waren wenigstens sicher vor bekannten Gesichtern. Hinter dem Armenviertel breiteten sich die Weingärten aus, in deren Mitte völlig frei die Johannisgasse lag, das war eine gefährliche Strecke. Sie ritten ein Stück hinauf, bogen dann aber schnell in die Straße der Weber ab. Die Gefahr, erkannt zu werden, war immer noch groß. Tatsächlich sah Marcella unter dem Schatten eines vorkragenden Obergeschosses einen Tuchhändler stehen, der mit ihrem Onkel bekannt war und mit einer Dame auf einem Zelter schwätzte, die er allerdings besser stehengelassen hätte, denn sie stand in dem Ruf ... Aber das ging sie nichts an. Über die Verkaufslade des Leinenwebers beugte sich der Marktbeschauer und prüfte unter den Klagen des Webers die Breite eines billigen Wollstoffes. Er war so beschäftigt wie der Tuchhändler, und Marcella und Richwin erreichten unbehelligt die Engelsgasse, in deren Mitte, angelehnt an einen Torbogen, sich Marcellas kleines Geschäft mit der sauberen, blauweiß gestrichenen Tür befand. Die Fensterläden standen offen – der eine nach oben zum Schutz gegen Sonne und Regen, der andere als Verkaufsfläche nach unten. Elsa hatte eine Schale mit Borten und verschiedene Krüge und Holzkistchen aufgebaut und feilschte gerade mit zwei hageren, einander ähnlich sehenden Weibern um den Preis für ein Büschel Rosmarin.

Marcella winkte Richwin in den Schlupf, der ihren Laden von Nachbarhaus trennte, führte die Pferde durch die niedrige Nebentür in das Kontor – das schien ihr sicherer, als sie für jederman sichtbar auf der Straße stehenzulassen – und ließ sich mit einem Seufzer auf dem Stuhl vor ihrem Scrittoio nieder.

Der Lärm der Straße war verebbt. Es war kühl und dunkel, und nur Elsas schmeichelnde Stimme, die Teuerung und Einfuhrzölle beklagte, drang noch ins Kontor.

»Ist dies hier Eure Wohnung?« wollte Richwin wissen.

Eine gute Frage. Zu Onkel Bonifaz würde Marcella nicht gehen können. Und Elsa lebte in einer Dachkammer im Haus einer wohlhabenden Witwe, die kaum Platz für ein Bett bot. Außerdem war die Witwe neugierig. Sie würden heute zwischen Pferden und Fässern schlafen müssen.

Die Kundinnen waren weitergezogen, und die Tür flog auf. Elsa, mit einem eisernen Ellenmaß bewaffnet und zu allem bereit, lugte durch den Rahmen. Das Licht war spärlich. Einen Moment lang sah es aus, als wolle sie um Hilfe schreien. Dann fiel die Stange scheppernd zu Boden, sie stürzte auf Marcella zu und drückte sie in stummer Glückseligkeit an die Brust.

Geborgen in den Bergen wallenden Fleisches, den Duft von Rosmarin in der Nase, Elsas Hände im Haar und ihr fürsorgliches »aber, aber« im Ohr, gelang Marcella dann endlich, wonach sie sich die ganze Zeit gesehnt hatte: Sie brach in entsetzliches Weinen aus.

Elsa hatte nichts von Damian Tristand gehört. »Und wenn ich nichts gehört hab', dann gibt es auch nichts zu hören«, erklärte sie bestimmt.

Vielleicht war Martin aber mit seinem verwundeten Bruder langsamer geritten, als Marcella und Richwin. Vielleicht hatte er ihn in einem Gasthaus einquartiert, um ihm Ruhe zu gönnen …

»Wenn es so ist, wie du sagst, wenn sein Rock voller Blut war und sein Bruder ihn nicht einmal verbunden hat, dann hat er sich ausgeblutet, noch eh' sie aus dem Wald waren«, meinte Elsa und machte keinen Hehl daraus, daß ihr diese Vorstellung am liebsten war. Sie hüllte Marcella in warme Decken, schickte Richwin, um aus einer benachbarten Garküche Rosenkohlsuppe zu besorgen, zwang ihre Freudin, die Schüssel auszulöffeln, und ruhte nicht, bis Marcella auf einem Strohsack vor den Regalen lag und die Augen schloß.

Als Marcella aus dumpfem Traum erwachte, war es hell, und da die Sonne den Staub auf dem kleinen Scrittoio beschien und das einzige Fenster des Kontors nach Südosten ging, mußte es Vormittag sein.

Elsa schien den Tag wie jeden anderen verlaufen lassen zu wollen. Aus dem Verkaufsraum drang die plärrende Stimme einer Kundin, die sich beschwerte, weil sie Beimischungen im Koriander gefunden hatte. Elsa beschwichtige. Richwin lag auf den blanken Bohlenbrettern, den Kopf auf dem Arm gebettet, und lächelte über seinen Träumen und sah so jung aus, daß Marcella sich von neuem Vorwürfe machte, ihn mit nach Trier genommen zu haben.

Wenn er lebt, dachte sie, wenn Damian lebt ... Auf dem Scrittoio stand ein Teller mit Schmalzkringeln, den die fürsorgliche Elsa dort hingestellt hatte. Sie setzte sich und hob ihn in ihren Schoß. Ihre Hände zitterten, aber sie hatte ausgeschlafen, und sie war in ihrem Kontor – dort wo sie schon tausendundein Problem gelöst hatte. Sie biß kräftig in den Kringel.

Wenn er also lebte – würde Martin ihn dann dem Rat ausliefern?

Ja, entschied sie und kaute und freute sich, weil sie so bitter und scharf denken konnte. Martin würde sich nicht durch einen geheimen Mord Befriedigung verschaffen. Wenn das sein Plan gewesen wäre, dann hätte er Damian im Steinbruch umgebracht. Er würde seinen Bruder dem Henker übergeben. Und das paßte auch viel besser zu ihm, weil er ein Mann war, der sich lieber an seinen eigenen Grundsätzen aufspießte, als einen von ihnen zu umgehen.

Wenn Damian aber im städtischen Gefängnis lag, dann mußte Onkel Bonifaz davon wissen. Und den kann ich nicht fragen, dachte Marcella, denn der Onkel wollte, daß sie heiratete. Und da er in letzter Zeit so viel Anteilnahme für ihr Tun zeigte, würde er sie vielleicht sogar einsperren, wenn er erfuhr, weshalb sie in Trier war. Und Jacob? Jacob war ein Freund. Aber einer, dem sie zur Ehe versprochen war. Sogar der Erzbischof wußte schon davon. Und er war kein Mann, der sich gern lächerlich gemacht sah. Was mochte Onkel Bonifaz ihm nur gesagt haben, daß er dachte, sie wolle ihn heiraten? Marcella kaute an den Schmalzkringeln.

Irgendwann würde Nachricht von Damian an die Öffentlichkeit dringen. Entweder würde man seinen Tod verkünden, oder seine Verhaftung. Aber darauf konnte sie nicht warten. Sie stieß Richwin mit dem Fuß an.

»Ich gehe ins Gefängnis«, sagte sie. »Zu seinem Vater. Zu Arnold.«

»Bitte?« fragte Richwin mit einem seligen, schlaftrunkenen Lächeln.

Elsa schimpfte. Sie warnte, sie drohte, sie fluchte, daß es den Ohren weh tat. Aber ins Gefängnis zu gehen war nicht verboten, und Marcella hatte Arnold schließlich schon öfter dort besucht. Der Wächter würde sich nicht über Gebühr verwundern. Elsa kündigte an, zu Onkel Bonifaz zu gehen. »Das wirst du nicht«, sagte Marcella und drückte ihr einen Kuß auf die Wange.

Sie wanderte durch den Sonnenschein die Engelsgasse hinab. Das Kleid, das sie trug, war von Elsa geliehen, aus reizloser brauner Wolle, und verwandelte sie, wie sie hoffte, in eine unscheinbare Bürgersfrau. Ihr Haar war unter einer Haube verschwunden. Sogar einen Bastkorb hatte sie sich an den Arm gehängt.

Auf den Fensterbänken der Häuser standen Drahtkäfige mit gefangenen Vögeln – das war im Jahr zuvor in Mode gekommen. Die Vögel zwitscherten in die laue Luft und flatterten und sehnten sich nach ihrer Freiheit, und Marcella hatte Mitleid mit ihnen und fand es immer schwieriger, fröhlich zu schauen, obwohl das nötig war, denn die Menschen genossen den warmen Tag und schwatzten und schienen an allem interessiert.

Vor dem Gefängnis war es stiller als beim letzten Mal. Eine Magd zog mit einem Säugling auf dem Arm und Kindern im Gefolge den Weg hinab, sonst war keine Menschenseele zu sehen. Marcella suchte Schutz unter dem Dach des Hauses, vor dem sie auch das letzte Mal gewartet hatte. Der Bau auf der Seite gegenüber warf einen langen Schatten, der die halbe Straße verdunkelte.

Sie versuchte, einen der Schlitze Arnolds Zelle zuzuordnen, aber sie hatte keinen guten Orientierungssinn, und es nutzte ja auch nichts, es vor sich herzuschieben.

Vorsichtig umging sie den Straßendreck und pochte an die Tür.

Der Wächter, der öffnete, war ihr unbekannt. Ein Mann mit bleichem Gesicht und kalten Fischaugen, die sie rasch einzuschätzen versuchten.

»Ich möchte zu Arnold Tristand«, sagte Marcella.

Die Fischaugen signalisierten Enttäuschung. Warum? War sie nicht teuer genug gekleidet? Marcella schob die Hand in den Ärmel und holte einen Doppelpfennig hervor.

Der Bleiche bedachte sich – und trat zögernd beiseite. Er nahm den Pfennig, während sie an ihm vorüberging, und deutete in den hinteren Teil des Geschosses, wo ein billiges, stark rauchendes Tranlicht auf einem Tischchen stand. Zu dem Tisch gehörte ein Schemel, den er ihr zum Sitzen anbot. Soviel war ihm der Doppelpfennig immerhin wert.

Dem Tisch gegenüber gab es ein Türchen, klein wie das Loch zu einer Höhle. Die Tür stand offen, und da sie genau in Marcellas Blickfeld lag, bot sich ihr ein Anblick, den sie sich lieber erspart hätte: Eine abwärts führende Treppe, an deren Ende, beleuchtet durch eine Pechfackel, eine Holzleiste mit Nägeln hing, über die merkwürdige Geräte gestülpt waren. Eisenzangen, Metallspangen, armlange Spieße und zuvorderst ein Paar gebogene Metallbügel, die durch Lederschnüre aneinandergehalten wurden. Marcella wandte schnell den Blick. Trotzdem sah sie noch die Nägel, die in den Innenseiten der Bügel staken, und die Flecken zwischen den Nägeln. Der Wächter grunzte und stieß mit dem Absatz die Tür ins Schloß, so daß der Keller aus ihrem Blickfeld verschwand. Aber das Wimmern, das aus den dreckigen Zellen drang, hatte eine neue Bedeutung bekommen. Am liebsten wäre Marcella davongelaufen.

»Herr Arnold ist tot«, sagte der Wächter.

»Was?«

»Gestorben. Heut nacht«, erklärte er barsch, während er sie musterte, ob ihr Interesse erlosch.

Marcella stand auf. Der Hals war ihr eng.

»Wenn Ihr wollt, könnt Ihr ihn aber noch anschaun … er liegt droben in der Kammer.«

Nein. Oder vielleicht doch. Vielleicht war sie ihm das schuldig. Marcella wandte sich zur Treppe.

»Die anderen Herrschaften«, sagte der Wächter, halb grob, halb schmeichelnd und sichtlich ungeduldig, weil sie nicht von selbst drauf kam, »haben mir für die Müh' noch etwas dazu gegeben. Es ist schließlich nicht meine Arbeit, Leute hier rumzuführen.«

Die anderen? Marcella kehrte auf dem Absatz um. Sie griff noch einmal in den Ärmel, holte einen weiteren Pfennig hervor und warf ihn hart auf den Tisch. »Wer ist hiergewesen?«

In dem bleichen Gesicht arbeitete die Neugier. »Sein Sohn, der junge Herr Tristand.«

»Und noch jemand?«

»Einer von den Schöffen. Jacob Wolff.«

»Das muß ja wohl so sein. Herr Tristand war ein wichtiger Mann.« Ihr Herz klopfte.

»Sie hatten noch einen mit sich, noch einen Mann.« Die Fischaugen lauerten. Ein Schatten des Triumphes durchzuckte sie, als der Wächter sah, daß Marcella die Silberfibel löste, die den Ausschnitt ihres Kleides schmückte. Sie behielt sie in der geschlossenen Hand und wartete.

»Er war krank. Sie haben ihn mit einer Sänfte gebracht und die Treppe hochschleppen müssen ...«

»Trug er blauen Samt?«

»Und darunter einen weißen Rock. Der war blutig. Bis rauf zum Halssaum.«

Also wirklich Damian. »Was haben sie mit ihm gemacht?«

»Ihn zu dem Toten gebracht. Und dann wieder mitgenommen.« Ein Seufzer bekannte, daß der Wächter nichts weiter wußte, was man zu Geld hätte machen können.

Marcella gab ihm die Fibel und stieg die Treppe hoch.

Die Zelle lag im Halbdunkel. Zwei Kerzen spendeten schwaches Licht. Der Kerkermeister hatte die Tür offenstehen lassen, da es ja nun niemanden mehr gab, der an der Flucht hätte gehindert werden müssen.

Ein hohläugiger, fast kahler Greis in schlichtem, kurzem Knechtsrock stand mit einem Lappen in der Hand über Arnolds Leichnam gebeugt und schaute verwundert zu Marcella auf.

»Seid Ihr nicht von unserem gnädigen Herrn Schöffenmeister die Nichte?« Er lispelte und hatte eine schwache Stimme, die durch die Tränen, die er weinte, zusätzlich getrübt wurde. Er war klein gewachsen und seine Wirbelsäule vom Alter krumm, und Marcella kniete neben ihm nieder, um mit seinem Kopf auf gleicher Höhe zu sein. Es tröstete sie, daß noch jemand um den Tod des armen Arnold weinte.

Der Alte tauchte seinen Lappen in die Schüssel und fuhr fort, den Leichnam abzuwaschen. »Martin hat gesagt, daß sie ihn nicht in geweihter Erde bestatten werden«, klagte er mit seiner Lispelstimme. »Verscharrt wie ein Hund. Vor den Toren. Das hat mein Herr nicht verdient. Er war ein gottesfürchtiger Mann.«

»Ja.« Marcella umschloß die kalte, wächserne Hand mit ihren eigenen. Der Raum roch nach Krankheit. Der Geruch kam aus den Decken, und ihr wurde bewußt, daß ihr Handgelenk auf etwas Feuchtem ruhte. Rasch hob sie es an. Sie sah, daß dort, wo sie kniete, an der Kante der Pritsche, die Decke von einem dunklen Flecken besudelt war.

»Wart Ihr hier, als Martin seinen Bruder zu seinem Vater brachte?« fragte sie.

Der alte Mann hob das steife Haupt und musterte sie argwöhnisch. Vielleicht besänftigten ihn ihre roten, geschwollenen Augen. Vielleicht war sein Bedürfnis, den Kummer zu teilen, auch übergroß. »Der arme Junge hat gekniet, wo Ihr jetzt kniet, Herrin, und seinen Vater tot zu sehen hat ihm fast das Herz gebrochen. Ich hoffte ja, in dem Moment, daß der gemeinsame Schmerz helfen würde, ihre Gefühle zu besänftigen«, vertraute er ihr an. »Sie sind doch Brüder. Von derselben Mutter geboren.« Er schob die Decke vom Unterleib des Toten und bat sie fortzusehen, da er die empfindlichen Regionen des Körpers zu reinigen hatte. »Aber sie stritten über seinen leeren Augen«, redete er weiter. »Unversöhnlich wie Kain und Abel. Und … Damian lästerte Gott.«

Es klang nicht streng, nicht nach Anklage. Deshalb traute Marcella sich nachzufragen.

»Damian sagte«, meinte der Alte bedrückt, »wenn der Herrgott einem Mann wie seinem Vater den Einlaß ins Himmelreich verweigert, weil eine Horde … er nannte sie Scheinheilige, die Schöffen nannte er so … wenn sein Vater also nicht ins Himmelreich käme, weil die Schöffen ihm ein christliches Begräbnis verwehrten, dann würde sein Vater sowieso nicht dort sein wollen, weil sein Herz zu gütig wäre für so einen Gott. Der Junge ... war nicht bei Sinnen. Er wußte gar nicht, was er sagte. Und Martin hätte ihm nicht drohen sollen. Sie sind doch Brüder. Es ist noch nicht lange her, da haben sie einander geliebt.«

Marcella reichte dem Mann die Totenkleider und half ihm, den schweren Leichnam anzuheben, um sie ihm über den Kopf zu streifen, was nicht einfach war, weil der Körper in Totenstarre lag.

»Warum hat Martin Damian nicht gleich hier einsperren lassen?«

»Selbst das kann man ihm nicht zum Guten rechnen«, meinte der alte Mann müde. »Martin hat seinem Bruder einen Kerker daheim bereitet. In der Kammer unterm Dach. Er sorgte sich, daß Damian im Gefängnis sterben könnte, bevor ... an ihm Gerechtigkeit geübt wurde. Er hat's ihm hier vor seinem toten Vater geschworen. Daß er ihn gesund pflegen und dann dem Rat ausliefern wird. Er ... ist verbohrt.«

»Aber Jacob Wolff ...«

»Den Herrn Schöffen hat er einweihen müssen, um mit seinem Bruder hier hinein gelangen zu können, denn der Wächter ist ein unverschämter und mißtrauischer Mann. Aber auf Herrn Wolff kann man sich verlassen. Er hat versprochen zu schweigen, bis Damian wieder beisammen ist, und das wird er auch tun, mag's ihm auch noch so übel aufstoßen, wie alles gerät.« Der Alte seufzte. »Ich kenne die Jungen seit ihrer Geburt«, sagte er unglücklich. »Und fast bin ich froh, daß mein Herr diesen Kummer nicht bis zum Ende erleben muß.« Umständlich zog er einen Kamm aus dem Kleid, und machte sich daran, die grauen, strähnigen Haare zu glätten.

»Vielleicht irrt Martin sich. Vielleicht begraben sie Herrn Arnold ja doch auf dem Friedhof«, sagte Marcella.

»Nein.« Der Diener hob die Ärmel des weißen Rockes und faltete sie, da er die starren Arme nicht biegen konnte, auf der Brust des Toten.

Er lebt. Als Marcella aus dem Dunkel des Stadtgefängnisses in die helle Gasse trat, explodierte diese Erkenntnis in ihr wie ein Sternenregen. Damian lebte. Und so sehr sie sich auch mühte, Arnolds Tod zu betrauern – und es tat ihr wirklich leid um ihn, denn er war ein herzensguter Mann gewesen –, wurde ihr das Herz plötzlich federleicht und in ihren Ohren summten himmlische Chöre. Ihre Lebensgeister erwachten. Damian lebte. Und damit stand alles offen. Langsam – versuchte sie sich zu mäßigen. Martin wollte seinen Bruder ans Schöffengericht ausliefern, und selbst wenn er sich anders besänne, könnte er nicht mehr zurück, denn inzwischen hatte er in Jacob einen Mitwisser. Und die Schöffen ... Aufgewühlt machte Marcella sich auf den Weg zum Markt.

Ob ihre Gedanken ihre Füße bewegten, oder ihre Füße sie zu Orten trugen, die die Gedanken auslösten, war im nachhinein schwer festzustellen. Es gab einen kleinen Laden in der Nähe des Marktes, einen Kellerraum in einem heruntergekommenen Haus, das einem Fischhändler gehörte, und in diesem Laden wurden merkwürdige Utensilien verkauft. Marcella wußte davon, denn die Besitzerin des Ladens, eine Frau, von der man munkelte, sie sei mit einem Henker verheiratet gewesen, hatte sie einmal aufgesucht und um eine Galangawurzel gebeten. Marcella hatte die Wurzel nicht vorrätig gehabt und war auch froh darüber gewesen, denn die Frau war ihr unheimlich vorgekommen. Aber nun trugen ihre Füße sie geradewegs zu dem kleinen Laden, und sie stieg beherzt die abgetretenen Stufen hinab.

Ein Glockenspiel klingelte, als sie die Tür nach innen drückte. Der Raum war dämmrig wegen seiner Kellerlage, es gab nur ein einziges kleines Fenster, das zu niedrig lag, um viel Licht hineinfluten zu lassen. Marcella erkannte zwei Stühle vor einem Holztischchen und einen braunen Vorhang, der den hinteren Teil des Raumes abtrennte. Das Läuten mußte die Ladeninhaberin alamiert haben, denn kaum daß Marcella Zeit gefunden hatte, sich umzusehen, teilte sich auch schon der Vorhang.

Sie erkennt mich wieder, dachte Marcella, und das war dumm, denn der Abschied damals war frostig gewesen, und sie spürte, daß die Frau sie nicht leiden konnte. Ihr Lächeln wirkte unangenehm, weil es sich auf den rechten Mundwinkel beschränkte. Spott und Überheblichkeit drückten sich darin aus.

»Ich brauche Bilsenkraut«, erklärte Marcella knapp.

Das Weib deutete auf den Stuhl. Ihr Haar steckte unter einer riesigen, schwarzen, zweizipfligen Haube, mit der sie den Vorhang streifte, als sie sich ebenfalls niederließ.

»Wie schade, wie schade«, murmelte sie. »Gerade das habe ich nicht vorrätig.« Ihr Mundwinkel, der eine, der bewegliche, verzog sich. »Bilsenkraut ist eine nützliche Medizin, das weiß ich, denn ich kannte einen Bader, der es oft verwandte. Es heißt aber auch …« Lauernd schielte sie über den Tisch. »Das Kraut soll einige … seltsame Eigenschaften besitzen.«

»Es stillt den Schmerz.«

»Unter den Händen eines gelehrten und verständigen Menschen wird selbst Gift zur barmherzigen Arznei«, erklärte die Frau fromm. »Aber wie das Licht den Schatten mit sich trägt, so haben auch Pflanzen unterschiedliche Wirkungen. Man sagt zum Beispiel, Bilsenkraut könne als Aphrodisiakum dienen um Liebhaber geneigt zu machen.« Ihre Augen glitzerten verschwörerisch, und Marcella kam sich wie beschmutzt vor. Sah sie aus, als hätte sie die Absicht, Männer durch Zauberei zu nötigen? »Außerdem«, fuhr die Frau seidenweich fort, »soll es Bestandteil der Hexensalben sein, mit denen die Weiber sich einreiben, die nachts zum Tanz mit den Böcken reiten.«

Marcella stand auf.

»Aber das sind schlimme Dinge, an die man besser nicht einmal denkt.« Rasch griff die Frau nach ihrer Hand und zog sie auf den Stuhl zurück. »Ihr braucht etwas gegen Schmerzen. Ich habe andere Arzneien. Kräuter, die allerdings nicht dieselbe starke Wirkung haben ...«

»Nein ...«

»Und dann noch etwas. Eine Wurzel, die dem Bilsenkraut in seiner Wirkung ungemein ähnlich ist, so ähnlich, daß man sie beinahe austauschen könnte. Wenn Ihr Erfahrung im Umgang mit Bilsenkraut habt, wäre Euch das vielleicht angenehm.«

Marcella dachte an den Flecken in Arnolds Decke, dort wo Tristand sich auf das Bett seines Vaters gestützt hatte. Sicher war die Wunde bereits entzündet. Und hatte der Wächter nicht gesagt, sie hätten ihn die Treppe hochschleppen müssen? Sie wartete.

Die Frau stand auf und huschte hinter den Vorhang. Man hörte das Knarren eines schlecht geölten Schlosses. Nach wenigen Augenblicken, als hätte sie Angst, ihre Kundin könne davonlaufen, schlüpfte sie wieder durch den Vorhang und hielt etwas in den Händen.

Marcella schluckte. Unwillkürlich fuhr sie zusammen. Ein Alraunenmännchen. Sie hatte dergleichen noch nie gesehen, es aber so oft beschrieben gehört, daß sie augenblicklich sicher war.

Das Weib liebkoste das merkwürdige Wurzelstück mit den Fingerspitzen. »Man kann den Alraun nur ein einziges Mal im Jahr ausgraben«, raunte sie. »In der Mitternachtsstunde der Johannisnacht. Er wächst unter den Galgen vor der Stadt und entsteht aus dem Harn und dem Samen der Gehängten.«

Und er lindert Schmerzen, dachte Marcella.

»Beim Ausgraben stößt der Alraun einen Schrei aus«, murmelte das Weib. »Dieser Schrei ist so entsetzlich, daß, wer ihn hört, daran zugrunde geht.«

»Wie ist er dann in Eure Hände gelangt?«

Die Frau beachtete Marcella nicht, nur ihr Mundwinkel zuckte ein klein wenig. »Um den Alraun zu erlangen, muß man sich die Ohren mit Baumwolle oder Pech oder Wachs verstopfen und dann mit einem schwarzen Hund hinausgehen, drei Kreuze über der Wurzel machen und den Hund mit dem Schwanze daran festbinden. Dann wirft man ihm ein Stück Fleisch vor und läuft davon. Der Hund schnappt nach dem Bissen und zieht so die Wurzel aus dem Boden. Auf den Schrei des Alrauns fällt er tot nieder, aber selbst kann man die Wurzel dann unbeschadet aufnehmen. Natürlich ist das gefährlich. Und umständlich. Und es braucht viel Glück, überhaupt einen Alraun zu finden.«

Und deshalb ist er teuer ... Heilige Elisabeth, ich sitze hier und höre mir an, wie eine Hexe ihren Zauber erklärt! Marcella nahm die Wurzel zögernd in die Hand. Der Alraun sah tatsächlich wie das Galgenmännchen aus, nach dem er seinen Namen hatte. Beine, Rumpf und Kopf staken in bizarrer Verzerrung, wie ein Mensch, der Schmerzen hatte. Seine Augen – in dem Teil seines Körpers, der das Gesicht darstellen sollte, gab es zwei schwarze Wölbungen, und die sahen tatsächlich wie Augen aus – stierten Marcella starr und boshaft an. Aber ob Zauber oder nicht, der Alraun wirkte wie Bilsenkraut, er stillte den Schmerz. Sagte die Hexe. Marcella warf das zauberkräftige Holz auf den Tisch und stand auf. »Was ich brauche ist Bilsenkraut. Und wenn ich es hier nicht bekommen kann ...«

»Ihr könntet den Alraun zu einem besonderen Preis haben.«

»Nein ...«

»Und ... Ich habe zwar kein Bilsenkraut, das sagte ich schon, aber Bilsenkrautsamen könnte ich Euch wohl anbieten.«

Marcella starrte die Frau an, besonders ihren Mundwinkel, der sich ärgerlich verzog, und wußte nicht, ob sie erleichtert oder zornig sein sollte. »Samen würde mir recht sein.«

Die Hexe verschwand und kam mit einer hölzernen Schüssel wieder. Massenweise winzige, graue, platte Bilsenkrautsamen. »Es ist Hexerei – das eine wie das andere«, erklärte sie ruhig. Das Geschäft wurde nun, da alles klar war, rasch vollzogen.

Marcella stieg an die Sonne, das kleine, ausgehöhlte Holzstäbchen mit dem Korken, das ihre Samen barg, in der Hand verborgen. Benommen wanderte sie die Gasse hinab und ging den Weg zurück, den sie gekommen war.

XXII

Sie ging zum Haus der Tristands, was, wie sie wußte, ein großes Risiko war. Vor dem hellen Gebäude blieb sie stehen und schaute zum Dach hinauf, als könne ihr das eine Idee bescheren.

Die Tristands lebten prächtig. Ihr Haus war von Arnold erbaut worden, auf einem der teuersten Grundstücke in der Simeonstraße. Reihen von Bogenfenstern zogen sich in mehreren Etagen über die Fassade, unterbrochen von steinernen Säulen, wodurch der Bau einen luftigen Zug bekam. Die oberen Fensteröffnungen waren mit bunten Glasfenstern gefüllt, in denen sich die Sonne spiegelte. Drinnen in den Räumen mußte es schimmern und leuchten wie in einer Kirche. Und in der Dachkammer des leuchtenden Hauses sollte Damian liegen, hatte der Diener gesagt. Marcellas Augen wanderten wieder in die Höhe. Die Fassade des Hauses verjüngte sich nach oben hin treppenförmig, und an ihrem höchsten Punkt, dort, wo die beiden Treppen aufeinandertrafen, prangte ein rundes Fensterchen. Vielleicht gehörte das zu dieser Kammer.

Marcella wollte gehen und wäre auch gegangen, wenn sich nicht gerade in diesem Augenblick eine Tür im Erdgeschoß des Hauses geöffnet hätte. Hastig zog sie sich in den Eingang eines Weinladens zurück. Martin trat in die Sonne. Er kam nicht aus seinem Kontor, das zur Straße lag, sondern aus einer Seitentür. Und Jacob war bei ihm.

Marcella drehte sich zu der Auslage mit den Weinen und verfolgte mit abgewandtem Kopf, wie die beiden Männer warteten, wie von Dienern eine Sänfte herbeigetragen wurde und wie sie hinter den Vorhängen der Sänfte verschwanden und sich in Richtung Hauptmarkt entfernten.

Der kleine, gepflasterte Weg, der die Straße mit dem Seiteneingang verband, war leer, die Diener wieder an ihre Arbeit geeilt.

Marcella setzte ihren Strohkorb ab. Martin war fort. Ein Wink des Himmels? Vielleicht auch der Hölle, wenn man bedachte, daß sie mit Hexen verkehrte und mit dem Schmuck ihrer Mutter Gefängniswärter bestach.

Sie ließ den Korb vor dem Weinladen stehen und schritt so unbefangen wie möglich den Weg hinauf. Die Tür führte in ein Treppenhaus. Rechts ging es abwärts zum Weinkeller, durch einen Türspalt konnte sie Knechte sehen, die Eisenbänder um Fässer wanden. Links drehte sich eine schmale Treppe in enger Windung zum nächsten Stockwerk hinauf – sicherlich in die Wohnräume.

Was tu' ich? dachte Marcella, hob den Kleidersaum und erklomm die Stufen. Ihr Herz schlug bis zum Hals, während sie überlegte, was sie erzählen sollte, wenn einer der Dienstboten sie ertappte. Auf jedem Treppenabsatz hielt sie kurz inne und betrachtete die Tür, die in die Räume dahinter führte. Sie hörte gedämpfte Stimmen und einmal ein Schaben, als würde ein Kamin gereinigt, aber niemand kam in das Treppenhaus.

Vielleicht konnte Damian gehen, wenn er sich auf sie stützte. Vielleicht konnte man ihn aus der Stadt schaffen, noch ehe Martin zurückkam. Aber was, wenn seine Tür verschlossen war? Arnolds alter Diener hatte von einem Kerker gesprochen.

Wie in einem Traum, der jeden Moment zum Alptraum werden konnte, stieg Marcella die Stufen empor. Die Treppe endete in einem mit Flickteppichen ausgelegten Korridor, von dem einige niedrige Türen abzweigten, die wohl in die Dienstbotenkammern führten. Auf leisen Sohlen schlich sie über die Wolle. In der Mitte des Korridors, auf der rechten Seite, zwischen zwei Zimmern, gab es eine weitere Treppe, eng, mit wenigen, steilen Stufen. Sie endete vor einer Tür, und diese Tür war nicht nur geschlossen, sondern zusätzlich mit einem Riegel versperrt. Einem blanken, nagelneuen Eisenriegel, der offensichtlich erst vor kurzem in das Holz geschraubt worden war. Die Stufen knarrten, als Marcella sie erstieg, und als sie den Riegel zurückzog, schabte das Metall quietschend gegeneinander. Vorsichtig drückte sie sich in den Raum.

Die Kammer war klein. Staub tänzelte im Lichtkreis des runden, offenen Fensters. Spinnweben hingen in den Ecken, und an den Wänden schälte sich kalkgraue Farbe. Unterm Fenster stand ein Spannbett, davor ein wackliger Stuhl. Mehr Mobiliar gab es nicht. Marcella zog die Tür ins Schloß.

Tristand lag unter einem sauberen, weißen Laken, die Augen geschlossen, den Kopf auf die Seite geneigt. Sein Haar klebte klitschnaß an den Schläfen, seine Haut war von einem Schweißfilm überzogen, der im Licht des Fensters silbern glänzte, über seiner Oberlippe perlten die Tropfen. Er schien zu schlafen.

Auf dem Stuhl neben seinem Bett stand ein Zinnbecher, in dem eine rote Flüssigkeit schimmerte, dicht genug, daß der Kranke ihn bequem erreichen konnte, daneben ein Schüsselchen mit gekochter Hirse und bräunlich verfärbten Apfelspalten, in dem ein Löffel stak. Tücher über der Stuhllehne und eine mit sauberem Wasser gefüllte Schale zeugten von dem Versuch, den Kranken rein zu halten. Martin gab sich wirklich Mühe. Das einzige, was das Bild der Fürsorge trübte, war der Eisenring, der Tristands rechtes Handgelenk umschloß. Bläulich schimmernd hing er an einer Kette, deren Ende sich in einer Schlaufe um den Stützbalken neben dem Fenster wand.

Marcella sah die Fessel und ihre Hoffnungen erloschen. Wie sprengte man ein Schloß? Sie wußte nicht einmal, was für Werkzeug man dazu benötigte. Einen Hammer? Hammer und Meißel vielleicht. Oder eine Zange …

Tristand bewegte sich, und sie vergaß das Schloß. Er hatte offensichtlich Schmerzen. Sein Gesicht war hochrot, und er schwitzte so erbärmlich, daß das Kissen unter seinem Kopf einen dicken, feuchten Ring aufwies. Marcella beugte sich über ihn. Seine Schultern, der Arm, der in dem Eisenring hing, der knappe Teil der Brust, den das Laken nicht bedeckte – alles war nackt. Sie hatten ihn wohl entkleidet. Egal. Marcella hob das Tuch an. Die Wunde beschränkte sich auf die eine Seite. Sie war mit einem Stück Leinen abgedeckt, damit sie nicht am Laken verklebte, und mit gelber und roter Flüssigkeit durchtränkt.

Es tat ihm weh, als sie den Lappen davon abzog. Er begann zu tasten, und Marcella mußte seine Hand halten, um das Unglück in Ruhe betrachten zu können. Eine handbreite Fläche aufgerissenen Fleisches, die von der Achsel bis knapp in Höhe des Bauchnabels reichte, alles gefüllt mit Blut und einer eitrigen Flüssigkeit, von der ein unangenehmer Geruch aufstieg.

»Pscht …« murmelte sie und preßte Tristands Hand gegen ihre Brust.

Die Wunde schien flach zu sein, aber sie saß gerade auf den Rippen. Bei der Kraft, mit der Martin den Streitkolben geführt hatte, mochten auch Knochen gebrochen sein. Das konnte sie nicht beurteilen.

Ich schaff's nicht, dachte sie verzagt. Selbst, wenn ich ihn wach bekäme, selbst wenn er laufen könnte – er hängt ja an der Kette fest. Und er hatte nicht einmal Kleider …

Sie fühlte Tränen aufsteigen und kämpfte um Fassung, besonders weil Tristand plötzlich die Augen aufschlug.

Der Kranke schaute sie mit einem glasigen, ratlosen Blick an, als wäre er zu verwirrt, um zu erkennen, wer sie war und wo er sich befand. Er tastete nach dem Bettlaken. Mit einem flüchtigem Erröten legte Marcella einen frischen Lappen über die Wunde und deckte ihn wieder zu.

»Ihr seid … hier.«

Sie tauchte ein Leinenstück ins Wasser und begann, das Gesicht und den Hals zu kühlen. Selbst durch das

Tuch fühlte seine Haut sich heiß an, als würde er von innen brennen.

»Was ... wie seid Ihr ...?« Tristand wollte ihre Hand fortschieben. Aber sein Arm hing an der Kette, und die war gerade so lang, daß die Hand auf dem Kissen ruhen konnte. Mit verdrehtem Hals starrte er auf seine Fessel.

»Wißt Ihr, wo sich der Schlüssel befindet?« flüsterte Marcella.

Sein Kopf arbeitete langsam. »Hat er ... hat Martin Euch ... nein ...« Ungeduldig bewegte er sich. »Wer hat Euch ... gebracht?«

»Ich bin von allein gekommen.« Sie lächelte ihn an. »Ich wollte hören, wie leid es Euch tut, nicht auf den Rat der klugen Marcella geachtet zu haben.«

»Den ...« Er grinste verzerrt. »Es tut mir leid ...« Der Schmerz kam in Wellen. Eine Weile atmete er stumm und heftig, während der Schweiß ihm erneut aus den Poren brach. Nicht einmal das feuchte Tuch auf der Stirn konnte er ertragen. »Geht«, flüsterte er. »Martin ...«

»Ist fort.«

»Er holt ... den Arzt ...« Seine Augen öffneten sich einen Spalt. »Marcella, er ... schlägt überall hin, wo er denkt ... es könnte mir weh tun. Geht ... bitte!«

Sie hörte zu, was er sagte, aber schwach, ganz schwach, meinte sie, etwas zu vernehmen. Geräusche aus dem Treppenhaus.

Tristand berührte ihre Hand. »Der Ring ... nehmt ihn. Siegelt ... bei Daniels ...« Er wälzte den Kopf, er hatte Schmerzen, die er kaum für sich behalten konnte. Seine Finger tasteten zu der Kette hinauf.

Sie zog ihm den blauen Siegelring ab, damit er still war. Die Stimmen wurden lauter. Es kam jemand die Treppe herauf.

»... müßt fort ... Marcella. Daniels ... wird helfen ...«

Sie legte ihre Fingerspitzen auf seinen Mund. Die Schritte waren lauter und langsamer geworden. Die Stimmen verstummten und erhoben sich erneut zu verwundertem Gemurmel. Wahrscheinlich hatte man den geöffneten Riegel entdeckt.

Marcella schob den Ring auf ihren Finger und stand auf.

Martin trat als erster ins Zimmer. Sein mageres Gesicht blickte entgeistert auf die Frau am Bett. Jacob war gleich hinter ihm. Dann kam ein älterer Mann im Gewand und mit dem rechteckigen Hut eines Arztes, der geduldig wartete, daß man ihm Platz machte.

Martin umfaßte Marcella mit einem langen Blick. Dann trat er an das Bett seines Bruders. Mit sprödem Lächeln blickte er auf ihn herab, und in seinen dunklen Augen, die denen des Bruders plötzlich frappant glichen, glomm böser Spott. »Donnerwetter«, murmelte er gedämpft, »eine treue Hure. Wie schaffst du das, Bruder? Kann man das kaufen? Nein ... nein – du zahlst sicher im Bett so kolossal wie über den Tisch ...«

Damian verlor während der Rede an Farbe. Seine Schläfen glühten weiter fiebrig rot, aber das Dreieck zwischen Mund und Wangen wurde weiß. Martin registrierte es mit Genugtuung. »Willst du sie zu dir ins Bett haben, Bruder?« flüsterte er. »Das ließe sich einrichten. Mir kommt's auf eine Stunde nicht an. Verflucht – ein toller Hund bist du. Kein Wunder, daß man über dich redet. Lohnt sich's um sie?« Er verzeichnete alles, selbst das kleinste Flattern der Wimpern über den trüben Augen, mit wildem, bösem Triumph.

»Und was«, fragte Marcella leise, »macht Ihr, wenn er stirbt? Beißt Ihr in seine Knochen? Stopft Ihr ihn aus und stellt ihn in Eure Kammer, um ihm täglich das Messer ein Stückchen weiter umzudrehen?«

Martin fuhr zu ihr herum. Er schlug so hart, daß sie meinte, der Kopf würde ihr vom Hals gerissen. Sie stolperte rückwärts. Einige Momente verschwamm alles vor ihren Augen, und in ihren Ohren brauste ein heller, schriller Ton.

»Nun aber ...!« hörte sie Jacob grollen.

Der helle Ton blieb.

Jacob hatte sie aufgefangen und wartete, bis sie fest stand. Dann ließ er sie los, faßte Martin mit dem Griff eines kräftigen Mannes an den Schultern und begann von dem Verstand zu sprechen, den man tunlichst zu bewahren habe. Der Kerl da im Bett hatte ein verteufelt hübsches Drumherum, richtig? Und die Frauen – verdammt noch mal, die hatten ihre Flausen. Man konnte sie totschlagen, und trotzdem würden sie weiter auf ihren wirren Wegen laufen. Das war ihr Naturell. Der Herrgott hatte nicht umsonst bestimmt, daß sie der Zucht der Männer unterstünden ...

Martin zitterte an allen Gliedern. Er war so außer sich, daß selbst der Arzt verlegen auf seine Tasche blickte.

»Ich bringe das Mädchen fort«, schlug Jacob in väterlichem Ton vor. »Zu Bonifaz. Der ist für sie zuständig und soll sich kümmern. Ihr kennt sie doch. Im Grunde ist sie ein liebes Ding. Ihr Onkel wird ihr die Pflicht blasen, und dann wird sie schon ...«

Jacob hat Angst, dachte Marcella verwirrt. Wovor? Er sprach, als müsse er einen tollen Hund besänftigen. Er war ganz durcheinander vor Sorge ...

»Und wenn sie seine Komplizin ist?« fragte Martin kalt.

Der Satz stand im Raum.

»Was ist«, sagte Martin, »wenn sie gar keine Waren in Scholers Fracht hatte? Wenn sie einen Verlust ersetzt bekommen wollte, den es gar nicht gibt? Oder wenn ... wenn sie meines Bruders Hure geworden ist, ihm hörig und Mitwisserin und Helferin seiner Verbrechen?«

»Also wirklich ...«, meinte Jacob betroffen. Hatte er deshalb Angst? Weil er ihm glaubte? Nein. Aber vielleicht fürchtete er, daß andere Martin glauben könnten. Hans Britte zum Beispiel. Leute, die dem Schöffenmeister gern eins auswischen würden.

»Man könnte das herausbekommen«, sagte Martin. »Der Zender hat die Mittel dazu. Und es gibt ein Gesetz ... das für alle gilt ...«

Jetzt verstummte auch das letzte Geräusch. Jacobs Zunge hing an seiner Lippe. Der Arzt stierte entgeistert.

»Martin ...« Damian quälte sich hoch und stützte sich auf den freien Arm. Sein Laken verrutschte, die Wunde wurde freigelegt, er versuchte zu lächeln und keuchte gleichzeitig vor Schmerzen. »Das ... würdest du dir nie verzeihen ...«

»Wahrheit muß ans Licht kommen.«

»Wahrheit? *Welche,* Martin? *Welche* denn ...?«

»Alles soll ans Licht«, beharrte Martin. Er trat zum Bett und drückte seinen Bruder in die Kissen zurück.

Damian umschloß sein Handgelenk. »Du willst ... Warte ... warte doch! Du wolltest ... den Marktplatz ...«

Martin hielt plötzlich still, und sein Bruder begann zu lächeln. »Das, ja?« In einer neuen Welle des Schmerzes schloß er die Augen, aber er hielt die Hand fest. »Wenn es das ist ... kannst du es haben.«

»Nicht nur den Markt. Ich will den Stall ausgekehrt. Alles soll raus. Auch Brügge ... Der Jude ...«

»Das wird eine lange Geschichte.«

»Und du sollst vor den Menschen knien und sie um Verzeihung bitten.«

Die Wimpern hoben sich. Das Lächeln wurde ironisch. »Bei einem solchen Programm hättest du etwas umsichtiger zuschlagen sollen ... Nein ...« Er atmete hart. »Ich hab's doch schon versprochen ... Läßt du sie gehen?«

Martin zögerte, kränkte sich an der Unmöglichkeit, in beide Richtungen Rache nehmen zu können. Widerwillig raffte er sich zu einem Nicken auf.

Der Griff um sein Gelenk erschlaffte, die Hand fiel auf das Laken zurück. »Martin – was für ein Esel bist du doch«, sagte Damian erschöpft.

»Ich versteh' das nicht«, erklärte Jacob und fuhr fort, zwischen Fenster und Tisch auf- und abzuwandern. Eigentlich hatte er schon längst wieder im Laden sein wollen. Aber Bonifaz war nicht daheim gewesen, und Marcella …

»Du hattest immer so einen besonnenen, blitzgescheiten Verstand«, sagte er. »Aber jetzt trau' ich mich nicht, dich auch nur einen Augenblick allein zu lassen. Was hast du dir vorgestellt? Der eine ist ein Schlitzohr, den anderen haben die Furien am Wickel. Teufel – er wollte dich tatsächlich dem Zender ausliefern, dieser widerwärtige Pharisäer. Nicht, daß ich glaube, daß der Rat ihm dafür sein Einverständnis gegeben hätte, aber … verflucht, es fängt schon wieder an.« Jacob ließ sich auf Onkel Bonifaz' Stuhl am Tischende nieder und knetete mit schmerzlichen Grimassen seinen Wanst. »Wobei mir sein Bruder noch besser gefällt, wenn ich entscheiden müßte. Hat wenigstens Schneid, der Bursche …«

Marcella nahm die Glocke zur Hand und läutete.

»Du kommst mir nicht weg, bist dein Onkel da ist«, sagte Jacob mißtrauisch.

Nein, aber Marcella wollte, daß man ihm einen Becher Melissentee brühte. Wegen des Magens. Sie gab der Dienerin, die neugierig durch den Türspalt lugte, entsprechende Anweisungen.

»Braves Mädchen«, seufzte Jacob. Sein mächtiger Schädel war ins Schwitzen geraten, und er wischte sich mit einem zierlich umhäkelten Stofftuch die Stirn. »Ich will gar nicht wissen, wie du mit dem Kerl zusammengeraten bist«, brummte er. »War es wegen Geld?«

Marcella nickte.

»Er ist reich, hm?«

»Ich glaube.«

»Hab' davon läuten hören. Soll groß raus sein in seinem Venedig. Sichert die Leute gegen Schiffsunglücke. Eigenartige Idee. Hat anscheinend überall an der Mittelmeerküste und bis hinauf nach Portugal seine Niederlassungen. Gemeinsam mit einem namens Falier, den der Glashandel reich gemacht hat.«

»Und da überfällt er, reich wie er ist, einen alten Mann aus seiner Heimatstadt, um ein paar Stoffe und Gewürze zu stehlen.«

»Ähh«, machte Jacob. Er stand auf. Sein Magen quälte ihn mehr als sonst. »Für dich ist das egal, Mädchen. In dieser Stadt ist das Urteil über ihn schon vor Jahren gesprochen worden, und ob er Scholer nun ermordet hat oder nicht – wenn du mit ihm zusammengebracht wirst, bist du erledigt.«

Er beäugte sie mißtrauisch und schien zu finden, daß seine Worte nicht genügend Eindruck gemacht hatten.

»Das mit dem Zender, Marcella ... Du verstehst davon nichts, denn du bist eine Frau, wenn auch eine gescheite. Aber es gibt eine Gruppe um Hans Britte, die darauf brennt, den Schöffenmeisterstuhl neu zu besetzen. Britte tut alles, um seinen Hintern darauf zu kriegen, und er ist sich nicht zu schade, dafür ein anständiges Mädchen ins Unglück zu stürzen. Es ist ihm auch völlig gleich, ob dieser Tristandbruder was am Stecken hat.«

Die Magd klopfte und brachte eine dampfende Kanne und dazu Zinnbecher mit vergoldetem Rand, die sie, der Himmel mochte wissen wo, aufgetrieben hatte. Onkel Bonifaz schien das Regiment schleifen zu lassen, wenn die Dienerschaft sich traute, den Tee in solchem Luxus zu servieren.

Marcella nahm ihr das Tablett ab. In ihrem Ärmel hing das Holzröhrchen mit den Bilsenkrautsamen.

»Außerdem ist er wirklich ein Mistkerl. Damian Tristand, mein' ich. Du weißt das nicht, Marcella, weil du damals noch ein Kind warst. Aber daß er Wucher getrieben hat, in Brügge, das stimmt. Und irgendeine Riesensauerei muß es dabei gegeben haben, denn den Juden, mit dem er sich zusammengetan hatte, haben sie in einer Güllegrube ertränkt, und er selbst ist gerade noch davongekommen.«

Marcella goß den Tee ein. Schwacher Zimtduft stieg ihr in die Nase.

»Das Leben zur Hölle machen werden sie dir sowieso, denn unser guter Magister ist ein Schwatzmaul. Der würde nicht einmal die Klappe halten, wenn man sie ihm zunähte. Verruchtes Pech, daß er dabei war, als Martin den Hanswurst spielte. Hat keine Manieren. Martin, mein' ich. Hab' ihn noch nie gemocht, aber früher wußte er wenigstens, wie man sich einer Dame gegenüber benimmt. Marcella?«

»Ja?«

Sie ließ vorsichtig einige Samen in den Tee fallen und langte nach dem Honigkännchen, in der Hoffnung, etwaigen Beigeschmack überdecken zu können.

»Das mit Minne und dieser Kram – das liegt mir nicht, Mädchen. War noch nie mein Teil, Süßholz zu raspeln.«

Sie drehte sich um und lächelte ihm zu.

»Aber ich hab' was für dich übrig. Und ... wenn du wolltest ... mich tät's nicht scheren, was die Leute über dich schwatzen. Ich bin reich genug, um meinen Weg zu gehen. Und dein Onkel erzählt sowieso schon überall herum ...«

»Du bist sehr lieb, Jacob«, sagte Marcella.

Sie reichte ihm den Becher. Es war nur wenig Samen in dem Tee. Sie glaubte nicht, daß er ihm mehr als eine leichte Betäubung bescheren würde. Vielleicht half er sogar gegen die Magenkrämpfe.

»Und dieser Mist – ich mein', was Martin da erzählt hat –, ich glaub' da sowieso nichts von«, sagte Jacob. Hoffnungsvoll wie ein Hündchen schaute er sie an.

Marcella setzte sich auf die Stuhllehne und streichelte seine Mähne und sah zu, wie er den Tee in einem Zug hinunterstürzte.

»Ich würd' mit dir fortgehen, wenn es sein müßte«,

sagte Jacob. Er fing an, von den Rheinstädten zu erzählen. Warum keine Filiale des Geschäftes in Köln? Bartholomäus könnte die Weine flußaufwärts liefern. Man könnte sie ins Hinterland verkaufen. Moselweine hatten ihren Ruf. Sein Arm wanderte ihren Rücken hinab und legte sich unsicher um ihre Taille. »Du könntest dort auch mit Buchfarben handeln. Ist kein Geschäft für Frauen, seh' aber nicht, wer uns hindern wollte ...«

Seine Sprache begann breiig zu werden, und Marcella nahm den breiten Kopf an ihren Busen. »Wie geht es deinem Magen?«

»Besser«, murmelte Jacob. »Und die Wahrheit ist – die Gurgel hätt' ich ihm umdrehn können, diesem Gauner, krank oder nicht. Er hat dich eingeseift, Mädchen ... ist nichts für dich ... Fraun sehn' das nich ...«

Jacob bekam die Dinge durcheinander. Während er sich den Kummer von der Seele redete, wurde der arme Tristand zum Mädchenschänder, und er sollte in der Hölle schmoren, gemeinsam mit Hans Britte, der ein ebensolches Schwein war und aus dem Mund roch, als käm's ihm aus dem Hintern, und man würde aufpassen müssen, daß er in seinem Suff nicht ins Fegefeuer pinkelte, denn die ganze Bande sollte braten bis zum Jüngsten Gericht ...

Marcella gab acht, daß Jacob sich nicht weh tat, als er aus dem Lehnstuhl rutschte.

Sie überwachte seinen Schlaf, nahm erleichtert die friedlichen, gleichmäßigen Atemzüge zur Kenntnis, küßte ihn auf die Stirn für seine Güte und als Bitte um Verzeihung, die er ihr, wenn er wieder wach war, sicher nicht gewähren würde, und bettete seinen Kopf auf dem zur Rolle gedrehten Tischtuch.

Er schnarchte wie ein rosiger Säugling. Und wenigstens plagte ihn das Magenweh nicht mehr.

»Einfach hineinzugehen ist Irrsinn«, sagte Richwin, und Marcella mußte ihm recht geben. Sie stand neben dem kleinen, mit einer Plane bedeckten Reisewagen, in dem sie sonst ihre Waren transportierte, und schaute zu dem runden Dachfenster empor. Richwin saß auf dem Zugpferd und nagte am Daumen.

Daß sie schnell handeln mußten, war klar. Marcella hatte den Ratsraum von außen versperrt, damit Jacob nicht von der Dienerschaft gefunden wurde. Aber niemand wußte, wie lange sein Schlaf anhalten würde. Und dann würde er vermutlich randalieren und sich ausrechnen, wohin sie verschwunden sein würde, und Onkel Bonifaz alarmieren …

»Manchmal hat Irrsinn allerdings auch seinen Vorteil«, philosophierte Richwin. »Weil ihn nämlich niemand einkalkuliert.«

Er schwang sich vom Pferd, und Marcella bedachte ihn mit einem warmen Blick.

Richwin war wundervoll. Elsa hatte gezetert und Himmel und Hölle beschworen, als Marcella sie mit der Geldkassette und den kostbarsten Gewürzen auf den Weg nach Konz zu ihrer Schwester geschickt hatte. Richwin hatte nur genickt, sich ein Stück Draht gesucht, die Pferde vor den kleinen Reisewagen gespannt und sich mit ihr auf den Weg gemacht. Wenn Lucia doch nur Courage hätte, dachte Marcella. Warum brannte sie nicht einfach mit ihm durch …

»Warten nützt jedenfalls nichts.« Richwin führte ihr Gefährt quer durch das Getümmel von Reitern, Ochsengespannen, Handkarren und Fußgängern auf den Weg seitlich des Tristandschen Hauses. »Die Zeit ist günstig«, meinte er. »Alle wollen raus aus der Stadt, keiner achtet auf den anderen. Wenn, dann jetzt.« Er band die Zügel des Pferdes an die Zweige eines mit grünen Äpfelchen behangenen Baumes.

Ein Mann kam um die Hausecke gebogen. Ein mürrischer, übelgelaunter Kerl, der einen Rotschimmel am Halfter führte und so sauber gekleidet war, als hätte er im Tristandschen Haushalt was zu sagen. Er wollte an dem Apfelbaum vorbei. Sie standen ihm im Weg. Er regte sich auf.

»Dort vorn geht's ins Kontor«, schnauzte er, und Marcella ärgerte sich, weil sie immer noch Elsas braunes Kleid trug, das billig und an mehreren Stellen geflickt war. Vielleicht war es aber auch ihre geschwollene Wange, die den Kerl so herablassend machte, oder der notgedrungen dicke Bauch, der aussah, als wolle sie im nächsten Moment entbinden.

Der Mann wartete. Sie standen auf privatem Boden. Es gab Gesindel genug, und er fing an, darüber nachzudenken, ob sie ein Recht hatten, zu sein, wo sie waren. Richwins Rock sah ordentlich und adrett aus, aber wahrscheinlich mißfielen ihm die sponheimschen Wappen am Halsausschnitt. Waren Adel und Gesindel nicht zwei Worte für denselben Begriff in der Stadt? Er grübelte und wurde zusehends mißtrauisch.

»Wir suchen jemanden«, erklärte Marcella hastig. »Einen kleinen, alten Mann, den, der sich immer um Herrn Arnold gekümmert hat.«

»Josiah.«

»Josiah.«

Josiah war im Garten. Oder im Kontor. Normalerweise war er um diese Zeit im Kontor, aber heute wahrscheinlich nicht.

Heute wahrscheinlich nicht hieß: alles war durcheinandergeraten. Der mürrische Mann sah mit einem Male nicht mehr mürrisch sondern traurig aus. Vielleicht hatte er Sorgen, was aus ihm werden sollte, wenn seine Herrschaft nicht einmal mehr für ein anständiges Begräbnis taugte.

Er führte seinen Schimmel die paar Schritte zur Hausecke zurück und brüllte nach Josiah. Die weibliche Stimme, die antwortete, hatte Josiah gesehen, aber das war schon einige Zeit her … Richwin schlug die Augen zum Himmel.

Und Josiah kam die Stufen herab.

Er trat aus dem Treppenhaus, das in das Dachgeschoß führte, und sein Greisenblick war umwölkt. Bei Marcellas Anblick hellte er sich auf. Natürlich erinnerte er sich an die junge Dame und wie freundlich, daß sie vorbeikam, und womit konnte er ihr denn dienen? Mit Herrn Tristand wollte sie sprechen?

Marcella trat innerlich von einem Fuß auf den anderen, während sie wartete, daß der Knecht endlich sein Pferd in den Stall führte.

»Ich fürchte, Herr Tristand ist unpäßlich«, sagte Josiah.

»Nicht Martin«, erklärte Marcella, als der Mann mit dem Schimmel außer Hörweite war. »Damian.«

Das Lächeln verschwand. »Mein Herr, und damit meine ich *Martin«,* sagte Josiah, »hat sich in seine Kammer gelegt und betrinkt sich. Und mein *anderer* Herr ...« Er betonte das auf ein Art, für die Marcella ihn ins Herz schloß. »... wartet auf den Arzt, der seine Wunde mit kochendem Öl behandeln möchte.«

»Lausige Behandlung«, brummte Richwin. »Hab' ich schon viele dran sterben sehen.«

Josiah trat in den Hauseingang zurück. Seine flinken Augen hatten den Reisewagen bemerkt. Mit einem Mal gewann sein zitteriges Kinn an Energie. Den Finger auf den Lippen winkte er sie ins Treppenhaus hinein.

Damian lag im Schlaf oder war bewußtlos. Er reagierte nicht auf ihr Sprechen und atmete so flach, daß Richwin ihm sorgenvoll die Finger auf die Stelle am Hals legte, wo der Puls schlug.

»Man weiß nicht, was man ihm wünschen soll«, murmelte Josiah. »Sterben oder leben.«

Richwin nickte und begann das Schloß an Damians Handgelenk zu untersuchen.

»Ob der Arzt ihn nun gesund machen kann oder nicht – wenn er hier bleibt ist er in jedem Fall tot«, sagte Marcella. War das deutlich genug? Sie hielt den Atem an.

Josiah begann zu lächeln, die Falten krochen seine Stirn hoch bis an den Rand der Glatze. »Ich bin ein alter Mann. Was sollte ich tun, wenn man ihn fortbrächte?«

Richwin zog den Draht aus dem Rock und machte sich daran, im Schloß zu fummeln. Es war schwierig. Wahrscheinlich sah er wieder alles doppelt. Er schloß die Augen.

»Der Mann mit dem Pferd hat Euch und uns zusammen gesehen«, sagte Marcella. »Man wird sich denken, wer Damian fortgeschafft hat und Euch dafür verantwortlich machen. Kommt lieber mit uns.«

Josiah schüttelte den Kopf. Sein Herr, der andere, Martin, soff sich ein Loch in den Magen. Wer würde ihn zu Bett bringen und sich um sein Kopfweh kümmern?

Marcella drehte sich zur Wand und holte den Mantel hervor, den sie mit einem Gürtel unter ihrem Rock festgeschnallt hatte. Elsas Mantel. Wenn es so weiterging, stand die Arme bald ohne Garderobe da.

Das Schloß rutschte auseinander, die Kette fiel mit metallenem Klirren vor das Bett auf den Boden. Richwin grinste.

Sittsam sah Marcella zur Seite, als er die Decke zurückschlug und gemeinsam mit Josiah den Kranken aufrichtete. Sie befestigten den Verband mit einer Stoffbahn und wickelten ihn in den Mantel. Die Prozedur brachte Tristand ins Bewußtsein zurück.

Stotternd begann er zu fluchen.

Als sie ihm die Arme unterlegten und ihn aufrichteten, öffnete er die Augen. Er biß sich die Lippen wund, als sie ihn die Treppe hinabtrugen. Ein Blutrinnsal floß über seine Lippe. Als sie die Außentür erreichten, war er kaum noch bei Besinnung. Sie schleiften ihm zum Wagen und zerrten ihn vereint über den seitlichen Bretterrand.

»Zwei Tage bis zur Starkenburg«, brummte Richwin, als er die Pferde antrieb. Er warf einen skeptischen Blick ins Wageninnere, wo Marcella dem Kranken Decken unter den Leib stopfte, um die Stöße zu dämpfen.

»Nein. Eine Stunde.« Sie hob den Kopf. »Haltet Euch links, zum Hauptmarkt. Fahrt zum Neutor. Und dahinter immer geradeaus.« Sie hatte eine Idee. Keine besonders gute. Eine von der Sorte, wie man sie bekommt, wenn einem der Strang schon den Hals zuschnürt. Aber die Reise zur Starkenburg würde Damian Tristand niemals lebend überstehen.

»Wo wollt Ihr hin?« fragte Richwin, während er ihr Gefährt am Tristandschen Apfelbaum vorbeizusteuern versuchte.

»Ich weiß jemanden, der mir etwas schuldet.«

XXIII

Maledetto!« schrie Ribaldo, als er in den Wagen blickte.

Sein Wohnturm war ein uraltes Gemäuer aus schmutzigrotem Stein, das sich einsam aus den Feldern und Viehweiden hob. Durch schmale, schießschartenähnliche Fensterchen, drei pro Stockwerk, alle übereinandergebaut, pfiff der Wind. Im Mauerwerk zogen sich Spalten wie Blitze, manche daumenbreit, einer über die ganze Höhe des Turmes. Eine Mauer, so altersschwach wie das Gebäude selbst, umgab den Turm, in ihrem Schatten lag ein Pferdestall mit eingestürztem Dach und daneben etwas, das wohl einmal ein Backhaus gewesen sein mochte. Günsel und anderes Unkraut hatte das Grundstück erobert bis auf einen Trampelpfad zwischen Straße und Haustür.

»Maledetto!« schrie Ribaldo. »Was soll das heißen – er braucht ein Bett?«

Marcella war zu müde, um zu diskutieren.

Sie nahm den Genuesen beiseite und erklärte ihm, bis zu den Knien im Günsel stehend, in welcher Art er ihr verpflichtet war, und was für gräßliche Dinge zu tun sie imstande wäre, wenn er ihr nicht ein trockenes Zimmer verschaffte. Und zwar geheizt. Und zwar mit Bett. Und zwar augenblicklich.

Die Haustür schob sich quietschend in den Angeln. Eine umfangreiche Dame mit gebleichten Locken, denen gelbe Seidenfäden zur Fülle verhalfen, beschwerte sich lautstark auf italienisch und stampfte mit dem nackten Fuß auf die Steinschwelle. Sie trug nichts als ein seidig glänzendes rosa Hemd.

Ribaldo rollte mit den Augen und begann unter vielen *maledetto* und *maledizione* Richwin zu helfen, Tristand in den Turm zu schaffen. Sie benutzten dazu eine der Dekken, denn er war unfähig zu gehen und rührte sich auch nicht, so daß man annehmen mußte, daß er wieder das Bewußtsein verloren hatte.

»Madonna!« bemerkte Ribaldo denn auch hoffnungsfroh. »Er schnauft ja kaum noch.«

Sie trugen ihn ins erste Stockwerk hinauf und legten ihn auf ein mit Schnitzereien verziertes Bett, das auf vier Holzkugeln thronte. Es war das einzige Bett des Hauses. Ein Bett, das mit Seidenlaken bezogen war, von Seidendecken und -kissen überquoll und Wolken von Lavendel ausduftete. Die italienische Dame starrte vorwurfsvoll auf Tristands nackte Beine.

»Wir brauchen einen Arzt«, sagte Marcella.

Richwin schüttelte den Kopf. Er saß auf einem Schemel, das rosaseidige Überkleid der Dame auf dem Schoß, und hatte die Augen geschlossen. Die Pferde durch den Abendverkehr aus der Stadt zu lenken, war anstrengend gewesen. Außerdem hatte er sich beim Herauftragen an einer Steinstrebe gestoßen. Sicher hatte er wieder Kopfweh. »Keinen Arzt«, sagte er. »Zu gefährlich.«

»Gefährlich!« echote Ribaldo. Was für ein Segen, daß seine Liebste nur italienisch verstand. Marcella lüftete die Seidendecken und hob den Mantel an, in den sie Tristand gehüllt hatten. Auf dem Verband prangte ein dunkelroter Fleck. Die Wunde hatte wieder zu bluten begonnen.

»Damian Tristand, hm? Man sagt, er soll so reich sein, daß er halb Venedig kaufen könnte«, dachte Ribaldo laut, während er den Kranken über Marcellas Schulter in Augenschein nahm. »Er soll mit einem von den Falierbrüdern in den Schiffshandel eingestiegen sein. Erzählen sie wenigstens bei den Lombarden. Soll Kontore in Konstantinopel und Foglia und Valencia bis nach England hinauf haben.« Der Genuese ging um das Bett herum, klopfte ein Seidenkissen glatt und schob es dem Kranken unter den Hals. Seine Äffchenaugen blickten nachdenklich.

»Reich genug jedenfalls, um für alles zu zahlen, was man ihm Gutes tut«, sagte Marcella.

Ribaldo studierte das bleiche Gesicht des Kranken, auf dem die schwarzen Wimpern wie Schatten lagen. »*Povero diavolo*«, bemerkte er mitleidig. »Und was für ein Jammer, daß man nicht an seine Konten kommt. Weil …« Er blickte vorwurfsvoll in Marcellas kalt glitzernde Augen. »… weil ich jemanden wüßte, der ihm helfen könnte, aber leider nur gegen Bezahlung. Schließlich ist nicht jeder mit so zarten Gefühlen gesegnet wie ich. Oder soll ich sagen – verflucht? Was Ihr nämlich wissen solltet, Gnädigste, aber natürlich wieder nicht wißt, ist, daß mein Cousin aus Pisa …«

»*Wer* könnte helfen, Ribaldo?«

Er sagte es ihr.

Es mußte schon weit nach Mitternacht sein, als Richwin mit dem Mann zurückkehrte, den er so ungern und nur auf Marcellas inständiges Bitten geholt hatte. Ribaldo schob den Riegel zurück und führte die beiden die steinerne Wandtreppe hinauf. Unten hörte man die italienische Dame quietschen.

»Hier ist er also«, sagte Ribaldo. Er trat mit elegantem Schwung zur Seite und machte Platz für einen Mann in einem weinroten, wallenden, bis zu den Füßen reichenden Mantel.

Der Henker von Konz war groß, breitnackig, kahl wie ein Ei und hatte das Gesicht und die Hängebacken eines Schweines. Das erste, was er tat, war, die Hand aufzuhalten.

Marcella legte einen ihrer Ringe hinein. Sie hätte den Ring lieber auf den Fenstersims gelegt, aber damit hätte sie den Mann möglicherweise verärgert, und das durfte nicht sein, konnte doch niemand beurteilen, ob er mit dem, was er tat, dem Kranken half oder schadete.

Der Henker begutachtete den Ring, biß ins Gold, steckte ihn knurrend ein und schlug die Seidendecken zurück.

Tristand war noch immer ohne Bewußtsein, und diesmal hielt Marcella das für ein Glück. Sie hoffte, daß er nie erfuhr, wen sie ihm ans Bett geschickt hatte. Der rote Mann löste den Verband und betrachtete die Wunde, wobei die Öllampe, die Ribaldo ihm gereicht hatte, dicht über das schwärende Gewebe glitt. Tristand rührte sich immer noch nicht.

»Man sollte es zum Eitern bringen«, schlug Ribaldo vor. Daß Wunden auseitern mußten, wenn sie heilen sollten, wußte jeder. Er sprach wohl auch nur, weil die Stille so drückend war. Wenn kein Arzt zur Verfügung stand, hielten sich viele an den Henker, aber wenn man erwischt wurde, geriet man in Schande und wurde aus der Gilde ausgeschlossen oder gar der Stadt verwiesen, von den Gefahren für das Seelenheil ganz zu schweigen …

Der Mann in dem roten Mantel beachtete ihn nicht. Seine Hände – sie waren im Gegensatz zum Kopf wollig schwarz behaart, und man konnte sich gut vorstellen, daß sie Zungen abschnitten und Augäpfel einstachen und erwürgten, ertränkten, aufschlitzten und verbrannten –, seine Hände griffen mit allen Fingern gleichzeitig in die Wunde hinein. Marcella fühlte, wie sich ihr Magen zusammenzog, und blickte fort. Sie hörte Tristand stöhnen.

»Die Rippen werden zusammenheilen«, stellte der Henker fest und wischte seine Hände an der Seidendecke sauber.

»Soll ich Öl bringen?« Ribaldo hatte seine italienische Freundin in einem Eisentopf Öl sieden lassen. Die Reste des kostbaren Olivenöls, in dem sie gewöhnlich die Wachteln für ihn briet. Es sollte nicht an ihm liegen, wenn die Sache schiefging.

Aber die Schweinebacken des Henkers blieben schlaff. Zu seinen Füßen lag ein Lederbeutel. Den öffnete er jetzt. Er holte verkorkte Glasfläschchen hervor und Tücher und Binden und verharrte in kurzer Nachdenklichkeit.

»Heißen Wein«, verlangte er knapp.

»Kein Öl?« Nein, scheinbar nicht. Ribaldo rief der italienischen Dame etwas herab und nahm wenig später eine Metallschale in Empfang, an der er sich die Fingerspitzen verbrannte, was ihn verstummen ließ, weil er sie in den Mund schob.

Der Henker entstöpselte eines der Fläschchen. Er hielt es ans Licht, und die Flüssigkeit begann gespenstisch zu glimmen. Nicht wie etwas, das beschienen wird, sondern als wäre sie selbst eine Leuchtquelle, flüssiges Feuer, das aus der Flasche strahlte.

»Was ist das?« Marcella umfaßte das behaarte Handgelenk des Henkers, als er nicht antwortete. Sie wollte wissen, was der Kerl vorhatte.

Und diesmal gerieten die Schweinebacken in Bewegung. Der Henker begann zu lächeln. »Johanniskraut«, grunzte er. Und das Lächeln sollte wohl ein Zeichen der Freundlichkeit sein, denn er holte zu einer Erklärung aus. »Gegorenes Johanniskraut. Damit kann man Wunden austrocknen. Die mit nassen Wunden sterben, die mit trockenen leben – so ist das.«

»Die Ärzte nehmen aber alle Öl.«

»Arnika und Johanniskraut«, beharrte der unheimliche Mann. »Und dann einen Lappen mit Wein darauf, so heiß, wie der Mensch es erträgt.«

Und kein Armsünderfett? Keinen gemahlenen Staub aus den Knochen der Gehenkten oder Salbe aus ihren Hirnhäuten oder Splitter des Armsünderstäbchens? Marcella blickte auf die rote Flüssigkeit und die Schale mit dem trübe schillernden Wein. Keine Zauberei. Nur ehrliche Medizin. Sie ließ den Henker los und war erleichtert. »Ich habe ihm Bilsenkrautsamen gegeben.«

»Na, dann wird es ihm ja Freude machen«, grinste der Mann. Es machte ihm aber überhaupt keine Freude. Richwin hielt Tristands Schultern, und Ribaldo setzte sich auf seine Beine, als der Henker die nach Alkohol stinkenden Tinkturen auf der Wunde verteilte. Sie schwitzten mit nassen Gesichtern, und als der Henker den heißen Lappen auflegte, konnten sie ihn kaum noch halten. Marcella nahm seinen Kopf in die Arme, hielt ihn an ihrer Wange und heulte sich dabei die Augen rot. Weil er so litt und weil sie ihm nicht helfen konnte, und wahrscheinlich auch, weil sie müde war und wegen Jacob und ... allem ...

Sie erwachte mit dem ersten Dämmern und reckte sich unbeholfen in dem Armlehnenstuhl, den Ribaldo ihr hinaufgetragen hatte. Mehr als ein paar Stunden konnte sie nicht geschlafen haben. Richwin stand am Fenster und schaute in den schwachrosa glühenden Himmel, der dieselbe Farbe wie die Seidendecken hatte, unter denen Tristand schlief. Sie waren allein in dem Zimmer. Ribaldo hatte sich mit seiner Dame ins Erdgeschoß verzogen, wo sie sich unter heftigem italienischem Gezänk vor dem Kamin gebettet hatten und wo sie auch jetzt schon wieder am Streiten waren.

Richwin hatte das Scharren der Stuhlbeine gehört und drehte sich um. Sein blonder Schopf war ein goldener Kranz vor dem rosigen Himmel, sein Lächeln trug den Gesang der Vögel ins Zimmer. Er kam zu ihr und kniete vor ihrem Schoß nieder. Seine Augen leuchteten, als er das Gesicht zu ihr hob. »Ich kann wieder sehen, Marcella«, sagte er.

Sie beugte sich über ihn und küßte sanft seine Stirn. Die kleine Beule unter seinem Auge war verschwunden. Nur noch ein paar schillernde Pastelltöne erinnerten an die alte Wunde.

»Dann nimm dein Pferd«, sagte sie, »und sieh zu, daß du zu Lucia kommst, bevor sie an einen warzennasigen Dorfvorsteher verheiratet wird, der nichts von hölzernen Brünnchen versteht und über ihre Burg seine Esel trampeln läßt.«

Richwins Lächeln wurde breit und dann sorgenvoll.

Unten schimpfte die italienischen Dame, Ribaldo suchte vergeblich, sie zu besänftigen, und aus dem, was er sagte, klangen häßlich die Worte *moneta* und *denaro*. »Was, wenn sie Euch zu hintergehen versuchen?« fragte er.

Marcella schüttelte den Kopf. »Ribaldo tut es nicht ums Geld.«

»Warum dann?« Das Lächeln kehrte auf Richwins Gesicht zurück. »Was habt Ihr ihm zugeflüstert, als wir gestern angekommen sind?«

Sie hatte ihm zugeflüstert, ob er sich noch an den Morgen erinnere, als er, nackt bis auf den Bruoch, mit blutig geschlagenem Rücken, in Koblenz in den Hof der Eisernen Ziege geflitzt gekommen war, die Büttel des Blutvogts auf den Fersen, ob er noch wüßte, wie er sie um Erbarmen angefleht hatte, weil ihm nach der Stäubung das Schlimmste bevorstand, wie er in ihren Reisewagen gesprungen war und wie sie kurzerhand die Decken über ihn geworfen und ihn mit aus der Stadt genommen hatte.

Im Überfluß seiner Dankbarkeit hatte er ihr damals anvertraut, weswegen man ihn bestrafen wollte: Er hatte verrufenes Geld aufgekauft und eingeschmolzen, um es an einen illegalen Münzpräger weiterzuverkaufen, ein Verbrechen, für das man die Henker mit Eifer an die Arbeit schickte. Und da Trier demselben Münzherrn unterstand wie Koblenz, nämlich dem Erzbischof, war es nicht schwierig gewesen, Ribaldo zur Mithilfe zu bewegen.

Aber das konnte sie Richwin natürlich nicht sagen. Sie küßte noch einmal seinen Kopf. »Versprecht mir, einen Bogen um Trier zu machen, wenn Ihr heimreitet. Möglich, daß sie nach uns suchen. Martin wird wütend sein wie Satan.«

Die Tage schlichen dahin. Die Heilpflanzen und der Wein und wahrscheinlich auch die Ruhe schafften, was Marcella kaum zu hoffen gewagt hatte: Der Kranke wurde ruhiger, sein Fieber ging zurück, er begann die Brühe zu schlucken, die sie ihm einflößte, und am Ende öffnete er gar die Augen.

»*Tesoro* … bist du schön …« murmelte er. Marcella lächelte auf ihn herab. Sie sah die Zärtlichkeit in seinen Augen, bevor die Lider sie wieder bedeckten. Sie sah auch das Lächeln, das in seinen Mundwinkeln schwamm, und die Hand, die sich nach ihr ausstreckte und auf halbem Wege liegenblieb.

Umständlich strich sie die Seidendecken glatt und kniete vor dem Bett nieder.

Tristand hatte das Lächeln in den Schlaf mitgenommen. Er war schwach wie ein Kind, er weckte ihre Zärtlichkeit wie ein Kind. Aber seine Schultermuskeln, die sich beim Atmen hoben und senkten, waren die Muskeln eines erwachsenen Mannes, der wußte, was er wollte, und erwartete, daß andere Menschen sich danach richteten.

Sie legte ihre Stirn an seinen Arm. Welche Erleichterung, wenn jemand sie festhalten und ihr sagen würde, was sie tun müßte, damit endlich alles gut würde. Welche Erleichterung, wenn Tristand das täte. Sie spürte seine warme, glatte Haut, die sich mit den Atemzügen bewegte. Welche Erleichterung, wenn er sie damit umschlösse und sie nie wieder losließe. Mit einem Mal hatte sie das Gefühl, an ihren eigenen Sehnsüchten zu sterben.

Ach Jeanne …

Marcella stand auf, holte aus der Nische neben der Eingangstür einen Besen und begann, vom Erdgeschoß bis hinauf zur Plattform den Boden auszufegen. Danach schrubbte sie sämtliche Töpfe auf dem Regal und füllte den ältesten davon mit wilden Malven, die sie im Garten sammelte.

Als am Nachmittag zum ersten Mal der Verband gewechselt werden mußte, sorgte Marcella dafür, daß Ribaldo und seine Italienerin ihr zur Hand gingen.

Tristand erwachte, aber diesmal redete er zum Glück

Vernünftiges. Wo war er ... und Martin ... und wer waren die Leute ... und so weiter. Ribaldo besorgte das Sprechen. Leichtzüngig schwätzte er vom sonnigen Italien – Signora Conspirelli, hier, an seiner Seite, kam aus Pisa. Kannte er Pisa? Eine herrliche Stadt, besonders, seit Genua ihr den Hochmut gedämpft hatte. Er selbst war nämlich Genuese, wobei er natürlich nichts gegen Venezianer hatte – herrje, die ewigen Kriege ...

Marcella konnte sich, als der Verband befestigt war, ohne Schwierigkeiten zurückziehen.

Sie stieg in den Garten hinab. Das starkenburgsche Pferd stand neben ihrem Reisewagen, rieb sich das Hinterteil an der Mauer und kaute Günsel und buttergelben Hahnenfuß. Marcella zog Tristands Siegelring vom Finger. Sie atmete die frische Luft und schaute die Straße hinab, die sich bucklig zwischen den Wiesen verlor. Tristand war zum ersten Mal richtig wach gewesen. Er würde gewiß noch eine Weile liegen, aber sie glaubte nicht, daß noch Gefahr für ihn bestand. War es da nicht vernünftig, sie überließ ihn den Italienern und machte sich auf den Weg nach Wittlich, um mit Daniels zu sprechen?

»Marcella Bonifaz!« Der Jude schien ehrlich erfreut, als er sie in dem hellen, sonnigen Zimmer begrüßte, das ihm für seine Geschäfte diente. Die Wände waren über und über mit Blumen bemalt, noch üppiger als in Marcellas Zimmer auf Starkenburg, und auf ihre Frage erklärte er, daß seine Frau mit einem Talent zur Malerei gesegnet war. Sie hatten auch zwei Kinder, Töchter, vier und sechs Jahre alt ...

Möge der Himmel sie schützen, dachte Marcella. Seit sie mit dem schweigsamen Ritter, den Ribaldo ihr besorgt hatte, vom Turm aufgebrochen war, grübelte sie über ihre Schwester. Jeanne hatte sie im Stich gelassen, damals, in Montaillou, und der Gedanke daran nagte an ihr wie eine Krankheit. Er versetzte ihr Stiche, die unangenehm an Haß erinnerten. Aber der Haß war aus Liebe entstanden, und vielleicht war er sogar Teil ihrer Liebe. Und vielleicht war alle Liebe mit Haß verbunden ... Und Gott schütze die Kinder, dachte sie, weil Kinder sich nicht wehren können.

Daniels hörte teilnahmsvoll die Geschichte von Tristands Unglück – von seiner Einfältigkeit! dachte Marcella – und nahm dann den Siegelring zur Hand. Ja, es war günstig, wenn man einige Entscheidungen traf und Urkunden siegelte. Zu dumm, daß Tristand verhindert war. Wirklich dumm. Er sprach, als würde er ihn am liebsten selbst aufsuchen, aber Marcella gab sich schwerhörig. Tristand war im Steinbruch verraten worden – niemand wußte, von wem. Sie mochte Daniels, aber sie hatte beschlossen, Tristands Aufenthaltsort geheimzuhalten, bis er wieder auf zwei Beinen stehen konnte. Und dann würde er hoffentlich abreisen ...

»Er hat einen Brief von seinem Compagnon bekommen, dem Herrn aus Venedig, Donato Falier«, meinte Daniels.

»Ich nehme ihn mit.«

Dann war da noch eine Anfrage zu einem Versicherungsauftrag aus seinem Kontor in Narbonne. Es ging um hundert Goldflorins, der Faktor empfahl das Geschäft ...«

»Wir siegeln«, entschied Marcella.

Vor Syrakus war ein Salzschiff gestrandet ... das hatte Zeit. Die *Santa Theresa* war heil in Plymouth angekommen. Die *Clara* ebenfalls. Und Barcelona bot Zusammenarbeit mit einem spanischen Handelsflottenbesitzer.

»Wir siegeln.«

»Es geht um eine Summe von umgerechnet sechzehntausend Pfund Heller«, erklärte Daniels mit hochgezogenen Augenbrauen. »Das ist der geschätzte Wert der Fracht, die die Spanier jährlich verschiffen.«

»Wir siegeln nicht. Allmächtiger, wie kann man um so viel Geld spielen. Gebt es mir mit. In dieses Unglück soll er sich selbst stürzen.«

Gewiß. Und – ach ja, der Herr, der die Filiale in Narbonne leitete, hatte noch eine Frage bezüglich Madame Trintignant – offenbar die Dame, von der man die Räumlichkeiten gemietet hatte. Madame wollte den Mietzins erhöhen und drohte mit Lösung des Vertrages. Ihr Schwager – nein, der Schwager ihrer Schwester arbeitete beim Hafenzoll, und daher schien es nicht günstig …

»Was bekommt sie?«

Die Angabe war in masse d'or, Daniels übernahm liebenswürdigerweise die Umrechnung.

»Soviel gibt Tristand für ein einziges Mittagessen aus.«

»Dann wird er nicht lange leben«, scherzte Daniels.

»Gestatten wir die Mietzinserhöhung. Es wird ihn nicht umbringen, und die arme Frau …« Gewiß war es eine arme Frau. Wahrscheinlich eine Witwe. Wahrscheinlich hatte sie ein Dutzend Kinder zu versorgen und mußte sich durchschlagen, und sich gegen die rüden Methoden der Männer zur Wehr setzen. »Erhöhen wir auf fünfzig Turnosen und sagt dem Herrn – wie hieß er gleich? –, sagt ihm, er soll in Zukunft solche Dinge selber regeln und dabei auf die Einflüsterungen seines christlichen Gewissens achten. Und ich hoffe sehr, daß er eines hat.«

Daniels schrieb eilig und mit einem Lächeln, und Marcella drückte den Stern in das flüssige Wachs. Sie wartete, bis er eine Aufstellung der Sieglungen für Tristand erstellt hatte. Dann kam sie zu dem Punkt, der ihr am Herzen lag.

»Habt Ihr etwas von Walram gehört?«

Der Jude griff in sein dünnes Haar. Mit einem Mal sah er gar nicht mehr fröhlich aus. »Ich denke, er wimmelt ab«, faßte er zusammen und ging dann in die Einzelheiten. Sein Gewährsmann hatte Walram von Sponheim »in fröhlicher Runde«, wie er es nannte, auf ein glänzendes Geschäft mit den Boppardern angesprochen, und war vorsichtig – ganz vorsichtig! – auf Gewürze und auf Safran gekommen. »Nichts. Kein Funken Interesse!« bekundete Daniels traurig. »Entweder, Walram riecht den Braten – oder er hat mit der ganzen Sache nichts zu tun.«

Marcella dachte an den Römerturm bei Walrams Burg und an die sandfarbenen Männer … und überlegte, wie Walram herausbekommen haben mochte, wer hinter dem Safrangeschäft steckte. Es mußte etwas geben, eine undichte Stelle, jemanden, dem man unbedacht vertraute … Aber in die Safranfalle war nur Daniels eingeweiht worden, und der saß aufrichtig und bekümmert vor ihr und – nein, das wollte sie nicht glauben. Obwohl sie nun froh war, ihm den Ort von Tristands Krankenlager nicht verraten zu haben. Vielleicht hatte Tristand aber auch mit seinem Bruder über den Safran gesprochen? Martin …

»Eine gute Nachricht habe ich noch«, tröstete Daniels und angelte eine Mappe von der Ecke seines Schreibtisches. »Der Brief von Eurem genuesischen Safranlieferanten ist angekommen.«

Was ja nun mächtig weiterhalf! Marcella nahm das Papier von Daniels entgegen und erbrach Benedetto Marzinis Siegel. Der Brief war in Lateinisch abgefaßt und bestand aus nichts weiter als der Anrede, dem Datum und vier Zeilen, die in merkwürdiger Versform gehalten waren.

»Es ist ein lateinisches Gedicht«, sagte sie.

Daniels nahm ihr Benedettos Zeilen ab. Seine Übersetzung war fließend.

»Sie ist eine Blume auf den Wiesen des Scharon,
eine Rose der Täler.
Eine Rose unter Dornen
ist meine Freundin unter den Töchtern.«

»Ach du meine Güte.«

»Euer Freund scheint ein Verehrer des großen Salomo zu sein«, bemerkte der Jude taktvoll.

»Ich wünschte, er wäre ein Verehrer des gesunden Menschenverstandes. Verzeihung. Ich sollte das nicht sagen. Er ist alt und sehr freundlich zu mir gewesen …«

Außerdem hatte der Brief sowieso keine Bedeutung mehr, denn Walram hatte Verdacht geschöpft und wollte nicht verkaufen. Man konnte ihm so oder so nichts beweisen.

Marcella stand auf und griff nach dem Brief und den anderen Unterlagen.

Als sie gehen wollte, stand plötzlich Daniels' Frau im Zimmer. Sie war sehr zart und ging mit Hilfe eines Krückstocks. Jetzt beugte sie sich zu ihrem Mann und flüsterte ihm hastig etwas zu. Daniels erhob sich, ging zum Fenster, stellte sich seitlich und blickte auf die Gasse hinaus. »Kennt Ihr den Herrn dort in dem grünen Reitkleid?«

Marcella kannte den Herrn nicht. Er sah aus wie ein gewöhnlicher Knecht – vielleicht ein wenig besser gekleidet als üblich, jedenfalls gut bewaffnet.

»Wahrscheinlich hat es nichts zu bedeuten«, sagte Daniels so leicht, als hätte es nichts zu bedeuten. »Aber dort drüben wohnt ein kranker Witwer, der nur noch von der Unterstützung seiner Söhne lebt. Und eigentlich hat niemand Grund, vor seinem Haus zu lungern. Wäre es Euch recht, einen anderen Ausgang zu benutzen, Herrin?«

Marcella verabschiedete sich von Daniels' Frau und ließ sich durch eine Tür neben dem Kamin, die so geschickt in die Wandbemalung einbezogen war, daß sie kaum auffiel, in einen finsteren Gang hinabfuhren, der nach mancherlei Windungen und Treppenstufen plötzlich in einem schmalen Schlupf zwischen zwei Häusern endete. Dort wartete wie durch Zauberhand schon ihr Begleiter, der Ritter, und hinter ihm, unruhig wegen der Enge, die gesattelten Pferde. Nachdem Daniels sich versichert hatte, daß Marcella Wittlich unverzüglich verlassen würde, gab es einen hastigen Abschied.

Gott schütze seine Kinder, dachte Marcella und war zutiefst niedergeschlagen über Häuser, in denen die Wände bemalt wurden, um Türen zu verbergen, und in denen die Hausfrauen die Menschen auf den Gassen beobachteten. Dagegen war ihr eigenes Unglück jämmerlich.

Sie übernachtete in einem Dorf in der Nähe von Wittlich, stand früh auf und erreichte Ribaldos Turm nach einem scharfen Ritt gegen Abend. Die beiden Tage ihrer Abwesenheit hatten Tristand gutgetan. Vollständig bekleidet saß er mit einem Kissen im Rücken auf seinem Bett und blickte ihr entgegen, und auch seine Stimme hatte an Kraft gewonnen.

»Wo seid Ihr gewesen?« brüllte er sie an.

Er hatte sich den Bart rasiert. Vielleicht verlieh ihm das die Stimmgewalt. Wenn Männer sich rasiert hatten, fühlten sie sich immer stark.

Marcella warf den Ring und die in Leder eingewickelten Papiere von Daniels auf seine Decke und stieg die Treppe ins nächste Stockwerk hinauf. Es gab noch zwei Zimmer über der Kammer, die Tristand bewohnte. Das erste diente als eine Art Arbeitsraum, in dem obersten waren Vorräte eingelagert für den Fall, daß man sich verteidigen mußte. Das Vorratslager war auf zwei Sack Mehl, einen Krug mit billigem Öl, verschrumpelte Äpfel, einen Bund Kienspanfackeln und Stroh fürs Vieh zusammengeschrumpft, und es wimmelte von Mäusen. Marcella beschloß, das Arbeitszimmer in Besitz zu nehmen. Sie warf einen der gebündelten Strohballen die Treppe hinab, knüpfte den Faden auf und verstreute das Stroh zu einem Notlager.

Hinter ihr gab es ein Geräusch. Tristand stand auf den Stufen.

»Ich habe mir Sorgen gemacht«, sagte er.

Es war dumm von ihm, die steile Treppe zu erklimmen. Sie hatte nicht einmal ein Geländer. Wie würde

Martin toben, wenn er sich in seinem Leichtsinn einfach das Genick bräche. Er lehnte an der Wand, weiß wie Kreide, und war gezwungen, sich – rasiert oder nicht – auf den Stufen niederzulassen.

»Ich wußte nicht, wo Ihr wart, Marcella.«

»Bei Daniels.«

»Aber das hättet Ihr jemandem sagen können.«

»Wozu?«

»Weil ...«

Es war Ende Juni und die Tage lang, aber es wurde Abend, und da die Fenster nach Osten gingen, lag das Zimmer im Zwielicht.

Ich bin müde, dachte Marcella, und wie. Zu müde um zu sprechen.

Ihre Decke lag unten auf dem Lehnstuhl. Der Weg dorthin führte an dem Mann auf der Treppe vorbei, und sie hatte keine Lust, sich mit ihm zu befassen. Also legte sie sich auf das Stroh.

»Es ... bringt mich um den Verstand, zu denken, daß Euch etwas geschehen könnte«, sagte Tristand leise.

Marcella drehte sich zur Wand. Sie wollte nicht reden. Sie wollte auch nicht, daß es jemanden um den Verstand brachte, zu denken, daß ihr etwas geschähe. Sie wollte einfach nur schlafen.

»Ihr solltet Eure Briefe durchschauen«, sagte sie, als sie am nächsten Morgen hinab in Tristands Zimmer stieg.

»Habe ich.« Er lag unter den rosa Seidendecken wie in Rosenwasser. Im Erdgeschoß wütete die italienische Dame. Töpfe knallten zur Boden. Tristand lächelte schwach. »Findet Ihr fünfzig Turnosen nicht übertrieben?« fragte er. »Das Haus in Narbonne ist ein Loch.«

»Tretet ein für die Witwen, denn das gefällt mir wohl, spricht der Herr«, zitierte Marcella fromm.

»Sie ist keine Witwe. Sie war eine, aber seit letztem Sommer ist sie mit einem Heringshändler aus Perpignan verheiratet. Wenn er sich umdreht, tritt sie ihn in den Hintern, und wenn er den Mund auftut, schlägt sie ihm den Besen über den Kopf. Er sieht schon aus wie seine Heringe. Außerdem kocht sie grauenhaftes Frikassee.«

»Der Heringsverkäufer ist selbst schuld«, urteilte Marcella, »aber wegen des Frikassees tut mir das Siegeln leid, denn an der Küste dort kann man Gewürze aus dem ganzen Orient bekommen. Was schreibt der Herr aus Venedig?«

»Geschäfte. Nichts Wichtiges. Und daß seine Frau ein Mädchen zur Welt gebracht hat.«

»Klagt er?«

»Behüte. Er betet die Frauen an. Es ist sein sechstes Mädchen. Wahrscheinlich wird er ihr Windeln aus Gold gießen lassen.«

Marcella lachte.

»Und was«, fragte Tristand, »sagt Daniels über unseren Freund Walram?« Er hatte abgenommen. Sein Gesicht war schmaler geworden, aber die Augen blickten scharf wie früher, mit der besonderen Unruhe eines Mannes, dem der Karren des Leben ins Stocken geraten ist.

»Walram hat abgewunken.«

»Das versteh' ich nicht.«

»Er ist mißtrauisch.«

»Er kann nicht ewig mißtrauisch sein. Irgendwann wird Safran auf den Markt kommen. Er muß zusehen, daß er sein Zeug vorher los wird.«

»Vielleicht ist er gewarnt worden.«

Tristand faßte sie ins Auge. Sie blickte harmlos zurück. Sollte er es selbst sagen.

»Ich vertraue Daniels.«

»Ich auch.«

»Dann …?«

»Daniels, Ihr und ich – sonst wußte niemand von dem Plan.

Habt Ihr mit jemandem über Walram und den Safran

gesprochen?« fragte Marcella. Unten hob Ribaldo die Stimme. Es geschah nicht oft, aber doch gelegentlich, daß er seine Liebste anbrüllte. Vielleicht hatte sie ihm das Essen vor die Füße geworfen. Ein Schwall mannhafter Flüche donnerte durch den Turm.

»Ihr meint Martin«, sagte Tristand. »Ja. Ich habe mit ihm darüber gesprochen. Aber mein Bruder ...«

»... würde niemals etwas tun, was Euch schadet.«

»Jedenfalls nichts in der Art, nicht so.«

Und gesegnet, die reinen Herzen sind, dachte Marcella bitter. Sie setzte sich ans Fußende des Bettes und barg das Gesicht in den Händen. Die italienische Dame hatte zu weinen begonnen, mit den gackernden Lauten eines kranken Huhns, ein Geräusch, das einem den Magen umdrehen konnte.

»Marcella. Es ... tut mir leid, daß Martin Euch geschlagen hat«, sagte Tristand.

»Und mir erst. Nein – ist nicht wahr. Er hat mit kleinerer Münze zurückgezahlt, als er bekommen hat. Ich bin rachsüchtig, Tristand. Ich hatte *gehofft*, einen Punkt zu erwischen, an dem es ihm weh tut. Und daß es so war, ist meine einzige freundliche Erinnerung an ihn!«

Tristand fand zu seinem Lächeln zurück. »Sonst nichts zu seinen Gunsten?«

»Er hat Euch zu einem Treffen geladen – und Euch niedergeschlagen.«

»Weil er dachte, *ich* hätte die Mörder mit den Armbrüsten bestellt. Außerdem war der Brief gar nicht von ihm.«

»Sagt Martin.«

»Wir haben beide einen bekommen. Und irgend jemand aber nicht Martin – hat diese beiden Briefe geschrieben. Der Mann, der die Armbrustschützen bestellt hat. Als geschossen wurde, stand ich genau neben Martin. Wir haben uns bewegt. Wir hätten beide getroffen werden können ...«

Die italienische Dame unter ihnen schluchzte sich die

Seele aus dem Leib. Ihr angelo mio tat den Ohren weh. Sie bekam einen Schluckauf vor lauter Seelenschmerz, und Ribaldos Flüche wurden sanfter.

»Aber wer auch immer die Briefe geschrieben hat – er muß zum Schöffenrat gehören«, sagte Tristand. »Denn meinen Brief habe ich über Pantaleon bekommen, und nur die Schöffen wußten, daß Pantaleon mit mir in Verbindung steht, weil ich über ihn zu verhandeln versucht habe.«

»Die Schöffen – und alle, zu denen sie darüber gesprochen haben«, stellte Marcella präzise fest. Wie konnte man nur so dickschädelig sein. Martin hatte Bekannte im Rat, Leute, mit denen er Geschäfte machte. Warum sollte ihn nicht einer unterrichtet haben?

»Was mich wundert ...« Tristand warf einen wilden Blick zur Treppe. »Was mich wundert, Marcella«, fuhr er leiser fort, »ist, warum Euer Freund Jacob zugestimmt hat, den Schöffen meine Gefangennahme zu verschweigen.«

»Weil er ein gutes Herz hat?«

»Ich habe ihn längst in meines geschlossen. Marcella! Habt Ihr nicht gesehen, wie er Martin angeschaut hat? Als hätte er eine ... Wanze vor sich. Was soll das? Warum tut er ihm einen Gefallen, der ihm selbst den Kopf kosten kann, wenn er ihn nicht ausstehen kann?«

»So etwas geschieht bei Leuten mit gutem Herzen.«

»Und dem Bettler schenkt er die Hälfte seines Mantels? Unfug!«

Marcella stand auf.

»Wird etwas aus der Hochzeit?« fragte Tristand.

»Warum nicht ... wo er doch so reich ist ...«

»Und so leicht zu gängeln. Und gutgläubig. Nein ... nein, bitte, Marcella. Lauft nicht fort. Die Treppe bringt mich um. Und ich muß mit Euch sprechen.«

»Nicht über Jacob.«

»Doch über Jacob. Gerechtigkeit ist Eure Stärke. Ihr

habt mich auf dem Streckbrett, sobald Ihr Martins Namen nur aussprecht. Gönnt mir also drei Sätze zu Jacob. Das fände ich anständig.«

Marcella setzte sich in den Lehnstuhl und faltete zögernd die Hände.

»*Cui bono?* hat Cicero gefragt. *Wem nützt es?* Gehen wir's mit der Vernunft an. Hättet Ihr Jacob geheiratet, solange Ihr Euren Laden habt? Nein. Nicht einmal ohne Laden. Aber das wissen nur wir beide. Ich glaube nicht, daß Jacob die Gründe oder das Ausmaß Eures Widerwillens begreift. Was, wenn er dem Schicksal auf die Sprünge helfen wollte? Verliebte Männer sind die größten Esel. Und es war Zufall, daß ich mit Scholer zusammentraf, aber es war keiner, daß Euer Safran auf Scholers Wagen lag. Vielleicht galt der Überfall gar nicht Scholer oder mir, sondern Euch.«

Lächerlich.

»Lächerlich!« sagte Marcella. »Für jeden, der Jacob kennt.«

»Verzeiht, Liebste, aber Ihr kennt nicht einmal Euch selbst.«

Ach ja? Marcella widerstand dem Drang, aus dem Zimmer zu stürmen. Der Lärm im Erdgeschoß war verstummt, und wahrscheinlich fände sie die Streithähne auf dem Fußboden.

»Schön«, sagte sie. »Da wir so gerecht sind ... Martins Herz haben wir auf milde Regungen abgeklopft – und das hat uns nichts als blutige Nasen eingetragen. Ich finde, dann wäre es jetzt an der Zeit, Jacob um Hilfe zu bitten.« Sie wartete, aber nur die intensive Aufmerksamkeit in den dunklen Augen zeigte Tristands Anspannung. »Jacob hat Möglichkeiten, die uns beiden abgehen. Und ... Ach ja ...« Sie erzählte von dem Grünberockten vor Daniels' Haus. »Womöglich hat man Daniels schon lange mit Euch in Verbindung gebracht. Wenn sein Haus beobachtet wurde, könnte das erklären, warum Walram den

Safran nicht verkaufen wollte. Aber Jacob ist außer Verdacht. Wenn *er* den Safran aufkaufte ...«

»Ein Weinhändler? Der Weinhändler, der mit Marcella Bonifaz verlobt ist? In der Tat, sehr diskret ...«

»Oder jemand anderes«, sagte Marcella ungeduldig. »Aber Jacob müßte es sein, der alles in die Wege leitet. Und überwacht. Wenn Jacob Walrams Schuld feststellte, dann würde er für Euch zeugen. Und vielleicht könnte er den Rat sogar überreden, Walram zur Rechenschaft zu ziehen. Oder ihn wenigstens öffentlich schuldig zu sprechen. Die Stadt ist den Grafen ebenbürtig. Jacob wäre eine Hoffnung.«

»Ihr habt Euren Freund mit Bilsenkraut gefüttert. Und trotzdem glaubt Ihr, ihn um Hilfe bitten zu können?«

Marcella nickte und fragte sich, warum ihn das so erbitterte. Aber er lehnte ihren Vorschlag nicht ab. Er bedachte ihn gründlich, mit schmalen Lippen und gesenkten Lidern.

»Bitte ...« sagte Marcella. *Bitte,* dachte sie. Um unser aller willen, und damit diese entsetzliche Geschichte endlich ein Ende nimmt.

Schließlich blickte Tristand auf. Er vertraute Jacob nicht. Marcella sah es an seinem Lächeln und las es in den Augen, die sie verzweifelt, kämpferisch, zärtlich und wild zugleich anblickten. Einen Moment lang schwankte sie. Wenn sie nicht so felsenfest von Jacobs Redlichkeit überzeugt gewesen wäre, hätte sie ihren Wunsch zurückgenommen. Aber Jacob war ohne Falsch und der einzige, von dem sie sich Hilfe erhoffen konnten.

»Er wird Euch nichts Böses tun, ich schwör' es Euch«, sagte Marcella.

XXIV

Jacob bekam Marcellas Nachricht am Vormittag des nächsten Tages, und zwei Stunden später stand er in Ribaldos Turm. Er hatte, wie in dem Brief gebeten, keine Männer mitgebracht, außer zwei Bewaffneten, die die Sänftenpferde ritten.

Schniefend kam er in seinen Glöckchenschuhen die Steintreppe herauf, durchschritt das Zimmer und blieb vor Tristands Bett stehen. Hatte er Martin wirklich angeschaut, als sei er eine Wanze? Nun, jetzt machte er ein Gesicht, als blicke er auf den Mist einer Wanze.

Das Lächeln, das Tristand ihm als Antwort gab, war dünn und unergründlich, und Marcella beeilte sich, zu den beiden zu treten und sich wortreich für das Bilsenkraut zu entschuldigen und nach Jacobs Befinden zu fragen.

Sie freute sich, daß er gekommen war, und lauschte demütig seiner Versicherung, daß er sich ebenfalls freue, wenn auch nicht über die Gesellschaft, in der er sie antraf, und daß es besser wäre, wenn Mädchen sich – zumindest gelegentlich – der Leitung von erfahrenen Männern anvertrauten, selbst wenn sie so gescheit waren wie die liebe Marcella, weil es eben Dinge gab, von denen Männer mehr verstanden als Frauen und – was zur Hölle hatte sie damit gemeint, daß er ihren Safran aufkaufen solle?

Marcella erklärte es. Sie erzählte, was sich bei den Himmeroder Mönchen und im Römerturm und in dem Steinbruch zugetragen hatte, wie das alles ihrer Meinung nach zusammenhing und worum sich ihr jüdischer Freund – sie nannte keinen Namen, das meinte sie Daniels schuldig zu sein – bemüht hatte. Sie sagte wenig von Loretta und nichts von Mechthilde und Jeanne. Und Tristand erwähnte sie nur, wenn ihre Geschichte ohne ihn keinen Sinn mehr ergeben hätte.

»Hast du die Beschreibung deiner Kiste und die Beglaubigung des Notars aus Genua bekommen?« wollte Jacob wissen. Marcella erzählte von dem Rosengedicht.

Jacob verzog das Gesicht und begann, in seinen Schellenschuhen im Zimmer auf- und abzustiefeln. Das Gebimmel machte Marcella nervös, auch wenn es in Mode war und die meisten eleganten Herren sich so schmückten. Aber wer tadelt einen Mann, der ohne Umstände einen Giftanschlag verzeiht. Und schließlich überdachte Jacob ihre Probleme. Sie vertraute seinem Geist, der vielleicht nicht so flink wie Tristands war, aber gewiß gründlich.

Verstohlen warf sie einen Blick zum Fenster hinaus, wo Ribaldo bei Jacobs Reitern stand und mit großen Gesten Ungezwungenheit demonstrierte. Ribaldo hatte ihren Brief nach Trier gebracht und Jacob zum Turm geführt und ihm sicher den ganzen Ritt von seinem weichen Herzen vorgejammert, das ihn ständig in Schwierigkeiten brachte. Die blonde Dame stand neben ihm und schäkerte mit einem der Reiter.

Marcella fuhr zusammen, als Jacob sich räusperte. Er war am Fußende des Bettes stehengeblieben. Sein Wanzenmistblick streifte Tristand und wanderte zu ihr ans Fenster. »Ist alles ein Dreck!« stellte er fest.

Marcella nickte.

»Und den Stall auszumisten wird ein hartes Stück Arbeit. Wird viel Scherereien geben. Und niemandem Freude machen.«

Zweifellos.

»Ich will mal ehrlich sein …«

»Was für ein wunderbarer Vorsatz. Man erspart einander damit so viele Mißverständnisse.« Es war das erste Mal, daß Tristand sich äußerte, und nicht einmal Marcella gelang es, einen Unterton von Aggressivität in seinen freundlichen Worten zu hören.

»Wenn es nicht um dich ginge, Marcella«, sagte Jacob, die Unterbrechung ignorierend, »dann würde ich keinen Finger krumm machen. Es gibt nämlich Leute auf Gottes Erde – das ist meine Meinung –, denen kannst du antun, was du willst, du dienst immer der Gerechtigkeit!«

»Richtig.« Tristand nickte. *»Et inter arma silent leges …* Marcella erwähnte schon, daß Ihr ein Feind aller Umständlichkeit seid, Wolff. Auf diese Art wurde Rom groß …«

»Und Leute wie Ihr haben es kaputtgemacht!« Jacob ließ sich nicht gern ins Wort fallen. Schon gar nicht auf lateinisch. Schon gar nicht von einem Wucherer. »Ich sage Euch, wie es laufen wird, Mann. Ich werde meine Leimruten auslegen, und wenn der verfluchte Safran noch irgendwo existiert, dann werde ich ihn aufkaufen und sehen, wer am anderen Ende des Handels steht. Und sollte ich dabei herausfinden, daß Ihr etwas mit dem Dreck zu tun habt …«

»Walram von Sponheim hat den Safran gestohlen«, erinnerte Marcella.

Jacob knurrte. »Unmöglich wär's jedenfalls nicht«, gab er zu. »Ist ein kleiner Mistkäfer, und sein ganzer verdammter Adel hat ihm keinen Tropfen Ehre ins Blut gebracht. Liefere ihm seit Ewigkeiten Wein und bekomme kaum jede vierte Ladung bezahlt. Ist allerdings gut für unseren Ruf, die Sponheimer zu beliefern …«

»Und schlecht für den Ruf, sie aufzuhängen«, bemerkte Tristand.

»Hängen kann man solche Leute nicht!«

»Weil Justitia ja irgendwann auch mal schlafen will. Wie wollt Ihr Ruten auslegen, ohne mit Marcella in Verbindung gebracht zu werden?«

»Da gibt's tausend Möglichkeiten.« Jacob nahm seine Wanderung wieder auf, begleitet vom Gebimmel der Schuhe. »Sollten allerdings so wenig Leute wie möglich davon erfahren. Skandale sind immer schlecht …«

»Kommt drauf an, wie man sie nutzt.«

»Schlecht für einen ehrlichen Kaufmann!« sagte Jacob schroff. »Und ein ehrlicher Kaufmann macht seine Pläne auch nicht im Finstern ...«

»... *und Tugend ist sich selbst der schönste Lohn.* Wie wollt Ihr im Dreck stochern, verehrter Herr, ohne schmutzige Hände zu bekommen?«

»Indem ich gar nicht stochere, sondern den Rat einschalte.«

»Schlecht. Ganz schlecht. Ist es nicht offensichtlich, daß zumindest *ein* Mitglied des Rates ...«

»Herr! Einem wie Euch mag das schwer in den Kopf gehen, aber wir sprechen von den Schöffen der Stadt Trier! Und wenn Euch das auch nichts bedeutet ...«

»Da habt Ihr mich erwischt. *Si non caste, caute tamen.* Ich würde an meiner Einfalt krepieren, hat mir schon mein Lehrherr prophezeit. Wenigstens einer der Schöffen muß in den Überfall verwickelt sein. Einer, der mit Wein handelt ...«

»Wie zum Beispiel der Schöffe Wolff?« knirschte Jacob. Seine Hände wanderten wieder zum Magen und massierten sacht das Fett. Und nirgends Tee ...

»Zum Beispiel«, lächelte Tristand.

Marcella schaute zum Fenster hinaus. Draußen am Ende der Straße tauchte mit fröhlich flatterndem Umhang ein Reiter auf, dessen blonder Schopf an Richwin erinnerte. Ja, es war Richwin. Was für eine dumme Zeit, zurückzukehren.

»Also gut«, preßte Jacob hervor. »Wenn Marcella recht hat, und Ihr seid wirklich nicht das Schwein, für das Ihr geltet – und erwiesen ist das noch lange nicht, und wenn, dann auch nur für diesen Fall –, jedenfalls, dann habt Ihr Grund, mir zu mißtrauen. Euer Haus war unsre größte Konkurrenz.«

Welch ein Segen, dachte Marcella erleichtert, daß wir uns wenigstens einig sind, was logisch ist.

»Aber gerade darum solltet Ihr froh sein, wenn ich

noch andere an der Aufklärung der Geschichte beteilige«, fuhr Jacob fort. »Und wenn's nicht so ist, ist mir das auch egal, weil ich es für meine Sicherheit brauch'. Auf jeden Fall muß der Schöffenmeister davon wissen.«

Oh, dachte Marcella.

»Und ... Friedrich Scholer vielleicht. Dann weiß jeder, daß alles seine Richtigkeit hat, weil er mit dem Toten verwandt war.«

»Und vielleicht noch ein Schöffe, der nichts mit Wein zu tun hat?« schlug Tristand sanft vor.

»Da gibt's drei oder vier Leute. Heinrich Bottom, Ordulf von Oeren ...«

»Ja, der bitte«, warf Marcella ein. Von Oeren war ein besonnener und gewissenhafter älterer Mann, einer der wenigen, die während der Ratssitzungen über den Tellerrand ihrer eigenen Interessen hinauszusehen verstanden. Von Oeren würde unparteiisch richten.

»Meinetwegen. Er handelt vorwiegend mit Salz, aber er hat auch mit Gewürzen zu tun und könnte uns vielleicht sogar raten.«

»Gut. Und außerdem will ich, daß Martin dabei ist.« Tristand mied Marcellas Blick, aber er konnte nicht verhindern, sie zu hören.

»Ihr seid ja ... krank!« schrie sie los. »Nimm ihn, Jacob, nimm ihn und sperr ihn ein! Und wenn du denkst, daß es nutzt, dann versuch, ihm die Unvernunft herauszuprügeln.«

Jacobs Hand kreiste über dem Magen. »Mädchen ... Martin sitzt bei sich zu Haus und säuft sich zu Tode, und ob man ihm was sagt oder nicht, ist gleich, weil er zu besoffen ist, um was zu kapieren. Ist alles egal. Komm, laß uns aufbrechen.«

»Wohin?«

»Was? Nach Trier natürlich. Denkst du, ich kann einen von Euch jetzt noch allein lassen? Jedes Komplott könntet Ihr aushecken, und nichts – kein Beweis – hätte mehr

Wert. Eingesperrt und bewacht werdet ihr, bis ich die verdammte Sache geregelt habe. Verflucht, ich geh' noch ein. Ich geh' noch kaputt an diesem Magen ...«

Richwin leistete Marcella Gesellschaft auf dem Ritt nach Trier.

»Ja, wir heiraten«, sagte er glücklich. »Während der Weinlese. Unten in Bernkastel.« Es machte ihm nichts aus, daß er sie nach Trier begleiten sollte, denn nun hatte er jemanden, dem er von Lucia erzählen konnte, und dafür wäre er wahrscheinlich bis in den Hades geritten.

»Lucia überlegt noch, aber wahrscheinlich werden wir vorerst auf Starkenburg wohnen«, erzählte er, blind und taub für die gereizte Stimmung. »Wir könnten auch zu mir nach Hause, aber Lucia hat noch nie in einer Burg gewohnt, und vieles wird ihr fremd sein, und meine Mutter ...«

Seine Mutter schien ein Drache besonders schrecklicher Prägung zu sein, auch wenn Richwin ihre Eigenschaften mit dem Takt eines braven Sohnes beschrieb.

»Bring sie zur Starkenburg«, riet Marcella. Lucia sollte glücklich sein. Kein Schatten sollte auf ihre Liebe fallen. Ihre Kinder sollten Burgen aus Zweigen bauen und in dem Glauben aufwachsen, daß die Menschen es gut miteinander meinten. Sie sollten niemals in die Geheimnisse bemalter Türen eingeweiht werden müssen, und niemals – niemals! – sollten sie Seidenmäntel mit blauen und gelben Blumen tragen.

»Ihr dürft nicht so geduldig mit mir sein, Marcella«, mahnte Richwin vorwurfsvoll. »Ich schwatz' Euch die Ohren voll, dabei habt Ihr tausend andere Sorgen. Ist Damian ...?« Er warf einen bedeutungsvollen Blick in Richtung Sänfte.

»Gesund genug, um zu streiten. Gesund genug, um sich nach seinem Bruder zu sehnen«, sagte Marcella bitter.

Trier kam viel zu schnell näher. Und sie hatte noch

nichts erfahren. »Was ist mit dem Erzbischof? Hat er schon unterschrieben?«

»Er windet sich wie ein Wurm, aber er wird«, grinste Richwin. »Sein Neffe, König Johann von Böhmen, ist aus Paris angereist und überredet ihn, unsere Forderungen zu akzeptieren. Loretta hat bereits die Grafen von Katzenellenbogen, Virneburg und Veldenz und die Rauhgrafen und Simon aus Vordersponheim zum Zeugen und Siegeln geladen, und sobald die Bedingungen und vor allem das Sühnegeld festgesetzt sind, wird der Vertrag geschlossen. Johannes von Brunshorn und Konrad von Kerpen bürgen dafür, daß der Gräfin im Falle eines Eidbruchs die Burgen von Cochem, Bernkastel und Manderscheid übergeben werden. Und Balduin wird sich beeilen, weil ... aber das hab' ich ja noch gar nicht erzählt. Er hat nämlich Besuch bekommen. Ratet woher!«

»Keine Ahnung?«

»Aus Avignon. Einen widerlichen Mönch, der in seiner weißen Kutte hinter ihm herschleicht und ihm mit seinem *lieber Bruder im Herrn* in den Ohren liegt und will, daß er Stellung gegen den Kaiser bezieht. Aber das tut Balduin natürlich nicht, weil er damit dem Papst recht geben würde, daß die Kaiserwahl von der Kurie gebilligt werden muß. Und damit würde er die Rechte der Kurfürsten beschneiden ...«

»Und das will er nicht, weil er selber einer ist.«

Richwin nickte. »Er soll schon seit Monaten den Bann gegen den Kaiser von der Kanzel verkünden und windet sich drum herum und flüchtet sich in Zweideutigkeiten und hofft, daß sich das Problem von selber löst. Und nun kommt dieser Cistercienser ...«

»Und Ärger und Ärger. Armer Balduin.«

Sie hatten eine Kuppe erreicht und sahen die Türme von St. Matthias auftauchen. Die Straße wurde belebter. Marcella zog die Kapuze ihres Mantels über den Kopf und mahnte Richwin, dasselbe zu tun.

Jacobs Haus lag im Westen der Stadt an einem See, der eigentlich gar kein See war, sondern ein künstlich ausgehobenes Loch, das sich malerisch um die Mauern seines Heimes schmiegte. Über das Wasser führte eine gewölbte Steinbrücke zu einem Verteidigungstor, das ebenfalls keines war, da es sich nur um eine Ausbuchtung der Mauer handelte, hinter der sich nichts verbarg. Und dann ritt man in einen Innenhof und stand vor einer Burg. Und auch die Burg war keine Burg, denn die Zinnen, die Wehrgänge vortäuschen sollten, konnten nicht begangen werden, und die Schießscharten dienten allein dem Schmuck und waren, um Zugluft zu vermeiden, von innen zugemauert.

Marcella stand am Fenster des Zimmerchens, in das Jacob sie gesperrt hatte, und wartete auf die Ankunft der Schöffen. Sie blickte zum Tor, wo Rufe laut wurden und eine Sänfte mit zerschrammtem Tragholz und unansehnlichen Vorhängen hineingetragen wurde. Onkel Bonifaz.

Er kam vor den anderen Schöffen, und Jacob nahm ihn mit sich und schien ein längeres Gespräch mit ihm zu führen, das vermutlich der Überredung diente. Schließlich brachte er ihn hinauf zum Zimmer seiner Nichte. Alarmiert durch die Ankunft weiterer Gäste ließ er sie allein.

Marcella hatte ein schlechtes Gewissen, als sie den Onkel betrachtete. Der Arme sah noch elender aus als sonst. Sein Haar war verfilzt, als hätte es seit Tagen keinen Kamm mehr gesehen, und um das knochige Kinn sproß ein silberner Stoppelbart.

Sie küßte ihn auf die Wange, und der Onkel betrachtete sie mit niedergeschlagenem Blick. »Ich hätte dich verheiraten sollen, als du noch ein Kind warst, so wie es die von Adel tun«, murmelte er mit vom Wein schwerer Zunge.

Marcella streichelte sein eingefallenes Gesicht. »Ich bin Euch dankbar, daß Ihr es gelassen habt«, sagte sie, und Bonifaz nickte traurig, als sprächen sie über den Tod. »Es wird ein böses Ende nehmen«, murmelte er.

Marcella hakte sich bei ihm unter und ging mit ihm zur Tür hinaus. Ein sonderbares Gefühl der Zärtlichkeit überkam sie. Der Onkel wurde alt. Es war höchste Zeit, daß sich jemand um ihn kümmerte.

Jacob runzelte die Stirn, als sie neben Onkel Bonifaz den kleinen Raum im Erdgeschoß betrat. Vor den anderen Schöffen mochte er sie und vor allen Dingen den Schöffenmeister nicht zurechtweisen, aber er ärgerte sich, daß Marcella nicht in ihrem Zimmer geblieben war.

Und wahrscheinlich wird es ihm wieder auf den Magen schlagen, dachte Marcella und fragte sich, wann er sich endlich gebührend davor fürchten würde, mit einer Frau wie ihr verheiratet zu sein.

Tristand saß am Fenster in einem Lehnstuhl. Über seiner Wunde trug er einen blauen Rock, den Ribaldo ihm besorgt hatte, und die Narbe am Hals wurde von einem weich fallenden Kragen aus weinrotem Samt verdeckt. Er hatte sich rasiert, und als er jetzt dasaß, mit aufgestütztem Kinn, und die Schöffen beobachtete, hätte niemand ihn für etwas anderes als einen achtbaren Kaufmann halten können. Sein Blick war abwesend. Möglicherweise dachte er an seinen Bruder, denn der war als einziger noch nicht erschienen.

Friedrich Scholer lehnte an der Wand und hatte die Arme über der Brust verschränkt. Ordulf von Oeren, aufrecht, mit silberklarem Blick, besetzte den zweiten Lehnstuhl, und Richwin hatte es sich auf der Kaminbank bequem gemacht. Er war der einzige, dem man die Spannung anmerkte, die im Raum herrschte. Erleichtert sprang er auf und rückte Marcella und ihrem Onkel Stühle zurecht, als sie eintraten.

»Martin war zu besoffen, um zu kommen«, brummelte Jacob, als er die Tür schloß. »Und um es vorweg zu sagen – es ist mir klar, daß die meisten hier sich wundern, warum ich sie hergebeten habe und wie Tristands Bruder in mein Haus kommt …«

Von Oeren fiel ihm ins Wort. »Ganz recht«, sagte er frostig.

Ganz recht enthielt die Frage, warum man nicht in Bonifaz' Saal tagte, wie man es sonst tat, wo die anderen Schöffen steckten und warum der Zender nicht anwesend war, obwohl hier offensichtlich ein entflohener Delinquent saß. Und zum ersten Mal begann Marcella, an der Klugheit ihrer Entscheidung zu zweifeln. *Ganz recht* hatte den Klang des Marktplatzes, auf dem sich die Menge um das Blutgerüst drängt. Ihr sank das Herz.

»Wenn es hier um Recht gegen Geld gehen sollte ...« begann Friedrich Scholer.

»Ich bin nicht gekommen, Euch zu beleidigen, mein Herr.« Tristand lächelte. Aber das Lächeln fiel ihm schwer. Entweder weil er es leid war, für ein finanzkräftiges Monstrum gehalten zu werden, oder weil ihn seine Wunde quälte. Er hatte sich schwer auf die linke Lehne gestützt. Wie kurzsichtig von Jacob, ihm keinen Schlaf zu gönnen, bevor er die Schöffen lud. Oder wie hinterhältig. »Wenn ich Euren Onkel recht verstanden habe, Scholer«, sagte Tristand, »dann wart Ihr für ihn das, was normalerweise für einen Vater der Sohn ist. Ich ...« Er unterbrach sich angesichts der eisigen Kälte, die das liebenswerte Gesicht des jungen Friedrich verströmte, und stand auf. Behutsam lehnte er sich gegen den Fenstersims. »Ich bitte um nichts als um einen Moment Eurer Aufmerksamkeit, damit ich Euch schildern kann, was geschehen ist, seit ich mit Eurem Oheim Koblenz verlassen habe. Und dann«, meinte er, »könnt Ihr mir ja immer noch die Hände um die Gurgel legen.«

»Warum sollte ich auf Eure Geschichte neugierig sein. Nicht einmal Euer eigener Bruder glaubt an Eure Unschuld.«

»Ein Argument, das mich selbst überzeugen könnte, wenn ich es nicht besser wüßte ...«

Sie wurden unterbrochen, denn in diesem Moment erklangen schwere Schritte im Flur, und gleich darauf lugte einer von Jacobs Dienern herein. Er wurde beiseite geschoben, und Martin Tristand schwankte in den Raum, von Bartstoppeln übersät und mit dem Geruch einer Weinschenke behaftet. Marcella zog eilig die Füße an, sonst wäre er darüber gestolpert.

Martin sagte nichts, aber der Blick, mit dem er seinen Bruder bedachte, war zornig, und als erstes begann er mit der verbissenen Sturheit eines Betrunkenen, den Lehnstuhl vom Fenster in die entgegengesetzte Ecke zu schieben, um sich so weit wie möglich entfernt von seinem Bruder niederzulassen. Von Oeren beobachtete das Gerücke und Gepolter mit hochgezogenen Brauen.

»Ich bin in der Woche vor Mariä Verkündigung aus Basel abgereist«, sagte Tristand und tat, als sei es normal, wie sein Bruder sich aufführte. »Ich wollte über Koblenz ...«

»Warum Basel?« unterbrach von Oeren. »Ich dachte, Ihr wohnt in Venedig.«

»Dort habe ich mein Kontor und eine Wohn ...«

»Im Fondacco dei Tedeschi?«

»Auf der anderen Seite, in der Nähe der Börse.«

»Ein Kontor? Als Deutscher?«

»Als Geschäftspartner eines Venezianers. Es sind nette Leute dort, mein Herr. Sie fressen nur die Genuesen und manchmal ihre Dogen.«

Von Oeren knurrte und winkte ihm mit der Hand, fortzufahren.

Tristand erzählte sachlich, knapp und anschaulich. Marcella kam in seinem Bericht nicht vor, außer am Anfang, als es um ihren Safran ging, und Jacob seufzte und entspannte sich und begann interessiert, der zweiten Version der Geschehnisse zu lauschen.

Da war der Überfall auf Scholers Wagen, der Hinweis des Himmeroder Mönches, das unglückliche Erlebnis in Dill, die Briefe, mit denen er und Martin in den Steinbruch gelockt worden waren ...

»Er kam von dir. Der Brief war mit *deinem* Siegel gezeichnet …« nuschelte sein Bruder böse.

»Um ein Siegel zu fälschen, braucht man nichts als eine alte Urkunde, ein Rasiermesser und ein paar Roßhaare. Sei bitte kein Idiot, Martin.«

»Dann läuft der Mann, der Scholer getötet haben soll, also mit einem gespaltenen Mund herum?« Von Oeren hatte sich vorgebeugt.

Er glaubt's, dachte Marcella. Oder wenigstens hält er es für möglich. Friedrich Scholer hing an den Lippen des Schöffen. Er war jung, er fand sich nicht zurecht, und wahrscheinlich würde er von Oerens Urteil übernehmen.

»Ja.«

»Und da Ihr so rührig seid – habt Ihr ihm inzwischen einen Namen geben können?«

»Ja.«

Es war an der Zeit, daß Tristand sich wieder setzte. Die Hände, mit denen er sich am Fenstersims abstützte, waren verkrampft, und auf seiner Stirn stand Schweiß. Warum sah das keiner der Männer?

»Ich denke, es ist Walram von Sponheim«, sagte er.

Er hätte sich auf die Schöffen konzentrieren sollen. Statt dessen schweifte sein Blick, und mit einem Mal blieb er an Richwin hängen. Der junge Ritter starrte mit vorgezogener Unterlippe auf seine Schuhe und machte ein Gesicht, als hätte man ihn gerade dabei ertappt, wie er das Reichszepter stahl. Da Tristand ihn so angespannt betrachtete, wurden auch die Schöffen aufmerksam, und als Richwin das merkte, verdoppelte sich seine Verlegenheit.

»Und was, mein lieber Junge, ist es, das du uns so gern verschweigen würdest?« erkundigte Tristand sich sanft. Richwin errötete mit der Heftigkeit eines Kindes, und Tristand lächelte flüchtig. »Heraus damit. Nichts kann schlimmer sein als das, was Herr von Oeren sich gerade vorzustellen versucht.«

»Du hättest mir das von Walram vorher erzählen sollen«, meinte Richwin vorwurfsvoll.

»Und alle Treu und Schwüre zur Hölle hinab? Du bist Sponheimer. Wenn es nach mir ginge, wärest du nicht einmal in diesem Zimmer, Herr Ritter.«

»Oh ...! Manchmal bist du wirklich ein Esel, Damian!«

»Und nun – nach dieser Erkenntnis?«

»Irgendwo, an irgendeiner Stelle, mußt du dich geirrt haben. Du weißt doch, was ich gesagt habe – daß Simon von Sponheim, Walrams Vater, auf Starkenburg zum Siegeln ist. Walram hat ihn begleitet.«

»Und?«

»Er ist ein gemeiner Kerl. Er hat sich mit Heiderinc geschlagen und ihm die Hand gebrochen. Aber seine Lippe ist heil«, sagte Richwin.

Tristand sah von ihm fort. Er brauchte seinen Stuhl dringender denn je, aber das schien er nicht einmal selbst zu merken. Mit der Hand auf der Wunde blickte er zum Fenster hinaus.

Man muß es vernünftig betrachten, dachte Marcella. Ich habe den Himmeroder Mönch selbst von einem Mann mit gespaltener Lippe erzählen hören. Es gibt den Mann.

»Vielleicht ist die Wunde ja schon wieder verheilt?« schlug Jacob vor.

Dankbar blickte sie ihn an.

»Nein«, murmelte Tristand. »Ich weiß, was ich getan habe. Seine Lippe war bis zur Nase hinauf geteilt.«

»Und wenn er den Überfall gar nicht selbst durchgeführt hat? Einer seiner Kumpane vielleicht ...«

Jacob mühte sich umsonst.

»Walram hat all seine Gefolgschaft – und das sind vielleicht vier oder fünf Mann – mit zur Starkenburg gebracht«, sagte Richwin, das Kind der Ehrlichkeit. Er wollte noch etwas hinzufügen. Marcella sah, wie er den Mund öffnete. Ihm schien ein Gedanke durch den Kopf zu schießen. Aber der Funke erlosch, ehe er etwas äußern konnte, denn plötzlich rappelte Martin sich aus seinem Stuhl hoch.

»Ich hab's nachgesehen.« Er torkelte zum Fenster und fiel seinem Bruder schwer um den Hals. »Ich hab' dir glauben wollen, Damian. Hab' ich. Wirklich. Ich hab' ...« Er rülpste und rang mit zuckenden Lippen um Fassung. »... hab' die Tinte verglichen ... aus Basel .... dem andern Brief. Ist *deine* Tinte ... auf *beiden* Briefen ...«

»Teufel!« sagte Jacob angewidert, beförderte den jungen Mann auf seinen Stuhl zurück und bot Tristand den eigenen an.

Marcella dachte, daß es gut wäre, Richwin zu fragen, was ihm durch den Sinn geschossen war. Aber da sprach von Oeren sie an.

»Um wieviel Safran geht es, Herrin?«

»Sechshundert Lot ... nein« Marcella verbesserte sich rasch. »Sechshundert hatte ich gekauft. Aber etwa achtzig müssen in Himmerod geblieben sein. Also noch gut fünfhundert ...«

Von Oeren begann zu lächeln. Er lehnte sich zurück und verschränkte die Hände auf dem mageren Bauch. »Welche Qualität?«

»Aus der Toskana.«

»Weiblicher Safran?«

Sie schüttelte den Kopf. »Ungemischt. Auf das Wort des genuesischen Händlers hin, und er ist ein vertrauenswürdiger Mann.«

»Safran aus der Toskana.« Von Oeren sann vor sich hin. Er war, wie Marcella ihn gesehen hatte – gerecht und unabhängig. »Tristand?«

Damian hob den Kopf.

»Ihr wollt den Kerl durch den Kauf des Safrans fangen?«

»Was schwierig sein dürfte – da Walram ja offenbar unschuldig ist und es keinen Anhaltspunkt mehr gibt, wer nun in Wahrheit ...«

»Mir ist Safran angeboten worden.« Von Oerens klare Augen glitzerten. »Vor drei Wochen. Safran aus der Toskana. Vierhundertneunzig Lot. Ungemischt. Zu einem Preis, der so lächerlich war, daß ich das Angebot zur Seite gelegt hätte, selbst wenn die Umstände weniger verdächtig gewesen wären.«

»Von wem?«

»Von einem Jemand, der im übelsten Viertel des Koblenzer Hafens zwei Beutel gegeneinander austauschen wollte. Gold gegen Safran.«

»Von einem Jemand, der unbekannt bleiben wollte?«

Von Oeren nickte.

»Und ich dachte schon«, sagte Tristand aus einem zutiefst erleichterten Herzen, »mein Name wäre Hiob.«

Marcella hörte wie betäubt zu, als die Männer ihren Plan schmiedeten. Von Oeren war ein heller Kopf, und der junge Scholer ging ihm mit grimmigem Eifer zur Hand. Sie wollten dem Safranverkäufer ein Angebot machen. Sie wollten ihn oder seine Helfershelfer bei der Übergabe dingfest machen. »Fünfhundert Lot Safran vertraut man nicht irgend jemandem an«, konstatierte von Oeren. »Wenn wir den Boten haben, haben wir auch den Herrn.«

Unauffällig blickte Marcella zu ihrem Oheim. Onkel Bonifaz saß auf seinem Stuhl und hatte die Augen geschlossen, als wenn er schliefe. Er hatte die ganze Zeit kein einziges Wort gesprochen. Wie hatte er so schnell dahinwelken können? Er ist meine Familie, dachte Marcella. Alles, was ich habe.

Scholers Mörder hatte den Safran über einen lombardischen Wechsler anbieten lassen. »Vielleicht brauchen wir nicht einmal auf den Kauf des Safrans zu warten. Die Lombarden sind gezwungen, uns gefällig zu sein«, meinte von Oeren voller Zuversicht.

Damian schaute zu seinem Bruder. Martin lehnte mit

glasigen Augen im Stuhl. Und als die Schöffen gingen, schloß er sich ihnen ohne ein Wort an.

»Eines noch«, sagte Damian, als Onkel Bonifaz ebenfalls und als letzter aus seinem Stuhl hochkroch. Er wartete, bis die Tür sich hinter den anderen Schöffen geschlossen hatte. »Könnt Ihr mir sagen, wer aus dem Rat den Vorschlag gemacht hat, auf das Gut meines Vaters zu reiten, an dem Tag, als dort der gestohlene Wagen gefunden wurde?«

Onkels Gesicht war krank und grau. Er schlurfte zur Tür.

»Und wer dagegen gestimmt hat, daß mein Vater aus dem Gefängnis entlassen wurde?«

»Onkel«, mahnte Marcella.

Bonifaz blieb unter dem Türbogen stehen. Traurig blickte er von seiner Nichte zu Tristand. »Und wenn Ihr es wüßtet, junger Mann, denkt Ihr, es würde Euch glücklicher machen?« sagte er erstaunlich klar. »Denkt Ihr das wirklich?«

XXV

Tristand saß im Innenhof des Hauses im Sonnenschein und studierte den Münzenberg, der vor ihm auf dem wackligen Holztisch lag. Die Hauswände waren mit violettfarbenen Rosen bewachsen. Ein betäubender Duft hing in der Hitze.

Marcella trat durch die Tür und ging über das kleine Stück Rasen zu ihm hinüber. Die Regeln, die Jacob für seine Gäste aufgestellt hatte, waren klar: Tut was ihr wollt, hatte er gesagt, aber wenn jemand mein Haus verläßt oder mit jemandem von draußen spricht, dann kenn' ich euch nicht mehr. Entsprechende Anweisungen hatte sein Torwächter bekommen. Daran konnte man sich halten.

»Warum Trierer Münzen?« fragte Marcella. Jacob hatte bei den Hausgenossen Tristands Wechsel eingetauscht. Aber er hätte Turnosen nehmen sollen, anstatt der Halbschillinge des Erzbischofs. Der Münzenberg wäre um die Hälfte kleiner gewesen. Sie nahm eines der Geldstücke in die Hand. Der Avers war mit einem Brustbild des Erzbischofs geprägt, auf der Kehrseite befanden sich zwei gekreuzte Schlüssel.

»Warum solch ein Berg?«

Tristand hatte sich zurückgelehnt und sie beobachtet. Sein Haar schillerte schwarz und silbern in der Sonne. Es ging ihm besser. Er bewegte sich wieder mit der alten Energie.

»Warum also?«

Er lächelte knapp. »Weil ich Befürchtungen habe.« Seine Aufmerksamkeit wandte sich wieder den Münzen zu, und jetzt sah sie, daß er einen Nagel in der Hand hielt und ein winziges Hämmerchen in der anderen. Er setzte den Nagel an eine der Münzen an und trieb ihn mit dem

Hämmerchen vorsichtig in das Stirnband der bischöflichen Mitra. Dasselbe machte er mit der nächsten und mit der übernächsten Münze. »Wenn sie ihn nämlich nicht kriegen ...«

»Wen?« fragte Marcella. »Den Mann, von dem wir dachten, daß es Walram wäre?«

»Wenn sie ihn nicht kriegen – wenn er ihnen durch irgendeinen dummen Zufall entwischt ...«

»Nein. Diesmal ist er ahnungslos.«

»Ich möchte dann jedenfalls wissen, wo die Münzen geblieben sind.«

»Und das erfahrt Ihr, indem Ihr Dellen in die erzbischöflichen Geldstücke treibt?«

»Mit der Hilfe des Himmels – ja.«

Tristand hatte noch ein gutes Stück Arbeit vor sich. Marcella sah ein Säckchen im Gras, entdeckte weitere Nägel, suchte sich einen Stein und machte sich daran, ihm zu helfen. Es war die dümmste Arbeit ihres Lebens, aber sie fand im Zauber eines rosenduftenden kleinen Gartens statt.

»Ich habe übrigens wirklich Wucher getrieben«, sagte Tristand. »In Brügge. Mit einem Juden. Ephraim Süßkind.«

»Ach.« Marcella stach ihr erstes Loch. Das Silber war weich. Es ging einfach.

»Er war nicht so anständig wie Daniels. Ihr hättet ihn nicht gemocht. Aber er wußte mehr über die Gesetze des Kaufens und Verkaufens, als irgend jemand, den ich bis dahin oder seither kennengelernt hatte.«

»Und ich dachte, Ihr wäret bei einem braven Tuchhändler in die Lehre gegangen.«

»Pieter Cronstaat, ja.«

»Aber Ihr fandet keinen Gefallen an den Prügeln einer sittsamen Lehrzeit?«

»Schlimmer. Ich kam mit seiner Dummheit nicht zurecht.«

»Oh! Das ist geistige Hoffart. Die Königin der Sünden.

Dafür brennt Ihr bis zum Jüngsten Gericht, mein armer Herr. Wie seid Ihr vom dummen Pieter zum bösen Süßkind gekommen?«

Tristand paßte nicht auf. Mit dem nächsten Schlag hieb er den Nagel gegen den Münzenrand, und ein Metallsplitter sprang vom Geldstück.

»Ist das jetzt Falschmünzerei?« Marcella nahm den Splitter mit der Fingerspitze auf. »In Konz haben sie einen gehängt, der hat einen Sack mit Goldmünzen gegen den Boden geschlagen und aus dem abgesprungenen Staub neue Münzen gegossen. Aber ich glaube, auf diese Art würd's schneller gehen. Welch ein Segen, daß wir brave Leute sind. Wie seid Ihr zu Süßkind gekommen?«

»Wieder durch Eure Königin der Sünden.« Der nächste Schlag gelang präzise. »In der Jaanstraat – da handeln die Türken – wurde Färberröte angeboten. Sie wollten das Zeug loswerden. Sie mußten es loswerden, weil es Währungsschwankungen ... egal. Pieter Cronstaat wollte jedenfalls nichts kaufen. Das war einer seiner Grundsätze. Heiden betrogen Christen und nur aus diesem Grund kamen sie nach Brügge. Ich habe Geld aus seiner Kasse genommen – nicht viel, aber genug, um zu beweisen, daß er sich irrte und ich recht hatte –, und wollte damit Färberröte kaufen.«

»Ihr müßt ein schreckliches Kind gewesen sein!«

»Mit Sicherheit. Und gerade deshalb wäre ich dankbar, wenn Ihr Euer Auge jetzt auf den einzigen grauen Fleck in dieser schwarzen Geschichte lenken könntet. Wenn Cronstaat mich nämlich nicht erwischt hätte, wäre er durch mich ein Stückchen reicher geworden. Ich hatte wirklich vor, ihm Geld und Gewinn zurückzugeben.«

»Statt dessen gab's dann Schläge für den Helden?«

»Den Rausschmiß. Die Sünder konnte er genausowenig leiden wie die Heiden. *Und laßt das Übel nicht Raum finden im dem Volk des Herrn* ... und so weiter.«

»Und Euer Vater?«

»Martin ist gekommen. Aber da war ich schon bei Süßkind.«

»Und das hat Martin nicht gefreut. Und da hat Euch die Sünde der Hoffart ein weiteres Mal ereilt. Wollt Ihr nicht eine kleine Kathedrale stiften?«

»Ich wäre vielleicht mit ihm gegangen. Aber er hatte eine nachdrückliche Art, seinen Unwillen kundzutun – und so viel älter als ich ist er nicht. Ich war beleidigt …«

»Und Süßkind hat Euch getröstet.«

»Er brauchte mich, um Handel zu treiben, was er ja als Jude nicht durfte. Unter meinem Namen und mit meinem Siegel hat er ein Tuchgeschäft aufgebaut. Wir waren ein prächtiges Gespann. Bis mir Mijnheer Cronstaat wieder über den Weg gekommen ist.«

»Wollte er es Euch heimzahlen?«

»Nein, ich ihm.« Der Ton war leicht, aber das täuschte. »Er hat etwas Dummes gemacht. Und ich hab's gemerkt und es ausgenutzt. Er hat an einem einzigen Vormittag … er hat Geld verloren. Nicht viel, nach den Maßstäben, in denen ich damals dachte, aber offenbar mehr, als er sich leisten konnte. Es muß schlecht um ihn gestanden haben. Und …«

Und dann? Marcella mochte nicht fragen.

»Jedenfalls hat es einen Riesenwirbel gegeben. Cronstaat war beliebt gewesen. Als sie ihn an seiner Lastenwinde fanden, haben die Leute sich zusammengerottet, und wollten den Juden und seinen verfluchten Bengel büßen lassen. Süßkind haben sie erwischt. Ich war gerade außerhalb. Das war das zweite Unrecht, wenn man's recht betrachtet. Süßkind hatte mit der ganzen Sache nämlich nichts zu tun …«

Tja. – Und dann kam wahrscheinlich Venedig und das alles.

Marcella seufzte. Sie begann das Geld zu sortieren. Der Haufen mit den markierten Geldstücken war gewachsen und bedrohlich nahe an den anderen Haufen gerutscht.

Sie hatte noch immer keine Ahnung, was Tristand mit dieser riskanten Münzveränderung erreichen wollte.

Er faßte sie bei der Hand, nahm ihr die Geldstücke fort und hob ihr Kinn. »Wißt Ihr eigentlich, wie eigenartig Ihr seid, Marcella?«

»Warum?«

»Weil es jetzt an Euch wäre etwas zu sagen. *Stroh sein sollen die Verächter und Gottlosen, und der kommende Tag soll sie anzünden ...!* Irgend so was. Ich habe Cronstaat umgebracht. Als wär's mit den eigenen Händen gewesen. Damit hat Martin recht. Ehrlichkeit ist Eure Stärke, Herrin. Zumindest könntet Ihr mich auffordern, meine Seele zu retten, indem ich auf den Knien von Brügge nach Compostela rutsche, einmal für jeden Gulden, mit dem ich den armen Cronstaat ins Verderben geführt habe.«

»Waren es viele? Gulden, mein' ich?«

»Zweiundvierzig. Ihr seid nicht bei der Sache, Herrin.«

»Doch schon. Es macht mich nur so ... ratlos.«

»Ratlos.«

»Und der Weg nach Compostela ist mit den Muschelsplittern der Pilger übersät. Was täte das Euren armen Knien. Wahrscheinlich wärt Ihr auch ständig jemandem im Weg ...«

Tristand ließ sie los. »Nein, Marcella. Ihr wißt, daß ich Euch gerade ein Angebot gemacht habe. Und wenn Ihr es überhört haben solltet, wiederhole ich es. Eine einzige, eine winzige Geste des Abscheus – und Ihr seid mich los. Auf immer. Ohne ein Wort der Erklärung. Ich meine das im Ernst.«

»Aber ohne den Preis zu bedenken, den Ihr vielleicht zahlen müßtet, wenn ich ablehne. Was wißt *Ihr* denn von *mir*? Von den Kathedralen, die *ich* zu errichten hätte?«

»Ich will nichts wissen. Und der Preis ist mir egal.«

»Und da seid Ihr ertappt, mein Herr! Das Herz ist freigelegt – und da ist nicht ein bißchen von einem Wucherer. Sanft wie ein Lamm und gütig wie der Sonnenschein.

Die Sünden sind vergeben. Es gibt nichts mehr davonzujagen und auch nichts mehr zu reden und nichts zu entschuldigen und zu erklären und zu verzeihen.«

»Ma diavo ...« Er fluchte italienisch. Und es rege ihn auf, daß sie lachte. Es tat ihr selber leid. Aber es war immer noch besser zu lachen, als sich ...

War es denn unumgänglich, daß sie einander das Herz brachen? Konnte es nicht doch möglich sein, Jeanne unter einer ausreichenden Menge von Glück zu begraben?

Von Oeren kam zwei Stunden später, um das Kaufgeld für den Safran in Empfang zu nehmen. Er hatte dem Lombarden Interesse am Geschäft signalisiert. »Und nun lieg alles in Gottes Hand«, sagte er.

Sie standen in Jacobs Rosengarten vor dem Holztischchen, Marcella, Tristand und von Oeren. Tristand zögerte, als er die Münzen in den Sack warf. Dann zeige er von Oeren die Markierungen auf dem Avers. »Der Mann, der Kerl, zu dem Ihr geht – er ist eine Ratte«, sage er. »Ich trau' ihm zu, daß er unseren Plan unterläuft.«

»Und was sollen die Markierungen dann nutzen?« fragte von Oeren.

Tristand legte die letzten Münzen zu den anderen und zog behutsam das Band in der Schlaufe fest. »Seid einfach vorsichtig«, sage er. »Ich meine ... mit Euch selbst. Es sind Leute gestorben, dem Burschen gilt ein Menschenleben nichts ...«

»Ach was«, meinte von Oeren bedächtig.

Dann begann die Zeit des Wartens.

Richwin saß im Rosengarten und dichtete Minnelieder für seine Liebste, Marcella schrieb an Elsa, daß sie sich bereitmachen solle, nach Trier zurückzukehren, aber nicht, bevor sie Nachricht bekam, und Tristand las ein Buch. Etwas Arabisches. Er hatte es zwischen den Kuriositäten gefunden, die Jacob manchmal von edlen Kunden anstelle einer Bezahlung erhielt, wenn ihnen das Geld fehlte. Jacob besaß eine Abschrift der berühmten Falknerhandschrift Kaiser Friedrichs, einen Splitter des Kieferknochens, der Bischof Konrad zerschlagen worden war, als ihn Theoderich von seinem zitternden Schergen ermorden lassen wollte, eine Quecksilberuhr aus Kastilien, einen Fixsternkatalog aus Bagdad ... Das Buch, in dem Tristand las, enthielt die Erinnerungen eines Herrn Usama Ibn Munqid, der ein islamischer Ritter gewesen war, und seine Aufzeichnungen mußten sehr lustig sein, denn er lachte darüber, was Jacob mit Unmut erfüllte.

»So ein Ding zu *besitzen* ist eine Sache«, meinte er. »Aber es lesen zu können – noch dazu von der rechten Seite zur linken – und sich dann auch noch zu belustigen ...«

»Du mißtraust ihm noch immer«, sage Marcella vorwurfsvoll.

Aber Jacob schüttelte den Kopf. »Ich war bei den Wechslern, Mädchen. Womit ich meine: Ich war bei einem Wechsler. Paolo Cotrugli. Tristand hatte die Summe auf vier Wechsel verteilt, um den Eintausch zu erleichtern, und ich wollte auch zu vier Wechslern gehen. Aber erst geh' ich also zu Cotrugli. Ich bekomme mein Geld, erwähne die anderen Wechsel – und da sagt er mir, er will sie alle eintauschen. Und ich sag' was von verfluchtes Risiko, und er sag, Tristands Wechsel wären ihm in jeder Höhe gut und kriecht – schleimig wie ein kranker Schiß – um mich rum und will wissen, wie ich mit Tristand zusammenstecke und ob man erwarten könne, ihn rehabilitiert zu sehen. Tristand muß Geld haben, Mädchen, ein Schweinegeld. Die Italiener wissen über ihre Leute Bescheid.«

Marcella nickte.

»Und darum«, sagte Jacob bedächtig, »ist es Blödsinn zu glauben, er hätt' Scholer um ein paar Ballen Tuch und einen Sack Safran ums Leben gebracht. Ergibt keinen Sinn, verstehst du?«

»Ja.«

»Leiden kann ich ihn deswegen immer noch nicht, denn jemand, der Heidenkram liest und darüber lacht …« Er kratzte sich am Kopf. »Bin nicht dein Vater oder Bruder und auch sonst nicht mit dir verwandt …«

»Und glaub' mir, das ist ein Segen«, versicherte ihm Marcella. »Frag Onkel Bonifaz …«

Vier Tage verstrichen quälend langsam.

Jacob ließ den Brief an Elsa bestellen, und Marcella lernte arabische Buchstaben und hörte sich an, was Usama Ibn Munqid über den Verstand der Franken, ihren Mangel an Eifersucht und die Merkwürdigkeiten ihrer Heilkunst zu berichten hatte.

»Wäret Ihr lieber von einem muslimischen Arzt behandelt worden?« frage sie Tristand.

Er antwortete: »Allmächtiger, ja!«, und somit hatte Jacob recht, als er ihm eine zweifelhafte Gesinnung unterstellte, aber Usamas Betrachtungen über die Wundbehandlung mit scharfem Essig und gemahlener Pottasche hörten sich verständig an, und Tristand sage, daß die meisten Europäer in Tunis, wo er gewesen war, zu muslimischen Ärzten gingen, wenn sie die Wahl hatten.

Nachricht von Ordulf von Oeren kam am Morgen des fünften Tages. Er ließ ausrichten, daß er am Kopf verwundet sei, aber alsbald vorbeikommen würde, denn was er zu sagen hätte, sei dringlich.

Am Nachmittag erschien seine von vier kräftigen Knechten getragene Sänfte auf der Steinbrücke. Er ließ sich aus dem Gefährt helfen und in Jacobs Kammer geleiten, und dort lege er ihnen das Ausmaß des Fiaskos dar.

Der Lombarde hatte ihm ein Stück Pergament überbracht, auf dem Zeitpunkt und Ort des Safrankaufes standen – nicht ohne zu erklären, daß er das Pergament mitsamt einer Geldmünze auf einem Verkaufsstand in seinem Kontor entdeckt habe, folglich den Absender nicht kannte, so wenig wie den Grund für die Heimlichkeit …

»Und wahrscheinlich stimmt das sogar, denn dieser Hund ist gerissen wie Luzifer«, sagte von Oeren und strich sich erschöpft den silbernen Bart. Das Haar über der rechten Schläfe war geschnitten und die Stelle mit grauer Salbe bestrichen. Er litt an einer mächtigen Platzwunde. Alles in allem konnte er von Glück sagen, daß er überhaupt noch lebte. Drei der Männer, die er mit sich gehabt hatte, waren tot. Zwei weitere so schwer verwundet, daß ihr Überleben fraglich schien.

»Sie kamen mit wenigstens zwanzig Mann über uns«, erklärte von Oeren, »Und damit hatte ich nicht gerechnet. Verfluchte, blanke Gewalt. Wollten uns niedermachen, und hätten es auch bestimmt getan, wenn nicht ein Leichenzug von der Stiftskirche herübergekommen wäre. Ein Treffen auf dem Friedhof. Und dahinter der Wald! Hätte mich gleich mißtrauisch machen sollen. War ich auch. Aber zwanzig Mann …«

»Das Geld haben sie mitgenommen?« vergewisserte sich Tristand.

Von Oeren nickte.

Sie waren in kleinerer Runde als beim ersten Treffen. Onkel Bonifaz fehlte, er litt an heftigem Kopfschmerz. Martin war gar nicht erst geladen worden. Nur Scholer, Richwin und Jacob saßen noch in dem abgedunkelten Zimmer. Und Marcella natürlich. Marcella hatte die Hände im Schoß gefaltet und dachte nach.

War Tristand jetzt entlastet? Wenn man es mit scheelem Blick betrachtete, dann hätte er selbst vor seiner Quartiernahme bei Jacob den Überfall planen können. Um sich reinzuwaschen. Konnte man so denken?

Sie bekam selbst Kopfweh vom Grübeln. Tristand schritt wie ein Tiger im Käfig durch das Zimmer.

»Ihr wart ziemlich sicher, daß mit dem Tausch etwas schiefgehen würde, Tristand«, sagte von Oeren. War das der Vorwurf?

»Er ist reich«, brummelte Jacob widerwillig. »Hab' ich

rausbekommen. Hat es nicht nötig, Wagen zu überfallen. Könnte sie mit dem kaufen, was er dem Kirchendiener sonntags in den Beutel steckt.« Er beantwortete Marcellas zärtlichen Blick mit einem Schnaufen. »Aber ich wüßt' nicht, wie Euch die Zeichnung der Münzen helfen sollte, Tristand. Werden überall auftauchen. Kann man in Koblenz, in Wittlich, in den Rheinstädten – kann man überall ausgeben. Und ihr könnt nicht jeder Spur folgen.«

»Gewiß. Und deshalb, meine Herren, werden wir uns, fürchte ich, ein wenig beeilen müssen.«

Jacob verzog das Gesicht, als bekäme er wieder Magenschmerzen. Von Oeren hob interessiert die Augenbraue.

»Ich hätte da einen Plan«, sagte Tristand.

Sein Plan beruhte auf einer Münzverrufung. Für Richwin erklärte er das ausführlich. »Was wäre«, sagte er, »wenn der Erzbischof mit einem Mal seine Halbschillinge für ungültig erklärte?«

»Warum sollte er das tun?«

»Wen interessiert das? Weil er Geld braucht. Also?«

»Keine Ahnung – die Leute müßten ihr Geld umtauschen. Ja ...« sagte Richwin. »Ja. Sie müßten hingehen und sich ihre alten Münzen gegen neue, gültige eintauschen.«

»Und wo würde das passieren?«

Scholer erklärte es dem verwirrten Richwin. In Trier. In Balduins Münzstätte. Und nur dort. Großartig. Seine Augen begannen zu glitzern. Man hatte seinen Onkel umgebracht. Und wenn der, der es getan hatte, nicht sein ganzes Geld verlieren wollte, würde er sich in der Münzstätte einfinden müssen. Bloß – warum sollte Balduin ihnen diesen Gefallen tun?

»Ich denke schon, daß er wird«, sagte Tristand nachdenklich. »Doch, ja.« Sein Blick senkte sich auf Marcella. »Herrin, würdet Ihr für mich zur Starkenburg reiten?«

XXVI

Die Hitze lag flimmernd wie ein Dunstschleier über den abgemähten Wiesen. Rehe ästen am Waldrand, ein Sperber zog seine Kreise, und es roch schwer nach trocknendem Gras. Weiter unten im Tal ernteten Hörige den Sommerweizen, ein knappes Dutzend Männer, die ihre Sicheln in einer Reihe und im Gleichtakt in die Halme schlugen. Dort, wo die Hügelkuppe in den Horizont überging, ragte grau und kühl die Starkenburg in den Sommerfrieden.

Es war ein Fehler zu kommen, dachte Marcella.

Sie ritt nicht allein. Tristand hatte eine Begleitmannschaft für sie erbeten. Eingedenk des Überfalls auf von Oeren hatte Jacob ihr fünfzig Bewaffnete mitgegeben. Die Leute, die sonst die Weintransporte sicherten. Er hätte Marcella lieber bei sich zu Hause behalten, aber Tristand …

Tristand hatte sie fortgeschickt. Nachdrücklich, als wäre sie ein Kind. Sicher, jemand mußte den Brief an den Erzbischof überbringen, und er selbst war zu einem scharfen Ritt noch nicht in der Lage. Aber er hätte Richwin bitten können. Richwin war sowieso bei ihr, und er sollte die Antwort – den Befehl zur Münzverrufung, wie sie hofften – nach Trier zurückbringen. Marcellas Anwesenheit auf der Burg war also unnötig.

Nein, Tristand wollte sie forthaben. »Bleibt bitte auf der Starkenburg, bis alles vorüber ist«, hatte er sie gebeten, und sich dann hingesetzt und den Brief an den Erzbischof verfaßt. Da Scholer und von Oeren neben ihm gestanden und gewartet hatten, war auch keine Möglichkeit gewesen, ihn auf die gestohlene Urkunde von Jeanne anzusprechen. Und hinterher war alles so schnell gegangen.

Ich hätte nicht kommen sollen, dachte Marcella.

Die Fahne auf dem Bergfried flatterte wie ein Willkommensgruß. Aber das trog. Irgendwo auf der Burg, verborgen in einer Kiste oder zwischen Wäsche lag die Urkunde, die Jeannes Verbrechen schilderte, und jemand, wahrscheinlich Mechthilde, würde sich freuen, ihr damit zu schaden.

Richwin war dem Trupp vorausgeritten. Sie sah ihn am Tor mit dem Wächter verhandeln, der aus seinem Fensterchen lehnte. Der Sühnevertrag mit dem Erzbischof war schon beinahe unterschrieben, aber man war trotzdem mißtrauisch. Niemand wollte einen Pulk bewaffneter Männer vor dem offenen Tor.

Richwin kehrte zurück, besprach sich mit Jacobs Männern, schickte sie fort und ritt allein mit Marcella zum Tor zurück und dann in die Vorburg hinein.

Die Stimmung auf Starkenburg war ausgelassen. Nein, der Erzbischof hatte noch nicht unterschrieben, brüllte ihnen der kleine Lebrecht entgegen, der im Palas immer den Wein servierte und mit einem drallen Mädchen hinter dem Zaun des Bienengartens schäkerte. Aber es ging nur noch um Kleinigkeiten, versicherte er, und Balduin saß bei der Gräfin zu Tisch, und es hieß, er wolle einen Brief an den Papst schreiben, in dem er um Lösung von der Exkommunikation und eine milde Sühne für seine Entführerin bat.

Vielleicht war es doch kein Fehler zu kommen, dachte Marcella, während sie weiterritten.

Wie sollte Mechthilde die Urkunde verwenden? Sie hatte sie gestohlen, aber die Starkenburger hatten deutlich gezeigt, was sie davon hielten, wenn man ihre Gäste in Schwierigkeiten brachte. Mechthilde würde es nicht wagen. Außerdem sprach die Urkunde von Jeanne Bonifaz, nicht von Marcella …

Sie brachte den engen Weg zur Hauptburg hinter sich, ritt in den Burghof ein und sah, wie Loretta die Palastreppe hinabgelaufen kam. Die Röcke der Gräfin flogen, ihr Goldhaar glänzte und löste sich aus dem Knoten. Sie lachte und zog Marcella in die Arme, und hinter ihr stand verlegen und erfreut der kleine Johann. Ich sollte mich schämen, dachte Marcella. Wo, wenn nicht hier, wäre ich sicher?

Richwin, und auch Volker und Pantaleon waren dabei, als Marcella Loretta von dem Geschehen in Trier berichtete. Sie vermied es, die Ereignisse um Dill und den Verdacht gegen Walram von Sponheim zu erwähnen, aber sie erklärte ausführlich, wie Tristand den Safranräuber mittels einer Münzverrufung zu stellen hoffte und welche Hilfe man sich von den Starkenburgern erbat.

Volker nickte gemächlich. Daß der Mönch aus Avignon dem Erzbischof die Galle hochbrachte, konnte jeder sehen. Immer wieder brachte er die Prozesse gegen den Kaiser ins Gespräch, die für den Papst im Trierer Erzbistum verkündet werden sollten.

»Aber Balduin wird sich nicht mit Kaiser Ludwig überwerfen«, sagte Volker. »Er kann den einen wie den anderen nicht leiden, aber wenn er dem Papst jetzt nachgibt, dann verrät er Ludwig, und wenn er Ludwig verrät, verrät er auch das Recht der Kurfürsten, den deutschen Thron unabhängig von Avignon zu besetzen. Widersteht er aber dem Papst offen, dann geht ihm der Mainzer Erzstuhl durch die Finger ...«

»Wenn Ihr ihn heimlich aus der Burg entlaßt, gewinnt Balduin Zeit. Ein paar Tage, ein paar Wochen ... Er kann mit den Mainzern verhandeln und abwarten, was sich zwischen dem Papst und dem Kaiser tut.« Marcella wiederholte Tristands Argumente. Sie hatte keine Ahnung, wie stichhaltig diese waren. Ihr kam das alles schrecklich simpel vor. Aber Volker nickte. »Wenn Balduin tatsächlich daran gelegen sein sollte, sich für eine Weile unerreichbar zu machen ...«

»Er bräuchte nur den Vertrag mit mir zu siegeln«, sagte Loretta. »Zeigt ihm Tristands Brief, Marcella, und bittet um die Münzverrufung – im Gegenzug zu unserer Hilfe, ihn heimlich fortkommen zu lassen. Glaubt Ihr, daß der Erzbischof über die kleine Ausfallpforte hinabsteigen könnte?« fragte sie ihren Schwager.

Pantaleon glaubte es. Er würde den Bischof auch führen, sobald der Befehl zur Münzverrufung ausgeschrieben war. Wohin?

Das stand in Tristands Brief. Er hatte etwas von einem gemieteten Haus geschrieben. In der Nähe von Mainz. Falls der Bischof nicht einen anderen Aufenthalt vorzöge …

Sollte wirklich alles so einfach sein?

In der Burg war es durch die vielen Gäste eng geworden. Marcellas Zimmer hatte man an die Rauhgrafen vergeben, die es miteinander teilen mußten. Aber bei den Edelfräulein war noch Platz, und Marcella bekam in ihrem Raum eine Matratze zugewiesen. Nein, es mache ihr wirklich nichts aus, versicherte sie. Schließlich begnügten sich sogar einige der unterzeichnenden Adligen mit einem Lager auf der Erde.

Ein Knecht trug ihre Truhe ans Fußende der Matratze, eine Magd brachte blaugefärbte Decken. Als sie alle wieder fort waren, begann Marcella sich umzuziehen.

Tristand hatte sie gebeten, nur das Nötigste mit dem Erzbischof zu reden. Sie sollte Botin sein, mehr nicht. Auf keinen Fall durfte sie mit ihm in Kontroversen geraten. Wenn er die Münzverrufung ablehnte – dann sollte es so sein. Kein Streit.

Er hatte sich also Sorgen um sie gemacht. Und trotzdem hatte er sie zur Burg geschickt. Wegen Jacob? Traute er ihm immer noch nicht? Hielt er immer noch daran fest, daß Scholers Mörder im Trierer Schöffenrat einen Verbündeten haben mußte?

Marcella merkte, daß ihre Gedanken im Kreis zu wandern begannen. Sie kleidete sich aus, wusch sich in dem hölzernen Waschzuber und zog saubere Strümpfe über die Beine. Lindgrüne Strümpfe zu einem Rock aus dunkelgrünem Samt. Schwarzlederne Schuhe. Eine Haube, um die Locken verschwinden zu lassen. Kein Schmuck. Enge Ärmellöcher. Die Schleppe so kurz, daß sie nicht am Boden schleifte.

Es war Nachmittag. Der Erzbischof würde mit Loretta und ihren Gästen zu Abend essen. Danach würde er sich in sein Zimmer zurückziehen. Dann, hatte Loretta gesagt, wäre die richtige Zeit, ihn anzusprechen.

Schön.

Marcella faltete ihr Reisekleid zusammen und packte die schmutzige Wäsche dazu, um alles in die Truhe zu legen. Sie hob den Packen mit den sauberen Bruochs an und das elfenbeinfarbene Laken, das die schmutzige Wäsche von der sauberen trennte …

Und dort – unter dem Bündel mit dem Schmuck ihrer Mutter – fand sie Jeannes Todesurkunde.

Marcella ging auf Zehenspitzen. Nicht wirklich, aber in Gedanken.

Sie stieg die Palasstufen hinab und umkreiste sorgsam den Truchseß, der das Servieren der Speisen beaufsichtigte. Teilnahmsvoll betrachtete sie die Jungen, die gewöhnlich die Pferde betreuten und nun zwischen den Tischen umhertappten und den Speisenden Waschschüsseln und Tücher für die Hände anbieten mußten. Sie beugten sich steif zu den Gästen, immer in Sorge, einem von ihnen das Wasser auf den Rock schwappen zu lassen, was nicht einfach war, denn die Edlen fuchtelten mit den Händen durch die Luft und kümmerten sich nicht darum, wer hinter ihnen stand. Marcella fühlte den Schweiß der Knaben auf ihrer eigenen Haut.

Es war noch zu früh für Fackeln und Lichter. Statt dessen schmückten Blumengirlanden die Wände, der Boden duftete von süßem, frischgeschnittenem Gras. Am Ende des Raumes, erhöht durch ein unter Teppichen verstecktes Podest, mit weißen Laken bedeckt, stand die Tafel der Gräfin.

Die Gräfin, der Erzbischof, Volker ... die anderen Gäste am Herrschaftstisch kannte Marcella nicht. Mechthilde war an den zweiten Tisch unterhalb des Podestes verbannt worden. Scheinbar waren die Wogen des ehelichen Zwistes noch immer nicht geglättet. Aber bei ihr saß eine weiße Gestalt, mit der sie sich gut zu unterhalten schien ...

»Was ist, Herrin?« fragte Richwin, der Marcella in der Tür entdeckt hatte. Flink folgte er ihren Blicken. »Genau, das ist Pater Pierre aus Avignon«, gab er Auskunft. »Seht Ihr die Bartstoppeln? Er rasiert sich nur einmal die Woche und wäscht sich wahrscheinlich niemals. Nur Mechthilde ist fromm genug, seine Gegenwart zu schätzen. Sie steckt mit ihm zusammen und unterhält sich den lieben langen Tag. Und darum haben wir sie auch alle wieder gern ...«

Unsinn! Mechthilde saß mit dem Cistercienser so isoliert, als hätte sie Aussatz. Und es war ein starkes Stück, ihr den Platz neben Volker zu verwehren.

»Am liebsten plaudern sie über die Plagen der Apokalypse«, erzählte Richwin. »Die vier Reiter. Krieg, Hunger, Pest und Tod. Krieg und Hunger hatten wir reichlich in den letzten Jahren. Wenn jetzt noch Pestbeulen auftauchen, werden sie vor Glückseligkeit die Welt umarmen. Pater Pierre hat Berechnungen aufgestellt. Und sich mit Balduin erzürnt, weil der ihm die Zahl der Hungertoten vom vergangenen Winter herunterrechnen wollte ...«

»Sie reden über mich«, sagte Marcella.

»Mechthilde und der Mönch? Das bildet Ihr Euch ein. Niemand hier weiß, warum Ihr gekommen seid. Los, Marcella, einmal lächeln. Wollen wir in den Garten gehen? Soll ich Euch unter Rosen die Wonnen der Liebe preisen? Nein – Ihr habt recht. Das macht nur Spaß, wenn Damian dabei ist. Ist es nicht drollig, wie leicht man ihn in Wut bringen kann? – Wenn Ihr mich fragt ... es fängt an, nach ... irgendwie riecht es nach Ingwer. Halt, nicht weglaufen. Kommt zum Kamin. Wir werden uns den Bauch vollstopfen und unanständig viel saufen und heimlich unter dem Tisch Würfel spielen ...«

Richwin zog sie mit sich, dorthin wo die jungen Ritter saßen, die sich gerade damit vergnügten, Verse über den Hof von Avignon zu dichten. Richwin hatte recht. Pater Pierre war nicht sonderlich beliebt, so wenig wie sein Herr.

Aber er hatte auch unrecht. Mechthilde und der Pater ... Sie *haben* über mich gesprochen, dachte Marcella. Mechthilde hat zu mir hinübergeschaut, und der Pater ist ihrem Blick gefolgt. Und während er ihr zugehört hat, hat sich sein Gesicht verändert. Er hat ausgesehen ... Sie grübelte, und grübelte noch immer, als Richwin sie anstieß und ihr sein Messer mit einem Stückchen gepfeffertem Kürbis reichte.

Das Essen dauerte lange. Die jungen Herren wurden betrunken und immer lustiger. Der Truchseß versah neben seinem Amt auch das einer Kinderfrau, indem er umsichtig diejenigen Knappen und Ritter entfernte, die sich dazu hinreißen ließen, Lieder über die Sittsamkeit der Mönche zu grölen. Es gab da eines über einen Frater aus Vaison, der verkehrten Gelüsten nachhing ...

Marcella bemerkte, daß der Erzbischof aufstand. Vielleicht hatte er ein gutes Gehör. Vielleicht war er einfach nur müde. Er verabschiedete sich von der Gräfin und folgte Emmerich und Colin, die ihn höflich zur Brückentür geleiteten. Die Tür fiel mit leichtem Knall ins Schloß. Am besten gab man ihm einen Augenblick lang Zeit. Nicht zu lange, er durfte auf keinen Fall schon zu Bett sein.

»Meine Tochter ...«

Marcella fuhr zusammen. Sie haßte es, von hinten angesprochen zu werden. Und sie haßte den Akzent der Stimme, die das tat. Der Mann war Ausländer. Sein Deutsch rollte katzengleich über alle Unebenheiten. Franzose. Betont langsam drehte sie sich um.

Pater Pierre ... Das stachlige Gesicht war hager bis hinab zu dem viereckigen Kinn, das starrsinnig von dem dürren Hals fortstrebte. Ein Lächeln schwebte unverbindlich auf den dünnen Lippen. Er hatte die schwarze Kapuze aufgesetzt, was angesichts der Hitze überflüssig war, und blickte sie aus wasserhellen Augen unter leicht gesenkten Wimpern an.

Als wisse er alles über mich, dachte Marcella. Das wurde langsam zur fixen Idee. Diese Vorstellung, daß der Pater alles wußte. Außerdem roch er maßlos nach altem Schweiß.

»Ihr kommt aus meiner Heimat, Herrin, wie ich hörte«, schmeichelte die Stimme.

»Aus Trier. Ihr irrt Euch. Ich bin die Nichte des Trierer Schöffenmeisters.«

»Gewiß.« Der Pater setzte sich auf die Bank Marcella gegenüber. Die Ritter waren still geworden. Richwin legte hastig den Arm um einen Knappen, der weinselig erneut die Hymne über den Frater aus Vaison zu Gehör bringen wollte.

»Ich dachte nur ...« Pater Pierre hüstelte in die Hand. »Eure Aussprache schien mir französisch gefärbt ...«

Und das hatte er gehört, bevor sie noch ein Wort gesagt hatte? Nein, Pater, besonders klug seid Ihr nicht, dachte Marcella. Wenigstens wußte sie nun, daß Mechthilde die Urkunde gelesen haben mußte und dem Pater zugetragen hatte, was darin stand.

Der Knappe wand sich unter Richwins Griff. Warum, zum Teufel, ließ man ihn nicht singen? Der Truchseß strebte ihrem Tisch zu. »Zu besoffen, um sich zu benehmen«, erklärte Richwin verschwommen in den Raum hinein und half dem Truchseß, den Knappen auf die Beine zu hieven.

»Herrin ...« Der Mönch hob die Fleischplatte an, rettete sie vor dem stolpernden Knappen und hielt sie Marcella entgegen. »Habt Ihr von den Hammelnierchen probiert?«

Warum diese Freundlichkeit?

Marcella zögerte. Das Fleisch war ihr ... ekelhaft. Sie wollte davon nicht essen. Gestern war das, was da lag, noch auf den Wiesen herumgesprungen. Aber die Augen des Paters ...

»Sehr freundlich ... nein. Ich habe noch etwas zu erledigen«, sagte sie und stand auf.

Die Augen triumphierten.

»Vielleicht später«, sagte sie.

Die Augen hatten einen Sieg errungen. Eindeutig. Aber welchen?

Marcella kehrte ihnen den Rücken und schritt zur Brückentür. Sie hatte niemals Fleisch gegessen. Nicht bei Onkel Bonifaz, und auch nicht früher. Jeanne hatte gesagt ... Was hatte Jeanne gesagt? Sie hatte etwas über Fleisch gesagt ...

Marcella stieß die Tür auf und atmete heftig die klare Nachtluft ein.

Die Tür zu Balduins Zelle war angelehnt. Keine Wachen? Marcella wunderte sich und klopfte. Als niemand antwortete, trat sie in das runde Gemach.

Eine Reihe Kerzen vor einem Reisealtar erleuchteten den dämmrigen Raum. Der Bischof hatte sich spartanisch eingerichtet. Außer Bett, Tisch und einem hölzernen Schemel hatte er nichts in seinem Zimmer geduldet. Auf dem Tisch lag eine Wachstafel, und daneben ein Tintenhörnchen und ein Stapel Pergamentblätter, die mit kleiner, krakeliger Schrift beschrieben waren. In der Nische der Burgmauer standen ein Glas und eine Karaffe mit einer dunklen Flüssigkeit. Balduin war ein anspruchsloser Mann.

Stimmen hallten dumpf im Treppenschacht wider. Marcella raffte die Röcke und verließ das Zimmer, aber nicht schnell genug. Auf den schlecht erleuchteten Stufen stieß sie mit Colin zusammen, der den Erzbischof die Treppe hinabbegleitete. Peinlich, zweifellos. Colin hielt nichts von Frauen. Lüstern, Sklavinnen des Fleisches, und neugierig wie der Teufel, hatte er bei diversen Gelegenheiten verkündet.

Marcella drückte sich an ihm vorbei, machte einen raschen Knicks und küßte den Bischofsring, was, wie sie hoffte, den schlechten Eindruck verwischte. »Ich habe Euch gesucht, Vater. Ich ... müßte mit Euch sprechen ...«

Balduin stand zwei Stufen über ihr. Die Flamme der Wandfackel huschte über sein feines Gesicht. War er verärgert? O ja! Eine Frau in seiner Schlafkammer. »Wenn Herr Colin bereit wäre, sich noch einmal die Treppen hinauf zu bemühen ...«, meinte er gedehnt.

Colins Gedanken waren unergründlich. Stumm begleitete er den Bischof und die Frau die Stufen hinauf. Auf der Turmplattform herrschte farbiges Zwielicht. Das Abendrot ergoß sich über die Weinhänge an der Mosel. Der Himmel schwamm in flammendem Rot. Man hatte eine Bank auf das Turmdach gestellt, wahrscheinlich eine freundliche Geste für den Gefangenen. Balduin blieb davor stehen. Colin drapierte sich im Treppeneingang und verschränkte die Arme. Zwecklos, etwas sagen zu wollen. Stumm reichte Marcella dem Mann in der Kutte den Brief, den Tristand geschrieben hatte.

Die Beleuchtung war schlecht. Balduin mußte den Brief dicht an die Augen halten, um ihn entziffern zu können. Mit gerunzelten Brauen las er, was Herr Tristand ihm zu sagen hatte. Beim ersten Mal überflog er den Bogen, beim zweiten Mal hing er an den Sätzen. »Ihr wißt, was hier geschrieben steht?« fragte er Marcella, als er fertig war.

»Einigermaßen.«

»Hm.« Der Brief wurde ein weiteres Mal studiert. Diesmal nur am unteren Ende. In das zarte Gesicht hatten sich Falten gegraben.

Er ärgert sich, dachte Marcella. Und war das ein Wunder? Seit sieben Wochen im Turm gefangen. Zu einem Sühnevertrag genötigt, den er für Unrecht hielt. Vor aller Augen gedemütigt. Und jetzt schon wieder bedrängt. Herr Tristand, Ihr denkt zu ausschließlich mit dem Kopf, dachte sie.

»Wie Gratian ganz richtig bemerkte«, grollte es denn auch aus der Brust des Bischof. *»Der Kaufmann kann Gott nicht oder nur mit Mühe gefallen.* Wißt Ihr, was der Fluch Eures Standes ist, meine Tochter? Die Habsucht. Sie korrumpiert den Charakter.«

Sein Ärger, fand Marcella, ließ ihn den gewohnten Weitblick verlieren. Schließlich ... wo wurde mehr gerafft, als in Avignon? Und die Trierer Diözese galt auch nicht eben als arm.

»Der Heilige Vater ist der Stellvertreter Gottes auf Erden – und als solchem gebührt ihm unsere demütige Achtung«, verkündete Balduin.

Ach. Marcella war erstaunt. In Glaubensfragen zu heucheln war ein schweres Ding, und eigentlich paßte es nicht zu dem Erzbischof. Balduin schritt erregt über die Holzbohlen. »Man mag nicht immer einer Meinung sein«, dozierte er, »aber ohne das Fundament des Gehorsams ist der Glaube nichts ...« Er heuchelte nicht. Er befand sich tatsächlich in einem Konflikt.

Marcella hüstelte. Sich zum Mitwisser bischöflicher Gefühle zu machen, kam ihr gefährlich vor. »Vergebung«, unterbrach sie. »Wir hätten kommen und uns auf Eure Redlichkeit verlassen sollen. Ich *hätte* kommen sollen, denn ich weiß, wie Ihr Recht sprecht ...«

Der Bischof blickte unwirsch auf sie herab.

»Aber es sind Menschen umgebracht worden ...« Und das sollte gesühnt werden, hatte sie sagen wollen. Die schlichte Wahrheit. Aber sie nutzte nichts. Balduin traute ihr so wenig redliche Beweggründe zu wie Tristand. *Der Kaufmann kann Gott nicht gefallen.* Er fürchtete, benutzt zu werden, und dazu hatte er keine Lust. »Laßt die Münze verrufen«, schlug sie in einer plötzlichen Eingebung vor. »Aber tauscht sie gegen eine Münze von höherem Wert. Das ist ein gutes Werk, das allen nutzt, außer dem Mörder. Und Tristand wird es zahlen.«

»Glaubt Ihr das?« meinte der Bischof gedehnt.

Marcella glaubte es, und als sie Richwin wenig später den bischöflichen Befehl zur Münzverrufung übergab, hatte sie das Gefühl, den entscheidenden Sieg errungen zu haben. Sie hatte keine Ahnung, wieviel ihre Vereinbarung Tristand kosten würde. Aber wenn es ihm möglich war, würde er es zahlen.

Richwin verbarg das eingerollte Pergament in seiner ledernen Gürteltasche und machte sich, obwohl die Nacht bereits den Osten schwarz färbte, auf den Weg. »Ich übernachte in Bernkastel. Da bin ich schon ein Stück weit fort und komme morgen bis nach Trier«, erklärte er rasch.

So war das mit der Liebe.

XXVII

Marcella lag unter ihrer Decke – die Nacht war warm, aber nicht in den Mauern der Starkenburg – und träumte wirres Zeug. Manchmal wurde sie wach. Einmal, als sie von Jacob träumte, der, ins Riesenhafte gewachsen, sich in einem Bett unter gelben und blauen Seidenblumen wälzte und sie unter Massen von Fleisch zu begraben drohte. Dann – dieser Traum war noch gespenstiger –, als sie sich mit einem Krug Wasser in einer türlosen Zelle aus schwarzen, endlos sich auftürmenden Mauern wiederfand. Es gab nur sie, den Krug und die Wände. Der Krug war braun und hatte blaue Kringel und war eine Bedrohung, noch gräßlicher als der nackte Jacob.

Marcella wurde von dem pummeligen Mädchen wachgerüttelt, das neben ihr nächtigte, ihr rundes Gesicht sah aus wie eine schwarze Scheibe vor dem Licht, das durch das Fenster kam. »Ihr schlaft aber unruhig«, zischelte die Scheibe und verkroch sich wieder unter den Decken.

Marcella drehte sich auf die Seite und wischte mit dem Handrücken über das nasse Gesicht. Sie versuchte, wach zu bleiben. Keine Träume mehr, bevor sie wieder zu sich gefunden hatte. Vor allem keine Fortsetzung des Traumes von dem Krug. Der Krug und Jacob – das war eine unheilige Allianz. Die hätte Jeanne ihr übelgenommen …

Jeanne. Ich muß die Urkunde vernichten, dachte Marcella zusammenhanglos. Sie zitterte. Ihre Füße waren kalt.

Irgendwo in der Burg heulte und jaulte ein Hund.

Marcella zog die Beine an. Früher, wenn sie gefroren hatte, war sie zu Jeanne ins Bett gekrochen. Jeanne hatte sie in die Beuge ihres Körpers genommen und gewärmt. Sie hatte nach Bergamotte geduftet, und manchmal hatte sie ihr etwas ins Ohr gesungen.

Marcella stiegen erneut Tränen in die Augen.

Es mußte schon spät sein. Sie biß auf ihren Knöchel, damit niemand sie weinen hörte. Sie hatte so eine verfluchte … verdammte … Sehnsucht nach Jeanne.

Am Ende war sie doch wieder eingeschlafen. Und das nächste Mal waren es nicht ihre Träume, die sie weckten, sondern hallende laute Rufe in den Fluren.

Marcella setzte sich auf. Die Kammer der Edelfräulein lag über der Kemenate der Gräfin, da sie durch denselben Kaminschacht beheizt werden mußte. Das Rufen kam von unten aus dem Palas. Es wurde lauter. Es drang in das Treppenhaus und in den Flur vor ihrer Kammer. Marcella griff nach ihrem Kleid – dem aus grünem Samt, das noch dort lag, wo sie es am Vorabend abgestreift hatte – und zog es sich über den Kopf.

Die beiden Knechte, die die Tür aufstießen und mit Verspätung und sichtlich verlegen klopften, als sie die spärlich bekleideten Damen gewahrten, blickten sich um. In Marcella fanden sie, was sie zu suchen schienen.

»Die Gräfin«, erklärte der Größere von ihnen, dessen Mund nur noch aus schwarzen Zahnstümpfen bestand, »wünscht Euch zu sprechen, Herrin.«

Marcella griff nach ihrem Kamm.

»Sofort, Herrin«, sagte der Schwarzstummlige. Nicht unfreundlich, aber mit Nachdruck.

Er ging neben Marcella, als sie den Weg zurück über den Treppenturm antraten. Es war eine mühselige Art, sich so zu bewegen. Die Treppenstufen waren an der Innenseite so schmal, daß er mit seinen großen Füßen kaum Platz fand.

»Nein, nicht hier«, sagte er, als Marcella ein Stockwerk tiefer aus dem Turm wollte.

»Wo bitte dann?«

»Beim Erzbischof.« Getreulich blieb er an ihrer Seite. Den Rest treppabwärts, durch den Palas, über die Brücke

– der Morgen lag neblig und warm auf dem verlassenen Burghof und verhieß einen schönen Tag –, und dann wieder aufwärts, bis er sich neben ihr durch die niedrige Tür zwängte, die in die Kammer des Erzbischofs führte.

Marcella wurde von Schweigen empfangen. Die Gräfin stand mit aufgelöstem Haar vor dem Fenster, neben sich wie zwei Beschützer Volker und Pantaleon. Deutlich von ihnen getrennt durch den hölzernen Stützbalken im Zentrum des Raumes warteten Mechthilde und Pater Pierre. Der Erzbischof stand abseits von den beiden Parteien. Alle starrten auf einen kleinen, schwarzweiß gefleckten Hund, der mit eingezogenem Schwanz und Gejaule um den Stützbalken torkelte.

»Gleich kippt er um«, sagte eine Stimme in Marcellas Rücken. Colin. Den Schädel mit dem kurzen, grauen Haar respektvoll gesenkt stand der Ritter neben der Tür und beobachtete das kranke Tier. Er grunzte, als sich seine Vermutung im nächsten Moment bewahrheitete. Der Hund stolperte und drückte sich mit zuckenden Leftzen gegen den Holzstamm. »Wie bei dem anderen«, bemerkte Colin. »Gleich rührt er sich nicht mehr.«

Auch das geschah.

Betreten starrte die Gesellschaft auf das reglose Tier.

Pater Pierre räusperte sich. Seine hellen Augen schienen zu lächeln, wie er überhaupt als einziger guter Laune war. Mit selbstzufriedener Miene trat er zu Balduins Tisch, nahm das Glas auf, füllte es bis zum Rand mit dem Wein aus der Karaffe und trug es zu Marcella. »Mögt Ihr einen Schluck, Herrin?«

»Den Teufel wird sie!« Lorettas schöne Lippen zitterten.

Pater Pierre wartete, verneigte sich knapp und trug das Glas zum Tischchen zurück. Er sah aus wie ein Mann, der erfolgreich einen Beweis geführt hat, und schien sich in der Abneigung, die ihm entgegenschlug, zu sonnen.

»Nicht einmal ein Schwachkopf würde einen so auffällig kredenzten Wein zu sich nehmen, wenn gerade zu seinen Füßen ein Hund verendet ist.« Erzbischof Balduins Stimme hatte den Klang von Stahl auf einer Raspel. Sein Mund war zu einem ärgerlichen Kreis gespitzt.

»Sie war *allein* in diesem Raum, gestern abend ...« bemerkte der Pater.

»Und hatte einen Grund dafür!«

»Gewiß, gewiß.« Der Pater rieb sich die vom mangelnden Waschen grauen Hände. »Der Anschlag hat Euch gegolten, Hochwürden – um so mehr bewundere ich die Nachsicht, die Ihr der Sünderin erweist. Aber Güte ist nicht alles. Ich erlaube mir, das zu sagen, da mein dorniges Amt mich gezwungen hat, die Machenschaften des Bösen mit peinlichster Genauheit zu studieren, was mir Erkenntnisse verschafft hat, die den meisten von uns glücklicherweise erspart bleiben. Güte kann Schwachheit sein, Erzbischof – wenn sie nämlich schont, was dem Schlund der Hölle entspringt. Darf ich an die Inspirationen Papst Gregors erinnern? Wir haben es nicht mit einigen wenigen verführten Kreaturen zu tun, sondern mit einer Organisation ...«

»Ich träume immer noch«, dachte Marcella. Sie stand da in ihrem grünen Kleid, war sich peinlich ihrer verwuselten Haare bewußt, und konnte nicht einordnen, was sie hörte. Im Wein des Bischofs mußte etwas gewesen sein. Gift ...

»... die Menge genügte ja nicht einmal, das Tier zu töten«, hörte sie Balduin sagen, worauf alle zu dem Hund schauten, der in einer merkwürdigen Art Schlaf mit den Ohren zuckte.

Pater Pierre trat nach dem gefleckten Bündel, ohne es jedoch zu einer Reaktion bewegen zu können, was wieder den wissenden Ausdruck in die hellen Augen trieb. Als er sich nach ihm bückte, sah Marcella, daß er einen Ring trug, genau wie Abbé Jacques, aber keinen rotäugigen, sondern einen schwarzen, der in dem dunklen Turmzimmer mit den tiefliegenden Fenstern nicht den geringsten Funken Glanz hervorbrachte – ein ovales Stück Finsternis. Unterhalb des Ringes, dort wo die knochigen Fingerglieder endeten, ragten lange, mit Schmutz gefüllte Fingernägel. Wenn ich *das* küssen müßte ... Marcella wurde sich ihrer mangelnden Aufmerksamkeit bewußt. Man sprach. Es ging um sie. Ihr Name fiel. Und dem Bischof war Gift gegeben worden ...

Pater Pierre redete von Fleisch. Er holte aus dem Ärmel seiner weißen Kutte ein Stück Stoff, das er umständlich auf den Tisch legte und auseinanderwickelte. Ein von dicken Fetzen sehnigen Fleisches besetzter Knochen kam zum Vorschein.

»Wenn Ihr ...«, er trat damit zu Marcella, »so gütig wäret, diesen Bissen zu Euch zu nehmen?«

Marcella starrte auf die graue Hand und versuchte, die Bedeutung des Fleischstückchens zu begreifen. Die Gedanken schwammen in ihrem Kopf. Pater Pierre hatte ihr doch schon gestern Fleisch angeboten. Abends, bei Tisch. Aber sie mochte kein Fleisch, weil ... Jeanne hatte kein Fleisch gegessen. Der Vater hatte gegessen, aber Jeanne nicht. Jeanne hatte ... sie hatte ihr das neugeborene Zicklein gezeigt ...

Marcella schaute zum Fenster hinaus. Die Sonne war hell, fast weiß, und verschwamm im Nebel. Ich werde sterben, dachte sie. Egal, ob ich es esse oder nicht.

»Gewiß werdet Ihr Euer seltsames Verhalten erklären, Frater Pierre«, murmelte der Erzbischof gereizt. Er war ihr freundlich gesinnt. Marcella wandte die schmerzenden Augen von der Sonne zu der Gestalt mit den blonden Haaren und dem kreisrunden, roten Käppchen. Der Erzbischof hatte ein waches, skeptisches Gesicht. Er mochte den Pater nicht ...

»Ich würde – wenn es Euch recht ist, gern die Truhe der Dame einsehen«, erklärte Pater Pierre.

»Wo Ihr etwas zu finden hofft?«

»Wo ich *weiß*, daß etwas gefunden werden wird.« Das war ein dummer Satz, mit dem der Pater Feindseligkeit erntete. »Leider ist es Männern in meinem Amte nicht gestattet zu warten, bis das Böse sich von selbst entlarvt«, rechtfertigte er sich steif. »Ihr wißt, Erzbischof, wie die Anweisung lautet, mit der der Heilige Vater seine Inquisitoren für ihr schweres Amt ausgestattet hat. Das Böse suchen, auch dann, wenn noch keine Anklage erhoben wurde ...«

Da hatte er die Wahrheit ein Stück hinter sich gelassen. Es gab natürlich eine Anklägerin. Mechthilde stand einsam vor dem Schiefergestein der Mauer. Wenn der Pater so klug wäre, wie er denkt, und wenn er tatsächlich die Wahrheit suchte, dann würde er begreifen, was hier vor sich geht, dachte Marcella. Im Raum wurde ein Netz aus Blicken gesponnen. Der Faden begann bei Mechthilde und lief in kaum verborgener Gehässigkeit hinüber zu Volker. Der beugte sich fürsorglich über seine Gräfin. Und Lorettas Aufmerksamkeit galt Marcella ...

Ich werde sterben. Deswegen. Wegen Volker und Loretta. Und weil Loretta mich gern hat. Marcella war müde bis in den letzten Winkel ihres Hirns. Klebrig wie Spinnenfäden wob sich die Angst um ihre Gedanken. In der roten Karaffe war Gift gewesen. Man verdächtigte sie. Aber der Erzbischof stand auf ihrer Seite. Weil er wußte, welche Pläne sie in Trier hatte? Daß ihr nichts daran liegen konnte, ihm Übles zu tun? Nur würde er das dem Pater nicht erklären können. Tristands Brief ... der war doch sicher gefährlich für ihn. Balduin hatte die Münzverrufung anbefohlen, die Tristand erbeten hatte. War das kein Hinweis, daß er tatsächlich gegen den Papst ... Es fiel Marcella schwer zu denken. Sie merkte, daß der Pater sie beobachtete. War der Pater mächtiger als der Erzbischof? Und Loretta ...

Die Gräfin stand sehr still neben Volker. Von Balduin würde sie Birkenfeld zurückbekommen. Aber den Kirchenbann, unter dem sie stand, konnte nur der Heilige

Vater selbst lösen. Und der Heilige Vater hatte Pater Pierre geschickt. Und wenn der nun berichtete, daß die Gräfin sich ... einer Untersuchung widersetzte ... einer Untersuchung der Heiligen Inquisition ...

Marcella konnte das schöne, feine Gesicht nicht länger ansehen. *»Man ist so verflucht verletzlich«*, hatte Tristand gesagt. Besser nicht an Loretta denken. Lieber daran, was der Pater ihr vorwerfen würde. Offenbar hatte Mechthilde ihm die Urkunde zu lesen gegeben. Offenbar hatte er Belastendes gefunden.

Schwere Schritte polterten die Treppe herauf. Der Schwarzstummlige schleppte mit seinem Kumpan die Truhe in das Turmzimmer. Der Pater öffnete sie und riß die Kleider auseinander.

Nie wieder kann ich etwas davon auf meiner Haut tragen, dachte Marcella, während sie zusah, wie die grauen Fingernägel sich in ihre Wäsche gruben. Balduin schaute zur Seite, als die Bruochs und die Strümpfe mit den eingestickten Blüten zum Vorschein kamen. Den Pater kümmerte keine Schicklichkeit.

Die Urkunde lag, wo Marcella sie tags zuvor gefunden hatte.

Triumphierend reichte der Pater sie an den Erzbischof weiter. Triumphierend blickte Mechthilde Marcella an. Ihr tat nichts leid, gar nichts ...

Im Raum war es still, als Erzbischof Balduin den Text studierte. »Muß ich hieraus schließen, daß Ihr dem Irrglauben der Katharer anhängt, Frau Bonifaz?« fragte er, als er fertig war.

Marcella brachte nicht mehr als ein Kopfschütteln zustande.

»Parfaits – in unserer Heimat nennt Ihr Euch *parfaits ...«*, erläuterte Pater Pierre eilig. Das stimmte aber nicht. Sie nannten sich *bonshommes* – die guten Menschen. Und es gab sie nicht mehr, weil Abbé Jacques in das Dorf gekommen war und ...

»Ich weiß nichts davon«, sagte Marcella.

»Sie weiß nichts«, echote Pater Pierre höhnisch. »Aber sie weigert sich, Fleisch zu essen. Und …« Er hob den Zeigefinger. »… sie war heimlich im Zimmer unseres Erzbischofs, wie Herr Colin bereit ist zu bezeugen. Und anschließend befand sich Gift in seiner Karaffe …«

»Aber warum sollte ich …« Marcella hielt inne.

Der Pater kniete wieder vor ihrer Kiste. Er hatte zwischen den Strümpfen die kleine Metallschachtel mit den gemalten Kranichen entdeckt. Tristands Geschenk. Die schmutzigen Fingernägel schoben sich in den Spalt des Deckels. Einer brach, als er ihn hochzuschieben versuchte.

»Ahh …« Niemand konnte sehen, was in dem Kistchen war, aber es mußte etwas von Bedeutung sein. Galten Lakritzen als ein Beweismittel für irgend etwas? Marcella sah zu Mechthilde. Volkers Weib hatte sich vorgebeugt und versuchte, etwas zu erkennen. Sie wußte so wenig wie die anderen.

Bischof Balduin streckte die Hand aus. Widerwillig schaute er in das bemalte Kästchen. Widerwillig faßte er hinein und hob ans Licht, was sich darin befand.

Es waren kleine, graue, platte Bilsenkrautsamen.

»Ich weiß nicht, was das für Samen sind«, wiederholte Marcella zum dritten Mal. Ihre Hände waren inzwischen so kalt wie ihre Füße, die strumpflos in den weichen, dünnen Schuhen steckten.

»Und wie, bitte, kommen die Samen dann in Euer Kästchen und in Eure Truhe?« wollte Pater Pierre wissen.

Auf dieselbe Weise, wie sie in die Karaffe des Erzbischofs gekommen waren. War das nicht klar?

Die Sonne begann den Nebel aufzulösen.

Loretta stand bleich vor dem Fenster und versperrte die Sicht auf die Felder. Die Burg war zum Leben erwacht. Vom Hof schallte Gelächter.

»Die Krämerin hat eine Vorliebe für Bilsenkraut. Ich habe sie das Hexenkraut sammeln sehen«, sagte Mechthilde.

Volkers Gesicht war weiß. Aber er schwieg. Niemand wollte vor dem Pater etwas sagen. Auch Loretta nicht.

Der Erzbischof ließ die Samen aus seinen Fingern zurück in die Schachtel rieseln und verschloß sie. »Warum habt Ihr die Urkunde über den Tod Eurer – wer ist es? Eure Mutter? Nein. Eure Schwester vermutlich ... Warum habt Ihr sie bei Euch getragen?« fragte er.

»Ich wollte sie mir übersetzen lassen.«

»Warum gerade jetzt und warum gerade hier?«

Marcella schwieg. Onkel Bonifaz, Tristand, Himmerod ... alles war ineinander verstrickt wie filzige Wolle. Wer konnte das auseinanderbringen?

»Warum eßt Ihr kein Fleisch?«

»Weil ich es nicht gewohnt bin.«

»Hm.« Der Erzbischof nahm das Kästchen und rieb die Samen zwischen den Fingern. »Die Katharer haben mit ihrem Wahn ein gerüttelt Maß an Unglück über die Christenheit gebracht. Glaubt Ihr tatsächlich, daß die Seelen Verstorbener in neugeborenen Körpern auf die Erde zurückkehren, meine Tochter?«

Erstaunt blickte Marcella ihn an.

»Und daß es eine Sünde vor dem Herrn ist, Kinder zu zeugen?«

»Ich ... Nein.«

»Sie leugnen alle!« rief Pater Pierre.

»Und wenn Ihr es nicht glaubt, mein Kind, warum seid Ihr dann noch nicht verheiratet?«

Darauf wußte Marcella keine Antwort.

»Habt Ihr Jacob Wolffs Antrag angenommen?« Balduin wollte ihr helfen, Marcella spürte das. Vielleicht würde ein einfaches Ja sie retten. Aber der Bischof war ein genauer Mann. Was, wenn er später darauf bestand ...

»Sie ist verstockt«, erklärte Pater Pierre, als hätte er eine ekelhafte Krankheit festgestellt.

»Sie hat Angst«, widersprach Pantaleon. Lorettas Schwager hatte sich zum ersten Mal geäußert. Sein schwarzer Spitzbart zuckte. Ihm mißfiel das alles. Er machte keinen Hehl daraus.

»Auch die verdorbene Kreatur fürchtet sich. Aber der Heilige Vater ...« Pater Pierre zögerte. »Nicht erst unser Herr in Avignon, schon Innozenz IV. gab der Heiligen Inquisition die Werkzeuge, die geeignet sind, die Brut des Bösen zu entlarven. Ein schmerzliches, aber notwendiges Verfahren. Sich ihm entgegenzusetzen würfe ... auf jede Person ein zweifelhaftes Licht ...«

Marcella schloß die Augen. Auf dem Rübenacker hinter der Gerberei hatten die Pfahle gebrannt. Angst kroch ihren Nacken empor, flatterte in ihren Magen und trocknete ihren Mund aus. Undeutlich hörte sie Balduin sprechen. Undeutlich hörte sie den Pater protestieren.

Loretta schwieg.

Aber Pantaleon sprach. Es war ein Verbrechen geplant worden. Gegen den Erzbischof, eine starkenburgsche Geisel. Damit war die Ehre der Gräfin betroffen ... die Ehre der gesamten sponheimschen Familie ... die Ehre ... die Ehre ...

»Kommt«, sagte er und nahm Marcella am Ellbogen. Seine dunklen Augen glühten. Er lächelte beruhigend. Mit festem Griff führte er sie aus dem Zimmer, fort von Pater Pierre. Die beiden Wächter folgten ihnen.

Stumm sah Marcella zu, wie der Mann mit den schwarzen Zähnen die Falltür öffnete, die hinab in die Tiefe des Turmes führte.

Pantaleon drückte ermutigend ihren Arm. »Kommt. Es ist besser, Ihr seid dem Kerl erst mal aus den Augen.« Er stieg vor ihr auf die Leiter und half ihr, hinab in die Tiefe zu klettern. Der Schwarzstummlige machte sich daran, die zweite Falltür zu öffnen. »Kein Grund, sich zu fürchten«, lächelte Pantaleon in das dämmrige Licht. »Ihr seid schneller wieder draußen, als Ihr denkt. Verfluchte Idee, das Verlies. Nicht für eine Dame geeignet. Aber die Kerle fühlen sich nicht wohl, wenn es nicht ein bißchen gemein zugeht. Und wir brauchen Zeit ...« Er zog ein eisernes Gestell heran, eine Art Winde, um die eine Kette mit einem eisernen Eimer hing. »Schafft Ihr es, Euch zu halten, so daß wir Euch herablassen können? Tut mir verdammt leid, diese Prozedur. Kriegen den Kerl aber am besten zur Ruhe, wenn wir sagen, daß Ihr im Verlies seid ...«

»Es macht mir nichts aus«, sagte Marcella. Sie hielt sich an der Winde und stieg in den Eimer. »Glaubt Ihr ...« Bang schaute sie in das schwarze Ziegenbartgesicht. »Glaubt Ihr, daß ich den Erzbischof vergiften wollte?«

»Das würde ich niemals glauben«, sagte Pantaleon.

XXVIII

Als die Falltür zuklappte, stand Marcella in vollkommener Finsternis. Der Boden war feucht, sie fühlte Nässe durch ihre Sohlen kriechen. Es roch nach abgestandenem Wasser. Aber keine Ratten. Jedenfalls hatte sie keine erkennen können, als sie aus dem Eimer gestiegen war.

Sie tastete mit ausgestreckten Armen vorwärts, bis sie an die Mauer stieß. Die Steine waren rauh und von einer schleimigen Schicht überzogen. Aber da der Boden zur Mauer hin etwas anstieg, war es wenigstens unter ihren Füßen trocken. Vorsichtig und ohne sich anzulehnen ließ Marcella sich nieder.

In ihrem Verlies war es totenstill, als hätte man es bis zur Decke mit Watte gefüllt.

Es macht mir nichts aus, sagte Marcella laut. Sie hatte ein Echo vermutet, das sich an den hohen Wänden brechen würde, aber ihre Worte versickerten ohne Hall, wie Tröpfchen in einem Schwamm.

Ihr war bitterkalt. Sie zog die Beine an, umwickelte sie mit dem Stoff ihres Kleides, und schlang die Arme darum.

So wie sie hier saß, hatte der Wildgraf Wochen zubringen müssen. Er war seltsam geworden, als er wieder herausgelassen worden war. Aber er hatte gelebt.

Und ich werde schneller herauskommen, dachte Marcella. Hatte Pantaleon ihr das nicht versprochen? Das hatte er doch.

Und außerdem macht es mir nichts aus, wiederholte sie laut. Die Kälte kroch von den Beinen in ihren Leib hinauf. Sie stand auf und begann, mit einer Hand den Rock raffend, sich an der Mauer des Verlieses entlangzutasten. Was der Wildgraf ausgehalten hatte, konnte sie auch ertragen. Zudem war der Graf unter Feinden gewesen, aber sie hatte dort droben Freunde. Man würde ihr Essen bringen. Sich um sie kümmern. Vielleicht würde ihnen etwas Besseres als das Verlies einfallen. Jedenfalls würde die Falltür sich bald wieder öffnen ...

Marcella hielt mitten im Schritt inne. Ihr Blick wanderte zur Decke hinauf, dorthin, wo sie die Holzklappe wußte. Die Falltür. Ihr kam da ein Gedanke in den Kopf. Eine häßliche Angst.

Die Falltür.

Jemand hatte sie durch eine Falltür stürzen lassen, nicht durch die zum Verlies, sondern durch die andere, weiter oben. Sie hatte vermutet – oder gehofft oder sich eingeredet –, daß die Falltür durch einen Zufall offengestanden hatte. Aber Tristand hatte das nicht glauben wollen.

Mechthilde ... fuhr es Marcella durch den Kopf. Aber wenn Mechthilde sie hätte sie umbringen wollen, dann hätte sie das tun können, als sie gemeinsam der Entführung des Erzbischofs zugesehen hatten. Außerdem ... nein, es wäre nicht ihre Art gewesen. Mechthilde war keine Mörderin. Auch keine Diebin. Sie mochte die Urkunde gestohlen haben, aber dann hatte sie sie – wahrscheinlich von Skrupeln geplagt – wieder zurückgebracht. Mich zu verleumden, dachte Marcella, erst bei dem Erzbischof, dann bei Pater Pierre – so rächte sich jemand wie Mechthilde. Gemeinheit, aber immer unter dem Putz der Ehrsamkeit.

Nur – wenn Mechthilde die Falltür nicht geöffnet hatte, wer hatte es dann getan?

Marcella setzte sich wieder. Sie zog die Knie an, schlang die Arme darum und verbarg das Gesicht in den Armbeugen.

Plötzlich fiel ihr der Brief ein. Hatte Martin nicht gesagt, der Brief, der ihn in den Steinbruch bestellt hatte, sei mit Tristands Tinte geschrieben worden. Konnte er das überhaupt wissen? Ja. Tinte wurde mit Eisen oder Ruß oder Kupfervitriol gefärbt. Oder mit Gerbstoffen vermischt, die ihre Tönung beeinflußten. Keine Tinte war wie die andere. Martin hatte verglichen, und Martin war sicher gewesen. Aber wenn zum Schreiben des Briefes Tristands Tinte benutzt worden war – dann mußte der Brief in der Starkenburg verfaßt worden sein.

Wer hatte Tristand und seinen Bruder in den Steinbruch gelockt? Und dort auf sie geschossen?

Marcella fuhr mit den Händen ins Haar und preßte die Ballen gegen die Schläfen. Scholers Wagen waren auf *sponheimschem* Boden überfallen worden. Und die Mörder hatten Richwin und Johann unbehelligt gelassen. War das kein Hinweis, daß die Mörder Beziehungen zum Haus Sponheim hatten? Sie hatten sogar in Kauf genommen, daß Tristand am Leben blieb, um die beiden zu schonen. Falls … Benommen verfolgte Marcella den Gedanken weiter. Falls nicht von vornherein geplant worden war, Tristand am Leben zu lassen. Die Räuber hätten Johann in Frieden lassen und Tristand trotzdem umbringen können. Was, wenn von vornherein geplant gewesen war, Tristand zum Sündenbock zu stempeln?

Aber wem nutzte das?

Jemandem aus Trier? Einem Konkurrenten aus dem Weinhandel, wie Tristand vermutet hatte?

Und dann bin ich zur Starkenburg gekommen und habe erzählt, daß die Himmeroder Mönche einen Teil meines Safrans gekauft haben, dachte Marcella. Und wenn er – wenn dieser Unbekannte von der Starkenburg – gefürchtet hatte, sein Komplott könne ans Licht kommen? Wenn es ihm angst machte, daß sie Nachforschungen anstellte?

Und sie waren auf dem Ritt nach Himmerod verfolgt worden. Von den Männer mit den sandfarbenen Haaren. Wer, wenn nicht ein Starkenburger, hatte von ihrem Aufbruch und ihrem Ziel gewußt?

Man hatte sie im Römerturm bei Burg Dill angegriffen. Hatte wirklich der Müller sie an den … an wen auch immer in der Burg verraten? Oder hatten die sandfarbenen Männer bereits aus Starkenburg Nachricht bekommen, daß Marcella und Tristand auf den Weg nach Dill waren? Der Überfall hatte erst stattgefunden, als Sophie und ihr sponheimscher Ritter in Sicherheit gewesen waren …

Die Dunkelheit macht mich weitsichtig, dachte Marcella. Oder ich fange an, den Verstand zu verlieren. Etwas huschte klein und krabbelig über ihr Fußgelenk das Bein hinauf. Entsetzt schrie sie auf, sprang hoch, schüttelte den Rock, knickte dabei mit dem Fuß um und ließ sich mit einem Wehlaut zurück auf den Fels sinken. Mit eingebissenen Lippen, den Rock eng um die Beine gewickelt, wartete sie, daß der Schmerz abklang.

Es sind zwei verschiedene Dinge, und man darf sie nicht durcheinanderbringen, dachte sie. Da ist einmal Pater Pierre, der mich auf Mechthildes Hetzen zur Ketzerin und Giftmischerin machen will. Und dann … jemand anders … jemand, der wegen des Safrans …

Loretta hatte zu den Vorwürfen des Paters geschwiegen.

Volker hatte geschwiegen.

Colin hatte mit dem Hinweis auf ihre Anwesenheit in Balduins Zimmer dem Pater die Argumente für seine gräßlichen Anschuldigungen geliefert.

Und wenn der, der mich vernichten will, jetzt hier hinab käme, dachte Marcella, und wenn man mich morgen finden würde – mit einer Scherbe in der Hand und aufgeschnittenen Blutadern … wäre das für den Jemand, der mich tot sehen will, nicht die einfachste Art, mich loszuwerden? Wäre es nicht für alle hier am günstigsten? Die Ketzerin hat sich selbst gerichtet?

Marcella konnte nicht verhindern, daß ihr die Tränen in die Augen traten.

Wäre Tristand hier … Er hätte ihr geraten, das verfluchte Stück Fleisch herabzuwürgen. Und zu sagen, daß sie Jacob heiraten würde. Später hätte man immer noch alles ändern können. Man hätte Jacob bitten können, sich der Heirat zu widersetzen. Man hätte sich den Teufel scheren können, was der Bischof dachte …

Nicht fluchen. Das Fluchen rückte sie in die Nähe der gotteslästerlichen Katharer. Obwohl … Jeanne hatte Gott nicht gelästert. Sie liebte den Herrn. Das hatte sie oft und oft gesagt, und es stimmte auch. Sie war für Gott – für ihre Vorstellung von Gott, die frevelhaft war, aber doch von Hingabe erfüllt – gestorben.

Vielleicht ist der Wildgraf deshalb sonderbar geworden, dachte Marcella. Weil er so viel nachgesonnen hatte. Vielleicht passiert einem das, wenn man allein in der Dunkelheit und Kälte sitzt …

Sie mußte geschlafen haben, denn sie wurde von einem harten, metallischen Geklapper geweckt. Es gab wieder Licht in ihrem Kerker. Benommen schaute sie auf den Eisenkorb, der vor ihren Füßen baumelte, und dann zur Decke hinauf. Ein schwarzer Kopf schimmerte in dem grauen Rechteck der Falltüröffnung. Der Kopf sprach zu ihr. Die Worte zischten leise herab. Es dauerte einen Moment lang, ehe Marcella die Stimme einordnen konnte. Pantaleon. Lorettas Schwager wollte, daß sie in den Eimer stieg.

Seine Stimme klang drängend. Marcella kam mühsam auf die Füße. Sie hatte Durst, aber noch mehr fror sie. Mit steifen Gliedern kletterte sie in den Eisenkorb. Ihr Knöchel kratzte über den Rand des Korbes, und der Lederschuh fiel von ihrem Fuß. Sie war zu zerschlagen, um noch einmal herauszusteigen und ihn wiederzuholen. Krampfhaft umklammerte sie die Kette, als der Korb sich in Bewegung setzte. Der ziegenbärtige Ritter mußte sie heben, um ihr wieder herauszuhelfen. Er hielt sie fest, um ihr Gelegenheit zu geben, zu sich zu kommen, und seine

Wärme war so beruhigend, daß sie sich zwingen mußte, sich von ihm zu lösen.

»Wo ist Loretta?« flüsterte sie. Dann fiel ihr ein, daß Loretta keinerlei Grund hatte, ihr behilflich zu sein, außer ihrer Freundschaft, von der man nicht wissen konnte, ob es sie überhaupt noch gab. Pantaleon hatte sie verteidigt. Aber Loretta hatte vor dem Pater geschwiegen ...

»Sie hat mich gebeten, Euch von hier fortzubringen«, wisperte der Graf. Er beobachtete sie. Wahrscheinlich war er nicht sicher, ob sie es die Leiter hinauf ins nächste Stockwerk schaffte. Marcella mühte sich um Haltung.

»Sie hat Mechthilde, dieses Miststück, einsperren lassen. Aber das kann Euch nicht mehr helfen, Marcella. Der Pater ist in seine Ketzeridee verliebt. Hinter der Burg ist ein Fluchttürchen. Dort soll ich Euch hinausbringen.«

Marcella griff nach der Leiter. Loretta handelte richtig. Wem hätte es genutzt, wenn sie Streit mit dem Pater angefangen hätte?

»Schafft Ihr's? Wartet, ich bleibe dicht hinter Euch ...«

Marcella umklammerte die Leiterholme, sorgsam bedacht, die gefühllosen Hände jedesmal aufs neue fest um das runde Holz zu schließen.

Im Brückengeschoß war es noch heller. Warmes Mondlicht schien durch die Tür. Sie trat hinaus. Der Boden der Brücke strahlte noch die Hitze des Tages wider, und Marcella streifte den zweiten Schuh ab, um die Wärme zu fühlen.

»Ich hoffe, Ihr vergebt uns diesen Tag«, murmelte Pantaleon, sie weiterziehend. »Abscheulich, eine Dame so einzusperren ... und jetzt still ...« Er sperrte die Palastür auf und geleitete sie äußerst vorsichtig um die schlafenden Gestalten, die den Boden des Palas bevölkerten. Sie kamen hinüber in den Treppenturm, wo es wieder kalt und düster war. Marcella hielt sich an Pantaleons Arm. Dunkelheit – der Mangel an Licht – schien ihr plötzlich etwas Entsetzliches zu sein.

Irgendwann standen sie im Burghof. Ein Hund knurrte, kam aber gleich wieder zur Ruhe.

Mit ihren bloßen Füßen tappte Marcella unter der Turmbrücke hindurch und an der Außenmauer des Bergfrieds vorbei. Hinter dieser Mauer steckte das Verlies, in das man sie gesperrt hatte. Pantaleons Gesicht verzerrte sich, als er ihr ermutigend zulächelte. Sie gelangten an den Weg hinter dem Palas. Neben Marcella gähnte der Abgrund, und Pantaleon legte fürsorglich seine Hand auf ihren Arm. Die Ecke ... Und dann kam das letzte Stück, das durch den Bretterverschlag begrenzt wurde.

»Ich weiß nicht, ob ich es schaffe«, flüsterte Marcella entmutigt, als sie durch den niedrigen Durchgang gekrochen war und auf dem kleinen Flecken kauerte. Silberner Mondschein beleuchtete den Hang. Viel konnte man nicht sehen, aber es ging entsetzlich steil hinab.

»Kein Sorge.« Pantaleon kratzte mit dem Fuß ein Stück Gras frei, und sie sah, daß sich darunter eine Art Stufe befand. Marcella fand es eigenartig, daß gerade er ihr so selbstlos half. Sie hatten kaum miteinander zu tun gehabt. Vielleicht geschah es, weil er die Ehre seines Hauses besudelt sah. Ehre war ihm wichtig. Oder vielleicht auch wegen Onkel Bonifaz. Hatte er nicht mit dem Onkel Geschäfte betrieben? Wein von ihm gekauft?

Pantaleon stieg voran. Der Weg war steil, aber nicht ganz so steil, wie man von oben hätte vermuten können, und der Graf kannte die sicheren Stellen. Müde folgte Marcella ihm. Ihre Hände griffen wie in Trance in die Grasbüschel. Wo er hintrat, trat sie auch hin, und wenn die Stelle schwer zu finden war, half seine Hand, indem sie ihren Knöchel umfaßte und auf unsichtbare Stufen lenkte.

Irgendwann hatte die Kletterei ein Ende. Sie standen zwischen Sträuchern.

»Jetzt ist es nicht mehr weit.« Pantaleons Gesicht leuchtete weiß gegen die Dunkelheit, nur der Bart und die Augen waren schwarz. Er bahnte ihr den Weg, indem er Schlehenzweige beiseite drückte, die sich mit spitzen Dornen in ihrer Kleidung verhedderten.

Weit … wohin? dachte Marcella.

Es ging noch einmal abwärts, und die Schlehen behinderten sie, weil man sich an dem stachligen Gestrüpp nicht festhalten konnte.

»Hier …«, flüsterte Pantaleon und half ihr über eine letzte Schräge, die in einem Weg endete. Marcella stand in klumpiger, von Fuhrwerken aufgewühlter Erde. Auf der anderen Seite des Weges wartete ein schwarzes Pferd. Es trug keinen Sattel, nur eine bestickte Decke mit einem Wappen, das Marcella nicht erkennen konnte.

Sie trat auf das Pferd zu.

Und sie sah, daß hinter dem Pferd ein Mann wartete.

Der Mann kam um das Pferd herum. Er war groß und schwer gebaut und trug einen weiten Mantel, der mit jedem Schritt um seine Beine schwang. Er murmelte etwas und begann mit dem Grafen ein Gespräch.

Als er sich ihr zuwandte, sah sie sein vom Mondlicht beschienenes Gesicht. Sein Mund war riesig mit wulstigen, ausladenden Lippen. Vom Mundwinkel lief quer hinüber bis zum anderseitigen Nasenflügel ein Schatten.

»Freut mich, Schätzchen«, murmelte er.

Es freute ihn tatsächlich. Er konnte nicht richtig sprechen. Sein Mund bewegte sich schwerfällig, und die Worte, die er herausbrachte, klangen, als würden sie durch ein Sieb gepreßt. Seine Augen glänzten hart und fröhlich.

Marcella wich zurück. Sie stieß gegen Pantaleon. Der Graf umfaßte ihre Schultern, ließ sie wieder los, und plötzlich fuhr ihr etwas Weiches über das Gesicht.

Stoff.

Der Mann mit dem Schatten am Mund trat näher. Seine riesigen Hände kam auf sie zu und preßten ihre Wangen gegeneinander, so daß sich ihre Kiefer öffneten. Dann hatte sie den Stoff im Rachen.

Stolpernd versuchte Marcella, die Hände fortzureißen. Panik erfüllte sie. Aber Pantaleon schlang die Arme um sie, und es gelang dem Mann, ihr einen weiteren Stoffetzen um den Mund zu wickeln, der den Knebel festhielt. Dann hatte er einen Strick in den Fingern, mit dem er ihr die Hände auf den Rücken band, und so verschnürt ließ der Graf sie fallen.

Marcella sackte in den Sand. Krampfhaft versuchte sie, durch die Nase zu atmen. Sie war so damit beschäftigt, Luft in ihre Lungen zu bekommen, daß sie gar nicht darauf achten konnte, was gesagt wurde. Der Druck des Lumpens gegen ihren Gaumen gab ihr das Gefühl zu ersticken. Angstvoll wich sie zurück, als der fremde Mann sich ihr wieder zuwandte und sie auf die Füße zurückholte. Er studierte die Angst in ihren Augen und begann zu grinsen. Eine Grimasse ohne Freude, aber mit Leidenschaft. Eine seiner Hände fuhr in ihr Haar, und er drückte sie damit an seine Brust. Er wickelte seine Finger um ihre Locken und zerrte sie straff, um ihr weh zu tun, und dabei rieb er ihr Gesicht in seinen Mantel, bis sie fast erstickte. Marcella spürte etwas Kaltes an ihrem Hals. Es gab einen Ruck und einen scharfen Ratsch. Als der Mann von ihr abließ und sie fortstieß, hielt er ein Büschel Haare in der Hand.

»Tut mir leid, Mädchen.« Pantaleon nahm die Haare an sich und wickelte sie sorgfältig in ein Tuch. Es schien, daß er die ganze Zeit geredet hatte. »Ich hatte Gefallen an Euch. Im Ernst. Ihr habt Courage, das ist selten bei einer Frau. Zu dumm, daß Ihr versucht habt, mir in die Quere zu kommen ...« Das Tuch verschwand in seinem Ärmel. »Einen Ring tragt Ihr nicht zufällig? Vielleicht den blauen mit dem Stern? Macht nichts. Oh ... bitte, schaut nicht so ängstlich. Peter ist ein guter Kerl. Ein bißchen verdrießlich im Moment, weil ... darf ich das sagen, Peter? Die Hanswürste, die ihr im Turm verbrannt habt, waren nämlich seine Brüder. Ist nicht schade um sie. Lauter Stroh im Kopf. Aber eben doch Familie ...«

Peters kalte Augen glänzten. Sie waren das einzig Lebendige in seinem Gesicht. Er nahm Marcella, warf sie wie eine Feder auf den Pferderücken und saß hinter ihr auf.

»Aber – Junge …« Pantaleon griff in die Kandare. »Daß wir uns richtig verstehen – ich will nicht, daß du deinen Dreck mit ihr treibst. Du bringst sie nach Dill und verwahrst sie mir, bis ihr verdammter Freund …« Er unterbrach sich und wandte sich wieder an Marcella. »Betet, daß Tristand sich von Euren Locken beeindrucken läßt, Herrin. Die Münzverrufung kann er nicht mehr rückgängig machen, aber da er sie ersonnen hat, soll er mir wenigstens den Schaden begleichen.«

Er grunzte und gab dem Pferd einen Klaps auf die Hinterbacke.

»Betet, daß ihm etwas an Euch liegt«, wiederholte Pantaleon.

XXIX

Es war eine Nacht, in der es nicht finster wurde. Kein Wölkchen schob sich vor den milchigweißen Mond. Die Wege waren zu erkennen, und an ihren Rändern setzte sich deutlich das Buschwerk ab. Marcella schaukelte auf dem Pferderücken. Ihr Zeitgefühl ging verloren.

Sie merkte, wie das Land ebener und der Wald lichter wurde, bis sie über Wiesen und Felder ritten.

Dann tauchte die Burg auf.

Ein schwarzer, häßlicher Klotz, von Mauern umgeben und an der Außenseite von einem mächtigen Turm flankiert. Der Turm ragte um etliches über die Kernburg hinaus, und oben, aus seinen Zinnen, hing an einer langen, eisernen Stange, zart wie eine Tuschezeichnung, ein Gitterkorb.

Die Strafkrone, dachte Marcella. Ein Teil ihres verstörten Hirns wunderte sich, warum Burg Dill solch ein Instrument der Gerichtsbarkeit brauchte. Loretta war doch Herrin dieses Bodens, und Loretta richtete auf Starkenburg oder in den Dörfern. Aber wahrscheinlich diente die Strafkrone gar nicht der Gerechtigkeit, sondern der Einschüchterung der Bauern und Hörigen, die man dort hinaushängte.

Marcella fühlte, wie die Hand des Mannes, der sie hielt, sich bewegte, und Ekel und Furcht brachen wie Schweiß aus ihrem Körper. Er flüsterte etwas in seiner undeutlichen Sprache. Sie wollte nicht hören, was, und verschloß sich davor, so gut es ging. Sie hatte einen entsetzlichen Durst. Der Stoff hatte den letzten Tropfen Feuchtigkeit aus ihrem Mund gesogen. Sie hätte weinen können vor Durst und tat es nur deshalb nicht, weil sie Angst hatte, der Mann würde darauf reagieren.

Die Strafkrone schwankte im Wind wie eine finstere Laterne, während sie zur Burg hinüberritten.

Irgendwann erreichten sie ein Waldstückchen und kurz darauf Mauern und dann ein Tor. Es gab einen Wächter, der den Mann mit der Lippe erkannte und ihn passieren ließ, ohne auf die gefesselte Frau in seinen Armen zu achten. Marcella mußte an Meline denken, und zu ihrer Angst gesellte sich ein schäbiges Gefühl der Scham.

Sie ritten durch einen zweiten Torbogen und über eine Zugbrücke, die quietschend für sie herabgelassen wurde. Die Nachtluft trug ihnen johlende, lachende Stimmen zu. Irgendwo in der Burg wurde gefeiert.

»Brauchst nichts zu hoffen«, hauchte der Mann mit feuchter Stimme in ihr Ohr. »Ist der Graf. Der andere. Walram. Ich krieg' seine Weiber, wenn er sie über hat, und manchmal nimmt er meine. Manchmal machen wir's auch zusammen, jeder abwechselnd. Wär' das nicht was für dich?« Er tastete nach ihrem Schoß und lachte kratzig, als sie sich entsetzt bewegte.

Sie ritten eine in den Stein geschlagene Pferdetreppe hinauf. Marcella erkannte ein kleines Gebäude mit einem Kreuz auf dem Giebel, eine Kapelle. Mariä hilf, betete sie lautlos, aber wahrscheinlich hatten schon viele Mädchen so gebetet, und genutzt hatte es keinem. Vielleicht lebte Mariä in einem Haus wie diesem gar nicht.

Der Weg verengte sich und führte in eine Art gepflasterten Graben, wohl den Zwinger. Irgendwann kam ein weiteres Tor, dann standen sie in einem grasbewachsenen Hof direkt vor der Kernburg, eingekesselt zwischen Mauern, die so hoch waren, daß sie über ihnen zusammenzuschlagen schienen.

Ein Schatten bewegte sich. Wie aus dem Erdboden gewachsen tauchte plötzlich die Gestalt eines kleinen Jungen auf, der ängstlich und verlegen innehielt, als er den Reiter erkannte. Er mußte in dem Gang gewacht haben, der vom Hof abwärts in den Keller der Burg führte, vielleicht ein Pferdeknecht. Zögernd kam er näher und griff nach dem Backenstück des Zaumzeuges. Furchtsam blickte er auf. Im nächsten Moment traf ihn ein Fußtritt, der ihn mit solcher Wucht von den Füßen fegte, daß er sich zweimal überschlug. Wimmernd duckte er sich an die Mauer und wartete, ob sein Herr ihn wieder heranbefehlen würde, und als das nicht geschah, sondern er im Gegenteil fortgewiesen wurde, floh er wie ein Wiesel durch das Tor.

Warum sollte der Junge nicht bleiben? Marcella hatte seit Stunden nicht mehr wirklich nachgedacht. Jetzt drängten sich die Ängste in ihrem Kopf. Warum wollte der Mann mit der Lippe keine Zuschauer? Was hatte er vor zu tun, das nicht einmal die Leute aus der Burg wissen sollten? Sie sah ihn absteigen und nach der Fackel greifen, die den Niedergang in den Burgkeller erhellte. Das Pferd tänzelte nervös, als er damit zurückkehrte. Außer der Fackel gab es kein Licht in diesem Teil der Burg. Alles Leben schien sich in der Niederburg abzuspielen, wo Graf Walram feierte. Aber auch, wenn es anders wäre, würde ihr niemand zur Hilfe kommen. Der Mann rammte die Fackel in den Boden. Angstvoll trat Marcella mit den Füßen, als er sich wieder erhob und nach ihr greifen wollte. Er packte sie am Gürtel, hob sie wie eine Feder aus dem Sattel, warf sie ins Gras und stellte sich mit gespreizten Beinen über sie.

Sie wollte den Kopf fortwenden, aber der Mann setzte seinen Fuß auf ihren Hals und bog mit der Spitze seines Schuhs ihr Kinn, bis sie gerade zu ihm hinaufblickte.

»Graf Pantaleon – dein Schutzengel, ja? Haste so gedacht?« Sie schloß die Augen, aber im nächsten Moment traf sie der Schuh so hart am Kinn, daß sie sie erschrocken wieder aufriß. »Ich besorg's dir trotzdem, du kleines Hurenstück. Kannste dich draufeinrichten. Aber nicht wegen meiner Brüder. Auf die piss' ich. Ich mach's wegen deinem Kerl …«

Er ließ von ihr ab, kniete nieder und hielt sich die Fakkel ans Gesicht. »Wegen dem, was er mit meinem Gesicht gemacht hat, verstehste? Hier! Sieh's dir an!« Sie blickte auf beulenartiges, rosa wucherndes Fleisch, das aus der Partie zwischen Mund und Nase quoll, als wäre es ein Geschwür. Schwarzes Nahtband spannte sich in dem Fleisch.

»Und ich tu's so ...« Er drehte sie auf den Bauch, stemmte sein Knie in ihren Rücken und begann, den Riemen um ihre Hände zu lösen. »... daß niemand – nicht der Graf und keiner sonst – dir was ansieht. Dein Kerl wird dich wiederkriegen wie'n Schmuckstück. Und dann? Wirste's ihm sagen, Mädchen? Wie ich's mit dir getrieben hab'? Wie ich dir untern Rock bin und du mich wieder und wieder stramm machen mußtest? Und dein Geflenne dabei? Nee, wirste nicht, weil er sonst nämlich auf dich spucken tät ...« Seine Stimme wurde undeutlich, und er verstummte. Hitzig riß er an ihrem Knebel. »Aber du wirst es wissen, und ich werd' es wissen. Und wenn er dir das erste Mal ... »Ein obszönes Wort fiel. »... dann wird er's auch kapieren. Daß er nämlich 'n Haufen Dreck unter sich hat. Ausgekotzten Mist. Und für den Moment tu ich's.« Das Tuch fiel ins Gras. Er riß Marcella an den Haaren und zerrte sie hinter sich her, den dunklen Gang hinab, in den Burgkeller.

Warmer Pferdegeruch schlug ihnen entgegen. Der Mann stieß sie ein paar Schritt weit ins Dunkle, warf sie in einen Haufen Stroh und hängte die Fackel direkt über Marcella in einen Eisenring.

Unschlüssig blickte er zur Tür. Er schwankte, vielleicht wegen des Pferdejungen, vielleicht gab es doch noch andere Leute ... Dann ging er, den Riegel vorzuschieben.

Marcella starrte in die Fackel. Sie hörte den Mann am Riegel rucken. Ihn fluchen, weil etwas klemmte. Benommen tastete sie sich an der Wand hoch. Mit zitternden Händen hob sie den Kienspan aus der Halterung.

Der Boden war mit Stroh bedeckt. Nicht gerade viel, und das meiste war mit Mist verklebt. Aber Marcella nahm an, daß es trotzdem brennen würde. Hinter ihr lag der Haufen, in den der Mann mit der Lippe sie gestoßen hatte. Sie griff hinein und schaufelte hastig Stroh um sich herum.

Der Riegel fuhr mit einem häßlichen Knirschen in die eiserne Öse.

Verschwitzt und wütend drehte der Mann mit der Lippe sich um. Erst begriff er gar nicht, was sie wollte. Er trat näher ... und blieb entgeistert stehen, als er sah, wie sie die Flamme zu Boden senkte.

»Du ... das ... das traust du dich nicht ...«

Wie wollte er das wissen? Marcella merkte, wie ein Lächeln auf ihre steifen Lippen kroch. Ihr Gesicht glühte, und sie war ein bißchen schwindlig. Aber ihre Hände waren frei, sie hielt eine Waffe darinnen. Und sie wußte, daß sie den Mut haben würde, die Waffe zu benutzen. Das Feuer war ihr Freund, ihr Retter. Mit einem Mal war sie ganz ruhig.

»Das ... machst du nicht, du dreckige Hure ...« Der Mann trat einen Schritt auf sie zu, und Marcella senkte die Fackel tiefer. Sie hatte Durst, und sie fürchtete, daß die Flammenhitze ihren Durst vergrößern würde – nur deshalb hielt sie das Feuer vor dem Stroh zurück. Nicht weil der Mann aufschrie. Ihm mußte klar sein, daß er die Tür nicht mehr würde öffnen können, wenn das Stroh in Brand geriet.

Seine Gestalt war nichts als ein grauer Schatten. Aber sie fühlte, wie er sie beobachtete und nach einem Zeichen von Schwäche suchte. Sacht beschrieb sie mit der Flamme ein Kreuz über dem Stroh. Wäre es völlig trocken gewesen, hätte es wohl zu brennen begonnen, und bald würde es auch brennen.

»Du – bist ja irr ...«, keuchte der Mann. Er schielte zur Tür. Er wollte raus. Aber er traute sich nicht, sie aus den Augen zu lassen.

»Ich bin eine Hexe«, flüsterte Marcella. »Hat dir dein Graf das nicht gesagt? Deshalb war ich doch im Turm. Ein Succubus bin ich. Und wenn du einen Schritt herankommst – ein brennender Succubus. Hast du schon einmal im Feuer verkehrt, Ritter? Das Glied des Teufels ist kalt wie Eis, aber eine Hexe ... eine brennende Hexe ...«

Sie mußte lachen, und weil ihre Kehle so ausgedörrt war, klang ihr Lachen heiser und gespenstisch. Vielleicht hatte sie auch wirklich den Verstand verloren. Vielleicht verlor jede Frau den Verstand in einer Nacht wie dieser. Aber sie war Marcella Bonifaz, und der Himmel hatte ihr eine Waffe in die Hand gegeben ...

Lachend sah sie zu wie Pantaleons Ritter den Riegel zurückriß. Lachend sah sie zu, wie er hinausstolperte. Dann erstarb ihr Lachen. Ihr wurde schwach in den Knien. Sie stürzte zur Tür und hätte sich fast selbst an ihrer Fackel in Brand gesetzt, als sie das Eisen zurück in die Öse zerrte. Zitternd, den Kienspan im Arm, ließ sie sich zu Boden rutschen. Sie hatte ein verzweifeltes Bedürfnis zu weinen. Aber ihre Augen waren trocken, nur in ihrer Kehle rollten die Schluchzer wie Steine.

Überwach horchte sie nach Geräuschen. Hatte das Gewölbe womöglich einen zweiten Eingang? Sie stand auf und begann, den Keller auszuleuchten. Er bestand aus einem Doppelgewölbe, in dessen hinteren Teil Boxen gebaut waren, und war leicht zu durchsuchen. Es gab weder eine weitere Tür noch Fenster, nur einige Belüftungsschlitze, die zu eng waren, einen Menschen hindurchzulassen. Zwei Pferde – knochige, ungepflegte Gäule – standen in den Absperrungen aus verrottetem Holz und schnaubten leise. Sie hatten Stroh, aber keinen Hafer und vor allen Dingen kein Wasser. In einer Ecke zwischen abgewetzten Ledersätteln fand Marcella einen Eimer, der von innen so sauber war, daß er wahrscheinlich zum Tränken der Pferde benutzt wurde. Jetzt war er staubtrocken.

Sie schluchzte auf, hängte den Kienspan in den Fackelhalter und verkroch sich ins Stroh.

Tristand.

Würde Pantaleon ihn holen?

Hatte sie das richtig begriffen? Wollte er Tristand mit dem Büschel aus ihrem Haar nach Dill locken? Oder … was wollte er? Und wann?

Sie weinte ohne Tränen.

Selbst wenn es stimmte, selbst wenn sie kämen … Von Starkenburg nach Trier und dann wieder hinauf nach Dill – dazu würde man … würden sie schrecklich lange brauchen. Und sie hatte … so entsetzlichen Durst.

XXX

Marcella fand Kienspäne in der Nische bei den alten Sätteln. Vier. Sie legte sie neben sich an ihren Körper, denn nur solange sie Feuer hatte, war sie sicher. Vermutlich beobachtete der Ritter durch die Luftschlitze, ob es noch Licht in dem Gewölbe gab. Wenn das Licht erlosch … wahrscheinlich würde er versuchen, die Tür mit einer Axt aufzubrechen. Das Feuer am Brennen halten, murmelte Marcella. Eigentlich murmelte sie es nicht. Ihr Mund war so trocken wie das Stroh, in dem sie lag, und brannte vor Hitze, und sie war unfähig, damit Worte zu formen.

Sie hielt die Kienspäne im Arm wie einen Freund.

Wenn der Junge aufmerksam gewesen wäre, hätte er den Pferden Wasser in den Boxen gelassen. Dann hätte sie trinken können. Oder wenigstens die geschwollene Zunge anfeuchten. Sie hätte … Aber es war schlecht, an Wasser zu denken. Es brachte ihr vor Gier und Verzweiflung den Kopf durcheinander. Hier war kein Wasser – also Schluß damit! Trotzdem konnte sie sich nicht zurückhalten und kroch ein weiteres Mal zu dem Eimer, um ihn mit den Fingern zu untersuchen. Wütend gab sie ihm einen Stoß und hörte zu, wie er gegen eine Mauerstrebe kullerte.

Marcella rollte sich zurück in den Strohhaufen und raffte die Kienspäne wieder an sich. Still beobachtete sie den Mauerschlitz, der ihrem Lager gegenüberlag. Dahinter wurde es silbern. Der Tag brach an. Vielleicht kamen ja mit dem Tag Leute vom Gesinde in die Burg. Vielleicht eine Frau. Einer Frau würde sie vertrauen. Sie könnte sie bitten, ihr einen Lederschlauch mit Wasser durch den Schlitz herabzulassen …

Marcella schloß die Augen.

Sie war so müde, wie nie zuvor in ihrem Leben. Bemüht, nicht mehr ans Wasser zu denken, verlor sie sich in wirren Halbträumen. Daß Satan abgewehrt war, durch die Kienspäne in ihrem Arm – das war das Wichtigste. Jeanne hatte auch darauf geachtet, daß Satan nicht in ihre Kammer kam. Aber wie? Wie hatte Jeanne sich vor Satan geschützt? Marcella grübelte. Ihre Gedanken taumelten durch einen Nebel, in dem es keine erkennbaren Wege mehr gab. Ihr Mund war heiß, und in ihren Augen lag glimmende Kohle.

Wasser … das bräuchte man.

Jeanne hatte den Krug mit dem Wasser neben sich gehabt. Auf einem runden, wackligen Tischchen. Sie hatte ihn stehenlassen, weil sie die große Sünde nicht auf sich laden wollte. Sie war eine … *Gute* … eine … *Bonne-femme.* Der Vater hatte gedroht, Abbé Jacques hatte gemahnt und über ihr seine Zeichen gemacht, aber sie hatte den blauen und roten Kringeln auf der braunen Glasur den Rücken gekehrt.

Marcella steckte ihren Daumenballen in den Mund und versuchte, daran zu saugen. Ihre Haut war trocken wie mürbes Pergament.

Hoffentlich dauert es nicht lange, bis die Frau mit dem Wasser kommt, dachte sie.

Ein Gefühl der Abneigung wallte in ihr hoch, als sie an die Frau dachte. Etwas wie Haß, das stärker wurde, bis es ihr den Magen zusammenzog. Sie argwöhnte, daß die Frau sie im Stich lassen würde. Hatte sie das nicht immer getan? Immer, wenn man sie brauchte – ihre Liebe, ihre Zärtlichkeit und den Schutz und Trost ihrer weichen Arme … Hatte sie sich nicht jedesmal davongestohlen? Am liebsten hätte Marcella die Fäuste in das schöne Gesicht geschlagen. Aber das ging nicht. Abbé Jacques hatte gesagt, es müsse freiwillig geschehen. Als erster Schritt der Reue. Einmal nach jedem Gebet hatte er Marcella in Jeannes Kammer geschickt, damit sie ihr den Krug reichte.

Aber Jeanne hatte nicht trinken wollen. Denn damit hätte sie *die große Sünde* begangen … die *endura* gebrochen …

Marcella bewegte sich und spürte den Druck der Kienspäne gegen ihre Leistenbeuge.

Sie hatte schreckliche Angst vor dem Satan. Sie fühlte seine Augen, die sie durch die silbernen Lüftungsspalte beobachteten, und meinte sogar, ihn rufen zu hören. Vielleicht wollte er ihr Wasser geben. Aber wenn sie ihn einließe, dann würde er ihr weh tun, schrecklich weh …

Sie umklammerte die Hölzer, atmete den Geruch nach Harz ein und hielt sich ruhig.

Sie träumte von dem braunen Krug, und durch seine roten und blauen Kreise erblickte sie den von Geschwüren entstellten Mund des Satans.

Es hämmerte an der Tür.

Marcella schrak hoch und blickte entsetzt erst zu den Bohlen, an denen gerüttelt wurde, und dann zur Fackel. Der Kienspan war bis zum Eisenring niedergebrannt. Hastig hielt sie einen neuen Span an den glimmenden Stummel. Funken sprangen auf ihr nacktes Bein und verglühten dort. Mühsam, mit vor Angst pochendem Herzen, versuchte sie, ihr Holz ruhig gegen die Flamme zu halten. Sie stemmte die Hand an der Wand ab, um das Zittern zu verringern.

Der Satan rüttelte immer noch und brüllte unflätige Worte. Die Pferde wieherten beunruhigt.

Marcella starrte auf die beiden Hölzer. Endlich begann das neue zu rauchen. Sie hatte es geschafft. Ihre Fackel würde weiterbrennen. Satan war besiegt. Vorsichtig entfernte sie das verglimmende Holz, war sogar umsichtig genug, es an der Mauer auszudrücken, und steckte die neue Fackel in den Eisenring.

Jeanne hätte sich gefreut. Den Händen Satans entschlüpft …

Aber die Anstrengung hatte den letzen Rest Kraft aus

ihrem Körper gesogen. Sie lag im Stroh und konnte nicht einmal mehr den Kopf heben, um zu dem Eimer hinüberzuschauen. Aber der war ja sowieso trocken.

Marcella mußte an den braunen Krug denken.

Der Vater hatte ihn mit frischem Wasser gefüllt. Und Marcella hatte ihn Jeanne reichen und sie bitten müssen zu trinken. Jeanne war darüber böse geworden. Sie hatte nicht mehr gelächelt und den Krug und Marcella fortgestoßen. Aber wenn sie getrunken hätte, dann hätte sie gelebt. Das hatte der Abbé mit dem Ring Marcella erklärt. Und deshalb hatte Marcella *gewollt,* daß sie trank. Und weil sie es *gewollt* hatte, sündig, wie sie war, hatte Jeanne sie nicht mehr lieb gehabt ...

Der Satan sprach jetzt ganz ruhig.

Er sagte, daß sie ihm öffnen solle. Er versprach, ihr nichts anzutun.

Marcella schob die Fäuste auf die Ohren. So stark, daß das Summen darin wie das Rauschen eines Wasserfalls klang.

Sie dachte an den Krug und an Jeanne ...

Und der Wasserfall in ihren Ohren brauste wie die Sintflut.

Es krachte. Der Riegel flog nach innen. Holz splitterte.

Marcella fuhr auf. Sie sah kein Licht, nur Sterne, die an dem Ausschnitt des Firmaments blinkten, den die Türe freigab. Die Fackel! Auch bei ihr war es dunkel. Sie hatte das Feuer erlöschen lassen. Und die Tür stand offen. Und Satan drang ein ... Und ihr Feuer war erloschen ...

Marcella konnte sich trotz ihrer Angst nicht bewegen. Ihr Kopf stand in Flammen. Ihr ganzer Körper glühte.

Sie hörte den Satan rufen.

Nicht nach ihr, nach dem Feuer. Es verlangte ihn nach Feuer. Am Ende brannten alle Hexen ...

Marcella drückte sich ins Stroh, als das Feuer auf sie zukam. Satan hatte sich verdoppelt ... vervielfacht. So viele Leiber waren ihm erschaffen worden ... Mit all seinen Leibern stand er um sie herum, und mit einem davon beugte er sich herab. Er gab die Fackel fort und fuhr mit kalten Händen über ihr Gesicht.

Seine Züge waren verzerrt in eine Fratze aus hitzigem, panischem Zorn. Marcella versuchte, die Hände vor die Augen zu heben, um ihn nicht ansehen zu müssen. Er bog ihre Hände herab. Er hatte sein Gesicht verändert, und jetzt sprach er sanft, als meinte er es gut mit ihr. Aber alles war Satan.

Und ... kaum wandte er den Kopf, da brüllte er auch schon wieder und ängstigte sie. Er wollte Wasser, und sie verkroch sich vor seinen Händen. Ihr Kleid war hochgerutscht, ihre Füße waren nackt, ihre Knie waren nackt. Und seine Hände entblößten ihr von Haaren bedecktes Gesicht, bis es ebenfalls nackt dalag. Marcella keuchte vor Angst.

Etwas Rundes tauchte auf. Ein Lederbeutel. Satans Hände bewegten ihn, bis Tropfen auf ihre Lippen fielen. Seine Augen bettelten, daß ihre Zunge sie von den Lippen nehmen möge. Er hatte gute, starke Augen voller Furcht ...

Marcella konnte nicht schlucken.

Ihr Kopf wurde angehoben, ihre Schultern. Sie spürte die Wärme des Körpers, an dem sie lag, und obwohl sie glühte, empfand sie die Wärme als Trost. Tropfenweise lief das Wasser auf ihre Lippen und wurde ihr sanft gegen die Zunge geschoben.

Sie wollte schlucken. Sie wollte so verzweifelt gern trinken, aber es ging nicht. Geduldig half die Hand. Marcella klammerte sich in die Kleider, an denen sie lag. Es tat weh zu schlucken. Es war so schwer, daß sie dachte, sie würde niemals etwas von dem Wasser herunterbringen. Aber dann drang doch ein Tropfen durch ihren wunden Rachen, und nach dem ersten Mal ging es leichter.

Sie trank. Und wurde geschüttelt von Weinkrämpfen.

XXXI

Sie haben sie nicht verbrannt. Sie hat sich zu Tode gedurstet«, sagte Marcella.

Tristand drehte den Kopf. Er saß in der Dunkelheit der Fensterbank am anderen Ende des Zimmers und hatte in die Nacht hinausgeschaut. Es gab kein Licht, außer dem des Mondes, das in einem breiten Streifen ins Zimmer fiel.

Er schien müde zu sein. Mit den umständlichen Bewegungen eines Menschen, der über die Kräfte strapaziert worden ist, kam er zu ihrem Lager herüber und kniete davor nieder. »Wer hat sich zu Tode gedurstet?«

»Jeanne.« Weil Abbé Jacques gewollt hatte, daß sie dem Ketzertum abschwur. Aber Jeanne hatte sich statt dessen in ihrer Kammer verkrochen und sich dort zu Tode gedurstet. *Endura* hatte sie das genannt. Das vollkommene Fasten.

»Sie hat mich im Stich gelassen«, sagte Marcella.

»Eure Mutter?«

»Meine Schwester.«

Tristand nickte. Er nahm den Krug, der vor ihrem Bett stand, und half ihr zu trinken. Er hatte Geduld, das war seine beste Tugend.

Marcella versuchte, etwas von dem Raum zu erkennen, in dem sie lag. Sie konnte sich nicht erinnern, ob es noch immer oder schon wieder Nacht war. Irgendwann hatte man ihr eine Treppe hinaufgeholfen, das wußte sie noch. Der Graf war dabeigewesen. Aber den Ritter hatten sie fortgeschickt.

»Seid Ihr Katharerin?« fragte Tristand.

Sie verkroch sich unter der Decke und zog die Arme an den Körper. Ihr Vater hatte sie auf sein Zimmer genommen und ihr den braunen Wollrock ausgezogen, den Jeanne genäht hatte. Der Rock war ins Feuer geflogen. Statt dessen hatte der Vater ihr den bunten Mantel übergezogen. Und befohlen, daß sie lustig war. Es gab keine Katharer mehr in seiner Familie. Hinten, beim Dorf, am Rübenacker, brannten die Feuer. Und Jeanne war tot. Weil sie kein Fleisch hatte essen wollen und keine Eide schwören und in Armut leben und sich der Sünde der Wollust enthalten wollte. Besonders das letztere. Denn jeder Körper, der gezeugt wurde, diente Satan als Gefängnis für eine arme, himmlische Seele. Und als das Zicklein geboren wurde, hatte Marcella selbst sehen können, wie blutig und schmerzhaft und ekelerregend das Hervorbringen eines Körpers war. Jeanne hatte versichert, daß alles, was mit der Entstehung dieses Körpers zu tun gehabt hatte, genauso abstoßend sei … ein widerwärtiger Spott Satans, erfunden zum Leid der himmlischen Geister …

»Es spielt keine Rolle«, sagte Tristand. »Außer der, daß Ihr hier nicht leben solltet, wenn es so ist. Der Heilige Vater hat die Vernichtung der Ketzerei zu seinem Lebenszweck gemacht. In Carcassonne haben sie die letzten Katharer, die sie erwischen konnten, in einer Grotte eingemauert. Aber es gibt andere Orte, an denen man seine Ruhe hat …«

Er war zu müde, um klug zu argumentieren. Zu müde, um zu bemerken, wie sinnlos seine Sorgen waren, angesichts der Tatsache, daß sie bei einem Mann gefangen waren, der seinen eigenen Hals in die Schlinge legen würde, wenn er sie freiließe.

Marcella zog die Decke bis zum Kinn. Sie spürte im Rücken den Stein der Zimmerwand und drückte sich daran, um den Trost seiner Festigkeit zu spüren.

Tristand tastete nach ihrer Hand. »Ihr wißt doch, Marcella, daß ich Euch niemals etwas antun würde.« Er hatte Angst. Man hörte es. Und selbst die Angst zu verbergen, war er zu müde. Er kniete vor ihrem Bett, hielt ihre Hand, und wahrscheinlich dachte er an das, was der Ritter ihr angetan haben mochte, bevor sie sich im Keller eingeschlossen hatte, und wenn es geschehen wäre, wäre es wirklich fürchterlich gewesen, und es war sowieso furchtbar, auch das wenige, die Drohungen. Und ... vielleicht hatte Jeanne recht. Aber vielleicht hatte sie auch unrecht ... Wer konnte das wissen? Was wußte man schon ... Marcella biß sich auf die Lippen. Tristand streichelte mit den Fingerspitzen ihren Wangenbogen. Hoffentlich, dachte sie, hat er etwas, wo er sich hinlegen kann. Ein Bett ...

Als sie wieder erwachte, war es noch immer dunkel, aber auf eine andere, bedrohlichere Art. Ein Krachen erschütterte den Raum. Dann kam ein Blitz, der eine mit Nieten beschlagene Eisentür und Steinplatten auf einem Fußboden beleuchtete, und kurz darauf wieder ein Krachen.

Marcella schlüpfte aus dem Bett. Sie dachte, daß Tristand fort wäre, und ihr Herz begann zu rasen, als würde es mit der Peitsche getrieben. Aber dann sah sie ihn am Fuß einer Treppe sitzen, schlafend, den Kopf in der Armbeuge, und beruhigte sich.

Sie trat in die Fensternische des Raumes und stellte sich zwischen die beiden Bänke. Ein Windstoß fegte Wassertropfen durch die Öffnung. Es war draußen dunkel, aber nicht, als wäre es Nacht. Die Hitze der vergangenen Wochen entlud sich in einem Unwetter, und schwarze Wolken türmten sich vor der Sonne. Es goß in Strömen. Als sie sich hinausbeugte, sah sie die Tropfen tief unter sich in einen Graben pladdern. Sie saß in einem Turm, vermutlich in dem Flankierungsturm, denn die Tiefe bis zum Graben war beträchtlich.

Schaudernd rieb Marcella sich die Arme.

Sie hörte nicht, wie Tristand kam. Mit einem Mal stand er hinter ihr und blickte über ihre Schulter hinweg in das Gewitter hinaus. Sie spürte ihn atmen.

»Wir sind in Schwierigkeiten, Marcella«, flüsterte er.
»Der Graf will Geld?«
»Ja, aber das ist nicht das Problem. Das Problem ist, daß er uns, wenn wir es ihm geben, nicht laufen lassen kann.«
»Ich verstehe.«
Die Blitze zuckten an mehreren Stellen gleichzeitig über den Himmel und ließen die Finsternis bläulich-violett aufleuchten. Marcella hatte keine Angst vor dem Gewitter. Im Gegenteil – das zornige Spektakel beruhigte sie, vielleicht weil es einen Strom reinigenden Wassers mit sich führte. Tristand legte seine Hand auf ihre Schulter, und als sie es ihm nicht verwehrte, begann er mit leiser Stimme zu erzählen, wie er mit Pantaleon zusammengetroffen war. Nein, nicht bei Wolff. Er war zu Martin gegangen, um einen letzten Versuch zu unternehmen, sich mit dem Bruder auszusprechen. Aber Martin war nicht zu Hause gewesen oder hatte sich verleugnen lassen. Jedenfalls – mit einem Male hatte Pantaleon dagestanden, ihn in einen Gassenwinkel gezerrt und ihm Marcellas Locken gezeigt.
»Ihr konntet nicht wissen, ob sie von mir waren.«
»Doch, konnte ich.« Seine Hand wanderte in ihren Nacken, und er beschäftigte sich mit ihren Haaren. Vielleicht überhörte er deshalb – weil er abgelenkt war – das leise Türschlagen, das sich in den Gewitterdonner mischte.
»Sie kommen«, sagte Marcella. Der Tanz ihres Herzens begann von neuem. Sie konnte nichts dagegen tun. Gerade, daß sie noch die Kraft fand, nicht loszubrüllen. Sie hätte fragen sollen, wohin die Treppe führte, auf der Tristand geschlafen hatte. Und ob man sich irgendwo verschanzen konnte. Ob es irgend etwas zur Verteidigung gab. Aber der Schlüssel knarrte schon im Schloß.
Der Ritter kam zuerst herein. Er trug in jeder Hand eine Fackel, so daß sein Gesicht von beiden Seiten beleuch-

tet war. Dadurch sah der Wulst zwischen Mund und Nase noch schlimmer aus. Er schien den Versuch gemacht zu haben, ihn an einer Ecke mit dem Messer fortzuschneiden.

»Kein Tisch? Loch, verdammtes!« brummte Pantaleon. Er schloß hinter sich und seinem Ritter die Tür mit einem Schlüssel ab, der ihm neben anderen an einem Ring am Gürtel hing. Dann legte er Pergamentbögen und eine Siegelkerze auf das Bett und kreuzte die Arme. »Es ist ein Geschäft«, sagte er, »und da Geschäfte Euer täglich Brot sind, Tristand, werden wir hoffentlich schnell einig sein.«

Der Ritter stieg mit seinen dreckstarrenden Schuhen auf das Bett, um die Fackeln in die Eisenhalter an der Wand darüber zu stecken. Überall, wo er hintrat, blieben Flecken auf der Decke zurück. Marcella merkte, wie wütend Tristand das machte.

»Ich will zwanzig Wechsel«, sagte der Graf. »Jeden über die Summe von hundert Pfund Heller. Also insgesamt zwanzigtausend Pfund ...«

»Für was?« fragte sie. Sie hatte Angst, daß Tristand mit dem Ritter Streit anfing. Besser, man redete. Auch wenn es dummes Zeug war.

»Für Eure Freiheit natürlich, Herzchen. Ihr habt mir eine Menge Unannehmlichkeiten bereitet.«

»Und ich dachte, die hätte Scholer gehabt.«

»Was will man tun?« Der Graf zog die Schultern hoch. »Peter hat ein böses Temperament. In dem Dreck, in dem er geboren ist, Verehrteste, da denkt man nicht lange nach, auf welchen Schädel man schlägt. Aber gebüßt hat er ja. Seht Euch seine Visage an. Komm, Peter, nein, ins Licht, daß die Dame dich anschauen kann. Was soll denn das Getue? Es ist doch etwas Schönes um Gerechtigkeit ...«

»Aber warum mußtet Ihr die Tristands mit hineinziehen?« fragte Marcella hastig.

»Nicht ich, Herrin – Peter hat die Wagen zu dem Hof

geschafft. Als kleine Rache. Für den Schweinehintern, der ihm ins Gesicht gewachsen ist. Hat auch was mit Gerechtigkeit zu tun, oder nicht? Was hat er denn noch vom Leben, seit sogar die Huren sich über ihm erbrechen?«

Merkte er es nicht? Doch – der Graf kannte die Wunden, in denen er stocherte, und mit dem Zwinkern eines Kindes, das dem Vogel die Flügel gebrochen hat, amüsierte er sich.

»Und als Marcella nach Starkenburg gekommen ist«, sagte Tristand halblaut, »habt Ihr die Falltür im Bergfried geöffnet und versucht, sie dadurch umzubringen.«

»In ihrer Beweglichkeit einzuschränken.« Pantaleon hob beschwichtigend die Hände. »Sie ist zu unternehmungslustig, unsere kleine Dame. Und zu klug. Bitte nehmt das nicht als Vorwurf, Herrin. Euer Verstand wohnt in einer Hülle, die so reizend ist, daß nichts sie schänden kann. Ihr hattet herausgefunden, daß Peter Safran nach Himmerod verkauft hatte – und ich konnte nicht wissen, ob sie dort etwas ausplaudern. Also mußte ich versuchen, Euch aufzuhalten. Aber sie haben geplaudert, ja? Die Mönche? Habt Ihr von ihnen den Hinweis auf Dill bekommen?«

Marcella blieb stumm.

»Glücklicherweise wart Ihr so zuvorkommend«, lächelte der ziegenbärtige Ritter, »Eure Reisen von Starkenburg aus zu planen. Manchmal habt Ihr mich allerdings ganz schön ins Schwitzen gebracht. Als Ihr heil aus Dill zurückkamt, rechnete ich fest damit, daß Ihr wißt, wer dort regiert. Armer Walram. Er ist ein weiberfressendes Schwein – aber diesmal hat man ihm die Satanskrone zu Unrecht angetragen. Burg Dill gehört mir. Wurde mir von Loretta überlassen. Nutzung bis zum Tode, oder wie das so schön heißt. Eine großzügige Schwägerin mit großzügigen Gesten. Daß ich die Unterburg an Walram verpachtet habe, hat ihr allerdings nicht gepaßt. Und mir hing, ehrlich gesagt, das Gejaule der Bauern um ihre Töchter langsam auch zum Hals heraus. Wer hätte gedacht, daß noch einmal etwas so Erfreuliches daraus entspringen würde …«

»Und der Schwertkampf in der Starkenburg, als Ihr Tristand beinahe getötet habt – das war auch kein Versehen gewesen.«

Pantaleon prahlte mit Freude. Nicht nur über den Mordversuch, sondern auch über den Witz, daß man ausgerechnet *ihn* gebeten hatte, sich in Trier für Arnolds Freilassung einzusetzen. Woraus dann leider, leider natürlich nichts werden konnte. »Und dann hatte ich die glänzende Idee, den beiden Brüdern zu einem Versöhnungstreffen zu verhelfen«, erklärte er.

Durch die Briefe, die er mit Tristands Tinte geschrieben hatte. Es wäre besser gewesen, nicht zu fragen, dachte Marcella. Tristand stand unter dem Fenster und bewegte nicht einmal mehr den Finger. Er haßte. Kalt und leidenschaftlich.

»Wenigstens auf seine Treffsicherheit kann man sich gewöhnlich verlassen«, plauderte der Graf weiter und meinte damit seinen Ritter und den Überfall im Steinbruch. »Aber wenn Peter wütend ist … ein läufiger Köter hat sich besser im Griff. In den Hintern hätt' ich ihn treten können – und nebenbei bemerkt: ich hab's auch getan.« Er lächelte ausgiebig, bis sein Ritter das zitternde Kinn zusammenbiß und fortschaute. »Es hätte alles so vereinfacht. Der böse Bruder hat den guten in einen Hinterhalt gelockt … Und dabei war es beinahe gleichgültig, wer erschossen worden wäre. Jeder, den es interessierte, hätte sich seine Meinung selbst zusammenkochen können. Aber Peter hat daneben geschossen, und dann hat dieser dämliche kleine Schwachkopf – verzeiht, Tristand, ich weiß, Ihr hängt an Eurem Bruder – Euch mitgenommen. Danach gab's keine Nachricht mehr, ob Ihr tot wart oder in Sicherheit gebracht oder was auch immer. Teufel, war ich froh, als ich von dem Geschäft hörte, das Ihr durch von Oeren einleiten ließet. Schließlich habe ich noch immer auf dem Safran gesessen. Und irgendwann – verflucht – ist man das Hin und Her mal leid.«

Jeder hier würde ihn am liebsten umbringen, dachte Marcella. Ihr fiel die Verwunderung ein, mit der sie darüber nachgedacht hatte, daß der alte Graf seine Schwiegertochter und nicht seinen jüngeren Sohn zum Vormund der Enkelkinder bestellt hatte. Jetzt meinte sie das plötzlich zu begreifen. Was sie aber nicht begriff – woher hatte Pantaleon gewußt, daß von Oerens Kaufangebot von Tristand ausging? Daniels kannte er von dem Besuch des Juden auf Starkenburg, gegen ihn war sein Mißtrauen begründet, aber wie konnte er von dem Plan gewußt haben, den sie mit von Oeren in Jacobs Haus besprochen hatten?

»An diesem Hexenhumbug bin ich übrigens unschuldig«, erklärte der Graf gönnerhaft. »Das hat die gute Mechthilde allein gestrickt. Freut es Euch zu hören, daß Volker sie davongejagt hat? Die Abreibung, die sie bekommen hat, soll auf dem blanken Hintern gelandet und so gründlich ausgefallen sein, daß sie auf dem Bauche liegend fortgeschafft werden mußte. Es heißt, sie geht auf unbestimmte Zeit ihre Tante besuchen. Nur hat sie gar keine ...« Er lachte sein Ziegenbartlachen. »Wenn es nach meinem Plan gegangen wäre, dann hätte ich Euch einfach heimlich aus der Burg gebracht, Herrin. Ich war sogar schon unterwegs zu Euch. Mit einer Handvoll Bilsenkrautsamen, um Euch geneigt zu machen. Aber dann habe ich Euch in das Zimmer des Erzbischofs gehen sehen, und als Ihr mit ihm fortgegangen wart und das Zimmer so hübsch leer stand – wie hätte ich widerstehen können? Also hat der Erzbischof das Bilsenkraut bekommen. Und Colin konnte bezeugen, daß er Euch aus dem Zimmer hatte kommen sehen, und Mechthilde, die Gute ...«

Wir werden sterben, dachte Marcella. Vielleicht war ihm das sogar noch wichtiger als Geld. Er hatte zu oft gegen sie verloren, und Männer wie Pantaleon ertrugen keine Niederlagen. Aber woher hatte er gewußt, daß von Oerens Kaufangebot eine Falle war?

»Wer hat Euch gesagt, daß Tristand hinter von Oerens Angebot stand?« fragte sie.

Einen Moment lang war es still.

»Das wißt Ihr noch nicht? Oh ... Tristand – jetzt begreif' ich erst.« Der Graf begann zu lachen wie über einen guten Witz. »*Omnia vincit Amor.* Welche Courtoisie! Habt Ihr sie deshalb überredet, nach Starkenburg zu gehen? Fort mit dem Kindchen aus der bösen Welt? Aber Ihr tut ihr Unrecht. Sie ist zäher, als ein durchgerittner Sattel. Marcella ...« Sein Lachen verstummte. Er kam näher und berührte ihr Gesicht. »Ihr wollt's doch wissen, stimmt's? Ihr gebt Euch doch nicht mit dem schönen Schein zufrieden.«

Sie schob seine Hand fort, und er lächelte.

»Das, was in den letzten Wochen passiert ist, Herrin, der Überfall, der Raub des Safrans, die Toten, alles, von dem Tag an, als Scholer Koblenz verlassen hat – das ist *Euretwegen* passiert. Und zwar zu einem einzigen Zweck: Ihr solltet veranlaßt werden, Jacob Wolff zu heiraten.«

Marcella schüttelte den Kopf. Sie trat einen Schritt zurück. »Jacob hätte nie ...«

»Doch nicht Jacob.«

Dann ...? Marcella ging noch immer rückwärts. Sie stieß mit dem Kreuz gegen den Handlauf des Treppengeländers. Ungläubig sah sie die drei Männer an.

»Euer Onkel Bonifaz«, sagte Pantaleon so mitleidig wie ein Skorpion, der das Gift aus dem Stachel spritzt, »war ein Mann voller Sorgen. Er war reich. Aber es gab andere, die ebenso reich waren. Oder – noch schlimmer – nicht ganz so reich, dafür aber voller Neid. Wie sollte er sich gegen solche Leute behaupten? Er lebte wie das Kaninchen unter Wölfen. Er hat *gedacht,* er wäre das Kaninchen. Und was tut ein Kaninchen, wenn es sich vor dem Wolf fürchtet? Es sucht eine Mauer, hinter der es sich verkriechen kann. Und diese Mauer – wart Ihr, Marcella. Oder vielmehr, Eure Heirat mit dem stärksten der Wölfe. Der gute Bonifaz hatte sich gedacht, als Partner könnte Jacob ihn im Stich lassen. Aber als Ehemann seiner Nichte … Seht Ihr, Marcella. Und deshalb wollte der Onkel, daß Ihr Jacob Wolff heiratet.«

Marcella sah zu Tristand. Von dort kam kein Protest.

»Er hatte sich alles so schön ausgedacht. Aber dann mußte er feststellen, daß seine Nichte ein widerspenstiges Dingelchen war, das nicht gelernt hatte, sich zu fügen …«

Marcella umfaßte das Geländer. Ihre Augen wurden blind von Tränen.

»Und die Angst vor dem Wolf wurde immer größer. Er konnte sie kaum noch für sich behalten. Und als sein Kunde kam, der leutselige Graf Sponheim, der immer ein Ohr für die Sorgen anderer Leute hat – da hat er alles aus sich herausgestammelt. Seine ganze einfältige Angst. Aber es war möglich, ihm zu helfen. Schließlich gründete der Trotz seiner Nichte auf ihrer finanziellen Unabhängigkeit. Er brauchte also nichts weiter zu tun, als diese Unabhängigkeit zu zerstören. Ihr kleines, dummes Geschäft. Und da er gerade mit ein wenig Schnüffelei – die Ängstlichen schnüffeln immer, das solltet Ihr Euch merken – herausgefunden hatte, daß Marcella Bonifaz eine kostbare Ladung aus Koblenz erwartete …«

Marcella schob sich hinter das Geländer, die Stufen hinauf. Unter ihren nackten Füßen zerbröselte der Mörtel. Sie schürfte sich die Ferse auf, als ein Stein brach und sie ausglitt.

»Ich war bereit, ihm zu helfen«, sagte der Graf, ihr Mißgeschick belächelnd. »Ein alter Mann in Not. Er erließ mir ein paar Rechnungen, und ich – befreite ihn von seinen Sorgen. Tja, Kindchen. Natürlich hätte all das nicht geschehen müssen, wenn Ihr Eurem Onkel …«

»Nun hört auf!« brach es aus Tristand heraus.

»… wenn Ihr ihm brav gefolgt wäret.« Er beobachtete

den Kaufmann aus den Augenwinkeln. »*Nulla fere* … Ihr wißt schon. *Kaum ein Unglück, das nicht durch ein Weib verschuldet wurde.* Und … Euer Vater würde auch noch leben – das ist Euch doch klar, Tristand?«

Marcella umfaßte den Stein, der unter ihrem Tritt aus der Treppe gebrochen war. Es sah aus, als wolle sich Tristand auf den Grafen stürzen. Er tat es auch, oder versuchte es vielmehr. Aber er kam nicht einmal an ihn heran. Der Ritter sprang dazwischen – schneller als eine Katze, bösartiger als ein Bulle. Er schlug zu. Nicht irgendwohin, sondern gezielt und treffsicher genau in Tristands alte Wunde. Tristand sackte mit einem schrecklichen Laut zusammen. Er stöhnte, als der Ritter ihn am Halsausschnitt seine Rockes hochriß und über den Fußboden schleifte.

»Denk dran, daß wir seine Augen und seine Hände brauchen«, bemerkte der Graf kühl und strich über sein Ziegenbärtchen.

Peter schleppte sein Opfer zum Geländer. Er gönnte sich einen grinsenden Blick auf Marcella und preßte Tristands Hals gegen den Handlauf. In seiner Rechten blitzte ein Messer auf, eine Waffe mit breiter, kurzer Klinge, in deren Mitte eine Blutrinne lief. Er hätte Tristand damit niederstechen können, aber das wollte er nicht. Er wollte an sein Gesicht. An seinen Mund.

Marcella umklammerte den Stein. Sie hockte sich auf die Fersen.

Tristand war dem Ritter nicht gewachsen. Er hatte das Knie seines Henkers im Magen und wurde mit dem Nacken gegen das Eisen gedrückt. Marcella richtete sich auf.

Sie schlug in dem Moment zu, als der Ritter meinte, den Schnitt durch Tristands Lippe führen zu können. Sie schlug gegen seine Faust, und die Klinge prallte zurück – irgendwo hinein in das grinsende Gesicht.

Sie wollte das nicht sehen. Sie ließ den Stein fallen und

wich entsetzt zurück und mußte dann doch in das Gesicht starren, das unter den Augenbrauen zu einer klaffenden Wunde geworden war.

Tristand riß sie mit sich. Sie hatte ihm Luft geschaffen, und es war ihm gelungen, auf die Treppe zu kommen. Er zog sie die Stufen hoch. Am Ende der Treppe gab es eine Leiter und darüber ein Loch in der Decke, durch das er sie schob.

Der Ritter heulte hinter ihnen wie ein Tier.

Marcella richtete sich auf. Sie standen im Freien oben auf dem Turm. Tristand war dabei, an etwas zu zerren, an einer Eisenstange, die bis zur Mitte des Rondells reichte und in der Öse eines steinernen Gewichtes endete. Er bekam die Stange frei und zog etwas Schweres an den Rand der Mauerzinne. Die Strafkrone.

»Hilf!« keuchte er.

Marcella umklammerte das Eisen. Gemeinsam zerrten sie den Gitterkäfig über die Zinnen, ließen ihn auf den Steinboden plumpsen und schleppten ihn zu dem Loch. Der Kopf des Ritters erschien. Tristand gab dem Käfig einen Stoß, der ihn direkt auf die sandfarbenen Haare kippen ließ. Still wie eine Stechpuppe fiel der Ritter herab.

»Allmächtiger«, flüsterte Marcella.

Die Strafkrone blieb mit dem unteren Drittel im Loch stecken. Wer jetzt zu ihnen hinaufwollte, mußte sie pakken und mit beiden Armen hochstemmen.

»Allmächtiger«, wiederholte sie. Die Blitze waren verstummt. Es regnete nur noch von einem zerissenen, blauschwarzen Himmel.

»Eine Pause«, flüsterte Tristand, »mehr nicht.« Er schwankte. Sein Gesicht war kalkweiß, der Mund von Schmerzen verzerrt. Marcella umfaßte ihn und half ihm behutsam, zu Boden zu kommen.

»Ich bringe Euch Unglück … immer …«, stammelte er, während der Regen ihm übers Gesicht strömte und der Schmerz ihn an den Rand der Fassung brachte.

Sie zog ihn an sich und barg sein Gesicht in ihren Armen. Selbst mit den Zähnen klappernd versuchte sie ihn zu beruhigen, indem sie sein krauses, nasses Haar streichelte. Ihr Blick war auf die Strafkrone geheftet. Sollte sich da nur das geringste bewegen, würde sie die Eisenstange packen und …

Jedenfalls werde ich sie nicht hier herauflassen, schwor sie sich. Und – Wasser hatten sie genug für die Ewigkeit.

XXXII

Seit wann habt Ihr es gewußt?« fragte Marcella.

Das Heulen unter ihnen war verstummt. Auch Pantaleons Drohungen und Schmeicheleien. Es gab nichts mehr als das leise Rauschen des Regens von einem Himmel, der sich langsam entwölkte.

»Mit Eurem Onkel?«

»Ja.«

»Es gab nicht viel Auswahl. Ich dachte, er oder Jacob müßte es sein. Eher Jacob. Aber als ich ihn kennenlernte …«

»Ich hatte *immer* gesagt, daß Jacob ein zuverlässiger Freund ist.«

»Eben …«

Marcella mußte lachen. Sie wurde gleich wieder ernst. »Warum habt Ihr das über Onkel Bonifaz für Euch behalten?«

»Er sah … krank aus. Fand ich.«

»Und warum …?« Nein, nicht fragen. Tristand hatte sie nach Starkenburg geschickt. Und gehofft, daß der Onkel starb, bevor sein Mittun an der Verschwörung offenbar wurde. So einfach. Nur, dachte Marcella, habe ich Arnold lieber gemocht als Onkel Bonifaz. Und der Onkel hatte Arnold sterben lassen. Mit welchem Recht durfte er sich jetzt einfach in sein Bett legen … Sie dachte an das vertrocknete Gesicht mit den dünnen, weißen Haaren und den unruhigen Augen und seufzte. Warum nur hatte der Onkel ihr nichts von seinen Sorgen gesagt? Aber hätte sie Jacob dann geheiratet? Oder den Onkel zu beruhigen vermocht?

Der Regen war warm. Sogar die Pfütze, in der sie saßen. Marcella steckte den Zeh hinein und rührte das Wasser zu Kreisen, die sich in Wellen nach außen ausbreiteten, wobei jede Welle durch ein Heer von platschenden Regentropfen attackiert wurde.

»Was ist?« fragte sie, als Tristand aufstand. Dann hörte sie es selbst. In das Regengeplätscher hatte sich das Trappeln von Pferdehufen gemischt. Marcella sprang auf. Das Trappeln wurde leiser und verklang, und sie mußten eine Weile warten, dann sahen sie die Reiter, die die Burg verlassen hatten, unten an der Straße auftauchen.

»Wahrscheinlich Walram«, meinte Tristand, denn der Führer der Männer trug einen aufwendig bestickten Waffenmantel. Warum mochte Pantaleon ihn nicht um seine Hilfe gebeten haben? Weil er Erpressungsversuche fürchtete? Die Männer wurden langsamer. Sie hatten eine Hügelkuppe erreicht und zügelten die Pferde. Kurze Zeit später konnte man erkennen, warum. Reisende, eingehüllt in Mäntel und Kapuzen, kamen ihnen entgegen.

»Sie reichen sich die Hände«, kommentierte Tristand, und die winzige Hoffnung, die er gehabt haben mochte, zerplatzte. Alle reichten einander die Hände, bis auf einen einsamen Mann, der als letzter die Gruppe um Walram erreicht hatte. Er saß jämmerlich zu Pferde und scheute sich, den anderen nahe zu kommen. Seine Aufmerksamkeit galt der Burg. Die Reiter sprachen nur kurz miteinander, dann verschwanden sie in unterschiedliche Richtungen. Die Neuankömmlinge kamen zur Burg hinauf.

»Ihr friert«, sagte Tristand und zog Marcella, als sie sich wieder niederließen, zu sich heran. Seine Augen hingen an der Strafkrone, die rostig aus dem Bodenloch ragte. Vielleicht fragte er sich, ob Pantaleon noch in dem Raum darunter wartete. Wahrscheinlich zermarterte er sich das Hirn nach einer Fluchtmöglichkeit.

Er hatte die Ärmel seines Rocks über die Ellbogen geschoben, und sie sah seine kräftigen, gebräunten Arme, auf denen sich schwarze Härchen kringelten. Um sein

Handgelenk wand sich ein Band aus winzigen, orientalisch anmutenden Perlenstickereien. Von einer Liebsten?

Es war unwahrscheinlich, daß es nicht viele Frauen in seinem Leben gegeben hatte. Und sonderbar, daß er noch mit keiner verheiratet war. Wobei ... nein, dachte Marcella. Wenn er verheiratet wäre – oder irgendwie gebunden –, dann hätte er sich anders zu ihr verhalten. Treulosigkeit gehörte nicht zu seinen Lastern. Wahrhaftig nicht. Im Gegenteil. Wenn man sah, wie er sich mit seinem Bruder anstellte ...

»Eigenartig«, sagte er.

»Was?«

»Daß Ihr gerade jetzt lächelt.«

»Man weiß ja nicht, wie oft man noch Gelegenheit hat.«

»Und? Der Grund? Darf ich daran teilhaben?«

Marcella errötete.

Er nahm sie fester in den Arm, und da sie einander so nahe waren und er nicht blind und seine Haut nicht aus Marmor war, fiel ihm sicher auf, wie sie außer Fassung geriet. Wahrscheinlich hörte er jeden Stolperschlag ihres Herzens.

»Ich glaub's nicht«, murmelte er. »Ihr habt ja mehr Angst als Haare auf dem Kopf. Psst ...« Er berührte ihre Augenbrauen mit den Fingern und schaute sie mit unverhüllter Zärtlichkeit an. Seine Finger glitten von den Augen zu ihrem Mund. »Ich wünschte«, murmelte er, während er über ihre Lippen strich, »ich könnte Eure Schwester Jeanne kennenlernen. Ich würde ihr mit Wonne den Hals umdrehen.«

Die Reiter waren im Hof angekommen. Man hörte Anweisungen, die wahrscheinlich dem Jungen aus dem Pferdestall galten.

»Wenn das Leute sind, die Pantaleon sich herbestellt hat ...« Tristand stand auf. Es gab nichts auf dem Turm, was man als Waffe hätte benutzen können, außer der

Stange, an der die Strafkrone hing. Er löste den Befestigungsbolzen und zog sie heraus.

Nur wird uns das nicht lange helfen, dachte Marcella. Selbst wenn er sie hindern sollte, hier heraufzukommen – sie konnten auf keinen Fall hinunter. Es war schön gewesen, das für eine Weile zu vergessen.

Sie hörte Türen knallen. Jemand rief etwas. Stimmen näherten sich. In dem Zimmer unter ihnen wurde am Türgriff gerüttelt. Dann war es eine Weile still. Schließlich hörte man das Drehen des Schlüssels.

Marcella lehnte sich an die Mauer. Sie vermied es, über die Schulter zu schauen, wo es hinabging zum grünen Wasser des Burggrabens.

»Ist hier jemand? Damian? Bist du da? – Sag doch was!« rief eine Stimme. Sie klang ängstlich und hoffnungsfroh zugleich, zerrissen von Zweifel – und in ihren Ohren verabscheuungswürdig.

»Tut es nicht«, sagte Marcella.

Tristand hörte nicht auf sie. Er legte die Stange beiseite und stemmte den Fuß gegen das untere Band der Strafkrone, um den Eisenbehälter aus dem Loch zu hieven.

»Er hat Euch bisher jedesmal verraten.«

Tristand schüttelte den Kopf. Er brachte es fertig, die Strafkrone aus dem Loch zu bewegen, obwohl sie ihm nicht dabei half, und schwang sich hinab in das Zimmer. Dann hörte Marcella Martin den Namen seines Bruder stammeln. Sie legte die Hände über die Ohren.

»Kommt«, sagte Tristand. Er half ihr über die Stufen der Leiter. Martin stand dort, wo vorher der Ritter gestanden hatte. Das helle Leder seiner Schuhe hatte einen roten Rand, und Marcella nahm an, daß er in die Blutpfütze getreten war, die neben der Treppe am Trocknen war. So etwas sah ihm ähnlich.

»Ihr braucht ihm nicht zu vergeben, aber ein wenig Vertrauen wäre jetzt nützlich«, sagte Tristand.

»Wieso ist er hier?«

»Das ist eine längere Geschichte. Er hat beobachtet, in Trier, von unserem Haus aus, wie Pantaleon …«

»Dann ist er also doch daheim gewesen?«

»Ja. Und er hat gesehen, daß Pantaleon mich angesprochen hat. Er ist uns aus der Stadt gefolgt. Er hat beobachtet, wie Pantaleon mir die Waffen abgenommen und die Hände gefesselt hat …«

»Warum ist er Euch überhaupt gefolgt? Kennt er den Grafen?«

Martin lief flammend rot an. Der Wirbel auf seiner Stirn wippte. »Pantaleon hat früher bei uns seinen Wein gekauft«, erklärte er steif. »Und als ich ihn bei meinem Bruder gesehen habe, ist mir plötzlich eingefallen, daß wir ein- oder zweimal seine Lieferung nach Dill gesandt haben. Und von Dill hatte Damian ja gesprochen. Außerdem wußte ich, daß der Graf, als er in Zahlungsschwierigkeiten geraten war, von Eurem Onkel weiterbeliefert wurde. Ich … hab's mir eben zusammengereimt.«

»Und dann seid Ihr nach Dill geritten. Und Euer Erscheinen hat den Grafen dermaßen eingeschüchtert, daß er augenblicklich die Tore öffnete …«

»Marcella …« Tristand legte den Arm um sie, was sie in diesem Moment nicht ausstehen konnte. Sein Arm erinnerte sie daran, daß er Onkel Bonifaz geschont hatte. Sie schuldete ihm also etwas. Aber das konnte sie auch nicht ausstehen.

»Ich bin zu Wolff gegangen. Aber der war nicht da. Nur der junge Ritter, dieser Richwin«, murmelte Martin. »Er meinte, seine Gräfin würde uns weiterhelfen. Also sind wir zur Starkenburg geritten. Und sie hat dann ein paar von ihren Leuten hierher geschickt, um zu prüfen, was geschehen ist. Aber der Graf leugnet alles.«

»Was?«

»Und er scheint bei den Edlen sehr angesehen zu sein.

Ich fürchte, einige ... also jedenfalls der, der sie führt, neigt dazu, dem Grafen zu glauben.«

»Er glaubt ihm?«

Martin nickte gezwungen. »Wahrscheinlich wäre es besser gewesen, ich hätte mich an die Schöffen gehalten. An von Oeren.«

»Der weiß auch nichts?«

»Ich hatte in der Eile nicht bedacht ...«

»Keiner in Trier weiß, daß wir hier sind?«

Er schüttelte den Kopf.

»Oh!« flüsterte Marcella. »Das Schlimme ... das Schlimme ist – Ihr macht *nie* etwas richtig!«

Die Männer warteten im Raum unter ihnen.

Richwin lehnte an dem mit grünen Kacheln ausgeschlagenen Kamin. Neben ihm auf einer Bank saß Emmerich von Stein, der bedächtig die Sprünge im Fußboden studierte. Claus Smideburg reinigte mit seinem Messer die Fingernägel. Der Mann, auf den es ankam, befand sich abseits von den anderen und durchschritt ungeduldig den Saal. Colin von der Neuerburg.

Er kann mich nicht leiden, dachte Marcella. Und wieder nagte das Gefühl an ihr, von Loretta im Stich gelassen zu werden. Pantaleon stand gleichmütig unter den Waffen, mit denen er oder seine Vorfahren in Kämpfen siegreich gewesen sein mochten. Schwerter, ein türkischer Säbel, eine Armbrust, ein Eschenbogen mit einem Bündel Pfeile ... Er hatte die Daumen in den Gürtel gehakt und lächelte zuversichtlich. »Wie ich schon sagte – Ich hatte nur helfen wollen.«

»Helfen! Gnade Gott allen, denen Ihr helfen wollt«, stieß Tristand rauh hervor.

In einer Ecke, zwischen den Waffen und dem Kamin, lag etwas Längliches, das mit einem Laken abgedeckt war. Tristand traf darauf zu und hob das Laken an. Marcella konnte nichts sehen, weil sein Rücken ihr die Sicht versperrte, aber sie nahm an, daß es sich um die Leiche des Ritters handelte und daß er also tot sein mußte.

Colin von der Neuerburg ergriff das Wort. Auf Starkenburg wurde gerade in diesem Moment der Vertrag zwischen dem Erzbischof und der Gräfin gesiegelt. Er war nicht begeistert, daß er hier sein mußte, und wollte möglichst schnell zurück. Aber seine Herrin hatte ihm einen Auftrag gegeben …

»Genau wie mir«, fiel Pantaleon geschmeidig ein. »Loretta hat mich gebeten, die Krämerin fortzubringen, und das habe ich getan – in der Hoffnung, sie würde hier sicher sein, bis sich die Aufregung um den Hexenunfug – oder das, was ich fest für Unfug gehalten hatte – gelegt haben würde. Fragt mich nicht, wie Tristand wissen konnte, daß sie hier ist. Fragt mich nicht, wie er es fertiggebracht hat, so schnell hier aufzutauchen. Fragt mich nicht. Fragt mich lieber nicht …«, wiederholte er und besah seine schönen, schmalen Hände.

»Ich habe *gesehen,* wie Ihr meinen Bruder in Trier angesprochen habt«, fuhr Martin ihn an.

»Es ehrt Euch, lieber Mann, daß Ihr Euch für ihn einsetzt. Er ist reich, nicht wahr? Aber es ist kein Reichtum, den Ihr erben könntet. Venedig ist weit. Ist Euch das endlich aufgegangen? Schön jedenfalls, jetzt diese brüderliche Eintracht zu sehen …«

»Und dumm, daß nicht *alle* Menschen Brüder sind«, sagte Marcella, Martins Wutanfall zuvorkommend. »Der Junge, der die Pferde pflegt – kein Bruder, sondern ein Knecht aus diesem Haus … Er *weiß,* daß Tristand von Euch hierhergebracht wurde. Und auch, in welchem Zustand und in welcher Begleitung *ich* nach Dill gekommen bin.«

Colin freute sich nicht über diese Aussage. Was mochte Loretta ihm befohlen haben? Daß der Bruder ihres Gatten nicht in einen Skandal verwickelt werden durfte? Sollte alles vertuscht werden?

»Ich werde den Jungen auftreiben«, sagte Richwin und verschwand.

Pantaleon lächelte ihm amüsiert nach. »Wird es zur Feier des Vertrages ein Turnier geben?« fragte er. »Teufel – ich weiß nicht, warum solche Scherereien immer mir aufgehalst werden. Und immer zum dümmsten Zeitpunkt. He, Claus, ich hab' bei dir einen Tjost gut …«

»Geht aber nicht«, erwiderte Claus Smideburg traurig. »Ist gegen das, was die Kirche will. Und alle sagen, wenn wir dem Heiligen Vater jetzt auf die Füße treten, wird er uns barfuß nach Compostela marschieren lassen. Das wär' keinesfalls lustig, weil man dabei nichts trinken dürfte als Wasser. Und Kerzen … Stimmt es, daß man Kerzen vor sich hertragen muß, Emmerich?«

Emmerichs grimmiger Blick ließ die Frage ersterben. Claus wandte sich wieder seinen Fingernägeln zu, und alle schwiegen, bis Richwin mit einem Knaben an der Seite zurückkehrte.

»Dein Herr ist tot«, empfing Pantaleon den Jungen und schlug das Laken zurück, das den Ritter bedeckte. Diesmal stand Tristand nicht davor, und Marcella hielt entsetzt den Atem an. Das Messer war mit der Klingenspitze ins Auge gedrungen und hatte die Haut bis zum Ohr zu einer klaffenden Wunde gerissen.

»Ihr habt eine einprägsame Handschrift, Herrin«, lächelte der Graf.

Der kleine Junge schluckte. Er wollte zurückweichen, aber der Graf faßte sein Handgelenk und zwang ihn, am Platz zu bleiben. »Sterben tut weh, ja? Hast du mit angehört, wie dein Herr seine Seele ausgeheult hat? Und weißt du auch, auf welche Art er zu Tode gekommen ist? Weißt du das?«

Unter dem Einfluß seiner Stimme wanderten die Blicke des Jungen zum Toten zurück.

»Sterben ist schlimm«, sagte der Graf mit tonloser Stimme, »besonders, wenn es so – schmerzhaft ist. Du weißt, wie lange er brauchte, bis er es hinter sich hatte. Und niemand – niemand – konnte ihm helfen, verstehst du?«

»Da ist es ja ein Glück, daß hier keiner ein ähnliches Schicksal zu befürchten braucht.« Richwins freundliche Augen glitzerten vor Wut. Aber nicht Richwin, Colin hatte den Auftrag, für Loretta Recht zu schaffen – wenn es so war.

»Also«, grollte Lorettas Ritter. »Sag, was du weißt, Bengel. Und ohne Maulaffen feilzuhalten!«

»Nichts«, flüsterte der Junge.

Nichts war keine gute Antwort für einen Mann wie Colin. Er wiederholte seine Aufforderung im Brüllton.

»Würd' ich nicht tun – ihn anschreien«, bemerkte Claus Smideburg, von seinen Fingernägeln aufsehend. »So was hatte ich auch mal. Einen Pagen. Eine Ohrfeige, und das Kerlchen war stumm wie eine Flunder. Ist aber auch bald weggestorben ...«

Pantaleon zog den Jungen zu sich heran. »Kannst du dich erinnern, was das Weib gesagt hat? In der Nacht, in der sie gekommen ist?«

»Kann er nicht«, urteilte Claus, als der Junge stumm blieb. »Vielleicht hat er was am Kopf. Das gibt's auch ...«

»Hat sie nicht von Hexen gesprochen? Von Succubi? Und davon, wie sich das Glied des Teufels anfühlt?« drängte der Graf ärgerlich.

Der Junge nickte. Er wurde geschüttelt und sagte deutlich: »Ja.«

»Und was? Gibt das jetzt ein Hexengericht?« Tristand hatte jede Farbe verloren. »Warum fragt niemand das Kind, wann und mit wem ich zur Burg gekommen bin?«

»Warum sollte jemand fragen? Wißt Ihr oder ich – Entschuldigung, *Ihr* wißt es vielleicht –, was eine Hexe ein Kind glauben machen kann?«

Marcella ließ sich vorsichtig auf der Treppenstufe nieder. Ihre Knie waren weich wie Butter. Hexerei. Wenn Colin wollte, konnte er sie zurück nach Starkenburg schaffen. Hexerei war Angelegenheit des Cisterciensers. Damit wäre er die Sache los. Was hatte Loretta ihm aufgetragen?

»Hexerei!« fauchte Tristand. »Colin! Bei dem Überfall auf die Frachtwagen ist Safran im Wert von dreihundertachtzig Pfund Heller gestohlen worden. Darum geht es. Um nichts anderes. Um den Safran. Und um die Menschen, die dafür ermordet wurden ...«

»Werdet Ihr deshalb nicht in Trier gesucht?« murmelte der Graf.

»Das ist richtig – oder war richtig.« Tristand verstummte. Sein Blick wanderte an der Gestalt des Grafen herab. Seine Lippen öffneten sich, als hätte er eine Idee. Plötzlich trat er zu dem Jungen und ging vor ihm in die Hocke.

»Kannst du uns zeigen«, fragte er, während er die kleinen Hände in seine eigenen nahm, »welche Schlösser zu den Schlüsseln gehören, die der Graf an seinem Gürtel trägt?«

»Es ist Safran drin – natürlich«, sagte Pantaleon. »Ich führe eine Küche. Wollt Ihr mich auf diesen dämlichen Dreck hin beschuldigen?«

Sie alle schauten auf die Stollentruhe, auf denen mißgestaltete, affenähnliche Monstren, in Arkadenbögen eingefügt, ihr Unwesen trieben. Staub lag in den Schnitzereien, denn die Truhe hatte in Stroh vergraben auf dem Boden des Verlieses gelegen, das sich an die Westmauer der Kernburg anschloß.

Colin schob den flachen Steckschlüssel ins Schloß, drückte ihn gegen die Sperrfeder und öffnete den Truhendeckel. Es kamen Stoffe zum Vorschein, eine Handvoll Rollen mit Goldzwirn, ein Beutel, aus dem fremdländische Münzen purzelten, dazu ein Münzprüfer. Sie fanden ein hühnereigroßes Klümpchen Gold – und zwei bauchige, schlichte Holzkrüge.

Colin drehte die hölzernen Propfen heraus.

»Es ist *mein* Safran«, zischte der Graf. »Und ich werde Euch den Händler nennen, der ihn mir verkauft hat – falls Ihr …«

Colin breitete ein Stoffstück auf dem Boden aus und schüttete den Inhalt des ersten Kruges darauf aus. Brüchige winzigfeine rote Fädchen fielen auf den gelben Stoff. Ein leicht schimmliger Geruch stieg auf.

»Falls Ihr die Frechheit besitzen solltet, das Wort eines Grafen von Sponheim …«

Colin entleerte den zweiten Krug über dem ersten.

»… anzuzweifeln!«

Marcella sah etwas in dem Häuflein stecken. Es blinkte wie Metall. Vorsichtig fuhr sie mit den Fingern zwischen die roten Fädchen. Sie bekam etwas Hartes, Glattes zu fassen und zog es heraus. Eine Rose lag auf ihrer Handfläche. Eine Fibel in der Form einer silbernen Rose, mit kleinen Diamantsplittern besetzt, die wie Tau auf den Blütenblättern blitzten.

»*… wie eine Rose auf den Wiesen des Scharon ist meine Freundin unter den Töchtern. Wie eine Rose unter Dornen …*«, murmelte Marcella und umschloß das Schmuckstück, bis sich seine Kanten in ihre Haut drückten.

Es war kein Beweis. Nicht der Schatten eines Beweises. Zumindest so lange nicht, bis Marcella den Brief des Genuesen mit den alttestamentarischen Versen präsentiert hätte.

Aber als sie nun aufsah und in Colins Gesicht blickte, wußte sie, daß er überzeugt war. Vielleicht hatte er auch nie daran gezweifelt, daß Pantaleon der Dieb und Mörder war, als den man ihn anklagte. Aber jetzt gab es etwas Handfestes … und da traf er seine Entscheidung.

»Ich denke, es wäre der Wunsch der Gräfin, daß Ihr mir Euer Schwert übergebt, mein Herr«, erklärte er steinern.

Der Graf lachte krächzend. Die Rose lag auf Marcellas Handteller. Er wußte … er ahnte nicht einmal, in welcher Art sie ihn überführte. Und vielleicht machte gerade die Ungewißheit ihn kopflos. Mit einem Mal stürzte er los, stieß Claus Smideburg beiseite und rannte hallenden Schritts die Treppe hinab.

Colin hielt Richwin, der ihm nachsetzen wollte, am Arm fest. »Laß ihn!«

Also lief es doch auf Vertuschen hinaus?

Tristand stürmte vor und griff nach Richwins Schwert.

»Nein.« Colin schloß die Tür. Sein hartes Gesicht wurde weicher. »Ihr bewegt Euch wie ein kranker Mann, Tristand. Und selbst als gesunder hattet Ihr Schwierigkeiten mit ihm. Warum soll dem ganzen Unglück noch eines hinzugefügt werden? Seid vernünftig. Wenn der Graf fort will, muß er vorher den Weg zum Hügel passieren – und dann ist er unter unseren Augen.« Er trat zur Wand, nahm den Eschenbogen herab und prüfte mit dem Fingernagel die Elastizität der Sehne. Dann legte er einen der Pfeile auf, ein stählernes Geschoß mit einem metallenen, rotgefärbten Schaft.

»Das ist unehrenhaft«, sagte Richwin.

»So unehrenhaft, wie einer Ratte Gift zu streuen.«

Colin trat ans Fenster und spannte die Sehne.

»Und wenn Loretta fragt?« sagte Richwin. »Und die anderen?«

Ein verkümmertes Lächeln huschte um den Mund des alten Ritters. Er kniff ein Auge zu und zielte.

Es sollte also doch ein Vertuschen sein.

XXXIII

Die Burg lag in ihrem Rücken. Sie ritten auf die Weggabelung zu, an der ihr Weg sich trennen würde. Der Leichnam des Grafen wurde, in eine Decke gehüllt, auf seinem eigenen Pferd mitgeführt.

Colin stieß die Gugelhaube seines Mantels zurück. Er ritt zuvorderst, und als er jetzt sein Pferd halten ließ, taten alle es ihm nach. Colin hatte etwas zu sagen. Etwas, das die Brüder und Marcella anging.

»Der Gräfin Loretta steht eine schwierige Zeit bevor«, begann er, während der Wind in seine dünnen Haare wehte. »Der Erzbischof unterzeichnet den Sühnevertrag, aber der Vertrag ist gepreßt, und jeder weiß das, und viele einflußreiche Leute, Deutsche und Franzosen, sehen sie deshalb mit scheelem Blick an. Der Heilige Vater – mißbilligt ihr Tun aufs heftigste ...«

Und was wird er sagen, wenn ihr Schwager sich jetzt als Strauchdieb und Raubmörder entpuppt? Darauf läuft es hinaus, dachte Marcella. Sie kann sich keinen zweiten Skandal leisten. Und Colin ist hier, um dafür zu sorgen, daß er ausbleibt.

»Loretta trägt ihre Last mit Würde.« Der Ritter suchte nach den rechten Worten. »Aber ihr Land leidet. Ihr versteht. Eine Gräfin, die unter dem Bann steht, hat es schwer, zu regieren und sich und ihrem Gesetz Respekt zu verschaffen.«

Das war geschickt. Nicht um Loretta ging es, sondern um das Land.

Warum, hämmerte es in Marcellas Kopf, warum hatte sie ausgerechnet Colin nach Dill gesandt? Colin mit seiner Verachtung für alles, was nicht adlig war. Und seiner Hingabe an das Haus Sponheim. Oder war das ungerecht? Außer Colin war auch Richwin gekommen. Und am Ende hatte Colin sie wenn auch widerwillig – geschützt.

Ich hasse es, im Stich gelassen zu werden, dachte Marcella. Das ist es.

Sie schaute in Tristands müdes und in Martins böses Gesicht. Beide äußerten sich nicht. Hieß das, daß sie entscheiden sollte?

Sie suchte Richwin.

Mit Colin wollte sie nichts zu tun haben. Also ritt sie zu dem blonden Ritter am Ende ihrer kleinen Schar. »Würdet Ihr Loretta sagen …« Richwin trieb sein Pferd an ihres. Ein klein wenig war auch er verraten worden. Er neigte sein Ohr zu ihr und war bereit, alles Gute und Böse anzuhören. »Sagt ihr«, flüsterte Marcella. Ja, was? »… daß ich sie vermisse. Und daß ich gern bei ihr auf Starkenburg war. Sagt ihr …« Auf einmal liefen Tränen in ihre Augen. »… daß ich ihre Söhne liebe. Und daß sie sich keine Sorgen machen soll. Was uns angeht, wünschen wir ihr alles Gute. Und … küßt mich, Richwin. Ich weiß nicht, wie ich's ohne Euch aushalten soll. Nehmt Lucia für mich in die Arme und achtet darauf, daß Ihr sie glücklich macht. Und schwört, daß Ihr mich nicht vergessen werdet …«

Richwin küßte bereitwillig, zärtlich und mit einem Zwinkern.

Es brach ihr das Herz, ihn davonreiten zu sehen. Sie verschmierte die Tränen in ihrem Gesicht und rieb sich mit dem Ärmel die Augen rot …

Der Himmel sah aus, als hätte man ihn mit blaugrauer Seide bespannt. Wolkenfetzen und das Ende eines blassen Regenbogens zerflossen in der Seide, ohne sie aufhellen zu können. Der Weiher, in dem Marcella badete, wirkte, als wäre er aus einer fremden Welt, in der es still und märchenhaft zuging. Es war Abend, aber das merkwürdige Dämmerlicht kam nicht von der Tageszeit, sondern von einem weiteren Unwetter, das über dem Hunsrück aufzog.

Marcella wusch sich die Honigseife aus dem Haar und stapfte zu den gelben Büschen, an denen sie das Tuch zum Abtrocknen aufgehängt hatte.

Sie hatten einen Bauernhof gefunden, ein paar Steinwürfe vor Bernkastel, und die Bäuerin hatte Marcella saubere Kleidung gegeben. Es war ihr wichtig, sauber zu werden. Sogar noch wichtiger als Schlaf. Marcella tauchte ein letztes Mal in dem lauwarmen Wasser unter, wrang sich die Haare aus, wand das Tuch um den Kopf und erklomm den Uferstreifen.

Die Bäuerin war groß und dick. Die Ärmel ihres Unterkleides reichten Marcella bis über die Fingerspitzen, so daß sie sie mehrfach umschlagen mußte, und der Rock umflatterte sie wie ein Kaftan. Marcella überlegte, ob sie ihren alten Gürtel umlegen sollte. Sie brachte es nicht über sich. Sorgfältig wickelte sie das grüne Kleid mit aller Wäsche und dem Gürtel um einen Stein und warf ihn hinaus in den Weiher, wo er blubbernd versank.

Sie ging barfuß, denn Schuhe hatte die Bäuerin nicht gehabt, aber das machte ihr nichts. Das wollene Unterkleid wärmte sie, und ihre Haare dufteten nach Honig. Der Geruch von Dill war vertrieben. Den weichen Sand zwischen den Zehen ging sie auf den Heuschober zu, den die Bauern ihnen zur Übernachtung angeboten hatten. Sie war froh über das Wetter. Es war, als wäre der Himmel eine Decke, unter der man sich verkriechen konnte.

Die Tür des Heuschobers stand offen. Vorn häuften sich Sicheln, Beile, Spitzhacken, Forken, eine Egge und ein hölzerner Beetpflug mit eiserner Pflugschar. Dahinter lagerte in zwei Ebenen das Heu. Marcella kletterte die Leiter hinauf.

Das Fenster, durch das die Heuballen auf den oberen Boden gehievt wurden, stand offen, und so konnte sie

Martin liegen und schlafen sehen. Er hatte den Mund geöffnet und schnarchte und bewegte mit jedem Atemzug einen Halm, der ihm über dem Gesicht baumelte. Sein Haarwirbel hing in die Stirn, wie ein nach langen Kämpfen ermatteter Krieger. Ein Lichtfleck fiel als Dreieck auf seinen Hals. Gerade über ihm gab es eine undichte Stelle im Dach, wo eine der Tannenschindeln sich verschoben hatte. Und wenn der Regen begann, würde er totsicher naß werden.

Marcella seufzte.

Sie nahm eine Handvoll Stroh und machte sich daran, das Loch auszustopfen. Als Zugeständnis an das Gute, das Martin seinem Bruder irgendwann einmal getan haben mußte. Man konnte doch nicht ohne Grund so aneinander hängen.

»Die Kranken und die Schlafenden. Ihr verteilt Eure Wohltaten nach wunderlichen Maßstäben«, sagte Tristand. Er reichte ihr einen Krug über die Leiter und kletterte selber hinterher. In dem Krug war warme Milch, und plötzlich merkte Marcella, wie hungrig sie war. Sie setzte sich mit gekreuzten Beinen in das Heu und trank.

»Heute nacht wird es noch einmal mächtig regnen«, sagte Tristand.

»Soll es.« Und blitzen und donnern. Allmächtiger, wie bin ich glücklich, dachte Marcella. Was eine Kanne Milch und ein Dach über dem Kopf und ein Haufen trockenes Gras bewirken. Tristand hatte sich ins Heu gelegt. Er schaute ihr zu und kümmerte sich nicht darum, daß sie darüber verlegen wurde.

»Vergeben?«

»Was?« fragte Marcella.

»Martin? Ein kleines bißchen vergeben?«

»Ist das wichtig?«

»Ja. Für das, wie er Euch behandelt hat, hätte man ihn ersäufen müssen.«

Ersäufen …

»Mit einem Mühlstein am Hals, wo das Meer am tiefsten ist.«

»Ihr ... seid so heftig in Euren Gefühlen.«

»Nein, eher zerrissen. Wie Buridans Esel zwischen seinen Heubündeln. Im Ernst, Marcella. Es tut ihm höllisch leid.«

»Im Ernst. Ich weiß das.«

Sie rollte sich ins Heu und schaufelte es mit den Händen auf ihren Bauch. Draußen fing es an zu grollen. Ein Blitz erhellte ihr Schlafdomizil. Sie würden ein prachtvolles Gewitter bekommen. Mit einem gewaltigen Spektakel.

»Marcella?«

»Ja?«

»Ich werde morgen früh nach Wittlich zu Daniels reiten, um meine Angelegenheiten zu regeln. Und von dort aus werde ich nach Venedig zurückkehren ...«

Gut. Gut, das sollte er. Kein Ärger mehr, als der über mißratene Geschäfte.

»... und ich möchte, daß Ihr mitkommt.«

Ihr Bauch war bedeckt. Sie schaufelte das Heu auf ihr Gesicht. Warum kam jetzt kein Blitz? Das wäre angemessen gewesen.

Tristand kroch an ihre Seite. Er wischte das Heu von ihren Augen. »Ich möchte, daß Ihr mitkommt, Marcella.«

»Nach Venedig?«

Er nickte.

Sie grub sich aus den Halmen und setzte sich auf. Der Blitz entsann sich mit Verspätung seiner dramatischen Bestimmung. Die Scheunenwand erbebte, und das Grollen danach war laut und anhaltend. Prasselnd setzte der Regen ein.

»Ich habe ein Geschäft.«

»Nicht mehr in Trier. Und wenn ich Euch raten darf – auch nicht in Koblenz oder Wittlich oder irgendwo sonst, wo man Euch kennt.«

»Hexenschicksal, was?« Marcella lächelte nervös. »Ich spreche kein Italienisch.«

»Andere haben es auch gelernt.«

»Und Elsa ...«

»Könnte mitkommen. Oder hierbleiben und sich ein eigenes Geschäft aufbauen. Sie sollte in den letzten Wochen einiges verdient haben.«

»Elsa würde nie nach Italien ziehen. Sie denkt, dort sonnen sich die Leute nackt auf den Dächern ...«

»Marcella. – Ich habe Euch etwas gefragt.«

Sein Gesicht war ganz dicht bei ihrem eigenen. Die Augen – die so sammetseidenbraun glänzten – waren nicht zu erkennen, weil es dunkel war, aber sie spürte ihre fiebrige Ungeduld, und ... das verwirrte sie. »Würde man mir denn erlauben, dort mit Farben und Gewürzen zu handeln? Ich handele immer, Tristand, das ist Teil meines Lebens.«

»Sie würden es Euch in Venedig erlauben – und auch in Genua oder Pisa oder Florenz oder Lucca. Ihr könnt handeln, wo Ihr wollt. Und wenn es Euch ans Ende der Welt zieht, würde ich Euch helfen, auch dort Kredit und Aufnahme zu finden. Aber ...«

»Tristand ...«

»Ich habe einen Taufnamen.«

»Wie war der gleich? Etwas von einem Heiligen? Nicolaus? Nein ... Damian, der Ärztepatron. – Damian. Doch, ich weiß das. Ich könnte natürlich gehen, Damian. Und irgendwohin muß ich ja ...«

Jetzt kam der Blitz hell. Er beleuchtete Tristands aufgebrachte Miene. Zerknirscht versuchte sie, die Falten um seinen Mund zu glätten. »Wenn ich ginge ...«

»Ans Ende der Welt?«

»Nach Venedig. Wenn ich also wirklich gehe ...«

Aus dem Ärger wurde ein erleichtertes Lächeln. Das war ungerecht. Sein Lächeln brachte sie so durcheinander, daß sie vor Herzklopfen die eigenen Gedanken nicht mehr hörte. Außerdem ging es nicht an, daß er über ihre Stirn streichelte und ihre Haare liebkoste.

»Ich habe ein böses Temperament«, murmelte sie. »Elsa sagt, ich kann mich nicht einfügen. Ich streite so oft, daß der Pater von Sankt Matthias mich einen goldenen Leuchter spenden lassen will, wenn ich noch einmal aus diesem Grund zum Beichten komme.«

»Venedig hat hundert Kirchen und zehnmal so viele Altäre. Ihr könntet von morgens bis abends streiten, ohne in Platznot zu geraten.«

»Und wenn ich ganz anders bin, als Ihr denkt? Wenn Ihr es nicht mehr aushieltet? Wenn Ihr mich hassen würdet? Was, wenn wir uns beide täuschen?«

Er küßte sie.

So war das mit ihm. Warum war er noch nicht darauf gekommen, seine Versicherungen auf den Bereich der Liebe auszudehnen? Man müßte ihm das vorschlagen. Einen Florenen für jedes Jahr, das die Liebe hielt, und zehn zurück, wenn sie in die Brüche ging. Oder vielleicht lieber doch nicht. Wahrscheinlich wäre es ein riesiges Verlustgeschäft …

Er küßte anders als Richwin. Verwirrend fremd und aufregend. Sein Bart kratzte an ihrem Kinn, aber seine Lippen schmeckten nach warmer, süßer Zärtlichkeit. Er küßte …

… ach was, dachte Marcella verschwommen und tastete nach seinem Nacken. Ach was, dachte sie.

Epilog

Balduin von Luxemburg, Erzbischof und deutscher Kurfürst lebte in der ersten Hälfte des vierzehnten Jahrhunderts in Trier. Seine Entführung durch Gräfin Loretta von Sponheim ist historisch belegt.

Wie aber endete die Entführung?

Wir wissen aus der erhalten gebliebenen Sühneurkunde, daß Loretta ihr Birkenfelder Land tatsächlich zurückbekam. Außerdem wurde ein Lösegeld von elftausend Pfund Heller festgesetzt, und der Erzbischof mußte sich verpflichten, keine Burgen mehr auf hintersponheimschem Gebiet zu errichten. Trotz des peniblen, bis ins letzte Detail ausgefeilten Vertrages, den etliche hochrangige Zeugen beurkunden mußten, scheint das Verhältnis zwischen den Kontrahenten in erstaunlich freundschaftliche Bahnen geraten zu sein, denn in dem Brief an den Papst, in dem Balduin um Absolution für Loretta bat, war aus der Entführung plötzlich ein »casu fortuito«, ein »zufälliges Mißgeschick« geworden, und aus der Entführerin »meine liebe Nichte«. Ihre jüngeren Söhne wurden mit großzügigen Pfründen bedacht, und kurz nach seiner Freilassung stand Balduin der Gräfin sogar bei einer Fehde gegen ihre vordersponheimsche Verwandschaft bei.

Entsprechend kam Loretta, die zwei Jahre später nach Avignon reiste, um sich von der Exkommunikation befreien zu lassen, mit einer milden Strafe davon. Sie selbst und ihre engsten Vertrauten, darunter Volker von Starkenburg, Colin von der Neuerburg und Richwin von Mielen, wurden dazu verurteilt, mit nackten Füßen, im gürtellosen Büßerhemd und entblößten Hauptes zu einer Kirche ihrer Wahl zu pilgern, dabei eine vier Pfund schwere Wachskerze vor sich her zu tragen und öffentlich ihre Schuld zu bekennen. Überwacht werden sollte die Buße von Bischof Adolf von Lüttich, den Loretta selbst als Poenitentiar auswählen durfte, und vieles weist darauf hin, daß die Sühnehandlungen diskret und für die Beteiligten so wenig unangenehm wie möglich gestaltet wurden.

Balduin gelang es noch eine Weile, sich aus dem Zerwürfnis zwischen Papst und Kaiser herauszuhalten. Erst zehn Jahre später bezog er im berühmten »Kurverein von Rhense« Stellung, und zwar gegen die Ansprüche der Päpste.

Sein »Mainzer Abenteuer«, wie die Historiker den Streit um das Erzbistum Mainz nennen, brachte ihm mehr Ärger als Glück. Er verwaltete das Erzstift einige Jahre gegen den Willen des Papstes und wurde 1336 deswegen von Benedikt XII. exkommuniziert. Schließlich gab er die Administration, auch wegen Streitigkeiten mit der Mainzer Kurie, zurück.

Die Hexenverfolgung wurde unter Papst Johannes XXII. immer weiter intensiviert. 1336 dehnte er seinen Befehl, alle Zauberer »aus dem Reich Gottes auszutreiben«, auf das gesamte Herrschaftsgebiet der römisch-katholischen Kirche aus. Damit setzte er die planmäßige Verfolgung der Hexerei in Gang, die bis ins 19. Jahrhundert hinein das Leben in Europa überschatten sollte.

Und Marcella und Damian?

Unsere beiden Helden sind fiktiv. Sie stehen stellvertretend für die erfindungsreichen und unternehmungslustigen Fernkaufleute, die die Welt des Mittelalters revolutionierten. Ab dem 13. Jahrhundert begannen die Händler Messen abzuhalten, sie gründeten Banken und Handelshäuser, deren Filialen bald überall in Europa, Asien und Nordafrika zu finden waren. Sie erfanden die doppelte Buchführung und den bargeldlosen Zahlungsverkehr, richteten Handelsgerichte ein und bestellten Notare, um

Rechtssicherheit zu schaffen. Sie entwickelten das Versicherungswesen, um ihre Risiken zu mindern, und vereinigten sich aus demselben Grund in verschiedenen Formen von Sozietäten ... Sie legten die Grundlagen zu unserem modernen Wirtschaftssystem.

»Der Kaufmann muß sich selbst und seine Geschäfte nach einem rationalen Plan lenken, um sein Ziel – den Reichtum zu erlangen«, erläuterte Benedetto Cotrugli denn auch in seinem mittelalterlichen Handbuch *Der Handel und der ideale Kaufmann.* Unter dieser Prämisse kamen die Städte zu Wohlstand, Macht und Einfluß. Sie emanzipierten sich neben dem Adel und trieben entscheidend die Demokratisierung des mittelalterlichen Ständegefüges voran, von der wir heute alle profitieren.